마사 퀘스트

Martha Quest

MARTHA QUEST :

a complete novel from Doris Lessing's masterwork

Children of Violence

by Doris Lessing

세계문학전집 162

마사 퀘스트

Martha Quest

도리스 레싱

나영균 옮김

민음사

차례

1부

나는 너무나 지쳐 있고 미래가 오기도 전에 미래에도 지쳐 있다.

— 올리브 슈라이너

1

나이 많은 두 여자가 골든샤워 덩굴이 햇볕을 가린 베란다
의 한구석에 앉아 뜨개질을 하고 있었다. 튼튼한 덩굴나무 줄
기는 온통 꽃으로 뒤덮여, 축 늘어진 오렌지색 꽃송이들 위로
파도처럼 광선을 쏟으며 이글거리는 오후가 그것에 막혀 버린
듯이 보였다. 이 원색의 가리개 안은 아늑한 공간으로서, (집
의 바깥담이기도 한) 거친 진흙 담이 두 면을 이루고 셋째 면에
는 분홍색과 하얀색 제라늄 꽃들이 담긴 페인트칠한 석유통
을 죽 올려놓은 벤치가 있었다. 태양이 나뭇잎 사이를 뚫고
붉은 시멘트 바닥과 여자들 위에 푸짐한 금빛을 끼얹고 있었
다. 그들은 점심때부터 여기서 마냥 풀린 혓바닥으로 끝없이
떠들며 해 질 녘까지 그대로 있을 참이었다. 그들은 퀘스트 부
인과 밴렌즈버그 부인이었다. 그리고 열다섯 살 먹은 소녀 마

사 퀘스트는 땡볕 속 층계에 앉아서 자기 그림자로 책에 비치는 햇빛을 가리려고 어색하게 몸을 꼬고 있었다.

소녀는 이맛살을 찌푸리며 잡담 소리 때문에 집중이 잘 안 된다는 표시로 이따금 신경질적으로 부인네 쪽을 바라보았다. 하지만 거기에 소녀가 다른 곳으로 옮겨 앉지 못하게 하는 것은 아무것도 없었다. 그러니까 소녀가 무슨 질문을 받거나 집안 내력 이야기에 자기 이름이 나올 때 발끈 화내는 것은 억지였다. 여자들은 이따금 제삼자를 몰아낼 때의 무표정한 눈초리를 소녀 쪽으로 보내거나 목소리를 낮추었다. 그러면 소녀는 고개를 번쩍 들어 맹렬한 경멸의 눈으로 그들을 노려보았다. 여자들은 하인이니 자식들이니 요리니 하는 지루한 일상적 소재에다 출산이나 일종의 추문을 가미하며 얘기하고 있었기 때문이다. 소녀는 해블록 엘리스의 성(性)에 대한 책을 읽고 있었으며 일부러 이 사실을 어른들에게 과시했던 까닭에 그들의 낮아진 말소리에선 어딘가 심상치 않은 낌새가 느껴졌다. 아니, 마사는 사실 그 책을 읽고 있지 않았다. 그녀는 정거장에 있는 코언네 아이들에게 빌려 온 책을 읽고 있었으며 엘리스의 책은 제목이 눈에 잘 띄도록 층계 꼭대기에 무슨 자극제처럼 놓아두었을 뿐이다. 하지만 어머니들의 수다란 일종의 의식 같은 것이고, 태어나서 지금까지 그런 식의 이야기를 항상 들어 온 마사는 그 속에 모욕적인 의도나 개인에 대한 험담이 들어 있는 게 아니라는 것쯤은 잘 알고 있었다. 어머니들은 그저 마사가 어머니라는 그들 자신의 친숙한 역할에 반해 '묘령의 여자' 노릇을 하는 거라고 생각했다.

베란다 반대쪽에 나란히 놓인 두 개의 접의자에는 퀘스트 씨와 밴렌즈버그 씨가 앉아 나무숲과 옥수수밭 너머를 바라보고 있었다. 그들은 추수와 날씨와 국내 문제에 대해 이야기하고 있었다. 그러나 여자들을 향해 단호히 돌려진 등은 후덥지근한 가족적 분위기 속에 피신처라고는 농장뿐인 상태로 몇 주일씩 갇혀 사는 남자들에게 이런 무관한 이야기가 얼마나 반가운 것인지 말해 주고 있었다. 남자들의 이야기도 여자들 이야기만큼 마사에게는 익숙했다. 두 줄기의 이야기가 그녀의 머릿속을 느릿느릿 흘러갔다. 마치 꾸부정한 자세로 있다가 햇볕에 그을린 긴 맨다리를 옮길 때 느끼는 저림 말고는 의식하지 못하는 피의 흐름 같았다. 그러나 "정부가 농부들에게 기대하는 것은……"이라든가 "카피르인[1]들이 방자해진 것은……"이라든가 하는 거슬리는 말들이 들려오자 그녀는 발딱 일어나 앉았다. 그 저릿함이 양친에 대한 혐오의 홍수가 되어 넘쳐흘렀다. 모든 게 똑같았다. 그녀가 기억할 수 있는 한 그들이 언제나 똑같은 소리만 해 왔다는 걸 견딜 수가 없었다. 그녀는 부모에게서 고개를 돌려 초원 너머를 바라보았다.

그녀가 신봉하는 문학에서 '농장'이란 말은 질서 있고 짜임새 있으며 잘 가꿔진 이미지, 그러니까 모범적인 농토에 있는 말끔한 농가를 상기시켰다. 마사는 1.5킬로미터쯤 계속되는 관목 숲 너머에 분홍빛의 경작지를 바라다보았다. 검푸르

---

1) 남아프리카공화국의 케이프주 카프라리아 지방에 사는 원주민을 통틀어 이른다.

고 어둠침침한 관목 숲은 능선을 타고 오르다가 진흙같이 누런빛의 땅뙈기로 뻗어 나갔다. 그러고 나면 능선 너머 능선, 계곡 너머 계곡을 지나 관목 숲은 하나의 선처럼 보이는 나지막한 푸른 산으로 뻗어 나갔다. 밭은 인간의 흔적이라고는 거의 찾아볼 수 없는 자연의 풍경 위에 소심한 침입을 시도하고 있었다. 그리고 독수리가 소녀의 머리 위로 큰 원을 그리며 기다란 언덕 위에 쭈그려 앉은 집과 거기서 800미터쯤 떨어져 나직한 언덕바지에 몰려 있는 원주민 부락의 한 무더기 초가집들을 내려다보았다. 벌거벗은 땅뙈기 열두어 자락이 보이고…… 그 밖에 태고 이래 하계를 내려다보던 독수리의 눈을 어지럽히는 것은 아무것도 없었다. 수천 대를 거듭하는 독수리 조상들이 일찍이 보지 못한 것이라고는 아무것도 없었던 것이다.

하늘과 주위를 쓸고 가는 기류 속으로 언덕 위에 높이 솟은 그 집은 산에 둘러싸인 드넓은 분지 한가운데 있었다. 집 앞에서부터 덤프리스 언덕까지 11킬로미터였고, 서쪽으로 옥스퍼드 산맥까지 경사져 오르는 땅이 11킬로미터였으며, 동으로 11킬로미터 거리에는 '제이컵의 고장'이라고 불리는 길게 솟은 산이 있었다. 집 뒤로는 이렇다 할 산맥이 없었으나 땅은 가없이 뻗어 우리에게 없어서는 안 될 상상의 오지처럼 푸르스름한 아지랑이 속으로 사라져 가고…… 널찍한 내리받이 길이 북쪽으로 활짝 열려 있었다.

이 모든 것 위에 구름 하나 없는 아프리카의 하늘이 곡선을 그리고 있었으나 마사는 그것을 바라볼 수 없었다. 하늘이 빛으로 고동치고 있었기 때문이다. 그녀는 관목 숲으로 눈을 떨어뜨려야 했고 숲은 너무나 낯익은 것이어서 그 광활한 풍경이 오히려 심한 폐소공포증만 느끼게 할 뿐이었다.

그녀는 책을 내려다보았다. 책은 읽고 싶지 않았다. 그것은 대중 과학 책이었다. 책은 제목부터 미약하기는 해도 그녀를 분노로 굳어지게 만들었다. 자신의 느낌을 표현할 수 있었다면 그녀는 그 책의 침착하고도 사실적인 분위기가 그녀의 마음을 채우고 있는 야릇한 감정과 너무 동떨어져 있다고 말했을 것이다. 아마도 자신의 환경과 부모에게 몹시 화나 있어서 그 적의가 주변의 모든 것으로 넘치는 것 같았다. 그녀는 책을 내려놓고 엘리스의 책을 집어 들었다. 나이 열다섯에 섹스에 관한 책 때문에 지루해진다는 건 거의 없는 일이었지만, 이 흥미진진한 사실들을 모아 놓은 책이 그녀 자신의 문제들과는 별 상관 없어 보였으므로 그녀는 여전히 마음을 잡지 못했다. 그녀는 눈을 들어 애를 열하나나 낳은 밴렌즈버그 부인을 곰곰이 살펴보았다.

부인은 뚱뚱하고 마음 좋은 여자로 깔끔한 꽃무늬의 긴 면 치마를 입고 있었다. 치마폭이 좀 낙낙하고 긴 데다 목에 맨 머릿수건 때문에 부인은 자기 할머니 쪽 누군가의 초상화에 나오는 사람 같은 모습이었다. 하긴 긴 치마를 입고 스카프를 목에 느슨히 매는 것이 유행이었지만 밴렌즈버그 부인에게선 유행도 어쩔 수 없이 다른 양식으로 바뀌어 버렸다. 마사는 이 점에 매력을 느꼈다. 그러나 그녀는 부인의 햇볕에 그을린 피부 밑에 보랏빛 혈관이 드러난 굵고 흉한 다리를 보았다.

다리 끝에는 초록빛 샌들이 있었다. 못이 박인 그녀의 발은 샌들 속에서 염치없게도 편해 보겠다고 한껏 볼을 넓히고 있었다. 마사는 혐오감을 느끼며 저분 다리는 애를 그렇게 많이 낳았기 때문에 저 모양인 거라고 생각했다.

밴렌즈버그 부인은 이를테면 교육을 받지 못한 사람이었다. 그래서 사교적인 일에서 필요하면 자신이 교육받지 못한 것을 변명하기는 해도 조금이라도 민망해한다든지 그렇게 느끼는 것 같지는 않았다. 예를 들어 퀘스트 부인이 마사한테 재주가 있어 장차 사회생활을 할 거라고 억척스레 이야기할 때가 그런 경우였다. 이 네덜란드계 부인이 이런 때 침착과 상냥함을 잃지 않을 수 있다는 건 상당한 정신력을 가졌다는 증거였다. 왜냐하면 퀘스트 부인은 "사회생활"이란 말을 의사 노릇이라든가 법률가 노릇 같은, 마사가 실제로 하게 될지도 모를 일의 뜻으로 사용하지 않고 세상을 두들겨 패기 위한 일종의 몽둥이처럼 사용했기 때문이다. "우리 딸은 사회 명사가 되겠지만 당신 딸은 결혼이나 하고 말 것"이라고 말할 때처럼 말이다. 퀘스트 부인은 예전에 연갈색 머리와 봄볕처럼 천진하고 파란 눈을 한 예쁘고 다부져 보이는 영국 아가씨였다. 그리고 지금의 모습은 그녀가 영국에 남았더라도 똑같았을 모습이었다. 말하자면 좀 지치고 낙담한 기색은 있지만 애들에 대해 야심에 찬 계획을 가진 억척스러운 어머니의 모습이었다.

두 부인은 이 농장 지역에서 여러 해를 살았다. 이곳은 가장 가까운 도시에서 110킬로미터나 떨어져 있고 그 도시도 벽지였지만 요즈음은 세상 어느 곳도 아주 벽지라고 할 수는 없었다. 집집마다 라디오가 있고 저마다 고국이라고 생각하는 곳으로부터 신문이 왔기 때문이다. 퀘스트네에게는 영국에서 보수당 계열의 신문이 왔고 밴렌즈버그네에게는 남아프리카연방[2]에서 민족주의에 치우친 신문이 왔다. 그들은 아이들이 어른 보기에 충격적으로 행동할 수도 있다는 것을 알 만큼은 시대적 감각을 흡수해 왔고, 지금 마사가 들고 있는 책으로 말하면 그 제목이 완전히 어머니들 경험 밖에 있는 의학적인 것이었다. 그래서 마사가 일부러 여봐란듯이 층계에 앉아 있지만 않았어도 그저 약하게 언제나 그랬듯 반대의 한숨 소리만 들었을 것이다. 마사 때문에 퀘스트 부인은 한 소리 해야겠다는 걸 깨달았고, 삼십 분마다 마사에게 그늘로 들어오지 않으면 일사병에 걸리겠다고 말하더니 결국 여자아이들이 그런 책을 읽어도 해로울 건 없다고 생각하노라 말했다. 그래서 마사는 다시 한번 그들에게 몹시 경멸에 찬 원통하고 골난 눈초리를 던졌다. 얼마간 반항적으로 이 책을 자기주장을 위해 이용할 수밖에 없다고 생각했는데, 이제 그녀의 손에 들린 무기가 맥 빠진 무용지물이 되어 버렸기 때문이다.

석 달 전에 그녀의 어머니는 엡스타인과 해블록 엘리스가 징그럽다며 화내다시피 말했다. "천 년 후의 사람들이 문명의 유물을 발굴하다가 엡스타인의 조각상이나 그 엘리스라나 하는 녀석의 책을 발견한다면 우리를 야만인으로 생각할 거

---

2) 남아프리카공화국의 옛 이름으로 영국연방에 속해 있던 1961년까지 쓰였다.

야." 이 말은 식민지 주민들이 외교적 및 경제적 경로를 통해 마지못해 이른바 "현대미술"이라는 것을 소개받자 개인적으로나 집단적으로 모욕이라도 받은 듯 행동하던 때 한 소리였다. 엡스타인의 조각상들은 자기들을 간접적으로라도 나타내는 데 적합지 못하다고 그들은 단언했다. 퀘스트 부인은 그 말을 《잠베지아 뉴스》의 사설에서 빌려 왔다. 그녀가 미술이나 문학에 대해 무슨 말이건 한 것은 20년 만에 처음이었다. 당시에 마사는 정거장에 있는 코언네 애들에게서 엡스타인에 대한 책을 빌려 왔다. 특정 유파에 대한 기호가 없다는 것의 좋은 점은 엡스타인을 보나 미켈란젤로를 보나 똑같이 깊은 흥미를 느낄 수 있다는 것이다. 마사가 바로 그러했다. 그녀는 얼떨결에 복사 사진이 든 그 책을 어머니에게 가지고 갔다. 퀘스트 부인은 때마침 바빴고 그때 이후로 지금껏 그 미술 작품들의 어디가 그렇게 충격적이고 징그러운지 마사에게 말할 기회가 없었다. 해블록 엘리스에 관해서도 마찬가지였다.

이제 마사는 자기가 바보스럽다는 느낌과 함께 굴욕감마저 느꼈다. 그녀는 자기가 성미 나쁘고 덜렁댄다는 것도 알았다. 그녀는 매일같이 이제부터는 아주 달라지겠다고 결심하곤 했다. 그런데도 어쩔 수 없는 악마가 마사를 사로잡는지 어머니가 무슨 소리를 하기가 무섭게 말꼬리를 잡고 늘어진 끝에 도전장처럼 그 말을 다시 어머니에게 들이대야만 직성이 풀렸다. 그리고 그때쯤이면 퀘스트 부인은 이미 완전히 거기에 흥미를 잃은 뒤여서 전혀 상대가 되지 않았다.

"하긴……." 하고 잠시 사이를 두었다가 밴렌즈버그 부인이 말했다. "문제는 뭘 읽느냐가 아니라 어떻게 행동하느냐지요."
그러고 나서 부인은 마사를 상냥하고 다정스럽게 바라보았다.
마사는 분노와 햇볕으로 발개져 있었다. "얘야, 골치 아플라."
부인은 무의식적으로 덧붙였다. 마사는 꼼짝 않은 채 고집스
럽게 책을 굽어보았다. 소녀의 눈에 눈물이 괴었다.

두 여자는 자연스레 자기들이 어려서 어떻게 행동했는지
이야기하기 시작했다. 그러나 밴렌즈버그 부인은 자신의 경험
속엔 영국 부인에게 충격을 줄 만한 내용이 많다고 느끼는지
라 약간 말을 삼갔다. 그래서 그들이 주고받은 것은 자기들 행
동에 대한 추억담이 아니라 각자가 늘 들어 오던 매우 귀에 익
은 이야기들이었다. 밴렌즈버그 부인은 네덜란드 개혁 교회의
교인이었고 퀘스트네는 영국 국교회 교인이었다. 그들이 절대
로 정치 이야기를 하지 않듯이 또한……. 하지만 대체 무슨 이
야기를 한담? 마사는 두 여자의 오랜 우정은 서로 그들의 생
각에서 제외된 일, 다시 말해 중요한 일을 모두 제외했기 때문
에 계속된 거라고 종종 생각했다. 그런 생각은 자기 환경에 대
해 부풀어 오르는 혐오를 낳았고, 그것은 소녀를 몰아치는 감
정이 되었다. 그러나 한 여자는 보수적인 영국인이고 또 한 여
자는 보수적인 네덜란드령 아프리카인이고 보면 그들의 우정
은 넘을 수 없는 장애를 넘어선 재치와 선의의 승리라고 볼 수
도 있었다. 왜냐하면 그들은 서로의 전통으로 본다면 서로 싫
어할 수밖에 없는 형편이었기 때문이다. 그러나 이런 식의 이
해는 당연히 마사의 마음에 들지 않았다. 그녀 자신의 우정에
대한 기준은 무척 높아서 지금까지도 참다운 이상적인 친구

가 나타나길 기다리고 있었기 때문이다.

마사는 일기장에 베껴 적어 놓았다. "친구란 태평양에서 선원의 눈을 교묘히 피해 떠다니는 아름다운 야자수 섬 같은 것이다." 그리고 같은 쪽 아래에는 이렇게 밑줄 친 문장이 있었다. "그 땅에는 사람이 산다는 소문이 있으나 난파된 선원은 바닷가에서 발자국 하나 보지 못했다." 그리고 다음에는 "우리의 실제 친구들은 우리가 우정을 맹세한 친구의 먼 친척뻘일 뿐이다."라고 적혀 있었다.

그런데 밴렌즈버그 부인이 그나마 먼 친척뻘이라도 될 수 있을까? 그게 아님은 분명했다. 그렇다고 말하는 건 우정이라는 신성한 이름에 대한 배신이 될 터였다.

처음 듣는 것은 아니지만, 마사는 밴렌즈버그 부인이 밴렌즈버그 씨에게서 어떻게 청혼을 받았는지, 아마도 (시대의 금기들에 본능적으로 충실한 마사는 그러지 않겠으나) 로맨스로 묘사될 온갖 재치 있는 탄원들을 어떻게 받았는지 장황하게 늘어놓는 소리에 귀를 기울였다. 다음에 퀘스트 부인이 역시 익살스럽지만 좀 더 싱거운 자기의 약혼 시절 이야기를 했다. 엄격히 길러진 두 사람의 이야기가 끝나자 그들은 무의식적이기는 해도 마사 쪽을 쳐다보며 동시에 체념한 듯 한숨을 내쉬었다. 습관대로라면 부인들은 자기들의 온당하고 점잖은 인생살이의 결실로 젊은이에게 유익한 경고의 설교를 해야 마땅했으나 마사의 얼굴 표정이 그것을 거부하고 있었기 때문이다.

밴렌즈버그 부인이 머뭇거리다가 단호히 말했다.(그 단호함은 자신의 머뭇거림에 대한 것이었다.) "젊은 여자는 남자가 존경할 수 있도록 처신해야죠." 그녀는 마사가 번쩍 쳐든 눈 속에 담긴 증오와 경멸의 표정에 놀라 도움을 청하듯 퀘스트 부인을 바라보았다.

"그럼요." 퀘스트 부인이 어딘가 자신 없는 투로 말했다. "존경하지 않는 여자하고 결혼하는 남자란 없을 테니."

마사는 천천히 일어나 앉아 이미 책은 소용없다는 듯이 덮어 버리고 착 가라앉은 눈으로 그들을 바라보았다. 그녀는 지금 증오심을 자제하려는 노력으로 얼굴이 창백해져 있었다. 그녀가 일어나서 긴장된 소리로 낮게 말했다. "엄마들은 지겨워. 흥정하고 계산하고……." 그녀는 말을 잇지 못했다. "엄마들은 징그럽다고요." 그녀가 입술을 떨며 어설프게 말을 맺었다. 그러고는 정원을 걸어 내려가 관목 숲 속으로 뛰어들었다.

두 여인은 말없이 그녀를 지켜보았다. 퀘스트 부인은 어째서 딸이 자기를 징그럽다고 하는지 몰라 당황했고 밴렌즈버그 부인은 친구가 받아들일 만한 동정의 말을 찾느라 애썼다.

"저 앤 정말 어려워요." 퀘스트 부인이 사과 겸 중얼거렸다. 밴렌즈버그 부인이 말했다. "나이 탓이죠. 우리 마니도 그 모양이랍니다." 부인은 자기가 적절한 위로의 말을 찾는 데 실패했음을 깨닫지 못했다. 퀘스트 부인은 자기 딸이 마니와 같은 수준에 있다고는 생각지 않았던 것이다. 그녀는 마니가 나이 열다섯에 어른 같은 옷을 입고 입술에 칠을 하며 '사내들' 이야기를 하는 것이 매우 저속하다고 생각했다. 밴렌즈버그 부인은 자기 친구의 이런 느낌이 얼마나 강한지 까맣게 모르고 있었다. 그녀는 마사 어머니가 마사를 대할 때의 엄격함을 하나의 영국적인 약점쯤으로 생각했다. 게다가 그녀는 자기 딸 마니가 장차 참한 여자, 좋은 아내, 좋은 어머니가 되리라는 것을 잘 알고 있었다. 그녀는 계속 마니 이야기를 했다. 퀘스트 부인은 자기 딸의 문제는 수준이 다른 친구, 즉 마니 같은 애와 어울리는 데에서 생긴다고 생각하고 상대방의 사교적 실언을 민망하게 여기며 "그렇지요."라든가 "그럼요." 하면서 듣기만 했다. 하지만 네덜란드 부인에겐 그런 면박이 통하지 않았다. 네덜란드 사람으로서 그녀의 긍지는 영국 부인의 콧대만큼이나 셌기 때문이다. 그래서 곧 그들의 화제는 하인과 요리 쪽으로 되돌아갔다. 그날 저녁 두 여자는 각기 남편에게 투덜댔다. 하나는 계급 문제를 영국식으로 얼버무려 가며 밴 렌즈버그 부인이 진정 참기 어려운 사람이라고 했고 또 한 여자는 아주 대놓고 영국 것들은 다 똑같으며 저희가 밟고 다니는 지구가 제 것인 줄 아는지 사람을 깔본다고 말했다. 그러고는 각자 슬그머니 죄의식이 들어 서로 전화를 걸고는 요리니 하인에 대해서 반 시간씩이나 노닥거렸다. 사실 만사는 늘 이렇게 똑같이 진행되곤 했다.

그러는 동안 마사는 불행한 사춘기의 고통을 맛보며 나무 밑 긴 풀밭에 누워 어머니가 지겹다, 모든 늙은 여자가 지겹다, 그들의 대인관계는 하나같이 거짓말과 회피와 타협으로 뭉쳐 끔찍하다고 되풀이하고 있었다. 그녀는 젊은이 특유의 고통을 겪고 있었다. 그것은 온 신경과 본능을 다해 갈망하는 충실한 삶을 환경이 빼앗아 간다고 느끼는 데서 오는 고통이었다.

잠시 후 마사는 침착해졌다. 자아를 지키고자 하는 초조함이 머릿속에서 절박해지면서 사지와 얼굴의 근육까지도 단단하게 굳어졌다. 발밑에서 햇빛에 반짝이는 관목 숲을 응시하는 그녀의 눈매에는 침울하고도 당황한 빛이 있었다. 그녀는 숲을 보는 게 아니라 자신을 보고 있었기 때문이다. 그리고 그녀로서 할 수 있는 유일한 방법, 즉 문학을 통해서 자신을 보고 있었던 것이다. 옛날 소설을 읽을 때, 우리가 그러리라고 희망하고 믿는 대로 소설이 당시의 생활상을 정확히 반영하는 것이라면 옛날의 젊은이 노릇 하기가 지금보다 훨씬 수월했다는 결론을 마사는 내릴 수밖에 없었다. X나 Y나 Z, 그러니까 그 활기에 찬 남주인공과 여주인공 들이 학교를 싫어하고 결코 자기를 이해 못 하는 부모와 선생을 경멸하고 자기들보다 훨씬 못하다고 생각되는 환경으로부터 자신을 해방시키기 위해 인생의 긴 세월을 투쟁했는가? 아니다. 그들은 그러지 않았다. 백 년 후 사람들이 금세기의 소설을 읽는다면 모든 사람이 하나같이 사춘기를 질병처럼 앓았구나 하는 결론을 내릴 것이다. 사춘기의 상태를 묘사하지 않는 소설은 구하기 어려울 것이기 때문이다. 그래서 어떻다는 것인가? 마사는 괴로웠고, 이 상황에서 빠져나갈 길이 없었다.

마사는 이런 순간에 피신처가 되어 주는 심술궂은 기분에 빠져들면서 생각했다. 아마도 좀 더 나은 시절이 찾아와 사춘기 애들이 양심의 가책 없이 즐길 수 있을 때까지는 별수 없이 열다섯에서 스무 살까지의 몇 년을 책에서 읽은 대로 그냥 받아들일 수밖에 없지 않을까? "마사는 여느 아이처럼 학교에 다녔고 선생님을 좋아하고 부모에게 상냥했으며 행복하고 보람 있는 앞날을 자신 있게 기대했다!" 이렇게 명랑하게 쓰면서도 문제를 회피했다는 의식을 갖지 않을 미래의 소설가들은 얼마나 행운아일까 하고 그녀는 생각했다. 하지만 그렇게 되면(여기서 그녀는 노상 그녀의 심리 상태를 분석하고 그 많은 책들을 펴낸 냉혹한 학자들에게 몸이 뒤틀리는 듯 맹렬한 반항심을 느꼈다.) 그들은 뭣에 대해서 쓸까?

이 자아 방어적인 심술이 그녀의 마음을 풀어 주었다. 그리고 거의 자신감을 찾아 다시 벌렁 누워 자신을 생각하기 시작했다. 그녀는 남이 자신에게 옛날 젊은이 같으면 전혀 몰랐을 짐을 지고 가야 한다는 기대를 걸고 있음을 분하지만 잘 아는 동시에 그 짐을 지고 가기 위한 무기를 자신이 개발하고 있다는 사실도 잘 알고 있었다. 그녀는 기분이 비참하기만 한 게 아니라 그 비참한 기분에 냉철한 시선의 초점을 맞출 수 있었다. 아마도 이마 바로 뒤에 자리 잡은 밝게 빛나는 공간처럼 느껴지는 이 초연한 관찰력은 정거장의 코언네 애들의 선사품인 듯싶었다. 그 애들은 지난 2년 동안 그녀에게 책을 빌려주었다. 조스 코언은 경제와 사회과학 쪽에 관심이 기울어 있었다. 마사는 그런 책들은 자기와 관련 있다는 생각 없이 읽었다. 솔리 코언은 심리학에 반해 있었다.('반했다.'라는 말 말고는 적절한 말이 없었다.) 그는 심리학과 관련 있는 것이면 무엇이든 열렬히 옹호했다. 그것은 그가 숭배하는 학자들이 서로 대립될 때에도 변함없었다. 그리고 이런 책들 덕분에 마사는 밖에서부터 자신에 대한 명확한 그림을 그릴 수 있었다. 그녀는 사춘기였으므로 불행할 수밖에 없고, 영국인이었으므로 불안하고 반항적일 수밖에 없고, 20세기의 40년대에 살기 때문에 불가피하게 인종과 계급과 여성 문제에 당면할 수밖에 없고, 과거에 얽매인 여자들을 거부할 수밖에 없었다. 그녀는 죄의식과 책임감과 자의식에 고문당하고 있었다. 마사는 그런 괴로움이 유감스럽지는 않았다. 하지만 코언네 애들은 이따금 마사가 자신을 알도록 만드는 일을 분명 심술궂게 좋아하는 눈치였는데 그건 인간의 상정이었다. 단지 마사는 그들이 미울 때가 있었다.

하지만 코언네 애들이 미처 알아차리지 못한 점도 있었다. 이렇게 냉혹하리만치 객관적인 자신의 그림은 좀 부당하게도 그녀로 하여금 '글쎄, 이렇게 모든 문제가 다 논의됐다면 내가 뭣 하러 새삼 그것을 겪는담? 우리가 다 알고 있는 생을 굳이 고통스럽게 살아야 할 게 뭐지?'라고 생각하게 만들었을 뿐이라는 점이다. 그녀는 막연하게나마 이제 사물에 이름을 붙이는 행위는 그만하면 되었고 뭔가 새로운 것을 향해 가야 할 때라고 느끼고 있었다.

게다가 전문가들도 막상 그녀가 자신을 어떻게 볼지에 대해서는 잘 모르는 것 같았다. 어떤 학자들은 마사의 인생은 그녀가 퀘스트 부인의 자궁 속에서 눈도 안 보이는 상태로 웅크리고 있을 때 이미 다 정해진 것이라고 말했다. 그녀는 태고의 바닷물 속에서 흔들리며, 조수의 리듬으로 귀를 달래 가며 물고기와 도마뱀과 원숭이의 단계를 지나 자라났다는 것이다. 그리고 이 조수, 즉 퀘스트 부인의 고동치는 피는 불확실한 메시지들이 아니라 분노나 사랑 또는 공포나 노여움의 노래를 마사에게 해 주어서 그것이 운명처럼 영아의 수동적인 두뇌에 박혀 버렸다는 것이다.

또 마사를 정해진 운명의 길 위에 놓은 것은 탄생이라고 말하는 학자들도 있었다. 즉 긴 공포의 밤, 퀘스트 부인의 자궁이 완강한 골반 문을 통하여(퀘스트 부인은 첫아이를 낳을 때 꽤 나이가 많았다.) 그 부담스러운 짐을 내보내려고 경련하고 몸부림친 그 어려웠던 탄생의 밤 동안에, 마사가 수술용 집게에 집혀 일시적으로 시퍼렇게 멍든 얼굴로 충격을 받아 지쳐 빠져 모습을 드러냈던 그 탄생 동안에 그녀의 성격과 그녀의 일생이 정해졌다는 것이다.

또 인생에서 일어나는 모든 일의 변할 수 없는 기초는 태어나서 처음 5년 동안에 만들어진다는 한 가지 점에서만 의견을 같이하는 수많은 학파들은 어떤가? 그 5년 동안에 (마사는 기억할 수 없지만) 마사에게 영원히 운명의 낙인을 찍을 모든 일이 일어났다는 것이다. 운명이라든지 숙명이라는 것이 그들 모두가 공동으로 전하는 메시지였다. 부모에게 맹렬히 반항하면서 마사는 부모의 영향력이 절대 불변의 것이며 자기 자신을 바꾸기엔 이미 너무 늦었다는 말을 끊임없이 들었다. 그러니까 그런 책을 하나 읽으려면 마치 어머니와 입씨름을 끝마쳤을 때와 같은 피곤함을 느낄 수밖에 없는 지경에 이른 것이다. 원주민 짐꾼이 코언네 애들이 보내오는 새로운 책 보따리를 들고 초원을 부리나케 달려올 때 마사는 그 책들을 보기만 해도 화가 치밀었고 그것들을 읽기 위해선 넌덜머리 나는 기분과 싸워야 했다. 지금도 그런 책들이 대여섯 권 그녀의 침실에서 아무렇게나 나뒹굴고 있었다. 그것들을 읽어 봤자 자신에 대한 보다 많은 지식을 얻을 뿐 그 지식을 어떻게 사용할 것인지는 더욱 모르게 될 것이 뻔했다.

하지만 코언네 책들을 읽는 게 지겨운 반면 가게로 그 애들을 찾아갈 때는 그녀의 생활에서 가장 행복한 때였다. 그들과 이야기하고 있으면 마음이 흐뭇하고 모든 일이 쉬워 보였다. 그녀는 부모가 정거장에 갈 때마다 그 카피르 상점으로 걸어갔다. 더러는 지나가는 차를 얻어 탈 때도 있었다. 또 어떤 때는 금지된 일이라서 몰래 그러기는 했지만, 자전거를 타고 가기도 했다. 하지만 퀘스트 부인 때문에 이 우정에는 항상 불안감이 뒤따랐다. 지난 주일에도 부인은 마사에게 뭐라고 했다. 원래 그런 사람이라 부인은 대놓고 "난 네가 유대인 장사치들과 사귀는 걸 원하지 않아."라고 말하지는 못했다. 대신 유대인과 그리스인 들이 누구보다도 악랄하게 원주민을 착취한다며 장황한 연설을 시작했다가 엄마를 불행하게 만들려고 작정한 듯한 마사를 어찌해야 할지 모르겠다는 말로 끝맺었다. 그리고 마사의 기억으로는 처음으로 어머니가 울었다. 어머니의 말은 솔직하지 못했지만 감정은 솔직했다. 마사는 어머니의 눈물에 마음이 몹시 흔들렸다.

어제도 마사는 정거장에 가려고 자전거를 막 꺼내려던 참이었다. 그만큼 코언네 애들이 보고 싶었던 것이다. 그러나 어머니와 말다툼하던 장면이 생각나서 그만두고 말았다. 마음이 켕겨 그녀는 자전거를 그 자리에 두었다. 그리고 지금 비록 밴렌즈버그 부인 앞에서 했던 자기의 어리석고 과장된 행동을 그 애들한테 털어놓고 시원스럽게 웃어넘긴 다음 정상으로 돌아가고 싶은 마음이 간절하긴 해도, 큰 나무 아래서 일어나 자기가 없어진 것을 부모가 눈치채지 못하기를 기대하며 몰래 자전거를 꺼내 타고 정거장에 갈 마음은 나지 않았다. 그래서 그녀는 나무 밑에 그대로 있었다. 나무뿌리가 그녀의 제2의 척추처럼 등 밑에서 단단하게 느껴졌다. 그녀는 요란한 갈색 빛으로 외치듯 빛나는 나뭇잎들 사이로 하늘을 올려다보았다. 손가락 사이의 두꺼운 나뭇잎을 찢으면서 마사는 다시금 어머니와 밴렌즈버그 부인에 대해 생각했다. 그녀는 뚱뚱하고 세속적인 살림꾼 밴렌즈버그 부인같이 되지는 않을 참이었다. 또 어머니처럼 한 많고 잔소리 많고 불만 많은 사람이 되지도 않을 터였다. 그렇다면 대체 그녀는 누구처럼 될 것인가? 그녀는 지금까지 알려진 여주인공들을 떠올렸다가 곧 지워 버리고 말았다. 그녀와 과거 사이에 어떤 차이가 있는 듯했고 그래서 그녀의 생각은 머릿속에서 얼떨떨하고 불만스러운 채로 맴돌 뿐이었다. 그녀는 일어나 앉아 뻐근한 등을 문지르며 야트막한 나무들의 샛길 아래, 굽이치는 연붉은빛의 깃털 같은 초원 너머, 집에서는 안 보이는 들판의 붉은 흙을 바라보았다.

들판에서는 황소 떼와 쟁기와 긴 회초리를 든 원주민 일꾼이 움직이고 있었다. 황소 떼 앞에서는 허리에 헝겊만 두른 조그만 흑인 아이가 선두에 선 소의 코에 꿴 줄을 당기고 있었다. 소몰이꾼은 그녀의 마음에 들지 않았다. 그는 회초리를 지나치게 신나게 휘두르는 거칠고 사나운 사나이였다. 반면 그녀가 억제하려던 연민의 정은 저절로 넘쳐흘러 보호막처럼 흑인 아이를 둘러쌌다. 그녀의 마음은 다시금 몰려 나가는 물살처럼 출렁출렁 맴돌았고 이제 하나의 흑인 아이 대신 집단이 눈앞에 떠오르면서 그녀는 쉽게 익숙한 백일몽에 빠져들었다. 그녀는 경작지 너머로 초원 저편의 덤프리스 언덕을 바라보며 이 사용되지 않는 전원을 자기의 상상의 규모에 맞춰 보았다. 그리하여 거친 관목 숲과 주저앉은 듯한 나무 위로 하얗게 빛나며 떠오른 것은 하나의 우아한 도시였다. 그것은 정방형으로 세워져 경사지고, 꽃밭이 경계를 이룬 테라스들을 따라 기둥이 늘어서 있었다. 거기엔 물이 철철 넘치는 분수가 있고 플루트 소리가 들리며 위엄 있고 아름다운 시민들이 흑인, 백인, 황인 모두 어울려 움직였다. 그리고 이 어른들은 잠시 멈춰 서서 아이들의 모습에 즐거운 미소를 지었다. 북녘 태생의 눈이 파랗고 살결이 흰 아이들이 남녘 태생의 피부가 갈색 · 눈이 검은 아이들과 손잡고 노는 모습이었다. 그렇듯! 그들은 인종이 다른 조상에게서 태어난 아이들이 이 환상의 고대 도시의 꽃밭과 테라스 사이나 하얀 기둥과 높은 나무들 사이에서 뛰노는 것을 미소 지으며 가상히 여기는 것이었다…….

이로부터 1년쯤 지난 뒤의 일이었다. 마사는 같은 나무 밑에 비슷한 자세로 두 손 가득 쥔 나뭇잎들을 무의식중에 시퍼런 곤죽이 되도록 비벼 문지르며 앉아 있었다. 그녀의 머리는 1년 전과 같은 환상에 차 있었으나 다만 그 내용이 전보다 세밀해져 있었다. 그녀는 그 도시의 설계도를 중앙부의 장

터로부터 사대문에 이르기까지 낱낱이 그릴 수 있었다. 한 대
문 밖에는 그녀의 부모와 밴렌즈버그 부부 그리고 그 지방의
거의 모든 주민들이 서 있었다. 그들은 옹졸한 생각과 인색한
이해심 때문에 이 황금의 도시에서 영원히 밀려난 것이다. 그
들은 애통해하며 들어가기를 원했으나 엄격하고 무자비한 마
사에 의해서 제지됐다. 왜냐하면 불행히도 사람들은 비싼 대
가를 치르지 않고는 아무것도, 꿈 한 조각조차 얻을 수 없었
기 때문이다. 또 마사가 그리는 황금시대에는 이 도시에 어울
리지 않는 사람들을 몰아내기 위해 적어도 한 사람이 문 앞에
서 있어야 했다. 발자국 소리가 들려 고개를 돌린 그녀는 마니
가 굽 높은 구두를 신고 자갈돌을 밟고 삐딱거리며 흙길로 걸
어오는 모습을 보았다.

"있잖니, 소식 들었어?" 마니가 신나서 말했다.

마사는 꿈에서 깨어나 눈을 깜박거리며 좀 뻣뻣하게 말했
다. "아, 안녕?" 그녀는 그 순간 자기와 마니의 차이를 의식했
다. 마니는 머리가 곱슬곱슬했고 입술연지와 손톱칠을 했고
얼굴은 억지로 미소 띤 어른스러운 표정이었지만 타고난 바른
마음의 압력으로 그 표정은 금세 사라지곤 했다. 들뜬 그녀는
지금 재미로 한번 옷을 차려입은 건강한 여학생처럼 보였다.
그러나 마사가 축 늘어진 금발을 리본으로 잡아매고 요크[3]를
댄 꽃무늬 양복을 입은 덩치 큰 열한 살배기 같은 꼴로 볼품
없이 널브러져 있는 것을 보자 그녀는 자기의 멋진 옷을 떠올

---

3) 장식을 목적으로 어깨나 치마에 덧댄 감.

리고 풀밭 위에 다소곳이 앉아 검은 구두 굽을 가지런히 하고 는 만족스럽게 비단 양말을 신은 두 다리를 내려다보았다.

"우리 언니 결혼해." 마니가 말했다.

언니가 모두 다섯인데 그중 둘은 이미 결혼했다. 그래서 마사가 물었다. "누가, 마리가?" 나이로 보아 마리가 그다음 언니였던 것이다.

"아니, 마리가 아니야." 마니는 참을 수 없이 깔보는 듯한 어조로 말했다. "마리는 생전 남잘 못 얻을걸, 소질이 없거든."

"남잘 못 얻는다"라는 표현에 마사는 낯을 붉히고 상을 찌푸리며 외면했다. 마니는 영문을 몰라 그녀를 바라보았다. 심한 모멸의 눈초리와 마주치자 까닭도 모르는 채 자기 쪽에서도 얼굴이 빨개졌다.

"누구냐고 묻지도 않아?" 그녀가 쭈뼛거리면서도 책망하는 투로 말하고는 다음 말을 쏟아 놓았다. "맙소사, 믿기지 않지만 스테파니란 말이야."

스테파니는 열일곱이었다. 그러나 마사는 고개를 끄덕했을 뿐이다.

기죽은 마니가 말했다. "넌 뭐랄지 몰라도 스테파니로서는 잘된 일이야. 그 남자는 고급 자동차도 있고 아빠보다 큰 농장을 가졌대."

"잘된 일"이란 말에 마사는 다시 한번 속으로 떨었다. 그러자 한 가지 생각이 그녀의 머리를 스치고 지나갔다. 난 어머니가 속물이라고 비판하면서 내가 젠체하는 건 지성적이라는 이유로 양심의 가책도 없이 밴렌즈버그네를 깔보고 있구나 하는 생각이었다. 그녀는 이런 생각이 머릿속에서 분명해지게 둘 수 없었다. 자신을 가르치는 힘들고 고통스러운 과정은 그녀가 자신을 지탱하기 위한 모든 것이었으니까. 그녀는 잠시 뒤에 아주 어렵게 말을 이었다. "축하해, 결혼식을 또 구경할 테니 잘됐구나." 그 말은 퉁명스럽게 들렸다.

마니는 한숨을 쉬며 위안을 구하듯 자기의 예쁜 손톱을 내려다보았다. 그녀는 진정 또래 아이와 친밀하게 이야기하고 싶었던 것이다. 아니, 그녀 아버지의 농장 주변에 모여든 네덜란드인들 사회에는 또래 소녀들이 있었지만 그녀는 자기가 숭배하는 마사와 친구가 되고 싶었던 것이다. 마니는 키득거리며 자기도 열여섯이니까 운 좋으면 내년에 스테파니처럼 남자를 얻을 수 있을 거라고 말하고 싶었다. 그런데 마사의 찌푸린 눈살과 마주치고는 어머니들이 약혼과 결혼에 대해 재미난 이야기를 하고 있을 베란다로 돌아가고 싶었다. 그러나 남자는 남자끼리 이야기하고 여자는 여자끼리, 아이들은 아이들끼리 노는 것이 관습이었다. 마니는 자기가 아이라고 생각지 않았지만, 마사는 그러는 눈치였다. 그녀는 자기 혼자 베란다로 돌아가면 여자들 이야기에 끼어들겠지만 마사와 함께 가면 쫓겨날 것이라고 생각했다. "우리 엄마가 네 엄마한테 이야기하는 중이야."

마사가 그 알 수 없는 분통을 터뜨리며 말했다. "아아, 엄마가 수다를 떠느라 신났겠구나." 그러고는 자기의 못된 성미를 벌충이라도 하듯이 덧붙였다. "우리 엄마도 기뻐할 거야."

"네 엄마는 네가 어려서 결혼하길 원하지 않는다는 걸 알

아. 네가 사회생활을 하기 바라지." 마니가 마음 좋게 말했다.

그러나 마사는 또 움찔하더니 성난 듯이 말했다. "우리 엄마는 내가 어려서 결혼하면 좋다고 할걸."

"너도 그러고 싶니?" 마니는 둘이 아기자기하게 이야기할 수 있는 분위기를 만들려고 애쓰며 넌지시 말했다.

마사가 비꼬듯 웃고 나서 말했다. "어려서 결혼한다고? 내가? 그러느니 차라리 죽겠다. 아기들에게 묶여서 살림이나 하느니……."

마니는 처음에 놀라는 눈치더니 다음에는 무안해했다. 그러고는 대들듯이 말했다. "우리 엄마가 그러는데 너 조스 코언에게 반했다며." 마사의 표정을 보고 그녀는 놀라서 키득거렸다. "흠, 걔도 너한테 반했고. 그렇지?"

마사가 이를 뿌드득 갈고는 뱉어 냈다. "반했다고!"

"맙소사, 그럼 좋아한다고 해 두지."

"조스 코언이라니." 마사가 성이 나서 말했다.

"그 앤 좋은 애야. 유대인도 좋은 사람일 수 있어. 그 앤 너처럼 머리도 좋아."

"너 때문에 속이 뒤집히겠어." 마사는 자신이 인종적 편견에 반응하고 있다고 생각하며 말했다.

마니의 사람 좋은 얼굴이 또 영문을 몰라 시무룩해졌다. 그녀는 마사에게 호소하는 듯한 눈초리를 보냈다. 그러고는 도망가고 싶은 마음에서 일어섰다.

그러나 마사는 긴 풀을 납작하게 낫질한 곳으로 미끄러져 내려오더니 부스럭거리며 일어났다. 그녀가 무명 치마 아래 장딴지 뒤를 쓸면서 말했다. "아유, 껍질이 몽땅 벗겨졌잖아."

이렇게 거북살스러운 순간에 자신을 비웃고 광대 노릇을 하는 마사의 버릇은 마니를 또 다른 의미에서 불안하게 만들었다. 그녀는 마사가 열여섯 살에 그런 옷을 입고 어설픈 사내자식처럼 행동하면서도 그것을 개의치 않는 것이 이상했다. 그러나 마니는 일종의 사과로 보이는 마사의 언동을 받아들이며 그녀가 들고 있는 책의 제목을 보았다. 그것은 세실 로즈의 일대기였다. 그리고 재미있냐고 물어보았다. 그러고 나서 두 소녀는 나지막한 관목 나무 밑으로 구불거리는 옛길을 따라 어깨까지 오는 누런 풀을 헤치며 집이 있는 개간지까지 걸어갔다.

집은 그 지방식대로 진흙 벽과 초가지붕으로 지어졌다. 원래가 이태 동안만 쓸 양으로 지어진 것이었다. 퀘스트 부부는 런던에서 열린 박람회를 구경한 뒤 이 식민지로 왔는데 박람회가 한 집안이 식민지에 정착해 1년만 옥수수를 기르면 이듬해에 부자가 된다는 희망을 주었기 때문이다. 그러나 일은 그리되지 않았고 임시 주택이 아직도 쓰이고 있었다. 집은 긴 타원형인데, 가로질러 나누어서 방을 냈고, 집 둘레엔 잔디 깔린 돌출식 베란다가 뻗어 있었다. 그 옆에는 네모진 양철 지붕을 올린 부엌이 있었다. 부엌은 이제 꽤 황폐했고 지붕은 녹슬어 얼룩얼룩했다. 원래 건물의 지붕 역시 내려앉았으며 벽은 너무나 자주 새 흙으로 땜질해서 진한 자줏빛부터 거무튀튀한 누런빛이나 코끼리 가죽 같은 회색에 이르기까지 온갖 색이 다 났다. 그 근처엔 여러 가지 모양의 집들이 있었으나 그중에서도 퀘스트네 집은 벽돌과 정식 지붕에나 적합한 설계를 가지고 풀과 진흙과 다진 가축 똥을 대용해 지은 것이기에 이상했다. 두 소녀는 어머니들이 칸막이 같은 골든샤워 덩굴 뒤에 앉아 있는 것을 보았다. 베란다의 층계를 오르기 위해 꼬부라지는 지점에서 마사는 얼른 "너는 가 봐." 하면서 집으로 들어가 버렸다. 마니는 다행히 여기며 어머니들 사이에 끼었다.

마사는 죄지은 사람처럼 살그머니 거실로 들어갔다. 베란다에 있는 사람들이 고개만 돌리면 그녀를 볼 수 있었기 때문이다. 처음 집을 지었을 때는 베란다가 없었다. 퀘스트 부인이 신이 나서 명랑하게 설명하듯이 집의 정면은 초원을 향해 "배의 이물"처럼 활짝 트이게 설계되었다. 사면에 창문이 있어서 원래는 산과 초원의 이어지는 전망이 좁다란 벽 조각에 잘려 액자에 넣어진 일련의 풍경화 같았다. 그런데 지금은 베란다가 그 풍경 위로 내밀고 있었으며 방 안은 어둠침침했다. 방엔 의자와 등받이 있는 긴 의자 들이 있고 한쪽엔 피아노, 반대쪽엔 식탁이 있었다. 수년 전 양탄자와 가구의 천들이 새것이었을 때는 크림색 벽과 양탄자 밑의 매끈한 검은 리놀륨을 깐 이 방도 예뻤다. 그런데 지금은 색이 바랬을 뿐 아니라 때가 묻어 우중충한 데다 잡다한 물건들이 널려 있었다. 피아노는 아무도 치는 이가 없었다. 퀘스트 부인의 할아버지가 은퇴할 때 은행으로부터 기증받은 은쟁반이 벽장 위에 돌멩이 조각과 쟁기의 나사못들과 약병들 사이에 서 있었다.

퀘스트 부인이 처음 이곳에 왔을 때 그녀는 피아노와 비싼 양탄자, 의복 때문에 웃음거리가 되었고 이웃들에게 명함을 주고 갔다고 해서 또 웃음거리가 되었다. 이제 그녀는 자신의 실수를 돌이키며 쓰게 웃음 지었다.

마루 한가운데에는 들보의 한끝을 받쳐 주는 단단한 가시나무 장대가 서 있었다. 장대는 개미와 벌레로부터 보호하기 위해 수주일 동안 독한 약 속에 담가 놓았던 것이다. 그런데도 지금 장대에는 수많은 구멍이 뚫려 있었고 귀를 대 보면 수많은 벌레의 조그만 아가리가 나무를 갉아 먹는 소리가 들려왔다. 많은 구멍에서는 하얀 먼지 가루 같은 것이 끊임없이 조금씩 흘러나왔다. 마사는 장대 옆에 가 서서 베란다에 있는 사람들이 모두 다른 쪽을 보는 때를 기다렸다. 마룻장 밑 장대의 기부(基部)가 흔들 하고 움직이는 것이 느껴졌다. 몇 년씩이나 부모는 장대를 빨리 고쳐야 한다고 서로 말해 왔으면서 이제 눈에 안 보이게 갉아 먹는 벌레들이 속을 파먹어 두드리면 장구처럼 속 빈 소리가 나자 마음 편하게 "글쎄, 상관없어. 어쨌든 들보가 진짜로 장대 끝 가랑이에 물려 있지는 않으니까." 하고 말하는 것이 정말 그들답다고 마사는 생각했다. 사실 풀로 이은 지붕을 올려다보면 지붕의 대들보와 그것의 받침으로 받쳐 놓은 장대 사이가 5센티미터쯤 뜬 게 분명히 보였다. 지붕은 그 풀 더미 아래 놓인 거미줄처럼 얽힌 가느다란 나뭇가지들 위에 잘도 받쳐져 있는 듯이 보였다. 이 집은 전부 이 모양이었다. 비실비실 위태로우면서도 온갖 위험성을 물리치며 계속 버티고 서 있는 것이다. 퀘스트 부인은 남편이 늘 그러듯 집을 다시 지을 돈이 어디 있냐고 할 때마다 "어느 날 이놈의 집이 우리 머리 위로 주저앉을 거예요."라고 투덜댔다. 그런데도 집은 주저앉지 않았다.

적당한 순간을 보아 마사는 옆방으로 살며시 들어갔다. 그
것은 부모의 침실이었다. 큰 사각형의 방은 창이 두 개뿐이어
서 어두웠다. 가구는 석유통과 밀초를 넣었던 궤짝을 못질하
여 페인트칠한 데다가 사라사 천을 늘어뜨려 놓았다. 원래 런
던에서 샀다는 커튼은 누르퉁퉁한 회색으로 바래 있었다. 이
글거리는 햇살을 받으며 힘없이 늘어진 천의 거미줄같이 얇아
진 결 위에 걸어 다니는 공작의 윤곽이 검고 악착스럽게 남아
있는 것이 보였다. 한쪽 벽에는 두 개의 커다란 쇠침대가 나란
히 서 있고 반대편에 침대를 마주 보고 화장대가 있었다. 아
무리 자주 보아도 마사는 이러한 것들에, 낡아 빠지게 내버려
둔 이곳에 대한 등한시에 둔해지지 못했다. 이 집 사람들은 이
곳에서 지냈지만 '정말로' 여기에 살지는 않았던 것이다. 집은
임시로 지은 것이었고 아직도 임시의 집이었다. 이듬해면 그
들은 영국으로 돌아가거나 시내로 이사 갈 터였다. 풍년이 들
거나 억세게 좋은 운수를 만나 경마에서 돈을 따거나 금광
을 찾아낼지도 모를 일이었다. 벌써 여러 해 동안 퀘스트 내외
는 이런 일들을 이야기해 왔다. 그리고 이런 이야기에 마사는
이미 귀를 기울이지 않게 되었다. 듣고 있으면 화가 나서 견
딜 수 없었기 때문이다. 열한두 살 때부터 그녀는 부모가 스
스로를 속이고 있음을 빤히 알았다. 그녀는 부모가 정말로 이
사 갈 마음이 없기 때문에 안 가는 거라고 말할 수 있을 정도
였다. 그러나 이 냉정하고도 화나는 생각이 실행에 옮겨지는
일은 없었다. 그녀는 부모의 공상과 어리석음을 거부하면서

도 여기가 자신의 진정한 고향이 아니라는 태도를 무의식중에 그들과 공유하고 있었다. 그녀는 마니나 이웃의 다른 사람들 보기에 이 집이 창피하리만큼 초라하고 더럽기조차 하다는 것을 알고 있었다. 하지만 순간이나마 자기 집이라고 생각한 일이 없는 것을 창피해할 이유가 어디 있는가?

방에 혼자 들어가 문이 닫힌 것을 확인하자 마사는 화장대 위 창문 한가운데 못 박아 놓은 조그만 네모꼴 거울을 향해 조심스럽게 움직였다. 그녀는 화장대 위에 놓인 것들을 싫어했기 때문에 처다보지도 않았다. 여러 해 동안 퀘스트 부인은 재빨리 화장품을 구입해다 쓰는 여자들 이야기를 해 왔다. 그러다가 남들이 모두 그러는 걸 알고는 자기도 입술연지와 매니큐어를 사들였다. 그러나 그녀는 영 그런 것들에 감각이 없었기 때문에 그것들은 모두 색이 맞지 않았다. 그녀가 사 온 파우더는 달착지근한, 그보다는 상한 케이크같이 곰팡이 핀 밀가루 냄새가 났다. 마사는 얼른 분통의 뚜껑을 닫아 서랍에 넣어 냄새가 안 나게 했다. 그런 다음 발끝으로 서서 거울에 비친 자신을 바라보았다. 거울이 너무 높았기 때문이다. 퀘스트 부인은 키가 큰 여자였다. 마사는 어머니가 좋다고 생각하는 외양에 자신을 맡길 생각은 조금도 없었다. 밤이면 마사는 손거울을 가지고 자신의 모습을 살피느라 많은 시간을 보냈다. 때로는 베개 곁에 거울을 받쳐 놓고 그 옆에 누워서 애인처럼 속삭이기도 했다. "아름다워, 넌 너무나 아름다워." 이런 일은 퀘스트 부인이 마사의 어설픔에 대해 농담조로 말하거나 퀘스트 씨가 이 나라에서는 계집아이들이 너무 빨리 큰다고 투덜거릴 때 일어나곤 했다.

　마사는 넓적하지만 턱이 뾰족한 모양새 있는 얼굴에다 진지한 담갈색 눈과 도톰한 입과 뚜렷이 곧게 그어진 짙은 눈썹을 가지고 있었다. 때로 그녀는 손거울을 부모의 침실로 들고 가 창문에 걸려 있는 거울과 각도를 맞추어 이중 거울로 자기 옆모습을 비춰 보았다. 그녀의 옆모습에는 정면의 얼굴에 없는 섬세함이 있었기 때문이다. 턱을 조금 들고 금발 머리를 느슨히 내리고 입술을 살짝 진지하고도 기대에 찬 표정으로 벌리면, 그녀도 어딘가 아름다워 보였다. 그러나 그녀의 얼굴, 그녀의 머리는 그녀의 몸뚱이와 동떨어진 것처럼 보였다. 거울이 작아서 한 번에 자신의 일부밖에 볼 수 없었기 때문이다. 어머니가 만들어 준 옷은 흉하고 음란해 보이기까지 했다. 그녀의 잘 발달한 가슴을 요크가 과장시키면서 팽팽히 당겨진 천에 눌린 불룩한 덩어리처럼 보이도록 한 것이다. 게다가 곧게 떨어지는 치마 선은 마사의 풍만한 엉덩이 때문에 일그러졌다. 어머니는 영국에서는 계집아이들이 일러도 열여섯 살까지 사교계에 나오는 일이 없고 열여덟에 나오는 것이 더 좋으며 훌륭한 집안의 딸들은 사교계에 나올 때까지는 그런 모양의 의복을 입는다고 말했다. 그녀 자신이 사교계에 나간 일이 없으며, 그녀의 집안이 사교계에 나가기 위해 필요한 지체에 훨씬 미치지 못했다는 사실도 그녀의 기를 꺾는 데엔 별 효과가 없었다. 그러나 영국의 사교계가 이런 식의 사고방식에 기초한 것은 사실이어서 그녀가 좀 더 좋은 집안과 결혼했더라면, 또 농사일이 더 잘됐더라면 번영하는 집안의 연줄을 통해 마사도 사교계에 나갈 수 있었으리라 생각하는 것도 과히 그른 일은 아니었다. 그러므로 어머니의 콧대에 대한 마사의 심술궂은 비판은 전혀 효과가 없었다. 어머니는 마사의 몸뚱이 위로 유치한 옷을 쓸어내리며 딸이 울분에 차서 구부정하게 서 있을라치면 열없는 애교를 부리며 이렇게 말하는 것이었다. "얘 좀 봐, 젖가슴이 들고일어나는구나?"

한번은 밴렌즈버그 부인이 그런 광경을 보고 중재하듯이 말했다. "하지만 퀘스트 부인, 마사는 체격이 고운데 그걸 보이지 말란 법이 어디 있어요?" 그러나 외적으로 문제는 사회적인 관습이지, 마사의 몸매가 아니었다. 그러므로 밴렌즈버그 부인이 비록 남편보고는 퀘스트 부인이 마사를 "비뚤어지는" 길로 곧장 몰고 가고 있다고 말할지언정 퀘스트 부인을 보고는 그렇게 말할 수 없었던 것이다.

오늘 오후는 오랫동안 속에 잠겨 있던 반항심이 돌연 최고로 부풀어 올랐다. 거울 앞에 서서 마사는 가위로 드레스의 몸통 부분을 치마에서 잘라 버렸다. 그녀가 치마 주름을 마니의 치마처럼 만들려고 애쓰는 중에 문이 열리더니 아버지가 들어왔다. 아버지는 조그만 분홍 팬티 바람으로 발가벗고 있는 딸을 보고 민망한 표정을 지으며 우뚝 섰다. 그러나 아버지의 민망함은 아직도 마사를 어린애로 친다면 벗은 모습을 보아도 무방한 일이기에 어중간했다.

아버지는 퉁명스럽게 "뭐 하는 거니?" 하더니 침대 옆에 놓인 벽장으로 갔다. 그것은 일곱 개의 석유통 상자를 쌓아 올려 암녹색 페인트칠을 하고 바랜 프린트 무늬 무명천으로 덮어 만든 것이었다. 수북한 약병들이 꼭대기까지 쌓여 있어서 툭 건드리면 와르르 무너져 내릴 것 같았다. 그가 우울하게 말했다. "소화가 안돼. 그 새 약 좀 먹어 봐야지." 그러면서 그는 적당한 병을 찾으려고 했다. 병들을 하나씩 창문의 광선 쪽으로 들어 올리면서 그의 시선이 마사에게 떨어졌다. 그가 말했다. "옷을 토막 낸다고 네 엄마가 싫어할라."

마사가 대들듯이 말했다. "아빠, 왜 내가 열 살짜리 꼬마 같은 옷을 입어야 하죠?"

아버지가 화난 듯이 말했다. "흠, 넌 어린애야. 만날 네 엄마와 싸워야겠니?"

문이 다시 안으로 열리며 벽에 쾅 부딪는 소리와 함께 퀘스트 부인이 들어서며 말했다. "마사, 왜 도망쳤니? 걔네들이 너한테 스테파니 얘길 해 주려던 참이었는데, 그러면 실례야……." 그녀는 말을 멈추고 빤히 쳐다보더니 다그쳤다. "대체 너 뭐 하는 거니?"

"난 이제 이딴 옷 안 입을래요." 마사가 침착하게 들리려고 애쓰며 말했으나 여느 때 같은 뾰로통한 반항조의 말이 튀어나왔을 뿐이다.

"하지만 얘야, 네가 이걸 버렸잖니, 우리가 얼마나 어려운지 알면서 그래." 퀘스트 부인이 딸의 가슴과 엉덩이의 성숙한 모습에 놀라며 말했다. 그녀는 남편을 쳐다보며 방을 건너와 마치 마사를 어린이 시절로 밀어서 돌려보내려는 듯이 딸의 허리 양쪽에 손을 얹었다. 갑자기 마사는 뒤로 물러나며 자기도 모르게 한 손을 들었다. 그녀는 어머니의 손이 닿자 혐오감에 몸서리치며 어머니 얼굴을 때릴 뻔했다. 그러나 자신의 사나움에 어이가 없어져 마사는 손을 떨어뜨렸다. 퀘스트 부인이 낯을 붉히며 효과도 없는 소리를 했다. "애야……."

"난 열여섯이란 말이에요." 마사가 악문 이 사이로 소리를 죽이며 말했다. 그리고 도움을 청하듯 아버지 쪽을 보았다. 그러나 아버지는 홱 고개를 돌리더니 유리잔에 약을 눈금대로 따라 부었다.

"애야, 착한 여자애들은 이런 옷을 입는 거야……."

"난 착한 여자애가 아녜요." 마사가 툭 끼어들어 말하고는 갑자기 웃음을 터뜨렸다.

퀘스트 부인도 안심했다는 듯이 같이 웃으며 말했다. "애는, 우스운 애도 다 봤네." 그러고는 좀 더 친밀한 투로 말했다. "넌 그 옷을 망쳤어. 아빠한테 죄송하지 않니, 돈 벌기가 얼마나 어려운지 알면서……." 그녀는 다시 말을 끊고 마사의 시선을 따라갔다. 마사는 약장을 보고 있었다. 퀘스트 부인은 마사가 전에도 말했듯이 저 장 속엔 약이 수백 파운드어치나 들어 있고 마사의 교육비보다 훨씬 많은 돈을 퀘스트 씨의 상상의 병을 위해 썼다고 말할까 봐 겁났다.

이것은 물론 과장이었다. 하지만 마사가 그런 말을 꺼내기가 무섭게 퀘스트 부인은 이상하게도 약값에 대해서 이러니저러니 변명하기 시작했다. "무슨 소리니, 그게 수백 파운드씩이나 되지 않는 줄은 너도 알잖아." 그러나 그녀는 "네 아버지가 몹시 편찮으셔."란 말은 하지 않았다. 퀘스트 씨는 정말 건강이 좋지 못했기 때문이다. 그는 삼사 년 전부터 당뇨병을 앓고 있었다. 그리고 이 사실에는 마사도 퀘스트 부인도 상기하고 싶지 않은 일화가 얽혀 있었다. 어느 날 시내에 있는 학교에서 마사가 불려 나갔다. 퀘스트 부인이 복도에서 기다리고 서 있었다. 그녀는 "네 아버지가 편찮으셔."라고 큰 소리로 말했다. 그러나 마사의 얼굴이 그저 '그게 뭐 새삼스러울 게 있나?' 하는 표정임을 보자 급히 덧붙였다. "정말이야. 당뇨란다, 그래서 병원에 가서 진찰을 받아야 해." 마사는 한참 동안 말이 없다가 마침내 몽유병자처럼 중얼거렸다. "그럴 줄 알았어요." 이 말이 튀어나오자마자 마사는 죄책감에 얼굴을 붉혔다. 그리고 바로 아버지가 앉아 있는 차로 서둘러 갔다. 모녀는 아버지에게 호들갑을 떨었지만, 퀘스트 씨는 잔뜩 겁에 질려 그들이 위로하는 소리를 들었다.

마사는 마치 때를 기다렸다는 듯이 그때의 말이 저 깊은 속으로부터 우러나오자 불만과 미안함을 느꼈다. 속으로 이런 생각을 피할 수 없었다. 아버지는 앓고 싶어 해, 앓는 걸 좋아해, 이제 실패해도 되는 구실이 생긴 거야. 그뿐 아니라 그녀는 어머니한테 책임이 있다고 책망하고 있었다.

퀘스트 씨의 병은 어머니와 딸 사이에 너무나 깊은 불쾌감을 가져왔기 때문에 많은 경우 그 문제는 거론되지 않았다. 그리고 이제 퀘스트 부인이 서둘러 창가로 가면서 말했다. "네가 아버지 마음을 상하게 하고 있어. 아버진 네 걱정을 하시는데." 어머니의 목소리는 낮고 꾸짖는 조였다.

"'엄마'가 내 걱정을 한다는 뜻이겠죠." 마사는 무의식중에 소리를 낮추면서 아버지를 힐끔 보고 차갑게 말했다. 반쯤 속삭이는 소리로 그녀가 말을 이었다. "아버진 우리가 여기 있다는 것조차 몰라. 벌써 오랫동안 우리가 눈에 들어오지 않았다고요……." 마사는 자기 목소리가 떨리는 것에 놀랐고, 울음이 터지려고 했다.

퀘스트 씨는 아내와 딸이 싸우고 있는 게 아니라고 자신에게 타이르며 급히 방을 나갔다. 그러자 퀘스트 부인이 정상적인 목소리로 말했다. "넌 우리의 걱정거리야. 넌 몰라. 네가 돈을 마구 쓰고……."

마사는 말 중간에 뛰쳐나가 자기 방으로 들어가 버렸다. 문은 뒤틀려 있었기 때문에 제대로 닫히지도 잠기지도 않았다. 원주민 목수가 나무판자로 만든 것인데 우기를 만나 뒤틀려져 그것을 닫으려면 불뚝 배가 부른 문틀 위로 있는 힘껏 밀어붙여야 했다. 문 자체는 잠기지 않았어도 잠근 거나 다름없는 순간들이 있었다. 지금이 그런 순간이었고 마사는 어머니가 감히 방에 못 들어올 것을 알고 있었다. 그녀는 침댓가에 앉아 분한 마음에 울었다.

여기는 집 안에서 가장 쾌적한 방이었다. 크고 네모난 방에, 새로 벽칠을 해 놓았고 잡다한 물건들도 없었다. 사면의 벽은 곧장 지붕을 향해 치솟아 있었는데, 지붕은 해묵어 희끄무레한 금빛으로 변해 희미하게 반짝이는 짚 더미의 부드러운 곡선 모양을 하고 대들보 양쪽으로 경사져 내려왔다. 거기에는 넓고 나직한 창문이 하나 있었고, 창문으로 방대한 갈색 들판을 향해 비탈져 내려가는 나무숲과 반대쪽 경사를 타고 오르는 싱싱한 공원 같은 관목 숲이 바로 내다보였다.(관목 숲은 농장의 다른 나무들처럼 광산의 용광로에서 때어지기 위해 잘린 적이 없었던 것이다.) 이 경사 뒤로는 커다란 산, 제이컵의 고장이 솟아 있었다. 산은 지금 온통 석양빛에 흠뻑 젖어 있었다. 낙조였다. 새는 하루의 종식을 노래하고 귀뚜라미는 밤이 다가옴을 지절댔다. 마사는 피곤을 느끼며 울퉁불퉁한 매트리스와 베개가 몸뚱이의 곡선에 잘 들어맞는 낮은 쇠침대에 누웠다. 그녀는 진한 색으로 물든 하늘을 주황색 커튼 너머로 내다보았다. 그녀는 별 자신도 없으면서 장기화할 것만 같은 싸움을 목전에 두고 있었다. 싸우는 대상이 무엇인지 분명히 말하기는 어려웠으나 그녀는 혼자 다짐하듯 "난 꺾이지 않을 거야. 안 꺾인다고."라고 말했다.

이렇게 해서 사실상 옷에 관한 투쟁이 시작되었다. 투쟁은 몇 달 동안이나 심하게 계속되었다. 마침내 불쌍한 퀘스트 씨는 그 문제가 거론되기만 하면 신음 소리를 내며 방에서 나가버리고 말았다. 그것은 이제 '옷'이나 심지어 '품위'하고도 아무 상관 없는 침묵의 투쟁을 위한 초점이 되었기에 계속해서 이어졌다.

퀘스트 씨는 자신을 평화를 사랑하는 사람으로 여겼다. 그는 키가 크고 호리호리하며 검은 머리에 언동이 느린 쪽이었다. 얼굴이 잘생겨서 지금도 여자들은 그의 잘생긴 검은 눈에 담긴 이해심과 동류의식의 표정을 보고 열을 올리곤 했다. 그런 표정에는 약간의 난봉기가 있었다. 지금도 그는 밴렌즈버그 부인과 살짝 말장난을 주고받을 때면 생기를 띠었다. 그러면 퀘스트 부인은 안절부절못했고 마사는 아버지가 젊어서도 그랬을 게 틀림없기에 그를 보면서 까닭 모르게 조금 서글퍼졌다. 그의 잘생긴 얼굴은 이렇게 생기를 띠는 순간을 빼고는 진부하고 따분하기까지 했다. 퀘스트 씨에게 설사 난봉기가 있었더라도 그는 그것을 알지 못했기에 그러한 순간들은 그리 흔하지 않았다.

퀘스트 부인이 약간 불안한 어조를 섞어 "밴렌즈버그 부인이 오늘 낮에 당신이 집적거리는 바람에 쩔쩔매더군요." 하고 놀리면 퀘스트 씨는 성가신 듯이 말했다. "무슨 소리야, 내가 집적거리다니? 난 예의상 얘기했을 뿐인데." 그는 진정으로 그렇게 믿었다.

그가 가장 좋아하는 것은 몇 시간이고 베란다에서 접의자에 앉아 빛과 그림자가 산 위로 넘어가는 것을 지켜보고, 머리 위로 구름이 퍼져 가는 것을 지켜보고, 밤에 번개 치는 것을 지켜보고, 천둥소리에 귀를 기울이는 일이었다. 그는 몇 시간씩 말이 없다가 "난 잘 모르지만 이 모든 것엔 무슨 의미가 있을 거요."라든가 "누가 뭐래도 인생은 신기한 거지." 하는 소리를 했다. 그는 방해받지 않는 한(요즈음에 와서는 그것이 누가 말을 걸지 않는 한이란 뜻이 되었지만) 멍하긴 해도 침착하고 명랑하기까지 했다. 지금 같은 때 그는 화가 지글지글 끓어올랐다. 이제는 두 여자 다 끊임없이 그에게 도움을 호소해 왔고 그러면 그는 "맙소사, 대체 싸울 게 뭐가 있어? 싸울 일이 아니잖아." 하고 하는 수 없다는 듯이 대꾸하곤 했다. 아내가 따로 그에게 와서 그가 들어 줄 때까지 기어이 말을 계속하면 그는 참다못해 소리를 질렀다. "쟤가 우스운 꼴을 하고 싶다

거든 하게 놔둬요. 그걸 가지고 잔소리하느라 시간 버리지 말
고." 또 마사가 할 수 없다는 듯이 "엄마한테 말 좀 해 줘요.
난 이미 열 살배기가 아니란 말이에요."라고 말하면 그는 "아
이고 죽겠군, 날 좀 놔둬라. 어쨌건 너희 엄마 말이 맞아. 넌
아직 어려. 마니를 보렴, 짧은 바지에 하이힐 신고 농장에서
흔들고 다니는 꼴을 보면 내 얼굴이 벌게진다."라고 말했다. 하
지만 마사는 자신을 마니와 같은 꼴로 그려 본 일이 없기에
이 말은 당연히 그녀의 분노를 샀다. 어쨌건 모녀는 그를 가만
두지 못했다. 하루에 몇 차례씩 그들은 벌겋게 상기한 얼굴로
성이 나 툴툴대며 그의 주목을 끌려고 왔다. 그들은 그가 건
강을 잃게 된 계기라든가 건강보다 더 중요한 어떤 문제를 조
용히 생각할 수 있게끔 놔두지 않았다. 그러니까 어떤 기적이
일어나 온 가족을 시내나 영국으로 옮겨 줄 미래에 대해 그가
조용히 꿈꾸도록 두지 않았던 것이다. 그들은 그의 말마따나
빌어먹을 수다쟁이 여편네들처럼 바가지를 긁어 댔다. 모녀는
둘 다 그에게 실망하고 화났다. 이런 때면 화가 그들을 단결시
켜 그에게 대항하도록 하는 것 같았다. 하지만 중재인의 운명
이란 으레 그런 것이었다.

2

  열여섯 살이 된 지 얼마 안 되어 남들은 마사가 대학 입시
에 통과할 것으로 기대했다. 말할 것도 없이 아주 우수한 성적

으로. 그런데 그녀는 시험을 치지도 않았다. 누구나, 특히 마사 자신이 운이 나쁘다고 말할 수밖에 없는 상황 때문에 어떤 일에서 물러선 것은 이번이 처음은 아니었다. 예를 들어 열한 살 무렵에 이번만큼 중요한 시험이 있었을 때 그녀는 바로 전 주일에 병이 났다. 그녀는 음악적 소질이 뛰어난 것 같았으나 언제나 운이 나빠 좋은 점수를 따서 그것을 증명할 기회를 놓치고 말았다. 그녀는 확인의 기회를 위해 세 번이나 준비했으나 끝에 가서 모든 것을 포기하고 말았다. 그동안 그녀가 불가지론자가 되어 버렸기 때문이다. 그리고 이제 이 중요한 시험이 닥친 것이다. 몇 달을 두고 퀘스트 부인은 대학이니 장학금이니 이야기했고 마사도 때로는 열심히 귀를 기울였지만 당혹스러워 몸을 비꼬는 때가 더 많았다. 그 중대한 시험 날짜 일주일 전에 마사는 학교에 크게 퍼져 있던 전염성 결막염에 걸렸다. 증세는 심하지 않았으나 이 일로 마사의 시력은 약화된 듯했다.

때는 시월, 열기와 꽃의 달, 먼지와 긴장의 달이었다. 시월. 마사가 학교에 다니는 조그만 마을은 무슨 축제 때처럼 꽃에 묻혀 있었다. 보랏빛 꽃이 만발한 나무가 거리를 둘렀고 능소화가 온 보도와 정원을 꽃 구름으로 덮었으며 그 밑으로 흰빛과 분홍빛의 바우히니아 꽃들이 가곡을 노래하듯 나부꼈고 뒤로는 부겐빌레아가 담 위에 묵직한 꽃송이들을 얹어 놓은 곳마다 트럼펫의 우렁찬 소리를 방불케 하는 진한 자홍색이 듬뿍듬뿍 뿌려져 있었다. 색깔과 광선. 마을은 광선의 일제사격을 받고 있었다. 열기가 하얗게 바랜 하늘로부터 쏟아져 내려와 회색빛으로 번뜩이는 거리로부터 치올라 아지랑이 같은 열파가 되어 지붕 위를 맴돌았다. 나뭇잎의 초록은 진한 단색으로 광채가 나면서도 찌꺼기가 모여드는 버려진 물웅덩이처럼 먼지의 막을 덮어쓰고 있었다. 나무 곁을 걸어서 지나칠라치면 가지나 잎의 작은 면을 타고 광선이 반짝이며 옮겨 가는 것이 보였다. 시월은 지겨웠다! 너무나 아름답기 때문에 지겨웠다. 그리고 그 아름다움은 잔뜩 충만한 열과 먼지와 긴장감에서 오는 것이기에 지겨웠다. 모든 사람이 하늘과 큰길에 늘어선 울창한 나무와 시무룩한 구름을 지켜보았으나 몇 주일이 지나도록 아무 일도 일어나지 않았다. 바람이 길 모퉁이에서 먼지 회오리를 일으켰다가 지쳐서 주저앉았다. 꽃향기는 먼지와 석유 냄새를 섞지 않고는 떠올릴 수 없었다. 그 성대한 색채의 오케스트라는 백열하는 성난 하늘을 상기하지 않고는 떠올릴 수 없었다……. 나중에 마사는 눈이 몹시 아팠던 걸 기억했다. 눈을 감으니 따끔거렸다. 그래서 그녀는 반쯤 어둠 속에 누워 자기 상태를 가볍게 보려고 했다. 그만큼 눈이 멀까 봐 겁났던 것이다. 그녀는 자기 공포심에 더 질려 있는 셈이었는데, 학교 여학생의 반이 같은 안질에 걸려 있었고 눈이 먼다는 건 당치도 않은 일이었기 때문이다. 문제는 눈이 나을 때까지 기다리는 일이었다. 그녀는 침대에 누워 기다리고 있을 수만은 없어, 간호사를 졸라 기어이 골든샤워 덩굴이 두꺼운 커튼처럼 길 쪽을 가리고 있는 베란다에 나앉았다. 이렇게 하면 후끈거리는 눈꺼풀을 통해 하늘에서 쏟아지는 광선이 보여 자기 눈이 멀지 않았음을 확인할 수 있었기 때문이다. 그녀는 종일 거기 앉아 있었다. 그러면서 열과 향기의 물결이 노스탤지어의 전율처럼 벌컥벌컥 자신에게 닥쳐옴을 느꼈다. 하지만 무엇을 향한 노스탤지어일까? 그녀는 앉은 채 무거운 공기가 그녀에게 타격을 가하는 보이지 않는 적수인 양 힘들게 쿵쿵 냄새를 맡아 보았다. 또한 치러야 할 시험이 있었다. 그녀는 언제나 마지막 두 주 동안 집중적으로 파고드는 공부에 의지해 시험을 쳤다. 그녀는 한 달쯤은 무엇이든 사진처럼 기억할 수 있는 타입이었기 때문이다. 나중에는 암기했던 것이 언제 알았냐는 듯이 깨끗이 사라지고 말지만. 그러니까 마사가 시험을 친다면 통과는 하겠지만 그저 어중간한 성적일 터였다.

퀘스트 부인은 딸이 전염성 결막염에 걸렸다는 기별을 받았다. 다음으로 마사에게서 아주 흥분된 어조의 편지를 받았다. 그다음에 온 편지는 간단하고 사무적이었다. 퀘스트 부인은 마을로 가서 딸을 안과에 데려갔다. 의사는 진찰을 하더니 마사의 눈에 아무 이상도 없다고 했다. 퀘스트 부인은 잔뜩 화가 나서 또 다른 안과로 딸을 데려갔다. 그녀의 화는 남편의 증세에 대한 그녀의 진단을 즉석에서 시인하지 않은 의사들을 향한 것과 비슷했다. 두 번째 안과의는 참을성 있고 냉소적이어서 퀘스트 부인이 하는 모든 말에 동의했다.

이상한 것은 수년 동안 그저 마사가 이름을 떨치기만 소원해 오던 퀘스트 부인이, 마사가 흔들리기 시작하자 그렇게 쉽게 눈이 망가진 것을 인정하고 심지어 영구히 나빠졌다고까지 고집하는 일이었다. 이렇게 혼란스러운 모순 덩어리 문제에 대해 "안다"라는 말을 사용할 수 있을지 모르지만 아무튼 퀘스트 부인이 마을로 와서 이 문제를 다루기 시작하자 마사는 전혀 미리 알지 못했던 쪽으로 자기가 휩쓸려 가고 있음을 깨달았다. 그 결과 마사는 농장으로 돌아가게 되었다. 퀘스트 부인이 마사에게 불안을 주는 야릇한 자부심을 보이며 이웃에게 설명한 바에 따르면 "눈을 쉬게 하기 위해서"였다.

그리하여 마사는 집에 와 있으면서 "눈을 쉬게" 했지만 여느 때만큼이나 책을 읽었다. 그리고 이렇게 사리에 맞지 않는 행동에 대해 두 모녀 사이에 오가는 이야기가 얼마나 이상한지 몰랐다. 퀘스트 부인은 "너 눈을 혹사시켰다는데 왜 또 책을 읽니?"라고 말하지 않았다. 그 대신 "넌 내 속을 썩이느라 일부러 그러는 거지!", "왜 그런 책을 읽어야 하니?", "넌 네 일생을 망치고 있으면서도 내 말을 들으려 하지 않는구나." 하는 식으로 말했다. 마사는 끈질기고 냉소적인 침묵을 지킨 채 계속 책을 읽었다.

그래서 지금 열여섯 살의 마사는 할 일 없이 심심해서 이따금은 (곧 사라지는 순간적인 생각이긴 했지만) '도대체 왜 내가 시험을 치지 않았을까, 문제없이 붙었을 텐데.'라는 생각을 남몰래 하곤 했다. 그녀는 별 노력 없이도 반에서 일등을 하지 않았던가. 그러나 이런 생각들은 꼭 집어서 해결할 수 있는 게 아니어서 그녀는 곧 머릿속에서 몰아내고 말았다. 하지만 어째서 이 세상에서 가장 떠나고 싶은 이 농장에 살도록 자신을 버려두고 있는 것일까? 대학 입학시험은 바깥 세계로 가는 일종의 허가증이었다. 그것 없이 도망친다는 것은 너무나 어려운 일로 보였기 때문에 그녀는 기관차 바퀴 밑에 손발이 묶여 있다거나 유사(流砂) 속에 허리까지 묻혀서 버둥거리거나 발 밑에서 자꾸 뒤로 물러나기만 하는 층계를 영원히 오른다거나 하는 끔찍한 악몽을 꾸곤 했다. 그녀는 마치 어떤 주술에 걸려 있는 것처럼 느꼈다.

그러던 참에 퀘스트 부인이 마니가 대학 입시에 합격했다는 말을 하기 시작했다. 그것도 아주 기분 상하게 말했다. "봐라, 그 애가 붙을 수 있는데 넌 왜 안 되니?"

마사는 마니를 보고 싶지 않았다. 밴렌즈버그네와 퀘스트 네는 서로 멀어져 가고 있었으므로 만나기를 피하는 것은 쉬웠다. 서로 멀어진 것은 이웃 간에 무어라 설명할 수 없는 감정의 변화 탓이기도 하지만 그럴 만한 이유도 있었다. 밴렌즈 버그 씨가 급진적인 민족주의자가 되어 가고 있어서 밴렌즈버그 부인은 퀘스트 부인을 정거장에서 만날 때마다 사과하는 듯한 표정을 지었다. 그래서 당연한 결과로 두 집안은 오랜 세월 동안 국적 문제를 제쳐 놓은 채 친하게 지내 온 터였음에도 퀘스트 내외가 "그놈의 아프리칸더[4]들!" 하고 말하기에 이른 것이다.

마사는 이런 일들을 생각하고 싶지 않았다. 그녀는 깊은 황홀경에 빠진 듯 자신의 문제에 골몰했다. 후일 그녀는 이 시기를 자기 생의 최악의 시기로 생각하게 되었다. 가장 겁나는 것은 무엇엔가 질질 끌려가고 짓눌려 있다는 느낌이었다. 그녀

---

4) 남아프리카에 살고 있는 네덜란드계 백인을 일컫는다.

는 어째서 자기가 자신의 의지와 지성과 자기가 믿는 모든 것에 반대되는 행동을 하는지 이해할 수 없었다. 마치 그녀의 몸도 두뇌도 마비된 것 같았다.

어찌할 방도가 없었다. 농장은 그녀에게 시민권을 거부하는 사랑하는 고국처럼 그녀를 둘러싸고 있었다. 그녀는 어린 시절에 뇌던, 이미 힘을 잃은 마술 같은 이름들을 되풀이해 봤다. 2만 5000평 농장, 대연초원(大煙草園), 능선 농장, 12만 평 농장, 카피르 농장, 울타리 옆 숲, 호박 농장…… 이런 말들은 그저 텅 빈 말이 되어 버렸다. 삼면에 산재하는 고무나무가 경계선을 이루고 있는 5000평 농장. 석영 광맥과 푸석푸석한 하얀 자갈이 많은 탓에 분홍빛과 노란빛이 감도는 비탈을 건너지르며 마사는 혼자 시시하다는 듯이 말했다. 뭐가 2만 5000평이람? 만 5000평밖에 못 되면서. 뭐가 12만 평이야? 10만 평도 안 되는 것이. 무엇 때문에 이 집 식구들은 언제나 평범하고 초라하기까지 한 것들에 거창한 이름을 붙이는 걸까? 그녀에게는 모든 것이 움츠러들어 보였다. 집은 마치 심술맞은 광선이 그 위에 비친 꼴이었다. 초라한 정도가 아니라 숫제 지저분했다. 모든 것이 후락하고 황폐하고 안으로 기울어 있었다.

그리고 끔찍한 것은, 이보다 훨씬 끔찍한 것은 그녀가 두려워하며 아버지를 지켜보고 있다는 사실이었다. 그녀가 보기에 아버지가 꿈속에 잠긴 사람 특유의 치명적인 무기력 상태를 나타내기 시작했기 때문이다. 그는 반쯤 잠든 사람 같은 모습을 하고 있었다. "아버진 중년이야. 나이가 많지도 젊지도 않아."라고 그녀는 자신에게 타일렀다. 그는 사람이 별로 변하지 않는 인생의 중반기에 있었다. 하지만 아버지의 무변화는 활기에 대한 거부에서 강요된 것이 아니라…… 그러면 무엇에 의한 것일까? 그는 아침 늦게야 일어났고 멍하니 아침을 먹고는 실제의 병과 다양한 상상의 병을 시험해 보러 침실로 어슬렁어슬렁 걸어가곤 했다. 농장 일은 일찌감치 걷어치우고 점심을 먹으러 돌아왔고 점심 뒤엔 날마다 조금씩 더 길게 낮잠을 잔 다음 해가 지기를 기다려 접의자에 앉아 미동도 하지 않았다. 그리고 저녁(계산된 건강식이었다.)을 먹은 뒤에는 일찍 잠자리에 들었다. 잠, 잠, 집은 온통 잠에 젖어 있었다. 그리고 퀘스트 부인의 목소리는 마녀의 주문 소리처럼 속삭거렸다. "여보, 당신 피곤하죠? 과로하지 마요." 이런 말이 마사에게 향할 적이면 그녀는 마치 자기가 아버지 옆에 서서 악몽에 사로잡히는 듯한 느낌이었고 "피곤"이란 말에 정말로 피곤을 느끼며 몸을 흔들면서 정신을 가다듬어야 했다.

"난 피곤해하지 않을 거야." 그녀가 어머니에게 쏴붙였다. "날 피곤하게 만들려고 해도 소용없어요." 이상한 말들이었다. 그러나 퀘스트 부인이 그것을 문제 삼지 않는 것은 더욱 이상한 노릇이었다. 구원(久遠)의 어머니인 그녀의 얼굴은 인내와 슬픔의 주름살을 보이며 달콤하지만 해로운 망각의 구름 같은 잠과 죽음을 두 손으로 장악하고 있었다. 마사는 자기가 사로잡혀 있는 악몽에 나오는 흉악한 인물로 어머니를 보았던 것이다.

하지만 때로 그들의 이야기는 좀 더 사리가 통하기도 했다.

"넌 아버지에게 너무 가혹하게 굴어." 퀘스트 부인이 불만을 말했다. "아버지는 편찮으셔, 정말로 아프시다고."

"나도 알아요." 마사가 죄책감을 느끼며 비참한 기분으로 말했다. 그러다가 분기하듯 말했다. "블랭크 씨를 봐, 그 아저씨도 그거라지만 다르잖아." 동네 반대편에 사는 블랭크 씨는 같은 병인 데다 퀘스트 씨보다 훨씬 중증이었지만 활동적인 생활을 하며 하루 한 번씩 대체 체액을 스스로 주사하는 것을 이를 닦거나 아침에 습관적으로 과일을 먹거나 하는 일과 동일시하는 것 같았다. 그런데 퀘스트 씨는 완전히 병을 앓는 일에만 몰두하고 다른 일을 이야기하는 적이 전혀 없었다. 병과 전쟁, 전쟁과 병. 마치 똑같은 목적지를 향해 가는 이중 도로처럼 그의 머릿속에 쌍둥이 길이 나 있어 그의 생각이 한쪽 길에서 물러나면 또 한쪽 길로 들어서게 되어 있는 듯했다.

마사에게는 밴렌즈버그 내외가 더 이상 찾아오지 않는 것을 아버지가 좋아하는 듯이 보였다. 왜냐하면 밴렌즈버그 씨와는 농장 이야기를 할 뿐이었지만 그 대신 찾아오는 맥두걸 씨와는 전쟁터의 추억을 나눌 수 있었기 때문이다.

말없이 비판적인 모습으로 베란다를 걸어 내려온 마사는 접의자에 무슨 철학가처럼 기대앉은 아버지의 모습을 보았다. 그의 목소리가 들려왔다.

"우린 무인지경에 있었소. 모두 여섯 명이었는데 그때 조명탄이 터졌지. 보니까 독일 놈 참호에서 세 발짝도 안 되는 데였소……."

베란다의 반대쪽에서는 퀘스트 부인이 맥두걸 부인과 이

야기하고 있었다. "그때가 갈리폴리에서 부상병들이 들어오던 때였지요……."

마사는 저도 모르게 이 한 쌍이 되풀이하는 고생 타령에 귀를 기울이며 그 속에 빠져들었다. 이 소리는 그녀가 기억할 수 있는 까마득한 어린 시절 이래 노상 중얼중얼 들려왔고 그녀의 좀 더 깊은 자아 속으로 엮여 들어갔던 것이다. 그녀는 두려운 마음으로 이 고난의 시가 자기에게 미치는 영향을 지켜보았다. "무인지경", "조명탄", "독일 놈" 같은 말들은 그녀의 머릿속에 시구의 이미지 같은 상을 불러일으켰다. "무인지경"은 생명력과 생명력 사이에 놓인 시커멓고 황량한 사막이었다. "조명탄"은 추억 속에서 그녀의 머리를 건너지르는 불꽃놀이처럼 오색 빛으로 발사되었다. "독일 놈"은 무시무시한 거인 모양이었으며 인간이 아니라 밤에 보는 허깨비 같았다. "갈리폴리"라는 경쾌한 말은 대담한 춤을 연상시켰다. 그녀는 이런 말들의 힘 때문에 무서웠다. 그 힘은 그 단어들이 의미하는 것과 아무 상관 없으면서도 너무나 강하게 영향을 미쳤다.

그러던 어느 날 오후 그녀가 층계에서 귀를 기울이며 서 있으려니까 아버지가 소리쳤다. "매티[5]야, 내가 그 이야기 했던 가……." 그녀는 "몇천 번은 들었을 거예요."라고 퉁명스럽게 말하면서도 마음이 편치 않았다.

아버지는 고개를 번쩍 들어 마사를 쳐다보았다. 그의 얼굴에 어쩔 줄 모르는 노기가 떠올랐다. 그가 말했다. "너한테는

---

5) 마사의 애칭.

54

상관없겠지. 우린 참호에서 나왔는데 그때 전세가 갑자기 악화된 거야. 이른바 '차마 입에 못 담을 대참사'라고 네가 말하는 사태가 일어난 거지."

"저는 그런 말 한 적 없어요." 그녀가 마침내 부루퉁하게 우스개처럼 말했다.

마사는 그 자리를 뜨려고 했으나 아버지가 불러 세웠다.

"너희 평화론자들 말이다, 저번 전쟁 때도 평화론자들이 있었지만 전쟁이 시작되니까 모두 싸우더라. 너도 두고 보렴, 싸울 테니."

마사는 자신이 평화론자라고 생각해 본 적이 없었으나 그러고 보니 그런 것도 같았다. 그녀는 아버지의 요구에 따라 그 역할을 하는 셈이었다. 그것은 그녀가 아버지에게 "전쟁을 영광스럽게 생각하기를 거부한 1920년대의 어떤 무리"를 대표하는 것과 같은 이치였다. 1920년대는 그녀가 열 살도 채 안 되던 때라 별 기억도 없었다. 그러나 그녀는 독서를 통해서 그런 사람들을 스스로 그려 냈고, 그 때문에 1920년대에는 일종의 상징이나 부적처럼 쓰이던 "젊다"라는 소리만 들어도 무모한 반항의 감정이 솟아났다.

이와 비슷하게 퀘스트 씨가 세계를 주름잡는 국제적 유대인 도당에 대해 불평을 늘어놓을 때(그는 우편으로 보내온 소책자를 읽고 나서 요새 그런 버릇이 생겼다.)에도 마사는 가장 이치에 맞고 논리적인 태도로 반론을 폈다. 어떤 문제에는 이치도 소용없다는 것을 그녀는 아직 너무 어려서 배우지 못했던 것이다. 또 퀘스트 부인이 카피르인들은 모두 더럽고 게으르고 천성적으로 바보라고 할 때 마사는 그들을 두둔했다. 그리고 부모가 히틀러는 신사도 못 되고 원리 원칙도 모르는 벼락출세한 상놈이라고 하면 자신이 히틀러까지도 두둔한다는 것을 깨달았다. 그 때문에 마사는 잠시 생각에 잠겨 자신의 감정이 이용당하는 게 아닌가 의심했다. 또 부모가 투덜거리면서 참을 수 없는 어조로 목소리를 높여 가며 그녀와 언쟁을 벌이고 곧 독일과 러시아를 상대로 전쟁이 있을 거라며(당시는 모든 이가 누구에게도 이익이 되지 않을 터이니 전쟁이 다시 일어나지는 않을 거라고 말하던 때였다.) 지난 전쟁을 그렇게 비판적으로 말하는 마사를 벌주기 위해서라도 전쟁은 필요하다고 말할 때면 자신의 확신이 의심스러워지지 않을 수 없었다.

남동생인 조너선 퀘스트가 보다 부유한 세상에서 온 방문객처럼 비싼 학교로부터 방학을 지내러 집에 돌아왔다. 처음으로 마사는 자기가 의식적으로 남동생에게 노여워하고 있음을 알았다. 어째서 자기보다 머리가 나쁜 그가 "좋은 학교"에 들어가고 언제나 틀림없이 그에게 우선권이 주어지는 것일까 그녀는 의아스러웠다. 이런 비판에는 약간 거북한 점이 있기는 했다. 왜냐하면 마사는 눈이 나아지더라도 절대로 사이비 일류 학교엔 안 간다고 어머니에게 강경히 말해 왔기 때문이다. 그녀는 서로 맥락이 끊긴 여러 가닥의 생각이 자기에게 있음을 깨닫고 있었다. 그리고 그런 의식은 조너선에 의해 정점에 달했다. 조너선은 성품이 착한 사내 녀석으로, 생김새가 아버지를 닮았고 이웃 농가들을 들르며 방학을 보내면서, 그리스인 소크라테스나 자그마한 카피르 상점을 하는 코언네 식구들을 만나러 정거장까지 나가기도 했다. 그는 누구하고나 친하게 지냈다. 하지만 마사에게는 아프리칸더들을 경멸하는 남동생이, 아니 결국 같은 의미가 되겠지만 아프리칸더들에 대해 전형적인 영국식 태도를 가진 남동생이 밴렌즈버그네 집에서 작은아들 같은 대접을 받고 세상에서 가장 자연스러운 일인 양 코언네 애들과 얘기하러 그 가게에 들른다는 것이 매우 불합리한 일로 생각되었다.

마사가 비꼬는 투로 물었다. "넌 유대인이 세상을 망친다면서 어떻게 솔리나 조스는 만나러 가는 거야?"

조너선이 거북한 표정을 지으며 말했다. "하지만 전부터 걔네와 알고 지냈잖아."

마사가 일부러 알 수 없다는 표정을 짓자 그가 말했다. "하지만 누난 한 번도 걔네 집에 안 가면서."

"안 가는 게 너 같은 감정을 가졌기 때문은 아니야."

조너선은 이렇다 할 어떤 감정도 가진 것이 아니었기 때문에 난처해하며 부모가 하던 말, 그가 학교에서 듣던 말을 되풀이할 뿐이었다. "하지만 누난 히틀러가 괜찮다고 했다며? 그건 어떻게 된 거야?"

"내가 언제 히틀러가 괜찮댔어? 난 다만……." 그녀는 말을 멈추고 낯을 붉혔다. 이번에는 조너선이 알 수 없다는 표정을 지을 차례였다. 그녀는 다만 히틀러가 벼락출세한 상놈이란 사실이 그의 능력에 대한 비판은 되지 못한다고 했을 뿐이지만 이 집안에서는 그것만으로도 그에 대한 옹호가 되고도 남았다.

그녀가 장황하게 이치를 따지며 이야기하기 시작했다. 조너선은 이야기하기를 거부하고 그녀를 놀릴 뿐이었다. "누나가 골났네. 누나가 골났대요." 그가 어린애처럼 노래를 불렀다.

"넌 젖먹이밖에 안 돼." 마사가 경멸에 차서 말을 끝맺었다. 그들의 언쟁은 언제나 이렇게 끝났고 그녀는 돌아서고 말았다. 그런데 돌아서는 행위는 대신 무엇인가를 향한다는 뜻이 된다……. 그리고 그녀는 책장에서 닥치는 대로 책 한 권을 집어 들었다. 이것도 늘 하는 행위였다. 마치 "내가 하는 소리는 충분히 근거가 있어."라고 말하듯 그저 제일 가까운 책으로 손을 뻗지 않은 적이 얼마나 되던가?

그녀는 "마사는 엄청난 독서가야."라는 말을 어머니가 사용하는 것과 똑같은 방식으로 자기가 사용하고 있다는 사실을 깨달았다. 하지만 그녀가 무엇을 읽었단 말인가? 다만 어수선한 공상과 공상 사이에 같은 책을 몇 번이고 되풀이해 읽으며 열기가 마취제처럼 벌컥벌컥 몰려오는 그녀의 피신처인 큰 나무 밑에서 전에 읽은 것을 알아보는 쾌감에 빠져 있을 뿐이 아니었던가. 그녀가 시를 읽는 것은 말의 뜻 때문이 아니라 춤추는 풀이나 머리 위에서 흔들리는 나뭇잎의 리듬, 억센 풀과 주접 든 나무가 있는 실제의 전망 위로 찬란한 환영처럼 놓여 있는 하얀 도시와 고귀한 사람들이 있는 이상향의 모습에 순응하는 선율 때문이었다.

그녀는 뭔가 다른 것을 찾으려고 집 안을 뒤졌다. 집은 책으로 가득했다. 그녀의 방에도 어린 시절부터 가졌던 옛날 이야기책과 시집이 꽉 들어찬 책장이 있었다. 거실에 있는 부모의 책장은 부유한 빅토리아조의 집안으로부터 이어받은 디킨스, 스콧, 새커리 등의 고전으로 차 있었다. 이런 책들을 그녀는 벌써 몇 년 전에 읽어 버렸고 지금 다시 어떤 굶주린 감정으로 읽어 보았다. 저 조그만 흑인 아이를 올리버 트위스트에 비길 수도 있었다. 하지만 그다음엔 어떻게 된단 말인가? 그 밖에도 부모가 말하는 정치에 관한 책들, 이를테면 로이드 조지의 회고록이나 1차 대전에 관한 역사서들이 도처에 널려 있었다. 어느 책도 농장이나 원주민 노동자의 집단이나 신문에 나는 사건이나 심지어 그녀의 들뜬 심리 상태의 시초가 된 『나의 투쟁』[6]과 관련 없어 보였다.

하지만 어느 날 그녀는 먼지를 덮어쓴 책들의 행렬 위에 살짝 끼어 있는 H. G. 웰스의 책을 발견했다. 그것을 집어 들었을 때 그녀는 막연한 저항감이랄까, 싫은 느낌을 의식했다. 그 의식이 너무 강력해서 그 책을 내려놓고 여느 때처럼 셸리나 휘트먼을 집어 들려고 하다가 자신이 하고 있는 행동을 인식하고는 어이가 없어 멍청히 서 있었다. 전에도 그런 느낌이 든 적이 있었다. 그녀는 다시 그 책을 바라보았다. 그것은 『세계약사(世界略史)』였고 책 표지 뒤에는 "조슈어 코언"이란 이름이 적혀 있었다. 그녀는 마니가 "조스 코언이 너한테 반했대."라고 한 순간부터 코언네 아이들과 어릴 적부터의 우정을 저버렸다. 그녀는 그들이 보고 싶었다. 그런데도 그들을 만날 수 없었다. 처음에는 그들의 쏟아지는 비판을 피할 수 있다는 안도

---

6) 아돌프 히틀러의 자서전이자 정치 선언문.

감이 정말 컸기 때문이다. 더 이상 그들이 빌려 주는 책을 읽고 자기 생각을 시험해 볼 필요가 없었던 것이다. 최근에는 부자연스러운 그녀의 두 눈에 대한, 좀 모호하면서 말로 인정하지 않는 부끄러움 때문이었다. 그녀는 피신처 나무로 그 책을 들고 가서 통독했다. 그러면서 자기가 왜 가장 모호하고도 어려운 시는 쉽게 읽으면서 이른바 사실에 대해서 쓴 쉬운 책은 애써 집중해야만 읽을 수 있는지 의아해했다. 그녀는 코언네 아이들과의 우정을 되살리기로 작정했다. 그녀를 도와줄 수 있는 이가 아무도 없었기 때문이다. 그녀는 그들이 무슨 책을 읽으라고 일러 주기를 바랐다. 책을 읽는 데에는 두 가지 방법이 있었다. 하나는 이미 알고 있는 사실을 좀 더 깊이 확인하는 방법이고, 다른 하나는 삶에 짜 넣을 수 있는 새로운 사실과 새로운 생각을 얻는 방법이었다. 그녀는 첫 번째 독서법에 치우쳤기에 두 번째 독서법이 필요했다. 이 모든 책들을 그녀는 2년 전에 빌려 왔고…… 물론 읽었다. 읽긴 읽었으되 아직도 그 내용을 받아들일 준비는 되어 있지 않았다.

그런데 이제 어떻게 하면 좋을까? 그녀는 코언네 아이들에게 아주 못되게 굴었던 것이다. 이따금 정거장에서 그 애들을 보긴 했다. 몇 년씩 사귀어 오던 사람들과 만나기를 피한다는 것도 일종의 재간인데 마사는 "저 아이들이 날 그렇게 생각하진 않을 거야."("그렇게"라는 것은 반유대주의자란 뜻이다.)라고 혼자 말하면서, 그저 아는 사람처럼 부자연스러운 미소를 지어 보였던 것이다. 그들은 고개만 끄떡해 보이고 그녀가 내색하는 소망대로 그녀를 내버려 두었다.

마을엔 약 쉰 명의 사람들이 있었다. 마을은 농민들이 소크라고 부르는 그리스인 소크라테스의 가게 주변에 너저분하게 세워져 있었다. 웨일스인이 경영하는 자동차 수리 공장이 하나, 농민 집회장, 철길 옆에 쌓아 올린 통나무 위로 기다란 양철 지붕을 얹은 헛간 같은 정거장, 현장감독의 조그만 집, 그리고 역시 소크라테스가 경영하는 호텔이 있었는데, 거기에는 그 지역의 진짜 사교의 중심인 바가 있었다. 이런 건물들은 넓찍한 붉은 땅 위에 여기저기 서 있었다. 철길과 연하여 갈색의 물줄기가 뻗어 있었고 거기서는 소크라테스 부인이 호텔 손님의 만찬을 위해 이따금 한 마리씩 잡아가는 오리들이 헤엄치기도 하고 농부들이 짐을 싣는 동안 짐차에서 풀려난 황소들이 녹색의 더껑이가 앉은 물속에 무릎까지 잠겨 머리 위로 천둥소리를 내며 지나가는 기차를 태평스레 쳐다보기도 했다. 기차는 일주일에 두 번 다녔고 20킬로미터를 더 가면 철도의 끝이었다. 그 너머로는 잠베지 계곡의 끝에 위치한 커다란 벼랑으로 오르는 기다란 비탈이 있을 뿐이었다. 하지만 길의 교통량은 상당히 많았고 바 밖엔 차들이 종일토록 먼지 속에서 있었다.

퀘스트 부인이 사교적이었기 때문에 몇 년 전까지 그들은 일주일에 두 번은 정거장에 갔다. 그러나 퀘스트 씨가 움직이기를 극도로 싫어하게 된 지금은 한 달에 한 번 갈 정도였고, 그나마 퀘스트 부인이 적어도 일주일 전부터 남편을 졸라 대야 했다.

그녀는 분명히 도전하는 투로 말하곤 했다. "앨프레드, 내일 같이 정거장에 가는 거 잊지 마요."

그는 들은 척도 하지 않았다. 아니, 성마른 눈빛으로 막연하게 그녀를 올려다보다가 다시 시선을 떨어뜨리고는 그녀의 목소리에 아예 구부정한 등을 돌리고 마는 것이었다.

"내 말 좀 들어요, 제발. 밀가루도 떨어졌고 애들한테 새 앞치마도 필요하고 설탕도 거의 다 돼 간단 말이에요."

그래도 그는 눈을 내리깐 채 얼굴은 고집불통이었다.

"앨프레드!" 여자가 고함쳤다.

"왜 그래?" 그가 힐문하며 여자를 노려보았다.

몇 년을 두고 도발해 왔고 끈질기게 맞서 오던 그 눈초리에 정신이 번쩍 난 그녀는 겸연쩍어하면서도 단호하게 중얼거렸다. "정거장에 가야 한다니까요."

"수레를 보내면 돼." 그가 급히 말하고는 피하듯 일어섰다.

"안 돼요, 여보. 당신은 늘 수레를 아껴 써야 한다면서 그래요. 밀가루 두어 포대 때문에 수레 한 대를 내보내는 것도 우스운 노릇이고……." 그는 막 나갈 듯이 문간에 서 있었다. 여자가 그의 등에다 대고 소리를 높였다. "그리고 마땅한 옷감이 있나도 봐야 해요, 내가 걸친 이 넝마도 다 돼 간단 말이에요."

그가 멈춰 서서 다시 한번 그녀를 노려봤다. 그의 눈초리엔 자기가 가장 두려워하는 무기를 아내가 사용한 데 대한 비난과 죄책감의 빛이 있었다. 그녀는 다음과 같이 말하고 있는 것이나 다름없었다. '나를 이렇게 끔찍한 농장에 살면서 이토록 가난에 쪼들리게 한 데다 자식을 밴렌즈버그네와 같은 수준까지 끌어내린 마당에 적어도 한 달에 한 번쯤은 나들이를 시

켜 줘야 할 게 아니에요……'

"아이고, 좋아요, 좋아. 당신 좋을 대로 해." 그는 앉아서 신문을 집어 얼굴을 가려 버렸다.

"내일 점심 먹은 뒤에 갈 거예요. 마사는 내가 준비하는 걸 도와주고."

남편의 반항적인 눈초리는 신문에 가려졌으나 신문지는 저항의 잔잔한 흔들림을 보였다. 그러나 마사가 어머니를 향해 눈을 들며 시무룩하게 물었다. "고작 삼십 분짜리 나들이에 준비는 무슨 준비?"

"그야 뭐…… 알잖니…… 모든 게 다……."

퀘스트 부인은 당황해했다.

마사가 성깔을 부리며 말했다. "세상에, 누가 들으면 우리가 영국이나 어디 그런 델 가는 줄 알겠네요."

이것은 이 집에서 흔히 하는 농담이었다. 그래서 퀘스트 부인은 그녀의 소녀 같고 매력적인 웃음을 지어 보였다. 그러나 아무도 웃지 않았다. "그야 우리 집에서 나 말고는 아무도 손가락 하나 까딱하지 않으니……." 이것은 불평 소리가 아니라 "제발, 제발이지 좀 웃어 봐. 화가 잔뜩 나 으르렁대는 이 사람들아, 웃고 좀 풀어 보라고." 하고 호소하는 소리였다. 그녀는 마사의 얼굴이 여전히 뚱하고 남편의 신문지는 여전히 곤두서서 시야를 딱 가로막는 것을 보고 한숨을 내쉬었다.

다음 날 아침 식사 때 그녀가 말했다. "정거장 가는 것 잊지 마요."

그제야 그가 마지못해 말했다. "꼭 가야 하나?"

"네, 꼭 가야 해요. 일단 가면 당신도 재미있을 거예요."

이 말은 실수였다.

"난 재미없소, 지겨워. 게다가 휘발유도 없는걸."

"창고 예비용 통에 있어요." 퀘스트 부인이 요지부동으로 말했다. 이젠 도리가 없었다. 퀘스트 씨는 신음 소리를 내며 자기 운명을 감수하기로 했다. 그리고 차고로 갔을 때에는 어떤 흥미를 느끼기조차 하는 것 같았다. 회의의 구름이 걷히고 그의 눈은 손이 하는 일을 열심히 좇았다. 마사는 생각에 잠긴 아버지의 눈이 억지로 바깥을 향하면서 자신의 손이 마치 자기와 별개의 어설픈 생물인 양 지켜보는 모습을 보는 게 항상 걱정스럽고 불안했다.

차고는 회칠한 통나무 벽 위에 양철 지붕을 얹고 양쪽을 터놓은 것이었다. 그는 차를 천천히 관목 숲 쪽으로 후진하여 뺐다. 차는 울퉁불퉁한 땅 위에서 한바탕 춤추고 나서 빈터로 전진해 들어갔다. 그는 차에서 내려 이마를 찡그린 채 차를 살피며 서 있었다. 그것은 몹시 낡은 포드 차였다. 칠도 벗겨지고 옆 창의 커튼도 어디론가 사라져 없었다. 문짝 하나는 끈으로 동여맸고 닳아서 구멍 난 캔버스 덮개는 짚으로 이어 놓았다. 이 차는 10년 전에 30파운드로 사들인 것이었다.

"엔진은 여전히 성한걸." 그가 자랑스럽게 중얼거렸다. "문제는 차체가 아니야. 멍청이나 번질거리는 칠을 보고 비싼 돈을 내지, 중요한 건 엔진이라고." 그는 차를 만질 때 마사가 곁에 있는 걸 좋아했다. 그래서 하인을 시켜 불러오게까지 했다. 마사도 차의 모양은 아무래도 좋았다. 하지만 이 차의 속

력이 아주 느린 것에는 신경질이 났다. 그래서 아버지가 물통
에 물을 길어다 라디에이터에 붓고 못 쓰게 된 문고리 끈을 끌
렀다 다시 매는 동안 그녀의 얼굴은 아버지 얼굴만큼이나 꿈
꾸듯 무표정했다. 그는 마사가 아무 반응도 보이지 않자 조금
씩 그녀를 노려보기 시작했다. "너야 뭐." 하고 가는 말을 꺼냈
다. "너야 뭐, 아무래도 좋겠지만……." 그의 말끝은 맺어질 때
보다 맺어지지 않을 때가 더 많았다. 마사의 얼굴에 익살스러
운 표정이 떠오르며 두 사람의 눈이 마주치곤 했기 때문이다.

"아이, 아빠도." 그녀가 투덜투덜 항의했다. "왜 내가 아무래
도 좋아요? 그런 말 한 적 없는데!" 그러면서 그녀는 간절한
눈초리로 집을 바라보며 그쪽으로 슬금슬금 꽁무니를 빼기
시작했다. 날씨가 몹시 더웠다. 망가진 고물차로부터 열기와
광선이 반사돼 그녀의 눈으로 들어왔다.

"어디 가니?" 아버지가 기분 상한 소리로 물었다. 그래서 그
녀는 되돌아와 자동차의 발판에 앉아 들고 있던 책을 펼쳐 들
었다. 그제야 아버지는 누그러져 차 지붕에 덮인 짚을 쓰다듬
으며 명랑하게 말했다. "난 언제나 초가지붕 이는 걸 좋아했
다. 잘된 초가지붕 모양에는 남다른 게 있거든. 우리 사촌 조
지 생각이 나네. 그 녀석은 고향에서 지붕이기 명수였지. 물론
자기 할 일을 아는 사람이었어. 껌둥이 놈들과는 달라. 그놈들
은 그저 덮어놓고 아무렇게나 짚을 갖다 얹거든. 매티, 너 영
국에 돌아가거든 우선 콜체스터로 가서 조지네 자식들이 저
희 아비의 절반이라도 가는 위인이 됐는가 알아봐라. 만약에
됐다면 세계 어딜 가도 구경 못 할 초가지붕을 보게 될 거다.

매티!" 그가 골똘히 머리를 숙인 마사를 향해 소리쳤다.

"왜요?" 그녀가 책에서 눈을 떼며 노여운 듯 물었다.

"내 말을 안 듣는구나."

"들어요."

"너야 뭐, 아무래도 좋겠지만." 그가 투덜거리며 말했다.

한 시간쯤 차를 만지고 나서 그는 마사를 이끌고 집으로 돌아와 차를 마시자고 했다. 그날은 농장에 안 나가겠다는 것이었다. 그러고는 12시경이 되자 점심이 늦어져 오후에도 떠나지 못할 거라며 걱정하기 시작했다.

퀘스트 부인이 말했다. "아니, 당신. 아깐 아주 안 가겠다더니 이번엔 몇 시간 전부터 법석이우."

"당신은 20년이나 묵은 고물차를 살살 몰고 이 험한 길을 가지 않아도 되니까 그러지."

마사는 화가 나서 이를 갈았다. 언덕 위에 서면 다른 농부의 차들이 까만 풍뎅이처럼 꽁무니에 붉은 먼지를 일으키며 나무 사이로 달려가는 것이 보였다. 남들은 정거장까지 몇 분이면 갈 수 있었다.

점심 후 마음이 안 놓인 퀘스트 씨는 차로 가서 다시 한번 라디에이터를 시험해 봤다. 라디에이터는 비어 있기가 일쑤였다. 그러면 그는 달걀 대여섯 개를 가져오라고 소리치고는 하나씩 라디에이터 구멍에다 깨뜨려 넣었다. 달걀이 라디에이터의 새는 바닥에 임시로나마 끈끈한 앙금을 형성해 주기 때문이었다. 한번은 누가 옥수수 죽을 써 보라고 했다. 그는 과학실험가와 같은 조심성과 열성으로 당장에 시험해 보았다. "그것도 일리가 있을 거야."라고 중얼거리며 그는 하얀 가루 죽을 차에 몇 줌씩이나 들이부었다. 그러나 길을 반도 못 가서 차가 펑하고 터지는 소리를 내더니 죽 덩어리가 온통 차창에 날아 붙어서 눈가림을 당한 차는 미끄러지며 커다란 나무에 가걸려 버렸다. "흠." 퀘스트 씨가 생각하며 말했다. "재미있군. 더고운 가루를 썼으면 아마……."

대체로 달걀 쪽이 더 결과를 예측할 수 있었다. 그러나 너무 속력을 내지는 말아야 했고 자주 멈춰 서서 엔진을 식혀야했다. 그러지 않으면 물이 끓어 라디에이터 바닥에 엉겨 붙은 달걀이 익어서 떨어져 나갈 것이고 그러면…….

점심 후에 퀘스트 씨는 기세도 당당히 불러 댔다. "여보! 매티! 빨리 와, 엔진에 발동이 걸렸어. 가야 해." 퀘스트 부인은 웃음 반, 불평 반으로 모자를 바로 하며 차로 달려갔고 마사는 화나지만 할 수 없다는 표정으로 조금도 서두르지 않고 뒤따라갔다.

차는 언덕 꼭대기에 있는 반반한 터 언저리에 서 있었다. 퀘스트 씨는 한 손으로 브레이크를 잡고 한 손으로는 핸들을 얼싸안으며 열심히 몸을 앞으로 숙였다.

"지금이다!" 그가 소리치며 브레이크를 놓았다. 아무 일도 일어나지 않았다. "원, 제기랄!" 그는 그게 마지막 기회였다는 듯이 신음 소리를 내질렀다. "그럼, 시작!" 하며 그와 퀘스트 부인이 좌석에 앉은 채 앞뒤로 흔들기 시작했다. 차는 조금씩 조금씩 움직여 턱을 넘어 발자국이 난 자갈길로 위태위태하게 내려가 큰 웅덩이가 있는 언덕 밑까지 갔다. 그리고 웅덩이 속에 틀어박히고서야 멎었다. "이런, 제기랄." 퀘스트 씨가 끝장이라는 듯이 말하고 나서 속상한 눈빛으로 여자들을 쳐다보았다.

그는 별 희망도 없이 시동을 걸어 봤다. 그런데 대번에 시동이 걸렸고 삐익 소리와 함께 덜컹하며 웅덩이 턱을 훌떡 넘어 옥수수밭 샛길로 내려갔다. 거두어들이기 직전인 옥수수가 희부연 금은색을 띠며 바싹 마른 종이처럼 서 있었다. 바람 불 때마다 속삭이는 소리는 무수히 바삭거리는 잎사귀 소리였다. 이 12만 평 농장 아래로 옛 철길이 나 있었다. 퀘스트 씨는 차에서 내려 라디에이터의 뚜껑을 열고 안을 들여다보았다. 뭔가 지글지글 끓는 소리와 약간 썩은 듯한 냄새가 났다. "지금까지는 만사 순조롭다." 그가 만족스럽게 말했다. 그리하여 그들은 떠났다.

절반쯤 가서 그들은 다시 섰다. "5.5킬로미터쯤 왔을 거야, 휘발유를 보면 알지……." 퀘스트 씨가 휘발유 측정기를 보면서 말했다. 정거장까지는 11킬로미터였다. 아니, 실은 9.2킬로미터였다. 그러나 덤프리스 언덕까지도 11킬로미터요,(실은 9.5킬로미터) 제이컵의 고장까지도 11킬로미터이고 보니(적어도 14.5킬로미터는 됐다.) 정거장까지도 응당 11킬로미터가 틀림없다는 이치였다. 이렇게 마술같이 그려진 원의 한가운데에 집을 갖고 있다는 것은 어떤 재산이나 권력도 못 따르는 만족감을 주었다. 그러나 시적인 의미의 11킬로미터와 휘발유 계기를 재 보는 건 다른 문제였다. 그래서 퀘스트 씨는 상을 찌푸리며 말했다. "이걸 수리 공장에 끌고 가야겠는걸. 통 알 수 없단 말이야. 엔진은 생전 가도 안 망가지게 만들면서 다른 부품들은 왜 이렇게 엉성해?"

정거장까지 오자 퀘스트 부인은 살 물건을 적은 종이를 들고 소크라테스네 가게에서 내렸고 퀘스트 씨는 수리 공장으로 차를 몰고 갔다. 마사는 베란다에 뒤처져 어머니가 카운터의 다른 여자들과 열나게 얘기하느라고 자기를 잊어버릴 때까지 기다렸다가 코언네 카피르 상점을 둘러싸고 있는, 나무들로 우거진 녹지대로 재빨리 걸어갔다. 가게에는 네모난 큰 벽돌 건물로 기둥이 선 단출한 베란다가 달려 있었다. 마사는 아기를 업은 원주민 아낙네 무리를 뚫고 문에 걸린 오색 구슬 커튼을 밀치고 가게 안에 들어섰다. 가게 안에는 복판에 카운터가 있고 그 위에 밝은 빛의 과자 항아리와 면제 옷감 두루마리들이 있었다. 벽을 따라 곡식과 설탕 포대며 자전거들, 밀초와 땅콩 깡통 들이 빙 둘러서 있었다. 카운터 위에는 싸구려 구슬알, 길쭉한 육포 조각, 하모니카, 유리 발목 고리 들이 함께 매달려 흔들거렸다. 땀과 싸구려 염료와 먼지 냄새를 마사는 흡족한 듯 들이마셨다.

코언 노인은 서먹서먹한 태도로 그녀에게 고갯짓을 해 보였다. 그리고 그에게 20파운드를 빚지고 있는 그녀 부모의 안부를 묻고 주문을 기다렸다.

"솔리 있어요?" 그녀가 조금 지나치다 싶게 공손히 물었다.

노인은 대답하기 전에 눈썹을 치켜세웠다. "있지, 만나겠다는 사람이 있다면야."

"제가 만나고 싶은데요." 그녀가 더듬거리며 말했다.

"전엔 우리 집 사정에 훤하더니만." 짧게 말하며 그는 마사가 어려서 기어 들어가던 카운터의 쪽문을 고갯짓으로 가리켰다. 그녀는 그가 자기를 위해서 그 쪽문을 들어 줄 줄 알았는데 그러지 않았다. 그래서 그녀는 어설프게 그것을 움직이려고 했고 그러는 사이에 노인은 지켜보기만 했다. 그러다가 천천히 문을 들어 주며 그녀가 지나갈 수 있도록 옆으로 비켜섰다.

그녀는 저도 모르게 말하고 있었다. "그건 오해예요. 전 그저……."

그가 번쩍하는 눈으로 그녀를 노려보고는 비꼬듯 말했다. "그저 뭐?" 그러면서 그는 어떤 원주민 아이에게 항아리에서 푸르죽죽한 사탕을 꺼내 주었다. 아이는 길가의 뻘건 먼지를 쐬어 검은 피부에 녹이 슨 듯이 보였다.

뒷방으로 걸어 들어가 보니 코언네 아이들은 두 개의 커다란 안락의자에 각기 앉아 책을 읽고 있었다. 그 의자들은 번쩍거리는 가구와 알록달록한 도자기 장식물로 가득 찬 비좁은 방 못지않게 취미가 저속하다고 마사는 생각했다. 가구점의 쇼윈도처럼 돈을 들여 허세를 부리고 있다는 느낌이었다. 이 흉하고 저속한 방 안에서 지성인 솔리와 조스는 호화 장정된 플라톤과 발자크(마사는 유심히 보았다.)의 책을 읽으며 앉아 있었다.

그들은 깜짝 놀라 그녀를 쳐다보고 자기네끼리 눈길을 주고받더니 한참 뜸 들인 다음에 솔리가 말했다. "아니, 이게 누구야!" 그러자 조스가 받았다. "저런저런!" 두 사람은 그러고 나서 어딘가 빈정대는 표정으로 그녀가 입을 열기를 기다렸다.

"책을 돌려주려고 가져왔어." 마사가 책을 내밀었다.

"대단히 고맙군." 솔리가 한 손을 뻗어 그것을 받았다.

조스는 책을 읽는 척하고 있었고 그것이 그녀의 마음에 들지 않았다. 밴렌즈버그 부인도 언뜻 비추었듯이 그는 그녀의 특별한 친구가 아니었던가. 그러나 그것은 또한 마음 놓이는 일이기도 했다. 그래서 그녀는 약간 새롱거리는 투로 솔리에게 "앉아도 돼?" 하며 털썩 앉아 버렸다.

"얘는 아주 멋쟁이가 될 모양이다. 응?" 솔리가 조스에게 말했고 두 사내 녀석은 노골적으로 빤히 그녀를 뜯어보았다.

마사는 퀘스트 부인과 대판 싸우고 나서 제 손으로 옷을 지어 입었다. 또 원래 타고나기는 통통했지만 절식으로 유행에 맞게 날씬한 몸매로 가꾸었다. 그러나 그런 몸매가 모든 사람의 구미에 맞지는 않았다. 적어도 코언네 아이들 구미에는 맞지 않는 것 같았다. 그들은 마치 그녀가 그 자리에 없는 것처럼 저희끼리 이야기를 계속했다.

"노란색이 저 애한테 잘 맞지, 형?"

"그래, 조스. 그리고 저 드레스 치마 앞을 살짝 튼 것도 근사해."

"그런데 너무 말랐네, 너무. 그 기름지고 해로운 유대인 음식을 끊는 바람에 그런 거라고."

"하지만 살찌고 뚱뚱하고 불결한 것보단 마르고 순수한 게 낫지, 조스."

"아아, 입 닥쳐!" 그녀가 어찌할 바를 몰라 말했다. 두 아이는 눈썹을 치켜세우고 고개를 살래살래 젓더니 한숨을 쉬었다. "알아, 너희 생각에……." 그녀는 말을 꺼냈으나 원래대로 계속 얘기하기가 힘들었다.

"우리 생각에 뭐?" 그들이 거의 동시에 물었으며 그들 아버지와 똑같이 날카롭고 냉소적인 억양을 사용했다.

"그런 게 아니란 말이야." 그녀가 호소하는 눈길로 그들을 바라보며 열심히 말했다. 그 순간 그녀는 자기가 용서받은 듯이 생각되었다. 조스가 말문을 열었을 때 말씨가 무척 부드러웠기 때문이다. "그래, 매티, 네 엄마가 우리를 만나러 오지 못하게 하든?"

마사를 현혹시킬 만큼 부드러운 어조였으나 그 말의 의미에 앞서 충격이 그녀의 신경을 때리는 바람에 눈에 눈물이 고였다. 그녀가 말했다. "아니야, 그럴 리 있어?"

"비밀이란 말이지." 조스는 다시 그 말장난을 시작하면서 솔리에게 고개를 끄덕였다. 솔리가 과장된 한숨을 쉬며 말했다. "우린 알 것 없단다, 글쎄."

갑자기 마사가 말했다. "밴렌즈버그 부인이 뭐라고 했단 말이야." 그것은 의도했던 것과 전혀 다르게 열없음과 수줍음이 섞여 나온 말이었다. 그녀는 조스를 바라보았고 그의 가무잡잡한 얼굴이 서서히 붉어졌다. 그는 그녀가 움찔할 만큼 혐오에 찬 표정으로 그녀를 바라보았다.

"밴렌즈버그 부인이 뭐라고 했대." 솔리가 조스에게 말했다. 그런 주고받음이 더 계속되기 전에 그녀가 끼어들었다. "그래, 실없는 소리라고 생각은 했지만 난 참을 수 없었단 말이야."

그녀는 가쁘게 숨을 헐떡이며 이 반항적인 결단의 말을 끝맺었다. 이런 장면은 그녀가 전혀 예상치 못한 일이었다.

"참을 수가 없었대." 솔리가 한숨 소리로 되받았다. 그들은 한 동작으로 책을 집어 들더니 읽기 시작했다.

그녀는 그 자리에서 외면하고 있는 그들의 얼굴을 호소하는 눈길로 쳐다보았으며 머리 뿌리까지 물들일 듯이 얼굴이 상기되는 것을 참으려고 애썼다. 오랜 침묵 끝에 솔리가 초연한 소리로 말했다. "잰 우릴 참을 수 없다면서 아직도 여기 있네." 마사가 일어나 화를 내며 외쳤다. "내가 사과했는데도 이러는 건 잘못이야. 너희는 왜 그렇게 예민하니?" 그녀는 문으로 갔다.

그녀의 등 뒤에서 그들이 웃기 시작했다. 크고 불쾌한 웃음이었다. "우릴 2년간이나 못 본 척했으면서 우리더러 예민하다니."

"난 너희를 못 본 척하지 않았어. 너흰 왜 내가 여기 없는 것처럼 얘기해?" 그녀는 휘청거리며 나와서 코언 씨 앞을 지나쳤다. 카운터의 뚜껑이 내려져 있어서 그녀는 말도 못 한 채 그가 뚜껑을 들어 줄 때까지 기다려야 했다. 울음이 터지려고 했기 때문이다.

그가 마사를 바라보았을 때 그녀는 일말의 친절미가 깃들어 있다고 생각했다. 그러나 그는 뚜껑을 쳐들고 냉랭하게 고갯짓하며 말할 뿐이었다. "안녕, 퀘스트 양."

"고맙습니다." 그녀는 애소하듯 말하고는 마을로 가는 흙길을 거슬러 올라갔다. 뒤에서 구슬 커튼이 달가닥거리며 흔들렸다가 조용해졌다.

그녀는 뜨거운 햇살 속에서 눈부시게 번쩍이는 철도 위를 걸어 수리 공장으로 갔다. 거기서는 퀘스트 씨가 패리 씨와 열심히 이야기하고 있었다. 그는 절박하게 같은 말을 되풀이 했다. "암, 또 전쟁이 일어나고말고, 당신네야 아무래도 좋겠지만……."

패리 씨는 "네, 퀘스트 대위님. 아니요, 퀘스트 대위님." 하고 있었다. 마을 사람들은 퀘스트 씨가 진짜 군인에게 미안하다며 사양하는데도 전시의 계급을 붙여 그를 불렀던 것이다. 마사는 늘 아버지와 이 문제를 따지며 이렇게 말하곤 했다. "아버진 평시의 군인만 계급을 사용할 수 있다고 생각하세요? 민간인이 징병되어 나가서 전사하면 그건 문제가 다르단 말인가요?" 등등. 이성적인 젊은이란 참 골칫거리였다. 그러면 퀘스트 씨는 못마땅해서 화난 듯이 어깻짓을 하고는 되풀이했다. "난 대위라고 하는 게 거북해, 그렇게 오랫동안 군대에 있지도 않았는데 될 법이나 한 일이냐." 마사는 전쟁밖에 생각하지 않는 사람이 대위가 되기를 싫어하다니 이상한 노릇이라고 생각했다. 그러나 이 점, 이 진짜 생각은 물론 '이성적인' 대화에서 한 번도 언급하지 않았다.

패리 씨는 뜨거운 흙 속에 타이어 튜브를 질질 끌고 오는 원주민 조수의 움직임을 걱정스러운 눈으로 좇으며 초조한 태도로 퀘스트 씨 이야기에 귀를 기울이고 있었다. 마침내 그는 견디다 못해 "실례합니다만……." 하더니 달려 나가 원주민에게 고함쳤다. "이봐, 기드온, 몇 번 말해야 알아듣나……." 그는 사내의 손에서 타이어를 빼앗아 물이 담긴 통으로 가져갔다. 기드온은 어깨를 으쓱하고는 수리 공장의 시원한 내부로 들어가 타이어 껍질 더미 위에 앉아 나뭇가지로 흙 위에 그림을 그리기 시작했다. "이봐, 기드온!" 패리 씨가 고함쳤다. 그러나 기드온은 이맛살을 잡고 못 들은 척했다. 패리 씨의 웨일스 사투리는 조금도 그 명랑한 매력을 상실하지 않았으나 말이 좀 불분명해지는 감이 있었다. 그의 "이봐" 소리는 "이바"처럼 들렸고 웨일스식으로 "무엇이든지 간에"라고 말할 적에는 그 말이 입 속에서 갑자기 자신 없어졌다는 듯이 어물어물 넘어가 버리는 것이다.

퀘스트 씨는 들어 주는 사람이 없어지니 돌아와 차에 올라타면서 말했다. "내 말을 안 듣는단 말이야. 러시아 놈들이 독일 놈들과 한통속이 되어 우릴 칠 거라는데. 전쟁 후에, 그러니까 내가 나갔던 전쟁 후에 기차간에서 어떤 작자를 만났는데, 그가 그러길 러시아 놈들이 독일 과학자들을 잡아다 강제로 공장에서 일을 시키며 대영제국을 쳐부술 탱크 만드는 법을 배우는 걸 눈으로 직접 봤다는 거야, 난 패리보고……."

마사는 자신의 문제에 쏠려 있는 의식의 저 밑바닥 어디선가 이 얘기를 들었다. 퀘스트 씨가 어깨 위로 그녀를 돌아보고 비꼬며 말했다. "하지만 '차마 입에 못 담을 대참사' 얘기로 널 진력나게 하진 않을 거다. 네가 그런 일을 겪을 때가 올 거야, 그때 내가 그것 보라고 할 수 있게 될 거다."

마사는 외면했다. 눈꺼풀이 눈물로 따끔거렸다. 그녀는 세상에서 가장 버림받고 비참한 인간처럼 느껴졌다. 코언네 애들도 그녀가 그들을 못 본 척했을 때(못 본 체하는 듯이 보였을 것이다.) 이렇게 느꼈으리란 생각이 들었다. 그러나 그녀는 곧 그런 생각을 물리쳤다. 이러한 특유의 오만을 공유하는 사람이면 누구나 그 밑바닥에 소심증이 깃들어 있음을 짐작할 것이다. 그러나 그런 사람도 그러한 소심증이 자신이 남에게 중요한 존재라는 의식에서 오며 그렇기 때문에 그에 상당하는 감정의 보답을 요구하는 위험한 사고방식에 근거하고 있다는 사실은 미처 생각지 못한다. 마사는 머리 좋고 자부심 강한 코언네 형제들이 자기에 대해서 어떤 식으로든 관심을 가질 리 없다고 스스로를 타일렀다. '하지만 우린 어려서부터 친구였어.'라고 어떤 목소리가 그녀의 내부에서 말했다. 또 하나의 목소리가 차갑게 대답했다. '친구란 자기가 선택하는 것이지 환경에 의해서 억지로 떠맡겨지는 게 아니란 말이야.' 그런데도 그녀는 비참하고 창피하고 친구가 없다는 느낌 때문에 뜨거운 차의 뒷좌석에서 울음이 터지기 직전이었다. 햇살의 미립자가 깨진 지붕 사이로 춤추며 들어와 바늘처럼 그녀의 살에 꽂혔다. 생전 처음으로 그녀는 혼자 중얼거렸다. "코언네 사람들은 이 동네에서 완전히 고립되어 있어." 농부들은 그들에게 인사하고 날씨에 대한 이야기를 건네긴 해도 진정한 우정을 나누지는 않았다. 그리스인 가족은 철도 연변에서 가게를 하는 다른 그리스인들과 얼키설키 복잡한 우정 관계를 유지하고 있었다. 코언네는 도시에 친척이 있었지만, 가까운 곳에는 아무도 없었다.

마침내 패리 씨가 더러운 물 사이로 타이어에서 끓어오르는 거품을 발견하고 기드온을 향해 소리쳤다. "이리 와, 이 게으른 검둥아. 하는 일이 뭐든 빨리빨리 해치우고 이제 내 말 좀 들어."

기드온은 게으르게 일어나더니 펑크를 때우러 갔고 패리 씨는 퀘스트 씨와 이야기를 계속하러 차로 돌아왔다.

"미안합니다, 대위님. 하지만 일을 제대로 하려면 뭐든 자기가 해야지 검둥인 믿을 수가 없어요. 전혀 하는 일에 긍지가 없으니까요."

"아까도 말했듯이 당신네는 너무 무심하단 말이오. 누구나 전쟁이 터질 줄 뻔히 알고 있소. 금년 아니면 내년에라도 그들이 힘만 세지면 당장에라도 터질 거요."

"그래 독일 놈들이 또 한 번 쳐들어올 것 같습디까?" 패리 씨가 공손하지만 의심스럽다는 듯이 물었다. 그러고는 기드온을 지켜보려고 돌아섰다.

또 한 사람의 원주민이 철도 위로 성큼성큼 뛰어오더니 차 옆에 와서 멈추어 섰다.

"퀘스트 나리지요?" 그가 물었다.

또 훼방을 받은 퀘스트 씨는 험악한 기색으로 성난 눈빛을 그에게 돌렸다. 그러나 마사가 그를 알아보았다. 그는 코언네 요리사였다. 그녀는 그가 들고 있는 보따리를 받았다.

"내게 온 거예요." 마사가 그에게 기다리라고 했다. 그는 타이어를 만지는 기드온을 도우러 갔다.

보따리는 조스가 보낸 책이었다. 제목이 『유대인 문제의 사회적 양상』이었고 그 안에 쪽지가 있었다. "친애하는 매티, 이 책은 네 영혼에 도움이 될 거다. 그러니까 읽어 봐, 꼭. 너의 예민한 벗, 조스."

그녀는 너무나 기뻐서 어쩔 줄을 몰랐다. 이것은 용서한다는 뜻이었다. 그녀는 다시 한번 아버지의 말을 가로막고 연필을 빌려 쪽지를 썼다. "책 고마워. 그런데 실은 그 책은 3년 전에 네게서 빌려 왔고 나도 물론 그 책에 공감했어. 하지만 다시 읽고 요다음에 정거장으로 나올 때 돌려줄게." 그녀는 그때가 빨리 오게 해야겠다고 마음먹었다.

다음 우편배달 날짜에 마사는 정거장으로 가자고 넌지시 말해 봤다. 그러나 아버지는 혹사라도 당한다는 듯 거절했다.

"넌 왜 가려고 하니?" 퀘스트 부인이 궁금해서 물었다. 그러자 마사가 말했다. "코언네 애들을 만나려고."

"너 그 애들과 친구로 지낼 거니?" 퀘스트 부인이 반대했다.

"우린 언제나 그 집 식구와 친구라고 생각했는데." 마사가 경멸하듯 말했다. 이 말은 퀘스트네 사람들이 물론 유대인이나 상인들도 자기네보다 아래라고 생각하지 않으며 다만 그들과 계속 만나지 않는 것은 이러저러한 불편이 있기 때문이라고 주장하는 위선적 차원으로 이 말싸움을 몰고 갔기 때문에 퀘스트 부인은 쉽게 대답할 수 없었다.

마사는 맥두걸네로 전화를 걸어 그들이 정거장에 가는지 물어보았다. 그들은 안 간다고 했다. 그녀는 밴렌즈버그네에게도 물어봤다. 마니는 어색하게 자기 아빠가 요새는 정거장에 자주 가지 않는다고 말했다. 마지막으로 그녀는 덤프리스 언덕의 조그만 채굴장에서 일하는 광부 맥팔라인 씨에게 전화를 걸었다. 그는 내일 마을로 들어간다고 했다. 마사는 어머니에게 돌아오는 차편을 얻을 수 있을 거라고 말했다.(이 경우에 "마을"은 간혹 뜻하는 정거장이 아니라 시내를 의미했기 때문이다.) 그녀는 어머니를 약 올리기 위해 일부러 과장하는 것이 분명한 투로 말을 덧붙였다. "만일 차편을 못 얻으면 걸을 거야." 이건 물론 당치도 않은 소리이고 "젊은 백인 소녀가 혼자 걸으면 운운" 하는 금기를 범하는 소리이기도 했다. 이것은 응당 언쟁을 불러일으킬 것을 예상한 말이었다. 언쟁이 바로 뒤따랐고 두 여자는 퀘스트 씨에게 호소했다.

"그 애가 걸으면 왜 안 되지?" 퀘스트 씨가 흐리멍덩하게 물었다. "내가 영국에서 젊었을 시절엔 한나절에 50킬로미터쯤 걷고도 아무렇지 않게 생각했지."

"여긴 영국이 아니라고요." 퀘스트 부인은 만약 마사가 흉악한 원주민이라도 만날 경우 일어날지 모를 끔찍한 광경을 상상하고 몸을 떨며 말했다.

마사가 되받아쳤다. "나는 농장에선 사방을 멀리까지 걸어 다니는데 왜 그건 문제가 안 되죠? 엄만 왜 그렇게 비논리적이에요?"

"어쨌든 난 마음에 안 들어. 넌 집에서 1킬로미터 이상 멀리는 안 간다고 약속했잖아."

마사는 화가 나서 웃었다. 그리고 지금까지 조심스럽게 숨겨 둔 일을 이 순간에 말해 버렸다. "어머, 난 늘 덤프리스 언덕에도 걸어가고 제이컵의 고장에도 걸어가는걸. 몇 년간이나 그래 왔단 말이야."

"원, 얘도." 퀘스트 부인이 어쩌지 못하고 말했다. 그녀는 마사가 그러는 것을 잘 알고 있었다. 하지만 지금 여기서 얘기가 되어 나왔다는 것은 또 다른 문제였다. "원주민이 덤벼들었으면 무슨 일이 났겠니?"

"사람 살리라고 내가 소리쳤겠지." 마사가 까불까불 말했다.

"원, 얘도……."

"아이, 바보 같은 소리 마세요." 마사가 화내며 말했다. "만약에 원주민이 날 강간했다고 해 봐. 그럼 그 사람은 교수형되고 난 거국적인 화제의 주인공이 돼. 그러니까 그러고 싶어도 그런 짓은 안 한단 말이야. 그럴 게 뭐 있어요?"

"신문을 봐. 백인 소녀들이 늘 추행당하고 있다고."

마사는 그런 사건이 실제로 일어난 경우를 떠올릴 수 없었다. 그건 사람들이 말하는 일에 불과했다. 그래서 그녀가 말했다. "지난 주일엔 백인 남자가 흑인 소녀를 강간하고 5파운드 벌금을 물었대요."

퀘스트 부인이 다급하게 말했다. "그런 게 문제가 아니야. 문제는 어린 여자애들이 강간을 당한다는 사실이야."

"그럼 여자들이 강간을 당하고 싶어 하는 거겠지." 마사가 뾰로통하게 말하고는 숨을 죽였다. 자기 말의 진실성을 믿지 않아서가 아니라 부모의 얼굴 때문에 겁이 난 것이다. 부모는 이번만큼은 정말로 화내며 합심하여 마사의 그런 태도가 어떤 결과를 초래할지 설교하기 시작했다. "그래서 그놈들은 우릴 바다로 몰아낼 거고 그러면 이 나라는 망할 거다. 무식한 검둥이들이 우리 없이 뭘 하겠니." 하는 말로 설교는 끝났다.

그러고는 언제나 그랬듯 엉뚱한 결론을 내리는 것이었다. "그 놈들은 우리가 해 주는 일을 전혀 고맙게 생각하지 않아." 이 말은 너무나 자주 해 온 말이기 때문에 양쪽에 다 김빠지고 거짓되게 들렸다. 마사는 부모가 보기엔 속 편하게 동의의 뜻으로 해석할 수도 있는 태도로 말이 없었다.

다음 날 아침 그녀는 키 큰 풀밭 속 표지판 곁의 한길가에서 맥팔라인 씨를 기다리고 있었다. 그들은 십여 분도 안 걸려 정거장에 도착했다.

맥팔라인 씨는 매력 있고 장난기도 있는 스코틀랜드인이었다. 그는 돈은 최소한도밖에 안 들지만 인간다운 생활로는 희생이 막대한 광산에서 혼자 살고 있었다. 그의 광산에서는 늘 사고가 일어났다. 게다가 그의 원주민 부락은 그의 소생인 혼혈아로 득실거렸다. 그는 굉장히 부유했고 아주 인기가 많았다. 그는 아낌없이 자선사업에 기부했으며, 곧 도시의 선거구에서 국회의원으로 출마할 터였다. 선거에 관련된 일 때문에 그는 자주 시내로 나갔다.

차가 위태롭게 가로수 사이로 돌진하는 동안 그는 시험하듯 마사의 무릎을 꾹 쥐어 보고는 치마 속에 손을 넣으려고 했다. 그녀는 치마를 잡아당겨 내리고 그의 행동을 못 본 것처럼 시치미를 떼고 차의 반대쪽으로 옮겨 앉았다. 그래서 그는 손을 치우고 구부러진 길의 굽이를 돌 적마다 아슬아슬하게 죽음을 면하는 것이 어떤 것인지 마사에게 태연스레 보여 주는 일에 집중했다. 마지막 굽이에서 그가 북 긁는 소리를 내며 도는 바람에 뒤쪽 범퍼의 칠이 벗겨졌다. 그러고는 차가 맹렬한 먼지구름을 일으키며 소크네 가게 앞에 멈추어 섰다. 마사의 심장이 갖가지 이유로 세차게 뛰었다. 지금까지 아무도 그녀의 치마 속에 손을 넣으려고 한 일이 없는 데다 난폭한 운전 때문에 넋이 나갔던 것이다. 그녀는 얼떨떨하고 불안해 보였다. 그래서 스코틀랜드 아저씨는 그녀를 과거 몇 년 동안 늘 봐 오던 어린 소녀로 대하기로 했다. 그는 돈이 가득 든 지갑에서 10실링짜리 지폐 한 장을 꺼내 그녀에게 주었다.

"학교에 돌아가게 되거든 써라." 그가 말했다.

마사는 돌려주려고 했으나 그러지 못했다. 하나는 10실링이 그녀로서는 상당히 큰 돈이었기 때문이고 또 하나는 '만일 내가 이걸 거절하면 아저씨가 내게 손대려고 한 것 때문에 그런다고 생각할 거야.'라고 자신을 납득시키려는 어떤 느낌 때문이었다. 그녀는 공손하게 그에게 차를 태워 줘서 고맙다고 했다. 그는 "그대 아름다운 처녀……." 하고 노래하며 철로 윗길로 윙 소리와 함께 사라져 갔다.

그녀는 유대인 문제에 관한 책(이 책을 그녀는 다시 읽지 않았다. 이미 건전하게 형성된 사상에 금박을 입힐 필요를 느끼지 않았기 때문이다.)을 팔 밑에 끼고 있었다. 그녀는 카피르 상점 쪽으로 갔다. 코언 씨가 인사하며 카운터를 들어 주었다. 그는 키가 작고 몽땅한 사나이였다. 머리는 숱하게 자라 물결치는 까만 모자 같았다. 피부는 창백하고 건강하지 못해 보였다. 두꺼비처럼 늘 갇혀 있으면서 어딘가 광선을 피하는 인상이라고 그녀는 속으로 생각했다. 사실 그는 카운터를 떠나는 일이 거의 없었다. 그러나 이 조그만 가게 주인의 영악한 표정은 조상의 문화적 유산 때문만이 아니라 중앙 유럽에서 건너온 무일 푼의 이민자가 우수한 아들들을 위해 이 불모의 땅에서 귀양살이를 택했다는 그 목적의식과 위엄으로 단련되어 보였다. 그의 눈은 까맣고 영리하고 악착스러웠다. 그를 좋아하지 않는 것은 불가능했다. 그런데도 마사는 그가 혐오스럽다고 느꼈고 그것이 미안했다. 그리고 그리스인 소크라테스의 기름진 비만은 아무런 죄책감 없이 혐오스러워 하는데 반유대주의 문제는 그렇지 않다는 게 이상했다. 이렇게 움츠러드는 신경이 자연히 그녀를 조심스럽게 만들었고 그래서 코언 씨에 대한 태도는 항상 거북살스러웠다.

뒷방에서 마사는 혼자 있는 솔리를 보았다. 그녀는 두 형제의 저번 같은 단결 행위가 되풀이되지 못하는 것이 우선 반가웠다. 게다가 이 형제간의 단결에는 어딘가 불안하고 거짓된 데가 있었다. 두 형제는 강하게 반발하는 경향이 있어 기질상의 차이가 정치적으로(솔리는 시온주의자인 반면 조스는 사회주의자인 식으로) 나타났기 때문이다. 솔리는 호리호리하고 키가 큰 청년으로, 커다란 머리가 길고 가느다란 목 위에 얹혀 있고 기다란 팔 끝에는 뼈마디 굵은 큼지막한 손이 붙어 있었다. 전체적으로 그는 관절 부분이 불거져 나오고 균형이 안 잡혀 있었으며, 진지하고 까만 큰 눈으로 주변의 세계를 멍하니 사색하는 품은 마사에게 친척 같은 느낌을 주었다. 하지만 이것은 아마 아주 반길 만한 관계는 아닐 것이다. 그녀에게 아버지와의 관계를 상기시켰기 때문이다. 그녀가 아버지에게 이어받은 병적으로 음울한 기질과 싸워야 할 판이라면, 어찌 원하는 대로 솔리를 마음껏 우러러볼 수 있겠는가? 대체로 그녀는 조스가 더 편했다. 그는 작달막하고 체격이 탄탄하고 강건했으며, 재치 있는 솔직한 눈빛과 늘 "아니, 왜 야단이야, 이렇게 쉬운 일을 가지고!"라고 말하는 듯한 냉소적인 실용주의를 지니고 있었다.

솔리가 책을 받았는데, 지난번 만났을 때 같은 적의의 흔적은 전혀 없었다. 그리고 그녀가 앉자마자 코언 부인이 쟁반을 들고 들어왔다. 코언네 어른들은 법도가 엄했으나 아들들은 느슨한 편이었다. 오랜 세월 동안 코언 부인은 빈틈없이 도자기와 날붙이를 분류하여 손수 설거지하며 원주민 하인들에겐 손도 못 대게 했다. 그러나 조스와 솔리는 식탁에서 자주 맹렬한 논쟁에 몰두하느라 아무 칼이나 집어 들고 접시들을 아무렇게나 쌓아 올리기도 했다. 그러면 코언 부인이 나무라며 그러지 말라고 간청했다. 그러나 요즈음에 와서는 서글픈 체념조로 "난 이제 늙어서 새 방식은 모르겠구나."라고 말하게 되었다. 여전히 식기류를 분류하긴 했지만 아들들이 그것들을 잘못 사용해도 이젠 아무 말 하지 않았다. 마사에게 그건 전혀 타협이 아니었다. 만일 그녀의 부모가 그런 비합리적인 행동을 했다면 그녀가 얼마나 펄펄 뛰며 다투었겠는가? 하지만 코언 부인이 그러는 것은 매력적으로만 느껴졌다. 그저 섬세하고 우수에 찬 검은 눈을 한 통통한 유대계 부인의 모습만으로도 자기가 환영받는다는 느낌이 들었다. 그래서 "이따가 우리랑 밥 먹을 거지?"라는 말을 들었을 때 그녀는 즉석에서 반가운 듯이 응낙했다. 이내 그들은 마치 마사가 2년 동안이나 이 집안에서 멀어졌던 일이 없었던 것처럼 이야기하게 되었다.

솔리는 곧 의학을 공부하러 케이프타운으로 떠날 참이었고 코언 부인은 아들더러 그곳에 있는 부인의 사촌과 함께 살라고 권하는 중이었다. 하지만 솔리는 독립과 혼자만의 생활을 원했다. 그런데 이 중심 문제는 전혀 입에 오르내리지 않고 이야기는 끝도 없이 버스니 교통이니 불편이니 하는 문제에서 맴돌았다. 그것은 마사에게 이런 식의 피상적인 말씨름이 똑같은 방식으로 무의미하게 오가는 자기 집을 상기시켰다.

조스가 들어왔다. 그는 마사에게 애매한 눈초리를 던지고는 따져 말하는 걸 삼갔는데, 그 덕에 그녀의 목소리는 더욱 쾌활하고 활기를 띠었다. 그는 법률을 공부할 생각이었지만 장차 계획대로 도시로 이사 갈 때까지는 부모와 함께 집에 있을 터였다. 가게는 팔 예정이었다. 아버지와 어머니에 대한 그의 염려는 마사에게 오히려 기성세대에 대한 일종의 배신으로 생각되었을 뿐이다. 그녀는 그것이 놀라웠고 조스가 자립하고 싶어 하는 솔리의 바람에 반대하는 부모 편을 들자 더욱 이상했다. 그의 말은 형제라기보다 무슨 아저씨가 하는 소리처럼 들렸다.

그들은 식탁에 앉았다. 코언 부인이 물었다. "그래, 넌 언제 학교로 돌아가니? 어머니가 걱정하시겠다."

마사가 어색하게 대답했다. "눈이 아직 안 나아서요." 그러면서 그녀는 눈을 접시 위로 떨어뜨렸다. 그녀가 눈을 들었을 때 조스는 그녀가 두려워했던 대로 곰곰이 뜯어보듯 그녀를 보고 있었다.

"눈이 어때서?" 그가 무뚝뚝하게 물었다. 그녀는 "날 내버려 둬."라고 말하듯 어깨로 거북한 몸짓을 했다. 그러나 이 집에서 이야기 못 할 일이라곤 없었다. 조스가 솔리에게 말했다. "이 애 눈이 약해졌대, 흠, 글쎄!"

그러나 솔리가 이번에는 그녀에 대항하는 동맹에 가담치 않고 말했다. "그게 너와 무슨 상관이냐?"

조스가 눈썹을 치켜세우며 말했다.

"나하고? 아무 상관 없어. 앤 전에 굉장히 똑똑했는데. 유감이군."

"놔둬라." 뜻밖에 코언 씨가 말했다. "앤 괜찮은 애야." 마사는 그에게 따뜻한 감정이 솟구치는 것을 느꼈으나 언제나 그랬듯 어떻게 표현할 줄을 몰라 눈을 떨어뜨린 채 뚱한 표정으로 있었다.

"물론 괜찮은 애죠." 조스가 아무렇게나 말했다. 그의 목소리에는 어딘가…….

마사는 힐끔 그를 보고 그가 괜찮다고 한 것이 자신의 외모에 대한 말이라고 해석했다. 그리고 이 사실이 그녀는 화나기도 하고 반갑기도 했다. 잡지에 나오는 미인을 꽤 성공적으로 흉내 내어 자기 것으로 구체화한 후 코언네 아이들은 자신을 시험해 보는 첫 번째 남성이었다. 그러나 공들인 화장과 푸른색의 새 리넨 옷이 그들에게 감명을 주기 위한 것이라고는 생각지 않았다. 그러므로 어느 쪽 아이든 그녀의 외모에 대해 말한다거나 어떤 반응을 보인다는 것은 엉뚱하게 느껴졌다. 이 어리둥절한 느낌에 그녀는 말없이 뚱해졌다. 식사가 끝난 뒤 코언 씨는 가게로 돌아가고 코언 부인은 혹사당한 접시를 들고 부엌으로 돌아갔다. 그래서 세 젊은이만 함께 남았다. 대화가 잘되지 않아 마사는 곧 가야겠다고 생각했다. 그러면서도 그녀는 망설였다. 마침내 자리를 뜬 것은 솔리였다. 그리고 그녀와 조스는 그녀와 솔리가 단둘이 있었을 때처럼 당장에 편해졌다. 셋이 있으면 부조화가 생기는 것이었다.

즉시 조스가 물었다. "그런데 대학에 안 간다는 건 무슨 얘기야?"

마사가 한 번도 자신에게 물어보지 못했던 이 직선적인 물음에 그녀는 말문이 막혔다. 그러나 그가 고집스럽게 물었다. "아무 일도 안 하고 이 마을에서 어슬렁댈 순 없잖아."

"하지만 너 역시 집에 있으면서." 그녀가 말했다.

그의 표정은 그건 비교가 안 되는 일임을 그녀가 알아야 한다고 말했다. 그가 매정하게 들리지 않도록 조심하며 말했다. "우리 부모님은 이 마을에 친구가 없잖아. 도시로 가면 달라질 거야."

다시 그녀는 말이 없어졌고, 자신과 부모를 변명하고 싶은 기분이었다. 그녀가 일어나 책장으로 가서 무슨 새 책이 있나 보았다. 그런데 이 책장은 이 가족을 대변하는 것이었다. 유대 문학의 고전, 팔레스타인, 폴란드, 러시아에 관한 책……. 이 책들은 솔리와 조스라는 두 갈래 물줄기의 원천이었다. 새 책들은 그들이 함께 쓰는 침실에 있을 것 같았으나 그 방에 들어갈 처지는 못 되었다. 그녀는 이제 아가씨였기 때문이다. 그래서 그녀가 조스에게 돌린 시선은 당혹스러웠다.

그는 시종 그녀를 지켜보고 있었다. 그녀의 시선을 받자 그는 옆의 탁자에서 두둑한 책 더미를 집어 그녀에게 건네주었다. 그녀는 다시 왈칵 쏟아지는 기쁨을 느꼈다. 그가 그녀를 위해 그 책들을 준비해 놓은 것이 분명했기 때문이다. 그가 침착하게 말했다. "이거 가져가. 네 정신에 좋을 거야."

그녀는 제목을 보았다. 그리고 1년 전에 다 배운 과목을 선생이 다시 공부하라고 한 아이처럼 화가 났다.

"왜 그래?" 그가 비꼬듯이 물었다. "구미에 안 맞나?"

"하지만 이건 다 아는 책이야." 그러고 나서 바로 그녀는 말하지 말걸 하고 생각했다. 말이 무척 자만심에 찬 것처럼 들렸기 때문이다. 그녀가 말하고자 했던 것은 "이 책들이 표현한 모든 의견에 나도 찬동해."라는 것이었다.

그는 그녀를 곰곰이 살펴보고는 믿을 수 없다는 듯이 상을 찡긋했다. 그러고는 관례라고는 전혀 모르는 낯선 인종을 대하듯 냉담하게 아무렇게나 질문을 쏘아 댔다.

"넌 인종 간의 장벽을 부인해?"

"물론이야."

"물론이라." 그가 비꼬듯이 말했다. 그러고 나서 말했다. "반유대주의를 포함한 모든 형태의 인종적 편견을 싫어한다고?"

"당연하지." 이 말엔 안달하는 기미가 있었다.

"너 무신론자야?"

"내가 그렇다는 거 잘 알면서."

"사회주의를 신봉해?"

"말할 것도 없잖아." 그녀가 열 내어 말하고 나서 갑자기 웃음을 터뜨렸다. 자신이 따분한 사람으로 전락한 게 틀림없는 것 같다는 터무니없는 느낌 때문이었다. 조스는 마사의 웃음에 상을 찡그릴 뿐이었다. 그는 정통 유대인 가족에서 태어난 열아홉 살의 유대인 소년과 그보다 더 고루하게 키워진 사춘기의 영국 소녀가 이 대화의 한마디 한마디를 위험천만한 이단으로 받아들일 사람들로 가득 찬 마을의 가게 뒷방에서 이런 자명한 이치에 동의하고 있다는 사실이 전혀 엉뚱하다고 보지 않는 게 분명했다.

"네 말이 꼭 교리문답하는 것처럼 들리잖아." 그녀가 참을 수 없어 키득거리며 설명했다.

그가 다시 상을 찡그렸다. 그리고 돌연 그녀는 자기가 그와 같은 지적 편력을 했다고 해서 그가 놀랄 수도 있다는 사실에 분노를 느꼈다. "그래, 넌 그 문제에 대해서 어떤 일을 할 거야?" 그가 실질적으로 물었다. 역시 공격적인 말투였다. 그녀는 웃은 것이 유치하고 잘못된 일이었다고 느끼기 시작했다. 아무래도 그의 감정을 상하게 한 것 같았.

"모르겠어." 그녀의 말에는 어떤 호소가 담겨 있었다. 그녀가 그의 눈을 마주 보며 기다렸다. 그의 얼굴 표정 때문에 그녀는 자신이 내보이는 모습을 의식할 수밖에 없었다. 그것은 육체의 선 하나하나를 강조하는 푸른색 리넨 옷을 입고 그의 앞에 선 젊은 여자의 모습이었다.

"너 괜찮은 것 같다." 그가 그녀를 인정한다는 식으로 바라보며 천천히 말했다. 그녀는 이것이 부당하다고 느꼈다. 지금 그들은 지성적인 토론을 하고 있는 게 아니었나? 그런데 그의 목소리의 저 투는 뭐란 말인가?

그를 보는 그녀의 시선은 이제 그의 시선 못지않게 공격적이었다. "너야 잘되겠지, 남자니까." 그녀가 전혀 애교 없이 신랄하게 말했다. 그러나 조스는 경박하게, 심지어 도발적이게 말했다. "너 역시 잘될걸!"

그는 마사도 함께 웃어 주길 바라면서 웃었다. 그러나 그녀는 격분한 듯 그를 뚫어지게 보면서 중얼거렸다. "에이, 집어치워!" 그러고는 두 번째로 방을 나가 이글거리는 햇살 속으로 나갔다. 나가자마자 그녀는 자기가 조스 못지않게 까다롭고 예민했다고 생각하며 돌아가려고 했다. 그러나 자존심이 허락지 않았다. 그래서 마을로 곧장 가 버렸다.

마을은 텅 빈 모습이었다. 오후 4시, 하늘은 광대하며 구름 한 점 없고 태양은 불그스름한 안개를 통해 부어오른 듯 커 보였다. 양철 지붕이 부옇게 흐린 광선을 반사하고 있었다. 곧 비라도 올 듯했다. 하지만 지금은 기다란 갈색 연못이 갈라진 진흙 입술 속에 더께가 앉은 좁고 쪼그라든 물웅덩이로 변해 있었다. 밖에는 여남은 대의 큰 차들이 서 있고 정거장 밖에는 그보다 초라한 차들이 스무 대쯤 서 있었다. 그중에는 밴 렌즈버그네 차도 있었다. 그리고 그 차들은 온갖 연령대의 아이들로 가득 차 있었다.

이른바 영국인들이 말하는 "아프리칸더 분자들"이 우편물을 가지러 온 것이다.

하기야 국경 밖에서 한 나라의 사회제도의 부조리함이나 모순들을 이야기하기란 쉽겠지만 그 안에서 자라난 사람에겐 아주 어려운 일이다. 전에도 틀림없이 그 광경을 수차례나 보아 왔겠지만 마사에게 이것은 깨달음의 순간이었다. 아마도 조스의 응대에서 저버림을 받은 듯 가슴이 아팠기 때문인지도 몰랐다. 저 사람들의 태도나 성격에는 지금 그녀가 느끼고 있는 것과 비슷한 무엇이 있었다.

우편물이 오는 날에는 담배 농장 주민들의 커다란 미국 차부터 퀘스트네 차 같은 괴상한 것에 이르기까지 경제적으로 여러 층의 차들이 모여들었다. 그러나 차 주인들은 어떤 차이도 의식하지 않고 한데 어울렸다. 잉글랜드인과 스코틀랜드인, 웨일스인, 아일랜드인, 부자와 가난한 자 모두가 등을 치고 말을 놓는 것이 가족적인 분위기였다. 여기엔 어딘가 병적인 필요성이 깃들어 있었다. 왜냐하면 우편이 오는 날이나 운동회나 무도회는 모두 여기가 하나의 공동사회라는 거짓 증거였기 때문이다. 공동사회란 공동의 경험을 갖는 사람들이 아니면 무엇이겠는가? 그런데 실상 이 지방은 여러 개의 사회로 갈려 있었고 그들은 말 놓기와 크리스마스 때 카드와 국회의원밖에 공유하는 것이 아무것도 없는 셈이었다. 제이컵의 고장의 측면과 사면을 따라 뻗은 동부는 담배 농장주들이 사는 곳이고 여기서의 공통분모는 재산이었다. 나머지 사람들은 그들의 음주 파티니 이혼이니 현대적 불안이니 하는 것을 참고 봐주었다. 퀘스트네 농장 북쪽과 서쪽으로는 스코틀랜드인 가족들이 자리 잡았는데 이들은 대개 친척 관계였고 부지런하고 겸손하며 자기네끼리 내왕이 잦은 사교적인 사람들이었다. 옥스퍼드 농장의 사면에는 아일랜드인이 대여섯 살았다. 그러나 이들은 무리가 아니었다. 아일랜드인은 재미나는 개인주의 자로 생각할 수밖에 없었다. 그들 가까이에 다섯 개의 농장이 있었고 여기에는 식민지에서라야 기를 펴는 영국인 괴짜 집단이 살고 있었다. 예를 들어 카스테어 대령은 넓게 퍼진 석제 저택에 혼자 살면서 낮엔 종일 자고 밤새워 책을 읽고 언젠가는 시작할 역대 우울증의 역사를 쓸 준비를 하고 있었다. 그는 올해 일흔 살이었다. 그리고 자기 농장을 벌거벗고 다니면서 과일과 열매만 먹고 부인이 아이들에게 옷을 입힌다고 대판 싸우는 제이미 경도 있었다. 그는 아기에게 두른 기저귀도 아담과 이브를 창조한 하느님께 모독이라는 생각을 가진 사람이었다. 한번은 그가 완전히 나체로 커다란 흑마를 타고 벌건 수염과 갈기 같은 머리를 햇빛 속에서 불처럼 빛내며 마을로 돌진해 들어왔다는 얘기가 있다. 몸집이 장대하고 거칠게 생긴 그는 굽슬굽슬한 머리칼 아래 몹시 천진스러운 파란 눈으로 호기심 많은 야만인처럼 빤히 노려보았다. 그는 말에서 내려 가게에 들어가 담배 500그램과 위스키 한 병과 주간 신문을 샀다. 가게에 있던 사람들은 모두 그가 자기들같이 점잖게 옷을 입은 것처럼 아무 내색 없이 인사를 건네고는 날씨에 대해 이야기하기 시작했다. 그리하여 그런 일은 다시는 일어나지 않았고 그때 일은 카피르의 전쟁과 개척자와 폭력 사태가 충만하던 까마득한 옛날 속에 묻혀 버리고 말았다. 그 지방 사람들은 자기들의 먼 조상을 상기하며 당시 생활이 얼마나 재미있었을까 하고 한숨을 쉬었다. 그 지방이 생긴 지는 30년도 채 안 되었는데 말이다. 그 미친 남자가 검은 말을 타고 창피스러운 영광에 싸여 다시 나타난다면 얼마나 신기할까! 데이 사령관이 (옛날 전성기에 그랬듯이) 길들인 두 마리 표범을 양옆에 거느리고 뒤로는 원주민 첩 세 사람을 대동하고 가게로 걸어 들어온다면 얼마나 신기할까! 그러나 아아, 그는 걸어 들어오지 않았고 다른 사람들도 나타나지 않았다. 전설 창조의 시대는 지나가 버린 것이다.

오랫동안 이 점잖은 미치광이들의 정수로 이루어진 무리와 퀘스트네 농장 사이에는 농사짓기에 너무 토박하다고 생각되는 빈 땅이 수십 만 평이나 있었다. 그 땅의 가장자리에 퀘스트네와 경계선을 공유하면서 밴렌즈버그네가 외로운 제비들처럼 살고 있었는데 어느 날엔가는 한창때를 이룰 터였다. 왜냐하면 5년 전에 또 다른 아프리칸더 가족이 포장마차를 타고 길 위로 흔들리며 이곳에 다다랐던 것이다. 그 마차는 이 지방 사람들에게는 '대이주'[7]로부터 문학적 연상을 얻을 수 있을 뿐인 낯선 것이었다. 얼마 안 있어 또 한 가족이 오고 또 한 가족이 왔다……. 그리고 지금은 큰 농장에 두세 명의 아이가 있고 가정교사와 때론 조수 하나를 두는 것이 기본 생활양식이 된 이 지방에 네덜란드인들의 똘똘 뭉친 고립된 집단이 형성된 것이다. 그들은 영국인들이 수백만 평의 땅을 경작하는 데 비해 5만 평에서 10만 평 정도의 땅을 경작하면서 농업으로 곧잘 수지를 맞췄다. 그리고 건강한 아이를 가족당

---

7) Great Trek, 19세기 영국 정부의 정책에 반대하는 보어인들이 새로운 방목지를 찾아 남아프리카의 케이프 식민지에서 이주한 사건.

여덟에서 열까지 낳고 자기들의 집합소를 짓고 초가지붕 교회를 지어 그들의 개신교 신을 섬겼다. 그들의 연설에는 산 종교가 갖는 풍부한 운율이 있었다.

그들은 마을이 비는 날에 우편물을 가지러 왔다. 그들의 차는 소크라테스네 가게 밖에 몰려섰다가 철길 건너편에 있는 수리 공장으로 함께 간 다음 신중하고 느린 포장마차 대열을 연상시키며 한 대씩 줄지어 정거장 건물로 돌아오곤 했다.

오늘도 그랬다. 모두 열한 대의 차가 일렬로 서 있었다. 그들의 차로부터 조그만 마을을 메우기에 충분할 남자, 여자, 아이들이 나와 얘기하고 우편물을 읽고 모여 놀기도 했다.

마사는 소크라테스네 가게 베란다의 곡식 부대 사이에 서서 그들을 바라보며 저 사람들이 저렇게 단결된 모습을 갖게하는 것은 무엇인지 알아내고자 했다. 신체적으로 그들은 건장하고 몸집이 굵은 데다 네덜란드인 특유의 투박하고 널찍널찍한 이목구비를 가지고 있었다. 그러나 네덜란드인이란 말은 분명 흰 살결과 금발, 파란 눈과 타고난 건강을 의미하지 않던가? 그런데 저 사람들은 남쪽에 있으면 건조해지고 축 늘어지는 무방비의 흰 살결과 금발에 남국의 햇빛이 저항의 기질이라도 부어 넣은 듯이 대부분 검은 살결과 머리를 하고 있었다. 나이 많은 여자들은 검은 옷을 입었다. 다른 나라에선 다른 의미, 그러니까 상중임을 뜻하거나 도회적인 빛깔일 수도 있는 흑색이 이곳에선 점잖은 빛깔이었다. 젊은 여자들은 멋지다기보다는 고운 프린트 무늬 옷을 입었다. 어떤 아이들은 고유의 펄럭이는 차일 모자를 쓰기도 했다. 남자들은 이 지방의 유니폼이라고 할 수 있는 엷은 갈색 반바지와 노타이 차림이었다. 아니다, 이곳에서의 복장은 단지 들뜸, 유동성, 불확실성을 나타낼 뿐이었다. 왜냐하면 그 예쁜 차일 모자는 다른 어느 곳에서도 볼 수 없는 것이 맞는 듯했지만 소녀들의 옷은 영국 잡지에 나온 본으로 만들어진 듯했고, 특정한 유형의 네덜란드 부인이 아니고는 저런 까만 레이스 모자를 쓰지 않더라도(100미터 밖에서도 그런 모자를 보면 그 속의 널찍하고 실속 있는 익살맞고 구수한 얼굴을 상상할 수 있었다.) 그 부인이 입은 까만 옷은 미국에서 대량생산된 것이었기 때문이다.

이 사람들의 친밀성은 다른 면에서도 나타났다. 고집스러운 자부심의 표정이랄까 완고한 식민지 개척자의 면모랄까에서 그걸 엿볼 수 있었다. 하지만 그들은 식민의 시기가 이미 지났다고 생각되는 나라의 식민지 개척자였다. 어떤 지적 확신의 뼈에 살과 피를 붙이는 것은 그리 쉬운 일이 아니다. 그녀는 조스에게 건방지고도 안일하게 인종적 편견을 거부한다고 말했던 일을 부끄럽게 상기했다. 사실대로 말하면 그녀는 언제나 사람들을 집단이나 나라나 피부색의 관점에서 생각해 보고 나서야 인간으로서 생각했기 때문이다. 그녀는 소크라테스네 가게의 베란다에 서서 인기척 없는 먼지 낀 공터 너머의 철도를 바라보며 그곳을 지나간 각종 사람들을 생각했다. 이름도 없이 우글거리는 원주민들, 그 이름 자체가 그들의 개성 있는 기원의 활기차고 시적인 특징을 지닌 아프리칸더들, 단지 '여기가 영국 땅'이라는 소유 의식에 의해서만 뭉쳐져, 무수한 소집단을 이루어 모여 있는 영국인들을 생각했다. 각 집단,

사회, 종족, 인종은 병적인 분해 현상 속에 서로 싸우며 애써 떨어져 나갔다. 마치 땅과 하늘과 몰아치는 태양에서부터 분리의 원칙이 자라나는 것 같았다. 거칠 데 없이 넓은 하늘과 방대한 산맥에 둘러싸인 지평선에서 항상 눈에 띄는 망망한 미개의 천지가 잠시라도 땅과 물과 광선의 비인간적이고 무자비한 투쟁을 잊을 수 없게 하며 그 자손들에게 자기주장의 열병을 키워 준 것 같았다. 그것은 사막에서 길 잃은 탐험대가 냉철한 상호 신뢰만이 그들을 살릴 길인데도 공포에 취해 갈 방향을 놓고 싸우는 것이나 같았다. 마사는 자신의 실체 속에서도 서로 갈등하는 힘을 느낄 수 있었다. 흑, 백, 국가, 인종이라는 말을 말살하는 데 필요한 상상의 노력은 그녀를 지치게 만들었다. 머리가 아프고 살이 뼈를 무지근하게 누르는 느낌이었다. 그녀는 밴렌즈버그네 차를 보았고, 자기가 그들을 몇년씩 알고 지냈으면서도 이 먼지 속을 건너가 인사하는 것조차 꺼린다는 것을 떠올렸다. 그녀는 베란다를 떠나 차 쪽으로 걸어가며 야릇한 미소를 띠었다. 후회하기엔 너무 늦게 그녀는 불현듯 저들이 퀘스트가와의 친분을 이렇게 공공연히 드러내고 싶어 하지 않을지도 모른다는 생각이 떠올랐던 것이다.

그녀는 차 문 앞에 멈추어 서서 밴렌즈버그 씨에게 인사했다. 그는 고개를 끄덕여 보이고는 신문을 계속 읽으면서 뒷좌석 쪽으로 어깻짓을 했다. 뒷좌석에는 마니가 갓난아이들을 안은 두 명의 결혼한 언니들과 앉아 있었다. 밴렌즈버그 씨 옆에 있던 젊은 남자가 마사에게 인사했다. 그녀는 서둘러 웃어 보이고 나서 생각했다. '아마 이 집 사촌일 거야.' 그의 얼굴이 그 집 사람들 얼굴이었기 때문이다.

마니는 부자연스럽게 기쁜 웃음을 띠며 아버지의 뒷모습을 거북한 듯이 바라보았다. 마사는 오지 말 걸 그랬다고 생각했다. 그의 어깨 너머로 남부에서 가장 과격한 민족주의 잡지가 보였던 것이다. 그녀는 네덜란드어를 알지 못했으나 민족주의라는 말은 어느 말로나 같았기 때문에 굳이 그 언어를 알 필요도 없었다. 그러나 자기 바로 옆에 있는 저 빡빡 깎은 검은 머리 뒤에 있는 두뇌가 영국인의 존재에 대해 맹렬한 불만을 품고 있음에 틀림없다는 의식 때문에 그녀는 죄지은 사람처럼 목소리를 낮추어 마니에게 말했다. "언제 나 보러 안 올래?"

"가고 싶어. 그래, 나도 가고 싶어." 마니도 똑같이 소리를 낮추고 아버지를 다시 한번 힐끔 보며 말했다. "네 옷 최고다, 마사. 옷본 좀 빌려줄래?"

"그럼." 그러면서 마사는 무심결에 마니의 아줌마 같은 몸매를 바라보았다. "먼저 날을 잡고 와……." 그녀는 속삭이다시피 소리를 낮추면서 이런 바보스러움에 화가 났다. 그녀와 마니는 공모자들처럼 미소 지으며 재빨리 작별 인사를 했다. 그녀는 앞좌석에 있는 청년에게도 미소를 보내고 얼른 가게 쪽으로 물러나 버렸다.

그녀는 집에 갈 차편도 없거니와 걷고 싶기도 했다. 그래서 걸어갈 참이었지만…… 오후에 차가 여남은 대씩 지나갈 길을 그녀가 걸어간다면 이상히 여겨 쳐다보는 눈들이 있으리라 짐작되었다. 백인 소녀는 그러지 않는 법이야……. 베란다에서 망설이고 있는데 조스가 다가오는 것이 보였다. 그녀는 그의 모습을 보고 저도 모르게 다정하고 장난기 어린 감상의 미소를 지었다. 그는 점잖은 짙은 색 양복을 입고 책을 팔 밑에 끼고 어깨를 약간 구부정하게 숙이고 발이 가는 방향을 보며 조심조심 거북스레 움직이고 있었다. 사실 그는 자기가 되려고 마음먹은 엄숙한 법률가가 이미 된 것처럼 보였다. 그는 누런 갈색 옷을 입고 밖에 돌아다니는 저 사람들과는 영 어울리지 않았고 본인도 그것을 알고, 인정하고 있었다. 저 농부들, 저 대지의 인간들이 다가올 적이면 우선 쭉 뻗은 사지와 육체가 보이게 마련이었다. 근육이 딱딱한 팔뚝이라든지 구릿빛 알통의 기둥 같은 넓적다리라든지 걸음걸이 또는 팔의 흔들림이 눈에 들어오게 마련이었다. 그들은 이 나라의 공간과 광활함에 알맞게 당당하고 태평스레 천천히 움직였다. 거기에 바람직하지 못한 접촉을 조심하고 억제하기를 배운 팔다리를 암시하는 거라고는 아무것도 없었다. 그렇다. 여기선 어떤 남자나 여자와 일정 거리를 놓고 서면 그 인간의 전체를 보게 마련이었다. 처음엔 걷는 모습, 몸의 자세, 다음에 시선이 얼굴로 올라가 첫인상이 확인된다. 얼마나 멋지고 적나라하고 솔직한 얼굴들이며, 얼마나 건강하게 그을려 당당하며 모든 시선에 떳떳한가. 그다음이(마지막으로) 눈인데 똑바로 그 눈을 보면…… 그것은 더할 나위 없이 솔직하게 이쪽 시선을 맞는다. 숨길 거라곤 아무것도 없다고 그 눈은 말한다. 만사가 공명정대하니 알아서 하라고 말한다. 그러나 항상 그 친절한 갈색 눈 또는 반기는 파란 눈 뒤에는 불안이 있다. 그것은 쉽사리 형용할 수 없으나 아마도 웃는 순간에 가장 잘 표현될지 모르는 어떤 불안감이다. 그 남자가 크게 웃는다. 번져 가는 탁 트인 웃음이다. 그러나 슬쩍 곁눈질하는 눈의 움직임이 있다. 눈빛은 그곳에 전혀 없다. 거기에는 뭔가 공허하고 텅 빈 부재감이 있다. 예를 들어 식민지에 사는 멋진 청년 몇이 영국의 사촌들과 스트랜드 거리를 걸어간다고 하자. 참으로 멋진 청년들이다. 체격 또한 근사하다. 다른 청년들보다 머리 하나는 더 크고 구릿빛이 돌며 근육이 단단하고 말처럼 건장하다. 그런데 그 눈을 보라. 눈은 이렇게 말하는 것 같다. "우리한테 뭘 원하는 거요? 우리 육체만으로 충분하지 않소?" 거기에는 창백하고 조급한 표정이 있다. 눈동자 뒤에 있어야 할 부드럽게 빛을 발하는 어둠이 거기 없는 것이다. 무엇인가가 빠져 있다.

그러니 사람이란 둘 다 가질 수 없으며 하나를 택해야 하는 듯하다. 그리고 조스는 주저 없이 택한 것이다.

다가오는 조스를 지켜보며 마사는 당치 않으면서도 뚜렷한 연민의 정을 의식했다. 왜 연민일까? 그녀는 그가 무엇을 원하며 어떻게 그것을 얻을 수 있는지 정확히 알고 있기에 화가 나리만큼 부러웠다. 그녀는 짙은 회색 플란넬 천 밑에 숨겨진 아담하고 깔끔한 육체가 햇볕을 쬐고 있는 더러운 흙길로 조심스레 건너오는 것을 보았다. 마치 신경 및 근육 하나하나가 직접 그의 의지와 연결된 것 같았다. 그의 눈빛은 초점이 뚜렷하고 솔직했으며 그라는 사람 전체가 그 눈빛 뒤에 있어 그의 두 눈을 바라보고서야 비로소 그를 볼 수 있었다. 그녀는 조스와 이 농부들의 큰 차이를 인식하고 반은 부러워하며 반은 연민했다. 연민? 왜? 우리는 자기가 무엇을 왜 선택하는지 아는 사람을 연민하지 않는다.

　마사는 제 딴에는 안 그러는 척하면서 조스를 지켜보고 있었다. 그가 또 형식적인 고갯짓 한번 하고는 그냥 지나쳐 가 버릴까 봐 겁났다. 그러나 그는 곧장 그녀에게로 와서 책 몇 권을 내밀며 무뚝뚝하게 말했다. "네가 이런 책을 좋아할 것 같아서."

　"내가 여태 여기 있는 줄 어떻게 알았어?" 계집아이다운 토라짐이 있는 소리였다.

　"나무 사이로 가게 쪽이 보이니까."

　순간 마사는 자기가 감시를 당했던 것처럼 말도 안 되게 화가 났다. 그때 조스가 물었다. "집에 어떻게 가니?" 그래서 그녀는 반항적으로 말했다. "걸어갈 거야." 그런데 조스는 마사가 걸으면 안 될 이유는 하나도 없다고 생각하는 모양이었다. 잠시 망설인 뒤에 그는 이렇게만 말했다. "안녕!" 그리고 흙길을 건너가 버렸다. 마사는 실망했다. 날 자기 집에 데리고 갈 수도 있었을 텐데. 그러다가 그쪽에서는 마사가 자청해서 와 주기를 기다리고 있는 거라는 데에 생각이 미쳤다. 이것은 그녀를 당황하게 만들었다. 마사는 어깨를 으쓱함으로써 조스에 대한 생각을 떨쳐 버렸다. 그는 언제나 그녀의 정당한 감정이 어딘가 모자란 것처럼 느껴지게 했다. 책 보따리를 팔 밑에 끼니까 자신감이 생겼다. 그녀는 소크라테스네 베란다에서 걸어 나와 집으로 가는 길을 따라갔다.

　그녀는 이 길을 걸어가 본 적이 없었다. 언제나 차로 갔으며 어려서는 수레에 실은 뜨겁고 우툴두툴한 곡식 자루에 동그마니 올라앉아 가곤 했다. 처음 1킬로미터쯤 갈 동안 그녀는 뒤로 끌어당기는 곡식 자루의 무게와 앞으로 당기는 황소 사이에서 언제나 산산조각 날 듯이 삐거덕거리던 낡은 수레의 흔들림을 떠올렸다. 수레의 앞쪽에는 이렇게 서로 당기는 힘이 집중되는 지점이 있었다. 그녀는 흥분에 몸을 떨며 이곳에 앉기를 좋아했다. 그녀 아래 신음 소리를 내는 재목들이 당장에라도 산산이 날아갈 듯하면서도 날아가지 않은 채 천천히 힘들여 짐을 싣고 1킬로미터, 2킬로미터 가는 것이 좋았던 것이다. 그녀는 엉덩이 밑에서 자루들이 위태롭게 비껴 나가던 것도 떠올렸다. 그것들은 무거운 자루들이었으나 수레의 흔들림 때문에 쉽사리 미끄러져 내려앉곤 했다. 붉은 흙길에 뚝뚝 떨어지는 쇠똥의 유쾌하고 뜨뜻한 냄새도 생각났다. 거기서는 싱싱한 풀 냄새가 구수하게 풍겨 나왔다. 수레바퀴가 끊임없이 뻘건 모래를 듬뿍듬뿍 치켜 뿌려서 그녀는 떠도는 붉은 먼지 기둥 속으로 가는 격이었으며 새로 새김질한 풀의 달콤한 냄새가 몇 킬로미터씩 가는 동안 내내 먼지 냄새와 뒤섞여 풍겨 왔다. 그것은 마치 커다란 황소의 네 개짜리 위가 물 많은 늪을 따라 몇 시간씩 풀을 뜯고 다니던 진한 추억으로만 가득 차 있는 듯했다.

얼마 후 그녀는 맥두걸네 농장 밖에서 머뭇거렸다. 들어가면 빵과 번철에 구운 과자와 새로 뜬 버터를 곁들인 근사한 스코틀랜드식 차를 대접받을 터였다. 그러나 그녀는 들어가지 않았다. 맥두걸네 사람들은 마사가 이제 아가씨가 되었다는 사실을 아직 눈치채지 못했기 때문이다. 그들은 여전히 그녀를 애로 취급했고 그녀는 그것을 참을 수 없었다.

그녀는 이제 걸음을 늦추었다. 해방감을 즐기느라 이 여정이 끝나기를 원하지 않았기 때문이다. 모든 사람이 자기를 눈여겨보고 뭐라고 한마디씩 했으리라 믿어지는 정거장은 저만치 뒤에 있었고 부모의 존재 자체가 그녀에게 조심하고 반항할 태세를 갖추라는 경고처럼 생각되는 집도 아직 시야에 들어오지 않았다. 지금은 누구 하나 그녀를 살피는 사람도 없고 누구 하나 눈에 들어오는 사람도 없었다. 그녀는 길을 따라 어슬렁대며 어떤 바큇자국에서 또 다른 바큇자국으로 껑충 뛰기도 하고, 가냘프고 새파란 잎집에서 길고 달콤한 풀줄기를 뽑기도 했다. 그것들은 흙길을 따라 씹으면서 가기에 사탕수수 줄기만큼 유쾌했다. 그녀는 그 순간 아주 자유롭기 때문에 행복했으며 얼마 안 있어 집에 다다를 것이기 때문에 슬펐다. 이 두 가지 감정은 함께 깊어 갔다. 그리고 이 강렬하고 기쁨에 찬 우울함이 그녀가 과거에 알던 마음의 상태라는 생각이 머릿속을 섬광처럼 스쳐 갔다. 그러나 바로 그녀는 그 생각을 지워 버렸다. 그것은 새의 날개 그림자처럼 살짝 비쳤다 지나가 버렸다. 그녀는 그런 감정과 관련 있는 경험을 추구하면 안 된다는 것을 알고 있었기 때문이다. 이쪽이 그것을 기다리고 있지는 않았다. 그것은 예고 없이 찾아오는 방문객과 같았다. 한편 달콤하지만 겁나는 기대가 마음속을 가로질렀다는 사실만으로도 그것을 쫓아 버리기에 충분한 이유가 되었다. 방문객은 어둠을 좋아했다. 마사는 그것을 알았기에 서둘러 다른 것을 생각하려 했다. 그러나 동시에 그녀는 자기가 이제 다소 냉소적으로 그녀의 "종교적 시기"라 부르는 것과 그 경험을 연관시켰다는 생각을 하고 있었다. 장갑을 벗어 버리듯 쉽사리 하루아침에 무신론자가 된 것도 그녀로서는 고통스러운 일이었다. 그것은 오로지 지적인 정직함을 위해서는 이러한 다른 감정, 이러한 근사한 방문객에게 작별을 고하는 대가를 치러야 한다고 생각했기 때문이다. 그런데 보아하니 그녀에게서 그런 대가가 요구되었던 것 같지는 않았다. 그녀가 보기엔…….

마사는 이미 기분 상하고 성질난 자신을 다잡았다. 그만 분석하고 의식하지 마. 지금 그녀는 기계를 들여다보듯 자기 마음의 움직임을 살피고 있었다. 그녀는 또한 나무나 풀밭의 아름다움은 전혀 못 본 채 굉장히 빨리 걸어가고 있음을 알았다. 때는 황혼이라 무척 아름다웠다. 잎사귀의 진초록색과 땅의 검붉은색과 풀밭의 연한 황금색에 사치스러운 빗발 같은 금빛 광선이 비쳐 해 질 녘의 장관을 이루고 있었다. 그녀는 줄기가 하얀 한 그루 나무가 반짝이는 잎 구름을 이고 붉은 흙으로 단단히 다져진 개미탑에서 우뚝 솟은 것을 보았다. 모든 것이 하늘을 반영하는 마술 같은 광선에 젖어 있었고 그녀의 마음은 미묘한 서글픔으로 아파 왔다. 그녀는 의식적으로 좀 더 천천히 걸으며 의식적으로 우울을 즐겼다. 그리고 갑자기 자기가 살짝 언덕진 곳에 와 있음을 깨달았다. 이곳에서는 나무들이 이 땅 저 끝까지 펼쳐져 있었다. 이 새로운 광경에 그녀는 다른 모든 일을 잊었다. 그녀는 초록 옷을 입은 언덕 위에 납작 엎드린 자기네 집을 보았다. 그녀가 서 있는 곳에서 밴렌즈버그네 경계선까지는 8킬로미터쯤 될 터였다. 그 사이엔 금은색의 옥수수밭이 쭉 뻗어 있었다. 경계선은 검은 나무들의 띠처럼 보였고 그 뒤로 장엄한 파란 하늘이 담처럼 솟아 있었다. 옥수수가 흔들리며 속삭이는 소리를 냈고 광선이 그 위로 움직여 갔다. 매가 푸른 하늘의 기류를 타고 멈춘 듯한 자세로 떠 있었다. 혼란과 아픔의 망상이 다시금 그녀의 마음속에 일었다. 이번엔 아주 세차게 일었기 때문에 그녀는 오히려 그러한 망상이 이는 것이 겁나지 않았다. 주변에는 관목 숲이 고요했고 낙조에 물든 나무 없는 언덕의 풀들이 조그맣게 소곤대며 움직이고 있었다. 보이지 않는 곳에 있는 보랏빛 나무들이 무슨 축복처럼 향기의 입김을 내뿜고 있었다. 그녀는 이제 피할 수 없는 그 순간을 기다리며 가만히 서 있었다. 눈초리로 어떤 움직임이 보였다. 그녀는 신경을 따라 부풀어 오른 감정을 흩트리지 않게 조심하며 고개를 살며시 돌려 조그만 수사슴 한 마리가 나무 사이로 나와 몇 발자국 안 되는 곳에 조용히 서서 꼬리를 흔들고 있는 것을 보았다. 사슴은 그녀를 쳐다보다가 양 귀를 앞으로 세우며 고개를 돌려 숲속을 들여다보았다. 다른 사슴이 나무들 사이에서 가뿐히 나오더니 두 마리가 모두 서서 그녀를 지켜보았다. 그러고 나서 그들은 발굽이 돌부리의 모난 곳에 닿아 달칵거리는 소리를 내며 근처를 다소곳이 걸어 다니기 시작했다. 햇살이 그들의 보드라운 갈색 가죽 위에 따사롭게 비쳤다. 그들은 고개를 떨어뜨려 풀을 뜯었고 그러는 동안에도 자그마한 꼬리는 희끗희끗한 색깔을 보이며 조급하게 좌우로 흔들렸다.

갑자기 마사의 마음속에 있던 감정이 깊어졌고, 그녀는 자기가 계시처럼 기다리던 것이 행복이 아니라 고통이었음을 여느 때처럼 까맣게 잊고 있었다는 것을 깨달았다. 그녀는 항상 우쭐함과 성취감만 기억했지, 기쁨을 의미하는 '황홀'이라든가 '해오(解悟)'라든가 하는, 말로는 형언할 수 없는 마음 상태에 이르기가 어렵다는 것은 늘 잊어버렸던 것이다. 그녀의 마음은 시문학으로 형성되어 왔고(다른 것은 거의 없었다.) 그녀는 물론 이런 경험이 종교적인 사람들 사이에 흔하다는 것도 알고 있었다. 그러나 사실상 그 '순간'은 남들이 겪는 '순간들'의 묘사 때문에 그녀가 흔해 빠진 것으로 믿었던 그것과 판이하게 달랐다. 그래서 그 경험이 평범한 것이며 자기가 불쾌하게 적극적으로 화내며 말하듯 "사춘기적 상황에 따르기 쉬운" 경험이라는 것을 인정할 때까지 '이것이 혹은 같은 것이 아닐까?' 하는 생각은 떠오르지도 않았던 것이다. 하지만 같은 것이라면 그들은 하나같이 몽땅 거짓말쟁이였다. 그리고 그것을 그녀는 이해할 만했다. 왜냐하면 그런 순간과 순간 사이에선 그녀 자신도 그것이 얼마나 끔찍한 깨달음인지 상기하기가 불가능했기 때문이다.

확실히 그런 일이 시작되는 분명한 지점이 있었다. 아니다. 그것은 갑자기 피할 수 없어졌고 어떤 것도 쫓아 버릴 수 없게 되었다. 하나의 완만한 융화가 이루어지고 있었다. 그녀와, 조그만 짐승들과, 움직이는 풀과, 햇살에 따뜻해진 나무와, 몸을 떠는 은빛 옥수수밭의 경사와, 머리 위 푸른 광선의 방대한 창공과, 발밑 대지의 돌들이 춤추는 원자들의 분해 속에서 함께 진동하며 하나가 되어 가고 있었다. 그녀는 땅 밑에 스민

강이 자기 혈관을 아프게 뚫고 들어와 견딜 수 없는 압력으로 부풀어 오르는 것처럼 느껴졌다. 그녀의 육신은 대지가 되고 효소처럼 증식을 견디며 눈은 태양의 중심처럼 고정되어 있었다. 그녀는 그것을 (시간적 언어가 조금이라도 적용된다면) 1초도 더 이상 견딜 수 없었다. 그러나 그때 앞과 밖을 향한 갑작스러운 움직임과 더불어 전체의 진행 현상이 멈췄다. 그리고 그것이 나중에는 기억도 할 수 없는 "그 순간"이었던 것이다. 그동안(그것은 초시간적인 동안이었다.)에 그녀는 자신의 왜소함과 인류의 보잘것없음을 궁극적으로 이해했다. 귓속에서 커다란 바퀴의 움직임처럼 들들거리는 소리가 들리기 시작했다. 그것은 함부로 마구 흔들리는 수레의 움직임처럼 비인간적이었다. 또 그 소리는 전혀 마사의 목소리가 아니었다. 그런데도 그녀는 그 일부였다. 마지못해 어떤 조건으로 끼어들었던 것이다. 하지만 어떤 조건이란 말인가? 그 순간에, 공간과 시간(하지만 이것들은 말에 불과했다. 만일 그녀가 이해하는 것이 있다면, 말이란 회오리바람 속에서 나는 아기 울음 같다는 것이었다.) 이 그녀의 육체를 들볶는 동안 그녀는 무의미성을 알게 되었다. 다시 말해서 사물의 혼돈 속에서 자기 자신과 자신의 위치에 대한 생각은 무의미하다는 것이었다. 그녀는 전혀 다른 어떤 것을 받아들이라는 요구를 받고 있었다. 그것은 마치 새로운 무언가가 그녀의 육체를 모체로 한 수태를 요구하는 것 같았다. 마치 그녀가 어쨌든 인정해야 하는 필요성, 그로 인해 자신이 일단 사라졌다가 다시 형성되어야 하는 필요성이 있는 것 같았다. 그러나 그것은 오래가지 않았다. 그 힘은 사라졌고, 그녀를 길가에 세워 놓은 채 이미 "그 순간" 너머로 뻗어 가려 하고 있었다. 그러니 그녀는 파괴적이면서 창조적인 무지의 혼돈으로부터 그것의 메시지를 간직할 터였다. 이미 그것은 과거로 미끄러져 들어갔고 그녀의 마음속에서 하나의 진행 과정이 아니라 하나의 전체가 되어 버렸다. 기억조차 바뀌어 갔기에 그녀는 일종의 향수를 느끼며 그런 경험을 '다시 해 보기를' 갈망했다.

해 보려는 의욕이 인 적이 있었으나 그녀가 거부했다. 향수의 물결은 그녀를 화나게 했다. 그녀는 그것이 거짓임을 알았다. 그것은 존재한 일도 없는 어떤 것, 다시 말해 어떤 '황홀감'에 대한 동경이었던 것이다. 그러나 거기에 황홀감이란 전혀 없었으며 어려운 깨달음만 있었다. 그것은 마치 망치가 울려 퍼진 것과 같았다. '깨달음'을 나타내는 새로운 낱말이 생겨나야 마땅했다.

그녀는 자신이 길에서 떨어진 풀밭에 서서 두 마리의 수사슴이 아무렇게나 꼬리 치며 풀을 뜯으면서 관목 숲으로 들어가는 것을 지켜보고 있음을 알았다. 마사는 이 보잘것없는 짐승들을 여러 번 쏘았지만 이제 이들이 그녀와 경험을 함께한 이상 다시는 쏘지 않겠다고 생각했다. 그러나 그런 결심을 하기가 무섭게 마치 쓸데없는 거짓말을 하려다 자제한 것처럼 무력하게 안타까움을 느꼈다. 그녀는 무엇보다도 안타까웠다. 슬픈 게 아니라 그저 맥 빠지고 싱거웠다. "그 순간"이 그녀의 마음속에서 하나의 축복받은 기쁨으로 낙착된 지 오 분도 안 되었기에 더 그랬다. 그 기쁨은 분명히 지상(至上)의 행복으로 기억되어야 했다.

그녀는 옥수수밭의 울타리를 따라 지름길로 집을 향해 천천히 걸었다. 발아래 땅은 단단하게 다져져 있고 가뭄으로 갈라져 있었다. 그녀의 샌들은 실용성보다 모양을 본 것이어서 발이 아팠다. 그녀는 발을 질질 끌며 언덕을 올라 자기 방으로 갔다. 부모, 아니 어머니를 만나기 전에 자신을 가다듬기 위해서였다. 아버지를 만나는 일은 성깔 있는 유령의 주의를 끌려는 것과 비슷했으니까.

환상도 결심도 허사였다. 침실에서 그녀는 심한 분노밖에 느낄 수 없었다. 이 동네 사람들, 맥팔라인 씨, 이제 이 집에 들러 옷본을 빌려 갈 마니에 대한 분노였다.

날이 어둑해졌기에 어머니가 석유등을 들고 들어오며 소리쳤다. "얘야, 걱정하고 있었잖아. 넌 집에 왔다는 소리도 안 하니?"

"아무 사고도 없었어요. 안전하고 건전하고 아직도 처녀야."

"얘야……." 그러다가 퀘스트 부인은 자신을 억제하고 등불을 벽에 걸었다. 불꽃이 파랗게 흔들리다가 아늑하고 노란 빛을 울퉁불퉁한 벽 위에 던지고는 지붕 짚까지 이르러 어둠 속에서 색 바랜 은빛 짚이 반짝였다. "어떻게 돌아왔니?" 퀘스트 부인이 조심스럽게 물었다.

"걸었어요." 마사가 대들듯 말했다. 그리고 퀘스트 부인이 뭐라 하지 않는 것에 실망까지 느꼈다.

"자, 가자. 곧 저녁 먹을 거다."

마사는 순순히 어머니를 따라갔다. 갑자기 그녀가 밝고 달

뜬 소리로 말했다. "그 흉측한 노인 있잖아. 맥팔라인 씨 말이에요. 나를 집적거리려고 했어." 그녀는 아버지를 쳐다봤으나 아버지는 자기 생각에 맞추어 빵을 부스러뜨리고 있었다.

퀘스트 부인이 급히 말했다. "무슨 소리니? 네 상상이야. 그이가 그럴 리 있어?"

자기가 그런 주목을 끌기엔 너무 어리다는 암시가 기어코 마사에게 이런 말을 하게 했다. "그러다가 그이가 속이 찔려 내게 10실링을 줬어." 그녀는 멍해 있는 아버지를 다시 한번 보면서 거북하게 낄낄거렸다. 퀘스트 부인이 말했다. "그 사람은 그런 어리석은 짓은 안 해. 너무 점잖다고."

"점잖죠." 마사가 짓궂게 말했다. "자식들이 농장에 가득할 만큼."

퀘스트 부인이 채소를 덜어 주고 있는 하인을 힐끔 보며 서둘러 말했다. "남의 소문 들을 것 없어."

"다들 알아요. 게다가 난 엄마가 맥두걸 부인한테 그러는 것도 들었다고요."

"그렇더라도 그건…… 내 생각엔……."

"거지 같은 위선이야. 인종 간의 장벽이니 뭐니, 맥팔라인 씨가 좋다면 누구하고나 잘 수 있는 거죠, 뭐."

"얘야." 퀘스트 부인이 무표정한 하인 쪽에 절망적인 시선을 주며 말했다. "생각하고 말해라."

"그래, 엄마 생각은 그것뿐이에요. 모든 거짓말과 추악함이 가려지기만 하면 된다는 거죠."

퀘스트 부인은 화가 나서 소리를 높였다. 싸움이 시작됐고 어머니와 딸은 서로의 말이 끝나기를 기다리지도 않고 전에도 여러 번 했던 말들을 퍼부었다. 마침내 그 시끄러운 소리에 퀘스트 씨가 소리를 질렀다. "닥쳐, 둘 다!"

그들은 안도감과 더불어 그를 바라보았다. 마치 이것이 그들이 바라던 결과였다고 할 만도 했다. 그러나 퀘스트 씨는 더 이상 말하지 않았다. 훼방을 받아 화가 나서 노려본 뒤에 그는 시선을 떨어뜨리고 계속 식사했다.

"아버지 말씀 들었지?" 퀘스트 부인이 부당하게 다그쳤다.

마사는 자기에 맞선 이 결탁에 놀라운 고통을 느꼈다. 그래서 큰 소리로 말했다. "조용하기만 하면 뭐든 좋단 말이죠. 엄마는 기독교 신앙을 내세우면서 실제로 하는 걸 보면……." 그녀는 자기가 하고 있는 말이 유치해서 곧 부끄러워졌다. 하지만 말이란 보통 우리 생각보다 훨씬 수준 낮게 마련 아닌가. 마사는 부모에 대한 가장 큰 불만이 그들과 대화할 때 그녀가 벌써 졸업했어야 할 수준에 항상 머물게 된다는 점이 아닐까 싶었다. 이런 주제도 부모가 보기에는 그녀의 수준보다 겁날 만큼 앞서 나가 있는 것이었다.

그러나 그녀의 말이 아무튼 아버지의 방어 본능까지 뚫고 들어가는 힘이 있었던 모양이다. 그가 고개를 들더니 화난 어조로 말했다. "그래. 우리가 그렇게 썩었고 네가 우리를 상대 못 하겠거든 나가려무나. 어서." 그는 자기 말이 불러일으킨 감정에 휩쓸려 고함을 질렀다. "어서 나가라고, 우릴 귀찮게 하지 말고."

마사는 기가 막혀서 숨을 죽였다. 피상적인 생각으로는 아버지가 자기를 집에서 내쫓는 거라고 스스로에게 지적하고 있었다, 열일곱의 소녀인 자기를. 그러나 좀 더 깊은 곳에서 그녀는 이것이 감정의 발산이라는 것과 무시해야 한다는 것을 인식했다. "좋아요." 그녀가 화내며 말했다. "나갈게요." 그녀와 아버지는 식탁을 사이에 놓고 서로 노려보았다. 어머니는 언제나 앉는 상머리에 앉아 있었다. 분노에 찬 검은 두 쌍의 눈이 서로를 이기려고 씨름했다.

고개를 떨어뜨린 건 퀘스트 씨였다. 그가 약간 미안한 듯이 중얼거렸다. "난 이놈의 싸움, 싸움, 싸움을 견디지 못하겠단 말이야!" 그러고는 골이 나서 냅킨을 내던졌다. 하인이 즉시 허리를 굽혀 그것을 주워 주인에게 건넸다. "고맙네." 퀘스트 씨는 기계적으로 말하며 그것을 다시 무릎 위에 폈다.

"여보." 퀘스트 부인이 조그맣게 남편에게 호소하는 소리로 말했다.

그가 투덜거리며 대답했다. "싸우고 싶거든 싸워. 하지만 제발 나 있는 데선 싸우지 마요."

이제 그들은 모두 말이 없었다. 마사는 식사 뒤 곧 침실로 가 당장 집을 나가리라 다짐하며 여러 가지 재미있는 구제의 장면을 상상해 보았다. 침대에는 책 보따리가 풀지 않은 채 놓여 있었다. 끈을 끊고 제목을 보자 그녀의 모욕감은 더욱 깊어졌다. 모두 경제에 관한 책들이었다. 그녀는 자기가 당면한 맹렬한 감정의 혼란을 설명해 줄 만한 책을 원했던 것이다.

이튿날 아침 그녀는 일찍 일어나 총을 들고 나가 대연초원 가에서 영양 한 마리를 잡았다.(그 연초원은 아버지가 일시적으

로 담배 재배에 희망을 걸던 시절에 담배를 키우던 곳이었다.) 그녀
는 지나가던 원주민을 불러 짐승의 사체를 고기로 가득 차 있
는 집의 부엌으로 가져가게 했다.

좀 더 길게 말하자면 이렇다. 마사는 일찍 깨었고, 잠을 잘
수 없었다. 해돋이가 하도 절묘한 빛을 하늘에 펼쳐 놓아 그녀
는 산보를 나가기로 했다. 총을 가지고 간 것은 쏘는 일은 거
의 없어도 들고 다니는 것이 버릇이었기 때문이다. 마침 수컷
영양이 모습을 드러냈기에 마음 내키지 않는데도 쏘았고 그것
이 죽어 넘어지는 것을 보고 놀랐다. 영양이 죽은 다음 고기
를 그냥 낭비하는 것은 아까운 일이었다. 그 일은 실제로 계획
을 세워 한 것과 전혀 달랐다. 아니면 그녀가 그렇게 느꼈다.
그녀는 조금 켕기면서 '아아, 글쎄, 뭐 어때?' 하고 생각했다.

아침 식사 후 마사는 다시 조스의 책들을 재빨리 들추어
보았다. 그것은 가난을 싫어하는 사람들에 의해 분명 좋은 의
도하에 쓰인 것이었다. 그녀의 감상은 난 이미 다 알고 있다
는 것이었다. 그것은 그녀, 마사 퀘스트를 말이 통하는 사람
들과 런던에서 살게 하는 대신 농장에서 살도록 운명 지어 주
는, 절망적으로 불공평한 제도를 입증하는 어떤 결론에 그녀
가 동의한다는 것을 의미할 뿐이 아니었던가. 그녀는 자신에
게 이것을 가볍게 얘기해 보려 했지만 그보다는 화가 났다. 그
것이 절반의 진실임을 알고 있었기 때문이다. 그녀의 소감은
'그래, 당연히 가난은 짜증 나지. 당연한 소릴 왜 다시 한담?'
하는 것이었다. 이 모든 것을 어찌 바꾸겠다고 나설 것인가?
"이 모든 것"이란 농장과 농장 일을 하는 가난한 원주민 무리

와 지금 사는 방식대로 살고 원주민들을 마음대로 부릴 모든 권리가 있다고 믿는 이 동네 사람들을 의미했다. 그 책들의 조리 있는 설득력은 이 사람들에 대한 맹렬한 반대를 생각할 때 우스꽝스럽기만 했다. 그녀는 책의 저자도 이들처럼 말끔하고 뚱뚱하고 온화한 신사이며 자기 생각의 움직임 외엔 아무 소리도 들려오지 않게 커튼을 닫고 불 밝힌 서재에 앉아 있는 사람이라고 상상했다.

그녀는 책을 일주일 두었다가 우편을 보내는 날 배달부 편에 돌려보냈다. 그녀는 쪽지도 함께 보냈다. "여성해방에 관한 책도 보여 주었으면 좋겠다." 배달부가 떠나간 뒤에야 그런 요구가 유치하고 가망 없는 자기 폭로였다는 생각이 들었다. 그래서 그녀에게 온 소포를 차마 뜯을 수 없었다. 소포 안에는 기대한 대로 쪽지가 있었다. "네가 사흘 동안에 경제학 지식을 그만큼 습득했다니 반갑구나. 넌 어쩌면 그렇게 재주가 좋으냐? 성 문제에 도움이 될 안내서를 동봉한다. 심리학 등등의 근사한 장서를 가진 솔리에게 청할 수도 있었지만 유감스럽게도 그가 '자기의 삶을 살기 위해' 떠나 버린 뒤였어. 우리 식구는 허락 없이 그의 책을 건드리면 안 되거든." 동봉된 책은 『가족의 기원』[8]이었다. 마사는 그것을 읽고 한마디 한마디에 동의했다. 아니, 그보다는 그 책에서 얻은 바에 동의했다. 그것은 이 지방의 결혼 관습은 우스꽝스럽고 지저분하기까지

---

8) 프리드리히 엥겔스의 저서로 L. H. 모건이 『고대사회』에서 밝힌 이론을 바탕으로 가족, 사유재산, 국가의 기원을 분석했다.

하며 대부분 구식이라는 그녀의 생각을 뒷받침해 주는 것이었다.

그녀는 햇볕에 따뜻해진 팔을 감싸 안으며 자신의 단단하고도 유연한 육체를 흡족하게 느꼈다. 길고 모양 좋은 다리는 언젠가 보았던 임신부의 부풀어 오른 육체를 몸서리나는 분개심과 더불어 상기시켰다. 그것은 마치 그녀를 가둬 둘 울을 본 거나 다름없었다. '절대, 절대, 절대로 난 안 그럴 거야.' 그녀는 맹세했으나 섬뜩한 예감을 금할 길이 없었다. 그리고 솔리와 조스가 터무니없이 계속 싸우느라 지금 그녀의 손 밖에 있는 솔리의 책들을 생각했다. 또한 지금 자기가 가장 불합리한 혐오를 느끼고 있는 조스를 생각했다. 한순간 그녀는 그가 감히 자기를 매력적인 여인처럼 대했다고 해서 그를 경멸했다. 그러다가 다음 순간 그가 자기 말을 곧이듣고 단순히 책을 주었다고 해서 그를 경멸했다. 이러한 혼란은 신경질적인 반감으로 굳어졌다. 흠, 조스는 필요 없어!

그녀는 엥겔스의 저서를 돌려주었다. 무척 형식적인 인사 편지를 곁들였기 때문에 그녀는 은근히 답장을 기다렸으나 그에게선 아무 소식도 오지 않았다. 그녀에게 우울증이 엄습했다. 그녀는 침묵의 주술에 걸린 소녀처럼 농장을 방황했다.

어느 날 아침 그녀는 들판가의 통나무에 앉아 폭우에 대비하여 물꼬를 트는 원주민들을 지켜보고 있는 아버지에게 갔다. 퀘스트 씨는 이 사이에 파이프를 물고 두 손바닥으로 새까만 담뱃잎 덩이를 천천히 굴리면서 멀리 노무자들을 보고 있었다.

"이런, 녀석아." 마사가 옆에 앉자 그가 말했다. 그는 아들이나 딸을 모두 "녀석"이라고 불렀다.

마사는 라이플총을 무릎 위에 얹어 놓고 씹는 풀잎을 뽑아 물고는 아버지와 함께 침묵 속에 빠져들었다. 부녀는 퀘스트 부인이 없는 데서는 편히 어울릴 수 있었다.

그러나 그녀는 이 상태를 지속할 수 없었다. 기어코 아버지의 주의를 끌 수밖에 없었던 것이다. 그래서 이내 그녀는 어머니에 대한 불평을 털어놓기 시작했고 퀘스트 씨는 거북하게 귀를 기울였다. 그는 "그래, 그건 그렇다."라고 동의하거나 "그래, 네 말이 옳다."라고 했다. 그러나 동의할 적마다 그의 얼굴은 마사가 자기 입장만 생각하지 말고 아버지 입장도 생각하며 이런 압력을 주지 말았으면 하는 소망을 나타냈다. 그래도 마사는 그만두지 않았다. 마침내 아버지의 목소리에는 여느 때의 귀찮아하는 낌새가 깃들었다. "네 어머닌 좋은 여자야." 그러면서 그는 '자, 이제 그만해라.'라는 뜻의 시선을 주었다.

"좋다고요?" 마사는 그에게 말뜻을 분명히 해 달라는 뜻에서 말했다.

"아무래도 상관없다." 그가 약간 몸을 빼면서 말했다.

"좋다니 무슨 뜻이에요?" 그녀가 고집했다. "아버지도 잘 아시잖아요. 엄마는……. 만일 좋다는 게 아무 생각 없이 하고 싶은 대로 하고 전통적으로 행동한다는 뜻이라면 좋은 사람이 되는 건 아주 쉬워요!" 여기서 그녀는 골난 듯이 나무줄기를 향해 돌을 던졌다.

"네가 이런 식으로 시작하면 언제 끝날지 알 수가 없단 말이다." 퀘스트 씨가 투덜투덜 말했다. 이런 대화가 벌어졌던 게 이번이 결코 처음이 아닌 데다 그로서는 겁났기 때문이다. 그들은 둘 다 첫 번째 경우를 기억하고 있었다. 그때 그는 화를 내며 물었다. "그래, 넌 네 어머니를 사랑하지 않는다는 거냐?" 그래서 마사는 분노에 찬 웃음을 터뜨렸다. "사랑요? 사랑이 무슨 상관이에요? 엄만 자기 하고 싶은 대로 하면서 자기가 그렇게 희생한 걸 봐라 하시는 거예요. 엄만 끝끝내 당신 마음 대로만 하려고 해요. 그런데 아버진 사랑 운운하시네요."

한참 말이 없고 퀘스트 씨는 서서히 자기만의 생각 속으로 잠겨 들어갔다. 그러고 나서 마사가 반항적으로 말했다. "어쨌건 전 모르겠어요. 아버진 그냥 그 말을 쓰시는 거죠……. 그건 실제로 일어나고 있는 것과는 아무 상관도 없다고요……." 그녀는 머리가 혼란해져 말을 멈추었다. 그러나 그녀가 느끼는 바는 분명했다. 사람들의 동기는 그들이 상상하는 것과 거리가 멀뿐더러 사실을 인식해야 한다고 느낀 것이다.

"원 세상에, 매티야." 퀘스트 씨가 갑자기 어쩔 수 없는 분노를 터뜨리며 말했다. "나더러 어쩌라는 거냐? 작년 한 해는 생지옥 같았다. 모녀가 싸움을 그쳐야 말이지."

"그러니까 아버진 제가 나가길 바라세요?" 마사가 애처롭게 물었다. 그리고 그녀의 가슴은 그 생각에 쿵쾅쿵쾅 뛰었다.

"난 그런 말 한 적 없다." 딱하게 된 퀘스트 씨가 말했다. "넌 언제나 극단적이야." 그러고 나서 한참 뒤에 희망을 품는 듯이 말했다. "그것도 나쁜 생각은 아닌 것 같구나. 넌 언제나 이제 엄마 품을 벗어났다고 하는데 내가 보기에도 그렇다."

마사는 다음을 기다렸다. 조스를 대했을 때처럼 희망적인 궁금증을 갖고 기다린 것이다. 그녀는 누군가가 자기 대신 책임져 주길 바랐다. 그녀는 구원이 필요했다. 퀘스트 씨는 마땅히 실질적인 계획을 제시해 주었어야 했다. 그랬더라면 당장에 그는 놀랍도록 나긋나긋하고 고마워하는 딸을 발견했을 것이다. 그러나 대신 침묵이 몇 분씩 계속되었다. 그는 햇살 밝은 들과 더위에 지쳐 있는 조용한 숲을 보며 흡족한 한숨을 내쉬었다. 그러고는 개미들이 낡은 나무토막을 갉아 먹고 있는 발치로 시선을 떨어뜨렸다.

갑자기 그가 꿈꾸는 듯한 목소리로 말했다. "이 개미들을 보면 생각하게 된단 말이야, 안 그래? 이것들이 우릴 어떻게 보는지 궁금하다. 하느님같이 본대도 놀라울 건 없지. 작년에 토양 전문가가 여기 나왔을 적에 개미에게 언어도 있고 경찰 조직이나 뭐 그런 것도 있다던데."

마사에게서는 대답이 없었다. 마침내 그는 곁눈질로 염려스럽게 그녀를 보았다. 반쯤 분노해 있고 반쯤 어이없어하는 눈이 그와 마주쳤다. 계속적인 비판의 눈빛에 그는 결국 일어나 이렇게 말했다. "집에 가서 차 좀 달라고 할까? 날씨 때문에 목이 마를 거다."

그래서 아버지와 딸은 말없이 언덕 위의 집으로 돌아갔다.

3

퀘스트 부인은 딸과 남편이 들판에서 돌아오는 모습을 조마조마한 기대 속에서 기다렸다. 전날 밤 그녀는 어두운 침실에서 남편에게 마사가 어미 말을 안 듣고 장래를 망칠 것 같으니 그 애를 타일러 달라고 부탁했다. 퀘스트 씨의 담뱃불이 화난 듯이 빨갛게 달아오르며 수그린 그의 걱정 어린 얼굴을 비추었다. 그 얼굴을 보자 퀘스트 부인은 침대 옆구리 너머 남편 쪽으로 몸을 굽혔다. 그녀의 목소리는 끈덕지게 바가지를 긁느라 높아졌다. 어둠이 남편의 참성격을 그녀에게서 가려 주고 있는 한 그녀는 자신을 갖고 말할 수 있었다. 그러니 나 보고 뭐라고 하란 말이냐고 그가 물었다. "그래그래, 그렇고말고." "당신 말이 옳은 걸 잘 알아." "하지만 여보, 그건 말이 지나치지 않소?"

퀘스트 부인은 입 밖에 내지 못할 남편에 대한 불평을 마음속으로 잔뜩 생각하며 온밤을 새우다시피 했다. 하지만 오로지 운이 나쁘고 건강이 나빠서 집안을 이토록 기막히고도 돌이킬 수 없는 빈곤으로 떨어뜨린 거라고 늘 이해해 온 이상 이제 와서 어찌 그녀의 생각을 입 밖에 낼 수 있겠는가? "제발, 이제 정신 차리고 농장을 제대로 경영해 봐요. 그럼 마사를 좋은 학교에 보낼 수 있고 밴렌즈버그네나 코언네 아이들에게서 받는 나쁜 영향도 없어질 거예요."

그녀는 친정 오빠에게 편지를 써 볼까 생각했다. 그러기로 결심까지 했다. 그런데 마사가 잘 정리된 런던 교외의 집에서 훌륭한 영국 소녀들을 위한 학교에 다니는 모습이 불안하게 도 강렬하게 그녀 머리에 떠올랐다. 그녀는 또한 마사가 열일 곱 살이라는 것을 상기했다. 그리고 그녀의 분개심은 딸에게 돌려졌다. 때가 너무 늦었다. 이미 너무나 늦은 것을 그녀도 잘 알았다. 마사에 대한 생각은 언제나 감당하기 어려우며 맹렬 하고도 간곡히 탄원하고 싶고 화가 끓어오르는 감정으로 그 녀를 채웠다. 그녀는 마사를 위해 기도하기 시작했다. '제가 저 애를 구하도록 도와주소서. 저 애의 어리석은 생각을 잊게 해 주소서. 저 애가 제 동생같이 되게 하여 주소서.' 퀘스트 부인 은 아들에 대한 정다운 생각에 마음이 가라앉아 잠들었다.

그런데 엊저녁 반 시간 동안 화를 내며 절박하게 다그친 것 이 결국은 퀘스트 씨를 자극하여 행동으로 옮기게 한 듯했다. 부녀의 얼굴(둘 다 안절부절못하며 얼굴이 상기되어 있었다.)엔 무 언가 그녀에게 기대를 품도록 하는 것이 있었다. 그녀는 차를 가져오라고 시켜 놓고 베란다의 차 탁자 옆에 자리 잡고 앉았 다. 한편 마사와 퀘스트 씨는 의자에 털썩 앉더니 각기 책을 집어 들었다.

"그래, 어때요?" 마침내 퀘스트 부인이 두 사람을 바라보며 물었다. 어느 쪽도 들은 척을 안 했다. 마사는 책장을 넘겼고 퀘스트 씨는 무릎에 세운 책장 위 활자를 찡그린 눈으로 좇으 며 파이프에 담배를 채우고 있었다. 하인이 차를 가져와서 퀘 스트 부인이 찻잔을 채웠다. 그녀가 찻잔을 퀘스트 씨에게 건 네며 다시 물었다. "그래, 어때요?"

"좋소, 덕분에." 퀘스트 씨가 쳐다보지 않은 채 말했다.

부인의 입술이 조여들었다. 마사에게도 잔을 건네며 그녀가 부럽다는 듯이 물었다. "얘기 재밌었니?"

"아주 재미있었어요, 덕분에." 마사가 막연히 대답했다.

퀘스트 부인은 의식적이면서도 용서해 주겠다는 식의 빈정거림을 담은 표정으로 부녀를 바라보았다. 남편은 흐린 파란색 연기구름 속에 반쯤 가려져 있었다. 꼭 휴식을 취하고 있는 근면한 농부의 모습이었다. 마사도 어쩌면 퀘스트 부인이 탐내는 결혼기의 교양 있는 딸로 보일 수 있을 것 같았다. 밝은 노란색 리넨 옷을 입고 조심스럽게 화장한 그녀는 스무 살쯤 되어 보였다. 그러나 옷은 풀 얼룩이 졌고 꾸깃꾸깃했다. 담배를 게걸스레 빠는데, 손가락엔 벌써 니코틴 물이 들어 있고 무릎엔 라이플총이 아무렇게나 가로놓여 있으며 그 위엔 퀘스트 부인도 『대영제국의 몰락』이라는 제목을 볼 수 있는 책이 얹혀 있었다. 마사가 이런 책을 읽는다는 건 그녀 자신에 대한 비판이라는 생각이 들었다. 그녀는 식민지로 이주한 이래 겪어 온 어렵고 실망에 찬 생활을 떠올리기 시작했다. 그녀는 의자 등에 기댔다. 그녀의 넓적하고 네모나고 남성적인 얼굴에는 참을성 많은 회한의 빛이 떠올랐다. 작고 파란 눈이 그늘지면서 그녀는 깊이 한숨지었다.

한숨은 말이 미치지 못하는 곳까지 미치는 힘을 가진 듯했다. 마사와 퀘스트 씨가 둘 다 죄지은 듯이 쳐다보았다. 퀘스트 부인은 그들의 일을 잊고 그들 저편에 있는 자신의 모습을 보고 있었다. 그녀는 집 진흙 벽에 헝클어진 잿빛 머리를 기대고 있었다. 그리고 맥없는 흰머리 한 가닥을 한 손가락에 계속

감으며 만지작거렸다. 그것은 언제나 퀘스트 씨의 성미를 건드리는 버릇이었다. 그러는 동안 다른 손으로는 지친 듯 거칠고 신경질적인 동작으로 치마를 쓰다듬었다. 그 동작은 마사의 불효에 대한 직접적인 꾸짖음처럼 그녀의 기를 죽였다.

"왜 그러오, 여보?" 퀘스트 씨가 미안해서 정답게 물었다.

그녀는 자기 혼자만의 환영으로부터 눈을 거두고 남편을 바라보았다. "왜요?" 그녀가 메마르고 냉소적이고 참을성 있는 전혀 다른 어조로 되물었다.

마사는 부모가 얼른 시선을 주고받는 것을 보았다. 그 시선은 그녀로 하여금 의자에서 벌떡 일어나 그 자리를 피하게 만들었다. 그것은 조소 어린 이해의 눈초리여서 그녀로서는 견디기 어려웠다. 그것이 부모에 대한 맹렬하고도 참을 수 없는 연민의 정으로 그녀를 가득 채웠기 때문이다. 또한 그녀는 이렇게도 생각했다. '당신들은 그 점에 대해 어떻게 그토록 체념할 수 있죠?' 그러고는 저렇게 빈정거리는 상호 연민만을 기초로 한 결혼은 절대로 자기 미래에 포함하지 않겠다고 결심하면서 미래가 두려워지기 시작했다. '절대로 절대로 안 할 거야.'라고 그녀는 맹세했다. 그녀가 라이플총을 집어 들고 층계 쪽으로 가려는데 다가오는 차 소리가 났다.

"손님들이에요." 그녀가 경고하듯 말했다. 부모가 동시에 한숨 소리를 냈다. "맙소사!"

그러나 그것은 마니였다. 그녀는 형부 옆에 앉아 있었다.

"맙소사!" 퀘스트 씨가 다시 말했다. "저 애가 또 그 못된 짧은 바지를 입고 왔다면⋯⋯." 그는 일어나 서둘러 피해 갔다.

차는 집에 가까이 오지 않고 집 앞 조그만 평지 옆에서 기다리고 있었다. 마니가 다가왔다. 그녀는 짧은 바지 대신 목둘레에 꽃송이와 레이스가 달린 밝은 꽃무늬 드레스를 입고 있었다. 그녀는 지금 아주 뚱뚱해서 거의 자기 어머니만 했다. 굵직하고 볕에 탄 팔과 다리가 갇혀 있는 브룬힐데[9]의 사지처럼 딱 붙는 염색한 크레이프 천 옷으로부터 나와 있었다. 머리는 성격 좋은 마누라 같은 얼굴 둘레로 단단하게 말려 올라가도록 지져 붙이고 있었다.

"오랜 못 있어." 그녀가 저만치서 소리치며 걸음을 빨리했다. 마사는 어머니가 가 주길 바라면서 그녀를 기다렸다. 그러나 퀘스트 부인은 찻잔들 위로 이쪽을 살펴보면서 그 자리에 남아 있었다. 그래서 마사는 두 사람의 소리가 안 들릴 곳까지 마니를 마중하러 걸어갔다.

마니가 급하게 말했다. "있잖아, 매티야, 무도회가 있거든. 뭐, 친구들끼리 하는 거야. 너도 올래? 다음 토요일인데?" 그녀는 마사의 어깨 너머로 퀘스트 부인 쪽을 걱정스럽게 바라보았다.

마사는 망설이며 무어라고 구실을 중얼거리다가 아주 뻣뻣하게 가는 데에 동의했다. 그래서 마니는 마치 퇴짜를 맞은 듯이 얼굴이 빨개졌다. 이걸 보자 마사는 아프게 자기혐오를 느끼며, 자기가 얼마나 춤을 추고 싶어 했는지 모른다, 이 동네에서는 아무 할 일이 없으니…… 심지어 외롭다는 말까지 했

---

9) 독일의 고대 전설에 나오는 영웅적인 여성.

다. 그녀의 목소리는 자기도 놀랍게 감정 어린 것이었다. 그래서 마치 자기 배신을 한 양 그녀의 얼굴도 빨개졌다.

마니의 착한 마음은 당장에 하소연이랄까 원망임에 틀림없는 이 말에 반응했다. "매티야, 벌써부터 난 너에게 청하고 싶었어. 그런데 아무래도……." 그녀는 콧대 높은 영국인에 대한 불만과 자기 아버지의 태도에 대한 설명이 반반을 차지하는 말 못할 사정에 부딪혀 말을 더듬었다. 그녀는 얼른 말을 이어 태평하게 넌지시 놀려 대는 투로 물러났다. "빌리 오빠가 널 어떻게 생각하는지 아니? 네가 최고래!" 그녀는 깔깔거렸지만, 마사의 얼굴을 보고 웃음을 멈췄다.

두 소녀는 포인세티아처럼 새빨개져서 호의와 적의가 뒤범벅된 어리둥절한 상태로 말없이 서 있었다. 그때 퀘스트 부인이 길로 내려왔다. 멀리서 보기에 그들은 서로 때리려는 찰나이거나 서로 얼싸안으려는 찰나 같았다. 그러나 부인이 그들 곁에 오자 마사는 돌아보며 신나게 말했다. "나 요담 토요일 밤에 마니네 집에 춤추러 갈 거예요."

부인이 뜸을 들였다가 미심쩍다는 듯이 말했다. "그거 잘됐구나."

"뭐, 약식이에요, 퀘스트 아주머니. 굉장할 건 없어요." 그러면서 마니는 마사의 팔을 꼭 잡았다. "그럼 또 보자. 8시쯤 우리가 데리러 올게." 그녀가 달려가며 뒤돌아보고 소리쳤다. "우리 어머니가, 괜찮다면 그날 밤 매티보고 자고 가래요." 그녀는 밝은 미소와 더불어 크게 손을 흔들며 둔하게 차에 올랐다. 그리고 순식간에 차는 언덕을 내려가 나무 사이로 미끄러저 갔다.

"그래, 넌 밴렌즈버그네와 친해지려는 거구나." 퀘스트 부인은 이 사실로 모든 최악의 걱정을 확인한 양 원망스럽게 말했다. 마사가 쌀쌀하게 입을 떼었을 땐 두 사람에게 낯익은 어조가 깃들어 있었다. "난 엄마도 밴렌즈버그네와 오랜 친군 줄 알았는데요?"

"빌리 얘기는 다 뭐니?" 퀘스트 부인이 늘 하는 것처럼 익살스럽게 놀리는 소리로 성 문제를 완화하려고 애쓰며 말했다.

"그가 뭐요?" 마사는 말하고 나서 덧붙였다. "그는 참 괜찮은 젊은이예요." 그녀는 자기 침실 쪽으로 걸어갔고, 그렇게 기고만장한 상태에서 이미 그녀 내부의 어떤 목소리가 '너 왜 그렇게 행복하냐?'라고 묻고 있었다. 그 상태는 그녀가 빌리를 잊고 있을 동안만 지속될 수 있었던 것이다. 그녀는 빌리를 이삼 년 동안 본 일이 없었다. 그러나 그쪽에서는 그녀를 어디서 보았을지도 모른다는 생각이 떠올랐다. 그가 두 사람의 마지막 만남에 대해서 다정한 추억을 간직하고 있을 리 만무하기 때문이다. 김이 서릴 듯 뜨겁고 눅눅하던 어느 날 오후 마사는 두 시간 동안이나 덤불진 나무 밑 가지 사이를 엎드려 기어 12만 평 농장 한 모퉁이에서 풀을 뜯는 얼룩 영양을 쏠 수 있는 지점까지 갔다. 그녀가 막 라이플총을 발사하려고 겨냥한 순간 포성이 울리고 영양이 쓰러졌고, 빌리 밴렌즈버그가 몇 발자국 떨어진 숲 사이에서 걸어 나오더니 정복자처럼 영양의 시체를 내려다보며 섰다. "그건 내 영양이야!" 마사가 빽소리 질렀다. 그녀는 온통 붉은 흙을 뒤집어쓰고 머리는 어깨까지 축 늘어지고 눈에서는 눈물이 얼룩을 그리며 떨어지고 있었다. 빌리는 미안해하면서도 단호했다. 그리고 그녀에게 영양의 절반을 주겠다고 제안함으로써 사태를 악화시켰다. 그녀가 관심을 둔 것은 살코기가 아니었기 때문이다. 그는 사체 위에 걸터타고 껍질을 벗기기 시작했다. 푸수수한 갈색 머리의 그 소년은 그의 주변을 뱅글뱅글 돌며 분한 눈물을 흘리면서 "너무해, 너무해!"라고 되풀이하는 소녀를 이따금 파란 눈으로 당혹한 듯이 올려다보았다. 마침내 뜨거운 피 냄새가 태양빛 속에 퍼져 오자 그녀가 말했다. "넌 백정보다 나을 게 없어!" 이 말과 함께 그녀는 태연해 보이려고 애쓰며 붉은 흙덩이가 뒹구는 들판을 건너갔다. 마사는 이 사건이 어린 시절 일이므로 이미 지금의 자기와는 상관없다고 단정 지은 지 오래였다. 그래서 빌리가 아직도 그 일을 기억하고 있을지 모른다는 사실이 거북했다. 어쨌든 빌리를 생각하기만 해도 그녀의 마음속에는 엄청난 분노가 일어났다. 그래서 그녀는 그를 생각하지 않기로 했다.

이것이 수요일의 일이었다. 다음 하루 이틀 동안 마사는 거의 먹지도 자지도 못했다. 그녀는 견디기 어려우리만치 들뜬 기대감 속에 있었다. 토요일에 있을 무도회가 전혀 다른 생활의 시초처럼 생각되었다. 그녀는 밴렌즈버그네의 집을 부풀려 생각했으며 실제적인 일보다도 그녀의 상상 세계를 차지하던 전설적 도시의 환영과 관련 있는 젊은이들로 가득 차 있는 것으로 상상했던 것이다. 퀘스트 부부는 말이 없거나 비판적인 게 아니라 눈을 반짝이면서 지껄여 대고 서성이는 딸을 걱정과 놀라움으로 지켜보았다. 그것은 첫 무도회에 나가는 소녀가 응당 빠지는 상태이기도 했다.

마사는 무엇을 입을지 고민했다. 열세 살 때부터 어른 옷을 입어 버릇한 마니는 틀림없이 야회복을 가지고 있을 것이기 때문이었다. 퀘스트 부인은 전에 열 살짜리 사촌의 것이었던 주름 장식이 너덜너덜한 분홍색 옷에 희망을 걸듯 내놓으면서 그것이 고상한 취미를 보장하는 해러즈 백화점에서 온 것이라고 말했다. 마사는 그저 웃기만 했다. 퀘스트 부인에게는 그래야 마땅했다. 그녀는 자기 딸을 머리에 리본을 단 『이상한 나라의 앨리스』에 나오는 아이같이 열두 살쯤으로 생각하고 있었기 때문이다. 그렇게 상상해야만 빌리에 대한 인식이 덜 위험하게 느껴졌던 것이다. 그래서 싸움이 벌어졌다. 마사는 자기가 설사 열두 살이더라도 이 너덜거리는 분홍 조젯[10]을 입고는 밴렌즈버그네 집에 갈 수 없는 이유를 비꼬는 조로 설명하기 시작했다. 착한 영국 소녀들은 수출품이 아니지 않느냐는 것이었다. 마침내 퀘스트 부인은 마사가 공연히 까다롭게 군다며 새 옷을 사 줄 수 있으리란 생각은 아예 말라고 쓸쓸하게 말하며 후퇴해 버렸다. 부인은 분홍 옷을 다려서 마사의 침대 위에 놓게 했다. 마사는 얼른 그것을 감추어 버렸다. 그녀는 밴렌즈버그네 아이들이 이 예쁘고 얌전하고 어린이다운 옷을 본다면 뭐라고 할까 정말로 겁났기 때문이다.

금요일 아침 그녀는 맥팔라인 씨에게 전화를 걸고 9시도 되

___

10) 여름에 주로 입는 얇은 명주 크레이프 천 옷.

기 전에 갈림길로 내려가 그를 기다렸다.

맥팔라인 씨는 보통 때보다 천천히 정거장으로 차를 몰았다. 자기에게서 어린애처럼 10실링을 받았으면서도, 지금 남자들이 이용당하기를 즐기는 것을 빤히 아는 멋쟁이 아가씨의 태연한 당돌함을 지니고 자기를 이용하는 마사가 어쩐지 겁났던 것이다. 그녀는 그를 보지 않고 창밖의 초원을 내다보고 있었다. 그가 마침내 물었다.

"그래, 정거장에 무슨 대단한 유혹 거리가 있니?"

"옷감을 사러 가는 거예요." 그녀가 확실하게 말했다.

이런 일반적인 말 뒤에는 농담을 걸거나 하다못해 입이라도 맞추자면서 집적거릴 방도가 전혀 생각나지 않았다. 그는 자기가 그곳에 없는 것처럼 싹 외면한 저 젊고 엄격한 옆모습은 도저히 입맞춤을 할 수 있는 소녀의 것이 아니라는 생각이 들었다. 사실 맥팔라인 씨는 그답지 않게 자기 나이를 생각하게 되었다. 2년 전만 해도 이 소녀와 남동생은 초콜릿 과자를 먹으며 자전거를 타고 그의 광산에 놀러 와 그의 모험담을 들으며 그가 주는 후한 용돈을 매우 수줍어하며 받아 갔던 것이다. 그가 마사의 궁둥이를 찰싹 때리며 머리를 잡아당기고 내 아가씨라고 한 지가 2년밖에 안 되었다.

그가 감상에 젖어 말했다. "네 아버진 운은 없지만 돈보다 좋은 걸 가지셨구나."

"그게 뭔데요?" 마사가 예의 바르게 물었다.

그는 바큇자국과 바큇자국 사이의 흙이 위태롭게 경사진 길로 차를 몰고 가느라 얼마 후에야 그녀의 얼굴로 시선을 줄 수 있었다. 그녀는 똑바로 그를 보고 있었다. 그의 낯을 붉히게 하는 엷은 조롱의 빛이 그녀의 눈에서 빛나고 있었다. 어떤 터무니없는 생각이 그에게 떠올랐다. 그러나 그는 곧 그 생각을 떨쳐 버렸다. 이웃들이 그의 생활의 실상을 안다는 게 두려워서가 아니라 마사가 그의 생활을 안다고 하기엔 너무 어렸기 때문이다. 그녀의 얼굴에는 광산 구내에 있는 자식들과 더욱이 그 어미들을 상기시키는 무엇이 있었다.

짧고 즐거운 웃음소리와 함께 마사는 다시 창 쪽을 향했다.

그가 퉁명스레 말했다. "너 같은 딸이 있으니 네 아버진 얼마나 좋으냐. 널 보면 나도 결혼할 걸 그랬다 싶어진다."

다시 한번 마사는 고개를 돌려 그를 쳐다보았다. 눈썹이 번쩍 들리고 입이 익살스럽게 비틀려 있었다. "하긴 아저씨가 그 많은 여자들과 모두 결혼할 순 없었을 테니까요. 그 사정 알 만하죠."

그들은 정거장에 도착했다. 그가 브레이크를 지익 밟았다. 가늘고 빨간 혈관이 그물처럼 퍼진 그의 퉁퉁하고 잘생긴 얼굴은 이제 균일한 보랏빛이었다. 마사는 문을 열고 나오며 아주 공손히 말했다. "태워 주셔서 고맙습니다." 그녀는 돌아서서 어깨 너머로 재미있어 죽겠다는 듯한 미소를 던져 보냈다. 그 바람에 맥팔라인 씨는 화가 나 죄의식이 말짱 사라져 버렸다. 그는 그녀가 독특하게 뻣뻣하고 거북한 걸음걸이로 소크라테스네 가게로 걸어가는 모습을 지켜보았다. 그는 "저놈의 조그만……." 하고 욕을 했다. 그러다가 자기도 껄껄 웃고는 가슴 밑바닥에서는 충격을 받았지만 겉으로는 아주 기분 좋게 마을을 떠나갔다. 그는 술에 취했을 때 자기가 죄인이라고 생각하기를 좋아했고 그런 기분일 때 지방 자선단체들에 후한 수표를 보내 주었다.

마사는 그리스인의 가게로 들어갔다. 소크라테스는 늘 그랬듯 카운터 뒤에서 살인 이야기를 읽고 있었다. 그는 깍듯하게 인사하고 이렇게 훌륭한 젊은 숙녀에게 맞을 만한 좋은 물건이 없어 미안하다며 있는 옷감들을 내보였다. 그는 건포도 같은 까만 눈에 창백하고 고운 피부를 가진 땅딸막하고 통통한 사내였다. 그는 손님을 보아 가며 거기에 맞추어 물건을 파는 태도를 지니고 있었다. 지금 그는 퀘스트 씨가 자기에게 100파운드를 빚지고 있다고 넌지시 말하고 있었다. 그래서 마사가 쌀쌀맞게 말했다. "그래요, 정말 그렇군요. 별로 근사한 물건이 없네요." 그녀는 마뜩잖아하면서 나왔다. 그녀가 사고 싶었던 초록색 무늬의 비단이 있었던 것이다.

그녀는 태양이 양철 지붕과 좁아드는 연못에서부터 눈부신 반사광선을 쏘아 올리고 있는 흙길의 이글거림 속으로 뛰어들기 전에 베란다에 서서 망설였다. 검고 험악한 구름이 커다란 스펀지 조각처럼 가볍게 떠 있었다. 태양은 그 뒤에서 하늘 가로 빛나는 칼날 같은 광선을 하얗게 내뿜고 있었다. 그녀는 '저자가 화가 나서 아버지한테 청구서를 보내지 말아야 할 텐데.' 하고 걱정스레 생각하고 있었다. 한편 '빌어먹을 희랍 놈.' 하고 생각하다가 움찔해서 자신을 제지했다. "희랍 놈"이란 말은 자신이 추방해 버린 말이었기 때문이다.

그녀는 눈을 좁다란 광선의 칼자국처럼 가늘게 뜨고 코언네 가게를 향해 걸어갔다. 그녀는 어두워 눈이 잘 안 보이는 대로 구슬 커튼을 젖히며 안도감을 느꼈다. 그녀는 어둠에 눈이 익자 코언 씨의 모습을 보게 될 줄 알았다. 그러나 어떤 원주민이 밴조를 살까 말까 결정하는 동안 기다리면서 두 손바닥으로 카운터를 짚고 진짜 상인다운 모습으로 서 있는 것은 조스였다. 원주민은 백인이 들어오는 것을 보자 자리를 내주며 비켜섰다. 그러나 마사는 자기에게 주어진 조스의 눈길을 보고 엉터리 카피르 말로 말했다. "아니, 당신 끝난 다음에요." 조스가 잘했다는 듯 조그맣게 고개를 끄덕였다. 그녀는 원주민이 이 악기 저 악기 만져 보다가 마침내 목에 건 더러운 헝겊 조각에서 6펜스짜리와 1실링짜리 동전을 꺼내 세기 시작하는 것을 지켜보았다. 밴조는 30실링이었다. 그것은 이 농장 노무자의 두 달 치 임금이었다. 그가 어린애같이 기뻐서 악기를 움켜잡고 나가자 그녀와 조스는 눈길을 주고받은 채 할 말이 없었다. 그녀는 자기가 야회복이라는 하찮은 물건을 사러 온 것이 죄스러워지기까지 했다. 이 죄의식에 또 하나의 오래된 감정이 겹쳤다. 그것은 아버지가 소크라테스네 가게에 진 100파운드의 빚은 저 농장 노무자가 짧은 일생을 다 걸려 버는 돈보다 많은 것이라는 느낌이었다.

조스가 말했다. "뭘 도와줄까?" 마사는 그가 무거운 천 두루마리를 잡아당겨 카운터에 쌓아 올리는 것을 지켜보았다.

"너 왜 아직도 여기 있어?" 그녀는 물으면서 자기가 여기 온 게 그의 소식을 알기 위해서임을 스스로 인정했다.

"판매가 지체돼서. 소크라테스가 용한 재주를 부려. 우리가 재산을 처분하는 데에 예민해."

"그래서 네가 대학을 시작할 수 없단 말이니? 네가 희생돼야 할 이유를 모르겠다." 그녀가 분개해서 말했다.

"저런저런. 한 번도 집을 떠나 보지 못한 저 반항아 소리 좀 들어 보게." 그는 파리가 까맣게 앉은 천장으로 눈을 치켜뜨며 한마디했고, 그러면서 능숙하게 분홍 무명을 이 손에서 저 손으로 훑어 냈다.

"내가 집을 안 떠나는 건 그런 이유 때문이 아니야." 마사는 마치 그가 잘못된 감정을 가지고 자기를 책망하고 있다는 듯이 뻣뻣하게 말했다.

"아무리 그럴까?" 그가 비꼬듯 말했다. 그러다가 그녀가 착잡한 눈길로 그의 얼굴을 쳐다보자 좀 더 상냥하게 말했다. "용기를 내서 시내로 나가 이것저것 배우면 어때?"

그녀는 망설였다. 그녀의 표정은 애원하는 듯했다. 그래서 그가 말했다. "네가 아직 어린 것도 알아. 하지만 소녀들의 합숙소에 들어갈 수도 있고 누구랑 아파트를 같이 쓸 수도 있잖아?"

소녀들의 합숙소란 말이 조스가 의도하는 친절보다 먼저 마사의 의식을 때렸다. 그래서 그녀의 눈썹이 경멸의 표정으로 재빨리 치켜세워졌다.

그는 "그럼 네가 원하는 게 대체 뭔데?"라고 명백히 말하는 표정을 지어 보이고 나서 쌀쌀해졌다. "네게 마땅한 물건이 없어. 소크라테스네로 가 봐. 거긴 새로 부쳐 온 물품이 있으니."

"소크네는 갔었단 말이야." 그녀가 버림받은 느낌으로 호소하듯 말했다.

"그 집에 없으면 우린 더군다나 없어." 그는 판매원의 몸짓으로 다시 손바닥으로 카운터를 짚었다. 그것이 그녀에게는 꾸미는 행동 같아 거슬렸다. 그러면서도 그녀는 기다렸다. 곧 그는 카운터에서 손을 떼더니 정색을 하고 그녀를 바라보았다. 그는 마음이 누그러지고 있었다. "내가 하나 골라 줘 볼게." 그가 마침내 말하고 선반 위를 쭉 훑어보았다. 마사는 그들의 몰취미한 뒷방을 생각하고 순간 덜컥 겁이 났다가 그런 느낌을 부끄럽게 여겼다. 그는 흰 면제 천 두루마리를 내려놓고 괄괄하게 별로 내키지 않는 다정함을 보이며 말했다. "하얀색, 젊은 아가씨에게 적합하지." 그것이 그녀의 마음을 몹시 감동시켰다.

당장에 마사는 그 천이 매력적인 옷이 될 수 있음을 알아차리고 말했다. "6미터쯤 줘." 그랬더니 이번에는 그의 표정이 마사가 너무 선선히 동의했다고 말하는 듯했다. 그래서 그를 흡족하게 해 주기 위해 바삭바삭한 천을 만지면서 한편으로는 머리로 벌써 옷이 만들어졌을 때의 모습을 그려 보고 있었다. "나 밴렌즈버그네 집에 춤추러 갈 거거든." 그녀가 혼란스러운 의도를 가지고 말했다. 그러자 힐끔 그녀를 쳐다본 뒤 그의 얼굴이 굳어졌고 그는 말없이 옷감을 끊어 냈다.

"왜 나하고는 춤추러 가지 않니?" 그가 도전하듯 물었다.

"왜 내게 청하지 않니?" 그녀가 재빨리 대답했다. 그러나 반응이 없었다. 그는 옷감을 개키며 반반하게 쓰다듬었는데, 그녀가 계속 쳐다보도록 만드는 손길이었다. 마침내 그는 그것을 싸서 약간 빈정대는 인사를 하며 그녀에게 건네주었다. "외상으로 할까?" 그가 물었다.

"아니, 돈 낼 거야." 그녀는 돈을 내며 그가 한 번만이라도 이쪽을 보아 주길 기다렸다. 그러나 그는 "안녕!" 하더니 가게를 완전히 비워 둔 채 건물 뒤쪽으로 얼른 들어가 버렸다. 그래서 그녀는 뜨겁고 피곤한 집으로의 길을 걷기 시작했다. 그러나 이번에는 수백 미터도 채 가기 전에 뒤에서 오는 맥두걸네 사람들을 만났다.

그녀가 집에 이르러 침대 위에 옷감을 펼치기가 무섭게 퀘스트 부인이 들어와 모성애를 풍기면서 말했다. "얘야, 얼마나 걱정했는지……." 그러다가 옷감을 보고는 화가 나서 얼굴이 빨개졌다. "아니, 우리가 돈이 없는 줄 알면서. 그러잖아도 소크네 많이 빚진 줄 알면서 어떻게 아버지 돈을 그렇게 낭비할 수 있니?"

"내 돈으로 낸 거예요." 마사가 뾰로통하게 말했다.

"어떻게 네가 돈을 낼 수 있었단 말이냐?"

"작년 크리스마스 때 받은 돈하고 맥팔라인 씨가 준 돈이 있었단 말이에요."

퀘스트 부인은 움찔했다가 다시 마음을 가다듬고 계속했다. "그 돈은 낭비하라고 준 게 아니야. 그리고 어쨌건……."

"어쨌건 뭐요?" 마사가 차갑게 물었다.

다시금 퀘스트 부인은 움찔했다. 마침내 그녀는 터무니없는 자신의 말 때문에 자신 없는 목소리로 감정을 표현하기 시작했다. "넌 스물한 살이 되기 전엔 돈을 소유할 권리가 없어. 우리가 만약에 재판소로 가면 판사는 아마…… 내 말은…… 말이다…….” 마사는 하얗게 질려 말을 할 수 없었다. 그녀의 침묵과 눈에 어린 혹독한 힐난의 빛 때문에 퀘스트 부인은 방을 걸어 나가면서 불행한 얼굴로 말했다. “아무튼 적어도 네 아버지한테 알려야겠다.”

마사는 그녀가 느끼는 감정의 격렬함 때문에 지쳐 있었다. 다만 지금이 금요일 낮이며 이 옷을 내일까지는 끝내야 한다는 생각 때문에 바느질을 계속할 수 있었다.

저녁 식사 때 퀘스트 부인은 명랑하게 익살을 부렸다. 그녀의 태도에는 마사가 응해 줌 직도 한 사과의 빛이 있었다. 그러나 마사는 아까의 돈 사건은 절대로, 절대로 잊을 수 없는 일이라고 혼자 되뇌었다. 그것은 기억 속에 간직해 놓은 다른 사건들 속에 끼일 터였다. 퀘스트 씨는 여자들 간의 유별난 침묵이 화목과 호의에서 오는 것이라고 기쁘게 자신을 납득시키면서 편한 마음으로 밥을 먹었다.

저녁을 먹자마자 마사는 자기 방으로 갔다. 곧 들들거리는 재봉틀 소리가 들려왔다. 퀘스트 부인은 견딜 수 없는 호기심에 야밤이 가까워 올 무렵 딸의 방에 들어서며 말했다. “자야지. 매티야, 엄마 명령이다.”

마사는 대답하지 않았다. 그녀는 침대 위에 너울너울 굽이치는 흰 옷감 물결에 둘러싸여 앉아 있었다. 그녀는 고개도 들지 않았다. 퀘스트 부인은 따뜻하고 둔탁한 등불 위로 차갑고 창백한 광선을 던지며 스며들고 있는 달빛을 가로막고 커튼을 당겼다. “너 눈 버릴라.”

"내 눈은 벌써 버린 줄 알았는데요." 마사가 냉랭하게 말했다. 웬 까닭인지 퀘스트 부인은 책망처럼 들리는 이 말에 대꾸할 수 없었다. 그녀는 방을 나가며 효과도 없는 소리를 했다. "당장 자거라. 알겠니?"

재봉틀은 귀뚜라미 울음소리와 부엉이가 우짖는 소리에 낯선 배음을 보태면서 새벽녘까지 들들거렸다. 퀘스트 부인은 남편을 깨워서 마사가 자기 말을 안 듣는다고 불평했다. 그러나 그는 "제가 좋아서 바보짓 하겠다면 하라지 그래." 하고는 침대의 낡은 용수철을 삐거덕거리며 돌아눕고 말았다. 마사는 자기더러 들으라고 한 부모의 이 말을 들었다. 그리고 네모난 창틀 속의 하늘이 훤해 오기에 막 자러 가려다 말고 일부러 삼십 분이나 더 일을 계속했다.

그녀는 빛나는 샹들리에가 걸리고 벽에는 두꺼운 진홍빛 휘장이 쳐진 커다란 무도실에서 자기가 흰 옷을 입고 있는 꿈에서 늦게야 깨어났다. 꿈에서 그녀는 한 층 높은 곳에 있는 조각 같은 사람들 무리를 향해 긴 줄무늬 옷을 입고 가면서 치맛자락에 흙이 묻는 것을 보았다. 내려다보니 그녀의 옷은 온통 오물로 덮여 있었다. 그녀는 어쩔 줄 몰라 달아나려고 돌아섰다. 그때 마니와 그녀의 오빠가 다가와 허리를 꺾으며 손으로 입을 틀어막고 웃으면서 다른 사람들, 긴 무도실 저 끝에 있는 아름다운 전설의 인물들이 그녀의 꼴을 보기 전에어서 도망가라고 몸짓했다.

그녀는 침대에 벌떡 일어나 앉았다. 방은 햇살이 아니라 강철 산 같은 구름으로부터 새어 나와 반영된 서글프고 가라앉은 빛으로 가득 차 있었다. 거의 한낮이 다 되어 있었다. 옷을 끝마치자면 서둘러야 했다. 그러나 옷 생각은 이미 즐겁지 않았다. 자는 동안에 모든 기쁨은 사라지고 말았다. 그녀는 지쳐서 평복을 입어야겠다고 마음먹었다. 그런데 순전히 퀘스트 부인이 문으로 고개를 들이밀고 점심이 다 됐으니 당장 와야 한다고 하는 바람에 그녀는 그만 옷을 끝마쳐야 하니까 점심은 안 먹겠다고 대답해 버렸다.

바느질은 그녀에게 잃어버렸던 기분을 돌려주었다. 비가 내리기 시작하자 그녀의 기쁨은 최고로 커졌다. 이 계절 들어 처음 오는 비였다. 그녀는 침대에 앉아 빳빳한 옷감에 바늘 소리를 냈다. 머리 위에서 낡은 짚이 그 옛날 베이지 않고 땅에 뿌리박고 있던 시절에 비를 맞아 부풀어 오르며 고개 쳐들던 일을 기억이나 하듯 물기로 젖어 드는 소리를 냈다. 이내 지붕이 푹 젖었고, 여분의 물이 초가지붕 끝으로 반짝이는 종유석처럼 쏟아져 내렸다. 그 뒤로는 비가 빈틈없이 잿빛 장막을 드리운 듯 퍼부었고 스무 발자국도 못 되는 저편에 있는 나무들이 멀건 초록빛 유령처럼 어른거렸다. 방 안은 어두웠다. 그래서 마사는 촛불을 켰다. 그것은 모든 것을 적시는 어둠 밑에 조그맣게 노란 공간을 만들어 냈다. 그러나 곧 신선한 색채의 빛이 창에서 밝아 왔다. 창가로 가며 마사는 폭우의 잿빛 끝이 벌써 물러나고 있음을 보았다. 나무들이 몰려가는 안개 속에서 반쯤 모습을 드러내고 잎사귀마다 물방울을 떨어뜨리며 선명한 짙은 초록색으로 서 있었다. 바로 머리 위 하늘은 새파랗고 햇살이 밝았으나 조금 저편은 아직도 새까맣고 잘 보이지 않았다.

마사는 촛불을 불어 끄고 옷에 마지막 홈질을 했다. 아직 오후 4시였다. 그녀를 데리러 오기까지 몇 시간을 견딜 수 있을 것 같지 않았다. 마침내 그녀는 실내복을 입은 채 저녁을 먹으러 안으로 들어갔다. 퀘스트 부인은 평상시처럼 따지는 얘기를 못 하게 만드는 꿈꾸듯 들떠 있는 표정을 딸의 얼굴에서 보고 아무 말도 하지 않았다.

7시 55분에 마사는 몸에 두른 흰 옷을 사각거리면서 한 손에 하나씩 촛불을 들고 자기 방에서 나왔다. 그녀가 태연했다고 말한다면 그것은 사실이 아니다. 그녀는 의기양양했다. 그리고 그 의기는 어머니에 대한 것으로 마치 "엄마도 이젠 꼼짝 못 하지요?" 하고 말하는 것 같았다. 그녀는 퀘스트 부인 쪽은 거들떠보지도 않고 드러난 어깨에 약간 힘을 주며 그녀 옆을 싹 지나쳤다. 그녀는 아버지 앞에서 시선을 그의 얼굴에 못 박고 그의 의향을 알고 싶은 괴로움 속에 기다리며 자세를 흐트러뜨리지도 자연스럽게 서 있지도 못했다. 퀘스트 씨는 하느님이 그의 이름으로 영국이 세계를 지배하도록 몸소 지명하셨다고 주장하는 어떤 단체가 펴낸 책을 읽고 있었다. 그것은 그의 정의감을 위로하는 주장이었다. 그는 바로 올려다보는 대신 책 위에 그림자가 떨어진 것이 귀찮다는 듯 이맛살을 잡았다. 그가 눈을 들었을 때 놀라는 눈치였다. 그러고는 궁금해하며 희망에 찬 딸의 시선을 얼른 피한 뒤 한참 말없이 마사의 어깨를 응시했다.

"어때요?" 그녀가 마침내 조마조마해서 말했다.

"멋지구나." 그제야 그가 간단히 말했다.

"저 근사해 보여요, 아빠?" 그녀가 다시 물었다.

그는 압력을 받기가 싫거나 자신을 믿을 수 없다는 듯이 어깨를 신경질적으로 괴상하게 웅크렸다. "아주 근사해." 그가 천천히 말했다. 그러다 느닷없이 성난 고함을 질렀다. "빌어먹을 만큼 근사하구나. 저리 가라!"

그래도 마사는 꼼짝 않고 기다렸다. 그녀의 마음속에서 너무나 익숙한 분열이 일었다. 아버지의 화는 그녀가 사실상 "근사해" 보인다는 시인이기에 의기양양했다. 그러나 이제 어머니에게 내맡겨졌기에 불안하기도 했다. 퀘스트 부인이 당장 나서서 말하기 시작했다. "거봐라, 매티야. 아버진 뭐가 제일 좋은지 다 아셔. 넌 그런 옷을 입으면 안 돼. 그리고……."

차 소리가 점점 크게 들려왔다. 마사가 말했다. "갈게요." 경멸과 호소가 뒤섞인 마지막 시선을 부모에게 던지고 그녀는 조심스럽게 치마를 들어 올리며 문으로 갔다. 울고 싶었다. 그러나 그녀는 분개하며 그러한 충동을 부인했다. 그녀가 부모 앞에 선 그 순간, 그녀는 자신, 마사 퀘스트라는 존재를 훨씬 넘어선 역할로 서 있었다. 그것은 시간을 초월한 것이었다. 마사는 아버지도 마찬가지지만 그녀의 어머니가 마음속에 (어머니는 분명 신부복과 면사포를 쓴 마사의 모습을 고이 간직하고 있을 것이 틀림없기 때문에) 경건한 흰 옷을 입고 희망에 부풀어 있는 처녀의 또 다른 모습도 간직해야 한다고 느꼈다. 지금은 마땅히 그녀가 키스받고 인정받고 해방되는 포기의 순간이어야 했다. 지금까지 이런 생각의 한 조각도 마사는 말로 표현할 수 없었고 심지어 스스로 느끼지조차 못했다. 그러나 이제 그 자유를 되찾기 위해 그녀를 파괴하는 부모로부터 그녀는 떠나야 했다. 여기서 그녀는 자기 자신이라기보다는 그녀 속으로 흘러넘치는 무언가에 떠받쳐진 생물이었고 그 무언가란 자신이 피할 수 없이 고래(古來)의 역할을 통해 나아가고 있다는 인식이었다. 그래서 그녀는 문 밖으로 나섰다. 진흙이 가벼운 구두 둘레로 우묵 패어 드는 것을 느끼며 비에 씻겨 그녀의 기분을 위한 찬란한 배경처럼 빛나는 별들을 등지고 거무스름하게 서 있는 남자를 향해 길로 내려갔다. 마사는 어린 시절에 빌리 밴렌즈버그를 잘 알고 있었으며, 지난 반 시간 동안은 피해 가야 하는 무슨 귀찮은 방해물인 양 분한 기분을 억눌러 가며 그를 생각했는데 지금 그를 향해 가며 저도 모르게 흥분 때문에 정신이 가물가물해졌다. 그녀는 순간 이 사람은 빌리가 아니라고 자신에게 말했다. 밝은 별빛 아래 얼굴이 뚜렷이 보이는 이 남자는 그녀 집안 특유의 생김새를 가진 것이 사촌이라고 해도 될 만했다.

마사는 차 뒷좌석에서 다른 다섯 명과 함께 앉은 빌리의 무릎 위에 있었다. 그들은 꼭꼭 끼어 있어서 어느 것이 누구의 팔다리인지 분간하기 어려웠다. 마니의 반쯤 질식할 듯한 목소리가 앞좌석으로부터 그녀에게 인사했다. "매티, 이 사람은…… 아유, 조지, 이러지 마. 나 인사시켜 주는 중이야. 아이, 그만하래도. 매티야, 아무래도 너 혼자 누가 누군지 알아내야 할 것 같다." 그녀는 웃음소리를 죽이느라 말을 못 했다.

차가 기름내를 풍기며 비탈길을 오르고 옥수수 밭을 통해 브레이크를 밟아 가며 미끄러져 가는 동안 마사는 이 서먹서먹한 남자의 무릎 위에 앉아서 그의 손 바로 밑에 있는 자기 심장이 고동치는 것을 멎게 하려고 애썼다. 그녀를 꼭 잡은 그의 손은 다른 사람들에게서 그녀를 뚝 떼어 며칠씩 기다린 당연한 결과인 달콤한 친밀감 속으로 몰아넣었다. 남들은 노래를 시작했다. "망아지야, 꼬리를 들어라. 꼬리를 들어라. 꼬리를 들어라." 그런데 그녀에게는 그리도 달콤하게 생각되는 이 친밀한 접촉이 그에게는 다반사인 것처럼 그가 바로 노래에 끼어드는 바람에 그녀는 속상했다. 마사는 자기도 같이 노래하라고 사람들이 기대하는 것 같아서 따라 부르기 시작했다. 그리고 자기의 불안한 음성이 음계에 맞지 않게 빗나가는 것을 들었다. 당장에 마니가 고소하다는 듯이 말했다. "매티가 충격받았어!"

"아니, 매티는 아무렇지 않아." 이 낯선 남자가 살짝 손에 힘을 더하며 말하고는 웃었다. 그것은 신중한 웃음이었고, 그는 딱 알맞을 만큼만 압박하며 그녀를 조심스럽게 안고 있었다. 마사는 이 차에 탄 젊은이들의 친밀성이 마니의 어머니나 최소한 자기 어머니를 놀라게 했다면 그것은 어디까지나 빡빡한 일련의 인습에 지배되기 때문이라는 것을 서서히 이해하기 시작했다. 인습 같아서는 이럴 때 여자들은 키득거리며 반항해야 했다. 그러나 그녀는 노래도 키득거림도 시시해 보이는 느낌 속에 붕 떠 있었다. 낯선 남자의 뺨을 자기 뺨 위에 느끼며 달빛 속에 부드럽게 빛나는 나무들이 뒤로 달려가는 모습을 지켜보면서 그녀는 잠자코 있을 수밖에 없었다. 다른 사람들은 계속 노래하며 소리쳤다. "조지, 너 마니에게 뭐 하는 거니?" "매기, 더크가 널 실망시키지 못하게 해라." 사람들의 관심이 마사와 그 파트너에게 돌려지자 마사는 남자가 자기 대신 대답해 주고 있음을 깨달았다. 그가 또 말했다. "매티는 아무렇지도 않아. 가만둬." 그녀는 말을 할 수도 없었다. 차가 그녀를 알고 있는 모든 것으로부터 떼어 내 상상할 수조차 없는 경험 속으로 몰고 가는 듯했다. 자기 집 불빛이 나무숲 뒤로 사라져 버리자 그녀는 낯선 해안에서 등댓불을 찾듯 밴렌즈버그네 집 불빛을 찾았다. 노래와 고함 소리는 이제 차의 낮은 천장 밑에서 왕왕대는 소음이었다. 소음 사이로 침묵이 올 적마다 남자가 마사의 귀에 대고 중얼거렸다. "왜 그때 날 보지 않았어, 왜?" "왜"라고 할 때마다 그는 마사가 짐작하기에 그의 행동 규칙에 위반인 듯싶게 그녀의 앉음새를 달리했다. 그의 손이 죄어 왔고 숨결이 달라졌다. 그러나 마사에게 이런 문제는 기대한 대로였고 기쁜 일이었다. 그도 그녀를 기다렸겠지만 그녀도 그를 기다리지 않았던가? 밝은 불빛이 차 안을 쓸고 지나가자 남자는 재빨리 그녀를 놓았다. 모두 일어났다. 밴렌즈버그네 집이 바로 앞에 있었다. 집은 베란다 정면에 둘러친 채색 전등들과 집 둘레에 선 달빛 어린 나무들 때문에 달라 보였다.

그들은 차에서 구르듯 내렸다. 아홉 쌍의 눈이 마사의 아래위를 훑었다. 그녀는 자기가 유일하게 야회복을 입은 사람임을 알아차렸다. 그러나 마니가 곧 숨 가쁜 칭찬의 말을 했다. "그 모양 좋은데. 옷본 좀 빌려줄래?" 그녀는 마사의 팔을 끼고 차 안에서 함께 있던 청년을 무시한 채 그녀를 다른 사람들에게 데려갔다. 마사는 어지럽고 놀라워 자기에겐 배신으로 보이는 이 행동을 그 남자가 어찌 여길까 보느라 뒤돌아볼 수밖에 없었다. 그러나 조지는 벌써 다른 여자아이를 팔로 얼싸안고 베란다로 데려가는 중이었다. 마사는 자기 파트너를 찾아 둘러보며 그가 꼭 나서서 자기를 마니에게서 데려갈 거라고 생각했다. 그러나 그녀의 손가락이 익히 알게 된 두꺼운 천 옷을 거북하게 꼭 끼게 입은 청년은 생전 못 보던 사람같이 낯선 모습으로 이쪽에 등을 돌리고 열어젖힌 차의 엔진 위에 엎드려 스패너를 갖고 안으로 손을 뻗치고 있었다.

그래서 그녀는 춤추기 위해 치워 놓은 넓은 베란다로 마니와 함께 갔다. 여남은 명이 기다리고 있었다. 그들은 정거장에서 본 일이 있어 어렴풋이 낯익은 사람들이었다. 그녀는 온갖 장애물 때문에 우정을 방해받아 온 사람 같은 미소를 지었다. 마니는 베란다를 통해 뒤에 있는 방으로 그녀를 데려갔다. 거기서는 밴렌즈버그 씨가 와이셔츠 바람으로 석유 등불 곁에서 신문을 읽으며 앉아 있었다. 그는 고개를 끄덕이고 나더니 다시 고개를 쳐들고 뚫어지게 쳐다보았다. 마사는 부끄럽다는 생각이 들기 시작했다. 그녀의 옷은 이런 상황에는 지나칠 만큼 공들인 것임이 뻔했기 때문이다. 마니의 기쁨과 찬미의 감탄사만이 그녀의 기분을 완전히 무너지는 것으로부터 건져 주고 있었다.

마사는 친구가 거울 앞에서 웃으며 불쑥 내민 입술에 연지칠을 하는 것을 지켜보며 자기 모습을 거울에서 보고 싶지 않아 한 옆으로 비켜서서 기다렸다. 그러나 베란다로 돌아왔을 때 그녀는 창유리에 비친 자기를 보았다. 느슨한 금발 머리의 곡선 밑에서 생각에 잠긴 얼굴을 돌리고 있는 저 초연하고 꿈에 젖은 소녀를 그녀는 알지 못했다. 그 모습이 하도 낯설어서 그녀는 비슷한 흰 옷을 입은 소녀가 자기 뒤에 있나 하고 뒤돌아보았다가 자기의 상대자가 베란다의 문 바로 밖에 있는 것을 보았다.

"괜찮아." 그가 마치 계속해서 기다려 왔던 사람처럼 초조하게 말했다. 낡은 유성기가 창 뒤에서 돌아가기 시작했다.

곧 베란다는 쌍쌍으로 메워졌다. 적응하느라 뒤에 물러서서 지켜보던 마사는 상상했던 것과 일어나고 있는 일의 엄청난 차이에 낙담하고 말았다. 물론 춤이라는 게 사람들에게 제각기 다른 의미를 가질 수 있다. 하지만 확실히(아니면 그녀가 느끼기에) 이런 걸 의미할 수는 없지 않은가? 남자와 여자가 배와 배를 맞댄 채, 방대한 밤 속에 내뻗은 베란다의 지붕과 마루 사이의 야트막한 공간에서 춤추며 뺑뺑 돌아갔고, 깜찍한 까만 상자에서 조그맣게 금속성의 음악이 흘러나오는 동안 그들의 정신은 몸뚱이나 팔다리가 하는 일과 아무 상관 없다는 듯이 한 발 두 발 편한 대로 동작에 몸을 내맡기고 있었다. 그것은 각양각색의 사람들이 섞인 모임이었다. 다시 말해 외부 사람들이 보기엔 그렇게 보일 터였지만, 마사는 파트너들이 눈에 보이지 않는 의무에 의해 선택되었다고 느꼈다. 보이지 않는 고리는 일종의 기쁨이었다. 결혼한 부부들은 주위를 즐겁게 돌아다녔다. 누가 보나 가족적인 유사성을 가진 쌍

쌍들이 마치 생김새가 그들을 묶어 놓기나 한 것처럼 한데 어울렸다. 이 파티에서 보이지 않는 구속에 매이지 않은 사람들은 아홉 살이나 열 살에서 열다섯 살까지의 소녀들뿐이었다. 그들은 함께 춤추며 얌전히 동작을 절제하면서 그들에게는 틀림없이 즐거운 자유로 보이는 것을 기다리듯 참을성 있는 선망의 눈길로 어른들을 지켜보았다. 여자들은 평상복 차림이었고, 젊은 남자들은 흉해 보이는 빳빳한 신사복이나 그들을 근사한 농부로 보이게 하는 농장용의 편안한 갈색 옷을 입고 있었다. 마사는 무슨 비판의 말을 들은 것은 아니고 다만 그녀가 받은 눈초리들 속에서 거리감 있는 호기심을 느낄 뿐이었지만 자기 옷 때문에 다시 창피해졌다.

그녀는 본능적으로 도움을 구하려고 자기 파트너를 바라보았다. 그가 인정해 준다면 자기를 지탱할 수 있을 것 같아서였다. 그래서 이번에는 춤, 특히 첫 번째 춤이라는 개념이 만들어 낸 머릿속의 영상이 아닌 진짜 그의 모습을 눈여겨보았다. 그는 좁은 이마 위에 금발 머리를 찰싹 가로 붙인 발육이 덜 된 홀쭉한 청년이었다. 그래서 어깨와 팔의 육중한(아직도 소년 티가 남은 그의 체격엔 지나치게 육중한) 근육이 깔끔한 사무원 스타일의 신사복을 일그러뜨리고 있었다. 그는 열없어 쩔쩔매면서도 자랑스럽게 그녀를 바라보고 있었다. 동시에 춤추는 공간 속에서 아래위로 팔짓하며 한 발 두 발 그녀를 이리저리 움직여 갔고 구석 쪽으로 갈 때마다 방향을 돌리기 위해 잠깐씩 멈추었다. 진실이 그녀의 마음속에 떠올라 순간 그녀는 더듬거렸다. "난 네 이름을 몰라." 그는 처음엔 농담을 들었을 때처럼 예의 바른 웃음으로 입을 벌리려다 말고 딱 멈춰 서더니 두 팔을 떨어뜨리고 그녀를 뚫어지게 쳐다보았다. 그동안 그의 무디고 성실한 얼굴이 새빨개졌다.

"내 이름이 뭐냐니?" 그가 두 사람을 어색함에서 구하기 위해 말했다. "네 유머 감각은 괴상하구나." 다시금 그는 춤추는 자세로 마사를 휘어잡았다. 그의 팔다리는 머리의 지시에 따라 애써 동작을 해 나갔으며 두 사람은 남을 의식하며 계속 베란다를 돌았다.

"글쎄, 하도 본 지가 오래되어서." 그녀가 변명했다. 그러다가 말이 끝나기도 전에 정거장에서 밴렌즈버그 씨 곁에 앉아 있던 사람이 바로 그였다는 것을 알아차렸다. 마사는 도대체 왜 이 젊은이가 빌리임을 알아보지 못했는지 알 수 없었다.

"아니, 괜찮아, 괜찮아." 그가 반쯤 중얼거리며 말하고 나서 갑자기 네덜란드 말로 노래를 부르기 시작했다. 그것은 "우린 서로 할 말이 하나도 없어." 하는 것이나 다름없었다.

다른 사람들도 노래에 가담했다. 그것은 민요였다. 작게 울리던 재즈곡이 그치고 누군가가 레코드를 갈아 끼웠다. 베란다에 있던 사람들이 모두 마주 보며 길게 두 줄로 늘어서 손뼉을 쳤다. 옛날식 춤을 구경도 못 해 본 마사는 사양하며 빠져나갔다. 춤이 시작되자마자 그녀는 남이 느끼지 못하는 율동의 자연스러운 기쁨을 맛보았다. 모두가 즐기고 미소 지으며 노래했다. 음악이 계속되는 몇 분 동안 베란다에 있는 모든 사람이 수줍음을 잊고 한 무리라는 전체의 일부가 되었다. 표정이 풀리고 무심해지며 눈은 춤을 추며 만나 인사하는 상대 남녀의 시선을 거북함 없이 마주 보았다. 그것은 이미 그들의 책임 사항이 아니었다. 특정한 한 사람으로서의 책임이 그들에게서 덜어진 것이다. 곧 음악이 멈추고 새로운 음악이 울부짖는 소리를 내며 시작되었다. 마사는 정신을 가다듬기 위해 밴렌즈버그 부인이 저녁 준비를 하고 있는 주방으로 도망쳤다.

마니가 뒤쫓아 달려와 그녀를 한쪽으로 데려가서 말했다. "괜찮아. 내가 오빠한테 말했어. 네가 그런 뜻으로 말한 게 아니라고 말이야. 넌 거만한 게 아니라 수줍은 거라고 말했어."

마사는 자기가 그런 식으로 입에 오르내린 것이 마땅치 않았으나 어느덧 빌리의 두 팔 속으로 밀려 들어가 버렸다. 마니가 두 사람을 격려하듯 다독거리며 말했다. "그래, 그래야지. 노여워 마. 밤은 이제부터야."

빌리는 그녀를 팔 길이만큼 간격을 두고 안으며 당혹스럽지만 간청하는 듯한 눈길을 주었다. 마사는 꾸민 어조로 명랑하게 재잘거렸다. 그러나 기분은 가라앉았고 조마조마했다. 그녀는 이러려면 오지 말 걸 그랬다고 씁쓰름하게 생각했다. 그러고 나자 그녀는 좀 더 잘 적응할 수 있었고, 마음속에 있던 작고 단단한 비판의 매듭이 풀려 이 다정하고 떠들썩한 무리와 하나가 되었다. 그녀는 빌리에게 친절히 대하려고 애썼다. 빌리는 그것을 어느 정도 고마워했다. 적어도 그러지 않는 것보다는 낫다고 생각했다. 밤이 서서히 깊어 가고 케이프 브랜디와 진저에일 병들이 줄지어 있는 실내의 뷔페 식탁으로 몇 차례 오가는 동안 또 다른 환상의 안개가 피어올라 그 속에 싸

인 마사는 빌리야말로 지난 며칠 동안의 기막힌 기다림의 정
상이요, 하얀 옷도 그를 위해 만들어진 거라고 자신을 납득시
킬 수 있었다.

자정 무렵엔 집 안이 노래와 웃음소리로 가득 차 가늘게
돌아가는 유성기 소리가 이따금씩 들려올 뿐이었다. 방이 너
무 비좁아 사람들은 갇힌 꼴이 되어 쌍쌍이 쉴 새 없이 베란
다의 층계 쪽으로 움직였다. 바깥 땅은 휘저어 놓은 뻘건 진흙
이었고 달빛이 폭우가 남겨 놓은 물웅덩이들을 비춰 내자 그
들은 웃으며 망설였다. 다른 사람들이 격려의 소리를 치는 가
운데 몇몇이 시험 삼아 발을 내딛었다가 안 되겠다고 자인하
며 붐비는 방이나 부엌의 호젓한 구석을 찾아들었다. 부엌에
서는 밴렌즈버그 부인이 몇 시간씩 빵을 썰고 케이크 위에 과
일과 크림을 얹으며 서 있었다. 마사는 마니가 어떤 낯선 남자
무릎 위에 앉은 채 둘이서 밴렌즈버그 부인에게 이야기하고
있는 것을 보았다. 마사는 자기 어머니도 저만큼 아량 있고 관
대했으면 얼마나 좋을까 부럽게 생각했다. 그녀는 마니를 자
기 행동의 지침 삼아 지켜보았으나 같은 행동을 하기는 도저
히 불가능했다. 그녀는 마니가 마치 남자들을 교체할 수 있는
것처럼 이 남자 저 남자와 함께하는 모습에 충격을 받기보다
당황했다. 또한 자신이 다른 사람들보다 두드러져 보이는 것
은 자기의 격식을 갖춘 정장 때문이 아니라 빌리하고만 춤을
추고 있다는 사실 때문임을 깨달았다. 하지만 다른 누구하고
춤을 출 수가 없었다. 그랬으면 빌리가, 그보다는 그라는 사람
이 상징하는 것이 오늘 밤 그녀를 독차지했다고 말하는 지금

의 느낌을 쫓아 버렸을 것이기 때문이다. 나흘 전 그녀가 춤 추러 가기로 동의했던 순간에 그녀를 처음 독차지했던 외적인 힘은 술기운으로 더 강화되어 있었다. 그녀는 평소의 자기가 아니었다. 빌리의 형체와 모습을 한 그 힘에 순종하고 있었다. 남의 눈에는 마치 그도 그녀를 놓기 싫어할뿐더러 그녀도 그 에게서 떨어져 나갈 힘이 없는 듯이 보였다. 자기들만의 꿈에 빠져 움직이는 이 열중해 있는 한 쌍은 남을 당황하게 했다. 어느 방이건 두 사람이 들어가기만 하면 분위기가 깨졌다. 마 침내 밴렌즈버그 씨가 빌리의 팔에 안겨 옷자락을 끌며 지나 가는 마사를 담뱃대로 가리키며 "이봐, 매티, 잠깐 이리 오려 무나."라고 불러 세움으로써 그 마술을 깼다. 그녀는 눈을 깜 빡이고 눈에 띄게 자신을 추스르며 그를 마주했다. 얼굴의 부 드러운 표정이 사라졌고 조심스러운 모습으로 그를 똑바로 바 라보았다.

밴렌즈버그 씨는 키가 작고 건장하고 땅딸막한 예순 살 즈 음의 사내였지만, 그의 둥글고 빳빳한 검은 머리에는 한 가닥 의 백발도 없고 풍상을 겪은 얼굴엔 거의 주름도 없었다. 날씨 가 숨 막히게 무더운데도 그는 검붉은 스카프를 배배 꼬아 굵 은 목둘레에 두둑이 감고 있었다. 그 위로 내다보이는 그의 작 고 까맣고 날카로운 눈은 그녀의 눈만큼이나 조심스러웠다.

"그래, 아버지가 너더러 우리 집에 놀러 와도 좋다던?" 그가 물었다.

마사는 얼굴이 빨개졌다. 그러면서 아버지의 모습이 떠올 라 엉거주춤 웃었다. 잠시 망설인 후 그녀는 의식적으로 상냥하고 공손하게 말했다. "아저씨가 우리 집에 놀러 오시던 것도 그렇게 오래전이 아녜요." 그녀는 다른 사람들을 힐끔 쳐다보며 말을 중단했다. 여러 사람이 귀를 기울이고 있었던 것이다. 그녀는 그가 퀘스트네와 가졌던 오랜 우정을 이런 식으로 일깨워 준 데 대해 화낼까 봐 두려웠다.

그러나 그는 이 문제에 대해서는 대꾸하지 않았다. 그는 다시 고의적이리만치 잔인하게 담뱃대를 그녀를 향해 들어 올리며 영국인이 보어전쟁[11]에서 짐승같이 군 것을 인정하느냐고 물었다.

이 말에 그녀는 웃지 않을 수 없었다. 그것은 너무나 엉뚱한 물음이었기 때문이다.

"우리에겐 웃을 문제가 아니야." 그가 거칠게 말했다.

"제게도 그래요." 마사가 말했다. 그러고 나서 머뭇머뭇 덧붙였다. "그건 오래전 일이잖아요?"

"아니야!" 그가 고함쳤다. 다음 순간 그는 고정하며 고집했다. "아무것도 달라진 게 없어. 영국인들은 거만해. 몽땅 버릇없고 거만하다고."

"예, 저도 그렇다고 생각해요." 마사는 그것이 얼마간 사실임을 인정하며 말했다. 그러나 치명적이고도 당연한 다음의 물음을 물을 수밖에 없었다. "우리가 그렇게 싫다면 왜 영국령 식민지에 오는 거지요?"

---

11) 1899년에 영국이 남아프리카의 금과 다이아몬드 광산을 얻기 위해 네덜란드계 백인인 보어인이 세운 트란스발공화국과 오렌지자유국을 침략하여 벌어진 전쟁으로, 결국 두 나라는 영국령 남아프리카에 합병되었다.

듣고 있던 사람들이 나지막이 수군댔다. 방 안엔 아까보다 많은 사람들이 있는 것 같았다. 그들은 아까부터 몰려들어 오고 있었다. 그리고 마사는 이 집에서 이 남자의 위치가 그녀의 아버지의 위치와 얼마나 다른가 혼자 생각하고 있었다. 이 침묵은 그가 대변인인 데에서 비롯했다. 그는 두렵고 지배적인 아버지의 지위가 한 가족 집단에서 여전히 중요한 문화 속 가장이었던 것이다. 마사는 이것을 사사로운 대화로 받아들일 것이 못 되고 자기가 한 대표자로서 심문을 받는 거라고 이해하자 덜컥 두려움을 느꼈다. 그녀는 자신이 대표자는 아니라고 느꼈다.

밴렌즈버그 씨가 다른 이들에게 고갯짓하며 극적인 비평의 몸짓으로 담뱃대를 떨어뜨리고 무겁게 말했다. "그래! 그래서!"

마사는 그가 자기 말을 모욕적으로 여길 것을 뻔히 알면서도 억제할 수 없이 방어적인 기분으로 얼른 말했다. "전 아저씨가 우리 집에 오시면 안 되는 이유를 모르겠어요. 왜 오시면 안 돼요? 제가 아는 한으로는 대환영일 텐데요."

침묵이 있었고, 그는 무슨 말이 더 나오기를 기다리는 눈치였다. 그러다가 그가 말했다. "동등권이 있어야지. 양쪽 국어를 쓸 수 있는 권리가 있어야 말이지."

마사는 서글픈 기분으로 조스와 했던 대화를 떠올렸다. 그녀는 청중의 성격을 감안할 때 상당한 용기로 보이는 미소를 지어 가며 자기는 어느 인종을 막론하고 모든 사람의 동등권을 믿는다고 단호히 말했다. 그리고……

빌리가 뒤에서 그녀를 잡아당기며 다급한 소리로 말했다.

"이봐, 매티. 와서 춤춰."

밴렌즈버그 씨는 마음속에 당치 않은 의심이 떠오르자마자 곧 그것을 지워 버렸고 다소 놀라서 말했다. "글쎄, 그럼 됐어. 그럼 됐지." 나중에 그는 마사가 다른 모든 영국인들처럼 위선자라고 말할 터였다.

베란다에서 빌리는 저도 모르게 마사에게 대놓고 위선자라고 했다. "너 아프리칸스어¹²⁾를 배우지 그래?" 그는 이것이 마치 자기가 그녀한테 들은 말에 응당 뒤따라야 하는 말이라는 듯이 말했다.

그러나 마사가 보기에 이것은 원칙에서 벗어나 문제를 좁혀 가는 일이었다. 그래서 그녀는 좀 경박하게 말했다. "다수의 사람들을 정당히 대하는 게 문제라면 최소한 열 가지 언어 이상은 배워야 할걸."

그의 손이 그녀의 등 뒤에서 죄어졌다. 그에겐 마치 마사가 네덜란드 말을 저 경멸받는 카피르 말과 같은 차원에 놓은 듯이 느껴진 것이다. 그것은 증오의 일순간이었다. 하지만 그는 마침내 짧고 거북한 웃음을 터뜨렸고, 머리를 그녀의 머리 옆으로 숙이며 마사의 개성이 두드러지는 사실들은 못 본 체하고 두 사람이 잘 어울린다는 착각을 회복하려고 애썼다. 시각이 늦어 이미 간 사람들도 더러 있었고, 마사는 방금 일어난 일 때문에 상을 찡그리며 마지못해 그에게 안겨 뻣뻣하게 춤

---

12) 네덜란드어가 현지어의 영향을 받아 독자적으로 발전한 언어로서 현재 남아프리카공화국의 공용어이다.

추고 있었다. 그는 이제 춤으로는 충분치 못하다고 느꼈다. 아니, 그보다 그들이 다시 마술에 싸이기를 기다리기엔 너무 늦었다고 느꼈다. 그는 그녀를 베란다의 계단으로 이끌었다. 달은 이제 나무 꼭대기 높이에 있었고 개간된 지면의 진흙이 달빛에 반짝였다. "우리 잠깐 내려가자." 그가 말했다.

"하지만 진흙인걸." 그녀가 반대했다.

"걱정 마." 그가 성급히 말하며 그녀를 아래로 끌었다.

다시 한번 물기가 그녀의 구두 둘레에서 질퍽거렸다. 그녀는 빌리의 팔에 매달려 굳어진 진흙이 솟아 있는 곳을 골라 발을 옮겼다. 빌리는 남의 눈에 안 보이는 집의 측면 쪽으로 두 사람의 방향을 돌렸다. 그녀는 진흙이 묻지 않게 치맛자락을 들어 올리려고 했으나 빌리가 자기 팔로 그녀의 팔을 꼭 눌러 내리고 그녀에게 입을 맞추었다. 그의 입이 사정없이 파고들어 그녀의 고개가 뒤로 젖혀졌다. 그녀는 이렇게 거칠게 침입하는 입에 화가 났다. 그러면서도 외부로부터(언제나 외부로부터이다.) 그가 그녀를 번쩍 들어 전리품처럼 짊어지고 가야 한다고 요구하는 또 다른 압력이 들어왔다……. 하지만 어디로? 관목 숲 밑의 뻘건 진창으로? 그녀는 이런 실제적이고 속된 생각을 치워 버리고 부드럽게 입맞춤을 받아들였다. 다음 순간 그녀는 어설프고 서툰 손이 넓적다리 쪽으로 더듬어 내려가는 것을 느꼈다. 그녀는 홱 몸을 젖히고 발끈하며 자신도 마음에 안 드는 쌀쌀한 소리로 말했다. "이러지 마."

"미안." 그는 당장에 말하고 그녀를 놓아주었다. 그 공손함이 그녀로 하여금 그를 미워하게 만들 만했다.

그녀는 그가 따라오건 말건 마음대로 하라고 버려두고는 앞장서 걸었고, 당황하여 층계를 올랐다. 남아 있던 몇 쌍의 남녀가 비웃음 어린 미소를 지으며 그들을 바라보았고, 다른 쌍들이 합심해서 놀리는 말은 전혀 없었다. 마사는 남들의 시선이 자기 치마로 떨어지는 것을 보고 저도 내려다보았다. 치맛자락이 뻘건 진흙에 젖어 무겁게 끌리고 있었다.

마니가 달려 나오며 소리쳤다. "어머, 매티, 네 예쁜 옷 좀 봐. 망쳤네……." 그녀는 마사를 보고 잠시 혀를 끌끌 차더니 그녀를 맡아 집으로 끌어들이며 말했다. "말라붙기 전에 와서 씻어."

마사는 불쌍한 빌리 쪽은 거들떠보지도 않고 자기를 무리 속에 다시 끌어들인 마니에게 감사하며 따라갔다.

"그 옷 벗는 게 좋겠다. 너는 자고 갈 거니까 상관없어." 마니가 말했다.

"나 짐 가방을 안 가져왔어." 마사가 완전히 마니에게 의지하며 민망한 듯 말했다. 그녀는 밤에 필요한 물건들을 챙기기를 잊었던 것이다. 그녀의 상상력은 춤과 그 기쁨 이상의 것에 미치지 못했던 것이다.

"괜찮아. 내 자리옷 빌려줄게."

밴렌즈버그 부인이 어머니 티를 내고 상냥하게 호들갑을 떨며 들어와 퀘스트 부인에게 전화를 걸겠다고 말했다. 마사가 자기 아들과 사랑하느라 옷을 망친 게 세상에서 가장 자연스러운 일인 모양이었다. 그녀는 마사에게 입을 맞추며 잘 자라, 다 잘될 테니 걱정할 것 없다고 말했다. 그 따뜻하고 포근한 말에 마사는 울고 싶어졌다. 그녀는 어린아이처럼 밴렌즈버그 부인을 포옹했고 어린아이처럼 자기 방으로 끌려가 혼자 남겨졌다.

그것은 집 후면에 지어진 큰 방이었다. 방은 흰 보가 덮인 큼직한 더블베드 양옆에 하나씩 놓은 두 개의 긴 촛불로 밝혀져 있었다. 초원을 면한 창문들은 열려 있었다. 초원은 벌써 새벽의 희끄무레한 빛을 띠며 달은 파리하게 지친 모습이었다. 방 끝에 비스듬히 걸린 한 장의 은 조각이 마사의 주목을 끌었다. 다시 보니 그것은 거울이었다. 전에 한 번도 전신 거울이 있는 방에 혼자 있어 본 적이 없었다. 그녀는 옷을 벗어 던지고 그 앞에 가서 섰다. 마치 자기 아닌 어떤 환영 앞에 서 있는 것 같았다. 아니, 너무나 뚜렷이 미래의 치수에 맞추어 달라진 자신의 모습 앞에 서 있는 것 같았다. 거울 속에서 앞으로 볼록 조그맣게 솟은 가슴을 가진 하얀 나체의 소녀는 전설에 나오는 소녀 같았다. 그녀는 만져 보려고 두 손을 내밀었다. 두 손이 차가운 유리에 닿았고, 그녀는 소녀의 벗은 두 팔이 서서히 올라가 방어적으로 가슴을 감싸 안는 것을 보았다. 그녀는 자기의 모습을 알아보지 못했다. 그녀는 거울 앞을 떠나 잠시 창가에 서서 그 엉터리 같은 빌리가 잠시나마, 하루 저녁이라도, 또 다른 사람의 모습을 빌려서였더라도 자기를 사로잡은 데 대해 통절히 자신을 꾸짖었다.

다음 날 그녀는 사촌들, 삼촌들, 아주머니들 할 것 없이 떠들썩하게 섞인 열다섯 명의 대가족인 밴렌즈버그 집안 사람들과 아침 식사를 같이 했다.

그녀는 옷을 갈색 종이 주머니에 싸 들고 관목 숲을 지나 집으로 걸어갔다. 반쯤 가다 그녀는 진흙이 짓눌려 발등 위로 괴어 오르는 재미에 신발을 벗어 버렸다. 그녀는 헝클어지고 상기된 건강한 모습으로 집에 다다랐다. 퀘스트 부인은 안도의 화색을 띠며 딸에게 입 맞추고 재미있게 지냈냐고 했다.

며칠 동안 그녀는 모든 신경이 둔화되는 듯한 반작용에 시달려야 했다. 피곤한가 보다고 퀘스트 부인은 중얼거렸다. 몇 번이고 되풀이하며 피곤한가 보다, 자야 한다, 자라, 자라, 자라고 했다. 그래서 마사는 최면술에 걸려 잠을 잤다.

그러다가 그녀는 정신을 차리고 평정을 찾으려고 굶주린 듯 읽기 시작했다. 그런데 점점 그녀가 읽고 있는 것이 멀게만 생각되었다. 아니, 책을 읽음으로써 그녀는 자기를 둘러싸고 있는 것과 아무 상관 없는 독립된 세계를 만들어 내어 자기의 믿음이나 문제가 보이지 않는 벽에 분리되는 것처럼 생각되었다. 아니면 무슨 도깨비불에 이끌려 가는 것 같기도 했다……. 하지만 아니다, 그녀는 그것을 허용할 수 없었다. 한순간이라도 안 된다, 인정할 수 없었다. 하지만 단지 그녀가 외부로부터 오는, 또는 그러는 것처럼 보이는 감정들로 계속 넘쳐 나는 것은 아니었다. 계속해서 다른 사람들이 그들 자신이 처음에 할 것 같았던 역할을 인정하기를 거부한 것이다. 가령 조스나 밴렌즈버그 씨가 잇단 질문을 던져 그녀가 그들과의 친분 관계를 가질 자격을 확보할 만한 답을 하면, 응당 그 순간에 어떤 문이 열려 관대하고도 자유롭게 교감하는 왕국에 그녀가 환영받는 딸로서 걸어 들어갈 수 있어야 했다. 그녀는,

그녀뿐 아니라 모든 사람은 그것을 위해 태어났다. 그녀가 믿기에 그녀를 위해 세워진 그 왕국은 그녀가 읽은 책들에 의한 것이며, 그 책들은 바로 저 다른 나라의 시민들에 의해 쓰인 것이다. 그 세계가 존재하기에 추방당했다고 느끼는 것 아니겠는가?

그녀는 자기 인생의 한 단계가 끝나고 이제 새로운 단계가 시작된 것처럼 느꼈다. 밴렌즈버그네 집 무도회가 있은 지 두 주일쯤 해서 조스가 편지를 보냈다. "우리 친척 아저씨 둘이 동업을 하는 법률 사무소에 일자리가 있다고 들었어. 아저씨들에게 네 이야기를 했다. 차편을 얻어 시내로 가서 재스퍼 아저씨를 만나 봐. 서둘러. 너는 이 환경에서 빠져나가야 한다. 너의 조스." 편지는 서두른 듯이 흘려 쓰여 있었고 뒤에 또박또박 점잖게 쓴 추신이 붙어 있었다. "내가 공연한 참견을 했다면 미안하다."

그녀는 즉시 그 직장에 응모해 보겠다고 답장을 쓰고 그에게 정중히 고마움을 표했다. 이 편지를 그녀는 요리사 편에 보냈다. 그가 그녀의 반응을 즉시 아는 것이 매우 중요한 것 같았기 때문이다.

조스의 편지를 손에 들고 그녀는 베란다로 나가 양친에게 성급히 내던지는 듯한 태도로 시내에서 취직을 하겠다고 고했다. 그녀는 부모의 놀란 질문 소리가 들리지도 않을 지경이었다. 이젠 만사가 쉽게만 여겨졌다. "하지만 두 분이 설마 내가 여기서 남은 인생을 보내리라 생각하진 않겠지요!" 그녀가 의심하듯이 다그쳤다. 마치 그녀는 "여기서" 2년을 산 적이 없었다는 듯한, 또 분명히 이 생활엔 도저히 끝이 있을 수 없다고 생각하는 듯한 어투였다.

"하지만 하필 조스냐…… 내 말은 네가 그럴 생각이라면 우리 친구들에게 물어볼 수도 있는 일인데……." 불쌍한 퀘스트 부인이 어찌해 볼 도리 없이 투덜거렸다.

그녀는 이것을 앞으로의 일로, 아마도 다음 주쯤 당면해야 할 불쾌한 일로 생각하고 있었다. 그런데 마사가 바로 다음 날 아침 맥팔라인 씨와 시내로 갈 생각이라는 얘기를 듣자 그렇게는 못 한다고 말했다. 마사는 대답하지 않았고, 그녀는 돌연히 자기가 마사와 함께 시내로 갈 거라고 선언했다.

"아아, 아니, 안 돼요." 마사가 무섭도록 틀림없는 증오의 어조로 말했다. 그것은 한 집안 식구끼리 증오할 수 있다는 걸 절대 용납하지 않는 퀘스트 부인을 언제나 무력하게 만들어 버리는 어조였다.

마사는 그 마지막 오후 집에 없었다. 그래서 퀘스트 부인은 마사의 침실에 들어가 딸의 심경을 말해 주는 단서가 될 만한 것을 찾아 힘없이 사방을 둘러보았다. 그녀는 불쾌하게 여겨지는 조스의 편지를 발견했다. 아직 종이 봉지 속에 처박아둔 채 벌써 퍼렇게 곰팡이가 앉은 더러워진 흰 옷도 발견했다. 그녀는 침대 옆의 탁자 위에 있는 책들에 책임이 있을 거라는 느낌으로 그것들을 바라보았다. 그러나 그것은 셸리와 바이런과 브라우닝과 윌리엄 모리스의 책들이었다. 어린 시절 이래 그것들을 읽은 적은 없지만 그녀가 생각하기에 그 책들은 너무나 훌륭해서 어느 모로도 위험하다고 할 수는 없었다.

한편 마사는 의식적으로 자기 어린 시절에 작별을 고하고 있었다. 그녀는 자기의 "종교적인 시기" 동안 황홀한 기도를 올리며 무릎 꿇었던 개미 둑을 찾아갔다. 또 울창한 관목 숲을 뚫고 그 밑에서 맑고 차가운 샘이 보글보글 솟고 있는 자수정 광맥까지 걸어가기도 했다. 여기는 그녀가 누워서 수백 킬로미터 떨어진 바다까지 가는 물줄기를 생각했던 곳이다. 어머니의 명을 어겨 가며 몰래 원주민 아이들과 놀던 부락을 걸어 다니기도 했다. 그리고 큰 나무를 마지막으로 찾아갔다. 모두 소용없는 노릇이었다. 그녀의 어린 시절은 오래전에 그녀와 작별해 버린 듯한 느낌이어서 아무것도 그녀를 감동시킬 힘을 갖고 있지 않았다.

다음 날 그녀는 맥팔라인 씨와 시내로 갔다. 그는 자기가 막 도시의 한 선거구를 대표하는 국회의원으로 뽑힌 사실을 가지고 그녀에게 감명을 주려고 애썼으나 그 노력의 대가로 멍한 인사말을 들었을 뿐이다. 그녀는 조스의 아저씨 코언 씨를 만나 일자리를 얻었고 있을 방도 해 지기 전에 구했다. 부모는 그녀가 집에 돌아오길 기다리고 있었다. 그녀는 전보를 쳐서 책과 옷을 보내 달라고 했다. "걱정 마세요, 만사 잘됨."

그리하여 하나의 문이 마침내 닫혔다. 닫힌 문 저편에 농장과, 그 농장이 만들어 낸 소녀가 있었다. 그것은 이제 그녀와 관계없었다. 끝난 것이다. 그녀는 그것을 잊을 수 있었다.

그녀는 새 사람이었다. 그리고 엄청나고 멋지고 완전히 '새로운' 인생이 시작되고 있었다.

2부

여자의 가장 나쁜 점은 남자가 자신을 사랑해 주기를,
또는 사랑하는 척해 주기를 바라는 것이다.

— 프레더릭 롤프

1

로빈슨, 대니얼 앤드 코언 회사의 사무실들은 창립자 기
념로에 있는 어떤 건물 꼭대기 층에 몰려 있었다. 이 거리는
1890년대에 세워진 마을의 일부와 현대적인 도심의 경계를
이루고 있었다. 건물의 창에서 왼쪽으로는 나지막한 양철 지
붕들과 지금은 카피르인을 위한 가게가 된 판잣집들과 흑인
지역의 빈민굴이 내다보였다. 오른쪽으로는 정면에 유리를 댄
반짝이는 하얀 건물들이 솟아 있고, 길 맨 끝에는 사방으로
뻗어 있고 기둥이 있고 발코니가 달린 갈색의 대저택이 있었
다. 그것은 맥그레이스 호텔로, 이 저택의 건립을 연로한 주민
들은 성공적인 발전의 상징으로 기억했다. 그것은 이 식민지
최초의 현대식 호텔이었다. 창립자 기념로는 좁고 초라했다.
이 길은 자신들이나 다른 누구에게 닥쳐올 결과를 무릅쓰고

유니언잭을 꽂기 위해 이 초원을 질러 들어온 모험가들을 기념하려 이름 지어졌으나 지금에 와서는 현 시민들 생각에 수상쩍은 하숙집들이나 삼류 가게와 동의어가 되어 버렸다. 이 건물도 그 수상쩍은 성격을 공유하고 있었다. 1층에는 대량 도매 회사가 있었다. 그래서 확대한 코르크 마개 뽑이같이 나선형으로 올라가는 중앙의 철제 계단을 오를 적이면 조그만 부서들이 빽빽하게 들어선 곳이 내려다보였다. 사무실마다 서류에 파묻힌 와이셔츠 바람의 남자나 타자기를 끼고 앉은 여자가 점거하고 있었고 그 뒤로는 견본이 겹겹이 쌓인 길고 좁다란 카운터가 있었다. 낭만적인 눈이 그 몰개성적인 사무실들의 집합소를 지나 그 카운터로 향했을 때 얼마나 안도했을까! 대여섯 장의 색깔 있는 담요들이나 여남은 개의 천 두루마리들은 실용적 관점에서는 분명 무용지물이나 다름없지만, 그것들은 주인, 그러니까 카피르 상점을 하는 코언 씨의 사촌이자 위층 두 코언 씨의 형 역시 조그만 서류 조각들에 의해서 사무실을 통해 팔려 나가는 기계와 섬유류와 그 밖에 수많은 매혹적인 물건들의 존재를 자신과 남들에게 일깨워 줄 필요를 느끼고 있다고 시사하는 듯했다. 바로 길 저편의 조그만 원주민 가게에서 재산을 모은 코언 씨는 아마도 구슬이니 자전거니 하는 물건들을 다루던 옛 시절이 그리워 그 카운터를 사무 책상과 서류함 들 사이에 두어 개인 장사(장사란 으레 그래야 했다.)를 하던 때의 향수 어린 유물로 간직하는 모양이었다. 카운터 위에는 선적장과 기관차와 세계 항구들의 커다란 채색 사진이 있었다. 새뮤얼 코언 노인 외에는 아무도 카운터까지 들어가는 사람이 없는 듯했다. 철제 계단을 오르는 사람은 노인이 담요를 만지작거리며 사진을 다시 진열하는 모습을 보았을 터이다.

2층과 3층은 방으로 세를 냈는데, 여기에 대해서는 말을 적게 할수록 좋을 듯하다. 위층에 있는 엄숙한 법률 사무소로 올라가는 고객들은 실내복을 입은 여자가 서둘러(그러나 셋돈을 물었기에 그럴 권리가 있으므로 당당하게) 화장실로 달려가는 모습을 보았을지 모른다. 밤늦게 일하는 동업자들은 싸움을 말리거나 점잖지 못한 사람을 내쫓기 위해 경찰에 전화를 거는 일도 있었다. 사실 건물의 2층은 전혀 품위가 없고 형편없었다. 그러나 동업자들은 두었다가 다시 지을 양이어서 모든 것을 그대로 묵과하는 형편이었다. 마사는 코언 씨가 고객에게 "이 주변의 환경에 대해서 사과드립니다. 하지만 우리의 책임은 아닙니다." 하고 말하는 것을 들었을 때 그 말이 바로 낯익게 들렸다. 이 건물은 그가 소유하고 관리했지만 곧 고쳐 지을 계획이기 때문에 그는 '실제로' 여기 존재한다고 여겨질 수 없다는 것이었다.

한편 이 장소의 바로 그 연령이 위엄을 주었다. 역사가 오랜 나라의 국민들은 1900년대의 건물을 낡았다고 하면 이상하게 생각할 수도 있다. 그러나 이 건물은 방갈로의 대열 위에 처음으로 올라간 3층 건물이었고 그 때문에 사람들에게 다정하게 기억되었다. 사람들은 고물이라는 흐뭇한 기분으로 이 건물에 들어섰다⋯⋯. 마치 스페인에서 사람들이 여행 안내서에서 눈을 들며 경건하게 "이것은 기원전 3세기에 세워졌다는군. 생각

좀 해 봐!"라고 중얼거리고 나면 가난과 지저분함이 근사하게
만 보이는 거나 다름없었다.

시에서 가장 오래된 이 법률 사무소는 지금은 고인이 된 초
대 로빈슨 씨의 이름을 따서 로빈슨 사무소로 알려졌다. 젊은
로빈슨 씨는 국회의원이라 바쁘기 때문에 별로 사무실에 오
는 일이 없었으나 막상 오더라도 코언 씨 형제와 대니얼 씨에
게 윗자리를 양보했다. 그러나 이런 모든 일은 한참 만에야 마
사에게 분명해졌다. 그녀는 우선 몹시 혼란스러워서 자신의
위치 이상을 이해하는 것은 힘들었고, 그것을 이해하는 것도
그렇게 간단한 일이 아니었기 때문이다.

동업자들은 각기 조그만 방을 가지고 있었다. 방은 타자기
와 서류함과 전화기가 꽉 찬 큰 사무실 속을 비집고 가야 다
다를 수 있었다. 큰 사무실은 나이가 다른 열다섯 명의 여자
들이 있어 첫눈에는 무질서해 보였으나 일정한 구획이 지어져
있음이 곧 분명해졌다. 중요한 것은 네 사람의 고참 비서가 방
한끝에 전화기가 놓인 탁자에 앉아 있다는 것이었다. 마사는
사무실 관례를 하도 몰라서 처음엔 이런 것을 눈치채지 못했
다. 첫날 아침 그녀는 불가능한 정도의 능력을 보여 주고 싶은
욕심에 부풀어 출근했다. 누구보다도 삼십 분 앞서 나와, 일을
시작하라는 명이 떨어지기를 기다리며 앉아 있었다. 그러나
다른 여자들이 어슬렁거리며 들어와 한참 노닥거리고 그다음
에는 동업자들이 왔건만 아무도 그녀에게 일을 시키지 않았
다. 그녀가 앉아 있자 마침내 금빛 앞머리를 꼬부라뜨리고 동
그란 파란 눈을 한 참새 같은 여자가 지나치면서 경고하듯이

정신 차리고 요령을 배워야 한다고 말했다. 그 말로 미루어 마사는 자기가 첫날 업무에 실패했음을 짐작했다. 그리고 자신이 알아보기 어렵게 갈겨쓴 수많은 글을 받아서 친절한 버스 부인같이 타자기로 차분하고 위엄 있는 서류로 마술처럼 둔갑시키는 환영에서 다시 눈을 떴다. 그녀는 할 수 없이 주변에서 일이 어떻게 돌아가는지 지켜보았다.

점심시간에 그녀는 책상에 남았다. 월말까지 쓸 돈이 수중에 10실링밖에 없었기 때문이다. 이래야 몸매에 좋은 거라고 그녀는 자신에게 타일렀다. 이 타자기에서 저 타자기로 옮겨 가며 자기가 어떤 일을 맡게 될지 살펴보면서 부푼 목적의식에도 불구하고 그녀는 맥이 빠졌다. 이 법률 서류들이, 아니 서류가 아니라 마사 자신이 법률상의 죽은 언어에 꼼짝 못 하게 꽁꽁 묶여 있는 듯했기 때문이다.

다른 사람들이 돌아올 시간 조금 전에 "재스퍼 코언 씨"라고 이름이 박힌 문이 열리며 그가 나오더니 그녀를 보고 놀라 멈칫했다. 그는 서류 몇 장을 버스 부인의 책상 위에 놓고 다시 돌아갔다. 거의 동시에 부저가 울렸다. 그녀가 허둥대며 어느 전화기에서 소리가 나는지 둘러보고 있자니까 문이 다시 열리고 그가 말했다. "전화는 상관 마요. 이런 거 물어도 될지 모르지만…… 퀘스트 양, 돈이 있소?"

무슨 이유에서인지 그녀는 펄쩍 뛰었다. "아아, 그럼요. 많아요." 그러고는 그 말이 유치하게 들려서 낯을 붉혔다.

그가 미덥지 않게 그녀를 보고는 말했다. "잠깐 내 방에 들어와요." 그녀가 그를 따라 들어갔다. 방은 아주 작았다. 그는 자기가 앉을 구석 자리로 가기 위해 커다란 책상 모퉁이를 비집고 들어가야 했다. 그가 그녀에게 앉으라고 했다.

　재스퍼 코언 씨는 이미 그녀의 마음을 사로잡았는데 그것은 사람들이 그녀가 그러는 게 말도 안 된다고 생각할 만한 특성 때문이었다. 그는 끔찍이도 못생겼던 것이다. 아니, 끔찍이가 아니다. 그는 희한하게 못생겼다. 어찌나 못생겼던지 그 말이 해당되지 않을 정도였다. 그는 키가 작고 땅딸막하고 창백했다. 하지만 이것들은 그의 조카인 조스나 그의 동생인 맥스에게도 정당하게 쓸 수 있는 말들이었다. 그의 몸뚱이는 떡 벌어진 정도를 넘어서 푹 퍼졌다. 부풀어 오르고 울퉁불퉁한 모습이었다. 머리도 엄청나게 컸다. 방대하고 창백한 반구형의 이마가 머리털이 시작되는 머리 꼭대기로 뻗어 가고 있었다. 기름기 먹은 엷은 몇 가닥의 머리털이 하얗고 축축한 두피를 덮었고, 귀 위에 가서는 까만 잔털로 변했다. 그것은 마사에게 아기 머리의 보드랍고 힘없는 솜털처럼 애처롭게 보였다. 그의 얼굴은 엄청나게 넓은 창백한 살덩이의 벌판이었고 납작하고 우툴두툴한 코와 넓고 보랏빛 나는 입술의 양옆으로 무슨 종이 두루마리처럼 함부로 귀가 뻗쳐 있었다. 손도 다른 부분만큼이나 괴상했다. 넓고 깊숙이 팬 손바닥이 두껍고 허연 살덩이로 부풀어 올라 길이만큼 굵은 주걱 모양의 짧은 손가락으로 끝나는 것이다. 그것은 기괴한 생물의 손이었다. 그 손이 무엇을 찾아 서랍 속에서 어설프게 움직이자 마사는 도와주고 싶은 욕망에서 마음 조이며 지켜보았다. 그녀는 그를 위해 무슨 일이라도 하고 싶었다. 이 못생긴 남자의 얼굴은 몹시도 다정하고 사랑스러우면서도 자신이 어쩔 수 없는 것에 대해서는 변명도 요구도 안 하겠다는, 고생을 아는 사람의 굽힘 없는 위엄을 지니고 있었기 때문이다. 그래서 그녀는 자문하고 있었다. 추함이란 무엇인가? 그녀는 분개해서 묻고 있었으며, 그 반발은 자연의 조화에 대한 것이었다. 그리고 아마 난생처음으로 그녀는 상류층이 아니라면 최소한 잘생긴 중류 계급으로 태어나는 대신 평범하게, 못나게 태어나면 어떨지 은밀히 만족스럽게 궁금해했다.

그는 마침내 찾던 것을 찾아냈다. 그것은 지폐 뭉치였다. 그는 그중에서 다섯 장을 집어 어설픈 동작으로 한 장씩 펼치면서 말했다. "약소한 월급밖엔 못 받을 테니까……." 마사가 머뭇거리자 그가 얼른 말을 이었다. "그런 농장에서 오면서 돈이 아쉬우리란 걸 미처 생각 못 한 내 잘못이지. 게다가 아가씬 우리 조카의 오랜 친구잖아?" 그 말이 그에게 그 일의 결론을 내려 준 셈이었다. 마사는 자기가 조스에게 과히 좋은 친구가 아니었기에 미안해하며 돈을 받았다. 그녀는 감동해서 고맙다고 했다. 그 때문에 그는 당황하여 급히 말했다. "하루 이틀 지나면 아가씨가 할 일을 줄 거요. 무엇이든 할 수 있는 일부터 하고 있어요. 전에 사무실에 나가 본 일이 없으면 낯설겠지만."

면담은 끝났다. 그녀는 문으로 갔고, 문을 여는데 그가 말하는 소리가 들렸다. "이 얘기는 버스 부인에게 안 했으면 좋겠군. 그 사람이 알아야 할 이유가 없으니까." 그의 말이 염려하는 듯이 들려서 그녀는 그를 의심쩍게 흘끗 보았다. 그녀는 웃으려고까지 했다. 그러나 그는 서류를 들여다보고 있었다.

그녀는 밖으로 나왔고, 돌아오는 또 다른 코언 씨와 마주쳤다. 그녀는 이 남자의 동생을 좋아하는 것만큼 이 남자를 싫어했다. 그는 생김새가 보통이었다. 말쑥하고 평범했다. 줄무늬 신사복을 입고 깔끔하고 창백하고 점잖은 유대인의 용모를 가진 사람이었다. 그의 태도는 톡톡 쏘면서도 정중했다. 마치 타고난 고약한 성미를 호감이라는 형태로 덮으려는 듯했다. 그리고 커다랗게 부풀어 오르고 비어져 나오는 동생과 반대의 인상을 주는 데 관심 있는 것 같았다. 그의 머리는 매끄럽고 새까만 모자처럼 가지런히 빗겨져 있고 손은 적절하게 움직이며 양쪽 새끼손가락에 묵직한 도장을 새긴 반지를 끼고 있었다. 그의 넥타이는 좁은 금줄 뒤에 편안히 놓여 있고 금시곗줄이 그의 단정하고 자그마한 배를 누르고 있었다.

마사는 다른 여자들이 들어오자 제자리로 돌아가 그들을 지켜보며 오후를 보냈다. (버스 부인이 굳이 마사에게 말한 것처럼) 여기가 일하기 편한 사무실이라는 얘기는 들을 필요도 없었다. 바쁜 기색은 조금도 없었다. 여자들은 하던 일을 멈추고 노닥거리거나 담배를 피울 때 동업자들 중 누가 들어와도 그러지 않은 척하려고 하지 않았다. 맥스 코언 씨가 비서에게 시킬 일감을 갖고 들어와 정중하게 부탁했다. "차를 다 마시거든 이것 좀 해 주겠어요?" 비서는 차를 다 마시기 전에는 그가 해 달라고 가지고 온 것을 들춰 보지도 않았다. 어떤 일을 할 것인지 몰랐지만 이 모든 일이 마사에게는 이상하기만 했다. 아마도 그녀는 아버지가 영국에서 사무실 생활을 하던 시절 얘기를 기억하고 있었던 것 같다. 아버지가 농장을 경영하게 된 것은 그 사무실에서 도망치기 위해서였다. "난 견딜 수 없었다. 날이면 날마다 빌어먹도록 똑같았지. 그런데 다행히 전쟁이 일어났어. 그러고 나서 전쟁이 끝나니까, 사무실로 돌아가 구멍 속의 쥐처럼 책상에 앉아 있기가 지옥 같더라고." 그래서 마사는 무의식중에 지옥을 예상하고 있었는데, 이제 여기가 쾌적한 일자리라는 것을 안 것인지도 몰랐다. 하지만 그녀는 아직 타자기에 손도 못 대 보고 있었다.

첫날 오후에 두 가지 사건이 일어났다. 고객들이 들어오는 문 옆 탁자에 채무자로부터 돈 받는 일을 맡은 젊은 여자가 앉아 있었다. 백인, 흑인, 유색인 할 것 없이 채무자들이 연달아 들어와 빚진 돈 가운데 적은 액수를 지불했다. 젊은 여자는 완전히 기계적이어서 불쌍한 마음이 들려는 마사의 첫 번째 충동이 둔해졌다. 그러나 점심 휴식이 지나자마자 초라한 여인이 한 손에 하나씩 어린아이를 데리고 들어와 치러야 할 돈을 낼 수 없으니 채권자가 이번 달만 봐줄 수 없겠냐며 울기 시작했다. 사무적인 젊은 여자는 그 초라한 여자와도 목소리를 낮추라고 설득하는 듯한 경고 조의 나지막한 목소리로 말씨름을 했다. 그러나 타자수들이 모두 그쪽을 쳐다보고 있었고, 마사는 그들이 버스 부인을 흘끔거리는 것을 알았다.

아나나 다를까, 오래지 않아 수금원이 버스 부인에게 가서 말했다. "코언 씨에게 말씀 좀 해 주시겠어요? 이 여자는 정말 고생이 심해요. 게다가 아기도 한 명 더 생길 거래요."

버스 부인이 쌀쌀맞게 쏘아붙였다. "아니, 해마다 애를 낳는 게 누구 잘못인데?"

"그렇지만……."

"난 코언 씨에게 말 못 해. 또 저 여자한테 넘어갈 테니까. 그리고 어쨌든 저 여잔 사기꾼이야……. 엊저녁에도 맥그레이스 술집에서 취해 있었어, 내가 봤다니까."

초라한 여자는 울기 시작했다. "제가 직접 코언 씨에게 말씀드리게 해 주세요. 말씀드리게만 해 주세요." 그녀가 애원했다.

버스 부인은 냉정하게 타자기 위에 고개를 숙인 채 화난 듯 손가락으로 드르륵거렸다. 마침내 그녀 뒤에서 문이 열리고 재스퍼 코언 씨가 나왔다.

"이게 다 무슨 소동이죠?" 그가 온화하게 물었다.

"별일 아녜요." 버스 부인이 화난 소리로 말했다. "전혀 별일 아니에요."

코언 씨는 귀를 기울이고 있는 사원들의 머리 너머로 울고 있는 여인을 바라보았다.

여자가 흐느꼈다. "코언 선생님, 코언 선생님, 선생님은 마음이 선한 분이시니 제가 최선을 다하는 걸 아시지요? 절 위해 한 말씀만 해 주세요."

"알다시피 당신이 약속했잖습니까." 코언 씨가 말하고 나서 서둘러 덧붙였다. "좋아요. 울지 마세요. 내가 의뢰인에게 편지를 쓰지. 버스 부인, 메모를 해 놓으세요." 그리고 그는 얼른 자기 방으로 숨어 버렸다.

여자는 눈물을 닦으며 버스 부인에게 승리의 눈초리를 던지고 사무실에서 나갔다. 버스 부인이 곡을 끝낸 피아노 연주자처럼 타자기에서 극적으로 손을 떨어뜨리며 소리쳤다. "저

봐요. 내가 뭐랬어!"

수금원은 그 새파랗게 책망하는 시선을 받고 단연 죄스러운 표정을 지으며 중얼거렸다. "뭐, 결재권은 코언 씨한테 있으니까요."

"그래요." 버스 부인이 비극적으로 말했다. "그래요, 그래…… 하긴 새 사무실로 옮기면 이런 일은 일어나지 않을 테니 그리 알아요!" 그녀는 다시 타자기 자판에 손을 올렸다.

두 번째 사건도 비슷했다. 사환인 찰리가 차 쟁반을 들고 돌다가 버스 부인에게 가서 말을 걸었다. 그녀는 방해받고 싶지 않은 사람처럼 내내 자판 위에 헌신적인 두 손을 얹은 채였다.

"아니." 하고 그녀가 큰 소리로 말했다. "안 돼, 찰리, 소용없다." 그리고 그녀는 타자를 치기 시작했다.

찰리가 타자기 소리 위로 목소리를 높였다. 부인은 더 빨리 쳤다. 그러자 찰리가 외쳤다. "아주머니!"

그녀가 갑자기 타자를 멈추고, 극적인 침묵 속에 그를 째려보고는 외쳤다. "안 돼!" 그러고는 바로 드르륵댔다.

찰리는 사람 좋은 어깻짓을 크게 하고 나가 버렸다. 동시에 버스 부인은 손을 멈추고 사무실 안을 둘러보며 숨 가쁘게 물었다. "어떻게 생각해요, 저 건방진 것을?" 여자들은 동정적으로 웃었고 어째서 그가 건방진 것인지 말해 줄 필요가 없는 듯이 보였다.

어찌할 바를 모르던 마사는 찰리가 빈 찻잔을 걷으러 돌아오자 그를 자세히 보았다. 그는 키 크고 잘생긴 청년이었다. 머리색이 검고 청동빛 피부에 조그만 칫솔 같은 콧수염과 태평스러운 눈을 가지고 있었다. 그는 춤곡을 작게 휘파람 불고 있었다.

버스 부인이 아래위로 춤추는 그녀의 손 위로 그를 지켜보다가 날카롭게 힐난했다. "찰리!"

"예, 부인?" 그가 즉시 그녀를 돌아보며 대답했다.

"네가 춤의 명수인 줄 다 아니까 그렇게 휘파람 불 것 없어." 그녀는 대답을 바라지 않고 말했다. 그리고 타자기에서 종이를 뽑아 그쪽은 거들떠보지도 않고 다른 종이를 끼워 넣었다.

찰리는 낮은 휘파람 소리를 그쳤다. 그러고 나서 그의 새까만 눈을 그녀에게 고정한 채 그녀를 지나쳐 코언 씨의 방문 쪽으로 가만가만 다가갔다.

"놔둬. 내가 찻잔을 치울 테니." 그녀가 분노에 낯을 붉히며 엄하게 말했다. 그녀는 그를 노려보았고 그가 마주 쳐다보았는데, 눈빛이 반짝거리는 것으로 보아 이 대결을 음미하는 것 같았다.

"찰리!" 여자가 격분해서 말했다. "너, 코언 씨한테 그 돈 달라고 하면 안 돼!"

"안 할게요, 부인." 찰리가 말하며 크게 체념의 어깻짓을 했다. 그는 익살맞은 눈초리를 그녀에게 던지고 나가더니 바로 문밖에서 날카로운 휘파람 소리를 내기 시작했다.

"이런 꼴 본 일 있어요?" 버스 부인이 화가 나서 실신할 듯이 말했다. "아니, 나를 지나쳐 코언 씨 사무실에 들어가서 선불해 달라고 하려 들다니!"

갑자기 마사가 물었다. "그 사람 얼마나 받아요?" 순간 그녀는 묻지 말았어야, 적어도 그런 어조로는 묻지 말았어야 했음을 깨달았다.

버스 부인이 공격적으로 말했다. "한 달에 5파운드 받아요. 그것도 제 꼴을 생각하면 4파운드쯤 과한 거라고. 사환이 그렇게 많이 번다는 소리 들어 봤어요? 맥그레이스네 요리사도 7파운드밖에 못 받는데! 코언 씨가 너무 마음이 약해서……." 그녀는 말로 다 할 수 없는 분노에 압도되어 마귀처럼 타자기를 계속 두드렸다.

마사는 자신이 12파운드 10실링이나 받을 것을 불안하게 생각해 보고, 마음속에서 전혀 이치에 맞지 않는 항의가 일었다. 만일 그녀가 모든 인종의 완전한 평등을 지지한다면 평등을 향한 이 조그만 발전을 응당 찬양해야 마땅했기 때문이다. 그런데도 그녀는 자라 온 환경 탓에 이 일로 충격을 받았다. 그녀는 옆에 있던 금발의 젊은 여자에게 찰리가 사무실에서 무슨 일을 하느냐고 물어보았다. 그는 손수 편지를 전달하고 때로는 우체국으로 심부름 가고 차를 끓이고 사무실 여자들의 잔심부름을 한다는 것이었다.

"그 애 보통이 아니야. 찰리 말이야." 여자가 호인답게 덧붙였다.

"코언 씨가 하는 농담이 있어. '시내에서 제일 옷을 잘 입는 두 사람은 내 동생하고 내 사환이지.' 동생은 맥스 코언 씨 말이야. 알지?" 그녀가 마사를 쳐다보고 웃는지 확인하고는 마사가 웃자 말을 이었다. "난 찰리가 마음에 들어. 다른 흑인 애들보다 훨씬 낫거든. 그만하면 칭찬이지, 그렇잖아?"

마사는 멍하니 그렇다고 하는 한편 자라난 환경의 목소리와 다투고 있었다. 그녀는 원주민이 한 달에 12실링 이상 받는다는 이야기를 들어 본 일이 없었다. 아버지가 부리던 일꾼 감독도 20년 봉직 후에 겨우 20실링을 받았다. 마음 한구석에서 그녀는 코언 씨의 자기와 찰리에 대한 관대함을 찬양하면서 다른 한편으로는 완전히 새로운 두려움, 그러니까 그녀에게는 새로운 두려움과 싸우고 있었다. 그녀는 자기와 찰리의 차이가 단돈 7파운드 10실링이라는 사실을 두렵게 느낄 수밖에 없었다.

4시 30분에 어떤 일이 일어났는데, 그녀가 이해한 바로는 날마다 일어나는지라 사건이라고 할 수 없는 일이었다. 여자들이 타자기에 덮개를 씌우고 있는데 문이 활짝 열리더니 키가 훤칠한 금발의 여인이 들어섰다. 그 여자는 버스 부인에게 한번 고개를 끄덕해 보이고 가만히 서 있었다. 버스 부인이 수화기를 들었다.

"미인께서 나타나셨군." 금발의 아가씨가 마사에게 중얼거렸다. "저런 옷 좀 입어 봤으면 좋겠다. 그렇지? 유대인들은 언제나 아내가 원하는 건 다 해 준단 말이야."

하긴 코언 씨의 아내를 "미인"이 아니면 뭐라고 부를 수 있겠는가? 그러나 마사는 다른 일로 마음이 편치 않았다. 즉, 그녀가 코언 씨의 생김새를 너그럽게 보아 넘겨 줄 마음의 준비가 된 유일한 여성이 아니라는 사실이었다. 코언 부인이 존재하리라는 생각을 그녀는 미처 해 보지 못했다. 그러나 거의 동시에 전혀 다른 불공평에 대한 확신이 그러한 생각의 균형을 바로잡아 주었다. 코언 부인은 전혀 아름답지 않다고 마사는 단정했다. 반면 코언 씨는 아름다웠다. 그러니까 문제가 될 만한 의미에서 그랬다. 전통적으로, 그 여자는 키가 크고 날씬하고 우아하다고 할 만했다. 하지만 마사는 그녀가 빼빼 말랐고 머리는 금발이 아니라 놋쇳빛에 지나치게 옷 치장을 했다고 평하고 싶었다. 그녀는 몸에 착 붙는 흰색 크레이프 천 재질의 외출복을 입고 까만 깃털이 달린 흰 모자에 엄청 많은 보석들을 달고 있었다. 보석들은 알맞게 화려했다. 코언 씨가 버스 부인의 부름을 받고 나왔을 때 마사는 여전히 그를 안쓰럽게 생각할 수 있었다. 그러나 자기 주변의 모든 여자들이 같은 느낌을 가지고 있음을 알아차리자 그녀는 그러한 감정을 재고할 수밖에 없었다.

"불쌍한 사람 같으니." 버스 부인이 모난 책상들을 피해 좁은 엉덩이로 이쪽저쪽 밀고 나오면서 까만 스웨이드 장갑을 끼며 조용히 말했다. "불쌍한 분이야. 하지만 내가 상관할 일이 아니지." 그리고 그녀는 고용주와 그의 아내에게 신중한 거리를 두고 질투의 눈으로 지켜보면서 밖으로 나갔다.

2

마사가 집에 전화를 걸 생각으로 하숙방에 돌아가 보니 어머니와 아버지가 와 있었다. 그녀는 화가 났다. 적어도 일주일은 부모가 오지 않으리라 생각했다. 자기가 겨우 110킬로미터 길을 여행하기 위해 굉장한 마음의 준비를 하며 몇 년씩 고민한 게 터무니없이 부당한 듯했다. 그리고 이제 와서 보니 더 준비할 것도 없었다. 퀘스트 씨 부처는 다른 사람들처럼 "오후에 잠깐 다니러" 온 것이었다. 퀘스트 씨는 퀘스트 부인이 기회를 주는 대로 하숙집 아주머니인 건 부인과 세계 대전 이야기를 했다. 퀘스트 부인 쪽은 요새 젊은이들이 고집불통이고 마땅치 않다는 데에 건 부인의 동의를 얻으려고 열이 나 있었다. 마사는 뒤쪽 베란다에서 오가는 이 이야기 소리를 그쪽으로 난 자기 방의 채광창을 통해 들을 수 있었다. 그녀는 시무룩해서 그들과 동석하기를 거부한 채 한바탕 벌어지리라 예상되는 싸움을 기다리며 침대 위에 앉아 있었다.

방은 넓고 가구들은 검소하게 구비되어 있었다. 철제 침대는 낮고 하얀 보가 씌워져 집에 있는 그녀의 침대를 떠올렸다. 붉은 시멘트 바닥에는 검소한 갈색의 야자 돗자리가 깔리고 양쪽으로 열리는 프랑스식 유리문이 꽃이 만발한 조그만 정원 쪽으로 열려 있었다. 정원 저편에 큰길이 있었다. 그 소음은 먼 천둥소리나 개구리 울음, 귀뚜라미 소리만 들어 온 시골 사람에게는 견디기 어려웠다. 자기 고막이 무슨 독립된 생물처럼 교통 소음에 무장하기 위해 어렵고 힘든 움직임을 하고 있음을 의식한 것이다. 두 귓속에서 바르르 떨리는 어떤 예민함이 있었다. 포장도로로 와르르 달려 내려오는 대형 화물 자동차는 연한 살을 찢으며 지나가는 듯 느껴졌다. 자전거의 찌르릉찌르릉 소리는 마치 방 안에서 나는 듯 날카롭게 들렸다. 그녀는 고통스럽게 귀를 기울이며 집중하는 동시에 문밖 대화의 진행에도 유의하고 있었다. 아버지가 건 부인의 관심을 차지하고 이야기는 독백처럼 되어 가고 있었다.

"네, 그게 파스샹달 전투[13]가 있기 두 주 전이었지요."라는 말이 들려왔다. "그런데 믿으실지 몰라도 전 그걸 미리 알고 있었습니다. 식구들에게 내가 전사하게 될 거라고 편지를 썼지요. 마치 까만 벨벳 두건 같은 것을 쓴 듯이 검은 구름이 나를 내리덮는 느낌이었소. 나는 전선을 조사하러 나갔는데…… 나중에 보니까 병원선에 실려 있더이다."

이런 말들이 여전히 그녀 뒤를 따라오고 있다는 사실은 마사를 화나게 할 뿐 아니라 겁나게도 했다. 교통의 소음을 추려내 동화시키려는 가운데 야자 돗자리의 까칠까칠한 표면을 바라보던 그녀는 저도 모르게 폐허가 되어 버린 산야, 부서진 나무, 진흙으로 뒤범벅된 대지, 헝클어진 철조망 뭉치, 거기에 걸려 나부끼는 한때 군복의 일부였던 헝겊 조각을 눈앞에 보고 있었다. 밖에서 시동을 거는 차 소리가 날아드는 대포 소리로 들리는 것을 알아차리고 그녀는 강박 의식을 떨어 버리려고 했다. 그녀는 어두운 운명처럼 지겹고 지치고 무거운 감정에 억눌려 있었다. 그것은 너무나 친숙한, 너무나 지겹도록 친숙한 것이어서 아버지가 다음에 쓸 정확한 말조차도, 투덜거리면서도 겁날 정도로 흥분된 목소리의 정확한 어조조차도 예측할 수 있을 것 같았다.

---

13) 1차 세계 대전 때 플랑드르 지역에서 벌어진 대전투.

문이 열리고 부모가 들어오자 마사는 정신적이며 육체적인 극한 상황에 당면할 각오를 한 사람처럼 힘들여 일어났다. 그러나 그녀가 들은 것은 퀘스트 부인의 투덜거리는 소리뿐이었다. "네가 청을 받았는데도 차를 마시러 오지 않은 건 실례였어." 그것은 농장에서 마사가 찾아온 손님에게 불손하게 군다고 투덜거릴 때와 꼭 같았다. 마사는 어이가 없어 말을 할 수 없었다. 퀘스트 부인이 마치 자기 방인 양 이리저리 걸어 다니며 활기 있게 말했다. "그래, 네 짐들은 풀어서 정리해 놓았다. 네가 보았는지 모르지만 침대도 옮겼어. 바람받이에 놓였더구나. 그리고 잠을 많이 자도록 신경 쓰렴." 마사의 얼굴 표정을 보고 어머니는 얘기를 서둘렀다. "자, 이제 아빠와 난 농장으로 돌아가야 해. 정말로 농장을 떠날 형편이 아니었다만 네가 하도 아무것도 모르는 애라서. 피곤해 보이는구나, 일찍 자려무나."

마사는 보통 때처럼 밀려드는 피곤함을 물리치며 이쪽에서 그들에게 농장을 떠나 쫓아와 달라고 청한 게 아니니 이 갑작스러운 죄책감은 당치 않은 거라고 자신을 타일렀다. 그녀는 당장 이 방을 나가 어머니의 분위기와 영향력이 미치지 않는 다른 방을 구해야겠다고 결심했다.

퀘스트 씨는 프랑스식 문 앞에서 안식구들에게 등을 보이며 서 있었다. "건 씨는 틀림없이 재미있는 사람이었을 거야." 그가 곰곰이 생각하며 말했다. "솜 지방에 있었다는군. 2주일 차이로 그를 못 만난 거야. 매티야, 건 부인에게 남편 이야기를 해 달라고 해 봐. 전쟁 때 맡은 가스 때문에 죽었다는군.

육군성 녀석들은 국민이 전쟁 때문에 병에 걸릴 수 있다는 것도 모르니 한심하지. 그건 나중에야 나타나거든. 그는 보상금도 못 받았다고 부인이 그러더라. 너무 불공평해." 그가 돌아섰고, 그의 얼굴은 그 특유의 열심히 골몰해 있는 표정이었다. 그는 야외 작업용 셔츠(그는 항상 시내에 올 때 농장 작업복에서 다른 옷으로 갈아입으려 하지 않았다.)의 아래쪽에 든 술병을 꺼내 들고 하릴없이 사방을 둘러보며 서 있었다. "잔은?" 그가 물었다. 퀘스트 부인이 그에게서 병을 받아 세면대로 가서 그가 마실 만큼 따랐고, 그는 그것을 들이켰다. 그가 안달하듯 말했다. "자, 우리 낡은 차로 가려면 돌아갈 길이 한참이오."

"가요." 퀘스트 부인이 미안한 듯이 말했다. "가자고요." 그녀는 마사의 화장대에 있는 물건들을 자기 구미에 맞게 옮겨 놓고 의자의 위치도 바꾸어 놓았다. 그리고 긴장한 채 적의에 가득 차 뻣뻣이 서 있는 마사에게 와서 서툰 조각가가 망친 작품을 헛되이 밀어 보고 만져 보듯 그녀의 어깨와 머리, 팔을 호들갑 떨며 요리조리 찔러 보았다. "피곤해 보이는구나." 그녀가 가라앉은 목소리로 중얼거렸다. "피곤해 보여. 자야겠다. 일찍 자야 해."

"메이!" 퀘스트 씨가 짜증스럽게 소리쳤다. 퀘스트 부인은 허둥지둥 그에게 갔다. 마사는 부모가 초가지붕을 달고 노끈으로 이리저리 묶은 덜컹대는 차를 몰고 현대식 차량의 흐름 사이로 떠나가는 모습을 지켜보았다. 사람들은 여기가 농업국이라는 사실, 아니 개척자의 나라라는 사실까지도 상기시키는 그 차를 보고 관대한 미소를 지었다. 그녀는 긴장한 채 방

한가운데 서서 여기를 당장 뜨기로 결심했다.

건 부인이 방문을 두드렸다. 마사에게는 익숙지 못한 이 예의 바른 소리가 마음을 달래 주었다. 그래서 마사는 공손히 말했다. "들어오세요."

건 부인은 투실투실하니 키가 크고 골격도 큰 여자였다. 그녀는 빛바랜 붉은 머리와 엷고 예쁜 파란 눈과 사람 좋은 묵은 분위기를 가지고 있었다. 그녀가 말했다. "아가씨 어머니를 뵈어 반가웠수. 나는 속으로 궁금했지, 아가씨 같은 젊은이가 혼자 살다니."

마사는 자기가 떠날 것이고 자기가 떠나야 하는 게 건 부인의 책임이 아님을 예의 바르게 전할 말을 생각해 내려고 애썼다. 그러나 건 부인은 계속 이야기했고 그녀는 도저히 그런 말을 할 용기가 나지 않았다.

"어머니가 그러시는데 아가씬 영 먹질 않기 때문에 내가 억지로 먹게 해야 한다네요. 아가씨는 자취를 하고 있다고 내가 말씀드렸지만, 어디 할 수 있는 데까지는 해 보지요."

"그럴 필요 없어요. 밴렌즈……" 마사는 당황해서 말을 멈추었다. "건 부인, 저는 말처럼 잘 먹어요."

건 부인은 순순히 고개를 끄덕였다. "아가씬 머리가 있어 보여요. 내가 어머니께 그랬지. 요즈음 아가씨들은 똑똑하다고. 우리 딸 로지도 결혼하기 2년 전부터 나가 살았다오. 난 그 애 보고 큰 소리 한번 한 일이 없어요. 문제는 남자들이 분수를 지키게 하는 일이에요. 그래야 애당초 무엇이건 거저 얻을 수 있는 건 없다는 걸 알게 되니까."

마사는 이 말에 빈정거리고 싶어졌다. 그러나 건 부인이 건너와 키스를 하는 바람에 감사의 정으로 훈훈해져 기분이 풀렸다.

"뭐든 필요하면 내게 와요. 젊은이들은 잔소리를 싫어하는 줄 알지만 날 어머니처럼 생각해요."

"고맙습니다. 밴렌…… 건 부인." 마사가 고마워서 그렇게 말하자 건 부인은 방에서 나갔다.

마사는 마치 방이 오염이라도 된 듯 심한 혐오의 눈길로 사방을 둘러보았다. 그녀는 서랍 속을 들여다보았다. 개킨 옷의 접힌 갈피 하나하나가 어머니의 의지를 말하고 있었다. 그러나 이 달 말까지의 방세를 이미 물었으니 이사 갈 형편도 못되었다. 그녀는 옷들을 모조리 방바닥에 내던진 다음 남이 보기엔 전혀 차이가 없건만 자기 취미에 맞게 다시 정리했다. 그녀는 침대를 먼저 있던 자리라고 짐작되는 자리로 밀고 갔다. 그러나 그녀는 과히 관찰력이 좋지 못해 먼저 자리가 정확히 어디인지 알 수 없었다. 다 끝내니까 매우 피곤했다. 그래서 아직 때가 일렀지만 그녀는 옷을 벗고 문 옆에 서서 달려가는 차들을 바라보았다. 차의 불빛이 그녀 위로 금빛 얼룩과 줄무늬를 엮으며 정원의 꽃들 위로 비쳐 갑작스러운 색채를 띠게 했다. 정원과 길 저편으로는 침침한 밤하늘에 까만 나무들의 형체가 보였다. 공원이었다. 그 너머에 도시가 있었다. 그녀는 자기가 런던이나 뉴욕에 관해 읽은 것에 견주어 그 도시의 즐거움을 생각했다. 그녀는 시선을 나무들 위에 둔 채 자기가 그 즐거운 일들에 초대받는 순간을 그려 보았다. 그리고 무의식적으로 그 나무들의 형체를 농장의 지평이 그리는 선과 비교했다. 이내 그 밤을 가르는 기다랗고 어두운 팔인 양 농장 자체가 뻗어 나온 것 같았고, 그 끝에서, 그러니까 감싸듯 큼직한 손바닥의 우묵한 곳에서 마사가 난쟁이처럼 서서 새 생활을 바라보고 있는 듯했다. 아침에 깨어 햇살이 따스하고 노랗게 야자 돗자리 위에 놓인 것을 보면서, 요란한 소리에 물 운반차의 브레이크가 고장 났나 잠에 겨워 생각했다. 그리고 그녀가 일어나 앉자 그사이에 새 방이 주변에서 새삼 모습을 드러냈다. 이제야 그녀는 뇌의 작용으로 그것이 물 운반차가 아니라 배달 트럭이라는 것을 깨달았고 두 귀가 저항하며 아파 오기 시작했다.

그날 사무실에서 그녀는 점심시간이 지나서까지 "정신을 차리게" 버려두어져 있었다. 그러다가 맥스 코언 씨가 타자할 서류 하나를 그녀에게 가지고 왔다. 그녀는 너무 긴장하여 세 번이나 새로 시작해야 했다. 그래서 그가 서류를 가지러 왔을 때 해 놓은 일이란 종이 맨 위에 들쑥날쑥 찍은 "거래 합의 적요"라는 글자뿐이었다. 그녀는 그가 괜찮으니 천천히 하라고 화난 듯이 하는 말에 움츠러들었다. 손가락이 무겁고 사뭇 떨렸으며 머리가 흐리멍덩했다. 두 쪽이나 되는 그의 잘고 깔끔한 필적을 보기 좋게 깨끗이 서류로 꾸민다는 것이 지금 같아서는 도저히 불가능하리만큼 어려운 일로 생각되었다. 그는 그녀의 책상으로 다시 오지 않은 채 퇴근해 버렸다. 그녀는 휴지통에 열두어 장이나 되는 종이를 내버리곤 내일 아침 일찍 나와서 누가 오기 전에 끝내야겠다고 마음먹었다.

버스 부인이 나가면서 물었다. "자격증 있어요?" 마사는 없다고, 집에서 타자를 배웠노라고 말했다. 버스 부인은 위로의 말 한마디 없이 건성으로 고개만 끄덕였다. 시선이 우아한 재스퍼 코언 부인에게 가 있었기 때문이다.

마사는 너무나 창피스러운 기분으로 사무실을 나와 어디를 걷고 있는지도 모를 지경이었다. 그녀는 법률과 그것에 관계된 모든 것에 대하여 맹렬한 반감으로 가득 차 있었다. 그녀는 자신에게 그런 바보 같은 헛소리나 타자하면서 여생을 까먹지는 않겠노라 다짐했다.

그녀는 재스퍼 코언 씨가 준 돈(그보다는 거기서 남은 돈이라는 게 옳다.)을 핸드백에 넣어 가지고 있으면서 한 무리의 명랑한 젊은이들이 맥그레이스 호텔로 들어가는 것을 지켜보고 속이 괴롭도록 부러웠다. 그녀는 길을 건너 《잠베지아 뉴스》의 사옥으로 들어갔다. 늙은 기자 스퍼 씨를 만날 참이었다. 그는 그녀가 '어려서' 알던 사람이었다. 그러니까 4년 전에 그와 그의 부인과 더불어 한 달 정도 휴가를 지낸 터였다. 그녀는 반 시간가량 사옥 안에 있었다. 거기서 나왔을 때 그녀의 얼굴은 당황해서 화끈거렸다. 일어났던 일이 너무나 고통스러워 상기하기조차 끔찍했다. 그녀가 기억해야 할 것은 자신에게 어떠한 자격도 없다는 것이었다.

그녀는 마침내 코언 씨가 자기에게 베풀고 있는 온정의 깊이를 이해했다. 그래서 이튿날 아침에는 아주 누그러진 심경으로 책상에 앉았다. 그녀는 분명 정신을 차리고 있었으나 차린 정신을 사용할 시간이 없었다. 첫 번째 서류를 끝내기 훨

썬 전에 여러 장의 서류가 책상에 밀어닥쳐서 정신 차려 보니 점심시간이었던 것이다. 그녀는 전혀 능률이 오르지 않았다. 그녀는 자신이 들여보낸 서류들이, 버스 부인이 그토록 쉽게 만들어 내는 멋지고 완벽한 서류처럼 깔끔하게 핀이 꽂혀 있고 녹색 테이프로 묶여 있어 만족스러울 거라고 스스로를 설득하려고 애썼다. 맥스 코언 씨는 전혀 내색 없는 시선과 고갯짓으로 그것들을 받았다. 그런데 나중에 보니 버스 부인이 그것들을 다시 타자로 찍고 있었다. 그녀에게는 더 이상 서류가 주어지지 않았다. 하루 종일 그녀는 아프도록 자신이 쓸모없음을 느끼며 하는 일 없이 책상에 앉아 있었다. 도망치고 싶었고 어떻게 될지 걱정도 되었다.

그녀 옆에 앉아 있는 금발의 통통한 아가씨인 메이지 게일 양이 위로하듯 말했다. "이런 일로 잠 못 잘 것 없어. 그저 눈 밖에 안 날 정도로만 해 둬요. 그게 내 신조야."

마사는 마음에 거슬려 경직된 미소로 응답했다. 나중에 그녀는 재스퍼 코언 씨의 사무실로 가라는 말을 듣고 무섭게 뛰는 가슴을 안고 들어갔다.

그 못생긴 남자는 조용히 의자에 앉아 기다리고 있었다. 마사에게는 그의 창백한 얼굴이 더욱 창백해 보였다. 그리고 그 넓적하고 푸르죽죽한 입술은 무슨 소리를 내기 전에 여러 번 실룩거렸다. 그러다가 그는 마음을 가라앉혔다. 그가 볼품없는 몸뚱이를 의자 뒤로 젖히고 살이 불룩 솟은 손으로 연필을 들더니 부드럽게 말했다. "퀘스트 양, 아무래도 너무 일찍 기술을 요하는 일을 시킨 게 잘못이었던 것 같소. 난 아가씨가 타자를 배웠다고 한 줄 알았는데."

"저도 배웠다고 생각했는데……." 마사가 슬픈 듯이 대답했다. 그리고 그런 어조를 사용한다는 건 그녀가 또다시 사적인 친분 관계를 갖고 흥정하는 거라고 의식했다.

"그래, 뭐 괜찮아요. 혼자 배우자니 그게 어디 쉬웠겠소? 그러니까 내가 이런 걸 제안하겠는데, 강습소에 가서 몇 달 동안 속기와 타자를 배워요. 그러는 동안 게일 양과 일하고. 서류 정리법도 배워야 해. 긴 안목으로 볼 때 그건 낭비가 아니거든."

마사는 열심히 그러겠다고 했다. 동시에 게일 양과 같이 일하는 것이 그녀로서는 한 발 내려가는 일이라는 사실을 마음에 새겼다. 그녀는 놀라면서도 마음이 흐뭇했다. 사무실에 있는 모든 여자들의 자신감과 기술이 자기보다 까마득히 위인 것 같아 지금까지 그들을 빛나는 환상을 통해서만 보았기 때문이다. 그녀는 또한 코언 씨가 지금 아주 친절하고도 요령 있게 그녀에게 훈시를 하려는 참이며 자신이 주의 깊게 경청해야 한다는 것을 이해했다.

"퀘스트 양, 아가씨는 아직 젊어요…… 내가 이렇게 말하는 걸 꺼림칙하게 생각지는 않겠지? 당신이 머리가 좋다는 건 분명해. 그리고…… 흠, 내가 이런 식으로 말해도 괜찮다면, 금방 결혼할 생각은 없는 거지?" 그는 웃기는 말을 하는 게 힘든 사람들에게 특유한 자신 없지만 희망을 품는 태도로 미소 지었다. 마사가 얼른 웃었다. 그가 고마워서 함께 웃었다. "그야 물론 없겠지. 열여덟이면 시간이 충분히 있으니까. 너무 일찍 결혼하지는 마요. 이 나라에선 그러는 경향이 있는 것 같은데…… 하지만 그건 내가 상관할 일이 아니지. 아무튼 대부분의 아가씨들은 결혼할 때까지 시간을 보내기 위해서 사무실에서 일해요……. 거기에 문제가 있는 건 아니오." 그가 서둘러 다짐했다. "하지만 내 방침은, 아니 우리 방침은…… 좀 달라요. 우린 결혼한 여자가 능력이 달린다고는 생각지 않아요. 어떤 회사에서는 여자가 결혼하자마자 해고하지만 아가씨도 보다시피 우리 고참 여직원들은 다 결혼했어요."

마사는 새삼스러운 열등감과 더불어 자기가 마땅히 이런 일들을 알아차렸어야 했는데 그러지 못했음을 깨달았다.

"내 방침은, 그러니까 우리 방침은…… 여자들이 한편으론 재미도 보면서 일도 잘하지 말라는 법이 없다는 거요. 하지만 내 말해 두겠는데 아가씨는 우리가 데리고 있는 어떤 아가씨들처럼 되지 마요……. 그야 다 쓸모 있는 사람들이고 그들 없이 우리는 못 해 나가지만 언젠가 결혼할 거라는 생각에서인지 그 아가씨들, 자기들에게는 그 이상 기대할 게 없다는 식이오." 여기서 마사는 힐끔 그를 쳐다보았다. 마사와는 상관있을 리 없는 분개의 어조가 깃들어 있었던 것이다. 다시 한번 코언 씨는 의자 속에서 큰 몸을 편히 하면서 연필을 만지작거리며 무슨 말을 할 듯 말 듯 하다가 불쑥 말했다. "내가 할 말은 그뿐이오. 이런 말 한 걸 용서해요. 난, 아니 우린…… 아가씨가 틀림없이 능력 있다고 생각해. 그래서 그걸 사용해 주기 바라는 거야. 유능한 비서는 드무니까. 생각해 보면 그것도 놀랍지. 요즈음 여자들은 다 비서 훈련을 받는 것 같은데 말이야." 이런 의문을 던져 놓고 그는 말을 끊고서 생각하다가 말했다. "비서 노릇 하는 것이 볼품없는 경력이라고 생각하진 않겠지요?"

마사는 유능한 비서가 되고 싶다고 그를 안심시키는 말을 하면서도 꽤 화가 났다. 자기가 그 이상의 일을 할 수 있다고 느꼈기 때문이다. 그녀는 그에게 고맙다고 하고 책상으로 돌아가서 또 할 일 없이 앉아 있었다. 그녀는 누군가가 지시를 내려 주기를 기다렸다. 그러다가 그녀는 사람들이 그녀에게 기대하는 것은 스스로 지시를 내리는 것임을 이해했다. 그래서 버스 부인에게 가서 강습소에 관한 정보를 물었다.

버스 부인의 얼굴은 마사의 기분이 나빠질 만큼 반가워하는 안도의 빛으로 밝아졌다. 그녀는 책상에서 강좌 시간에 대한 명확한 설명이 쓰인 종이를 집어 들었다. 그리고 한마디 할 적마다 동의를 얻기 위해 사이를 두며 다음과 같이 말했다. "아가씨가 분별력이 있어 반갑네……. 여기 아가씨들처럼 되고 싶지는 않죠? 노상 시계 보고 앉아서 4시 30분에 데리러 오는 남자 친구를 기다렸다가 밤새 나가 다니고는 다음 날 지쳐 빠져서 하품만 하니……. 일을 하려고만 든다면 여기에 일은 얼마든지 있다고." 마침내 그녀의 푸른 눈이 마사의 눈 위에 고정되었다. "코언 씨처럼 좋은 분을 위해 일할 때는 최선을 다하게 돼요." 마사도 그렇다고 했다. 그러나 그 정도로는 충분치 않았다. "나는 열다섯 살부터 생계를 위해 일해 왔어요. 2년 전까지는 영국에서 일했지. 영국에서는 여자들도 능력이 있어야 해요. 여기 같지 않거든. 여기야 마음만 내키면 결혼할 수 있지 않아요? 그리고 난 코언 씨 같은 분은 본 일이 없어."

마사는 그렇다고 했다. 그리고 버스 부인이 시험하듯이 주장했다. "그분은 그 몸집만큼이나 큰 마음을 가지셨어." 이번에는 마사도 진정한 느낌으로 그렇다고 대답했다. 그제야 그녀는 풀려났다.

그리고 이제, 그녀에게 지적당하고서야 비로소 마사는 빽빽하게 방에 차 있는 여자들 사이의 분열을 파악할 수 있었다. 게일 양이 몸을 숙이며 여학생처럼 "쉽게 풀려났어?" 하고 속삭였을 때 마사는 냉정하게 대답했다. "나 강습소에 나갈 거야." 게일 양은 어깨를 으쓱하고는 관심 없다는 듯이 외면해 버렸다. 꼭 자기 주장이 버림받았음을 눈치챈 것을 내색하지 않으려는 사람 같았다. 그러나 마사는 자기가 선망과 경탄을 갖고 들어갔던 그 무리로부터 눈을 돌려 대형 장부를 펴고 나란히 앉은 네 명의 비서와 두 명의 회계원을 바라보았다. 그녀는 정말 숙련 사원을 쫓아갈 결심이었다. 그래서 속 편한 게일 양을 바라볼 때 그녀의 눈은 경멸에 차 있었다. 이 여자들은 남들보다 좀 더 젊다거나 심지어 더 매력적이라는 점에서 공통점이 있는 게 아니라 일종의 참아 주고 있다는 분위기에서 비슷했다. 즉 그들은 싫어 죽겠지만 피할 수 없는 어떤 것에 대해 대가를 지불하고 있다는 태도였다.

일이 파한 후 마사는 100미터쯤 걸어 창설자 기념로 아래쪽에 있는 강습소로 갔다. 그것은 나직한 갈색 건물이었다. 한때는 하숙집이나 했음 직해 보이는 건물이었지만 지금은 활기차게 사람들이 득시글거렸다. 그래서 건물 현관엔 자전거들이 들어차 장벽을 이루었다. 언제나 무슨 일이건 어중간하게 하는 법이 없는 마사는 일주일 내내 저녁 시간에 나가야 할 과목에 등록하고는 공원을 통해 집으로 걸어갔다. 오솔길들은 어두워 가는 나무들 사이에서 벌써 창백하게 가물거렸다. 그녀의 마음은 버스 부인의 자리를 차지한 자신의 영상들로 가득 차 있었다. 다만 확실히 그 영상들은 좀 더 어린 시절에 화가나 발레 무용수나 오페라 가수가 된 자신의 모습을 그럴듯하게 만들어 보았던 다채로운 경험의 빛으로 조명받고 있었다. 그녀 세대와 그 나이 대 사람들이 대부분 그러듯 마사도 적어도 마음속으로는 모든 직업을 맛보았던 것이다.

자기 방에 돌아왔을 때 그녀는 잠시 자기가 잘못 왔나 싶었다. 프랑스식 문에 걸린 가벼운 커튼을 통해서 알지 못하는 모습이 보였기 때문이다. 그녀가 주저하다 마침내 들어가자 젊은 남자가 서 있다가 물었다. "마사 퀘스트? 우리 어머니가 댁의 어머니한테 편지를 받으셔서……." 그가 말을 멈추고 마사를 감상하듯 바라보았다. 그때까지는 '이렇게 하라고 해서 하고 있을 뿐'이라고 분명하게 말하는 정중한 태도로 말하고 있었던 것이다.

그는 스무 살쯤 먹은 청년이었다. 그 지역의 육체 건장한 야외형의 남자들과 그녀가 만난 학생 타입으로는 유일한 코언네 형제 그리고 남의 기대에 못 이겨 학생 노릇을 하는 남동생만 보아 온 마사는 도너번 앤더슨에게서 아주 새로운 뭔가를 발견했다. 그는 키가 큰 편이고 골격도 큰 잘생긴 젊은이로, 멋지게 재단한 가벼운 여름 신사복을 입고 손에는 묵직한 인장 금반지를 끼고 있었다. 그녀는 관찰력이 세밀한 편은 아니었지만 어깨가 딱 벌어진 그 남성적인 인상 때문에 본능적으로 다른 남자들과의 유사성을 찾으며 너울거리는 푸른 넥타이 밑의 와이셔츠 앞자락이 안으로 팬 모습에 시선을 주고 있었다. 만일 빌리나 남동생이 저런 옷을 입었다면 앞이 불쑥 나오고 소매는 근육으로 꽉 찼을 터였다. 우묵 들어간 가슴에서 눈을 들며 그녀는 그의 정확하게 가지런하고 건강하게 탄 얼굴(큼직한 코, 네모난 턱, 넓은 이마)에서 전혀 엉뚱하게 허약하다는 인상을 받았다.

그가 우아하게 말했다. "우린 넓디넓은 벌판에서 오는 착한 아가씨를 기대하고 있었어요. 아가씨는 운동도 하고 큰 짐승 사냥도 한다고 들었는데."

처음에 마사는 "우리"라는 말에 빤히 쳐다보았다. 그러다가 웃으며 마치 그것이 호의를 사는 데 필요한 일인 듯 자기는 어떤 종류의 운동도 싫어한다고 딱 잡아뗐다.

"그럼 안심이네. 난 언제나 옥내형이니까. 당신을 무슨 활동적인 곳에 데려가야 하나 보다 했거든."

마사는 짓궂게 그가 명령받은 대로 행동하다니 놀랍다고 했다. 그가 은근히 다행으로 여기는 웃음을 지으며 말했다. "그렇다면 대신에 영화나 보러 가죠. 우리 집에 와서 우리 어머닐 만나야 해. 양쪽 어머니들이 그러기를 바라고 있으니까."

마사는 그러기로 동의했다. 그리고 이 모든 일을 다음 날 저녁에 하기로 약속했다. 그것은 말하자면 그녀의 첫 번째 속기 수업을 연기해야 한다는 뜻이었다. 그들은 서로 돈과 매티라고 불러 달라고 말했다. 도너번은 어머니가 자기를 "도니"라고 부른다고 말하며 어머니들은 다 그러지 않냐고 했다. 그는 꽤나 우아하게 그녀와 악수하고 내일 지각하지 말라고 했다. 그가 참을 수 없는 게 하나 있다면 여자들 때문에 기다리는 일이라는 것이었다. 그러고 나서 그는 갔다.

마사는 숨 막히게 들뜬 상태로 방 안을 왔다 갔다 하며 벌써 도너번을 애인으로 상상해 보았다. 그것은 그녀가 읽는 책들의 성격에 비춰 보면 지나치게 낭만적인 상상이었다. 현재와 내일 저녁까지의 시간은 어쨌든 지내야 했다. 그 시간의 많은 부분을 되도록 망각 속에 처분해 버리기 위해 잠을 자기로 마음먹었을 때 건 부인이 문을 두드리더니 걱정스러운 듯 저녁을 먹겠느냐고 물었다. 그 걱정스러운 어조가 자동적으로 반항심을 돋우어서 마사는 사절했다. 그녀는 '먹을 것에 낭비할' 돈이 없었다. 다시 말해 그녀는 먹을 생각이 아니라 먹지 않을 생각으로 끊임없이 먹을 것을 생각하는 인생의 어느 단계를 벗어나지 못하고 있었다. 그녀는 습관에 따라 먹어야 할 다음 끼니를 생각하고는 그것을 살로 바꿔 보곤 했다. 그러고 나서 손으로 쓰다듬어 주면 몸매가 좀 더 날씬해지기라도 하듯이 두 손으로 허리께까지 신경질적으로 쓸어내렸다.

그날 밤 자기 전에 그녀는 다음 날 저녁에 입을 옷을 다렸다. 자신이 가졌으리라고는 생각도 못 했던 어떤 본능이 그녀로 하여금 도너번의 관점에서 그 옷을 택하게 했고, 바로 그 본능으로 감상하듯 흐뭇한 동작으로 허리와 넓적다리 위를 쓸어 내려갔다. 과거 2년 동안 살을 빼서 골반이 두드러져 나온 게 아주 만족스러웠다. 그녀는 체중이 늘면 안 된다고 다짐하면서 잠자리에 들었다.

다음 날 사무실에서 마사는 게일 양을 도와 서류 정리를 하면서 결국 그녀가 마음에 들었다. 어떤 이유에서인지 두 사람 사이에는 공감의 흐름이 있었다. 그래서 버스 부인이 날카롭게 그들 쪽을 쏘아보고 그들이 죄지은 듯 말소리를 낮춘 적이 한두 번이 아니었다.

4시 30분은 금세 되었다. 도너번은 6시에야 올 터였지만 마사는 집으로 달려가 옷을 갈아입었다. 크고 작은 거울들과 옆에 있는 욕실 그리고 퀘스트 부인의 참견이 없는 것을 도움 삼아 그녀는 몸을 깨끗이 하고 준비했다. 목욕하고 손톱에 칠을 하고, 생전 처음으로 달콤한 죄의식을 느끼며 발톱에도 칠을 하고 전신에 가루분을 뿌리고 필요도 없는데 눈썹을 가지런히 뽑고 머리 손질을 했다. 그리고 이 모든 일이 외부로부터 오는 듯한 어떤 강제력 밑에서 행해졌다. 마치 도너번의 검고 나른한 눈이 그녀의 머리가 어깨 위에 놓이는 모양에 이르기까지 그녀가 해야 할 일을 명령하고 있는 듯했다. 처음으로 그녀는 남자를 위해 몸치장하는 기쁨을 맛보았다. 아버지는 꼬집어 이야기하기 전에는 그녀가 무엇을 입었는지 알아보는 일이 없었다. 남동생은 방어적인 멸시의 단계를, 적어도 그녀에 관한 한 넘어서지 못했고 빌리 밴렌즈버그 같은 사람은 그녀가 뭘 입어도 좋다고 할 것 같았다.

그런데 도너번이 당도하여 그녀가 (여전히 그 외부에서 강요하는 힘의 영향 아래) 그 앞에 모습을 드러냈을 때, 그는 마사가 미처 어떤 남자도 그렇게 행동하리라 상상치 못한 행동을 했다. 그녀를 바라보고 비판적으로 눈을 가늘게 뜨고 고개를 한 옆으로 꼬면서 생각에 잠겨 그녀 주위를 돌기까지 한 것이다. 그 태도가 너무나 객관적이라서 마사는 화를 낼 수 없었다. "그래." 그가 웅얼거렸다. "그래. 하지만……." 그는 그녀의 머리카락을 얼굴 뒤로 들어 올리고 새삼 그녀를 살펴보다가 다시 떨어뜨리고 고개를 끄덕였다. 마사에게 이것은 매우 색다른 느낌을 주었다. 마치 그가 그녀의 외모를 하나의 충격으로 받아들이고 있을 뿐 아니라 그 순간 잠시 그녀가 되어 그녀의 옷이 그의 몸을 덮은 듯했고, 그는 자신의 육체의 공명으로 옷의 모양과 선 들을 감지하고 있는 듯했다. 꼭 다른 인격에 지배당하고 있는 것 같았다. 그것은 마음을 어지럽혔고 그녀에게 어렴풋하지만 틀림없는 혐오감을 남겼다.

도너번은 오랜 심사숙고에서 깨어나며 곰곰이 생각하는 투로 말했다. "그 옷에 뭐가 필요한지 알아? 너한테 필요한 건……." 그는 몇 년이나 자기가 사용해 온 듯이 옷장으로 가서 활짝 열어젖히고는 자기 머릿속에 있는 무언가를 찾았다. "내일 까만 칠피 허리띠를 사야겠어." 그가 단호하게 말했다. "4센티미터 넓이에 조그맣고 납작한 띠쇠가 달린 걸로." 그의 말은 옳았다. 마사는 대번에 그것을 알 수 있었다. 그가 상냥하게 말을 이었다. "옷에 관해서라면 우리 어머니에게 물어야 해. 어머니는 옷에 대해 잘 아시거든. 자, 가자. 기다리는 걸 싫어하시니까." 그가 자기 차로 그녀를 안내했다.

그것은 조그만 지붕 없는 차였다. 진한 녹색에 낡았지만 광을 잘 낸 것이었다. 그가 먼저 좌석에 올라 나른한 태도로 그녀가 타기를 기다리는 동안 그와 차는 바로 하나의 동체가 되었다. "마음에 들어?" 그가 무심하게 물었다. "지난달에 12파운드 10실링에 샀어. 우리 젊은 관리들이야 남들이 쓰다 남은 걸로 지내야 하니까." 그러면서도 그는 태연했다. 자신과 차에 대해 매우 만족하고 있었기 때문이다.

그들은 시가를 벗어나 얼마를 달렸다. 다시 말해 1900년에서 1920년 사이에 세워진 낡은 건물들의 거리를 지난 다음에, "웰링턴 주택 단지"라고 쓰인 표지판이 있는 데까지 나무가 늘어선 흙길을 1킬로미터쯤 가야 했다. 여기서 그들은 또 다른 흙길로 접어들었다. 이 길은 장차 집들 사이의 도로가 될 모양이었다. 집들의 기초는 생살이 드러난 흙 속에 시멘트로 이미 그 윤곽이 살짝 그려져 있고 도처에 빨간 벽돌 더미가 있었다.

"우리가 일찍 와서 아주 헐값일 때 처음 나온 땅을 샀어. 벌써 비싸졌지. 여긴 아주 근사한 주택지가 될 거야." 도너번이 말했다. 그녀는 그가 차에 대해서 그랬듯이 정중하게 무엇을 칭찬해야 할지 가르쳐 주고 있음을 눈치챘다. 그의 집에 다다랐을 때도 마찬가지였다. 그 집은 좁다란 벽돌 상자 모양으로 우뚝 선, 유일하게 완성된 집이었다. 기선의 창같이 둥근 창들이 점처럼 찍혀 있고 소용돌이무늬의 많은 쇠 장식이 레이스처럼 엮여 있었다. "우리 어머니는 스페인식 집이 좋다고 생각한 거야." 도너번이 분명 쇠 장식을 뜻하며 말했다. 그리고 마사는 다시금 자기가 지도받고 있음을 깨달았다.

안에서 앤더슨 부인을 기다리는 동안 마사는 아래층 방들을 구경했다. 도너번 말대로 그것들은 멋지고 사치스러워 보였다. 그는 분명 그녀의 반응에 흡족한 눈치였다. 그녀의 정중함은 그가 애써 유지하려는 무심함과 같은 것으로 쉽게 오인될 수 있었기 때문이다. 지금 마사는 그래야 한다고 말하는 외부의 압력에 의해서 도너번에게 자신을 맞추고 있었다. 이런 유연함은 오직 무엇인가가 작지만 분명한 소리로 이것은 그녀와 아무 상관 없다고 말해 주고 있었기 때문에 가능했다. 사실 바로 이런 근본적인 무심함 때문에 그녀가 그와 그렇게 편안하게 있는 거라 할 수 있었다.

그들이 커다란 응접실에 자리 잡았을 때 적어도 마사로서는 결정적인 어떤 사건이 일어났다. 그녀가 새 집에 가면 늘 하듯이 이 집 식구가 어떤 사람들인지 알기 위해 커다란 책장에서 책 한 권을 빼려고 손을 뻗치자 도너번이 말하는 소리가 들려왔다. "아아, 아가씨. 책 봐도 소용없어요. 이 집에 새 책이라곤 없으니까."

마사는 책에 손을 댄 채 설마 내가 옳게 들은 것은 아니겠지 하는 듯이 매섭고 경멸하는 눈빛을 도너번 쪽으로 돌렸다. "새 책이 없다니 무슨 뜻이야?" 그녀는 여태껏 그가 그녀에게서 들어 보지 못했고 적어도 아직은 들어 볼 가능성이 없었던 목소리로 물었다.

"어머니가 영국에서 새 책 주문하는 걸 잊어버리셨지. 이것들은 모두 작년 베스트셀러라고."

마사는 눈이 둥그레졌다. 웃음기가 얼굴을 일그러뜨리다가 금세 사라졌다. 그녀는 책에서 손을 떼면서 곧장 의자에 주저앉았다. 기꺼이 그가 원하는 모든 것이 되겠다는 고분고분함을 암시하는 자세였다. 앤더슨 부인이 마루를 휩쓸듯이 방 안에 들어왔을 때 그들은 이런 모습으로 있었다. 부인은 마사를 끌어 일으켜 세울 수 있게 두 손을 내밀고 모든 것을 포착하는 재빠르고도 재어 보는 눈초리를 주고는, 화장을 흐트러뜨릴 수 있는 키스 대신 향기로운 뺨을 그녀의 뺨에 갖다 댔다. 그런 다음에야 그녀는 마사가 다시 의자에 앉도록 놔주었고 아들의 키스를 받기 위해 그쪽으로 돌아섰다.

그녀는 키가 크고 풍만한 부인이었다. 단단하게 코르셋을 입고 흑백의 비단옷에 물결치는 금발 머리와 크고 흰 든든한 손을 하고 있었는데, 그 손은 실용성과는 거리가 먼 우아한 인상을 노린 다른 부분의 모습과 그 특징이 딴판인 듯했다. 그녀는 보랏빛 새틴으로 감싼 낮은 의자에 앉았다. 아들은 바로 그 맞은편에 있는 또 하나의 의자에 앉는 품이 이것이 두 사람의 습관임을 보여 주었다. 두 사람은 그날 아침 식사에 그가 늦은 일, 그녀가 미장원에서 오후 한나절을 다 보낸 일, 비싸고 새것처럼 보이는 그녀의 옷에 대해서 서로 다정하고 은근하게 놀리기 시작했다. 마사는 듣고만 있었다. 그들이 무례하게 굴려고 한 것은 아니지만 그녀는 소외되고 있었다. 그녀는 이 놀림이 직접적인 질문을 하지 않고 서로의 행동을 알아내는 방법임을 이해했다. 앤더슨 부인은 도너번이 점심에 데려갔던 여자 애 때문에 사무실에 지각하지 않았다는 것, 마사와 같이 어느 영화를 보러 갈 것인지 알아냈고, 다음으로 도너번이 "노부인들은 밤에 푹 자야 해요."라며 그녀에게 일찍 주무셔야 한다고 했다가 건방지다고 꾸지람을 들었고, 부인이 일어나서 다시 마사에게 키스를 했다. 아니, 꼭 키스할 듯한 태세이더니 살짝 자기 뺨을 마사의 뺨에 대는 것으로 끝내 버렸다. 그녀는 자기는 저녁 먹으러 나갈 것이고 젊은이는 젊은 이끼리 재미 보아야 하니까 실례한다고 말했다. 그런 다음 그녀는 도너번에게 아버지가 정식 저녁을 들 기분이 아니라며 나중에 꼭 음식 쟁반을 올려 보내라고 일렀다.

그녀는 치맛자락을 나부끼며 손에 새빨간 비단 수건을 늘어뜨리고 출범하는 배처럼 풍성하고 가볍게 문을 향해 움직였다. 그때 도너번이 마사가 여태 들어 보지 못한 노염과 불만이 담긴 소리로 물었다. "누구하고 저녁 자시러 나가는데요?"

앤더슨 부인이 멈춰 섰다. 그들에게 굳고 경계하는 등을 보인 채 그녀는 문 옆의 낮은 탁자에 있는 샛노란 양귀비를 만지기 시작했다. "네가 아는 사람이 아니다." 그녀가 조심스럽게 대답했으나 오해의 여지 없이 경고 조였다. 손수건에 걸려 딸려 나온 양귀비 한 송이가 반들거리는 탁자 위에 놓으며 주위에 작은 물웅덩이를 이루었다. 지켜보던 마사는, 도너번이 시무룩하니 외면하고 있어 보지 못했으나, 앤더슨 부인의 매끈하고 잘생긴 얼굴이 분노로 어두워지는 것을 보았다. "아아, 이런." 그녀가 성가신 듯 중얼거리고 아들을 힐끔 보았다. 그리고 손수건으로 엎지른 물을 빨리 닦아 내고 엄지와 식지 사이에 똘똘 뭉친 손수건을 살짝 쥔 채 서 있었다. 그러는 동안 미소가 서서히 그녀의 얼굴 위로 번졌고 그녀는 마사에게 한참 동안 재미있어하면서도 미안한 듯한 눈초리를 보냈다. 마사는 어떤 비행을 함께 하자고 그녀가 초대받아 가는지 알 길이 없었으나 미소로 응답할 수밖에 없었다.

도너번이 마사의 미소를 보고는 어머니 쪽으로 돌아섰는데 책망하는 눈빛이었다. 앤더슨 부인이 양귀비꽃을 들고 사뿐히 앞으로 걸어왔다. 그녀는 아들 위로 몸을 숙이며 그의 옷깃에 꽃을 꽂아 주었다. "우리 아들에게 주는 거야." 그렇게 중얼거리며 그녀는 아들의 머리 위에 입을 맞추었다. 그리고 길고 단단한 손가락 끝으로 공들여 빗은 머리카락을 흐트러뜨렸다. 머리 한 가닥이 일어서서 도너번은 우스꽝스럽게 보였다. "예뻐 보이네." 그녀가 말하고 다시 한번 혀끝을 이 사이로 내보이며 마사에게 장난스럽게 웃었다. 그리고 자기를 지켜보는 힐난의 눈초리와 눈이 마주치자 갑자기 낯을 붉혔다. "나 늦었다." 그녀가 단호히 말하고 서둘러 나갔다. 그녀가 지나갈 때 치맛자락이 두 번째로 꽃을 흐트러뜨렸다.

도너번은 이맛살을 잡고 손톱을 멋지게 다듬은 손으로 머리를 쓸어 넘기며 빳빳이 의자에 기대 있었다. 그가 마침내 입을 열었을 때 이 침착한 청년이 마치 버림받은 소녀 같은 소리를 냈기 때문에 마사는 놀랐다. 그의 목소리는 높고 한탄스러웠다. "어머닌 밤마다 나가는데 아버진 기분 나빠도 참아야 해. 아버지가 방에서 책을 읽으며 혼자 뭘 하시는지는 아무도 모르고……." 그가 말을 멈추고 벌떡 일어나 정상적인 소리로 말했다. "자, 가서 빗나간 어머니가 무얼 먹으라고 놓고 갔는지 보기나 하자."

그들은 긴 식탁 양 끝에 앉았다. 전통적인 제복, 그러니까 빨간 터키모자, 풀 먹인 흰 웃옷에 무표정한 얼굴의 원주민이 시중을 들었다. 원주민이 도너번에게 점검하라고 쟁반을 들고 들어왔다. 쟁반에는 빵과 삶은 달걀과 부르르 떨리는 젤리 한 덩이밖에 없었다.

"아버지는 위궤양이라서." 도너번은 마치 이 일이 자신에 대한 개인적인 모욕인 듯 말했다. "가져가게." 그가 하인에게 손짓하며 말했다. 그러다가 "아니, 잠깐." 하고 말했다. 쟁반은 도너번의 재점검을 받기 위해 돌아왔다. 어머니와 닮은 장난스러운 미소를 서서히 지으며 그가 옷깃에서 양귀비를 뽑아 냅킨 고리 속에 꽂고는 두 번째로 쟁반을 들고 나가라고 손짓했다. 그가 매력 있게 투덜대며 말했다. "자, 이제 앤더슨가의 가정생활을 일별한 셈이군."

그가 도전하듯 바라보는 바람에 마사는 그 눈초리를 마주할 수 없었다. 그녀는 도너번이 불쌍했다. 하지만 마사는 앤더슨 부인같이 방자한 매력을 가진 중년 부인(그녀는 적어도 쉰 살은 되었을 것이다.)을 전에 만난 적이 없었다. 게다가 "궤양"이란 말이 심상치 않게 깊이 그녀의 가슴을 울렸다. 마침내 그녀가 한숨을 쉬며 말했다. "그래, 다 힘들겠어, 그렇지?" 하지만 이것은 어조가 너무 강했다. 그는 어머니를 옹호하며 어머니가 앤더슨 씨와 얼마나 끔찍한 생활을 하는지 설명하기 시작했다.

식사가 끝나자 그가 말했다. "이제 서둘러야지. 너를 아버지께 데려가야겠지? 하지만 아냐, 너는 만나고 싶지 않을 거야, 그렇지?"

그래서 마사는 그의 뒤를 따라 차로 갔다. 그녀가 이 집을 방문한 여러 주일 동안 그 노인은 대여섯 번밖에 보지 못했다. 그는 유력한 관리였더랬다. 재무와 관련 있는 자리였다고 도너번은 가볍게 설명해 넘겼다. 그는 밥을 먹으러 내려와도 도너번과 어머니가 활발히 이야기를 주고받는 동안 말없이 앉아 있었다. 그것은 마사가 아버지의 행동으로서 익숙히 보아 온 것이었다. 그는 절대로 응접실에 모습을 나타내는 일이 없었다. 어머니와 아들은 나지막한 보랏빛 새틴 의자에 앉아 언제나 눈에 방심하지 않는 표정을 띤 채 서로 새롱새롱 이야기하며 놀렸다. 그가 자기 방에서 내려오지 않기로 마음먹을 때에는 마사도 그들 못지않게 마음이 놓였다. 그녀의 신경이 한참 전부터 예민해져 앤더슨 씨를 보는 게 불편했기 때문이다. 그는 침울하고 말 없는 신사였다. 아니, 그보다는 꼭 잘 차려입은 말쑥한 원숭이, 그것도 늙고 염세적인 원숭이 같았다. 그녀는 아버지에게서 그의 아들인 매력적인 청년에게로 시선을 옮기며, 아들의 성격에 숨은 목청 높여 불평하는 기질이 언제쯤이면 굳어져 아버지처럼 시무룩이 책 속에 묻힌 유식한 은둔자가 될지 궁금해했다. 하지만 아니다, 그러한 탈바꿈은 상상할 수 없었다. 그런데 마사는 어디서 앤더슨 씨가 유식하다는 생각을 하게 된 것일까? 단순히 그가 책을 읽으며 시간을 보낸다는 사실 때문이었다. 그녀는 그에 대해서 낭만적인 이미지를 가지고 있었으며 그 이미지의 배경은 검은 가죽 장정의 책들로 엄숙해 보이는 서재의 벽이었다.

어느 날 오후 마사가 이 집에 와 보니 비어 있었다. 어디서

나 환영받는 데에 익숙한 매력적인 아가씨 특유의 침착성을 갖고 그녀는 층계를 올라 앤더슨 씨 방으로 가서 문을 열고 들어갔다. 그러나 그녀가 그런 식으로 이 방에 들어가서는 안 되는 것이었다. 앤더슨 씨는 전선들이 얼키설키 교차하는 초원의 전망에 액자를 끼운 듯한 창 옆의 큼직한 의자에 앉아 책을 읽고 있었다. 그가 무뚝뚝하게 무슨 일이냐고 묻자 그녀는 본능적으로 귀여운 태도를 버리고 앉아서 그가 읽고 있는 책에 대해 물었다. 그 책이 핵심이라고 확신했던 것이다. 그러나 아니었다. 그는 기뻐하며 책을 치웠다. 그녀는 그것의 제목이 『달까지의 사흘간』임을 보았다. 표지에는 폭탄처럼 생긴 무언가 속에 창문이 있고 그 창문으로부터 반라의 남자와 여자가 내다보고 있는 그림이 있었다. 그의 의자 옆에는 비슷한 책들이 여남은 권 쌓여 있었다. 그러나 책상 위에는 연감이니 보고서니 신문 기사를 오린 것들이 있었다. 그제야 마사는 그의 관심이 어디 있는지 이해했고, 그는 최근 인구 문제에 관해 정부가 맡긴 일에 대해서 이야기를 시작했다가 갑자기 "하지만 나이 예순이고 보니 너무 늙어서 지적인 흥미를 가질 수 없네." 하는 씁쓰름한 말을 던지고 입을 다물었다.

다소 초조하게 그녀는 도너번 이야기를 했다. 그런데 앤더슨 씨가 두 사람을 모두 의식 밖으로 내몰려는 듯이 퉁명스럽게 말했다. "물론 아가씨는 이런 일이 재미없겠지. 그러나 도너번 나이 때는…… 하지만 요즈음은 섹스면 그만인가 보더군." 그녀는 민망해했지만, 그가 상상한 이유 때문은 아니었다.

아래층에서 말소리와 웃음소리가 났다. 그녀는 일어나 친절히 대해 주셔서 고맙다고 말했다. (그녀는 이제부터 같이 있을 어머니와 아들의 안 보이는 영향력으로 저도 모르게 다시 "귀여운" 태도를 했다.)

"글쎄, 뭐." 앤더슨 씨가 억제하듯 말하고 다시 과학소설 책을 집어 들었다. 그녀는 창문이며 거기서 보이는 양지바른 풀밭의 전망을 아쉬워하는 아픔을 안고 그의 곁을 떠났다. 그리고 또 다른 아픔, 나이 예순 살에 창가에 앉으면 지루한 보고서와 삼류 소설이 즐길 수 있는 전부일 것이라는 두려움을 동시에 느꼈다.

그러나 그 집에 간 첫날 저녁에, 앤더슨 씨에 대한 인상은 시든 양귀비를 은제 냅킨 고리에 꽂은 병자용 쟁반에 의해 굳어졌다.

마사가 무슨 영화를 보러 갈지 물어보자 도너번은 그녀가 마땅히 배워야 할 일을 지적해 준다는 태도로 자기는 언제나 리걸 영화관에 간다고 대답했다. 두 사람이 그곳에 도착할 때까지 그녀는 누군가의 오락을 선택하는 이러한 방법을 인정해 보려고 애쓰면서 말이 없었다. 리걸 영화관은 시내 복판에 자리 잡은 크지만 볼품없는 건물이었다. 그것은 채색 전등과 영화배우의 포스터로 겉만 요란하게 장식되어 있었다. 영화관 쪽으로 걸어가면서 도너번이 그녀의 팔짱을 끼었다. 이것은 그다운 몸짓이 아니기에 마사는 본능적으로 왜 그러는지 살펴보았다. 도너번이 인사를 건네는 사람들의 무리 사이로 두 사람은 천천히 걸어가고 있었다. 그 사람들을 관찰하면서 그녀는 도너번의 명백한 기쁨과 흥분이 자기에게도 번져

옴을 느꼈다. 보도는 우중충한 도시의 보도였고 담벼락의 포스터들은 야했으나 그 장소는 그녀가 남몰래 꿈꾸었던 것과 비슷한 장소로 변해 있었다. 모두가 젊었고, 청춘 남녀의 무리가 도처에 넘쳤으며 모두가 아는 사이였다. 적어도 아는 듯이 보였다. 도너번과 함께 천천히 그들 사이를 누비며 흥분에 뿌예진 시야 속에서 웃고 있는 얼굴들에게 소개를 받으며 그녀는 십여 명의 손과 악수해야 했다. 두 사람이 혼잡한 홀을 빠져나와 충계를 올라갈 때 도너번이 말하는 소리가 들려왔다. "매티, 대단한 성공이야. 모두 마을에 새로 온 아가씨를 보고 싶어 해."

그녀는 놀랐다. 그리고 한 묶음으로 "모두"라고 일컬어지는 군중을 돌아다보고 십여 명의 눈초리가 자신을 응시하고 있음을 깨달았다. 몸을 바로 하고 머리를 뒤로 젖히면서 그녀는 여전히 도너번의 팔의 보좌를 받으며 충계를 올라갔다. 그러나 도너번의 팔은 군중을 뒤로하는 순간 물러가 버렸다.

그가 다시 자기만족에 찬 어조로 말했다. "넌 이제 데뷔한 거야."

마사는 분개했다. 아니, 그보다 마사 속에 있는 조그만 비판적인 신경이 불쾌한 자극을 받았다. 동시에 자기가 전시되고 있다는 생각에 흥분이 마음속으로 몰려들었다. 이 혼란스러운 느낌은 그들이 영화관에 들어가 다시 한번 도너번이 수많은 사람들에게 팔을 흔들고 소리치는 동안에도 계속되었다. 그녀는 학교에서 본 몇 편의 영화 말고는 이것이 처음이었기 때문에 거기에 열중할 생각이었다. 그러나 곧 도너번은 영화를 보러 온 게 아님이 분명해졌다. 영화가 상영되는 동안 그는 그녀와 뒤에 앉은 사람들에게 이야기했다. 사실 끊임없이 웅얼웅얼 이야기하는 소리가 났고, 누군가가 "쉿!" 하고 소리치면 그때만 잠시 조용해질 뿐이었다.

중간 휴게 시간에 마사는 아까 소개받은 젊은이 무리와 함께 홀에서 아이스크림을 먹었다. 그들은 마사를 매티라고 불렀고 그녀가 어디서 일하는지뿐만 아니라 어디서 사는지도 알고 있었다. 어떤 청년이 다음 날 저녁 건 부인 집으로 그녀를 데리러 갈지 묻자 도너번이 퉁명스럽게 마사는 선약이 있다고 했다. 마사는 기분이 나빴다. 두 사람이 자리로 돌아가자 그가 말했다. "너는 저 스포츠 클럽 패거리랑 어울리고 싶지 않을걸. 우리 계열이 아니거든."

영화가 끝나자 마사는 영화관에 있던 모든 사람과 함께(그렇게 보였다.) 맥그레이스 호텔로 갔다. 맥그레이스 호텔의 로비는 널찍한 누런빛의 방으로, 정사각형 무늬들로 나뉜 묵직한 벽토로 이루어진 낙타색 천장이 있었다. 그 정사각형 무늬들은 낡은 대형 초콜릿 판 같았고, 더 나아가 그 위에 동그라미며 소용돌이며 조개나 꽃 모양 들이 겹쳐 있도록 주조하고 그 위에 흠뻑 금칠한 것이었다. 벽 역시 조각되어 있었고 네모의 틀을 금빛으로 둘러 번뜩이게 해 놓았다. 굵은 홈이 팬 금빛 기둥들이 방 가운데를 가르고 있었다. 이 고색창연한 방에는 홀쭉하고 까만 유리 탁자와 크롬제 의자가 빽빽이 들어차 있고 거기에는 젊은 사람들이 바글거렸다. 조금 지나고 나서야 마사는 악단이 연주하고 있음을 깨달았다. 꽃과 조상으로 제

단처럼 장식된 단 위에서 대여섯 명의 검은 옷을 입은 사내들이 음악을 연주하는 동작을 하고 있는 게 보였다. 귀를 기울여야만 왈츠의 기본 리듬을 들을 수 있었다. 악사들은 연주하면서 자기들끼리 또는 단 아래 테이블에 앉은 사람들과도 이야기하며 웃었다. 급사들은 군중 사이로 맥주잔 쟁반을 들고 서둘러 가며 손님들이 이름으로 부르면 웃는 낯을 했다. 그곳은 온통 축제 분위기였다. 마사는 마음이 들떠 조금 전까지의 분노를 잊고 도너번 옆에 앉아 맥주를 마시고 땅콩을 먹으며 주변 사람들과 이야기에 열중하느라 도너번의 침묵을 처음에는 의식하지 못했다. 그녀가 돌아다보았을 때 그는 시무룩해 보였다. 맥주를 다 마시자 그는 술잔을 더 받기를 사양하며 말했다. "매티와 나는 가야 해." 남자들 틈에서 익살 섞인 신음 소리가 터져 나왔다. 마사는 놀랐다. 그녀를 데리고 점잖게 문으로 걸어가는 도너번에게 그들이 퍼붓는 소리를 듣고 그녀는 화가 났다. "우우, 우우! 썰렁한 녀석! 쩨쩨한 놈아!"

보도에서 그가 퉁명스럽게 말했다. "모르는 척해." 그러나 그는 분명 좋아하고 있었다. 그 좋아하는 꼴이 그녀에게는 거슬렀다. 그녀는 커다란 문 틈으로 음악 소리와 웃음소리가 젊은 사람들의 이야깃소리에 섞여 새어 나오는 불빛 쪽을 돌아볼 수밖에 없었다. 사람들이 지금 저 안에서 노래하고 있었다. 그러자 까닭을 알 수 없이 그녀의 눈에 눈물이 고였다. 마치 그녀가 손을 뻗어 잡기도 전에 자신의 생득권을 박탈당한 듯한 느낌이었다.

도너번은 그녀 옆에서 한가롭게 걸어 차까지 갔다. "자, 아직 이른데 우리 뭐 할까? 물론 관습대로 해야지. 너 언덕에 올라가 본 일 없지? 거긴 남자와 여자 애들이 모두 불빛을 바라보며 손을 잡기 위해 가는 데야." 그는 다시 경쾌한 명랑함을 회복했다. 그들은 도너번의 초라하지만 깜찍한 차를 찾아내어 도심을 빠져나와 빈민가와 카피르 상점들 사이를 지나갔고 마침내 눈앞에 나지막한 언덕이 솟아올랐다. 그들은 나선을 그리며 천천히 올라갔다. 정상 가까운 곳에 평평한 공간이 있었고, 불이 꺼져 겉보기에는 아무도 없는 듯한 차들로 가득했다. 도너번이 곧 차에서 내려 그녀를 평평한 곳의 가장자리로 데려갔다. 그 순간 그녀는 완전히 넋을 잃은 느낌이었다. 맹렬한 공포와 기쁨의 혼합 속에 별빛을 받으며 어둠에 묻힌 초원을 바라보자 그녀는 고향에 돌아왔다는 감동에 휩싸였다. 그러나 지금 눈앞에 펼쳐진 방대한 계곡은 불빛을 뿌려 놓은 듯했다. 마치 어떤 큰 손이 머리 위의 은하수로부터 별을 집어다가 이 조그만 마을 거리와 집들을 표시하기 위해 던져 준 것 같았다. 발밑에서는 초원의 풀이 바스락거렸고 보랏빛 나무의 향기가 얼굴을 스쳤다. 그러나 도너번은 이렇게 말했다. "이제 여기 왔으니 불빛을 감상하고 낭만적인 기분을 가져야겠군."

당장에 그녀는 제정신으로 돌아와, 그가 빽빽이 모인 얼룩 같은 불빛이 맥그레이스 호텔이라고 가리키는 소리를 경청했다. 그리고 불빛에 둘러싸인 불규칙적인 암흑의 공간은 공원이었다. 내부로부터 푸른 빛을 발산하며 퍼지는 듯이 보이는 어둠의 공간 저 너머 반짝이는 불빛이 그의 집이었고, 그 초원 지대에는 곧 멋진 교외 주택지가 새로 들어설 터였다. 위에서 이렇게 보니 도시가 얼마나 조그만지! 그 조그마함이 마사의 머릿속에서 그때까지 한계도 방향도 없이 뒤범벅되어 있던 거리, 공원, 교외 주택지를 분명하게 해 주었다. 지난 며칠간의 경험이 모두 불빛의 깔끔한 무늬로 축소되어 거기 있었고 그것들은 낙심이 될 만큼 쪼그라들어 보였다. 마사의 마음은 곧 도너번과 마을을 떠나 날아가려고 긴장했다. 그러나 도너번은 이 건물 저 건물 가리키며 그녀를 아래로 잡아당겼다. 그리고 불빛을 훤히 받아 여기에서도 베란다의 기둥인 조그맣고 까만 선들이 분명히 보이는 외딴 건물 쪽으로 그녀의 시선을 유도하며 그녀의 자발적인 흥미를 끌었다.

"스포츠 클럽이야." 그가 말했다. 그의 목소리에는 주저하는 투가 있었다. "근사한 무도회가 있을 때 내가 데리고 가 줄게." 그녀는 대답하지 않았으나 그는 말을 계속했다. "말이 나왔으니 말인데 크리스마스 댄스와 신년 무도회와 쇼 무도회에 너랑 가기를 예약하겠어." 그리고 그는 익살 섞인 불평조로 덧붙였다. "아가씨를 몇 달 전부터 예약해 두는 건 치사하지만 어쩌겠어. 여자가 부족한 식민지에 사는 대가를 지불해야지."

그녀는 웃었다. 그리고 그날 저녁의 경험을 되새기며 사람들 가운데 여자보다 남자가 월등히 많았던 것을 깨달았다. 그녀의 마음은 그 순간 무모한 힘의 파도를 타고 붕 떠올랐다. 그녀는 또 한 번 웃었다. 거리낌 없는 웃음소리였다.

"너는 이제 떠받들어질 거야." 도너번이 우울하게 말했다. "여자애들은 다 그래. 그래도 여자 친구를 1년 전부터 예약해야 한다는 건 내 성미에 맞지 않아."

이렇게 해서 마사는 자기가 도너번의 여자 친구임을 깨달았다. 부풀어 오르는 감사와 흥분을 느끼며 그녀는 본능적으로 그를 돌아다보았다. 그가 그녀에게 그러한 요구를 했기 때문에 그녀도 그를 자기 남자 친구로 받아들일 마음이었던 것이다. 그러나 도너번은 두 손을 호주머니에 찔러 넣은 채 침울하게 마을의 불빛을 내려다보고 서 있을 뿐이었다. 그 순간은 지나가 버렸다. 그녀는 텅 비고 바보 같은, 까닭 모르게 피곤한 느낌이 들었다.

"자, 이제 하기로 되어 있는 일을 다 했으니 돌아가자." 그가 말했다.

그들은 하얀 자갈 더미 속에 박힌 굵은 횃불을 지나 돌밭 위로 비틀비틀 되돌아갔다. 그녀는 횃불을 보느라 걸음을 멈추었다. 그가 낄낄 웃으며 말했다. "개척자들이 언덕 정상에다 깃발을 꽂느라 이 길을 올라오는 꼴을 상상해 봐!"

내려감에 따라 언덕의 경사가 낮아지면서 저 아래쪽에 드문드문 불 켜진 또 하나의 넓은 벌판이 보였다. 시가의 규칙적인 무늬가 아니라 조그맣고 노란 불빛이 드문드문 켜진 무한한 어둠이었다. 도너번이 무덤덤하게 말했다. "저 위치는 카피르 타운이지." 저도 모르게 그녀는 멈추어 섰다. "그 이쪽이 묘지고." 그가 덧붙였다. "가자, 매티. 늦었어." 그녀는 카피르 타운을 한 번 힐끔 내려다보고는 순순히 그를 뒤쫓았다. 그녀의 사회적 양심이 도너번에게 이의를 제기해야 한다며 그녀를 괴롭히고 있었다. 그것은 또한 도너번이 조스의 후계자로는 형편없다고도 말하고 있었다……. 이제 빌리는 아예 까맣게 잊었다. 그런데도 그녀는 그를 쫓아갔다. 취해 있었기 때문이다.

그들은 지금 조용하고 불 꺼진 차들 옆을 지나고 있었다. 마치 차들이 그에게 해야 할 일을 깨우쳐 준 것처럼 그는 아무렇게나 그녀에게 팔을 두르고 그 자세로 차까지 걸어갔다. 마사의 하숙방 문 앞에서 그는 그녀의 뺨에 가볍게 키스했다. 마사는 그것을 자기가 본능적으로 기다리던 정표로 받아들였다.

"그럼 이제 정하자." 그가 단호히 말했다. 그는 호주머니에서 수첩을 꺼내어 가로등 불빛이 그것을 비추도록 몸을 돌렸다. "내일 저녁?" 그가 물었다.

"나 강습소에서 수업 들어야 해." 그녀는 자신 없게 대답했다. 그의 한마디 말이면 그 모든 것을 포기할 생각이었다.

그러나 그게 아니었다. 그는 만족한 듯 말했다. "거참, 착한 아가씨군. 우린 모두 능력을 키워서 돈을 많이 벌어야 해." 그가 잠시 생각하더니 말했다. "너 저녁마다 7시에는 끝나도록 시간을 짜. 그러지 않으면 우리 둘 다 되게 따분하게 살아야 할걸. 나도 무슨 시험 때문에 공부를 해야 해. 우리가 시간을 맞출 수 있을 거야." 그는 수첩을 치우고 명랑하게 작별 인사로 손을 흔들고는 졸리면 자라면서 차를 향해 가 버렸다.

그러나 그녀는 잘 수 없었다. 그녀는 자기 방에서 전에도 그랬듯 어쩔 줄 몰라 하는 명한 상태로 몇 시간이나 서성였다. 별빛이 흐려지기 시작하고서야 그녀는 마지못해 몸을 침대로 이끌었다. 그래서 다음 날 아침 그녀는 지각했다.

메이지는 그녀보다 몇 분 더 늦었다. 여느 때와 같이 그녀

는 하얀 베레모를 잡아당겨 벗으며 사람 좋은 미소를 살짝 띠
면서 벌써 분주히 돌아가는 동료들 사이를 태연히 누볐다. 그
녀는 나른한 몸짓으로 자리에 앉아 타자기의 덮개를 벗기더
니 담배에 불을 붙였다. 그리고 일을 시작하기 전에 담배 한
대를 다 피웠다. 중요 서류함은 마사의 책상 앞에 있었다. 메
이지가 서류함 서랍을 빼 정리하면서 상냥하게 마사에게 말
했다. "흠, 엊저녁에 재미 많이 봤어?"

"어머…… 너도 어제 갔어?" 마사가 물었다.

"넌 날 못 봤지?" 메이지가 뭔가를 시사하듯 웃었다. "맥그
레이스에서 날 보고도 못 알아보던데."

"미안해."

"괜찮아." 그녀가 다시 웃고 나서 말했다. "그래, 도니 도련님
께서 널 꼭 붙잡았나 보지?"

이 말에는 경멸 이상의 것이 풍겼다. 그래서 마사는 얼른
대답했다. "우리 어머니가 그 집 어머니랑 아셔."

메이지는 얼마 동안 말없이 조그맣게 흥얼거리며 일했다.
그녀는 꼭 끼는 하얀 리넨 옷을 입고 있었다. 그녀가 서랍을
밀어 넣으려고 팔을 들자 페티코트 위로 보드랍게 비어져 나
온 살과 레이스가 흰 천을 통해 뚜렷이 비쳐 보였다. 또 겨드
랑이에는 큼직하게 젖은 얼룩이 있고 풀려서 목 위로 덩굴손
처럼 내려온 머리카락이 젖어 있었다. 이따금 그녀는 하던 일
을 멈추고 손을 타자기가에 얹은 채 초라한 빈민가 위로 솟은
언덕을 사색에 잠겨 조용히 창 너머로 내다보았다. 그 외양,
말하는 태도, 낙천적인 동작 모두가 사무실 밖의 생활에서 자

신감을 얻어 온 듯한 이 명랑한 왈가닥 아가씨에게는 젖은 얼룩이며 하얀 치마의 땟자국이 거슬리지 않을뿐더러 매력적이기까지 했다. 버스 부인이 화가 나서 예의 바른 투로 서류 정리가 다 됐느냐고 물어도 그녀는 "잘돼 가고 있어요."라고 대답하고는 조용히 웃기만 했다. 그녀는 자리에 앉기 전에 "우리 도니는 잘생긴 편이지?" 하고 묻고는 대답을 기다렸다.

마사는 이상하게도 도너번이 잘생겼다고 생각해 본 일이 없으나 그렇다고 대답했다. 그래서 지금 그녀는 왜 그런 생각을 못 했을까 자신에게 묻고 있었다. 그는 틀림없이 잘생겼다…… 이제 지적받고 보니 그녀도 그것을 알 수 있었다. 이것은 겉모습 때문에 남자를 사랑하는 게 아니라 사람됨 때문에 사랑하는 거라는 (좋건 싫건 어머니에 의해 확고히 주입된) 생각과 무슨 관련이 있는 것일까? 이렇게 믿는 퀘스트 부인은 무척 잘생긴 남자와 결혼했다……. 그러나 이것은 도무지 마음을 어지럽히는 생각이어서 마사는 이런 생각을 좇기를 거부했다. 침침해진 마음을 깨우느라 마사는 머리를 흔들었다.

메이지는 속 편한 소리를 했다. "내 말은 어차피 인생은 한 번뿐이니까 즐기자 이거야." 그녀는 자기 자리로 돌아가 또 한 대의 담배에 불을 붙였다.

그러나 마사는 사무실에서는 담배를 안 피우기로 마음먹은 바가 있어서 아침 반나절 동안은 그 결심을 지켰다. 그리고 다가올 그날 저녁 일을 생각하는 사람치고는 할 수 있는 데까지 열심히 일했다. 4시 30분에 그녀는 충실히 강습소로 가서 7시에 도너번이 데리러 올 때까지 그곳에 있었다.

3

한 달이 지난 뒤 그녀는 시험 하나를 통과했고 강습소 안의 다른 방으로 옮겨 가 스카이 씨로부터 속기 강의를 들었다. 스카이 씨는 작고 검은 머리의 덜렁거리는 사람으로 학생들 모두가 곧 자기처럼 일 분에 200자를 받아쓸 수 있게 되리라는 걸 당연하게 생각함으로써 용기를 돋워 주었다. 이것은 친절한 방법이긴 했지만 배우기 시작하기도 전에 끝에 대한 생각을 너무 많이 하는 경향이 있는 마사 같은 사람에게는 반드시 최선의 방법이 아니었다. 그의 조급성은 여자들을 재촉하는 데서 만족감을 얻었다. 긴 문장을 읽고 나서(그는 틀림없이 그 글을 천 번쯤은 읽었을 것이다.) 그는 참을성 없이 말하곤 했다. "자, 그만하면 됐어. 십 분이나 걸렸군. 다 됐죠, 아닌가요? 그럼 이번엔 빨리합시다." 그럴 땐 가벼운 신음 소리가 새어 나오는 가운데 각자 끝이 무뎌진 연필을 집어 들고 그가 읽는 대로 날듯이 받아썼다. 끝나면 그는 방 안을 돌면서 형식상 그들의 어깨 너머로 힐끔 보고는 말했다. "됐어, 됐어. 당신은 터득한 거예요." 이런 식으로 해서 마사는 버스 부인이 어떻게 되어 가느냐고 물었을 때 자기의 속기가 일 분당 120단어라고 말할 수 있었다.

"손이 빠르네." 버스 부인은 믿을 수 없다는 듯이 말했다. 마사는 웃으면서 그렇다고 했다. 버스 부인이 코언 씨에게 이야기해서 코언 씨가 마사를 자기 방으로 불러 받아쓰기를 시켰다. 그녀는 그의 기대보다는 훨씬 낮게, 그러나 자기의 기대에는 훨씬 못 미치게 그 일을 해냈다. 그래서 그녀는 이제 숙련 사원의 지위는 아니지만 중간쯤으로 승격했다. 시간의 반을 그녀는 메이지를 도와 서류 정리와 복사에 보냈고 나머지 시간에는 코언 씨를 위해 쉬운 편지를 쓰기도 하고 버스 부인이 바쁠 땐 간단한 서류를 만들기도 했다. 그녀는 강습소에서 한 자신의 노력이 실제로 능률의 사다리에서 그녀를 한 단계 올려놓은 사실에 대해 마치 어렵게 무엇 하나를 배우는 과정이 자신에 대해 가졌던 꿈과 아무 상관 없는 것처럼 터무니없는 놀라움을 느꼈다. 그러나 그것은 겨우 시작일 뿐이라고 생각되었다. 그녀는 그것이 하나의 시작이 될 거라고 느낀 것이다. 게다가……

사실인즉슨 그녀는 활기가 떨어지고 있었다. 그녀는 참으로 피곤했다. 피곤할 만한 온갖 이유가 있었다. 도시로 온 이래 마사는 처음 그녀를 농장에서 탈출하게 만든 것과 같은 충동에 의해 밀려갔다. 그녀는 한 번도 자기가 어디를 향해 가는지 생각해 본 적이 없었다. 그러기엔 너무 바빴던 것이다. 그녀는 혼자 살면서 그럭저럭 시간 맞춰 회사에 나가야 한다는 것 외엔 아무 압력도 받지 않는 자신을 발견하는 즐거움에 일찍 일어났다. 또 자신이 되도록 많은 주의를 무미건조한 법적 서류에 기울이도록 강요했으며 그 일이 전혀 지겹지 않은 척 가장했다. 오후의 일이 끝난 뒤 그녀는 보통날은 강습소로 갔고 도너번이 데리러 오면 그와 함께 칵테일파티에 가서 될 수 있는 한 많은 땅콩과 안주를 먹었다. 도너번이 익살로 그러나 솔직히 지적했듯이 그것들은 무료였기 때문이다. 그녀가 새벽 한

두 시 전에 잠자리에 드는 일은 드물었다. 그녀는 배가 고파 깨는 일도 있었다.

먹을 것과 관련한 문제는 이렇다. 우린 음식을 으레 먹는 것으로 생각해서는 안 된다. 그렇게 생각하면 마사가 열서너 살 때까지는 창피할 정도로 식욕이 왕성했다가 이젠 그때의 허기지고 정다웠던 어린이가 완전히 사라져 버리고 죄책감으로 다음 끼니를 거름으로써 보상하겠다고 자신에게 약속하지 않고는 뭘 먹을 수 없게 된 사실이 이상하게 여겨질 것이기 때문이다. 그러다가도 그녀는 저도 모르게 갑자기 길을 벗어나 가게로 들어가 대여섯 개의 초콜릿을 사서 물리도록 남몰래 먹은 후에는 겁이 덜컥 나서 이런 식으로 나가다가는 반드시 몸매를 버리고 말 테니 조심해야 한다고 혼자 다짐했다. 마사는 학교에 다니던 시절에 했듯이 어머니가 버터니 신선한 치즈니 계란을 꾸려 보내면 방에서 음식 냄새 풍기는 것은 질색이라면서 건 부인에게 주어 버렸다. 그런데도 그녀는 체중이 늘었다. 그녀는 다른 사람들처럼 먹지 않는 대신 마셨기 때문이다. 근무 시간 뒤에 기운을 돋우기 위해 성급히 들이켜는 칵테일 첫 잔으로 시작해 밤이 깊어 만취하지 않았더라도 약간 거나해서 하숙방으로 돌아올 때까지 그녀는 하루 저녁 동안 꾸준히 마셨다. 그녀는 다른 모든 사람들이 하는 대로 했을 뿐이고 만일 누가 그녀에게 "넌 샌드위치와 칵테일과 알코올로 끼니를 때우고 하루 세 시간밖에 안 잔다."라고 지적했다면 상대는 말한 수고 값으로 어리둥절한 응시의 눈초리만 받았을 것이다. 마사에게는 자신의 생활이 결코 그렇게 느껴지지 않았기 때문이다. 그것은 재미있는 활동의 쇄도였다. 그러나 그것이 이제 막 시들해지고 있었다.

조스가 정거장의 붉은 먼지 속에서 또 카피르 상점 카운터 뒤에서 입었던 바로 그 검은 신사복을 입고 사무실로 걸어 들어온 것은 마사가 시내로 온 지 한 달 반쯤 지나서였다. 그는 지나가다 들렀다며 함께 차를 마시자고 했다. 그는 그날 저녁 대학의 신학기가 시작될 케이프타운으로 떠날 터였다. 그는 마사의 약간 수줍은 사양을 물리치면서 재스퍼 아저씨는 물론 개의치 않을 것이라고 했다. 그는 아저씨의 사무실로 들어갔다.

메이지가 부러워하는 눈치 없이 말했다. "너는 한꺼번에 여러 남자를 다루는구나." 그녀는 손톱에 줄질을 하며 마사를 보고 미소 지었다.

그러나 마사는 뾰로통하게 말했다. "조스를 안 지는 벌써 여러 해 되었어."

메이지는 고개를 끄덕거렸다. "소년 소녀의 로맨스에서 비롯한 결혼을 전에도 본 일이 있는걸." 그녀는 하얀 손을 들어 곰곰이 살펴보고 새빨갛게 반짝이는 손톱으로 손톱 가루를 튀겨 내며 말을 덧붙였다. "그야 유대인 소년과 로맨스를 갖는 것과 결혼하는 건 딴 문제겠지. 그건 나도 알아." 힐끔 올려다보던 그녀의 솔직한 파란색 눈이 휘둥그레졌다. 그녀가 저토록 지독하고 경멸에 찬 눈초리를 마사에게서 받을 만한 무슨 말을 했단 말인가? "물론 내가 참견할 일은 아니지." 그녀는 서둘러 말하며 마음 상한 표정을 지었다.

조스가 돌아와서 말했다. "됐어." 마사는 가방을 들고 그의 뒤를 따라 나갔다. 그들은 맥그레이스 호텔의 라운지로 갔다. 그곳은 아침이라 쇼핑하러 나온 여자들로 붐볐다. 악단이 연주하고 커다란 문이 끊임없이 흔들릴 적마다 야자수들이 바르르 떨렸다. 마사는 무엇을 들겠냐는 물음을 받고 습관대로 맥주를 시켰다. 조스는 차를 마실 참이었으나 맥주를 시키고는 그녀를 똑바로 보고 물었다. "어떻게 된 거야? 우리 아저씨가 널 너무 심하게 부려 먹는 건 아니겠지? 너는 고양이가 물어다 놓은 무엇 같은 꼴이야."

그녀는 이 말을 고깝게 들을 필요가 없었다. 그가 정말 다정하게 걱정하는 듯 보였기 때문이다. 그녀가 웃으며 말했다. "네 아저씨는 천사 같으셔. 이 세상에서 제일 좋은 분이야."

그는 맥주를 마시고 반은 찬탄하고 반은 비판하듯이 그녀를 눈여겨보았다. 마사는 이 비판이 도회지 여자로서 갖춰야 할 것의 일부인 그녀의 새로운 기교적 생기에 대한 것임을 알았다. 배운 것은 아니지만 새로운 말씨와 내색 없이 밤새워 마실 수 있는 능력과 더불어 자연히 그런 태도가 몸에 배어 버린 것이다.

"내가 보기에 너는 좀 자고 싶은 사람 같아." 그가 말했다.

그녀가 웃음 지었다. "그래. 나 고단해 죽겠어, 넌 인생이 얼마나 고달픈지 모를 거야."

그녀는 계속 재잘거렸고 그는 이따금 고개를 끄덕이며 귀를 기울였다. 그녀가 이젠 그쪽에서 이야기할 차례라고 생각하며 말을 멈추자 그는 그녀가 지금껏 한 말의 정곡을 찌르는 대답을 했다. "그래서 넌 이제 모든 남자애들을 줄 세워 놓았구나?"

그녀는 얼굴이 빨개졌다. 이제야 자기가 자랑하고 있었음을 알 수 있었기 때문이다. 그가 계속 말했다.

"그것도 다 좋아, 마사 퀘스트. 하지만……." 그는 말을 끊고 기분 나쁜 얼굴을 하더니 덧붙였다. "나하곤 아무 상관 없는 일이지."

그녀는 그것이 그와 상관있는 일이기를 원했다. 그래서 "말해 봐." 하고 말했다.

"네 남자 친구가 누구니?" 그가 무뚝뚝하게 물었다.

"없어." 그녀가 얼른 말했다. 그것은 사실이었다. 지금 이렇게 진지하고 책임감 있고 똑똑하고 남자다운 조스와 함께 앉아 있으면서 어떻게 도너번 일을 털어놓을 수 있단 말인가?

"좋아." 그는 건방진 것도 아니고 그렇다고 자기의 이해관계에 사로잡힌 것도 아니게 단순히 말했다. "마사, 너 조심하는 게 좋아. 결혼이나 할 마음이었다면 농장에 남아 있어도 됐을 테니까."

"난 결혼하겠다는 게 아니야." 그녀가 웃으면서 말했다. 그가 조용히 말했다. "암, 그래야지." 그러면서 그는 시계를 보았다. "돌아가야겠어. 우리 어머닌 새집 정리하느라고 바쁘셔. 웰링턴이라나 뭐라나 하는 새 교외 주택지에 땅을 샀는데 당분간 임시로 쓸 집을 얻은 거야. 가게는 이제 그 위에다 '소크 백화점'이라고 쓰인 간판을 달았더구나." 그가 말을 맺으며 너도 나의 아쉬움과 어이없는 기분을 함께할 만하지 않느냐는 눈치로 바라보았다. 사실 그녀도 그랬다.

"네가 안 갔으면 좋겠어." 그녀가 손을 내밀며 충동적으로 말했다. 그는 그것을 꼭 쥐고 나서 그녀가 손을 함부로 굴리는 것을 꾸짖듯이 곱게 그녀 무릎 위에 돌려주었다. "언제 돌아와? 대학 마치면 아저씨하고 함께 일할 거야? 오래 떠나 있을 거야?" 그녀가 그를 붙잡으려는 노력에 수다스럽게 말했다.

"아저씨는 날 원하시지만 난 해외로 나가고 싶어." 그가 말했다.

"아, 그래?" 그녀가 숨을 내쉬며 말했다. 선망의 빛이 뚜렷했기 때문에 그는 얼른 친절하게 말을 보탰다. "걱정 마, 네 차례도 올 테니." 그녀는 눈물이 괴어 드는 것을 느꼈다. 그 순간 조스야말로 그녀의 감정을 정확히 알아주며 그녀가 마음 내키는 대로 그 앞에서 행동할 수 있는("그러면서 비난받지 않는"이라고 마음속에서 비판의 목소리가 덧붙였다.) 유일한 사람처럼 생각되었다.

그는 사무실 문까지 그녀와 함께 갔다. "그리고 우리 재스퍼 아저씨 인상은 어때?" 그가 물었다.

"아주 좋은 분이셔." 마사가 말했다. 그러나 그는 그게 아니라는 듯이 지적했다. "분명히 아저씨가 굉장히 편찮으신 줄 알겠구나?"

"몰랐는데."

그가 답답하다는 시선을 그녀에게 던졌다. "내 사촌 일이 신통치 않게 된 모양이야……. 에이브가 간 건 옳은 일이었지만 말이야."

그녀는 어쩔 줄 몰라 그를 보았다.

"너 우리 사촌 알지 않니?"

"아무도 그 사람 얘기를 안 해 줬어." 그녀는 변명했다.

"내 사촌 에이브러햄이 작년에 스페인에 갔는데 벌써 몇 달째 통 소식이 없거든."

"스페인내란[14]에 말이야?" 그녀가 미심쩍어하며 물었다.

또 아까와 같은 시선이 돌아왔다. "너 왜 이래? 소식에 좀 어둡네, 아니야?" 그녀는 미안하다는 듯이 고개를 끄덕였다. "아주머니는 그게 몽땅 아저씨의 책임인 듯이 대해. 그렇긴 하지……. 아주머니 아들이라면 스페인이 이렇게 되건 저렇게 되건 아는 척할 만한 배짱이나 머리가 없었을 테니까……." 여기서 마사는 낯을 붉히며 고개를 숙였다. "그런데 재스퍼 아저씨는 느림뱅이 늙은이일지 몰라도 괜찮은 사람이야, 에이브도 괜찮은 애고." 그가 말을 맺고 나서 부럽고 비통한 듯이 이렇게 말했다. "내가 갔어야 하는데. 부모님만 아니면 나도 갔어. 어쨌든 갔을 거야." 여기서 그는 죄스러운 표정을 지으며 말을 멈추었다. "낭만적 바보인 내 형도 그만한 일은 할 줄 알았으니까."

"솔리가 스페인에 갔단 말이야?" 그녀는 믿을 수가 없어 물었다.

"아니. 영국까지 갔다가 어떤 여자와 얽히고설켜 지금 돌아

---

14) 1936년 스페인의 좌익 정부와 독일 및 이탈리아의 지지를 받은 프랑코 장군의 우익 군부 사이에 일어난 내란.

오는 중이야. 하지만 적어도 올바른 방향으로 가긴 했거든."

"안부나 전해 줘…… 솔리에게." 그녀가 예의 바르게 말했다.

"너의 사랑을 전해 주지." 그가 즉각 말했다. 그의 말투가 심술궂게 들리는 것이 그녀는 반가웠다. "형은 언제나 널 좋아했거든. 왜 그런진 알 수 없어." 그가 웃으며 덧붙였다. 그 수줍은 미소는 엄숙하고 딱딱한 그의 얼굴을 완전히 바꾸어 놓았다. "행운을 빌게." 그렇게 말하며 그는 그녀에게서 걸어갔다. 그가 돌아보며 소리쳤다. "내 친구 몇 사람에게 네 이름을 대 주었어." 그리고 재빨리 철제 계단을 달려 내려갔다.

자신의 책상으로 돌아와 그녀는 혼자 되뇌어 보았다. 조스가 떠나간다. 조스가 떠나간다……. 케이프타운은 하나의 휴게소에 불과하고 그는 이미 해외로 떠난 사람이나 다름없었다. 그녀는 대도시의 자유를 가진 유럽 시민으로서 그를 생각했다. 우울과 선망이 씁쓰름한 좌절의 서글픔 속에 녹아들었다. 게다가 그녀가 자신의 모습을, 매력적이고 지성적인 매티라는 여자가 법률 사무소의 책상 뒤에 갇혀 있는 모습을 그려 보고 있는데 메이지가 "좋은 꿈꿔?" 하고 물어 왔다. 거기에 톡 쏘며 "무슨 소리야?" 하고 반문하면서 마사는 지금까지 자신이 미소 짓고 있었음을 알아차렸다. 메이지는 사람 좋은 웃음을 지으며 하품했다.

조스의 마술에 걸린 마사는 완전히 도너번을 거부하게 되었다. 혐오증은 그날도 다음 날도 계속되었다. 다음 날 아래와 같은 편지가 그녀에게 왔다.

친애하는 마사

네가 만나 봐야 할 여러 사람들 명단을 동봉한다. 좌익 독서 클럽에서 토론회가 있어. 그네들은 입만 놀릴 뿐이지만 아무 일 안 하는 것보다야 낫지. 내 사촌인 재스민은 네가 만나 볼 만할 거야. 그 애는 에이브러햄 때문에 가슴 아파서 지금 한참 예민한 상태야. 또 누가 있더라? 아무래도 거긴 불모의 땅인가 보다. 하지만 아무리 시골(!)이라도 할 일이라는 게 있어. 로빈 슨이란 멍청이 녀석을 한두 회합에 데리고 나가 주는 것도 좋을 거야. 그는 국회로 갈 거라니까 머릿속에 최소한 한두 가지 생각 정도는 집어넣는 게 좋은 일일 테지. 우리 맥스 아저씨 얘기를 하자면, 그 사람은 타고난 파시스트니까 그 때문에 네 시간을 낭비하지 마.

너의 조스

마사는 마치 영국 사람이 스코틀랜드의 방언을 읽듯이 어렵게 이 편지를 읽었다. 거기에는 조스가 당연히 그녀도 그렇게 생각할 것으로 믿는 듯한 몇 가지 가정이 있었다. 이것은 그녀의 기분을 좋게 해 주었으나 영문은 알 수 없었다. 그는 자기가 그녀를 게으르다고 생각한다는 사실을 조금도 숨기려 하지 않았으나, 동시에 그녀가 남에게 영향을 미칠 수 있는 특성을 지녔다고 생각하는 모양이었다. 그런데 그게 어떤 특성이란 말일까? 그것은 마치 그가 어떤 횃불을 건네주는 것 같았다. 편지를 다시 읽으며 그녀는 밑바닥에 심술궂고 신랄한 어투가 흐르고 있음을 느꼈다. "파시스트"란 말에 부딪혔을 때

그것이 과장되게 들려서 그녀는 갑자기 낄낄거렸다. 버스 부인
이 책상 너머로 왜 그러느냐는 식으로 쳐다보았다.

그녀는 일곱 개나 열거된 주소들을 훑어보며 적어도 새롭
게 접근해 사귀어야 할 일곱 명의 영상이 머리에 떠오르자 야
릇한 뜨악함을 느꼈다. 자기 자신을 모험적이며 매인 데 없이
자유롭다고 자부하던 마사 퀘스트가…… 사실인즉슨 전화기
를 들어 새 사람에게 자기를 소개할 일을 생각만 해도 마음이
괴로워지는 것이었다. 그녀는 핑계를 대어 가며 전화는 걸 수
없다고 생각했다.

그러나 전화가 울리고, 조그맣고 정확하고 찬찬한 목소리
가 자신이 재스민이라며 다음 날 오후 어떤 주소로 가라고 말
했을 때 어려움은 해소되었다. 그것은 회합은 아니지만 마사
에게 재미있을 것이라고 했다. 그 목소리에 나른하고 어딘가
남을 경멸하는 듯한 투가 있는 것이 마사의 인상에 남았다.
재스민도 조스처럼 이 새로운 사람들의 모임이 무엇을 가지고
있다는 것보다 무엇을 결여하고 있다는 점을 더 강하게 느끼
는 것 같았다. 그리고 이러한 경멸심은 조스에게까지 연장되
는 듯이 보였다. 조스의 이름을 말할 때 상대방 목소리는 마
사가 함께 터놓고 웃어 주기를 기대하듯 말꼬리를 올리며 잠
시 사이를 두었기 때문이다. 마사는 조스 편에서 분개하며 웃
지 않았다. 그러나 다음 날 그곳에 가겠다고 말했다.

그녀는 도너번이 여느 때처럼 칵테일파티를 위해 약속하려
고 전화를 걸어왔을 때 선약이 있다고 했다. 그리고 그쪽에서
성난 듯이 그렇다면 딴 사람을 데리고 가야겠다고 하자 경우

없게도 마음이 상했다.

다음 날 오후 그녀는 몸치장에 오랜 시간을 들였다. 그리고 사람이 데리러 올 시간 십 분 전에 도너번의 고안으로 만들어지다시피 한 옷들, 즉 하얀 마직 바지와 체크무늬 셔츠를 벗어 던지고 간편한 옷차림으로 바꿨다. 마음속에서, 그녀를 데리러 올 남자는 조스나 다름없었다. 그들은 같은 것을 대표하고 있었다. 무슨 사회적인 물결이 굽이쳐 이 방까지 왔기에 마사는 도너번이 좋아하는 편하고 불량스러운 옷차림이 잘못된 것이라고 느끼는 것일까? 도너번이 마련해 준 마직 드레스마저도 지나치게 꾸몄다고 생각되는 것일까? 그녀는 색깔 있는 스카프를 목둘레에 느슨히 두르고 수놓은 허리띠를 매고 머리를 내려서 곱슬곱슬한 머리가 흐트러지게 했다. 이렇게 하자 자기가 농사꾼 같은 느낌이 들어 그녀는 자신감 있게 파이크로프트 씨를 만나러 갔다. 그러나 그녀는 대번에 실망했다. 그가 늙어 보였기 때문이다. 주택 지구로 차를 타고 가며 그녀는 "귀여운" 태도로 이야기했다. 그녀는 태도를 바꾸지 못하면서도 자기 겉모습과 도너번에 의해 만들어진 태도 사이에 모순이 있음을 막연히 느꼈다.

날씨가 아름다운 오후였다. 폭풍이 있은 뒤라 하늘은 짙고도 맑았으며 씻긴 구름의 눈부신 덩어리들이 밝은 햇빛을 받으며 가벼이 넘실거렸다. 공원 나무들이 보드랍고 깨끗한 초록으로 반짝였다. 보도 뒤에 고인 물이 나뭇잎과 하늘을 비쳐 내고 있었다. 파이크로프트 씨가 교장 노릇을 하는 학교 교정으로 차가 돌아들자 군데군데 고인 물들이 갈색 비단 같은 물결무늬를 일으켰다. 그것들 위로 찻길을 따라 물기로 반짝이는 큰 관목 숲이 자라고 있었다. 짙은 녹색 잔디 위에는 여러 개의 접의자들이 있었다. 마사가 다가가자 두 남자가 의자에서 일어났다. 그녀는 다시 실망하며 '어머, 저이들도 늙었잖아.' 하고 생각했다.

그들은 사실 서른에서 마흔 살 사이였다. 노타이로 플란넬 옷에다 샌들을 신고 있었다. 둘 다 같은 타입이었다. 길고 가늘고 뼈가 두드러져 보이며 지성적인 얼굴에 안경을 쓰고 머리숱이 줄어들고 있었다. 마사가 이런 관찰을 했다거나 그들과 조스를 비교했다고 말하면 사실이 아닐 것이다. 그녀는 사람을 만날 땐 얼떨떨하고 혼란스러운 동정의 매력을 느끼거나 혐오를 느끼거나 둘 중의 하나였다. 지금 그녀는 동정을 느끼고 있었다. 그녀는 나이 많은 남자들이 젊은 여자에게 보내는 어딘가 내키지 않는 경의에 답례했다. 그들의 물음에 밝게 대답했으나 그들이 그녀의 겉모습을 의식하기 때문에 그녀도 자기 겉모습을 의식했다.

파이크로프트 씨는 아내가 아이들에게 무엇을 먹이는 중이니까 곧 올 거라고 말했다. 다른 두 남자도 아내가 이 자리에 없는 데 대해 변명했다. 마사는 이런 사교적 언사를 사교적 의미로 받아들이지 않고 자기 깐에는 가볍고 까부는 투라고 생각했지만 실제로는 적의 있게 들리는 투로 말했다. "애들이란 귀찮지요, 안 그래요?"

조금 있자 세 여자가 큰 학교 건물 베란다로부터 여섯 명의 아이들과 두 사람의 원주민 유모를 거느리고 100미터쯤 떨어진 저쪽 잔디밭으로 건너왔다. 그 잔디밭은 크고 윤기 나는 삼나무에 가려져 있었다. 여자들이 나타나자마자 남자들 목소리는 전에 없던 활기를 띠며 커졌다. 그리고 그들은 마사 자신도 그런 것을 느낀 일이 있어서 잘 알 수 있는 꺼림칙하면서도 단호한 태도로 이 가정적인 정경에서 등을 돌렸다. 그녀는 야단스럽게 법석대는 여자들을 지켜보았는데, 마치 눈빛이 거센 두려움 속에 그들에게 들러붙은 듯했다. 그녀는 다짐했다. '절대절대, 저렇겐 안 될 거야. 차라리 죽어 버리지.' 그녀는 침착을 가장하며 태연한 표정으로 접의자에 몸을 기댔다.

파이크로프트 부인, 퍼 부인, 포레스터 부인이 남자들과 합석하려고 와서 미소 지으며 소란을 떨어 미안하다고 함께 또는 개별로 사과하면서 아이들이 말썽을 부린다고 했다. 그러면서 제인이 음식을 안 먹는다는 둥 토미는 지금 어려운 심리 상태에 있다는 둥 자세히 이야기하는 것이었다.(그것도 꼭 남자들에 대한 비난처럼 들리도록 이야기했다.) 남자들은 의자에 앉은 채 듣고만 있었다. 그러나 그들은 의자에 앉은 채로 있는 것이 용납되지 않았다. 좌중이 모두 자리를 다시 잡아야 하는 듯했고 그 작업은 많은 시간을 요했다. 마사는 갈수록 반감을 품었고 비판적이 되었다. 호들갑스럽고 이래라저래라 요구가 많은 여자들이 그녀에게는 불쾌하고 우스꽝스러웠다. 여자들의 존재 자체가 그녀에게 무슨 위협인 듯 그녀는 방어 태세를 하고 있었다.

마사는 도너번이 가르친 방식대로 여자들의 옷을 살폈다. 그러나 도너번의 방식을 인정하기를 거부하는 기준이 거기에 있음을 그 자리에서 깨달았다. 그들의 겉모습은 형언하기 어려운 어떤 공통점을 가지고 있었다. 마사는 그것이 무엇인지 설명하려 애쓰지 않았고 다만 경멸을 느꼈을 뿐이다. 이 여자들은 이 지역에 사는 뻔뻔스러운 가정주부들이 전혀 아니었다. 그렇다고 유행을 좇는 이들도 아니었다. 그들은 분명 유행을 경멸하고 있었다. 그들의 의복은 조화가 안 되게 울긋불긋하고 올해의 유행으로는 너무 기장이 길었다. 머리는 의식적으로 여성적인 방식으로 고리 모양으로 둥글렸거나 땋거나 끝을 지겼다. 또 그들은 밝은 색깔의 구슬과 자수를 가미한 옷들을 입고 있었다. 마사는 어색해져 버린 자기의 수놓은 허리띠와 스카프를 만지작거렸다.

원주민 하인이 찻잔들을 실은 수레를 잔디밭으로 굴려 왔다. 그래서 차를 따르고 찻잔을 건네고 케이크를 돌리는 일이 시작되었다. 마사는 담배에 불을 붙이고 살을 빼는 중이라고 농담처럼 말했다. 여자들은 그녀를 날카롭게 살펴보며 그 나이에 당치도 않은 소리라고 했다. 그녀들은 응원을 바라듯 남자들을 보았으나 응원은 오지 않았다. 여자들이 마사에게 말을 건넬 때 목소리에 모가 나 있었다 하더라도 그것은 그들 탓이 아니었다. 마사의 시선이 아주 노골적인 비판과 경멸까지도 나타내고 있었기 때문이다. 그녀는 그녀대로 남자들의 응원을 마땅히 받아야 하는 것처럼 그들을 자기편에 끼어서 생각했다.

여자들이 오자, 지성의 권익이 바로 주장되었다. 그리고 마사는 회합 시간, 좌익 독서 클럽의 기원, 골란츠 씨의 용기와 힘과 선견지명 그리고 '우리'가 스페인을 위해 원조금을 모으고 있다는 사실을 알게 되었다. 그러나 이런 대화가 시작되자마자 아이들이 삑삑거려서 세 여자는 애들을 보는 데 충분하리라 보이는 원주민 유모가 둘이나 있는데도 일제히 그들을 달래느라 달려갔다. 이렇게 시간은 계속되었다. 세 여자는 허둥지둥 돌아와 사과하고는 제각기 하던 말의 줄거리를 찾아 이야기를 계속했다. 전체적인 이야기가 무르익어 가려고 하면 애가 "엄마, 엄마!" 소리치며 잔디밭으로 달려오거나 여자 중의 하나가 또는 세 여자 모두 아이들에게 갈 필요를 느끼는 것이었다.

마사는 마음속으로 점점 크게 되풀이되는 맹렬하고도 격렬한 말소리를 들었다. '나는 이렇게 되지 않겠어.' 그래도 말소리의 구석구석에서, 동작 하나하나에서 무엇인가에 대해(하지만 무엇에 대해서일까?) 분노를 표명하는 이 지적인 여자들을 그 지방의 만만한 여자들, 즉 요리니 살림이니 하는 자기들 세계를 만들어 놓고 남자들끼리 이야기하게 놔두는 여자들에 비교한다면…… 그 둘을 비교한다면 어느 쪽이 더 나은가는 의심할 여지도 없는 일이었다. 그러니 마사처럼 그 어느 한쪽도 되지 않기로 작정한다면 사납고 불행하고 고집불통일 수밖에 없지 않은가?

그녀는 이보다 더 거북한 오후를 지낸 적이 없다고 생각했다. 여자들이 귀찮은 듯이 "자, 이제 우린 잡일하러 돌아가 봐야겠어요."라며 가 버리고 남자들하고만 남게 되고서야 비로소 마사는 편안함을 느낄 수 있었다. 그러나 남자들은 불쌍하게도 비굴한 꼴이어서 그녀는 화가 났다.

마사가 일어나며 말했다. "저는 가야겠어요. 칵테일파티가 있어서요."

잠시 망설인 뒤 파이크로프트 씨는 (여자들 사이에서와는 확실히 다르게) 남자들끼리 대화할 때와는 대조적으로 재미있는 가벼운 어투로 물었다. "당신도 우리와 동의하는 거지요?"

마사는 그런 질문을 해 온 것이 오히려 거슬려서 대답했다. "물론이지요."

"그럼 회합에 나올 거지요?"

"네." 마사가 가볍게 말했다. 그러나 그런 가벼운 말 이상의 것이 그녀에게 요구되고 있었다.

"무슨 신문을 보시오?" 퍼 씨가 갑작스럽게 물었다. 그가 좌익 독서 클럽의 회장이며 그룹의 지도자임은 마사도 알고 있었다. 그의 긴 몸과 얼굴, 뼈대 굵은 모습, 그의 유머가 모든 것속에 강조됨으로써 남들보다 눈에 띄었다. 그는 1미터 80센티미터를 훨씬 넘는 게 분명했다. 얼굴 살은 대담한 조각가에 의한 듯이 굵직한 뼈 위에서 푹 패어 있고 그가 하는 말 하나하나는 그가 비난의 미소로 입술을 말아 올리는 사이에 조심스러운 여백을 두는 듯했다. "신문이 다요." 그가 우스개 조로 말했다. "우리는 누군가의 정보원이 완벽하게 불편부당한 것인지 확실히 해야 하거든요." 그러면서 그는 마치 자신과 신문이라는 개념, 아니면 사실 뭐든 심각하게 받아들인다는 것 자체가 우스운 양 말했다.

"전…… 저는 《옵서버》를 봐요." 마사는 그가 지방신문들을 뜻하는 게 아님을 이해하면서 실토했다.

그들은 본의 아니게 시선을 주고받았다. 파이크로프트 씨가 책망하듯 말했다. "하지만 퀘스트 양, 그건……"

마사는 얼굴이 빨개지며 얼른 말했다.

"다른 신문은 소개받은 일이 없어서요."

이러한 호소에 남자들은 안도하는 표정을 지었고, 그 문제는 쉽게 고쳐질 수 있다고 두둔하듯 말했다. 파이크로프트 씨는 자기 옆의 잔디밭에 놓였던 신문을 집어 들고 젖어서 안됐다며 그녀에게 건넸다. "이걸 보면 다른 신문 볼 생각이 안 날 거요." 그가 넌지시 말했다.

마사는 고맙다는 말과 작별 인사를 하고 집까지 걸어갈 뜻을 비쳤으나 파이크로프트 씨가 막무가내였기 때문에 그녀는 다시 한번 작별 인사를 하고 두 사람은 차 있는 곳으로 갔다.

차 안에서 신문을 보며 그녀는 그것의 "뉴스테이츠먼 앤드 네이션(New Statesman and Nation)"이라는 이름을 보았다. 그 이름은 귀에 익은 것이었다. 지방신문이 불길한 무질서 상태를 쳐들어 독자들에게 겁주려고 할 때마다 그 이름을 써먹었기 때문이다. 그것은 '페이비언주의자'[15]나 '공산주의자'처럼 나쁜 말이었다. 마사는 친구들에게서 소문으로 들었던 사람을 만날 때의 따뜻한 반가움 같은 것을 느꼈다.

그녀가 호기심으로 신문을 들추고 있자니까 파이크로프트

---

15) 1884년 영국에서 설립된 페이비언 협회는 의회제 민주주의에 기반한 점진적 사회주의를 표방했다.

씨가 말했다.

"저기 재스민이 오는군." 그러면서 그는 차를 어떤 나무 밑으로 가져갔다. 그들을 향해 주황색 바지와 보랏빛 스웨터를 입은 검은 머리의 자그마한 아가씨가 걸어오고 있었다. 얼핏 보기에 그녀는 어린애로 보일 수도 있을 만큼 몸집이 작은 데다 머리를 뒤덮은 온통 곱슬곱슬한 까만 머리칼을 리본으로 매고 있었다. 그러나 걸음걸이는 침착하고 성숙하며 기품조차 있었다. 파이크로프트 씨가 웃으며 말했다. "우리 재스민은 언제나 느긋하거든요." 그것은 비판적인 미소였다. 마사는 마사대로 이 그룹의 사람들은 모두 남들을 우스꽝스럽거나 기껏해야 참을 만하다는 정도로 보는 것 같다고 비판하고 있었다.

재스민이 마침내 차 문 옆에 와 서며 말했다. "안녕." 이 무람없는 인사말은 그녀가 신중하게 말함으로써 더욱 야릇하게 들렸다. 그러니까 그녀의 말투는 아주 격식을 차려 "안녕하세요."라고 할 때와 같았던 것이다. 마사에게는 대강 품위를 차려 말했다. "아아, 안녕하세요, 마침내 왔군요." 그리고 다음에 있을 회합에 대해 몇 마디 덧붙였다. 그녀는 서기였고 서기로서만 이야기할 의도인 듯했다. 파이크로프트 씨에게 언론 기관과 관련해서 골치 아픈 일이 생겼다는 말,(그가 가볍게 고개를 끄덕이는 것으로 보아 대번에 그 말의 뜻을 알아들은 것 같았다.) 반동분자들이 못 견디게 군다는 얘기 끝에 그녀는 "이런, 전 끔찍하게 바빠서요." 하며 고개를 끄덕이고 사뿐히 정확한 걸음으로 천천히 걸어가 버렸다.

"우리 재스민은 흥미 있는 인물이오. 대단한 사랑을 스페인에 쏟고 있어요." 파이크로프트 씨가 말하며 차의 시동을 걸었다. 그의 말하는 투는 냉소로밖에 설명할 수 없는 것이었다.

마사는 도무지 영문을 알 수 없었다. 만일 에이브러햄이 인정받지 못한다면, 누가 인정받는단 말인가? "에이브러햄을 좋아하지 않으세요?" 그녀가 어린아이처럼 물었다.

파이크로프트 씨는 그녀를 힐끔 보며 즉시 감상적인 목소리로 에이브는 훌륭하고 보기 드물게 지성적인 친구라고 했다. 그러나 곧 여전히 가볍게 헐뜯는 식으로 요즈음 영웅이 되려면 스페인으로 달려가기만 하면 된다고 덧붙였다. 그는 다시 그녀를 쳐다보며 자기와 함께 웃어 주길 재촉했으나 그녀는 숄 같은 스카프를 쓰고 추운 듯이 그것을 목가에 여며 쥐며 눈을 내리깔고 어리둥절하니 찡그린 표정으로 그에게서 떨어져 몸을 웅크리기만 했다.

그는 침착한 젊은 여인이 다시 모습을 드러내기를 바라며 말없이 기다렸다. 이 고집불통의 어린아이 같은 여자는 전혀 그의 구미에 맞지 않았기 때문이다.

마사로 말하면 그녀도 파이크로프트 씨가 싫었다. 그녀는 막연히 이 늙은이들이야 상관없지 하고 생각하면서…… 현대적인 영웅을 사랑하는 재스민을 동정적으로 그려 보았다.

하숙집에 돌아와 그녀가 차 문을 열고 공손히 고마움을 표하며 내리려고 하자 그가 물었다. "어느 날 나하고 저녁 한번 안 하겠소?"

그녀는 상대방 얼굴에 보이는 간절하지만 불안한 표정에 놀랐다. 바로 그녀는 얼굴이 빨개지며 얼른 말했다. "회합에서

뵐 텐데요." 그녀는 차에서 도망치며 "더러운 늙은이."라고 혼자 되풀이했다. 그리고 오랜 침묵 후에 차에서 변속기가 돌아가는 소리가 날 때까지 돌아다보지 않았다. "진절머리 나고 지저분하고 끔찍해." 그녀는 자기 방에서 혼자 성이 나서 중얼거렸다. 그리하여 불쌍한 파이크로프트 씨는 그녀의 눈에 늙은 호색가가 되어 버렸다. 그러나 그녀의 손에는《뉴스테이츠먼》이 들려 있었다. 그녀는 전화로 앤더슨 부인에게 몸이 아파서 도너번과 칵테일파티에 갈 수 없다는 전갈을 남겼다.

그리고 나서 그녀는 침대에 누워 신문을 읽었다. 그녀는 벌써《옵서버》를 취소하고 대신 이 신문을 보기로 작정했던 것이다. 그녀가 그것을 읽었다고 말하는 것은 정확하지 않을지도 모른다. 불행히도 잡지, 신문 또는 책을 정말로 읽는 사람의 수효는 매우 적기 때문이다. 페이지를 들추며 인쇄된 줄이 별 저항 없이 눈을 통해 두뇌로 조용히 전달되자 그녀가 느낀 것은 일종의 따뜻한 안정감이었다. 거기에는 과거 몇 년 동안 그녀가 켕기는 마음으로 두둔해 온 개념들, 하찮은 상식으로 통하는 개념들이 있었기 때문이다. 그녀는 마음이 편안했다. 한 단체의 일원이 된 것이다. 그러나 신문을 내려놓았을 때 그녀는 자기가 실제로 무엇을 읽었는지, 어떤 사실들이 있었는지 상세히 말할 수 없었다. 다만 그녀는 저도 모르게 몸이 떨리는 한숨을 쉬고 초콜릿을 먹으며 침대에 누워 큰 도시를 꿈꾸어 보았다.(어느 도시건 상관없었다. 그것은 대소설가들이 그린 런던, 뉴욕, 파리, 모스크바의 특징들을 겸했다.) 그곳에서는 사람들이 그녀가 그날 오후에 만난 남자들처럼 위선적이거나 경멸적이거나 비방적이지 않고 또 여자들처럼 법석을 떨며 극성스럽지도 않았다. 그곳에서는 대체로 관대하고 따뜻한 사람들이 풍부한 감정을 주고받았다.

이러한 꿈으로부터 그녀는 자기가 인식하기보다 훨씬 옛날의 꿈, 그 위치가 분명치 않은, 그러나 지금까지는 초원의 집과 덤프리스 언덕 사이의 어느 곳(그 지역엔 사실 아프리칸더들이 모여 살고 있었다.)에 자리했던 황금의 도시의 꿈으로 옮겨 갔다. 그것은 하얀 말뚝이 울타리를 이루고 길들은 널찍하고 가로수가 서 있으며 사대문이 있는 당당한 도시로서 흑인, 백인, 누런 피부의 사람들이 평등하게 살았고, 그러므로 미움과 폭력이 없었다.

새벽녘에 그녀는 한기와 온몸의 뻐근함을 느끼며 깨어나 마당을 향해 열려 있는 프랑스식 문 곁으로 갔다. 그녀는 문틀에 머리를 기대고 별빛 밝은 차가운 하늘을 보며 몸을 떨었다. 달은 없었다. 조용한 거리로 딸각거리는 굽 소리가 들려왔다. 작고 하얀 당나귀가 시야 속에 어른거리며 들어오고 그 뒤로 깡통을 덜컥이는 우유 수레가 보였고 또 그 뒤로 작고 초라한 일곱 살쯤 되어 보이는 흑인 아이가 보였다. 아이의 이가 너무 시끄럽게 맞부딪쳐 마당 건너로 떨어지는 자갈돌 같은 소리가 났다. 그녀는 슬프고 우울해졌다. 잠들 때 품었던 생각들이 지금은 우스꽝스럽게 여겨졌다. 그녀는 막연하게나마 이 세상이 바뀐다면 전날 오후 그녀가 만난 사람들에 의해서 바뀌지는 않을 거라고 생각했다. 그런 결론을 내리고 보니 그녀는 더욱 슬퍼졌다. 그녀는 문을 닫고 벌써 4시인데 8시까지는 사무실에 나가야 하니까 잔다는 것도 시간 낭비라고 생각했다. 그녀는 화장대 위와 탁자, 바닥에까지 쌓인 책 더미에서 한 권을 골라 보려고 했다. 그녀는 저 불쌍한 흑인 아이와 자신의 격렬한 비애(그것도 그녀가 알다시피 언제 맹렬한 기쁨으로 변할지 몰랐다.)와 조스가 너무나 합당하게 경멸하던 무성의한 사람들을 다 포함한 책을 원했다. 그녀는 이 모든 것의 설명을 원했다. 책의 제목들이 흐려 보이고 인쇄 글자가 말하는 것은 그녀의 인생과 상관없는 것으로만 보였다. 태양이 떴을 때 마사는 옷을 다 입은 채 방바닥에 엎드려 《뉴스테이츠먼》에 광고가 나 있는 책들의 제목을 베끼고 있었다. 그러나 그 제목들도 단순히 마술적인 《뉴스테이츠먼》이란 이름을 둘러싼 광채에 싸여 있다는 것 이상으로 신통한 장점은 없었다.

그녀는 좌익 독서 클럽의 다음 회합에 나가겠지만 파이크로프트 씨는 차갑게 대해 마땅하다고 마음먹었다. 그를 생각만 해도 맹렬한 혐오감이 일었던 것이다.

그녀가 재스민에게 전화를 걸려는 참에 그녀를 찾는 전화가 울렸다. 그러나 사실은 말처럼 그렇게 간단하지 않았다. 버스 부인의 책상 위에 있던 전화기가 날카롭게 따르릉거려 마사는 그것을 집어 들려다가 소스라쳐서 달음질해 자기 책상으로 돌아갔다. 그녀는 버스 부인이 그 전화를 재스퍼 코언 씨에게 돌리면서 처음에는 호기심 어렸다가 감정적인 시선을 던지는 것을 보았다. 버스 부인은 계속 타이프를 치며 빈틈없고도 직업적으로 과묵한 시선을 마사의 주변에 두고 있었다. 다음 순간 전화기가 짤깍 소리를 냈다. 버스 부인이 다시 귀를 기울였고 그것을 맥스 코언 씨에게 돌렸다. 결국 마사는 재스퍼 코언 씨 사무실로 불려 들어가 아버지가 편치 않으니 지금 어머니가 기다리는 그녀의 하숙방으로 빨리 돌아가라는 친절한 말을 들었다. 어머니의 연극적인 감각이 마땅히 마사에게만 국한되어야 할 문제를 가지고 바쁜 두 사람뿐 아니라 사무실 전체를 방해했다는 데 대한 노여움을 아버지에 대한 염려로 겨우 고정할 수 있었다. 그녀는 관심 어린 시선의 추격을 받으며 사무실을 떠날 때 본능적으로 힐난하는 상급자 중 한 사람에게로 걸음걸이를 했다. 버스 부인은 이번 주에 마사가 개인 일로 사무실을 떠나는 것이 두 번째이며 코언 씨가 그렇게 친절할 수 없다는 점을 어김없이 지적했다.

마사는 하숙집으로 가는 몇 개의 거리를 되도록 빨리 걸었다. 어머니는 벅찬 흥분으로 들떠 문간에서 혼자 그녀를 기다리고 있었다.

"이제 오는군." 그녀가 책망하듯 소리치고 딸 뺨에 입을 맞추며 말했다. "아버지가 정말 아프시다. 정말 굉장히 아프셔, 매티야."

마사는 늘 그렇듯 켕김을 느끼며 물어보았다. "왜 그렇대요?"

그녀는 당뇨 증세가 악화되었다거나 하는 말을 들을 줄 알았다. 그러나 퀘스트 부인은 이렇게 말했다. "글쎄, 잘 모르겠어. 병원에서 검사 중이야. 오늘 하루 아버지를 병원에 맡기고 오는 길이다." 퀘스트 부인은 장갑을 끼며 가방에서 꺼낸 볼일 목록을 들여다보았다.

"그럼 왜 날 사무실에서 불러냈어요?" 마사가 시무룩이 물었다.

"난 시내에서 차를 몰고 싶지 않으니까 네가 좀 몰아 주렴."
퀘스트 부인이 말했고 마사는 화가 나서 대답했다. "엄마 운전
사 노릇이나 하러 사무실을 나올 순 없어요."

"하지만 네 아버지가 아프시잖아." 퀘스트 부인이 맞서 말했
다. 마사가 소리쳤다. "엄마!" 퀘스트 부인이 책망의 눈초리를
피하며 신나게 말했다. "앤더슨 부인을 만나러 가야 해. 그 부
인이 내게 편지를 보냈거든. 너도 함께 가면 좋을 것 같다."

"엄마, 아버지는 어디가 어떠시대요?"

"말했잖아, 검사 중이라고. 바륨을 자셔." 퀘스트 부인이 한
때 간호사였던 것을 딸에게 상기시키는 전문 용어를 만족스
러운 듯 써 가며 말했다.

틀림없이 다음으로 나올 끔찍이 자세한 이야기를 지금같이
태연한 태도로 만족스러운 듯 어머니가 설명하는 것을 피하
기 위해 마사는 말했다. "난 차 마시고 노닥거리는 데 하루를
보낼 수는 도저히 없어요. 코언 씨한테 운전사 노릇을 시키려
고 날 불러내겠다고 하진 않았겠죠?"

"그분 퍽 친절하시더라." 퀘스트 부인이 말하며 미소 지었
다. "자, 빨리 가자, 매티야. 안 그러면 오전 다과에 늦을라."

"난 엄마를 앤더슨 부인과 차 마시라고 데려다줄 맘 없어
요. 그 아주머니는 뭣 때문에 엄마를 보겠다는 거예요……."
그녀는 목까지 넘어오는 '나 몰래'라는 말을 삼켰다. 그녀는
언제나 친구를 사귀기가 무섭게, 무엇이든 자기만의 것을 만
들기가 무섭게 어머니가 쫓아와서 중요한 자리를 차지한다는

사실에 무력한 분노를 느끼고 있었다. 어머니는 퀘스트가의 식구들이 이 식민지에 타고 온 배 위에서 앤더슨 부인을 만난 후론 한 번도 그녀를 만난 일이 없었으면서도 오랜 세월 동안 그녀와 절친한 친구였던 것처럼 말했다.

"그렇게 고집 부리지 마, 매티야. 어머니끼리 아이들 얘길 하겠다는 건 당연하지 않니?" 그녀는 은근히 내숭을 떠는 눈치까지 보였다.

"무슨 생각을 하는 거예요?" 마사가 정떨어진 표정으로 말했다. 그러나 퀘스트 부인은 전혀 동요 없이 딱하다는 듯이 말했다. "가자, 매티야. 시간 낭비 말고."

"난 안 가요." 마사가 분개하며 조용히 말했다.

그녀의 얼굴을 보며 퀘스트 부인이 얼른 말했다. "넌 거기 있지 않아도 돼. 나만 데려다주고 나오면 된다. 걸어서 돌아가렴. 멀지 않으니." 그녀는 거울을 들여다보며 얼굴을 만지고 모자를 바로 했다. 모자는 진한 감색의 펠트 천으로 그녀의 균형 잡히고 뚜렷한 이목구비와 잘 어울렸다. 그녀의 정장은 마직으로 모나게 재단한 것이어서 무슨 위원회에라도 자주 나가는 유능한 여자처럼 보였다. 마사는 향수 냄새를 풍기며 흐느적거리는 앤더슨 부인을 생각하고는 웃고 싶었다. 이 두 여자가 나눌 '재미나는 이야기'에 대한 심술궂은 생각에서 일렁이는 웃음 때문에 그녀는 갑자기 순순히 다정해지기까지 하며 퀘스트 부인을 앤더슨네 집까지 군말 없이 태워다 주고 내려놓은 다음 조용히 사무실로 걸어 돌아갔다.

사무실에서 그녀는 기회만 있으면 동정을 표하고 싶어 못 견뎌 하는 여자들의 호기심 어린 눈초리도 잊은 채 두 손에 머리를 얹고 자신의 감정의 결여를 참담한 기분으로 생각했다. 그녀는 아버지가 아프다는 사실이 화가 날 뿐이었다.(하긴 그녀는 어머니가 말하는 것만큼 아버지가 아프다고는 믿지 않았다.) 그녀는 아버지의 병이 언제라도 자신에 대한 감정적인 논점으로 이용되는 것이 화났다. 자기가 지금 재스민을 생각해야 하며 그녀를 좀 더 잘 알기 위해 노력해야 한다는 것도 알았으나 그러는 동안에도 앤더슨 부인과 자기 이야기를 하고 있을 어머니 생각밖에 할 수 없었다. 어머니의 참견 때문에 무슨 불쾌한 일이 일어나리라는 것은 뻔했다. 언제나 그랬기 때문이다. 도너번과 싸웠다고 말할 것을 왜 그러지 못했을까? 그건 사실이나 다름없었다. 왜……. 그러나 곧 그녀는 초조하게 불행한 느낌 속에서 생각을 멈췄다.

그날 오후 늦게 재스민이 전화를 걸어 차 마시러 오라고 청했다. 그녀는 자신의 신경질적인 목소리가 멀리서 말하는 것을 들었다. "네, 가도록 해 보겠지만 좀 힘들겠어요. 그러니 차라리……."

포레스터 부인, 파이크로프트 부인, 퍼 부인에게 자신이 익살맞게 묘사한 대로 마사에 대한 "보고" 좀 들어 보자고 전화를 걸었던 재스민은 그녀가 거만하고 잘난 체하며 정치적 이해력의 수준은 《옵서버》를 읽는 정도밖에 안 된다는 이야기를 들었다. 이 마지막 정보는 파이크로프트 부인이 제공한 것인데, 부인은 조스가 마사의 겉모습에 현혹된 게 틀림없다는 말을 덧붙였다. 그러면서 마사가 자신의 매력을 그렇게 의식하지만 않는다면 아주 매력적일 거라고 말했다. 그렇기 때문에 재스민은 마사의 어설픈 평계를 들었을 때 이것은 시간 낭비라고 생각하며 그녀를 포기해 버렸다.

지금 마사는 거의 신경질적인 상태에 있었다. 사환을 통해, 도너번에게서 아주 급한 일이니 퇴근하는 즉시 맥그레이스에서 만나야겠다는 편지를 받았기 때문이다.

그리고 그녀가 인사하는 사람들에게 왕족같이 기계적인 미소를 던지며 그들이 앉으라고 권하면 장난스럽게 미안하다고 고개를 저으면서 꽉 들어찬 테이블 사이를 누벼 갈 때, 도너번이 억세게 옆의 빈 자리를 지키고 있는 모습을 볼 수 있었고 그가 화난 것도 알 수 있었다. 뚱하고 성난 그의 모습은 꼭 그의 아버지와 같았다.

"매티!" 그는 그녀가 자리를 향해 애써 가는 동안 높은 소리로 말했다. "너의 어머니랑 우리 어머니랑 어떻게 된 거야? 우리 어머니가 세 번이나 나한테 전화했는데 진짜로 화가 나셨다고."

"난 우리 어머니가 하는 일에 책임 없어." 마사가 딱 잡아떼고 나서 덧붙였다. "마실 것 좀 시켜 줘."

그는 지방 특유의 독한 맥주를 큰 잔으로 두 잔 주문하고 말을 이었다. "우린 어떡할 거지, 매티? 내가 널 근 일주일이나 못 봤고 네가 딱지 놓은 거나 다름없다고 해도 엄마는 막무가내로 안 들으신다고."

이것은 그동안 그녀가 무엇을 하고 지냈는지 털어놓으라는 유도였다. 그러나 마사는 성급하게 물을 뿐이었다. "그래, 어떻게 됐어?"

"왜 날 안 만나는 거야? 소문에 듣자니까 네가 이 근처 공산주의자들과 어울린다던데 그거 너한테 안 좋아. 매티야, 경찰이 그네들 회합에 나가는 거 알아? 그네들은 언제고 감옥에 들어갈 거야."

마사가 토라진 웃음을 지으며 말했다. "아아, 그런 어린애같은 소리 마."

바삐 움직이는 급사들 중 하나가 그들 앞에 맥주를 쾅쾅 내려놓았다. 마사는 그것을 들어 절반을 들이켰다.

"굉장한 술고래가 되어 가는구나, 매티." 도너번이 기분 나쁘게 말했다.

"뭐, 뭔가는 해야 하니까." 마사가 방어적으로 말했다. 그녀는 무의식적으로 자기 손가락을 내려다보았다. 두 손 모두 손가락들이 가운데 마디까지 니코틴에 물들어 있었다. 담배를 줄여야겠다고 마음먹는 순간 그녀는 가방으로 손을 뻗었고 피우던 담배에서 새 담배에 불을 붙이며 생각했다. '어머니와의 일이 해결되면 담배를 끊어야지.'

"그네들은 게다가 유대인 집단이란 말이야." 도너번이 점잖게 말했다. "날 그만큼 사귀었으면 사람 구분쯤은 할 줄 알아야지."

"하지만 다 유대인은 아니야." 마사는 시작하다가 자신에게화가 나서 멈추어 버렸다. "난 우리 어머니들 이야기 하자고여기 오란 줄 알았는데?" 그녀가 그를 불리한 입장에 몰아넣는 것이 분명한 서글픈 미소를 지으며 마침내 물었다.

"너 못됐어." 도너번이 좀 더 부드럽게 말했다. "어머니가 우리보고 만나자시네. 이번이 난 거야, 매티. 이번이."

일단의 젊은이가 라운지에 들어섰다. 그들은 몇 미터씩 되어 보이게 길고 통통한 적갈색 넓적다리를 드러내는 하얀색 짧은 바지에 흑백 줄무늬 스웨터를 입고 있었다. 그들은 기성과 요들 소리를 내며 가까이 앉은 남자들의 어깨를 치고 여자들에게는 감상적인 연모의 표정을 지어 보이며 허리를 굽혔다.

"스포츠 클럽 녀석들이군." 도너번이 샐쭉해서 말했다. "쟤네들을 여기 앉히면 끝장이야. 진짜 끝장이라고."

마사를 보자 청년들은 실망했다는 듯이 소리를 내지르더니 서로 밀치며 그녀에게로 왔다. "매티, 매티야." 그들이 분명치 않게 신음하듯 말했다. "아름다운 매티야." 그들은 아름다움에 경의를 표하는 동안에도 지나가는 급사 한 명을 지켜보다가 맥주잔에 손을 뻗었고 돌아서는데 급사가 투덜거렸다. "저어, 다른 손님이 사신 맥준데요."

주모자는 급사를 무시하며 계속했다. "아름다워. 왜 그대 코는 그렇게 사탕알 같은가……."

"이 테이블엔 사람이 있어." 도너번은 상대방이 예상한 대로 미끼를 물었다.

"고정하시지." 그 운동선수가 말하며 맥주잔을 들어 길고 울퉁불퉁한 목이 드러나도록 고개를 젖혀 마시기 시작했다.

"주욱, 주욱, 주욱." 가까운 테이블에 앉은 사람들이 합창하듯 말했다. "자, 도니를 위해서 죽 마셔……." 목젖이 꾸준히 벌렁벌렁 움직였고 금빛 액체는 거품 속에서 줄어들고 좌중이 모두 손뼉을 치기 시작했다. 그 청년은 맥주가 아까까지 1리터나 들어 있던 잔을 내려놓고 당당하게 사방을 둘러보았고 박수 소리는 더욱 커졌다. 그런 다음 그는 자신을 축하하는 뜻으로 두 손을 머리 위에서 맞잡고 흔들었다. 그러고는 시선이 마사에게 가서 멈추더니 그는 절망의 시늉으로 이마를 잡으며 비틀거렸다. 모두가 웃는 가운데 도너번은 우울한 침묵을 지키며 앉아 있었다.

"이 매력적인 운동선수들에게서 떨어져 나갈 수 있다면, 매티야, 가서 어머니를 만나자."

"난 아직도 우리가 무슨 일을 당할지 모르겠어." 마사가 일어나며 말했다.

둘이 밖으로 나가는 동안 마사는 관습대로 절망의 표정을 짓고 있는 수많은 청년들의 시선에 무관심한 미소로 답했다.

"그렇게 출세하니 기분 좋겠다." 도너번은 회전문이 등 뒤에서 돌아가자 심술궂게 말했다. 마사가 비록 그것이 습관이며 아무 뜻도 없는 것이라고 자신을 일깨우고 있긴 해도, 얼굴에 만족스러운 표정을 띠고 있었기 때문이다.

그들은 말없이 앤더슨가로 차를 몰고 갔다. 거기에는 퀘스트 부인이 남기고 간 전갈이 있었다. "시간이 없어 널 다시 못만나 안됐구나. 난 병원으로 가서 아빠를 모시고 가야 한단다. 앤더슨 부인과는 즐거운 시간을 가졌어. 병원의 검사 결과는 알려 주마."

이 종이쪽지를 손에 쥐고 마사는 도너번을 따라 응접실로 들어갔다. 앤더슨 부인은 보랏빛 새틴을 씌운 의자 위에 구름

같이 퍼진 자주색 시폰 옷 가운데 달랑 앉아 있는 듯이 보였다. 그녀는 미소를 띠고는 있었으나 좋지 않은 표정이었다.

"너희 젊은 애들에게 솔직히 말 좀 해야겠다." 그녀가 말문을 열자 도너번은 중얼거렸다. "이런, 맙소사." 그리고 그는 긴의자에 몸을 던지며 《보그》 잡지를 집어 들었다. "아니야, 도니. 이건 너에게도 하는 말이야. 그러니 들어야 해. 자, 너희는둘 다 아직 어리다는 걸 알아야 해……" 여기서 그녀는 말을끊으며 의심스러운 시선을 그들에게 던지고는 귀갑(龜甲) 담배케이스에서 한 개비를 꺼냈다. 그리고 천천히 불을 붙였다. 지금까지 그녀를 휘감았던 분노는 이미 사그라진 듯이 보였다.

마사는 작은 소파 끝 쪽에 도너번의 발치에 앉아서 미소를지으려고 했다. "우리 어머니가 무슨 말을 했는지 몰라도 아주머니가 아무래도 성급한 결론을 내리시는 것 같아요."

"그래그래." 앤더슨 부인은 기다리지 않고 말을 가로챘다. 그녀는 좀 안심한 듯한 투였다. "너는 내가 참견하는 늙은이라고 생각하겠지만……" 여기서 그녀는 웃으며 장난스럽게 도너번을 바라보았다. 그는 어머니를 차가운 눈으로 보고 있었다. "하지만 내 느낌으로는 네 어머니가…… 말이지……." 그녀는말을 중단하고 한숨을 지었다. "아유." 하며 그녀는 어쩔 수 없다는 식으로 두 손을 이마에 댔다. "너무 피곤하고 화나는구나." 그녀는 벌떡 일어나 마사에게 와서 키스했으나 마사는 몸을 굳혔다. "아무래도 내가 잘못 생각했던 모양이다." 그녀는중얼거리며 미안하다는 듯이 두 사람을 쳐다보았다.

"내 생각에도 그래요, 어머니." 도너번은 얼음장 같은 투로 말하며 《보그》를 내던지고 일어났다. "매티와 내가 언제나 얼마나 플라토닉한지 엄마는 몰라요. 그런데 마음이 더러운 부인네들이 이런 식으로 구는 건 견딜 수 없어요."

"도니!" 앤더슨 부인이 기가 막혀 울기 시작했다. 그녀는 비단옷이나 얼굴의 화장이 망가지지 않도록 상앗빛 비단 헝겊을 눈에 갖다 대었다. 도너번은 일부러 정중히 그녀에게 손수건을 건네주었다. 그녀는 정말로 크게 몸을 떨며 울기 시작했다. "미안하구나, 얘야." 그녀가 흐느꼈다. "용서해, 왜 그런지 몰라도 아깐 굉장히 화가 났어. 그리고 퀘스트 부인이 내 말을……."

"자, 울지 마세요, 어머니." 도너번이 점잖게 말했다. "하지만 대체 왜 이러는지 우리에게 말해 줘야 한다고 생각해요. 매티와 나를 만나겠다고 불러다가 우리 비위를 건드려 놓고는 갑자기 미안하다면서 이런 식으로 그만둘 수는 없어요."

그는 한쪽 엉덩이에다 체중을 싣고 서서 갈색 섀미 구두 한쪽을 여유 있게 앞에 내민 자세로 엄한 표정을 하고 어머니를 내려다보았다. 그녀는 몸을 흔들며 손수건에 묻어난 까만 자국을 보고 웃더니 눈을 다시 꼭꼭 찍어 내며 거북하게 말했다. "퀘스트 부인은 마치 너희가 결혼이라도 할 듯이 이야기하더라고. 그래서 내가 그랬지. 너희는 아직 나이 어리고 도니를 결혼시킬 돈도 없고……."

여기서 마사는 얼굴이 빨개지며 소리쳤다. "정말 더 이상 참을 수 없군요!"

"그래, 매티. 미안하게 됐다. 하지만…… 아아, 정말 어렵구나. 너도 알다시피 우린 정말 무척 가난해서……."

매티는 자기 집의 기울어진 반빈곤 상태와 이 값비싼 집, 그리고 앤더슨 부인의 은밀히 사치스러운 생활을 생각하며 갑자기 웃음이 났다. 또한 이렇게 사소하게 부수적인 사건이 그녀가 어려서부터 지녀 왔던 인식을 가로막고 있던 검은 휘장을 걷어 버렸다. 그 인식은 퀘스트가의 가난도 그들을 돕는 흑인 농노들이 보기에는 상상도 못 할 또 도저히 성취할 수도 없는 부를 상징한다는 사실이었다.

"이건 농담이 아니란다, 매티." 앤더슨 부인이 말했다. 그녀는 마사 자신도 이따금 거짓된 요구를 할 때 사용하는 서글프고 매력적인 태도로 미소 지었으나 불쾌한 모양이었다. "뭐니 뭐니 해도 남편은 은퇴했고 우리는 부자가 아니야. 난 돈이 좀 있지만 그렇다고 많지는 않아. 게다가 요샌 생활비가 굉장히 비싸졌지 않니?" 백만장자도 그의 여러 채 되는 집, 차, 요트를 가리키면서 그런 말을 할 것이다. "이걸 다 유지하려면 굉장한 돈이 들어."라고 화내며 말할 것이다.

도너번이 판결을 내리듯 말했다. "어머니, 내 생각엔 어머니가 나빴어요. 나도 화가 나요."

앤더슨 부인은 표정이 밝아지며 발돋움해서 그에게 키스했다. 그는 착한 척 뺨을 내주었다. "나는 저녁 약속이 있어서." 그녀는 여느 때의 우아한 어조로 돌아가 말하며 일어났다. "너희 둘은 자신들을 돌볼 줄 알 테니까. 아버지 식사 잊지 말렴⋯⋯. 하인 녀석한테 스크램블드에그로 하라고 일러. 삶은 달걀은 질리셨대요." 그녀는 우스꽝스럽게 미소 지어 보이고는 말했다. "안녕, 얘들아. 그리고 이 바보 같은 아주머니를 용

서하려무나." 그녀는 한 손으로 살짝 머리를 만지고 또 한 손
으로 꺼멓게 번진 눈을 닦으면서 휙 나가 버렸다. 그녀는 지금
부터 화장에 걸릴 시간을 생각하고 인상을 썼다. 약속 시간에
무척 늦었던 것이다.

단둘이 남은 마사와 도너번은 당장 서로를 쳐다보지는 않
았다. 두 사람 다 금방이라도 화가 날 상태였다. 그들은 지금
의 상황이 어떤 문제들을 제기했음을 의식했다. 그리고 마사
는 마사대로 도너번이 이 문제들을 말로 옮겨 주기를 기다리
고 있었다……. 남자가 마땅히 나서야 하지 않는가?

아닌 게 아니라 그가 먼저 말을 꺼냈다. 그러나 그녀가 기대
한 대로는 아니었다. 그는 앤더슨 부인이 무척 애써 꽃꽂이했
을 듯이 보이는 아름다운 장미와 구릿빛 글라디올러스를 쥐
어뜯으며 마침내 말했다. "아무래도 우리가 같이 자야 할 것
같은데." 그는 울적한 얼굴로 화가 난 듯이 그녀를 바라보았다.

그녀는 놀라서 콧소리를 내며 불쾌한 웃음을 지었다. 그녀
는 웃음을 멈추었다가 다시 웃었다. 자기를 어리둥절하게 화
난 얼굴로 보고 있는 도너번을 보며 깔깔대고 발작적으로 웃
다가 심한 기침을 하기 시작했다. 그러고는 뚝 그쳤다. 그녀는
한숨을 쉬었다. 무척 피곤하고 울적했다.

"다 좋아." 도너번이 화내며 말했다. "상관없다고." 그는 다시
아까같이 비판적이고 화가 난 표정을 했다. 지금 그를 보는 마
사의 시선에는 분명히 분노의 빛이 있었다. 몇 순간 그들의 시
선이 서로 도전하듯 부딪치다가 외면했다. 만일 퀘스트 부인
이나 앤더슨 부인이 이 순간의 방 안을 들여다봤다면 두 사람

이 양탄자 위에서 멀찍이 떨어져 앉아 심한 싸움을 벌일 기세인 것을 보고 깜짝 놀라 실망까지 했을 것이다.

"밥 먹는 게 좋겠다." 마침내 도너번이 말했다.

위기의 순간이 미뤄졌다는 안도감을 안고 그들은 식당 방으로 갔다. 식당에서 도너번은 아버지의 스크램블드에그를 시키면서 농담하는 기분으로 되돌아갔다. 그런 다음 그들은 평상시대로 영화를 보러 간 뒤 평상시대로 맥그레이스네로 갔으며 도너번은 십여 명의 타인들과 긴 테이블을 함께 쓰는 일을 반대할 기색도 없었다.

"우리 도니 도령이 오늘은 기분이 좋으시네." 운동선수 한 사람을 동반하고 우연히 마사 가까이에 앉아 있던 메이지가 말했다.

사실 도너번은 쾌활하고 짓궂고 재미가 있었다. 그는 운동선수들을 무색게 하기로 작정한 듯이 보였다. 그들을 놀리고 그들의 체면을 깎는 짓궂은 이야기를 한 다음에는 자신을 깎아내리는 이야기를 함으로써 어물어물 가시를 빼 버렸다. 그리고 자정쯤 해서 의기양양하게 마사를 이끌고 나가면서 말했다. "매티, 예쁘게 있으려면 자야 해, 안 그러면 얼굴 버려. 그럼 아무도 널 사랑하지 않을걸."

운동선수들은 들떠 매티와 모든 여자들을 영원히 사랑한다고 말했으나 그것은 여느 때처럼 자신 있는 말투가 아니었다. 그것은 도너번의 기세 때문이라기보다 그가 언제나 풍기는 귀에 거슬리는 말투 때문이었다.

보도로 나오자 그는 아까의 거슬리는 말투 같은 건 언제

썼냐는 듯 놀랍도록 솔직하게 살짝 말했다. "매티, 골이 온통 넓적다리에 들어 있는 저런 바보 얼간이들보다 내가 훨씬 더 재미있다는 건 인정하지?" 그녀가 동의하자 그는 말을 이었다. "넌 아무래도 내가 붙어 있는 게 나을 거야. 내가 전에 데리고 다니던 여자가 날 버리고 그치들한테 갔는데 말이야, 네가 그 애 꼴을 봤어야 해. 어찌나 심심해하는지. 내가 눈물이 날 지경이더라."

"그래 그 애는 어떻게 됐어?" 마사는 호기심이 나서 물었다.

"결혼했지. 나이로비 출신 사업가하고." 그는 마치 그런 물음에는 이런 대답이라야 맞는다는 투로 말했다. 마사도 같은 생각을 할 수밖에 없었지만 그가 말을 계속하자 생각이 달라지기 시작했다. "너희 여자들은 모두 결혼해. 정신력이라는 게 전혀 없는 거야. 난 정말이지 섹스가 과대평가되고 있다고 느껴. 안 그래?"

"난 모르겠어. 시도해 보지 않았으니까, 아직." 마사가 농담 조로 말했다.

그러나 그는 그런 농담을 받아들이려고 하지 않았다. 그는 절박한 듯이 마사의 팔을 누르고 그녀의 얼굴을 내려다보면서 고집했다. "저, 그렇게 생각하지 않아? 여자들은 모두 남자가 같이 자 주기를 바란단 말이야. 그리고 정말로……." 그의 얼굴은 혐오로 흐려졌다.

비록 마사는 호인답게 동의할 의사가 충분했음에도 대신 웃기 시작했다. 그는 약간 긴장된 이 웃음이 끝날 때까지 기다렸다가 성질을 부리며 말했다. "여자들은 섹스에 빠져 있어.

내 생각은 그래."

그녀는 최근에 읽은 반투족(族)의 습관에 대한 책 이야기를 사교적으로 재잘거리기 시작했다. 그러면서 개인적인 논평을 슬쩍 피하는 화술을 받아들일 줄 모르는 그의 성미가 나쁘다고 생각했다. 그녀는 원시 종족 사이에서는 문명사회에서보다 훨씬 빨리 여자들이 성적으로 성숙하는 것으로 판단된다고 말했다.

그런데도 그는 그녀를 문 앞에 데려다줄 때까지 입을 떼지 않았다. 그리고 습관적인 작별의 키스를 그녀의 뺨에다 슬쩍 하면서 말했다. "매티, 다음 토요일에 널 스포츠 클럽 무도회에 데려가기로 했어. 모든 위험을 무릅쓰고 말이야. 네가 자꾸만 줄을 당기는 걸 알겠다고."

"불쌍한 도너번." 마사는 말하고 다시 한번 웃었다. 웃지 않을 수 없었던 것이다. 그녀는 갑자기 말하고 말았다. 그녀가 이름 붙인 바에 따르면 그것은 장난스러운 충동이었다. "제대로 키스해 줘, 돈." (그녀는 곧 자신이 부끄러워졌다.) 그녀는 청하듯 그의 얼굴 밑으로 자기 얼굴을 가져가며 어두운 것을 다행히 여기면서 반쯤 눈을 감았다. 뺨에 뜨거운 핏기가 번져 감을 느낄 수 있었기 때문이다. 그녀는 속눈썹을 통해 그의 화난 얼굴을 바라보며 기다렸다. 마침내 그는 그녀를 붙잡고 마구 흔들어 댔다.

"이러지 마, 매티." 그가 엄한 소리로 말했다. "날 놀리지 마. 얌전하게 굴지 않으면 무도회에 데리고 가지 않겠어."

이런 말로 그들은 헤어졌다. 방에 들어서며 마사는 처음에

화가 났으나, 다음에는 순응하는 것이 그녀의 천성인지라 도
너번의 눈으로 자신을 보게 되고 거기에 굴욕을 느꼈다. 이런
혼란의 감정 뒤에는 또 하나의 감정이 있었다. 그녀는 도너번
과 있을 때는 너무나 안전하다고 혼자 중얼거렸다. 그와 함께
스포츠 클럽에 가게 된 것은 다행한 일이었다. 사람은 처녀성
을 되도록 일찍, 그리고 낭만적으로 잃을 권리가 있다는 것을
첫 번째 신조로 삼는 처녀로서 이것은 참으로 해괴한 생각이
기도 했다. 사실인즉슨 도너번과 잔다는 생각은 갑자기 불가
능하고 징그럽게까지 느껴졌다. 그녀는 여러 번 그를 조너선이
라고 불렀는데도, 빗나간 말을 전혀 의식하지 못했던 것이다.

3부

많은 여자들은 그 인생에 있어서 가장 큰 슬픔마저도
하나의 '시침질'로 환원하고 만다.
— 프루스트

1

스포츠 클럽은 약 5년 전에 생겨났고 어떤 의미에서 이 나라의 특징이 되었다. 부인들의 브리지 파티에서 그 문제가 처음 논의되었을 때 메이너드 부인이 말했다. "이 도시에 스포츠 클럽이 하나 없다니 참 딱해요." 다른 사람들은 스포츠 클럽이 이미 여러 개 있다고 지적할 필요를 느끼지 않은 채 동의했다. 기존의 스포츠 클럽들은 철도, 우체국, 여러 사업체의 직원들 것이었다. 4시 30분부터 해 질 녘까지 이 도시의 모든 넓은 공간이 맹렬한 운동에 골몰하는 젊은 사람들로 붐볐다.

메이너드 부인은 몸집이 크고 마음이 억세고 눈썹이 시커먼 정력적인 고관 부인이요, 숙녀였다. 다시 말해서 그녀가 메이너드 씨와 결혼했던 영국에서는 태생부터 지배계급에 속하는 사람이었다. 로아일랜드 부인은 오직 영국 귀족계급과 관련 있는 집안의 로아일랜드 씨와 결혼했다는 이유만으로 귀부인이 되었다. 그녀는 생각한 대로 말하는 게 굳이 자랑도 아닌 상스럽고 심술궂은 여자였다. 사람이 생각대로 말해서는 안 될 때도 있다는 생각이 그녀의 머릿속에는 들어 본 적이 없기 때문이다. 그녀가 대뜸 말했다. "나도 정말 동의해요. 좀 품위 있는 장소가 필요해요. 관리나 우리 같은 사람을 위한 곳이 있어야 한다고요." 자라난 환경 때문에 무엇보다도 암시의 기교를 잘 아는 메이너드 부인은 자기 생각이 그렇게 노골적으로 표현된 데 대해 자연 서운해했다. 그러나 그녀는 로아일랜드 부인을 괄시하진 않았다. 괄시가 통하는 위인도 아니려니와 마음속으로 굳이 그럴 값어치도 없는 사람이라고 생각했기 때문이다. 세 번째 숙녀인 탤벗 부인은 먼저 두 여자와 너무나 달랐다. 그들과의 계속적인 우정은 순전히 브리지에 대한 흥미 덕분이었다. 그녀는 매력적이고 우아한 부인으로 주된 관심사는 연약하고 예술적인 자기 딸이었다. 그녀는 친구들에 대한 호소의 뜻도 곁들인 일종의 미소 띤 인내심을 보이며 아이들이 오락할 수 있는 장소가 생긴다면 좋겠다고 나직이 말했다. 그런데 유의할 만한 것은 이 말이 나올 때까지는 젊은이들의 요구 같은 것은 다른 여자들 머리에 전혀 떠오르지 않았다는 사실이다. 네 번째인 노웰 부인은 즉시 열을 올리며 관대하게 말했다. "그럼요, 젊은이들을 위해서 뭔가 해 주어야지. 우리 더기는 럭비를 좋아해요. 난 늘 그러다 목 부러질라 하지만요."

침묵이 흘렀다. 서로의 의도에 충돌이 있었기 때문이다. 그러나 노웰 부인은 흥분에 불타 곧 다시 이야기하기 시작했고, 스포츠 클럽이 몇 분 사이에 세워져 설비를 갖추고 개관 기념 무도회의 법석을 치르게 되었다. 사람들은 그녀를 보고 웃으며 놀렸다. 특히 메이너드 부인과 로아일랜드 부인은 스포츠 클럽이란 원주민 하인들이 고분고분한 조상처럼 벽을 둘러서 있는 곳이며 그늘진 큰 베란다가 있고 칵테일이 넘치는 곳, 개인적인 이야기를 나누며 웃음꽃이 피는 상상의 베란다 뒤편에 늙수그레한 부인들이 가득 찬 브리지실이 있는 곳쯤으로 생각했기 때문에 더욱 그러했다.

그날 저녁 메이너드 부인은 남편에게 그 이야기를 했고 남편은 그것이 수지맞는 안이라며 찬성했다. 로아일랜드 부인은 로아일랜드 씨가 "내가 신사인 체하는 사람은 아니지만 어떤 때는 정말⋯⋯." 하고 말할 때까지 입을 놀렸다. 탤벗 부인은 딸에게 수채화를 그리는 데 너무 많은 시간을 보내는 것은 좋지 않다며 이따금 테니스 시합이라도 하면 빅토리아 시대의 처녀들처럼 잦은 편두통으로 졸도하는 버릇도 고쳐질 거라고 다정하게 타일렀다. 노웰 부인은 아들이 말리는데도 사무실에 전화를 걸어 마침내 아들이 견디다 못해 이렇게 말할 때까지 물고 늘어졌다. "그래요. 하지만 제발 어머니, 다음에 이야기해요."

이 부인들은 모두 좋은 일을 위해 돈을 걷는 데에는 명수였고 더구나 수지맞는 안을 위해 큰돈을 걷기엔 더욱 능란했다. 그래서 얼마 뒤에는 약 서른 명으로 이루어진 대위원회가 형성되었다. 그중에 마흔다섯 살 이하인 한 사람도 없었다. 그들은 서로 이 건물이 가져야 할 브리지실, 칵테일 라운지, 바의 수효에 대해 확고한 생각들을 가지고 있었다. 그들이 클럽 건물과 테니스장 하나쯤 들어갈 만한 대지를 사려던 무렵에 새로운 요인이 이 상황에 가미되었다. 이렇게 말하는 것은 빙키 메이너드가 ("스포츠 클럽"이라고 쓰인) 건축가의 설계도를 집어들고 큰 웃음을 터뜨렸을 때 일어난 사건을 말하는 데에는 너무나 약한 표현일 것이다.

"이게 뭐야? 은퇴한 관리들의 수용손가?" 그는 이렇게 물었던 것이다.

그의 어머니가 그를 나무랐다. 아버지는 또 그런다 하는 우려의 표정으로 그를 쳐다보았다. 빙키가 흥미진진하게 설계도를 들여다보다가 마침내 말했다. "이런, 뭐 같군…… 뭐 같아. 응?" 그는 설계도를 공중에 펄럭이며 큰 소리를 한 번 지르더니 자기와 동감인 친구들을 찾아 집 밖으로 뛰쳐나갔다.

빙키는 네 살 때 하늘색 새틴 옷을 갑옷처럼 입고 꽃과 리본에 묻힌 누이의 결혼식 탁자에 기어올라 "이제 내가 누나한테 축배할 차례야……"라고 소리쳤을 때 이미 자라서 어떻게 될 운명인가 첫 징조를 보였다. 발길질하며 소리소리 지르는 그를 사람들이 안아 내렸다. 학교에서는 학급의 밑바닥이었고 오락에도 쓸모없었으나 온갖 종류의 클럽이나 모임들을 조직했다. 학교를 나오자 아버지는 그를 관리직에 넣었다. 거기에 서라면 적어도 다치지는 않을 것이기 때문이었다. 그는 거기서 곧 "점심때 샌드위치를 먹는 클럽"과 "은퇴 후의 선물용 자금을 저축하는 모임"을 만들었다. 그는 아버지의 골칫거리, 어머니의 자랑거리, 상사의 절망거리였다. 그가 덩치만 크고 볼품없이 뻘건 얼굴과 까만 머리를 지닌 스물두 살의 청년이었을 때 설계도가 하늘에서 내려온 만나처럼 그의 손에 들어와 그의 천재성이 필요로 하는 돌출구를 제공해 주었던 것이다.

그가 다음 날 아버지에게 말했다. "불공평해요. 제 말은 젊은 요소도 필요하단 말입니다." 아버지도 의견을 달리할 수 없었다.

다음 위원회 때 빙키, 더글러스 노웰 그리고 오륙 명의 청년들이 발언했다. 빙키가 위원장이었다. 선출된 게 아니라 그의 철저한 외곬 때문에 그렇게 되었다. 두 번째 모임에 짧은 바지와 스웨터를 입은 여자들이 여럿 나왔다. 그 여자들은 나이 많은 부인들에게 공손하고 나이 많은 남자들에게는 아양을 떨었지만, 청년들에게는 마치 너희는 여기 나타날 권리가 눈곱만큼도 없다는 듯 대했다.

로아일랜드 부인이 일어나서 (그녀는 다른 사람들처럼 자기들의 완전한 패배를 인식하지 못했으므로) 자기가 돈만 밝히는 속물은 아니지만 클럽은 제한해야 한다고 말했다. 빙키는 그녀의 말이 끝나기도 전에 일어나 검고 성난 눈을 크게 뜨고 그녀를 노려보면서 자기는 누구라도, 만세 삼창으로 공적을 찬양할 만한 로아일랜드 부인일지라도 이렇게 이 나라의 정신과 어긋나는 말을 한다는 것은 화나는 노릇, 참으로 분개할 노릇이라고 말했다.(그는 누구도 여기에 의견을 달리하리라고 생각하지 않았다.) 그가 말하고 싶은 것은 여기가 영국이 아니라 새 나라라는 것이었다. 그는 1년에 20실링을 벌 수 있는 사람이면 누구에게나 클럽이 개방되어야 한다, 믿기 어렵다고 생각하겠지만 20실링도 어떤 사람들에겐 과한 돈이다,(오해는 말아 주기 바란다.) 연설에 익숙지가 않지만 내가 하고 싶은 말은 이것이라고 말했다. 그의 말은 충분히 효과가 있었다. 절대 다수인 한창때의 젊은이들에게서 정열적인 동의의 속삭임이 일었고 다시는 속물이니 제한이니 하는 말이 나오지 않았던 것이다.

그때부터 여러 달 동안 메이너드네 집은 낮이고 밤이고 젊은 남녀로 득실거렸다. 위원회가 열렸으나 그것은 형식일 뿐 오직 빙키가 이미 만들어 놓은 계획을 만족시키고 지지하고 확인하기 위한 것이었다.

어느 날 오후 빙키는 어머니와 다른 세 부인이 고함치며 토론하는 젊은 무리의 압력을 피하느라 베란다의 한구석에서 웅크리고 브리지를 하고 있는 것을 보았다. 아픈 회한의 정이 그를 엄습했음에 틀림없다. 나중에 그가 아버지에게 이렇게 말했기 때문이다. "우리가 밀고 들어간 것처럼 생각하시지 말기 바라요. 그건 스포츠 클럽이잖아요, 그렇죠?"

온화하고 교양 있는 사람인 메이너드 씨는 살짝 눈썹을 치켜세우며 미소 지었다. 그러나 자기 몸짓이 불충분했던 것을 알아차리자 그는 나직이 말했다. "빙키야, 난 네가 타고난 소질이 없나 의심하기 시작했는데, 안 그런 걸 보고 얼마나 안심했는지 모른다. 만일 네 힘으로 처리할 수 없게 되면…… 내가 지지해 주마. 하지만 그렇게 될 것 같지는 않구먼."

빙키는 잠시 사이를 두었다가 기연미연하는 미소를 보이더니 신나서 말했다. "아, 그럼 괜찮은 거지요, 그렇지요?"

"그러니 이제 내가 위원회를 사퇴하고 골프의 핸디캡을 줄이는 일에 열중해도 반대하지 않겠지……. 그런데 너의 스포츠 클럽 설계에는 골프장에 대한 계획이 없다는 걸 지적해 둘까?"

"그건 모르시는 말씀이에요." 빙키가 기분 상한 소리로 말했다. "건물 대지 바로 뒤의 땅은 우리가 최우선권을 가졌어요. 그 땅은 6개월 내에 빈대요. 그러니까 1년만 있으면 적당한 크기의 골프장이 생길 거예요."

"미안하군." 메이너드 씨가 말했다. "내 말은 완전히 철회하마. 하지만 내가 저번에도 말했지만 나와 네 어머니는 사임했으면 좋겠구나. 둘 다 섭섭한 감정은 없어. 하지만 이제 네가 부인들이 브리지를 할 수 있는 조그만 옆방을 만들기로 동의했고 골프장도 보장받았으니 우리는 필요 없어졌다고 보는데."

"그렇지만! 그런 게 아녜요, 아버지." 빙키가 원망스러운 듯 말했다.

"하지만 아까도 말했듯이 내가 지지해 준다니까. 따지고 보면 우리는 도움보다 방해가 되거든."

"그런데 돈은 누가 모아요?" 빙키가 물었다. "테니스 경기장 네 개와 그럴듯한 탈의실을 만들려면 적어도 1만 파운드는 더 들 거고 골프장도 거저 되진 않을 거 아니에요?"

"이걸 분명히 해 두자. 너는 나와 네 어머니가 돈을 걷어 주기 위해 위원회에 남아 있기를 바라는 거냐?"

"원하면 사임하셔도 좋아요." 빙키가 이해심 있게 말했다. "하지만 재무 위원회는 있어야 해요. 어머니랑 로아일랜드 부인이랑 나머지 분들은요. 돈을 마련하기 위해서 말이죠."

메이너드 씨의 두 뺨이 부풀어 오르고 비판적으로 꼭 다문 입이 단추처럼 움푹 패는 한편, 눈썹이 검은 연처럼 치솟았다. 그것은 그가 판사로 있던 법정에서 원주민 범법자들에게 두려움을 줄 때 사용하려고 개발한 표정이었다. 아버지는 눈썹을 떨어뜨리고 뺨을 수축시켰다. "원, 원." 그는 다시 천천히 고갯짓을 했다. "말해 봐. 어째서 1만 파운드면 된다고 생각하는 거냐? 그 계산은 어디서 났어?"

"아, 원하시면 계산을 보여 드릴게요. 모두 1만 650파운드 10실링 4페니예요."

"네가 그걸 계산해 낸 거냐? 네가 종이와 연필로 견적을 내며 계산한 거야?"

"저는 숫자 머리가 없어요." 빙키가 서글서글하게 말했다. "더기가 해 주었지요. 그 앤 숫자엔 그만이니까요."

"원, 원. 타고난 조직가로군. 누가 그럴 줄 알았겠냐? 뭐, 해 볼 만도 하다. 네게 공업을 시킬 걸 그랬구나." 메이너드 씨가 말했다.

"이제 와서 제 직업을 바꾸라는 건 아니지요? 그럴 시간 없어요. 클럽 일로 바빠요. 게다가 크리스마스 때 한 계급 승진시켜 준댔어요. 적어도 그것만은 관청을 알아주어야 해요. 꼭 올려 주거든요. 그래야 마땅하지만."

1935년 스포츠 클럽의 터는 수목이 우거진 옛 주택가와 구불구불한 베란다가 달린 집들과 헐벗은 초원 사이를 가로막고 있었다. 그 경계 울타리는 북번화가와 잇닿아 있었다. 사람들은 오래전부터 "북번화가"란 말을 형용사로 사용했다. "그 여자는 북번화가적이야."라고 도너번은 칭찬하듯 말하기도 했다. 이곳에는 고급 관리와 각료들을 비롯해 수상까지 살고 있었다. 그러나 이제는 길 건너 두 줄로 선 고목나무의 훤칠한 크림색 줄기 사이로 운동장이 보이고 그 너머엔 클럽 건물이 보이게 되었다. 그것은 케이프 식민지 양식의 훌륭한 붉은 벽돌 건물이었으며 곡선이 멋진 녹색 지붕과 웅장한 흰 기둥이 받치고 있는 깊숙한 베란다가 있었다. 몇천 평에 이르는 운동장은 우기에는 빛나는 밝은 초록색이었으나 건기에는 끊임없이 작동하는 굵은 흑뱀 같은 호스를 오륙 명의 원주민 팀이 종일토록 이리저리 끌고 다니는데도 푸수수한 갈색이었다.

내부에는 윤기 있는 진한 색 나무로 마루를 깔고 천장 높은 커다란 방이 있었다. 안락의자들도 있고 양옆에는 벽난로도 있었다. 이 방은 일주일에 두세 차례씩 무도회를 위해 치워졌다. 이 방을 지나면 한편에 바와 칵테일 라운지가 있었다. 그리고 반대편에는 브리지에 사용할 수 있는 조그만 방이 탈의실 뒤쪽에 가려져 있었다. 그러나 누구든 이 방에서 하루 오후를 편히 지내려 드는 사람이 있으면 으레 빙키의 푸수수한 머리가 문틈으로 쑥 들어와 엄하게 명령조로 말하는 것이었다. "스쿼시 위원회가 십 분 후 이 방을 쓸 거예요. 미리 알려 드리지만요." 오후 4시쯤 되면 그때까지 비교적 한산하던 클럽은 갑자기 흰 바지에 줄무늬 스웨터를 입은 청년들과 운동복이나 짧은 바지 또는 색색의 바지를 입은 여자들로 득실거렸고 급사들이 금빛 맥주잔들을 가득 담은 쟁반을 들고 비틀거리며 이리저리 뛰어다녔다. 베란다는 만원이었다. 열 개도 넘는 벌거숭이 적갈색의 털북숭이 다리가 남자여자 섞여 베란다가에 대롱거렸다. 모든 사람의 눈이 전문가처럼 열중하여 하키와 럭비 시합을 좇았고 이따금 넓은 운동장 저편에서 탕 하고 치는 소리나 외치는 소리가 가늘게 들려왔다. "옳지, 졸리, 이 친구야." 아니면 끙끙거리는 소리도 들렸다. "베티, 베티. 네 공이 날 죽일 뻔했어." 그러고는 어떤 청년이 죽는 시늉을 하며 야단스럽게 사지를 늘어뜨리고 뒤로 벌렁 누워 중얼거렸다. "저 베티란 애가 날 죽이는군, 정말이지!" 그는 누군가가 자기의 암시를 알아차리고 맥주를 갖다줄 때까지 누워서 기다렸다가 천천히 일어나 앉으며 자기의 연극 효과를 시험하기 위해 관객을 열심히 둘러보고는 사과하듯 말했다. "쟤들! 저 여자애들! 도저히 참을 수 없어요. 사람 죽인다니까." 그러고는 남들이 동정하듯 웃는 가운데, 아니 박수까지 치는 가운데 심각한 꼴로 자신이 최고 기량을 발휘했음을 의식하는 명배우의 겸손한 태도로 맥주를 마셨다. 이런 무리 사이로 빙키는 누비고 다녔다. 이제 빙키는 제왕이었다. 서글서글하고 관대하고 소탈하고 맥주 살이 찐 청년 빙키는 무슨 의견의 차나 불화의 징조가 없는지 검은 눈으로 항상 지켜보았다. 그는 어떤 청년 옆에 가 서서 중얼거리기도 했다. "시간 있으면 샤워 설비 문제 좀……." 그러면 그 청년은 즉시 그를 따라 나가고 두 사람은 남들과 떨어져 서서 환심을 사려는 듯하면서도 의식적인 거드름을 부리며 그 기계에 대해 이야기하는 것이었다. 또 어쩌다 한가해진 바쁜 사람처럼 이리저리 고개를 끄덕이며 베란다를 이 끝에서 저 끝까지 거닐라치면 여자들이 "안

녕, 빙크스!" 하고 시험 삼아 말을 건네기도 했다. 그러면 그는
"안녕!" 하고 친밀감 있게 응답했고 마침내는 한 여자 곁에 서
서 그녀에게 팔을 두르며 그럴 때 꼭 지어야 하는 고통과 좌절
의 표정을 얼굴에 띠고 말하는 것이었다. "자기 때문에 죽을
것 같아. 그렇다니까. 자기, 남자 친구는 누구지? 내가 그 친
구를 해치워 주지." 그러면 여자는 다른 여자들이 낄낄거리는
가운데 역시 모성적인 관대함을 나타내는 의무적인 표정을
수동적으로 지어 보였다. 여자들은 이것이 그들 모두에게 보
내는 관심의 표시였기 때문에 좋아했다. 그러니까 그 여자는
그들의 대표 격이었다. 그러나 빙키는 신음 소리를 내며 경의
를 표하는 동안에도 눈으로는 그의 관심을 차지할 다음 것을
찾아 헤맸다. 그러다가 갑자기 허리를 펴고 "넌 이제 그만하면
됐지?"라고 말하듯 여자를 툭툭 치고는 다음 무리로 건너가
잔을 비워라, 반 시간 동안이나 같은 잔을 끼고 있기냐, 각자
가 구실을 해 주지 않으면 클럽은 파산이다 말하는 것이었다.
"자네들 협력이 모자란다고." 그는 심각하게 말했다. 그러면 모
두 자동적으로 손이 맥주잔으로 갔다. "급사!" 빙키가 위엄 있
게 손을 흔들며 소리쳤다. "여기 잔들을 채워!"

　그러나 클럽은 번창하고 있었다. 가입금이 싸서였는지 모
르나 서른 살 아래 사람으로 회원이 아닌 사람은 시중에 별로
없었다. 그리고 보면 예순 살 아래도 좀 있었다. 어쩌다 들르는
방문객은 여기가 젊은이들만을 위한 곳이려니 짐작하겠지만
이곳의 특권이 대단해서 사람들은 가입해야 할 것처럼 느꼈던
것이다. 그들은 이렇게 말했다. "신년 무도회만 해도 그래. 그것

만으로도 가입할 만해. 분위기가 아주 좋거든. 맥그레이스처럼 시끄럽지 않고."

그러나 그곳은 대단히 시끄러웠다. 그들의 말뜻은, 처음에 그곳을 배타적으로 이용하고 싶어 한 브리지 게임 하는 부인네 계층의 사람들이 비록 자기네끼리 뭉쳐서이기는 해도 사실 큰 무도회에는 참석한다는 것이었다. 고급 관리들, 굵직한 사업가들이 아내와 딸들을 동반하고 적당한 호의의 미소를 띠며 큰 테이블에 앉았다가 '분위기가 난잡해지기 전' 자정쯤 해서 살짝 나가는 게 통례가 되었다.

"이봐, 거기 좀 떨어져." 또는 "이러지 마, 우리 갈라지자고!" 하고 빙키는 소리쳤다. 이것은 그룹이나 쌍쌍에게 자기들끼리만 남아 있지 말고 소리치며 춤추는 저 무리 속으로 뛰어들라는 뜻이었다. 그러는 동안에도 빙키는 땀을 뚝뚝 흘리며 타이가 비뚤어진 채 맥주잔을 흔들어 대면서, 턱과 팔이 아파 올 때까지 연주하며 미소 짓고, 미소 짓고 연주하는 악단을 위해 무료 음료를 가져오라고 급사들에게 명령했다. 새벽 2시쯤 연주자들이 미소 띤 얼굴을 저으며 악기를 치우기 시작하면 원망 조로 항의하는 청년들이 몰려들었다. 한 번만 더, 한 번만 더, 언제나 한 번만 더해 달라며 청년들은 맥주를 갖다 안겼다. 한편 여자들은 약간 수줍은 웃음을 머금고 서 있다가 악단이 완강하게 거절하면 어머니가 달래듯 말했다. "늦었어, 애들아, 내일 일해야지."

1935년에 그 '패거리'는 모두 열여섯 살에서 스물한두 살 사이의 아이들이었다. 1938년에도 그들은 자신들을 여전히 아이들이라고 불렀다. 그러나 8시에서 4시 또는 4시 30분 사이 낮 동안에는 이 아이들은 야심만만한 사업가, 승진해 가는 관리들이었고 여자들은 그들의 비서들이었다. 그래서 누군가가 "보비 어디 갔어? 왜 요즘 볼 수 없지?" 하고 물으면 그에 대해서 책임이 있다고 느끼는 여자애가 눈에 꿈꾸듯 헌신적인 표정을 띠면서 말하는 것이었다. "시험 친대." 그러면 모두 동정의 한숨과 더불어 이해가 간다는 듯이 고개를 끄덕였다.

여자 애들은 이를테면 남자들에 대한 책임이 있다고 여겨졌다. 일주일 전에 학교를 졸업해서 처음 무도회에 나와 난생처음 술을 마시는 열일곱 살의 아이마저도 본능적으로 쓴맛 단맛 다 겪은 어머니 같은 동정의 태도를 보였다. 이 늑대 또는 저 늑대 녀석이 신음 소리를 내며 눈을 굴리고 "미인인데, 왜 내가 진작 널 못 봤지? 이건 견딜 수 없는걸. 나 죽어." 하며 이마를 부여잡고 그녀의 견딜 수 없이 매혹적인 모습을 보고 비틀거려도 그녀는 낄낄거리지 않았다. 그 대신 그녀는 조그맣게 슬기로운 미소를 지으며 어른 세계로의 첫 방문이 미처 끝나기도 전에 벌써 누나같이 성실한 모습에 홍조를 띠며 "술 좀 그만 마셔."라고 훈계하는 것이었다. 이럴 때 청년들은 으레 술을 마시지 않았다. 열 쌍도 넘는 동정의 눈초리가 뒤쫓는 가운데 청년은 자신의 영웅적 행동을 의식하며 주스 잔을 손에 들고 베란다로 걸어 내려갔다. 그리고 사람들은 궁금해하며 물었다. "어때, 프랭키?" "잘돼 가, 졸리?" 그러면 남자는 고개를 저으면서 겨우 견디고 있다는 시늉을 했다. 왜냐하면 전에도 최소한 열 번은 넘게 그랬을 것이 틀림없기 때문이다.

공공연했다. 모든 것이 너무나 공공연했고, 어떤 것도 허용되었으며, 로맨스나 추근거림이나 싸움이나 공유하도록 되어 있었다. 그러나 이 단어들은 결코 사용되지 않았는데, 왜냐하면 말은 위험한 것이었고 감정을 나타내는 말 또는 그보다는 기성 문화에 속하는 말에 대해서는 일종의 본능적인 경계심이랄까 낯가림이 있었기 때문이다. 이것은 기성 문화를 계승할 후계자를 마련하려는 시도이기도 했다.

만일 어떤 두 사람이 성난 입씨름을 하는 모습이 보이면 빙키나 나이 많은 멤버 한 사람이 급히 달려가 감상적으로 말했다. "이봐, 갈라서. 갈라서라고, 얘들아." 그러면 논쟁하던 사람들은 사과의 미소를 지으며 무리에게로 끌려왔다, 죽는 한이 있더라도 미소 지으면서 말이다. 어떤 남녀가 너무 오래 함께 있거나 너무 자주 데이트하면 공공의 안전을 위한 보호자로 자칭하는 사람들이 오륙 명씩이나 그들을 지켜보다가 마침내는 "어이, 왜 이래?" 하면서 두 사람을 에워쌌다. 어떤 청년이 "베티, 내게 이럴 수는 없잖아."라고 말하면 그의 말은 모든 청년을 대표하는 셈이었다. 그러면 아가씨 하나가 여성을 대표한다는 확신을 가지고 뿌루퉁한 경고 조로,(그 뿌루퉁한 개인적 어조는 좀 더 깊은 위험성을 내포하긴 했으나) 그 괘씸한 청년을 보고 웃으면서 "너는 엊저녁에 누구랑 있었지?" 묻곤 했고, 청년은 그 책망을 공적인 것으로 받아들였다. 그러나 한편 그것은 사적인 것이기도 해서 남몰래 화가 나는 것이었다.

이러한 감정 공유의 제도는 아마도 결혼 방지를 위해 마련된 것인지도 몰랐다. 그런데 어떤 한 쌍이 빙키의 경계나 집단적 질투심을 피하는 데 성공하여 약혼했다고 밝히면 그들은 항의의 신음 소리를 들었다. 그리고 그것은 하나의 심한 배신 행위로 느껴졌다. 그래도 두 사람이 "자네 직업에 지장이 생길 거야."라든가 "그 나이에 자식들에게 얽매이고 싶지 않을 텐데."라는 빙키의 사적인 충고에 웃으며 고개를 저어 보이면, 그룹은 흡수 작용을 통해 살아가는 젤리 모양의 포자(胞子)처럼 그들의 결혼을 송두리째 삼키며 그들을 둘러쌌다. 스포츠 클럽에서 빙키나 중견층 늑대를 들러리로 결혼식을 올리고 되도록 짧은 신혼여행 뒤에 곧 클럽으로 되돌아와 남들과 희로애락을 다 나눠 가질 용의만 있다면 누구나 결혼해도 무방했다. 그러나 이런 결혼은 조속히 해소되는 경향이 있었다. 한 쌍 이상의 남녀들이 지금은 혼자가 되어 이 무리 가운데 돌아와 있었다. 그들은 늘 감상적인 우호 관계를 유지하며 전 남편이나 전처와 춤추며 비록 한정된 범위 내에서 한정된 장소, 그러니까 세워 놓은 차 안 같은 데에서이기는 해도 정사를 갖기도 했다. 자유로운 결혼 생활을 경험한 뒤인지라 이런 제한이 거추장스럽게 느껴져 두 사람이 다시 결합할 의향을 갖는 눈치이면 빙키는 쌍방을 조용히 불러 따로따로 말하곤 했다. "이봐, 한 번 해 봤잖아. 그때도 되지 않았는데 또 속지 마." 그리고 필사적인 차선책으로 이렇게도 말했다. "어쨌든 딴 사람을 한번 시험해 봐. 톰이 있잖아."(경우에 따라서 메이벨일 수도 있었다.) "톰은 좋은 친구야. 한번 시험해 보는 게 어때?"

클럽을 통해 태어난 아이들이 벌써 대여섯이나 되었다. 클럽의 아이들은 칵테일이나 무도회가 있을 동안 유모차에서 잠을 자며 가시적인 운명 같은 하키 막대, 맥주잔, 벗은 다리 사이에 끼어 베란다에서 자라났다.

새로 온 사람이 "봐, 베티야. 좋은 애지, 베티는." 하는 감상적인 상투어 소리에 돌아보면 짧은 바지와 샌들 차림의 키 큰 여자가 날마다 하키와 테니스를 한 덕에 갈색으로 그을려 꺼칠해진 얼굴에다 분홍이나 하늘색 리본으로 머리를 뒤통수에 묶은 모습을 보고 "애"라는 게 아마 저 여자가 손잡고 있는 어린아이인가 보다 상상하기가 일쑤였다. 이 어린아이마저도 보조개가 팬 통통한 다리 위에 같은 색깔의 짧은 바지를 입고 엄마와 똑같은 식으로 머리를 리본으로 묶고 있는 경우가 많았다.

이렇게 클럽은 1935년, 1936년, 1937년, 1938년까지 죽 계속되었다. 1938년 크리스마스 계절에 클럽은 마치 영원히 존속해 온 듯했고 앞으로도 영원히 존속할 것같이 보였다. 그것은 모든 사람이 항상 젊고 아무것도 변하는 일이 없는 그립고 찬란한 빛에 흠뻑 젖은 동화 같았다. 운동장 끝의 조용하고 파란 고무나무, 골프장 뒤의 능소화와 둑, 반짝이는 진한 초록 위에 진홍을 뿌린 듯한 무궁화 산울타리…… 이런 것들이 마법의 동그라미를 그렸고 그 안에서는 어떤 사건도 일어날 수 없고 어떤 일도 위협을 줄 수 없었다. 어떤 묵계가 여기서는 정치를 이야기할 수 없게 만들었기 때문이고 유럽이 먼 곳에 있었기 때문이다. 사실 이 클럽은 유럽이 상징하는 모든 것에 순전한 반항으로 생겨났다고 할 수도 있었다. 여기에는 분열이나 장벽이 없었다. 적어도 말로 그렇게 표현할 만한 것은 없었다. 철도국의 가장 풋내기 서기나 가장 나이 어린 타자수들도 상사들과 서로 이름을 불렀으며 쉽게 각료의 자식들과 어울렸다. 사용되는 가운데 가장 가혹한 형용사는 "거드름 부리는"이었으며 그것은 속물적 또는 배타적이라는 뜻이었다. 시중드는 흑인 급사도 무도회가 끝날 무렵에는 술 취한 늑대가 어깨를 치며 "어이, 티키."라든가 "착하군, 실링." 하는 경우를 당하는 수가 종종 있었다. 그러면 이 거역할 수 없는 전 인류적인 호의의 홍수에 압도당하여 그들의 피동적이고 냉소적인 얼굴도 잠시 마지못한 미소로 풀어지는 것이었다.

2

토요일 아침에 마사는 1시가 아니라 12시에 나가고 싶었으나 그렇다고 코언 씨에게 봐달라고 하고 싶진 않아서 어쩔 줄을 몰랐다. 그런 이유로는 심할 정도로 그녀는 가슴 졸이고 있었다. 그것은 그녀가 일주일이나 강습소 근처에도 안 간 탓이기도 했다. 마음 한쪽에서 그녀는 '적어도 3개월 동안'은 속기를 배우고 타자를 빨리 치는 것 외에 아무것도 하지 않기로 마음먹고 있었다. 그러나 다른 한구석에서는 코언 씨 방에 들어가 사고 싶은 드레스 이야기를 하고 있는 자신을 그려 보고 있었다. 그것을 위해 그녀는 자신이 알기로 직장에서 마땅히 배격해야 할 매력, 즉 말을 더듬다시피 하며 머뭇거리는 태도를 써먹을 작정이었다.

12시가 되어 그녀는 마침내 일어서는데 무릎이 떨려 책상을 붙잡았다. 그때 로빈슨 씨의 사무실 문이 열리며 그가 소리쳤다. "퀘스트 양, 잠깐 이리 좀 와요." 그는 답답한 듯이 "미안하지만."이라고 말을 덧붙였다. 그것은 코언 씨의 지시대로 예의범절을 지키기 위한 것이었다.

그의 사무실로 들어서자 길고 복잡한 서류가 마사에게 주어졌다. 자세히 보니 그것은 아침에 이미 한 차례 타자한 서류였다.

로빈슨 씨가 약간 긴장된 미소와 거북한 표정을 지으며 말했다. "퀘스트 양, 이걸 칠 적에 딴생각을 한 모양이지."

로빈슨 씨는 스물다섯 살쯤 된 청년이었다. 그는 1년 단위 계약으로 일하고 있었다. 그에게는 젊은이다운 맛이 조금도 없었다. 깡마른 중키에다 운동선수 같은 체구였지만 반쯤 당겨진 활처럼 몸을 많이 구부리는 경향이 있었다. 전체적으로 그는 우중충하고 딱딱해 보였다. 밝은색 머리는 기름칠하여 무난한 적갈색이 나도록 뒤로 반들반들 빗어 넘겼고 입은 신경질적으로 얄따랗게 다물렸고 깊숙이 박힌 회색 눈은 지성적이기만 했지 도무지 관용으로 부드러워질 줄 몰랐다. 그는 법률에 대해 잘 알고 있었으나 아직 훌륭한 법률가는 못 되었고 그렇게 되기가 힘들리라는 것을 자신도 알았을 것이다. 그는 힘든 고객에 대해 참을성을 잃는 경향이 있었기 때문이다. 그리고 몇 분 동안이나 그가 화난 목소리로 다른 사람에게 "대학에서는 법률이 하는 일이 온통 바보를 견뎌 내는 일이라고 가르쳐 주지 않았단 말이오."라면서 소리치다가 잔뜩 뿔 돋은 얼굴로 사무실에서 뛰쳐나오는 일이 한두 번이 아니었다. 여자들을 대할 때 그는 무뚝뚝했다. 그러고는 명령조의 말과 힐책의 말을 뻣뻣한 미소로 누그러뜨리려고 했다. 마사가 정말 유능해지면 로빈슨 씨의 개인 비서가 된다는 것은 알려진 사실이었다. 그는 버스 부인을 좋아해서 그녀가 코언 씨를 위해서만 일하게 되어 있는데도 그녀에게 과중한 일을 안겼다.

지금 그는 상냥하게 하려고 최선을 다했지만 되지가 않았다. 마사는 그 못지않게 성난 표정으로 못쓰게 된 서류를 들고 나왔다.

그녀는 차라리 마음이 가라앉았다. 이젠 가게 문이 닫히기 전에 옷을 사러 갈 시간이 없을 터였다. 한 달에 10실링꼴로 돈을 물어 갈 옷에다 20파운드나 소비하지 않아도 되었다. 그녀를 위해서 결정이 내려진 것이다. 그녀의 마음은 해방되었다. 그래서 그녀는 거의 버스 부인 못지않을 만큼 빠르고 깨끗이 서류를 타자해서 1시 훨씬 전에 로빈슨 씨 책상에 그것을 놓으러 들어갔다.

"잠깐만." 그가 날카롭게 말하고서 얼른 덧붙였다. "기다려요." 그는 서류에 손을 뻗쳐 훑어보고는 어색한 미소를 띠며 그녀를 올려다보았다. "아니, 지금 이 정도로 할 수 있는데 아까는 왜 못 했어요?" 그가 물었다.

마사는 머뭇거렸다. 다음 순간 그녀는 옷에 대한 이야기를 서둘러 늘어놓고 있었다. 그녀는 말을 멈추고 싶었다. 애초에 시작하지 말았어야 했다. 도너번에게 키스해 달라고 조를 때의 그 어쩔 수 없이 흥분된 강박감이 그녀를 꼭 잡고 있어서 멈출 수도 자연스럽게 이야기할 수도 없었다. 그의 쪽에서는 그런 사사로운 이야기는 견딜 수 없는 터라 어쩔 줄 몰라 했다. 그래서 그녀가 떠듬떠듬 이야기를 끝낼 무렵에는 둘 다 얼굴이 빨개서 안절부절못했다.

"내 충고를 받아 준다면 말이오, 퀘스트 양…… 물론 나와는 상관없는 일이지만…… 아가씨들을 손아귀에 넣으려고 드는 사기꾼 같은 놈들 가까이엔 안 가는 게 좋을 겁니다. 그런 아가씨들이 내게 손님으로 찾아오는데, 눈이 빠지게 울어 대지만 그땐 이미 늦은 거지. 옷 한 벌에 20파운드라니…… 아가씨 나이의 어린애한테 말도 안 되는 소리예요." 그는 자기가 무슨 노인이나 되듯이 말을 맺었다. 그리고 그녀의 시무룩한 얼굴을 힐끔 보며 말했다. "하긴 아가씨가 알아서 할 일이지. 버스 부인 좀 들어오라고 해요. 시간이 나거든 말이오."

마사가 나가 보니 큰 사무실은 반쯤 비어 있었다. 그녀는 가방을 들고 남들을 피하여 얼른 혼자 나와 그 옷이 진열된 창을 향해 큰 거리로 서둘러 갔다.

전쟁 직전에는 여자란 키가 크고 어깨가 넓고 엉덩이가 좁고 다리가 길어야 한다고 여겨졌다. 마사의 방은 비록 책으로 덮여 있었지만 그러한 모양을 흉내 내는 여자들이 나오는 잡지들도 무척 많았다. 그리고 그녀가 거울 속 자신의 모습을 보거나 이 옷 저 옷을 입은 자기 모습을 상상할 때에는 으레 마음속의 자기 모습을 위로 잡아 늘여 가늘게 하고 포즈를 취해 보는 것이었다. 경탄하는 눈초리의 일제 사격을 받으며 어떤 방을 건너가는 자기의 이상적 모습을 그려 볼 때 그 모습은 다른 여자에게서 본뜬 외양이었다. 도너번으로 말하면 그는 그녀를 자신이 원하는 대로 만들 수 있는 재료로 보았다. 그러나 이 옷은 그런 가짜 모습들을 부수어 버릴 힘을 가지고 있었다. 그래서 그녀는 사랑하는 마음으로 그것을 살펴보았고 육체적인 고통을 느끼다시피 했다. 가게가 닫혀 있었기 때문이며 그녀는 이제 저 옷을 사는 일이 결코 없을 터였다. 이 옷이 그녀의 몸을 감쌀 때 그녀는 완전히 새로운 사람이면서 진정 자신의 모습으로 남의 눈에 비치리라는 것을 알고 있었다. 그 옷은 그녀가 자신의 진짜 모습으로 알고 있는 바로 그 사람을 감싸기 위해 만들어진 것이었다. 그것은 밝은 감색이었고 곱고 투명한 비단 천으로 되어 있었다. 상체 부분은 꼭 끼게 몸의 모양대로 만들어지고 조그만 반짝이들을 살짝살짝 꿰매 붙였으며 치마의 포개진 주름에는 같은 색의 반짝이가 반짝거리는 매듭진 리본이 달려 있었다. 어깨 부분이 살짝 늘어져 있고 치마가 크게 퍼진 이 옷은 로맨틱했다. 그러나 "로맨틱"이라는 말을 해 보았을 때 그녀는 도너번을 떠올릴 수밖에 없었고 그것은 도너번이 그녀를 위해 선택할 만한 옷이 아니었기 때문에 곧 자신이 없어지기 시작했다.

그녀가 이렇게 의심에 싸여 도너번을 생각하고 있을 때 차의 경적 소리가 들려왔다. 돌아다보니 토요일 점심시간 혼잡한 교통의 흐름 속에 자기 자리를 유지하려고 애쓰는 도너번이 보였다. 거리는 이글거리는 금속의 강이었다. 차들은 서로의 꽁무니에 코를 틀어박으며 기어가고 있었다. 그녀는 보도가로 달려가 마침내 그의 옆자리에 뛰어들 수 있었다.

"그 못된 루이스 씨네 진열창 옆에서 뭘 멍청하게 보고 있었어, 매티?" 그가 물었다.

그녀는 옷에 대해 자기가 진정으로 느꼈던 감정을 몽땅 위장하며 까불까불 설명했다. 그가 말했다. "하지만 매티, 넌 내가 봐 주어야 하는 걸 알잖아. 나도 오늘 아침에 그 옷을 봤어. 그런데 매티, 이제 그 정도는 알 텐데그래? 그 옷이 아주 예쁘고 여자답고 등등이긴 해. 하지만 멋이 없어. 자, 걱정하지 마. 내가 같이 집으로 가서 널 무도회의 여왕으로 만들어 줄게. 두고 봐."

그녀는 웃었다. 그리고 잠시 후 자신을 그에게 맡기고 그것을 고맙게 생각했다. 그러나 일순간 그녀는 무언가 아주 다른 것의 시작, 그가 자기에게 가해 오는 압력을 강력히 거부하는 혐오를 느꼈다.

마사의 침실에서 도너번은 그녀의 야회복을 꺼내 침대 위에 펼쳐 놓고는 심각하게 생각에 잠겼다. 그는 옷 옆에 앉아 옷감을 만져 보며 상을 찡그렸다. 그것은 옷과 그의 생리적 교류였으며 그녀는 거기에서 제외되어 있었다.

문을 두드리는 소리가 나고 건 부인이 들어왔다. 부인이 남자 소리를 들었기 때문임을 마사는 알아차렸다.

"아, 당신이우, 앤더슨 씨?" 그녀가 안심했다는 표정으로 말했다.

도너번은 부인을 거들떠보지도 않고 지금 바쁘다고 했다.

건 부인의 고갯짓에 따라 마사는 뒤쪽 베란다로 그녀를 따라 나갔다. 건 부인이 말했다. "고깝게 듣진 마우. 하지만 우리 딸은 절대로 자기 방에 남자를 들여놓지 않는 걸 규칙으로 하고 있어요. 앤더슨 씨에 대해 반대하는 말을 하려는 것은 아니지만……."

마사는 화가 나서 내 일은 내가 알아서 할 수 있다고 말했다.

건 부인은 기분 상해 하며 간섭하려던 것이 아니라고 했다. 마사는 그렇다면 간섭을 하지 말아 달라고 대꾸했다.

두 사람의 소리가 높아졌다. 그들은 도너번이 부르는 소리를 들었다. "매티, 필요하니까 이리 좀 와."

서로를 좋아하고 또 그것을 알면서 싸우던 두 여자는 웃음기 섞인 사과의 눈초리를 교환했다.

건 부인이 미안한 듯이 말했다. "더위 때문이에요. 매티, 이런 날씨엔 내 성미가 나빠지거든."

마사는 그녀에게 키스하고 싶은 충동을 느꼈으나 여자들에게 키스한다는 것은 그녀로서는 불가능했다. 그녀는 앤더슨 씨 일이라면 조금도 걱정할 게 없을 거라고 덤덤하게 말했다.

건 부인의 걱정스러운 파란 눈에 고약한 추측의 불이 켜졌다. 그 눈이 마사와 마주쳤다. 갑자기 두 여자는 웃기 시작했다. "아가씨 말이 맞아요." 건 부인은 커다란 몸을 괴로운 듯이 흔들며 하는 수 없다는 듯이 목쉰 소리로 웃어 댔다. 그녀는 두 팔로 마사를 얼싸안고 입을 맞추었다. 마사는 이 촉촉하고 강한 냄새가 풍기는 포옹에 몸을 굳히지 않으려고 애썼다. "아무 일 없지요?" 건 부인이 재차 말했다. 마사는 고개를 끄덕이고 웃으며 떳떳치 못한 표정으로 도너번에게 되돌아갔다.

"이 지긋지긋한 여자들, 얘기 끝났어?" 그가 가벼우나 퉁명스러운 소리로 말했다. "너도 우리 어머니랑 다를 게 없어. 어머니는 언제나 여자들하고 낄낄댄단 말이야. 매티, 넌 전혀 분별이 없어. 전에도 말했지만, 넌 아무하고나 섞이거든."

마사는 갑갑하다는 듯이 어깻짓을 하고 프랑스식 문가로 갔다. 점심때 많던 교통량이 이따금 차가 한 대씩 성급하게 지나갈 정도로 줄어들었다. 아스팔트길이 기름에 번들거리듯 번뜩이고 태양이 이글거리고 더운 타르 냄새가 물씬 풍겼다. 하늘은 험악해서, 두꺼운 소나기구름 사이로 작열하는 새파란 공간이 이따금 엿보였다. 공원의 나무들은 미동도 않으며 정원의 꽃들은 잎이 오그라든 채 축 처져 있었다. 마사는 지금 조바심이 나고 슬펐다. 그녀는 무도회에 가고 싶지 않았다. 만사가 지겨웠다. 더 심각한 것은, 이렇게 맹렬한 기분의 요동을 이해할 수 없다는 것이었다. 마치 오륙 명의 전혀 다른 사람들이 그녀의 몸 안에 살면서 맹렬히 서로를 혐오하며 오직 하나의 동경이라는 세찬 고동에 의해서만 묶여 있는 듯했다. 그것은 물처럼 이름도 개성도 형태도 없었다. 그녀는 말없이 열린 문 옆에 서 있었다. 타르 냄새가 풍기는 더운 바람이 거리로부터 불어왔다. 서서히 그녀는 깊은 우울 속으로 잠겨 들었고, 그런 기분을 그녀는 철저히 불신했으나 적어도 그 속에서는 마음이 편했다. 어려서도 그녀는 이렇게 서서 구름의 그림자가 새 떼처럼 흩어지는 초원의 느린 변화를 지켜보고, 언덕을 따라 옮아가는 소나기의 움직임을 지켜보곤 했다. 그 순간 그녀는 자신이 기운 빠져 무기력하고 운이 다한 인간으로 보였다.

그녀는 도너번이 가 주기를 고대했다. 곧 정신을 차려 그의 비위를 맞춰 줘야 할 것을 알기 때문이었다. 물론 그녀는 그날 저녁 무도회에 갈 것이고 가기 훨씬 전부터 생기가 나서 전류가 통한 듯 흥분할 것이 뻔했다. 자기가 얼마 후에 되어 갈 또 다른 인간에 대한 생각이 새삼 그녀를 지치게 했다. 그래서 그녀가 뿌루퉁하게 도너번에게 말했다. "그렇게 법석을 떨지 않았으면 좋겠어. 내가 무슨 꼴을 하든 그게 뭐 그리 대단하담?"

그는 대답하지 않았다. 그녀는 어깨 너머로 고개를 돌리며 그의 얼굴에서 '여자의 변덕이란.' 하는 표정을 볼 줄 알았다. 그러나 천만에, 그것은 '여자의 교태란.' 하는 표정이었다! 그리고 그는 그것을 못마땅해했다. "정말이지, 매티."라고 그는 말했을 뿐이다. 그러고 나서 이렇게 말했다. "이제 이리 좀 와. 내 일 좀 시작하게."

그녀는 내키지 않게 그의 곁으로 갔다. 그가 말했다. "옷 벗어, 매티…… 그렇게 유치하게 키득거리지 말고. 난 정말 그런 게 너무나 귀찮다고."

그녀는 천천히 옷을 벗었다. 처음 옷 벗은 모습을 남자에게 보이는 거라고 자신에게 말하며 그 일이 하찮게 보이지 않기를 바랐다. 속치마만 입고 선 채 그녀는 도너번이 자기의 어깨와 팔을 음미하는 것을 보았다. 그는 손을 뻗쳐 뒤를 보기 위해 그녀를 천천히 돌리기까지 했다.

"좋았어." 그는 마음에 들었다는 듯이 말하고 직업적인 표정으로 눈을 찡그렸다.

그는 마사를 거울 앞에 데려가 팔을 들어 올려 그녀가 밴렌즈버그 씨네 무도회 때 만들었던 흰 무명옷을 머리 위로 살짝 씌웠다. "이게 분명 가능성 있어. 매티, 나한테 다 맡겨야 해. 아까 그 옷은 아주 예뻤어. 하지만 누구라도 예뻐 보일 수는 있단 말이야." 그는 그녀의 발치에 꿇어앉아 치마를 펼쳤다. 마사는 거울 속에서 자기를 바라보는 창백하고 산발한 지친 모습의 소녀를 보았다. "자, 보라고." 도너번이 말했다. "알겠어?"

그녀는 그것이 자기가 탐내던 감색 옷과 비슷한 모양임을 깨달았다. 그렇게 많은 형태를 가진 물건에 대해 기본형이란 말을 쓸 수 있다면 그것은 야회복의 기본형이었다. 꼭 맞는 상의, 넓은 치마, 그러나 감색 옷의 아름다움은 고운 천과 반짝이는 구슬의 섬세한 무늬와 암시적으로 반쯤 가린 어깨에 있었다. 도너번이 뭐라고 하든 그녀는 고집스럽게 그것을 탐냈다. 그리고 그 보드랍고 흐르는 듯한 긴 옷을 입을 수 있는 아가씨와는 거리가 먼 모습으로 바뀌어 가는 자신을 감수했다.

도너번은 그녀 밑에 무릎을 꿇고 흰 옷을 손질했다. 그는 완전히 그 일에 몰두해 있었다. 그녀는 피동적으로 그의 두 손 사이에서 인형처럼 움직였다. 그가 팔을 뻗어 그녀의 가슴 위로 옷 천을 당기고 빳빳이 불거진 주름 속에 불룩 솟은 그녀의 유방을 강조하려고 두 손으로 받쳐 올려도 그녀는 티끌만큼의 부끄러움도 느끼지 않았다.

건 부인이 다시 문을 두드리고 큼직한 보따리를 들고 들어왔다. 부인은 숨을 헐떡였고 머리가 얼굴 위로 축축하게 흘러내리고 있었다. 아가씨 앞에 꿇어앉아 골몰하고 있는 청년을 태연히 보아 넘기기 위해 그녀는 꽤나 애를 썼다. "아유, 끔찍하지?" 그 말은 더위에 대한 것이었다. "비가 올 거예요, 하나도 놀랄 게 없지." 그녀가 나가면서 말했다. 머리 위로 퇴적된 구름 더미 사이에서 천둥이 나직이 으르렁거렸다.

마사는 언제나 매끈하고 착 달라붙은 도너번의 검은 머리를 내려다보았다. 좀 억세어 보이는 머리 한 가닥이 흐트러져 내려와 이마 위에 뻣뻣이 걸려 있었다. 어쩐 일인지 마사는 그 뻣뻣한 머리 가닥이 불쾌했다. 또 불그스레하고 거칠고 땀으로 젖은 이마도 불쾌했다. 생선 배처럼 희뿌연 가르마 위에 축축한 비듬 알갱이들이 걸쳐져 있었다. 그녀는 그의 움직이는 손 밑에서 참을성 없이 꼼지락거리기 시작했고 힘들게 자신을 억제하고 있을 때 그가 말했다. "자, 매티야, 아름다움을 위해선 고생도 해야 하는 거야. 착하지."

마사는 지금 나는 권태를 느끼고 있는 거라고 자신에게 타이르며 시선을 돌려 침대에 놓인 보따리를 보았다. 책들이었다. 조심스럽게 그녀는 상체를 옆으로 기울여 한 팔로 보따리를 당겼다. 도너번이 말했다. "매티, 무슨 일이건 때와 장소라는 게 있다고."

그녀는 분통이 터지려는 것을 참았다.

"무슨 책을 주문했어?" 그가 물었다.

"무슨 책이 왔는지 모르겠어." 그녀는 이것만은 최소한 자기만의 문제라는 느낌에서 애매하게 대답했다.

"책을 근사한 책장에 진열해서 오는 사람들도 볼 수 있게 하지그래? 책을 침대 밑에 두는 건 안 좋다고. 그리고 넌 정말 머리 좋은 앤데 다른 사람들하고 똑같이 이야기한단 말이야. 네가 할 마음만 있다면 남에게 감명을 줄 수도 있을 텐데."

마사는 빈정거리는 표정을 지었으나 그는 그녀 쪽을 보지도 않았다.

"루스 매너스를 봐. 저희 엄마하고 영국에 갔는데 굉장히 지성적인 사람이 되어서 돌아왔어. 극장에도 가고 화랑에도 간 거지. 그 애가 요샌 얼마나 '북번화가'적인지 넌 몰라…… 약간 돌아서 봐. 허리를 치키고…… 옳지. 넌 몸을 앞으로 굽히는 경향이 있어. 그것도 어정쩡하게 말이야. 방법만 알면 숙이는 것도 섹시하지. 글쎄, 여행은 루스에게 온갖 이득이 되었어. 넌 옷을 사 줄 부자 엄마가 없지만 적어도 이것저것 다 읽었잖아. 그런데도 자길 가장 돋보이게 할 줄 모른단 말이야. 두 어깨를 약간 앞으로 해……. 엉덩이를 끌어당기고 골반을 앞으로 내밀고 어깨를 약간 우그리면서도 가슴이 볼록 나오게 서는 법을 배워야 해. 이렇게 말이야, 매티."

그는 그녀 앞에 서서 한 손으로 그녀의 볼기를 밀어 넣고 또 한 손으로 젖가슴이 볼록 나와 거의 자기 가슴에 맞닿도록 어깨를 내리눌렀다. 그의 찡그린 눈이 그녀의 적대적인 눈과 마주쳤다. 그러자 그는 두 손을 떨어뜨렸다. 이목구비가 굵직하고 더위와 노력으로 번들거리는 그의 살찌고 잘생긴 얼굴이 기분 상한 붉은빛으로 서서히 변해 갔다. "네가 무슨 생각하는지 알아." 그가 너그러워지려고 애쓰며 말했다. "좋아, 약속할게, 너랑 잘 거야. 정말이야. 하지만 지금은 안 돼." 그는 시계를 보고 제정신을 찾았다. "이제 누워서 좀 자. 정말 네 꼴이 말이 아니다. 내가 6시에 와서 옷 입혀 줄게. 5시에 목욕해야 한다. 하지만 머리는 만지지 마. 내가 할 테니까." 명랑하게 작별의 손을 흔들며 그는 서둘러 갔다. 마사는 그에 대한 혐오감과 신경질적인 웃음으로 몸을 떨며 순순히 드러누웠다.

그녀는 자지 않았다. 얼마 후 그녀는 일어나 욕조에 물을 채우고 물이 식을 때까지 그 안에 누워서 더위에 부풀어 휘는 쇠 지붕 소리에 귀를 기울였다. 열린 채광창을 통해 건 부인이 베란다에 앉아 한숨을 쉬며 투덜거리는 소리가 들려왔다. 천둥이 짐승처럼 중얼중얼 으르렁댔다. 곧 그녀는 '길쭉하고 날씬하고 좁은' 또 하나의 규격에 따라 자신의 몸을 살피고 있었다. 그러나 나체가 된 자신을 볼 때 그 규격을 중시하기는 어려웠다. 그래서 곧 솔직한 찬미와 더불어 그녀는 자애(自愛)의 의식(儀式) 속에 빠져들었다. 그녀의 사지는 물속에 매끈하고 가볍게 누워 있었다. 넓적다리는 두 마리의 통통하고 빛나는 물고기처럼 보였다. 그녀는 새하얀 배 위로 물을 튕겨 물방울이 굵직한 보석 알들처럼 떨어져 배꼽 속으로 미끄러져 들어가 하르르 떠는 완벽한 은빛 방울 모양이 되어 가는 것을 지켜보았다. 그러는 동안 그녀의 몸은 이 애인의 시선 밑에 요동 없이 서먹하게 누워 완벽한 형태로 굳어 갔다. 한편 마사는 건 부인의 뿌드득거리도록 땀에 젖은 육체를 생각하며 자신의 육체를 몹시 고맙게 여겼다. 또 어머니 배를 건너지르는 흉한 흉터를 생각하고 자기 몸에는 결코 그런 상처가 나지 않을 거라고 보호자처럼 맹세했다. 또 밴렌즈버그 부인의 다리를 생각하며 "괜찮아, 괜찮아. 어떤 것도 널 해치지 못할 거야."

라고 속삭이며 자신감을 가지고 자신의 매끈한 갈색 다리를 다정하게 쓰다듬었다.

묵직한 빗방울이 몇 개 쇠지붕 위에 돌멩이처럼 떨어졌다. 비와 바람과 먼지의 소용돌이가 쉭 하고 몰려오는 소리가 났다. 머리 위에서 천둥이 터지며 빗살이 강철 연발탄처럼 내리꽂혔다. 그녀는 기분이 연처럼 붕 떠올라 마침내 소음 속에서 목청껏 노래했다. 천둥소리, 요란한 빗소리, 콸콸거리는 물소리 사이로 건 부인이 비의 신에게 드리는 기도처럼 안도의 소리를 되뇌는 것이 들려왔다. 마사는 욕실에서 나왔다. 우울은 목욕물과 더불어 쓸려 나가 버렸다. 뒤뜰 베란다의 탁자에서 건 부인과 딸이 부드러운 낯으로 밝게 웃으며 이야기하고 있었다. 마사는 빨간 실내복을 입은 채 탁자 곁에 서서 그들과 함께 차를 마셨다. 그들은 이야기하며 바랜 녹색의 모기장 저편으로 창처럼 번뜩이며 꽂히는 빗발을 바라보았다. 아까 오후의 초조한 긴장감은 멀리 사라져 이젠 그 때문에 사과할 필요도 없었다. 건 부인은 마사의 허리께에 팔을 감으며 딸이 시집가 버린 지금 마사는 내 아이요, 내 딸이라고 했다. 탁자 끝에 앉은 젊은 여자가 웃자 그들은 모두 함께 웃었다. 비가 한도 없이 주룩주룩 내렸다. 모든 것을 휩쓸며 콸콸 소리 내며 빙빙 돌아갔다. 천둥이 위험스러운 군대처럼 지붕 위로 요란하게 지나가자 그들은 다시 웃었다. 그들은 웃는 미치광이들처럼 큰 소리를 냈으나 천둥소리가 너무 커서 서로의 목소리를 전혀 들을 수 없었다. 웃으며 마사는 몸짓으로 이제 가서 옷을 입어야 하는데 떠나기가 무안하다는 시늉을 했다. 그녀는 어째서 아까는 건 부인을 싫어했는지 알 수 없었다. 새로 아기를 낳았다는 이유로 마사에게 늘 불쾌감을 주던 건 부인의 딸이 옆에서 침에 젖은 입을 벌리는 아기에게 젖을 먹이는 모습도 지금은 즐겁고 소박하고 여자다워 보였다.

그녀는 지금까지 원했던 어떤 것보다도 무도회에 가기를 원했다. 그녀는 전력을 다해 준비했다. 도너번이 비 맞은 야회복 때문에 웃음소리를 내지르며 뛰어들었을 때 마사는 눈을 반짝이고 재잘거리며 옷에 몸을 맞출 태세가 되어 있었다.

하지만 시간이 너무 오래 걸렸다. 도너번은 그녀의 화장을 지우고 눈을 감게 하고선 자신이 다시 그녀의 얼굴에 칠했다. 그는 그녀의 머리를 만지고 또 만졌다. 그녀는 고분고분했지만 속이 갑갑했다. 마침내 그는 의기양양하게 그녀를 긴 거울 앞으로 데려가 말했다.

"자, 매티."

마사는 보았다. 기쁜데도 불구하고 불안했다. 이건 자신이 아니라고 그녀는 느꼈다. 그 흰 옷의 단순성에는 약간의 괴상한 멋이 가미되어 있었다……. 아니, 그게 아니었다. 자기 모습을 바라보며 그녀는 거울 속에 있는 차갑고 근접하기 어렵고 도전적인 젊은 여자에게 본능적으로 자신을 맞추려고 했다. 그러나 그 침착하고 초연한 얼굴에서는 한 쌍의 걱정스럽고 불안한 눈이 내다보고 있었다.

자기 것인 듯한 그 시선을 보고 있는데 도너번이 재빨리 와서 말했다. "이봐, 내 말 좀 들어. 매티, 이런 옷에는 자기를 맞춰야 한다는 걸 알아야지. 안 그래?" 그는 잘못된 점을 집어내려는 태세로 손을 든 채 그녀 쪽으로 몸을 굽혔다. 그가 마침내 말했다. "이봐, 네 눈도 그렇다고. 고개 좀 들어." 그녀가 꼼짝도 않자 그의 손바닥이 그녀의 고개를 추켜올렸다. "이런 광대뼈가 있을 경우에 시선은 이래야 해." 몸서리치는 기분으로 마사는 도너번이 슬쩍 곁눈질하며 나른하고 초연한 눈빛을 띠어 보이는 것을 보았다. "알았어?" 그가 의기양양하게 물었다. 그는 다시 한번 그런 눈빛을 해 보였다. 일순간 그는 무섭게 그녀 자신 같아 보였다. 그래서 그녀는 지겨우면서도 꼼짝 못한 채 그를 응시했다. 이번엔 그녀가 신경질적으로 웃는 바람에 그는 손을 떨어뜨리고 붉어진 얼굴로 그녀를 쳐다보았다.

"너 정말…… 보통이 아니야." 마침내 마사가 천천히 말했다. 그녀가 느끼는 반발이 목소리에 역력했다.

뒤따른 침묵은 길었다. 그것은 두 사람 사이에 결정의 순간이었다. 마사는 어쩔 줄 몰라 그를 보며 어렴풋이나마 자기도 당황하고 기분이 비참하지만 그도 그렇다는 것을 알아차렸다. 그는 연민을 불러일으키기에 충분한 어린아이같이 시무룩한 표정을 하고 있었으나 그것은 그녀의 화를 돋울 뿐이었다. 그리고 이런 장애를 넘어서서 뭔가 위로의 말을 할 수가 도저히 없는 자신에 대해 그녀는 엷은 죄의식을 느꼈다. 이 자신만만한 청년이 이렇게 기가 죽어 어쩔 줄 몰라 하는 것을 보기란 또 다른 의미에서 끔찍한 노릇이었다.

마침내 그는 우울한 모습으로 다리를 포개며 앉았다. 그리고 말했다. "난 의상 디자이너가 될 걸 그랬어. 그럼 아주 훌륭하게 됐을 거야, 매티야." 그 가벼운 "매티야."라는 말이 그의 자신감을 돌려주었다. 그는 벌써 자신을 회복하고 있었다. "하지만 식민지에서 자란 사람은 통계학 방면으로 나가 상사가 은퇴하기나 기다릴 수밖에 없지, 뭐!" 그러면서 그는 진정 쓰라린 웃음을 웃었다. 마사는 그들을 한데 묶어 주는 것이 있다면 그것은 만약에 그들이 다른 상황하에 태어났다면 하는 생각임을 깨달았다. 만약에…….

그녀가 어색하게 말했다. "아아, 우리 싸우지 말자. 어차피 나는 가망 없는 아이라고 포기하는 게 좋을 거야. 난 마네킹이 되게끔 태어나지 못했어!" 그녀는 그를 보고 웃으면서 뭔가를 갈망했다. 표현할 어떤 몸짓을? 그녀는 그쪽에서 가볍게 오빠처럼 자기를 안아 주어야 마땅하다고 느꼈다. 그러면 이 모든 일을 잊을 수 있을 것 같았다.

그러나 그러는 대신 그는 또 한 번 웃으며 화난 듯이 말했다. "에이, 다 집어치워. 매티, 우리 파티에 가서 사람들을 모두 놀래 주자."

문간에 나가 보니 비는 멎어 있었다. 그들과 대문 사이에 생긴 호수 같은 물웅덩이에 어스레한 낙조가 반영되고 있었다.

"넌 내가 영화에 나오는 씩씩한 남자처럼 널 안아서 건네주길 바라겠지." 그가 말했다. "하지만 난 안 할 거야. 자, 치마에 흙 묻히지 마."

그녀가 조심스럽게 균형을 잡으며 충계로부터 건덩거리는 돌멩이로 옮겨 가고 또 거기서 장밋빛 물 가운데 꺼멓게 보이는 한 조각의 벽돌 위로 옮겨 갈 동안 그는 들뜬 경고의 고함소리를 질렀다. 벽돌 위에 그녀는 위태롭게 서서 자신과 그를 보며 웃었다. 그가 층계 위에서 깡충깡충 뛰다시피 말했기 때문이다. "매티야. 매티, 제발 조심해." 그 어쩔 줄 몰라 하는 날카로운 충고의 소리에는 그녀의 기분을 도전적으로 몰고 가는 무엇이 있었다. 그녀는 침착하게 사방을 둘러보았다. 그녀와 대문 사이는 2미터가 못 되게 진흙탕이었다. "모르겠다." 그러고서 그녀는 당장 본색을 드러냈다. 그녀는 빳빳한 흰 치마를 뭉쳐 허리 둘레로 걷어 올리고 태연스럽게 금빛 구두를 신은 채 보도까지 걸어갔다. 물이 차갑게 발목을 핥았다. "아유, 기분 좋아. 기분 좋아, 돈." 그녀가 물장구치는 아이처럼 말했다.

멀리뛰기를 거듭하며 그는 물을 튕기면서 그녀에게 건너왔다. "매티." 그가 놀라서 기막히고 믿을 수 없다는 듯이 말했다. "매티, 너 미쳤니? 그 구두는 아직 값도 안 치렀을 테면서."

"물론이지." 그녀가 대담하게 말하면서 치마를 내리고 그를 보고 웃으며 가슴속으로부터 그를 경멸했다.

"하지만 네 발이 젖었어." 그가 투덜댔다.

"내 발이 폭 젖었네." 그녀는 짓궂게 그의 흉내를 냈다. "아, 나 감기 들겠다." 그러다가 그녀는 벌써 자신감을 잃으며 말을 멈추었다. 그 구두는 정말 비쌌고 결국 이러는 건 좀 상당히 유치했다. "그렇게 좁쌀 할아범같이 굴지 마." 그녀는 심술궂게 말하며 차에 올랐다. 마침내 그녀가 달래듯 말했다. "사람들은 내 발을 안 볼 거야. 네가 만든 이 아름다운 옷을 볼 테니까." 그녀는 발을 들어 살펴보았다. 금빛 가죽이 흐려지고 주름이 죽죽 잡혀 있고 발목에는 엷은 갈색으로 물 자국이 나 있었다. 그녀는 만족스럽게 발을 볼 수밖에 없었다. 이 우아하고 시원한 하얀 옷은 그녀에게서 아주 먼 것처럼, 이 무모하고 튼튼한 발목으로부터 억세게 위를 향해 이어진 그녀의 육체를 감싼 단순한 껍질처럼 보였다.

그녀는 고개를 흔들어 머리칼을 풀어 내리며 냉정하게 웃었다. 그가 말했다. "넌 바깥출입을 하는 근사한 여자처럼 보여, 그게 네 소원이라면 말이지. 하지만 매티, 제발이지 조심해서 움직여 줘. 선을 망치지 않기 위해서 말이야. 겨우 너를 그 옷에 맞춰 넣었는데 그렇게 뛰어다니면 다 뜯겨 나간단 말이야. 넌 그러면 좋아할 것 같구나."

"물론이지." 그녀가 가볍게 말했다. 옷이 뜯어져 갑작스럽게 몸이 노출된 자신을 생각하며 웃었다. "물론이야." 그녀는 다시 말하고서, 그의 얼굴이 안달이 나 곤혹스러워 어두워지는 것을 보았다.

두 사람은 클럽에 당도했다. 베란다는 끈에 매단 채색 전등으로 밝혀지고 커다란 전기 간판에는 이렇게 씌어 있었다. "크리스마스까지 석 주 동안 마음껏 즐깁시다, 여러분."

커다란 방은 춤을 추기 위해 치워져 텅 비어 있었다. 큰 베란다에서는 청춘 남녀들이 술을 마시고 있었다. 더러는 야회복 차림이고 더러는 아직 운동복을 갈아입지 않은 채였다. 마사는 그들과 안면이 있는 터여서 여자들에게서는 친밀한 자매 같은 미소로, 남자들에게서는 여느 때와 같은 기성과 휘파람으로 영접받았다. 마사는 이런 일에 대한 분노가 둔화된 것은 아니었지만 그런 분노를 그녀가 진정한 자기라고 생각하는 마음 한구석으로 몰아넣어 버렸다. 도너번 쪽은 질문 공세를 받고 있었다. "어, 낯선 친구, 돌아왔나?" 그것은 그가 결코 클럽에서 낯선 사람이 아님을 의미하는 말이었다. 그녀가 굳이 예상한 것이 있었다면 그들이 단둘이 앉아 있으려니 한 것이었다. 이렇게 고분고분 마술에 걸린 듯 어떤 사람이나 장소에 자신을 내맡겨 버리는 순한 애 같은 버릇은 그녀가 무엇이든 의식적으로 예상하거나 요구하는 일이 별로 없음을 뜻했다. 그녀는 여기와 다른 세계를 꿈꿀 수는 있었다. 하지만 그래 봐야 소용없는 노릇이었다.

도너번은 마사를 그들에게서 떼어 내기는커녕 한참 동안이나 빙키네 테이블이 나을까, 딴 테이블이 나을까 생각하면서 거리낌 없이 무례하게 큰 소리를 지르며 청중을 사로잡고 있었다. 마침내 그는 마사의 손을 잡아 빙키와 그의 부관들과 여자들이 술을 마시며 콩을 먹고 있는 테이블에 앉히며 말했다. "자, 여기 앉아, 매티. 이 건장한 친구들 사이에."

그러고 나서 그는 두 여자들 사이에 앉아 완전히 마사를 무시해 버렸다. 그녀는 그 일이 처음엔 거슬렸으나 나중에는 마음대로 행동할 자유를 주었기 때문에 오히려 마음이 놓였다.

시간은 저녁 7시경이었다. 파란 고무나무가 검게 우거진 산등성이 저편으로 노을이 조용히 은은한 빛으로 엷어져 가고 있었다. 운동장은 물에 젖어 녹색으로 가물거리며 클럽의 건물은 범벅이 된 빨간 진흙에 둘러싸여 있었다. 그것은 고적한 침묵의 시간이었다. 마치 걸어서 1킬로미터 못 되는 거리에 있는 나무숲이나 초원 속에서 잠들어 가는 짐승이나 새 들이 이 사람들의 피 속에 묻혀 있는 다른 삶에 대한 추억을 잠시

나마 불러일으키는 것 같았다. 불은 켜져 있지 않았다. 그들은 붉은빛이 감도는 어스름 속에 앉아 있었다. 그들은 옷에 묻은 흙을 가지고 놀려 대고 어떤 이는 옷을 바꿔 입으러 가야 할 텐데 진흙밭을 건너 차까지 가기가 귀찮다면서 무의식중에 목소리를 낮추기도 했다. 마사는 자기 구두를 보이며 농담을 섞어 가며 물속을 건너던 이야기를 했다. 절반쯤 얘기하다가 그녀는 불안해지기 시작했다. 그 이야기가 도너번을 형편없어 보이게 한다는 것을 깨달았기 때문이다. 그러나 그녀는 그의 시선을 피하며 계속했다. 그녀 옆에 있던 청년은 만일 자기가 그 자리에 있었다면 마사를 안아서 물을 건네주었을 거라고 말했다. 그는 건장한 황금빛 피부를 가진 청년이었다. 밝은색 머리가 붉은빛을 띠며 머리 위에서 오글거렸다. 그의 그을리고 다부진 네모꼴 얼굴에는 솔직한 파란 눈이 있었다. 마사가 알기로는 큰 보험회사의 지배인인 이 청년이 웃기는 남학생처럼 보이는 데 만족하고 있다는 것이 신기했다. 그녀는 어색하게 자기가 금방 읽은 책 이야기를 그에게 하기 시작했다. 그는 내키지 않은 듯 응대했다. 그녀가 계속하자 그는 다 들리게 한숨을 지어 무슨 일인가 하는 좌중의 시선을 끈 다음 청승맞게 말했다. "아가씨, 아가씨, 사람 잡으시네." 그가 세운 엄지손가락으로 마사를 가리키며 말했다. "이 아가씨는 지성적이셔. 머리가 있다고." 그리고 웃으면서 눈알을 굴리고 몸속으로 젖어 들어갈 듯한 몸서리를 치며 고개를 흔들었다. 마사는 낯을 붉혔다. 대화가 주변으로 번져 가자 남의 기대에 어긋나지 않게 그녀는 '재미나게' 이야기하기 시작했다. 불안해하던 파란 눈이 그녀를 안심한 듯 지켜보았다. 그의 얼굴이 밝아짐과 동시에 그녀는 만사가 무사함을 깨달았다. 곧 그는 가서 옷을 갈아입어야 한다며 일어났다. 그러나 자기는 매티를 위해서라면 죽기라도 할 것이며 매티가 자기 애간장을 녹였다는 사실을 기억해야 한다며 첫 번째 댄스는 자기와 추어 달라고 부득부득 고집했다.

베란다는 금세 반쯤 비어 버리고 야회복 차림의 몇 쌍만 남았다. 마사는 종일토록 먹은 것이 별로 없었기 때문에 조금 메스꺼웠다. 그런데도 도너번은 그를 향해 몸을 굽히고 아첨하듯 웃으며 그의 말을 경청하고 있는 두 여자와 계속 이야기할 뿐이었다. 그래서 그녀는 저녁 먹을 생각을 아예 포기하고 감자튀김 접시를 끌어당겨 사람이 즐거움이 아니라 필요를 위해서 먹고 있음을 뜻하는, 생각에 잠겨 집중하는 표정으로 먹기 시작했다.

웃음소리가 나서 그녀는 올려다보았다. 주변 사람들이 웃고 있었다. "배고파 죽겠어." 그녀가 단호하게 말하고 계속 먹었다.

빙키가 의자에서 일어나더니 건너와 그녀의 허리를 살짝 감싸 안으며 옆에 쭈그리고 앉았다. "미인 아가씨, 이럴 수는 없지. 우리가 저녁을 대접할게."

그녀는 주저하며 도너번 쪽을 쳐다보았다. 그녀는 한 번도 그가 인색하다고 생각한 적이 없었다. 그러나 그가 클럽에서 그런 인간으로 알려진 눈치에 또 한 번 충격을 받았다. 그를 향한 남들의 눈초리가 경멸하듯 웃고 있었기 때문이다. 그녀는 그를 생각해 마음이 상했다. 그래서 명랑하게 말했다. "아니, 저녁은 필요없어. 도너번이 옳아, 난 살을 빼는 중이니까."

도너번은 아무렇게나 한 손을 흔들어 보이며 말했다. "매티, 가고 싶거든 가." 이번에는 자기 일로 마음이 상한 마사는 일어나 빙키에게 고맙다며 함께 저녁을 먹겠다고 했다. 이렇게 해서 그날 저녁 시작부터 그녀는 도너번을 떠나 있었다. 그보다는 그가 그녀를 밀어낸 것 같기도 했다. 그녀가 미안해하는 미소를 지으며 떠나는데 그는 거들떠보지도 않았던 것이다.

마사는 오 분 전까지만 해도 도너번을 위한 것이었던 얌전하고 온순한 태도로 빙키 옆에서 걸어갔다. 저녁을 함께하자고 한 그 사실 하나로 그녀의 온 감정이 그에게 집결되어 송두리째 비틀리는 것 같았다. 그는 예의에 벗어나지 않게 베란다를 걸어 내려가며 그녀에게 한 팔을 두르고 부드럽게 콧소리로 말했다. "우리 아가씨가 나하고 저녁을 먹는다네." 그러나 그녀의 머리 위로 베란다를 한 바퀴 휘 둘러본 그의 시선은 날카롭고 비판적이었다. 그는 고갯짓과 자유로운 또 한 손의 신호로 부하들을 모집하고 있었다. 빙키와 저녁을 같이 먹는 것은 공적인 행사였던 것이다.

그래서 여자를 동반한 여남은 명의 늑대들이 차에 꾸역꾸역 올라 맥그레이스 식당으로 몰려갔다. 그들은 뽐내며 들어가 급사들의 환영을 받았다. 빙키의 '패거리'가 이따금 행패를 부려 식당을 파손하는 일이 있다고 알려졌지만 돈을 헤프게 썼고 엄청나게 많은 팁을 주었기 때문이다. 한편 맥그레이스는 이 식민지에서도 오래된 호텔이어서 영국이나 유럽 대륙에서 오는 중요한 손님들은 모두 이곳으로 왔다. 맥그레이스는 명성을 유지해야 했으므로 급사들의 환영에는 걱정하는 눈치도 있었다.

그들에게는 초콜릿색과 금빛으로 된 라운지같이 큰 방의 가운데 테이블이 주어졌다. 방은 벌써 크리스마스 장식이 되어 있었다. 급사장과 포도주 전문 급사는 둘 다 백인이었으며 늑대들과 일일이 서로 이름을 부르고 불리면서 어깨를 툭툭 쳤다. 그들은 일부러 낮춘 것이 분명한 목소리로 주문을 받으면서 공손한 눈짓으로 제발 부탁한다는 표정을 지었다. 부탁입니다, 메이너드 씨, 행동을 삼가 주세요. 그리고 패거리에게도 그렇게 하라고 일러 주세요! 급사장 조니 콘스투오폴리스는 이 식민지를 주름잡는 대회사의 사장인 플레이어 씨가 악단 옆의 종려나무 밑에 아내와 앉아 있는 사실을 빙키에게 지적하기도 했다. 그런데 이 말을 듣자 빙키가 벌떡 일어나 하도 큰 소리로 외치듯 플레이어 씨에게 인사하는 바람에 방 안에 있던 사람들이 모두 그쪽을 돌아다보았다.

조니는 기가 막혔다. 다른 점잖은 단골손님들이 기분이 상할 위험 때문뿐만 아니라 그가 귀빈 플레이어 씨에게 가지고 있던 감정은 신앙에 가까웠기 때문이다. 가무잡잡하고 얌전하고 지쳐 있는 이 작은 그리스인은 그에게 오늘날의 지위를 가져다준 섬세하기 짝이 없는 재치로 이 높은 사람을 받들어 모셨다. 그래서 그는 플레이어 씨 테이블과 빙키의 테이블 사이를 끊임없이 오갔다. 빙키의 아버지도 중요한 사람이요, 교육받은 사람임을 그는 알고 있었다. 그는 마치 미친 사람을 본 듯이 놀라움과 두려움으로 몸서리쳤다. 이 젊은이들은 몽땅 미쳤으며 돈을 먼지처럼 썼다. 빙키는 저녁 한 끼 먹는 데 20파 운드를 선뜻 내버리기 일쑤였다. 그는 사방에, 플레이어 씨에 게까지도 빚을 지고 있었다. 그들은 모두 미래가 없는 듯이, 장차 아내와 아이들을 거느린 중요 인사가 될 계획이 전혀 없 는 듯이, 제멋대로 미치광이처럼 행동했다. 그런데 그들이 자 신에 대해 갖고 있는 생각을 다른 모든 사람도 받아들이고 있 는 듯했다. 만일 오늘 저녁도 이 늑대들이 파괴 행위를 할 의 무가 있다는 생각에서 노래 부르고 장식들을 뜯어 발기고 테 이블 위에서 춤추기 시작한다 해도 플레이어 씨를 포함한 손 님들은 과열한 패거리를 괴롭지만 잠시 참아 주는 인내심으 로 바라보리라는 것을 조니는 알고 있었다. 20년 전, 지금도 그에게 악몽으로 나타나리만치 심각했던 가난에서 식구들을 구하기 위해 그들을 이끌고 사랑하는 고국을 떠나온 이 조그 만 그리스인에게 이것은 이상하고도 지겨운 일이었다. 그리스 인 조니는 결코 가난의 공포를 잊을 수 없었다. 사람이 부유하 고 점잖은 생활의 벌판을 잃어버리고 이름도 없는 유령들 사 이로 빠져들 수 있다는 의식을 그는 결코 잊을 수 없었다. 조 니는 굶주림이라는 공통분모를 기억했다. 그의 어머니는 결핵 으로 죽었고 누이는 대전 때 굶주림으로 누더기에 싸인 가벼 운 꾸러미처럼 되어서 죽었다. 지금 그는 맥그레이스 식당에 서 빙키 메이너드의 의자 뒤에 약간 몸을 구부린 자세로 서서 주문받을 동안 자기 감정이 드러날세라 서글픈 검은 눈을 조 심스럽게 감추고 있었다.

그는 늑대들이 여자들을 넘보며 자기네 사소한 소원이라도 다 채워져야 한다고 우겨 대는 긴 시간 동안 꾸준히 주문을 받아야 한다는 것을 알고 있었다. 하지만 일단 이런 의식이 끝나면 무슨 음식을 갖다 안기든 상관없었다. 그들은 눈여겨보지 않을 것이기 때문이었다. 그들은 먹을 것이건 포도주건 관심이 없었다. 그들은 포도주를 주문할 때 포도주 목록에 나온 이름을 가지고 언쟁하느라 오 분씩 걸리다가도 포도주 병이 올 무렵이면 무엇을 주문했는지도 잊어버리기 일쑤였다. 그들은 이해할 줄 몰랐다. 이해하는 것이라고는 아무것도 없는 야만인들이었다. 그래도 그들에게는 경의를 표해야 했다. 왜냐하면 언젠가는 (이런 변모가 어떻게 이루어지는지 신들만이 알 일이었으나) 그들이 이 도시의 책임을 맡는 점잖은 원로들이 될 것이고 이 처녀들은 그들의 아내가 될 것이기 때문이었다.

마사는 호텔 음식을 좋아하지 않았으나 달게 먹었다. 메뉴는 기다란 불어로 되어 있었고 이것은 이 식민지에서 제공되는 가장 비싼 식사였다.

그들은 밀가루와 후추 맛이 나는 걸쭉한 흰색 수프, 크리켓 공만 한 크기의 별로 이렇다 할 맛도 없는 둥근 치즈 파이, 끈끈한 화이트소스를 친 삶은 생선, 삶은 콩과 삶은 감자를 곁들여 구운 닭의 흰 살 조각들, 끓인 살구와 신선한 크림, 토스트를 얹은 정어리를 먹었다. 그들은 모두 진저에일을 탄 브랜디를 마셨다. 식사가 반쯤 진행됐을 때 빙키는 모두에게 "속도를 좀 내."라고 독촉하기 시작했다. 무도회가 자기 없이 시작될까 봐 벌써부터 걱정이었던 것이다. 식사가 끝나자 그는 은

화를 몇 움큼씩이나 내던졌다. 급사들은 응시하는 눈으로 은화가 얼마나 되며 자기네들 사이에서 어떻게 분배될 것인가 계산하면서도 연신 웃으며 그를 향해 굽실거렸다. 여자들은 여느 때처럼 모성적인 만족감을 드러내며 빙키가 돌았다고 투덜거렸다. 그들은 한 덩어리가 되어 스포츠 클럽으로 돌아갔다. 마사는 미안한 마음으로 도너번 생각을 했으나 당장 그를 찾아낼 수는 없었다. 그녀는 벌써 덩치가 큰 금발의 운동가 페리에게 춤추자는 청을 받고 있었다.

클럽은 야회복 차림의 사람들로 가득 찼고 악단이 연주하고 있었다. 도너번은 마사가 루스 매너스란 이름으로 알고 있는 여자와 앉아 있었다. 그는 지인을 대하듯 그녀를 향해 손을 흔들어 보였다. 그러면서도 경멸의 시선을 페리에게 던졌다. 마사는 도움을 청하느라 빙키를 바라보았다. 빙키는 사람이 당황할 만큼 솔직하게 말했다. "우리랑 있는 게 나아. 저 친군 밥도 제대로 안 먹여 주잖아." 그러나 마사의 눈이 여전히 애원하는 듯했기 때문에 남자들은 신음 소리, 한숨 소리와 함께 어깨를 움츠리며 의자를 당겨 테이블들을 한데 붙여서 도너번이 무리의 한끝에 앉고 마사가 그를 마주 보게 해 주었다.

루스 매너스는 마르고 섬약한 여자였다. 그녀는 갸름하고 하얀 얼굴, 짧고 탄력 있는 검은 머리, 신경질적인 긴 손을 가지고 있었다. 그녀의 이목구비는 고르지 못했다. 웃으면 얄따란 빨간 입이 한 옆으로 비틀렸다. 가느다란 코는 약간 비뚤어지고 가는 눈썹은 조심스러운 파란 눈 위로 악센트 부호처럼 까만 예각을 그리고 있었다. 그녀는 모음을 조정해 가며 조심스럽게 이야기하고 신중하게 행동했다. 매 순간 그녀는 자기가 어떻게 보이는지 의식하고 있었다. 그러한 의식은 그 섬세한 겉모습과 합쳐져서(눈꺼풀은 약간 불그스레하게 내려앉아 보이고 하얀 뺨은 고르지 못하게 상기한 빛을 띠었다.) 그녀에게 지성적인 모습을 주었다. 그러나 그녀는 그 자리에 있는 어느 누구도 못 따를 만한 품위를 지녀 무척 우아했다. 그녀는 육중하고 축 처지는 크레이프 천의 비취색 옷을 입고 있었다. 그 옷은 허리에서부터 느슨하게 주름이 잡혀 있고 불꽃빛의 넓은 띠가 그녀의 가는 몸을 두르고 있었다. 상의는 앞과 뒤를 깊이 팠고 어린아이같이 작고 납작한 가슴 위로 옷감이 살짝 얹혀 있었다. 어깨와 목도 가늘고 뼈가 앙상해서 그녀의 뺨처럼 언제라도 금방 새빨갛게 변할 것처럼 보였다. 그녀는 예쁘지도 않고 몸뚱이는 덮어 두는 게 나을 정도였지만(마사는 샘이 나는 듯 혼자 생각했다.) 도너번이 그토록 찬양하는 바로 그 특질을 부정할 길 없이 지니고 있었다. 그녀의 침착성은 "매력 있게 생길 것도 없어요. 탐스럽지 못한 육체를 가졌다 해도 그게 어떻단 말이에요? 나는 다른 것을 가졌는데."라고 말하는 듯했다. 마사는 상대의 침착성 때문에 자기의 침착성을 잃어버렸다. 그래서 마사는 늑대들의 충성에도 불구하고 자신이 초라하고 부족하게 느껴졌다.

루스와 도너번은 잘 어울리는 한 쌍이었고 그들도 그것을 알고 있었다. 그들이 나란히 상머리에 앉아 클럽의 관례와는 너무나 다르게 가볍게 희롱하며 농담조로 서로 슬슬 이야기를 건네는 바람에 다른 사람들은 약간 눌린 듯 안 좋은 기분으로 귀를 기울였다.

청중이 생긴 것을 보자 도너번은 그 특유의 우아한 태도로 뒤로 기대앉으며 루스의 손을 잡고 말했다. "이봐, 아가씨들, 총각들, 우린 모두 영국으로 가야 해. 그게 우리에게 어떤 효과를 주는지 알아? 자, 루스의 옷을 보라고, 매티…… 알겠어? 우리 불쌍한 식민지 사람들은 엄두도 못 내는 것을 가졌단 말이야."

루스가 웃으며 말했다. "아이, 돈, 자기도 작년에 영국 갔다 왔으면서."

마사는 도너번이 영국에 다녀온 이야기를 들어 본 적이 없었다. 그래서 이것을 이상하게 생각했다. 그녀는 그가 그 말을 썩 달가워하지 않는 것을 알아차렸다. 그가 상을 찡그리며 망설이다가 무마하듯 말했기 때문이다. "그래, 루스. 하지만 어머니의 보호 아래 갔기 때문에 나 자신을 세련되게 할 기회가 없었어. 어머닌 너도 알다시피 나 없이 아무것도 못 하시거든. 해러즈와 데리 앤드 톰스 백화점에서 어머니 옷을 사느라 너무 바빴단 말이야."

두 상점은 마사의 어린 시절을 통해 '고급 물건'의 동의어로 소개되었던 것인데 이제 앤더슨 부인의 전통적인 멋까지 제공할 수 있다고 하니 그 둔탁한 어감이 일조에 사라졌다. 루스는 그 이름을 들으며 우습지만 참아 준다는 표정이었다. 그녀의 신중하게 잡아끄는 어조에는 도너번을 우스꽝스럽게 생각한다고 분명히 말하는 비웃음의 여지가 있었다. "아무리 해러즈라도…… 석 달 동안 옷만 사고 아무 일도 안 할 수 있을까?"

도너번은 기분이 상했다. 그러나 쾌활한 어조는 그대로 유지했다. "루스, 넌 너를 위해 최선을 다해 주는 어머니를 뒀다는 이점이 있어. 우리같이 운이 덜 좋은 족속을 동정해야 옳다고."

"아이, 도니도 참." 루스는 짤막한 웃음을 웃었다.

"그래." 도너번은 이제 자기를 희생하고라도 남을 웃기려는 노력에 집중하기 시작했다. "그래, 나는 영국에 가 보니 실망이 컸어. 우린 모두 그걸 굉장하게 생각하지. 그렇지만 막상 가 보면 우리가 짐작 못 했던 제약이 있단 말이야. 난 컴벌랜드 호텔에 묵었어…… 우리 식민지 사람들은 으레 컴벌랜드에 가니까. 그리고 우리 어머니는 남들이 다 가는 곳에 갈게 뭐냐고 해도 막무가내니까……. 그래서 난 아버지하고 종일 기막힌 크림 케이크만 먹었지. 아버지는 내내 영국이 지나치게 문명화했다고 투덜대셨어. 아버지 자신은 그게 무슨 뜻인지 조금도 모르실 테지만 말이야. 우린 앉아서 엄마가 여기저기 탐험지에서 새 물건을 잔뜩 가지고 돌아오기를 기다렸지. 어…… 우리 어머닌 어딜 가든 언제나 재미를 톡톡히 보는건 틀림없거든. 나와 아버지가 같은 생각을 했던 건 내 기억으로 그것뿐이었어. 내가 말했지. '아버지, 아버지는 그 탁 트인 공간들을 좋아하실 테고 그 사람들에게 환영받으시지만, 저로 말하면, 전 순전히 퇴폐주의를 위해 만들어진 놈이거든요. 그러니 제게 돈을 좀 주세요. 그럼 의상 디자이너의 도제가 되어 본령을 찾을 테니까요.'"

"저런, 도니." 루스가 이번에는 심각하게 말했다.

"그랬더니 아버지는 자기도 그럴 수만 있으면 얼마나 좋겠냐는 거야. 아버지도 나처럼 이례적인 것을 싫어하시는데, 불행히도 엄마가 석 달에 쓸 돈을 처음 석 주일에 다 썼으니 돈을 더 보내라고 전보를 쳐야 했고 우리가 쓸 돈은 하나도 없다는 거야." 도너번은 낄낄대는 웃음소리로 이야기를 맺었다. 그 소리가 너무 분개하는 것처럼 들려서 루스밖엔 함께 웃는 이가 없었고 나머지 사람들은 말없이 지켜보기만 했다. 마사는 페리가 웅얼거리는 소리를 들었다. "아이고, 답답해. 나가서 춤추자, 난 못살겠다." 그는 마사를 마구 끌어 일으켰다. 두 사람은 춤을 추러 안으로 들어갔다. 그리고 춤추기 시작하면서 그가 생각하기도 싫은 듯이 "아이고, 답답해." 하고 또다시 투덜거렸다.

페리는 자기에게 맡겨진 인물 노릇을 하느라 몇 분마다 멈추어 두 팔을 추켜올리고 사람들이 돌아다보며 웃을 동안 고문당하는 자처럼 괴성을 내질렀다. 또는 갑자기 몸을 비틀어 춤을 추며 머리를 번쩍 젖히고 눈을 감고 노래하는 흑인 흉내를 내면서 우는 듯한 탁한 소리로 흥얼거렸다. 그러는 사이사이에 그는 관례대로 네모꼴을 그리며 마사를 끌고 방 안을 돌아갔고, 그의 솔직한 파란 눈이 그녀를 따져 보는 동안 얼굴엔 그 특유의 감상적인 표정이 떠올랐다.

마사는 그의 눈을 지켜보았다. 그녀는 이 사람들의 몸이 아니라 눈을 보아야 한다는 것을 강박적으로 느끼기 시작했다. 왜냐하면 그들의 눈은 진지하고 걱정스럽고 심지어 간청하는 듯한 데 비해 그들의 몸뚱이와 얼굴은 그들에게 요구되는 포즈를 취하느라 비뚤어져 있었기 때문이다. 그것은 마치 그들의 다리나 목소리는 겉으로 지닌 하나의 소유물일 뿐이며 그것들이 무슨 판단을 내리고 논평하든 그들에게 영향력을 미치지 못하는 것 같았다. 마사는 계속 충격을 느꼈다. 페리의 눈으로부터 노래하는 흑인 흉내를 내며 꿈틀거리는 그의 몸으로 시선을 옮길 때 그녀는 불안하게 느껴졌다. 그러나 그녀는 밝은 미소를 유지하며 춤추었고 허튼소리로 대답했다. 춤이 끝나 갈 무렵 상대방의 눈의 지성적인 진지함에 용기를 얻어 마사는 반란을 일으켰다. 그녀는 정상적인 목소리로 도너번과 루스에 대해 이야기했다. 그녀는 상대방의 팔에 힘이 들어가고 그의 눈이 어두워지는 것을 의식할 수 있었다. 그러나 마사는 계속했다. 그녀는 그가 자기를 있는 그대로(그게 무슨 뜻이든 간에) 받아 주려 하지 않는 게 노여웠다. 그러지 않아도 그녀에 대한 소유권을 주장하려 드는 수많은 자아들 때문에 그녀는 어쩔 줄을 몰라 하지 않았던가? 그녀는 정말로 그와 단순하고 따뜻하게 교제하고 싶었다. 그녀는 그가 자기를 하나의 분별 있는 인간으로 인정해 주기를 바랐다. 그가 눈알을 위로 굴리며 몸을 떠는 시늉을 하고 "이 아가씨 말하는 투 좀 봐."라고 했을 때 그녀는 굳은 미소를 계속 지으며 그의 말이 끝나자 하던 말을 계속했다. 그녀의 노력은 서서히 효과를 거두었다. 비록 내키지 않아 무뚝뚝한 소리이긴 해도 그가 분별 있게 얘기하기 시작한 것이다. 그때 음악이 끝나서 두 사람은 베란다로 돌아가야 했다. 그곳에는 루스와 도너번이 아직도 단둘이 앉아 있었다. 그들은 목소리를 낮추며 춤추고 돌아오는 사람들을 달갑지 않게 돌아다보면서 이야기를 계속했다. 그들이 아까 하던 세련된 이야기가 분위기를 흐린다는 이유로 빙키의 마음에 거슬렸다면 지금 이들의 배타성은 훨씬 더 심했다. 음악 소리가 다시 울려오자 빙키가 나아가 루스와 춤을 추었다. 그는 춤을 싫어했으나 그것은 그의 의무였다. 그는 지나치게 서로를 점유하는 한 쌍이 있기 전에는 춤추는 일이 없었다.

시간은 무척 일렀다. 사람들이 아직도 들어오고 있었다. 그들은 자기네 무리와 자리를 잡거나 쌍을 짓거나 했다. 그러나 이런 쌍들도 곧 다른 쌍들과 합치거나 한 무리에 끼었던 아가씨가 자연스럽게 다른 무리로 옮겨 가거나 했다. 모두가 편하고 다정하고 스스럼없었다. 급사들은 맥주와 브랜디 쟁반을 계속 날라 왔다. 마사는 브랜디와 진저에일을 여느 때처럼 마시면서 본능적으로 취기의 불길을 조절하고 있었다. 남자들이야 곤드레만드레 취할 수 있어도 여자들은 술에 의해 좀 나긋나긋해질망정 곯아떨어져서는 안 되었다. 빙키는 루스를 도너번에게 돌려주고 나서 큰 무도실의 불을 꺼 버리고, 지성을 둔화시키고 육감을 고조시키는 느리고 꾸준한 리듬에 맞춰 춤추기 좋게 채색 전등을 실내에 비추었다.

마사는 페리와 한 번 이상 춤추는 것은 위험하다고 생각하는 눈치인 빙키와 춤추고 페리, 도너번과도 번갈아 춤을 추었다. 그러나 실은 누구하고 춤추든 상관없었다. 도무지 사사로운 감정이라고는 없었기 때문이다. 꿈결에서처럼 한 남자에게서 다른 남자에게로 옮겨 가고 친밀하게 뺨과 뺨, 몸과 몸

을 맞대고 춤추다가 음악이 멈추면 또 술을 마시고 잡담하다
가 음악 소리가 쩡쩡 울리면 다시 무도실의 무덥고 얼룩거리
는 어둠 속으로 뛰어들곤 했다. 세 번이나 마사는 늑대 패거
리의 이 남자 저 남자에게 베란다로 끌려 나가 키스를 당했
다.(나중에 그녀는 그들이 누구였는지 자신에게 일깨워야 할 지경이
었다.) 언제나 같은 식이었다. 어떤 예고도 없이 그녀는 갑자기
딱딱한 상대의 육체로 꼭 당겨졌다. 그의 하반신이 적극적으
로 그러나 경건하게 그녀의 하반신에 밀착해 왔다. 그리고 그
녀의 머리를 마구 파고들며 이빨을 들이대는 키스에 의해 뒤
로 젖혀졌다. 다음 순간 그는 달음박질하는 사람처럼 가쁘게
숨쉬며 한숨짓고는 말했다. "내가 지겹지? 미안해. 용서해." 그
러면 이 장소의 분위기가 마사로 하여금 상냥하게 대답하도
록 만들었다. "괜찮아, 페리." 아니면 '더기'든 '빙키'든 간에 말
이다. "괜찮아. 걱정 마." 그녀는 이렇게 말했어야 했을 것이다.
'걱정 마, 애야.' 그러나 그 말은 혀끝에서 나오지 않았다. 그녀
는 웃고 싶었다. 동시에 그녀는 그들이 눈에 그토록 적극적인
번뜩임을 띠면서도 태도는 그렇게 굽실굽실 사과하는 식인 것
이 역겨웠다. 키스는 매번 증오의 의식이었다. 네 번째로 이름
도 모르는 어떤 청년이 그녀를 베란다로 마구 끌고 가려고 하
자 그녀는 거부했다. 상대의 딱한 눈초리가 보였다.

"거드름 부리는 거야?" 그가 물었다. 나중에 테이블에서 그
가 다른 사람들에게 마사를 가리키며 말했다. "이 아가씨가
거드름을 부려. 이 앤……." 그는 몸을 떨며 코트를 두르고 이
를 득득 맞추는 시늉을 해 보였다.

도너번이 갑자기 소리쳤다. "이봐. 매티야, 어때?" 그녀는 두어 명의 청년이 도너번 쪽을 보고 찡그린 시선을 주고받는 것을 본 다음에야 비로소 도너번이 내내 자기를 지켜보고 있었다는 사실과 이 청년들이 그녀에게 보여 준 관심이 어쩐지 도너번에게는 자극이 되었다는 사실을 깨달았다. 그녀는 또한 자기가 부족한 것처럼 생각되었기 때문에 그가 자기를 좋아하고 있는지 확신할 수 없었다. 그녀는 기분이 상해 어쩔 줄 몰라 하며 테이블 끝에 가만히 앉아 있었다. 자기 자신에 대한 그녀의 생각은 깨져 버렸다. 모든 여자들 속에 갇혀 사랑에 의해서 해방되기를 기다리는 또 다른 감추어진 인물, (모든 경험이 가져다주는 증거에 완강히 항거하며) 그녀 속에서 사실적이며 참고 견디는 것처럼 느껴지는 그 사람이 떨며 무너져 내렸다. 그녀는 순수하고도 냉정한 경멸감으로 도너번을 증오했고 청년들을 바라보며 맹렬히 그들을 경멸했다.

두 번째로 페리가 춤추며 그녀를 큰 방 밖으로 데리고 나가 베란다의 춤추는 사람 사이를 누벼 층계로 갈 때 그녀는 순순히 따라갔다. "하지만 땅이 질어." 그녀가 신경질적으로 웃으며 물과 달빛을 흠뻑 먹은 운동장을 내다보고 말했다.

"걱정 마. 걱정할 것 없어." 페리가 말했다. 그는 그녀의 팔을 잡아당겼다. 그녀가 따라가지 않자 그는 그녀를 번쩍 안아 들고 내려갔다. 그의 발이 깊은 진흙 속을 철벅거리며 가는 소리가 들렸다. 그는 그녀를 든 채 건물 모퉁이를 돌아가 내려놓지도 않고 키스부터 했다.

공중에 든든히 매달려 있는 기분은 매우 다른 기분이었다.

페리라는 사람은 젊고 건장한 사나이의 이상적인 모습과 쉽게 합쳐졌고 그는 그녀 안에 있는 (베일을 썼지만 분명 아름다운) 또 하나의 이상적인 인간에게 사랑을 구해 왔다. 그때 갑자기 마사가 소리쳤다. "페리, 내 옷!"

"왜 그래, 얘?" 페리는 귀찮아하면서도 성실하게 말했다. "내가 어쨌는데?"

그녀는 찬 기운이 넓적다리를 쓸어내리는 것을 느꼈다. 구부린 그의 굵은 팔 너머로 겨우 굽어보면서 그녀가 말했다. "내 옷이 찢어졌어." 그것은 정말 찢어져 있었다.

"이런, 미안해. 난 미련한 짐승이야." 페리가 호들갑스럽게 말하고 나서 그녀를 안아 철벅철벅 달빛에 반짝이는 물웅덩이 속을 건너 베란다로 갔다. 그녀는 충계 위에 서서 찢어진 자리를 살폈다.

침묵이 흘렀다. 사람들이 자기를 지켜보고 있음을 그녀는 알 수 있었다. 그녀의 기분은 반항적으로 물결을 타듯 고조되었다. 그녀가 쾌활하게 소리쳤다. "돈, 네 말이 옳았어. 내 옷이 찢어졌어." 그녀는 드러난 넓적다리 위로 벌어지는 천을 잡아당기며 침착하게 테이블로 걸어가 도너번 곁에 섰다. 페리가 뒤쫓으며 중얼거렸다. "얘야, 미안해. 너 때문에 죽겠다. 너 때문에 죽겠어."

도너번은 비판적으로 살펴보는 한순간 말이 없다가 째지게 요란한 웃음을 터뜨렸다. 모두가 웃음 속에 끼어들었다. 그것은 약간 신경질적이었으나 안도의 웃음이기도 했다. 도너번이 말했다. "바늘하고 실이 없으면 난들 별수 없어."

빙키가 급사에게 가서 바느실을 가져오라고 일렀다. 급사가 시무룩하게 그런 것이 어디 있는지 모르겠다고 투덜거렸지만 "가라고, 짐. 잔말 마. 내가 바느실이다 하면 가서 가져오는 거야."라는 말과 함께 기어코 몰려나고 말았다. 급사는 나가더니 얼마 뒤에 그것을 가지고 돌아왔다.

다시 좌중의 지배자가 된 도너번은 웃으며 마사의 옷을 꿰맸다. 그러는 동안 루스는 근시안을 껌벅거리며 조용히 흥미롭게 지켜보았다. 도너번은 마사는 단정치 못한 여자라고, 옷에 흙을 묻혔다고 말했다. 무슨 까닭인지 이 사건은 그들을 모두 명랑한 친밀감으로 몰아넣었다. 마사는 도너번 옆에 앉았고, 그는 그녀의 손을 쥐고 있었다. 그 반대편에서는 루스가 도너번의 손을 쥐고 있었다. 페리는 흥미롭게 마사를 바라보며 그녀 곁을 어슬렁거렸다. 베란다 기둥 사이로 보이는 밖에서는 달이 검은 물결 위로 황량하고 발작적인 빛을 넘치도록 흘리고 있었다. 고무나무들이 검고 거추장스러운 형체들을 별 위로 흔들어 댔다. 음악이 안으로부터 꾸준히 고동쳐 나왔다. 자정쯤 된 시각이었다. 나이 많은 사람들은 젊음이야 마땅히 그만한 권리를 누려야겠지만 너무 욕심을 부려서는 안 된다는 뜻을 암시하는 미소를 지으며 돌아가고 있었다. 빙키는 폭풍 경보 같은 소리를 중얼거리고 있었다. "얘들아, 왕창 터뜨려. 왕창 터뜨리라고."

방 안에서 다음 춤을 출 동안 그들은 왕창 기분을 냈다. 우우거리고 소리치고 함께 발을 구르고 떼를 지어 그들은 방을 돌아다니며 가릴 것 없이 아무 데나 몸을 내던졌다. 그러는 사이에 악단은 꾸준한 손가락질로 악기로부터 리듬을 끌어내며 마치 저 아래 꿈틀꿈틀 움직이는 인형들의 동작을 조정하는 것은 인간인 자기들이라는 식의 권력을 의식한 웃음을 지으면서 연주를 계속했다. 마사는 페리의 팔 너머로 도너번이 유연하게 춤추며, 마치 관절이 있는 인형인 양 이리저리 팔다리를 내던지는 모습을 보았다. 검은 머리가 숱하게 덩어리져 얼굴 위로 흘러내린 그는 '이건 정말 바보짓이야. 일이 이러니까 그저 이러고 있는 것뿐이야.'라는 뜻이 분명한 웃음을 짓고 있었다. 이제는 이미 냉정하지도 침착하지도 않은 루스는 얼굴에 고통을 꾹 참는 듯한 표정을 띠며 빙키의 펌프질하듯 움직이는 팔 속에서 무시당한 채 꿈틀거렸다. 마사는 그녀의 바보 같은 고통의 표정이 자기 얼굴에 띠고 있는 표정과 같다는 것을 깨달았다. 그것은 좋지 않았다. 자신을 그 속으로 놓아 버릴 수는 없었다. 그 순간 그녀는 자신 속에 있는 비판적이고 남의 영향을 받지 않는 인간을 의식했다. 페리를 바라보고 그녀는 일순간 생각했다. 페리가 우리에게 어떤 생각을 바라든 페리 자신은 달라질 여지가 없는 거야. 페리는 겉보기엔 격렬한 황홀경에 빠져 있었다. 발작을 하듯 어깨를 치켰다 떨어뜨렸다 하며 눈알이 천장을 향해 굴렀다가 흰자위를 희번덕거리며 곁눈질로 미끄러져 마룻바닥을 노려보는 응시로 고정되었다. 그의 전신이 부르르 떨며 마구 까불었다. 그러나 그러는 동안에도 그의 마음은 전혀 영향을 받지 않았다. 어쩌다 마사가 자기 위로 스쳐 가는 파란 눈과 마주칠 때 그 눈은 표면만 열광하고 있을 뿐임을 알 수 있었다. 내면에서 그의 눈은 침착하고 기민했으며 자기의 광란을 감상하면서 연출해 내는데 골몰하고 있었다. "봐, 우리가 얼마나 미친놈같이 행동하는가를." 그 깊은 눈빛은 그렇게 말하는 듯했다. 동시에 그것은 남의 눈에 띄기를 싫어했다. 마샤의 눈이 페리의 눈과 마주치는 찰나는 마치 종교의식에 완전히 몰두해야 할 두 사람이 서로를 훔쳐보다가 상대방의 반역 행위를 보고 화나면서도 당황하는 것과 꼭 같았다. 그녀는 깔깔거리고 싶었다. 그래서 신경질적으로 웃었다. 그가 마치 조용히 하라고 말하듯 그녀를 바짝 끌어당겨 이렇게 말했다. "자기, 자기 때문에 죽겠어." 그는 괴로운 신음 소리를 내지르며 그녀를 다시 웃겼다.

아니, 그녀는 루스처럼 이런 일을 즐길 수 없었다. 첫 번째 춤이 끝나자, 다시 말해 방종한 첫 번째 춤이 끝나자 그녀는 페리가 딴 여자를 찾게 놓아두고 베란다의 테이블로 돌아갔다. 도너번이 까만 머리를 어느새 말끔히 밀어붙이고 태연히 루스와 앉아 있는 것이 보였다.

도너번이 투정 부리듯 말했다. "매티, 정말…… 이렇게 진탕 마시고 떠드는 일은 너한테 아무 도움도 못 돼. 머리나 빗어…… 아니, 내가 해 줄게."

그러나 그녀는 안에서 우르르거리며 춤 소리가 계속될 동안 마지못한 듯 자기 손으로 머리를 빗었다. 그녀는 빗질로 사람들에게서 자신을 떨어뜨려 놓고 반은 비웃듯 반은 아쉬운 듯 귀를 기울였다. 그녀가 침착해지며 자신을 추슬러서 그러고 있는 동안 도너번은 루스에게 얘기했다.

이내 그녀는 도너번이 다정하게 외치는 소리를 들었다. 그리고 그 소리에 주의를 돌린 두 사람이 멈추어 서더니 웃으며 그들을 향해 다가오는 것을 보았다. 하나는 몸집이 작고 눈이 까만 아주 눈에 띄게 생긴 유대인 여자로 꼭 끼는 줄무늬 새 틴 옷을 입고 있었다. 또 한 사람은 여자의 매끈하고 멋진 사교계 여인 같은 모습과 아주 대조적으로 큼직하고 투박하고 울퉁불퉁한 스코틀랜드 사람 같은 이목구비의 얼굴과 파랗고 야무진 스코틀랜드 사람 같은 눈을 가진 남자였다.

이 한 쌍은 도너번을 단순히 '잘' 알 뿐 아니라 무척 친한 사이인 듯했다. 그들은 마실 것을 주문하면서 곧 가야 한다고 했다. 여자의 이름은 스텔라, 남자는 앤드루였다. 그들은 결혼한 사이이며 그 사실에 무척 만족하고 있었다. 이런 사실들을 마사는 음악이 끝나기 전에 알아냈다. 그녀는 어느덧 페리가 곁에 와 있는 것을 보았다. 그는 그녀가 자기를 버렸다고 투덜거렸다. 그녀가 사람을 잡는다는 것이었다. 그러나 그녀는 더 이상 가장하고 있을 수 없었다. 그녀는 웃으며 시선을 그의 눈에 고정시킨 채 자연스럽게 이야기하기 시작했다······. 무슨 이야기를? 그건 아무래도 좋았다. 문제는 그녀의 어조였다. 그녀는 더 이상 모성적인 관대함을 지탱할 수 없었다. 그녀는 상대가 불안해져서 덫에 걸린 듯한 표정으로 반쯤 일어섰다가 다시 주저앉는 것을 지켜보았다. 그녀가 이긴 것이다. 그녀는 빙키의 원로급 부하인 늑대 하나를 이렇게 꼬드겨서 자기에게 진지하게 대하도록 만든 데 대해 철없는 승리감을 느꼈다. 페리도 자신에게 놀라고 있는 모양이었다. 도너번과 루스, 스텔라와 앤드루 매튜스가 일어나면서 모두 매튜스네 아파트로 가자고 하자 페리는 마사를 따라 넓은 무도실을 건너며 희극적으로 인상을 쓰고는 기가 막혀 하는 빙키에게 큰 소리로 외쳤다. "이 아가씨가 날 사로잡았어. 난 올가미를 썼어. 끝장이야!" 도너번의 차 뒷좌석에 마사와 페리가 앉고 루스는 도너번과 앞자리에 앉아 공공연히 파트너를 교환한 꼴로 그들은 떠나갔다.

도너번과 루스는 쾌활하게 시시덕거렸다. 페리로 말하면 그는 마사의 손도 잡으려 하지 않았다. 그는 마치 온 힘이 다 빠져나간 듯이 크고 금빛 나는 운동선수 같은 육체를 차의 움직임에 내맡기고 조금씩 흔들리고 있었다. 그리고 좌석 등에 놓인 머리를 흔들거리며 마사를 보고 항의하듯 말했다. "이봐, 아가씨, 날 어쩌려는 거야?" 그녀는 그를 보고 웃었다. 그들이 6층이라는 것 때문에 소문이 자자한, 시내버스 건물보다 높은 아파트의 큰 건물 앞에 이르자 그는 길든 늑대처럼 쭈뼛거리며 순순히 그녀를 뒤따랐다. 그들은 모두 쌍을 지어 매튜스네 아파트로 올라갔다.

아파트는 밝고 현대적이고 아담했다. 조그만 거실은 줄무늬 커튼, 엷은 색 양탄자, 가벼운 현대식 가구를 갖추었다. 그 방에 들어설 때에는 일종의 안도감이 생겼다. 사람은 낯선 곳에 들어갈 때 어디에 자신을 적응시킬까 생각한다. 그러나 이곳에는 사람의 기분을 사로잡을 만한 개인적인 것이라고는 아무것도 없었다. 그러니 자신을 맡길 필요도 전혀 없었던 것이다. 이 나라에서, 또는 영국에서, 아니면 어느 나라에서건, 이런 아파트에 들어서면 평화로운 느낌으로 당장 마음이 편해

진다. 다행한 노릇이다! 그러지 않아도 우리에게 가해지는 이
리 당기고 저리 당기는 너무나 많은 요구 조건이 있다. 시설이
니 가구니 고려치 않아도 그렇다. 누가 이것들을 그 전에 썼는
가? 그들은 어떤 사람들이었는가? 그들이 우리에게 요구하는
것이 무엇인가? 아아, 개성 없는 현대식 아파트의 고마움이여.
어디로 가는지 통 알지 못하며 짐도 없이 무슨 일이든 겪을
각오로 있는 방랑자의 집이여.

창문들은 열려 있었다. 눈 아래로 도시의 불빛들이 반짝이
며 퍼져 있었다. 이 집은 무척 높은 듯했다. 그것은 방대한 어
둠 속에서 불 켜진 공간과 휩쓰는 바람 사이에 가느다란 콘크
리트 뼈대로만 위태롭게 받쳐진 담처럼 느껴졌다. 바람이 다
시 세어졌던 것이다. 그날 오후 비로 깨끗이 씻겼던 하늘은 달
이 벌써부터 조각해 낸 구름들로 어수선했다. 구름은 머리 위
로 꾸준히 그러나 재빨리 굽이치며 기울어 가는 남십자성 아
래 시커먼 산더미처럼 쌓여 갔다. 마사는 속치마 같은 무도복
외에는 걸친 것이 없었고 바람의 촉수가 손가락처럼 부드럽게
그녀의 어깨에 휘감겼으며 날씨는 더웠다. 뇌성이 잠결에서처
럼 나직이 웅얼거렸다. 두꺼운 구름이 몰아치는 바람 때문에
배처럼 요동하며 달려갔다. 구름의 아래쪽은 어두웠고 위쪽
가장자리는 하얗게 반짝이고 있었다. 달이 꺼졌다. 어둠을 타
고 쏟아지는 새로운 비의 냄새가 풍겨 왔다.

마사는 창에서 돌아서며 음료를 내주고 있는 앤드루를 보
았다. 어딜 가나 사람이 도착하자마자 술이 나오는 것 같았다.
예기치 못한 기막힌 이유로 술이 나오지 않는다면 어떻게 될

까 하고 그녀는 생각했다. 그러나 그런 비판적인 생각은 외계의 밤의 영향만큼밖에 지속되지 못하고 그녀는 곧 매튜스가의 거실인 불 켜진 조그만 공간 속에 완전히 갇혀 버렸다. 그녀는 브랜디를 집느라 손을 내밀며 오가는 이야기에 귀를 기울였다.

여기서 영도하는 것은 도너번도 루스도 그녀 자신도 아니었다. 그것은 스텔라였다. 그녀는 의자 팔걸이에 걸터앉아 활발히 이야기하고 있었다. 그녀의 짙은 눈빛이 반짝이며 청중의 얼굴들 위에 놓여 있으면서 그녀의 자력권(磁力圈) 속으로 사람들을 끌어들이는 듯했다. 그녀는 앤드루의 아버지가 유대인 여자와의 결혼을 금한 일, 그래서 그들이 비밀리에 결혼했고 겉보기에는 국가나 교회의 덕도 못 보고 함께 사는 것처럼 보였던 탓에 마침내 노인이 이런 망신은 점잖은 그의 스코틀랜드인의 영혼으로서는 견딜 수 없다면서 제발 결혼 좀 하라고 애원했던 일들을 이야기했다. 그런 다음에야 그들은 아버지에게 자기들이 전부터 결혼한 사이였다는 이야기를 털어놓고 위스키를 대접하며 저녁을 함께 드시자고 청했다는 것이다. 그러나 사람들이 귀 기울이며 웃은 것은 그 이야기 때문이 아니었다. 스텔라가 이를테면 남편을 바탕 삼아 자신을 돋보이게 하고 있었던 것이다. 그녀는 꼭 끼는 밝은색의 새틴 옷을 입고 의자 팔걸이에 자세를 잡고 앉아 있었다. 그녀의 반질거리고 매끈한 황금빛 살을 지닌 육체가 거기 모인 모든 사람에게 특유의 언어로 말을 걸어오는 것 같았다. 그녀는 비단 양말 바람의 발끝에서부터(그녀는 구두를 벗어 던져 버렸다.) 매끈한 검은 머리에 이르기까지 살아 있었다. 그녀의 머리는 가운데 가르마를 타고 뒤에서 간단한 동그라미로 꼬아 붙이는 할머니들이나 하는 식으로 빗겨져 있었으나 무척 세련되어 보였다. 생기에 넘쳐 번들거리는 얼굴로 통통한 황갈색 두 팔을 벌리는 몸짓을 해 가며 시아버지의 항복을 묘사하는 대목에 오자 그녀는 기죽은 여자의 모기 소리만 하게 목소리를 줄이면서 팔도 툭 떨어뜨렸다. "이제 만사 해결이다. 지옥은 끝났어. 자식이 아비와 싸우는 건 옳지 못하지."

짧고 놀란 침묵이 흐르며 모든 사람이 성모마리아 같은 포즈로 푹 숙인 그녀의 매끈한 얼굴을 지켜보았다. 앤드루가 노골적으로 말했다. "퍽도 생각해 주는군그래." 그러면서 그는 비꼬는 웃음을 웃었다.

그러나 스텔라는 이렇게 명백한 핀잔도 표면상의 불화에 불과하다는 것을 알고 있었다. 그녀는 웃고 나서 정복자의 시선을 던지며 기다렸다. 그녀는 이렇게 말하는 듯했다. "자, 난 내차례를 다 했어. 결혼한 젊은이의 차례를. 그러니 너희가 이제자기 몫을 할래?" 그녀는 말없이 술을 마시며 누군가가 대화의 횃불을 이어받기를 기다렸다. 그러나 아무도 그러지 않았다. 그래서 그녀가 말을 계속했다. "이제 공공연히 결혼하게 되니까 직장을 포기해야 했어……. 우리 회사는 결혼한 여자는 고용하지 않았거든. 우린 무척이나 가난했지.(그녀는 이 말을 적절한 한숨과 더불어 했다.) 가구마저도 때늦은 결혼 선물로 앤드루 아버지가 갖다주시지 않았으면 세를 낼 뻔했거든. 정말이지 사정이 어찌나 나빴던지(여기서 그녀는 울퉁불퉁하고 솔직하게 생긴 남편을 짙은 색의 우아한 눈동자로 한참 흘겨보았다.) 우리는 마룻바닥에서 자게 될 형편이었어. 하지만 나는 자신이 택한 남자와 함께 살기 위해 마룻바닥에서 잘 각오도 되어 있었어." 그러나 여기서 앤드루는 또 한 번 냉소적인 코웃음을 쳐 그녀를 잠시 멈추게 했다. 그녀는 미소 지으며 술을 한 모금 마시고 자기의 날씬한 맨발 끝을 만족스럽게 내려다보았다. 그녀의 발은 아름답고 조그마했다. 그러고 나서 그녀는 이곳이 살기가 매우 나쁜 데라고 슬그머니 불평하기 시작했다. 이웃들이 그들이 여는 파티에 계속 반대한다는 것이다. "하지만 파티를 새벽도 되기 전에 끝낼 수야 없지 않아요? 이 나라에선 누구나 그렇게 일찍 잠자리에 든단 말이야." 여기서 그녀는 순간 망설이다가 이야기를 살짝 좀 더 대담한 노선으로 옮겨 놓았다. "이럭저럭 하다 보니 앤드루와 나는 이웃 때문에 오후에만, 그것도 토요일에만 성교할 수 있는 형편이 되어 버렸어……."

모두가 이제는 마음 놓고 웃었다. 그녀의 말투는 그녀가 하는 말과 그녀의 육체가 그 자리의 모든 사람에게 전달하는 내용이 일치하도록 해 주었기 때문이다. 앤드루는 무뚝뚝하게 그녀가 고약한 여자인 데다 얼토당토않은 거짓말쟁이라고 했다. 왜냐하면 그녀가 일주일에 한 번의 사랑만 바라고 있는 꼴은 상상도 할 수 없기 때문이라고 했다. 그랬더니 여자는 높은 비명 같은 웃음을 터뜨리며 그가 위선자라고 했다.

마사는 젊은 부부에게서 풍기는 금기와 방종이 엇갈린 새로운 분위기 속에 천천히 젖어 들면서 앤드루의 억울해하는 표정이나 그의 무뚝뚝하게 반발하는 목소리가 일부러 꾸민 것일 뿐임을 깨달았다.(이런 것을 전에 겪어 보지 못했기 때문에 힘들었지만.) 그게 아니더라도 그는 밧줄에 묶인 역할 시늉을 하는 것이었다. 그는 아내가 이처럼 자신을 남에게 노출하는 꼴을 지켜볼 뿐 아니라 그것을 거드는 공모자였다. 이것은 마사가 본능적으로 가졌던 생각과 딴판이었기 때문에 그녀는 스텔라가 노출당하는 것을 불쾌해하는 눈치를 보일 것을 기대하며 몰래 그녀 쪽을 지켜보았다. 왜냐하면 그녀는 도너번이 자기를 노출하는 방식에 대해 계속해서 반쯤 억눌러 온 분노를 상기했기 때문이다.

그러는 동안에도 도너번은 이상하리만치 말이 없었다. 그는 맥을 놓고 앉은 채 감탄하듯 스텔라를 보고 웃었다. 루스는 언저리가 빨개진 눈을 주의 깊게 깜빡이며 조심스럽게 미소 지었다. 페리는 그의 몸무게에 주저앉을 듯한 나지막한 의자에 빳빳이 앉아 웃지도 않고 귀를 기울이고 있었다. 그리고 이따금, 그러니까 스텔라 때문에 웃음이 튀어나올 적마다 그는 갑자기 울적한 동작으로 고개를 뒤로 젖히며 술을 반 잔씩이나 들이켰다.

성교에 관한 화제가 그 짜릿한 맛을 잃자 스텔라는 곧 여자다운 진지한 표정을 지으며 도너번에게 이야기하기 시작했다. 그들은 세상에서 가장 가까운 친구들 같았다. 그들은 서로에 대해 모든 것을 아는 터였으나 어느 파티에서 만난 후로 여섯 달 동안이나 만나지 못했다. 마사는 앤드루가 비슷하게 단순하고 다정한 친밀감을 가지고 자기를 다루고 있음을 깨달았다. 그녀는 곧 그가 오래된 친구같이 가깝게 느껴졌다. 페리도 그러했다. 스텔라의 매력에 의해 친선의 동그라미 속으로 끌려 들어갈 차례가 되자 페리는 가냘픈 조그만 의자에서 육중한 몸뚱이를 옆으로 돌리고 스텔라의 명랑하고 따뜻한 시선의 꼬드김에 빠진 듯 수다스러워지기까지 했다. 그는 불안해서 싫었으나 스텔라가 자기 손을 잡도록 허용했고(마치 그녀의 드러난 매끈한 어깨며 작고 흰 손이 그들이 사용하는 말들과 전혀 관련 없는 것처럼) 동시에 천천히 심각하게 스포츠 클럽의 재정 문제에 관해 그녀에게 이야기했으며 그녀가 자란 홍콩 이야기에 열심히 귀를 기울였다.

밤이 이슥해지자 날씨도 추워졌다. 밖에서 발작적인 달빛을 받으며 이제는 서서히 움직이는 들쑥날쑥한 구름 덩이로부터 비가 내리고 있었기 때문이다. 그러나 스텔라는 하품을 하다 말고 지금 잘 수는 없다며 배고파 죽겠다고 말했다. 그래서 그들은 다시 커다란 승강기로 건물 속을 통해 내려가 빗속을 차로 달려 핫도그 가게로 몰려갔다. 거리는 천천히 내리는 차가운 비 속에서 죽은 듯 잠들어 있었다. 그러나 핫도그 가게는 골목 안에 돋아난 조그만 집시의 천막 같았다. 보도를 따라 밤이면 밤마다 동틀 때까지 이 조그맣게 오뚝한 방들은 흔들리는 내풍(耐風) 램프로 불을 밝히며 바퀴 위에 동그마니 앉아 찾아드는 온갖 이들의 구미에 맞는 먹을 것을 제공해 주었다. 푸짐한 불판 볶음 요리, 달걀, 햄, 소시지를 끼운 빵, 멀건 커피나 독한 차의 뜨끈뜨끈한 잔들이 있었고 주문하면 열어 줄 깡통 음식이 쌓인 선반들도 있었다. 마사는 영화가 끝난 뒤 도너번과 자주 이곳에 먹으러 왔다.

스텔라는 차에서 내려 노점에 가 있는 무리에게 가고 싶어 하지 않았다. 그녀는 감상적인 기분이 되어 있었다. 그녀는 우아한 머리를 남편의 어깨에 기대고 이미 시장기가 없어진 모양으로 먹지 않았다. 아무도 특별히 시장하지는 않았다. 그러나 일종의 타성이 그들을 사로잡아 차마 잠자리에 들기 싫었던 것이다. 노점 주변에는 비슷한 증세의 사람들을 꽉꽉 태운 차들이 줄지어 서 있었다. 시간은 새벽 4시, 낮도 밤도 아니었다. 노점의 불빛이 가물거렸다. 흑인 급사들은 쟁반을 들거나 스토브 곁에 서서 하품했다. 마을의 청년들 절반이 자기들을 해방시켜 줄 첫 번째 붉은 햇살을 기다리며 먹고 마셨다. 햇살이 비쳐야 그들은 밤새 일어나 있었다며 자러 갈 수 있었던 것이다. 그러나 하늘엔 구름이 끼어 있었다. 달이 검게 젖은 구름의 물결 속에서 잠시 조그맣게 환히 비쳤다가 아주 사라져 버렸다. 비는 등불 주변에 노란 안개를 비쳐 내며 꾸준히 내렸다. 마사가 하품을 했다가 김 뺀다는 핀잔을 들었다. 그들은 더 많은 빵과 커피를 시켰다. 마침내 희끄무레하게 습기 찬 빛이 거리거리를 따라 밝아 왔고, 집들의 모습이 진해지며 뚜렷해졌다. 그리고 희미하고 창백한 하늘의 빛이 새벽을 알렸다. 구름 위에서는 하늘이 선명한 장밋빛과 황금빛으로 온통 바뀌어 갔겠지만 이곳에서는 상상할 수 있는 광채의 반영 이상의 것은 없었다. 이제야 그들은 집으로 돌아갈 수 있었다.

마사는 도너번의 차에서 보도로 내려섰다. 그러나 문간까지 와서 그녀에게 키스한 것은 페리였다. 그것으로 그녀는 자기가 도너번의 여자가 아니라 페리의 여자임을 알아차렸다. 그녀는 혼자 남았다. 새벽 5시였다. 두어 시간 뒤에 다시 일어나야 한다면 새삼 잘 것도 없었다.

그녀는 책 꾸러미를 열어 보며 턱이 아프도록 하품하고 마룻바닥에 앉아 차를 마셨다. 그리고 스텔라와 앤드루,(그것만으로도 충분히 흥미를 끌 만큼 재미있는 배합이었다.) 도너번과 루스, 그녀와 페리의 너무나 맞지 않는 여섯 사람이 서로 할 말도 없을 것 같으면서 함께 즐거운 하루 저녁을 지냈을 뿐 아니라 다음 날 저녁에도 모일 계획이라는 것을 곰곰이 생각해 보았다. 이 친밀의 마술에 묶인 이상 그들이 모여야 하는 것은 당연지사로 생각되었다. 그들은 서로 떨어져 있을 수 없었다. 그들은 먼저 매튜스네 아파트에서 칵테일을 마시고 춤추러 갔다가 그다음에…….

여기서 마사는 오싹함을 느끼며 침대에 기대앉았던 자리에서 옮겨 이미 양탄자 위에 가로놓인 희미한 햇살의 길쭉한 사각형 속에 앉았다. 그리고 따뜻한 햇살에 몸이 녹음에 따라 마음속에서 차갑게 깊어 가는 혐오감에 굴복했다. 그녀는 자기가 도시로 나온 지 수주일밖에 되지 않았건만 벌써 권태를 느끼며 무언가 다른 것을 갈망하고 있다는 사실을 생각했다. 그녀는 들뜬 정열에 불타 그 갈등으로 맥 빠지고 지쳐 버렸다. 그녀는 간밤의 어느 순간에라도 누가 그녀에게 어떠냐고 물었다면 자기는 권태를 느낀다고 대답했을 것이라고 생각했다. 그런데도 간밤을 돌이켜 볼 때 그녀의 신경은 짜릿한 흥분을 느끼며 반응이 일었다. 다가올 저녁도 어제 못지않게 무익하리라는 것을 알면서도 그것을 생각하면 즐거웠다.

이 냉철한 분석보다 더 가슴 아픈 것은 마사 자신이 너무나 진부하다는 의식이었다. 그녀를 사춘기의 소녀로 보고 그러므로 그녀가 필연적으로 반항적이고 불평 덩어리일 것이라고 판단하는 그 비정하고 차가운 눈이 사춘기라는 상황 자체보다 견디기 어려운 것 같았다. 사실상 그녀는 그 근원을 모르면서 수많은 사실들을 봄으로써, 또 자신을 기원(起源)도 종착지도 없는 고립된 인간으로 봄으로써 일어나는 정신적 허탈 상태에 빠져 있었다. 그러나 그녀의 반항의 조건, 그녀의 존재 방식 자체가 강렬한 개인주의인 이상 그녀가 지금 무슨 일을 할 수 있단 말인가?

오랜 시간 뒤에 그녀는 무엇을 해야 옳으냐에 대해 결코 망설이지 않던 조스를 서서히 생각하기 시작했다. 조스는 고소하다, 그거 보라고 할 터였다. 재스민에게 전화를 걸고 좌익 독서 클럽에 들었어야 했던 것을⋯⋯. 이 시점에서 그녀는 용두사미라고 느껴지는 결과에서 오는 초조한 무력감 때문에 웃기 시작했다. 그녀 안에 들어 있는 그 무섭게 요동치는 힘은 좌익 독서 클럽 속에 한정되기에 너무 벅찼다. 그녀는 조스가 동정심도 없이 무정하게 자기를 오해하기나 했던 것처럼 그를 비난하며 섭섭하게 생각하기 시작했다. 마치 그가 자기에게 책임이 있고 그녀의 실패나 성공이 그의 것인 양 마음속으로 그를 비난하고 있었다. 이 비난에는 응답이 없었고 그녀가 마음속에 그리는 그의 영상은 고집스럽고 시무룩하게 침묵했다. 그녀의 마음은 한층 더 복잡한 상태로 빠져들었다. 그리고 열에 들뜬 공상 속에서 그녀는 어떤 부자 친척이 100파운드를 가져와 "자, 마사 퀘스트, 너는 이 돈을 받을 자격이 있다. 이 돈은 너를 해방시킬 것이다."라고 말하는 것을 상상했다.

이 모든 불만의 뿌리는 인생이 그녀가 마땅히 가져야 할 무엇을 제공해 주지 못한 데 있었다. 백일몽은 그녀의 마음뿐 아니라 사지마저도 꼼짝 못 하게 만들었다. 곧 그녀는 몸이 뻐근하게 굳어 와 피가 돌도록 일어나서 방 안을 걸어 다녀야 했다. 그녀는 문으로 가서 지금은 부드럽고 따뜻이 환영하는 듯한 햇빛의 홍수를 맞아들였다. 마치 밤이 전혀 없었던 것 같았다. 햇빛은 진하고 풍부하고 노랬다. 하늘은 어제만큼 비구름이 두껍게 끼어 있고 다가오는 폭풍을 머금은 답답한 기압이 아직도 느껴졌다. 아스팔트 위에 울리는 딱딱한 장화 소리, 부드럽게 찰싹거리는 맨발 소리가 들렸다. 줄지은 사람들이 지나갈 동안 그녀는 미동도 하지 않고 서 있었다. 먼저 두 경관이 장화를 신고 빳빳한 누런색 상의를 허리띠로 꼭 조르고 단추를 반짝이며 조그만 모자를 비스듬히 쓰고 지나갔다. 다음은 가지각색의 복장을 한 맨발의 초라한 흑인 남녀가 스무 명쯤 지나갔다. 이들 뒤로 경관 두 사람이 더 따라가고 있었다. 죄수들은 수갑으로 한데 채워져 있었다. 마사의 주목을 끈 것은 그들의 손이었다. 일꾼다운 손들이 번득이는 넓적한 강철에 묶여 흔들리는 팔의 자연스러운 움직임과 어긋나게 손목 높이로 조심스럽게 쳐들려 있었다. 연한 검은 살이 금속에 물리지 않게 조심하고 있는 것이었다. 이 사람들은 밤에 통금 시간 후에 잡혔거나, 의무로 되어 있는 통행증 휴대를 잊었거나(그 밖에도 여러 가지 이유가 있겠으나 모두 못지않게 하찮은 이유들이었다.) 해서 재판장에 연행되어 가는 것이었다. 마사는 이러한 광경을 너무나 여러 번 보아 왔기 때문에 둔감해졌다기보다는 분노에 참을성이 생긴 터였다. 그녀는 상상 속에서 이 대열에 끼어 거리를 걸어가며 경찰국가의 압박이 자기에게 무겁게 가해지는 느낌을 가져 보았다. 동시에 아까부터 그녀를 에워싸던 정신적 허탈감도 의식했다.

그녀는 생각했다, 너무 끔찍하다고. 이런 것이 존재하기 때문이라기보다 이런 것이 '지금' 존재한다는 것이. 그녀는 생각했다,(그녀는 문학에 의해 형성된지라 다른 방식으로는 생각할 수 없었다.) 이 모든 것은 디킨스, 톨스토이, 위고, 도스토옙스키, 그 밖에 많은 작가들이 묘사해 놓은 거라고. 그들의 고귀하고 무시무시한 분노는 아무 일도 하지 못했고 아무 일도 성취하지 못했다. 19세기부터의 분노의 외침은 침묵했던 것이나 다름없었다……. 지금 여기에 포로의 대열이 두 사람씩 수갑에 묶여 오고 있지 않은가. 그들의 얼굴에는 태곳적부터의 그 참을성 많고 냉소적인 이해의 표정이 떠 있었다.

그런데 이제 무엇을 할 것이냐? 마음속의 빈정대는 목소리가 물었다. 그리고 스스로 대답했다. 나가서 죄수 원호 협회에 가입해라. 여기서 그녀는 자조적인 무력함에 빠져 버렸다. 그녀는 문 곁을 떠나 방으로 돌아왔다. 시계가 뒤쪽 베란다에서 허둥지둥 종소리를 울리고 있었다. 7시. 그녀는 마룻바닥에서 책을 집어 들고 무슨 구원의 길이라도 찾듯 들추어 보았다. 《뉴스테이츠먼 앤드 네이션》의 한 광고가 그녀에게 어떤 시인들을 상기시켰던 것이다. 그래서 그녀는 서둘러 책을 펼쳐 살펴보았다.

나뭇잎은 우수수 떨어지는데
유모의 꽃은 오래가지 못하리니
유모들은 무덤에 들어가고
유모차는 여전히 굴러가고……[16]

그녀는 더해 가는 분노를 느끼며 그것을 읽었다. 정신적으로 그녀는 아직도 죄수들의 대열과 함께 걸어가고 있었던 것이다.

한 번이라도 이런 것이 온전하게 조각가의 손으로 만들어진 일이 있던가? 검은 인쇄 글자는 소리 없이 묻고 있었다. 마사는 있다, 있다고 열심히 확언하며 재빨리 책장을 넘겼다.

압제자가 가난한 자를 굶기고 강탈하는 역사를 통해, 우리의 도표에 그려진 아름다운 곡선 속에는 어떤 위로도 있을 수 없구나.[17]

---

16) W. H. 오든의 시 「가을 노래(Autumn Song)」의 일부. 오든은 영국 태생의 시인으로 1930년대 대공황기에 좌파 문인들의 중심적 인물이었다.
17) 스티븐 스펜더의 시 「철도역, 기차 옆의 보도에서(In Railway Halls, on Pavements Near the Traffic)」의 일부. 스펜더는 오든과 같은 시기에 활동했으며 사회적 문제들에 항의하는 시를 썼다.

이 시구를 그녀는 여러 번 되풀이해서 읽었다. 그녀는 위험하게도 편안함을 느낄 수 있는 저 진하고 즐거운 우울의 나락으로 자신이 빠져드는 모습을 지켜보았다. 한편 그녀 안의 조소적이고 자기 파괴적인 목소리가 말했다. 자, 자, 너도 봤지?

시계가 한 번 쳤다. 맑고 녹아드는 듯한 소리였다. 그녀는 서둘러야겠다고 생각하며 또 다른 책을 집어 들었다. "제신(諸神)들의 황혼이 아니라 연벽돌색이 또렷한 새벽, 전쟁을 외치며 가는 신문팔이 소년들……" 하고 그녀는 읽어 갔다.

"전쟁"이라는 낱말이 두드러져 보였다. 그녀는 아버지 생각이 나며 슬그머니 화가 났다. '아버지도 전쟁이 나기를 바라실 거야.' 그녀는 성나서 생각하며 옷을 집어 들고 욕실로 갔다. 사람들이 전쟁을 원하니까 전쟁이 일어나는 거라고 그녀는 혼란스럽게 생각했다. 부모에게 항거해야 하고, 이러한 목소리에도 항거해야 했기 때문이다.

그녀는 욕조 안에 하품을 하며 누워서 혼자 생각하는 소리를 들었다. 전쟁이 나면 어떨까? 여기서는 무슨 일이 일어날까? 그녀는 자기가 간호학 훈련을 받고 해외 종군 근무를 자원하리라 생각했다……. 생각만 해도 피가 끓었다. 그리고 참호 속에서 여주인공이 된 자기 자신을 그려 보았다. 그녀는 무인의 나라의 진흙과 돌 부스러기 속에서 부상당한 남자를 굽어 살피고 있었다……. 이 문구는 그녀에게 시적인 기쁨을 주었다. 그녀는…… 그러나 갑자기 그녀는 자기혐오를 느껴 욕조에서 튀어나오며 말했다. "나도 이러고 있군." 그녀는 화가 날 뿐 아니라 당황했다. 이 영웅주의와 운명적인 죽음에 대한 선명한 색채의 환상들은 너무나 강렬해서 기를 써야만 마음에서 몰아낼 수 있었다. 그러나 기어코 그녀는 그것들을 몰아내고 말았다. 그녀는 욕실에서 비틀비틀 나오며 밤새 자지 않았으니 피곤한 게 당연하다고 자신에게 말했다.

그녀는 건 부인이 축 늘어진 젖가슴 위로 바랜 분홍빛 가운을 걸쳐 입고 베란다에 나와 있는 것을 보았다. 둔한 적갈색 머리는 빗지 않았고 눈은 충혈되어 있었다. "그래, 재미있게 지냈어요?" 호기심이 그녀를 깨우기 시작하는지 이렇게 물었다.

잠시 마사는 그녀가 무슨 말을 하나 생각했다. 그러다가 명랑하게 말했다. "네, 좋았어요. 고마워요."

건 부인은 부러운 듯이 고개를 끄덕였다. "그래야지, 젊어서 재미 봐야지."

마사는 웃으며 부인이 즐겨야 한다는 상황에 반응하듯 즉시 생기가 났다. "오늘 밤에도 나갈 거예요." 그녀는 마치 오늘 밤이 시작되기를 도저히 기다리고 있을 수 없다는 듯이 이야기했다.

3

이 도시에서는 휴일을 상당히 중히 여겼다. 해마다 십이월 초부터는 사무실에서의 일이 눈에 띄게 느슨해졌다. 예를 들어 젊은 로빈슨 씨 같은 이는 철 이른 축제 오찬 후에 오후 4시쯤 해서야 편지에 사인하러 허둥지둥 사무실로 돌아왔다.

코언 씨는 여사무원마다 (물론 순번제로) 크리스마스 쇼핑을 위해 사흘간의 아침 휴가를 가져도 좋다고 알렸다. 찰리는 크리스마스카드로 가득 찬 자루를 들고 노상 우체국으로 뛰어다녀야 했다. 1938년의 크리스마스는 온 장안을 끌어들였는가 싶도록 필사적이다시피 한 열기가 있었다. 맥그레이스나 스포츠 클럽에서는 밤마다 무도회가 있었고 서너 개의 행사가 겹치는 일도 많았으며 이 도시의 유일한 나이트클럽인 '클럽의 잭'은 일주일에 두 번이 아니라 날마다 열렸다.

스포츠 클럽에도 새롭게 긴장된 기운이 감돌았다. 수주일 전만 해도 믿을 수 없는 일로 보였을 사건이 일어났다. 두 늑대가 방금 이 도시에 온 마니 밴렌즈버그라는 새 아가씨를 둘러싸고 공공연히 싸움을 벌인 것이다. 충격을 받고 겁에 질린 빙키가 그들에게 호소하며 애원했으나 이번만은 실패였다. 클럽의 젊은이들은 전혀 새로운 무언가를 목도했다. 두 늑대는 서로 말을 안 할뿐더러 바나 테니스장이나 하키장에 관한 회합에서도 그 사건의 시비를 가리려 드는 추종자의 무리를 여봐란듯이 거느리고 다녔다. 그런데 사람들은 그것을 보고만 있었다. 그것이 이상한 노릇이었다. 이렇게 불어오는 새바람, 이렇게 분열을 일으키는 힘이 어찌나 셌던지 세 쌍의 남녀가 갑자기 결혼한다 해도, 청년들이 정말 핏대를 올리며 싸운다 해도 그것이 마땅하고 자연스럽게 보이기까지 했다. 빙키는 그들을 뜯어말리려다가 뺨에 멍까지 들었다.

한편 클럽에는 사방에 큼직한 광고가 나붙어 있었다. "1938년 크리스마스, 즐기자." "신년엔 땅 하고 새 출발!" "새해에 채찍을 가하자!"

마사가 참석한 무도회는 빙키가 "떨어져." 하고 신호를 내리는 마지막 무도회가 되었다. 이미 떨어져 나가는 기질이 너무나 만연했던 것이다. 클럽은 보이지 않는 긴장감으로 충만해 있었다. 그가 몇 년 전부터 토요일 밤이면 불러일으키던, 마셔라 떠들어라 하는 식의 기풍은 모든 사람 얼굴에 지금 분명히 엿보이는 심각한 흥분 앞에서는 한낱 창백한 유령 같았다. 아직도 이 성스러운 모임에서 정치는 금물이라는 불문율이 건재했지만(그것도 오래가지는 못할 터였다.) 어느 날 저녁 한 여자 애가 조용한 침묵 속에서 자기가 말하려는 줄도 몰랐다는 듯이 갑자기 꿈꾸는 듯한 목소리로 소리 내어 말했다. "오늘이 마지막 크리스마스가 될지도 몰라…… 내 말은……" 그러고 나서 그녀는 낯을 붉히고 잘못한 사람처럼 사방을 훔쳐보았다. 빙키가 서둘러 그러지 말고 오락이나 하라고 권했으나 다른 사람들은 말없이 눈들만 심각하게 힐끔 마주쳤다가 좀더 깊은 생각에 빠져들듯 찌푸리며 외면했다. 이들의 얼굴은 무의식중에 새로운 표정을 짓고 있었다. 거기에 먼 나팔 소리에 귀를 기울이듯 곰곰이 생각하는 표정이 떠오르는 순간들이 있었다. 그것은 경적처럼 꿰뚫는 힘을 가진 표정이었다. 그런 표정을 보자 빙키는 벌써 쉬려고 악기를 치우고 있을지도 모를 악단에게 또 한 곡조 연주하라고 소리쳤다. 옛날에는 2시가 시한이라 2시에는 악사들이 상냥하지만 단호히 고개를 흔들고 집으로 가 버렸으나 지금은 2시 30분, 아니 새벽 3시까지라도 연주를 계속했다. 그런 뒤에 사람들은 모두 클럽의 잭으로 갔다. 아무도 자는 이가 없는 듯했다. 밤이면 밤마다 그들은 해 뜰 녘까지 일어나 있다가 평상시대로 직장에 나가고 저녁 5시에 다시 만났다. 해마다 모든 것이 꿈속에서처럼 계속되던 시간을 초월한 이 장소에, 무서운 바람 같은 하나의 필요 의식이라고 할까, 외부적인 압력이 들어온 것이다.

이렇게 흥분되고 긴장된 며칠 동안 우연히 스텔라와 앤드루, 도너번과 루스, 마사와 페리가 함께 모였고 관성이 그들을 헤어지지 못하게 만든다는 이유 하나만으로 아무 데나 함께 다녔다. 그들은 친밀하게 서로 사랑했고 다정하고 달콤한 향수가 모든 만남을 이별처럼 생생한 것으로 만들어 주었다. 그들은 직장이 파하면 곧 매튜스네 아파트에 모여 아침까지 술마시고 춤을 추었다. 아침결에 비로소 피로가 엄습하면 그들은 나무토막처럼 아무 데나 쓰러져 방바닥이건 의자건 큰 더블베드건 서너 명씩 성별 없는 애정에 싸여 엎드려 잤다…….아니, 그 기간 동안에는 성적인 힘이 너무나 아슬아슬한 균형을 유지하고 있었기 때문에 여섯 명의 무리 중 어느 누구도 감히 어느 방향으로도 움직일 수 없었다고 말하는 것이 좀 더 진실할 것이다. 그 석 주 동안 마사는 도너번의 두 팔에 안겨 무도회에 갔다가 (이번에는 페리의) 똑같이 다정하고 보호적인 압력에 갇혀 돌아오기 일쑤였다. 한 저녁의 절반을 앤드루와 춤추며 다정한 향수에 잠긴 채 방 건너에서 도너번과 뺨을 맞대고 있는 스텔라를 바라보기도 했다. 사무실에서 곧장 아파트로 돌아와 긴 의자에 몸을 던져 한 시간쯤 자다 깨어나면 세 남자 중 한 사람이 자기 옆에 누워 있다가 그녀의 꼼지락거림에 인심 좋게 일어나 서둘러 그녀와 자신을 위해 브랜디를 가져오기도 했다. 일은 이렇게 계속되었다. 이렇게 꿈같은 어쩔 수 없는 친밀감, 이렇게 좋은 인심, 이렇게 달콤한 감사의 정이 확실히 존재한 적이 있었던가? 그들은 무슨 기적 같은 것이 자기들 위에 내린 것처럼 느꼈다. 그랬다가도 그것은 다음 순간 모두 사라져 버렸다.

그것은 스포츠 클럽에서 있었던 크리스마스 날 저녁의 무도회에서의 일이었다. 악단은 3시까지 연주했다. 그리고 마지막으로 음악이 멈추던 그때 스텔라는 도너번과 함께 악사들의 무대 바로 밑에 있었다. 그들은 손을 잡고 「신이여, 왕을 구하소서」[18]를 노래했다. 저녁이 끝나 버릴 것이 두려워 스텔라가 악사 중 한 사람에게 몸을 기울이며 말했다. "와서 우리랑 합쳐요, 돌리. 아가씨가 있거든 데려와요." 그는 감사의 미소와 함께 고개를 끄덕이며 바이올린을 안전하게 치우고 오겠다는 시늉을 했다. 앤드루와 함께 있던 마사는 스텔라와 팔짱을 끼었다. 루스와 페리가 앤드루 옆으로 오자 여섯 사람은 나란히 붙어 천천히 테이블을 향해 춤추어 갔다. 마사는 도너번이 한참 동안 쓰지 않던 투덜거리는 목소리로 말하는 것을 듣고 놀랐다. "왜 그놈의…… 왜 저 사람을 오라고 했지?"

도너번의 목소리가 성나 있었다면 스텔라의 목소리는 톡 쏘는 것이었다. "너, 그놈의 유대 놈이라고 할 참이었지?"

"유대 놈이건 아니건 누가 상관한대." 도너번이 너무나 시무

---

18) God Save the King. 영국 국가.

룩한 소리로 말했기 때문에 스텔라는 눈이 샐쭉해지며 그와 끼었던 팔을 빼 버렸다. "저 앤 지겨워. 아돌프 킹이란 놈……유대인이 아닌 척하고 말이야."

"이봐, 거기 둘." 앤드루가 상냥하게 그러나 경고하듯이 말했다. "왜들 그래?" 그는 마사의 팔을 떨어뜨리고 아내와 도너번 사이로 들어가 화난 그들을 웃기기 시작했다. 이렇게 해서 그들은 자기네 테이블로 갔다. 한마디의 말이나 거슬리는 침묵으로 다정한 기분이 훼방받은 지가 하도 오래전 일이었기 때문에 여섯 사람은 모두 기분이 상해 걱정스러운 마음으로 분명 문제를 불러일으킬 힘을 가진 아돌프 킹이 오기를 기다렸다.

얼마 안 있어 그가 왔다. 몇 시간씩 연주하느라 땀에 젖은 창백한 얼굴을 가진 조그맣고 아담한 사나이였다. 자그마한 눈은 지글지글 끓는 성미가 엿보이는 뜨거운 적갈색이었다. 그는 창백하고 퍽 아름다운 작은 손을 가지고 있었다. 그의 미소는 진지하게 감사를 나타냈지만 언제라도 말 한마디로 성낼 태세임을 보여 주고 있었다.

그는 스텔라가 표정이 풍부한 눈으로 다른 사람에게 경고의 눈짓을 보내며 그에게 밀어 준 빈 의자 곁에 웃으면서 엉거주춤 서 있었다. 스텔라는 너무 표정이 풍부했다. 그는 그녀의 눈짓을 보았고 그의 미소는 개가 이빨을 드러낸 것 같았다. 그러나 그것도 일순간이었고 감사의 표정이 그가 의자에 앉을 때 되돌아왔다. 그런데 이 감사의 표정은 실은 음악의 연주자라는 그의 지위와 아무 상관도 없었다. 왜냐하면 악단의 악사

328

들도 모두 클럽에 속해 있었기 때문이다. 그래서 연주하지 않는 날 저녁에는 그들도 군중과 함께 서서 마치 당장 다음 날 저녁에 자기도 미소 지으며 막무가내로 고개를 젓지 않을 것처럼 동료들에게 한 곡조만 더, 한 번만 더 하고 조르는 것이었다. 그러니까 그렇게 꺼림칙한 감사의 표현은 도무지 마음에 걸렸다. 그가 스텔라와 이야기하는 것을 바라보며 마사는 그렇게 느꼈다. 그들은 모두 지켜보는 눈치였다. 도너번의 얼굴은 어두운 적의에 차 있었고 앤드루가 침착하게 이따금 한마디씩 던져 아내를 지지해 주는 바람에 아돌프는 눈치 빠른 미소를 그쪽으로 돌렸다. 한편 페리는 의자에 질편하게 누워 아돌프와 도너번을 번갈아 쳐다보았다. 그는 자기가 도너번을 얼마나 싫어하는지 상기하는 것 같았다.

도너번은 낮은 소리로 루스에게 무어라고 하며 그 찢어지는 웃음소리를 냈다. 여자는 동의하지 않는 눈치로 짧게 대답했다. 그러자 도너번이 마사를 향해 말했다. "매티, 이름을 뜯어고친 유대인을 어떻게 생각해?"

마사는 냉랭하게 이름을 뜯어고쳐서 안 될 게 무어냐고 했다. 그러면서 그녀는 그것이 사실 비겁한 일이라는 느낌과 싸우고 있었다. 솔리가 이름을 바꾸는 유대인들에 대해서 한 말이 기억났던 것이다. 그녀가 페리를 보고 물었다. "저 사람을 알아? 좋은 애야?"

페리는 돌리(아돌프)가 좋은 애이고 마음이 좋아서 다른 악사들이 악기를 꾸려 가지고 가 버린 다음에도 혼자 연주하는 일이 종종 있다고 대범하게 말했다. "바이올린을 잘 켜지." 그가 평가하듯이 말했다. 그는 마치 지금의 이 모든 감정이 무엇 때문인지 의식하지 않는 듯했다.

도너번은 성이 머리끝까지 나 있었다. 잠시 동안의 침묵 뒤에 그가 큰 소리로 루스에게 말했다. "우리 갈까?" 루스는 지치고 졸린 듯한 눈을 깜박이며 서서히 사방을 둘러보더니 고개를 끄덕였다. 그녀와 도너번이 일어났다. 다시 한번 스텔라의 눈이 분노와 책망의 빛을 발산했다. 그러나 도너번은 그녀에게 어슬렁어슬렁 건너가 뺨에 키스하고 말했다. "내일 들를게, 스텔라." 그는 아돌프를 무시하고 돌아섰다.

루스는 한 사람씩 모두에게 인사했다. 특히 아돌프에게 미소를 지어 보여서 그는 얼굴이 빨개지며 의자에서 일어날 듯이 충동적인 몸짓을 했다. 루스는 이 몸짓을 무시하고 그 줄기차게 사교적인 미소를 띤 채 도너번의 뒤를 따랐다.

긴 테이블 반대쪽 끝에 있던 마사와 페리는 이제 단둘이 되었다.

"도니는 희귀 식물이야." 페리는 마침내 심사숙고 끝에 심판을 내리듯 말했다. 그것은 몇 개월이나 되어 보이는 지난 3주일 동안 꿀 속에 빠진 파리들처럼 남들과 함께 끌려 들어간 억지 그룹의 우호 관계에서 헤어나지 못하는 자신에 대한 심판이기도 했다.

마사가 급히 말했다. "저 애 사정도 알아줘야……. 자기 집에서 혼나고 있단 말이야." 그녀는 그 말을 할 때까지 그가 혼나고 있다는 생각을 자기가 했는지조차 몰랐다.

페리는 파란 눈으로 그녀를 곰곰이 살펴보더니 나직이 말

330

했다. "넌 마음이 좋구나. 친구들 편을 들어 주고."

자기도 모르게 그녀는 상을 찌푸리고 외면했다. 상황이 간신히 균형을 유지하고 있었다. 몇 주일 만에 처음으로 그녀는 생각하고 있었다. '내가 여기서 뭐 하는 걸까?'

그때 페리가 작은 소리로 말했다. "나하고 집에 갈래?" 그녀는 망설이며 세 사람의 무리가 조금 지나치게 큰 소리로 함께 웃고 있는 테이블 쪽을 바라보았다. "어서. 저 애들은 상관없어." 페리가 강요하듯 말하고 기다란 몸뚱이를 끌어올리듯 일어섰다. 그는 언제나 자기의 크기 때문에 곤란을 당하는 듯 보였다. 마치 발에서 너무나 먼 거리에 있는 머릿속에다 이 발이 너무 커서 곤경에 빠질 수 있다는 사실을 단단히 기억시켜 둬야 하는 듯이 보였다.

마사도 일어나며 말했다. "난 집에 가서 잘래."

스텔라와 앤드루가 그 순간 낙담의 소리를 질렀다. "아직 너무 일러. 크리스마스 다음 날이 동터 오는 걸 봐야 할 거 아니야. 모두 아파트로 와서 아침밥을 먹어야 해." 마사는 웃으며 고개를 저었다. 팔이 페리의 큰 손에 꼭 잡힌 것이 느껴졌다.

"내일 들를게." 그녀는 도너번이 말했듯이 말했다. 그러다가 자기의 퇴장이 도너번의 퇴장과 같은 식으로 받아들여질까 봐 테이블을 거슬러 올라가 돌리라고 불리는 남자에게 가서 손을 내밀어 악수하며 다시 만나기를 바란다고 말했다. 스텔라가 찬성하듯 끄덕이고 앤드루가 이쪽을 보고 웃는 것이 보였다. 돌리로 말하면 그녀는 그의 과장된 감사의 미소가 민망하기만 했다.

그녀는 그의 시선의 압력을 전신에 받아 초조하고 흥분된 기분으로 페리와 함께 밖으로 나갔다. 그녀는 충동적으로 산 꽃무늬 크레이프 천의 옷을 입고 있었다. 그것은 그녀가 좋아한 것도 도너번이 좋아한 것도 아니었다. 도너번은 그 옷을 보았을 때 "아이고, 매티야!"라고만 했다. 그 옷 때문에 다음 1년 동안 매달 10실링을 물어야 했고 그녀는 그런 옷을 산 것을 후회했다. 그러나 그녀의 허리를 감싼 페리의 팔의 압력은 그녀의 유치한 기호를 용서해 주고 있는 듯했다.

그들은 침묵 속에 그녀의 아파트로 차를 몰고 갔다. 그는 말없이 차에서 내려 문간까지 그녀를 따라왔다. 그녀는 그들이 아는 사람이 하필 이 순간에 이 거리로 차를 타고 지나가지 않기를 바라면서 열쇠를 찾고 있었다. 클럽에서 오는 차가 두어 대 지나치며 인사말을 외쳤고 그녀는 성난 듯 "맙소사!" 하고 중얼거리며 열쇠를 꽂고 서둘러 안에 들어섰다. 거기서 다시금 그녀는 망설였다. 그리고 그런 망설임이 페리에 의해 해결됨을 알았다. 그가 단순히 그녀를 번쩍 들어 올려 침대로 데려간 것이다.

"쉬잇!" 그녀는 그에게 조심시키지 않을 수 없었다. 건 부인이 얇은 벽 저편에서 자고 있었기 때문이다.

"걱정 마!" 페리가 나직이 속삭이며 찬미하듯 그녀를 내려다보았다. 그가 하도 오랫동안 보고 있어서 그녀는 상기한 얼굴, 졸린 눈, 풀어진 머리를 감상하는 그의 눈을 통해 자기 모습을 보는 듯이 느껴지기 시작했다. 그가 고개를 숙여 그녀에게 키스했다. 그녀는 자신의 모습이 사라지게 두면서 눈을 감고 키스에 열중할 태세를 갖추었다. 키스는 지속되면서 그 강경함이 반항을 요구하는 듯했다. 그의 입이 그녀의 입 속으로 마구 파고 들어와 고통스럽다고 그녀는 생각했다. 이 애는 계산하고 있어. 날 시험하고 있어. 그녀는 불현듯 정신을 차리고 다시 그의 눈으로 보듯 자기의 모든 부분을 의식하기 시작했다. 그녀는 빈틈없는 반항의 자세로 몸을 굳혔다. 그는 그녀 옆에 누워 그녀를 자기 쪽으로 끌어당기기 시작했다. 그녀는 문학에 나오는 사랑의 행위의 시적 묘사와 성 입문서에 나오는 과학적 묘사에는 익숙했으나 지금 그가 하고 있는 자기도취의 의식에는 준비되어 있지 않았다. 그가 그녀의 손을 잡아 자기 몸의 앞쪽으로 끌어당기자 그녀의 손이 굳어졌다. 그는 더 세게 당기며 신음하듯 말했다. "나 좀 살려 줘. 나 좀 살려 달라고." 동시에 그는 그녀의 젖가슴을 더듬었다.

그녀는 벌떡 일어나 앉아 화를 냈다. "대체 나한테 뭘 원하는 거야?" 그것은 어디까지나 말뿐이었으나 그쪽에서는 그것을 심각하게 받아들였다. 그는 그 개 같기도 한 수줍은 헌신의 표정으로 얼굴을 조정하면서 그녀를 더욱 화나게 만들었다. 그녀는 그의 눈 속에서 적의의 표정을 읽으며 서둘러 말했다. "넌 정말 역겨워!" 그러고 나서 자신이 오해받고 있음을 깨달으며 일어나 앉았고, 머리칼을 뒤로 흔들어 넘기며 차갑게 말했다. "어린애처럼 집적거리고 돌아다니는 건 다 좋으면서…… 정당하게 사랑하는 건, 그러는 건 충격인가 보구나?" 그녀는 펄펄 뛰었다. 그가 커다란 몸을 서서히 일으켜 앉는 자세를 취하는 것이 보였다. 바보같이도 보인다고 그녀는 생각했다. 그는 너무 놀라 아직 충격받을 겨를도 없는 모양이었다. 그래서 그녀는 계속해 댔다. "몇 년 동안이나 계집아이들하고 차 속에서 지분거렸는지 궁금하다. 무도회가 끝나면 별짓을 다 했겠지…… 정작 그 일만은 빼고 말이야." 결국 온통 말뿐이고 사고방식과는 아무 상관 없는 그의 불분명한 말이 그녀에게 악영향을 미치고 있었다. 독서로 인해 허용된 명확한 말이 하나하나 머리에 떠오를 때마다 그녀는 신경질적인 금기의 억센 압력 밑에서 그 말을 저버릴 수밖에 없었다. 그녀는 자신의 어색하고 유치한 말씨 때문에 차차 자신에게 화가 나기 시작했다.

이제는 그도 충격을 받았고 그것을 의식했다. 그는 일어서고 있었다. 그의 크고 이목구비가 뚜렷한 얼굴이 굳어지고 눈은 환멸의 표정을 띠었다. 그는 아직 조금은 감상적으로 경고하듯 말했다. "너 큰일 날라."

그녀는 경멸에 찬, 그러나 동요된 코웃음을 치며 물었다. "어떤 큰일?"

그가 말했다. "네가 그러리라고는 도저히 믿지 못했어, 도저히." 그러면서도 정력적인 파란 눈은 불안하게 빤히 쳐다보고 있었다. 그의 눈이 완전히 당황해서 그녀를 응시하는 것이었다…… 이것은 전혀 새로운 현상인 듯싶었다. 그가 천천히 이렇게 말했기 때문이다. "난 네가 좋아. 네가 좋다고. 우리 결혼하자."

그러나 이번에는 그녀가 믿을 수 없다는 듯이 그를 응시하며 웃기 시작했다. 그녀는 어쩔 수 없는 웃음으로 몸을 떨었다. 그러는 동안 그는 조금씩 얼굴이 붉어지고 눈이 가늘어지며 얼굴에는 최고로 불쾌한 분노의 표정이 떠올랐다. 다음 순간 그는 뭐라고 중얼거리며 방에서 뛰쳐나가 문을 쾅 닫았다.

쾅 소리를 듣자 마사는 옆방에서 점잖게 독수공방하는 건 부인을 기억해 내고 그녀가 깨지 않았기를 바랐다. 마사는 침대의 용수철이 조심스럽게 우는 소리를 들으며 생각했다. '아아, 망할 놈 같으니.' 그리고 분노와 경멸과 불쾌감으로 떨면서 자기가 옳고 그가 구역질 나도록 잘못된 거라고 자신을 일깨웠다.(그래야 한다고 생각되었다.) 그러면서 그녀는 천천히 말끔히 옷을 벗고 벗은 옷들을 개켜 의자에 걸쳐 놓고 침대에 들었다. 그녀는 시계가 한 바퀴 돌 동안 자서 지난 몇 주일 동안 밀진 잠을 보충하자고 다짐했다.

그러나 그녀는 바로 잘 수가 없었다. 수치감 때문에 몸이 달고 안절부절못하며 몸부림쳐졌다. 그녀는 조스를 생각하며 안심했다. 그녀의 생각이 또한 그의 것임을 확신했기 때문이다. 그녀가 혼잣말을 했다. "페리도 나머지 애들도 몽땅 애들이야. 몇 년씩 클럽의 여자 애들을 집적대고는 '용서해!' '제발 나 좀 살려 줘.' 하기나 하고……. 그러면서 그런 식으로 나를 감히 보다니……. 그리고 자기와 결혼하자니…… 미쳤어, 정신 나갔어."

마침내 그녀는 일어나 앉아 그 전날 칵테일파티 때부터 헤아리면 다섯 개비째가 될 담배에 불을 붙였다. 방문이 열리고 건 부인의 창백하고 걱정스러운 얼굴을 따라 몸뚱이도 들어왔다.

"들어오세요." 마사가 굳은 소리로 말했다.

"차라도 들여올까 했지." 건 부인은 찰찰 넘치는 잔을 들고
왔다. 저 여자가 슬금슬금 방 안을 둘러보며 '증거'를 찾고 있
다고 마사는 분한 경멸을 느끼며 생각했다. "사람 소리가 나서
말이지……." 건 부인이 살살 운을 떼었다. "손님이 왔었우?"

"젊은 남자가 집에까지 바래다줬어요. 그리고 지금 방금 갔
어요." 그녀는 건 부인을 빤히 보며 마음대로 생각하라고 생각
했다. 부인은 한숨 쉬며 그녀의 눈을 피하고 말했다. "저 하늘
좀 봐요. 비가 또 오겠네." 그리고 덧붙였다. "마사가 요즈음은
별로 집에서 자지 않네요." 그리고…… 마사를 힐끔 보았다.
마사는 도전적인 침착한 시선으로 응수했다.

마사는 차를 다 마시고 고맙다면서 잔을 돌려주었고 내일
아침까지 잘 작정이라고 말하고 드러누워서 등을 돌렸다. 건
부인은 동터 오는 첫 햇살을 막기 위해 커튼을 쳐 주며 중얼
거렸다. "정말 잠이 필요한 듯이 보이네, 정말." 그녀는 헐거운
슬리퍼를 질질 끌고 방 안을 돌아다니면서 의자 위에 단정히
놓인 마사의 옷가지를 뚫어지게 보고는 안심하는 눈치였다.
부인은 미심쩍게 마사가 제 몸 하나쯤은 건사할 수 있을 거라
고 생각하며 빈 찻잔을 들고 나갔다. 마사는 이미 잠들어 있
었다.

그녀는 스텔라가 흔들어 대는 바람에 잠에서 깨어났다. 스
텔라는 마사가 게으른 아이라며 지금은 저녁 6시로 술 마시
러 갈 시간이며, 나중에 우리는 영화 보러 갈 예정이라고 말했
다. 마사는 투덜투덜 침대에서 일어나 옷을 입었다. 그녀는 "우
리"가 누구인지 묻지 않았다. 여전히 여섯 사람의 무리를 생

각하고 있었기 때문이다.

"너하고 페리는 어떻게 된 거니?" 스텔라가 깔깔대며 샘나듯 말했다.

마사는 거북하게 웃으며 둘이 싸웠다고 했다. 스텔라는 태연하게 페리는 어쨌든 덩치만 큰 바보라 마사에게는 너무 둔할 거라고 대답했다. 이렇게 편들어 주는 소리를 들으며 마사는 차 있는 곳으로 나갔다. 거기에는 앤드루와 도너번이 말없이 기다리고 있었다. 루스는 엄마 때문에 침대에 잡혀 있는 모양이었다. "엄마들이 어떤지 알지?" 도너번이 기계적으로 말하고 날카로운 웃음소리를 냈으나 효과가 없었다. 그들은 맥 빠지고 지쳐 있었다. 모두가 용두사미였다. 활발한 스텔라마저도 기가 꺾여 있었다. 그래서 그들은 영화를 본 뒤 상대와 자신에게 화가 나서 일찌감치 헤어졌다.

마사는 아무래도 자기가 결국 도너번과 사이가 틀어진 모양이라고 생각했다. 그가 냉랭하고 비웃듯이 그녀를 대했기 때문이다. 페리도 물론 앞으로는 그녀를 피할 터였다.

그녀는 새해의 첫 몇 달을 학원에 바치리라 결심하며 잠자리에 들었다. 그리고 정말 열심히 공부한 한 달 동안 많은 아가씨들이 1년에 이루는 것 이상을 성취했던 것을 자신에게 상기시켰다. 흠, 그렇다면 필요한 것은 결심뿐이다. 그러므로 결심을 고수할 터였다. 그녀는 다음 날 아침 기운은 없으나 가라앉은 마음으로 신년 축제들을 무시해야 한다고 자신을 타이르며 사무실로 나갔다. 새해 전날에도 일하겠다고 자신에게 말했고 그것이 진심이라고 믿었다.

3부

바로 그날 오후에 그녀는 전화로 불려 나가 알지 못하는 목소리를 들었다. 그 소리는 주춤거리고 남아프리카식으로 단조롭게 억양이 없었다. 정확하고 공식적이었으나 무슨 빈정거림처럼 어딘가 불쾌한 암시를 주는 소리이기도 했다. 그것이 아돌프라는 것을 알았을 때 마사는 대뜸 아니, 선약이 있다고 하고 싶은 충동을 느꼈다. 그러나 그러는 대신에 그녀는 그날 저녁 그와 함께 나가기로 동의했다. 그녀는 자기의 새로운 계획은 새해 이후에 시작해야지 생각하며 전화기를 놓았다.

그가 그녀를 데리러 왔을 때 그날 저녁을 위한 계획이 전혀 없었으므로 그녀는 매튜스네 아파트로 가면 어떠냐고 제안했다. 그는 동의하면서도 그녀가 석연찮게 물어보도록 만드는 태도를 보였다. "걔네들하고는 친구가 아닌가?" 그는 운명론적인 큰 몸짓으로 어깨를 으쓱했다. 그 과장된 몸짓 때문에 그녀는 그를 뚫어지게 보았다.

"왜 전화했어?" 그녀가 특유의 솔직함을 갖고 물어보았다. 그가 이런 상황을 전혀 즐거워하는 눈치가 아니었기 때문이다. 그는 차를 몰고 가면서 그녀가 여기 있는 게 놀랍다는 듯한 태도로 끊임없이 적갈색의 눈을 그녀 쪽으로 힐끔거렸다. 그녀는 반쯤 화가 났다. 그녀도 결국 스포츠 클럽 남자들의 아첨에 물들어 있었는지 몰랐다.

"왜 내게 와서 악수했어?" 그가 호전적인 두 눈을 그녀에게 똑바로 뜨며 응수했다.

"악수? 어디서?" 그녀는 더듬거렸다. 그가 그 일을 입에 올린 것만도 까닭 없이 불쾌했다.

338

"내가 그 테이블에 갔을 때 모두 '여기 유대인 놈이 오는군.' 하고 생각했지?" 그는 고약하게 말했으나 동시에 부정해 주기를 간청하는 눈초리를 그녀에게 보냈다.

그녀는 즉시 그것을 부정했다. 반은 사실이었기 때문에 더욱 펄쩍 뛰었다.

그가 믿지 않는 듯이 웃으며 말했다. "그렇게 나와 악수해 준 게 고마웠던 거야."

"네가 다 과장하는 거야." 그녀가 거북해하며 말했다. 그가 다시 웃자 그녀는 말했다. "그 말은 마치…… 스포츠 클럽에도 유대인들이 있잖아?" 그러나 그녀는 있는지 없는지 실은 눈여겨보지도 않았다.

"그야, 날 크게 봐주는 거지. 악단의 다른 악사들이 이제 못하겠다 해도 나는 연주해 주니까." 그는 빈정거리듯 말했다.

"너무해." 그녀는 페리의 태도를 상기하며 정말 불쾌해서 말했다.

그들은 아파트들이 있는 거리에 와 있었다. 돌리는 차를 세우고 시동을 켜 놓은 채 브레이크를 밟고 있었다. "그래, 올라갈까?" 그가 물었다.

다시 그녀는 당황했다. 그가 이의를 제기해 오고 있었기 때문이다. 그래서 그녀가 물었다. "하지만 걔네들하고 친구잖아, 아냐?"

"클럽의 잭으로 데려가 줄게, 스포어 부인은 내 친구니까."

"하지만 6시밖에 안 됐는데." 그녀가 반대했다.

"내겐 문을 열어 주거든." 그가 말했다. 그것은 자랑이었다.

그들은 나이트클럽까지 가로수에 둘린 8킬로미터의 아스팔트 길을 말없이 달렸다. 그것은 낮은 초원 지대에 세워진 곳간 같은 집이었다. 실제로 전엔 연초 창고였다. '클럽의 잭'이라는 검은 간판이 철사로 대문에 묶여 있었다. 건물 앞의 공간은 빨강, 노랑, 주황의 칸나 꽃으로 메워져 있었다. 건물을 배경으로 하거나 공원에서 선명하게 밝은 빛깔을 무더기로 보여 주는 이 살찌고 천하고 요란한 식물은 '공개합니다'라는 간판이나 다름없었다. 지금은 새파란 잎만 무성한 능소화나무가 정원을 둘러싸고 있었다. 안은 벽돌 벽이 드러난 채였다. 섬세한 마대 천이 천장을 가로질러 놓여 철사로 동여매어져 있어 철사 사이마다 마대가 불거져 내려와 있었다. 벌거벗은 판자 마루의 한구석에 커다란 라디오식 축음기가 있었다.

마사는 상보 없는 나무 탁자 옆의 나무 의자에 앉았고 아돌프는 뒤쪽에 있는 문으로 가서 두드렸다. 늙수그레한 여자의 얼굴이 나타났다. 희끄무레한 살 둘레에 희끗희끗한 머리털이 달려 있었다. 한 쌍의 커다란 까만 눈이 마사를 훑어보았다. "춤 좀 춥시다." 아돌프가 말했다. 그러자 그 여자가 소리쳤다. "실례지만, 오늘 아침 6시까지 손님들이 있었우. 올핸 다들 돌았어. 난 잘 거유." 얼굴이 사라지고 아돌프는 그 불안한 미소를 띠며 돌아왔다.

"춤 좋아해?" 그가 물었다.

마사는 주춤했다. 그녀에겐 춤이 그리 만만치 않았다. 그녀가 아는 거라곤 그녀가 어울려 춤출 수 있는 사람과 그녀를 어색하고 딱딱하게 얼어붙도록 만드는 사람이 있다는 것이었다. 이것은 그들이 춤을 잘 추느냐 못 추느냐와는 상관없었다. "춤 못 춰." 마침내 그녀가 행여나 하며 말했다. 그러나 그는 이렇게 말했다. "클럽에서 눈여겨봤지. 몸에서 힘 빼는 법을 배워야겠더군."

그녀는 조마조마한 웃음과 더불어 한 번도 춤을 배운 일이 없다는 핑계를 댔다.

"내가 가르쳐 줄게." 그가 미소 지으며 약속했다. 그러면서도 그의 눈은 그녀가 거북하도록 면밀히 그녀를 지켜보았다. 어떤 남자도 그녀를 그런 식으로 본 적이 없었다. 그녀는 경험이 없어 자신에게 "그런" 식이 뭔지 설명할 수 없었다. 그러나 그녀는 모든 것이 허용될 수 있다고 생각하는 점에서 전 세대의 아가씨들과 달랐다. 지금 그녀는 자신의 육체를 의식하면서 옷의 트인 부분을 여미고 싶은 충동을 억제했다. 그것은 그녀의 목이 드러나도록 앞이 파이게 디자인된 것이어서 어차피 불가능했다. 그래서 그녀는 꿰뚫어 보는 시선을 의식하지 않는 척하려고 억지로 애쓰며 제발 얼굴이 붉어지지 않기를 바랐다. 그러나 얼굴이 화끈거림을 느꼈다. 그는 미소 짓고 있었다. 그녀의 얼굴이 빨개진 것을 보고 좋아하는 것이었다. 순간 그녀는 화난 몸짓을 했다. 너무나 화가 나서 자신이 놀랄 정도였다. 화낼 일이 무엇이란 말인가? 거의 즉시 그의 얼굴은 아까같이 불안한 미소로 돌아갔다. 그는 자기에게서 멀어지려는 그녀의 동작을 제지하기 위해 저도 모르게 애원하듯 손을 내밀었다. 그들은 열없게 서로 외면했다.

급사 하나가 뒤쪽에서 나오더니 그들에게 인사하고 스포어 부인이 가서 뭘 들겠는지 여쭤보라고 하더라 말했다. 그의 태도는 정당한 개점 시간 전에 자기를 내보낸 것을 분개하고 있음을 말해 주었다. 이곳에는 10시 전에 오는 사람이 없었던 것이다. 그는 흰 제복도 입지 않고 다만 하얀 무명 내의와 조금 더러워진 하얀 바지를 입었을 뿐이었다. 그러나 아돌프가 친절하게 친한 척 말을 걸고 그의 식구의 안부를 묻자 그 사나이는 싱글벙글하기 시작했다. 그는 아돌프가 슬쩍 건네준 후한 팁을 받고 원한다면 브랜디를 병으로 팔 수도 있다고 말했다. 아돌프는 좋다, 그러나 가게보다 더 비싸게는 안 내겠다고 말했다. 급사도 싱긋이 웃고 마는 것으로 보아 그것을 농담으로 받아들이는 듯했다. 곧 브랜디 병과 유리잔과 샌드위치가 나왔다.

마사는 브랜디를 핥으며 이 동반자는 브랜디가 효력을 낼 때까지는 더 이상 그녀에게 관심을 쏟지 않으리라 느꼈다. 이것은 여느 때처럼 그녀를 화나게 만들었고 여느 때처럼 그녀는 화를 억제했다. 곧 그는 룸바를 틀며 그녀를 춤추게 만들었다. 그녀는 이 크고 텅 비고 추한 방에서 그것도 숙련자인 사람과 단둘이 춤추고 있는 것이 부끄러웠다. 그가 전에 직업적인 무용수였노라 말했던 것이다. 그녀는 즉시 이 남자가 자신이 함께 춤출 수 없는 사람임을 깨달았다. 그녀는 사지가 어색하고 무거웠으며 긴장감을 풀려고 할수록 전신의 모든 마디와 근육이 의식되었다.

탱고 곡이 울리는 가운데 그가 그녀를 가르치고 있었다. "이봐, 무릎은 이렇게 해야지. 어깨는 이렇게 떨어뜨리고."

그것은 그녀에게 도너번을 상기시켰다. 갑자기 그녀는 멈춰 머리칼을 뒤로 넘기면서 웃으며 말했다. "난 무용수가 될 수 없으니까 단념하는 게 좋아." 무슨 까닭인지 승리감과 자신감을 느끼며 그녀는 그를 떠나 테이블로 걸어갔다. 그녀는 이 남자가 싫다고, 집에 가고 싶다고 생각했다.

이런 생각이 그녀의 얼굴에 역력하자 그가 겸손히 말했다. "난 상대가 안 되지?"

애원하듯 화내듯 말하는 그의 태도가 또다시 그녀를 때렸다. 그녀는 화가 나고 경멸을 느끼면서도 그를 불쌍해했다.

"스포츠 클럽 친구들이 나하고 있는 걸 보면 화내겠지." 그는 그녀가 자기 말을 부정해 주기를 바라면서 말했다.

"스포츠 클럽 친구들이 무슨 상관이야?"

"그럼 네 친구 도너번 앤더슨은?"

이 말은 그녀에게 당치도 않게 들릴 뿐이었다. 그녀는 저도 모르게 일어나 나왔다. 그는 브랜디 병을 들고 뒤따랐다.

또다시 그들은 말없이 차를 몰았다. 거리는 어둡고 별빛이 찬란히 빛나고 있었다. 도시가 퍼져 있을 언덕은 보다 깊고 진한 흑색으로 윤곽이 잡혀 있고 그 위로 훤하게 검은 벨벳 같은 하늘이 있었다. 그녀는 이맛살을 잡은 채 앞을 노려보았고 그는 자꾸만 그녀의 눈치를 슬금슬금 살폈다.

그는 맥그레이스 앞을 천천히 지나며 말했다. "죽어도 나하고 같이는 저기 들어가지 않겠지?"

그녀는 무슨 소린지 못 알아듣겠다고 냉랭하게 대답했다. 그가 지적하지 않았으면 그를 창피하게 여길 생각이 일어나지 않았을 게 사실이었다. 그러나 이런 태도는 일종의 귀족 취미였다. 그가 철저히 자기를 비하하는 바람에 그녀는 농사꾼에게 친절을 베푸는 왕녀처럼 느껴졌던 것이다. 그러나 그녀는 그것을 의식하지 못하고 단지 그가 측은하다고만 생각했다.

"천민 취급 받기를 좋아하는 것 같아." 그녀가 비꼬아 말했다. 그제야 그는 비꼼을 알아듣고 웃었다. 그러나 곧 그는 도전적으로 자기는 유대인임을 부끄러워하지 않는다고 되받아쳤다. "아무도 부끄러워하라고 하지 않았어." 그녀가 다시 쌀쌀맞게 지적했다.

요컨대 그녀는 갈수록 화가 나고 불편해졌다. 그래서 그녀는 여봐란듯이 태연한 태도로 맥그레이스로 걸어 들어갔다. 그녀는 아는 사람들에게 손을 흔들고 페리를 보자 아무 일도 없었다는 듯이 미소를 보내 답례로 무뚝뚝한 고갯짓을 받았다. 그녀는 페리뿐 아니라 다른 사람들도 모두 좀 더 쌀쌀맞고 반갑잖게 여길지 모른다고 생각하고 있었다. 그리고 사람들의 시선이 그녀가 아니라 그녀의 뒤에 걸어오는 아돌프를 좇고 있음을 보았다. 그녀는 동정으로 마음이 누그러져 보호하듯 몸을 돌려 이야기하면서 둘이서 나란히 방 안을 걸어갔다. 그러나 아돌프는 그녀가 하는 이야기를 듣지도 않는 모양이었다. 그의 얼굴에는 아까 같은 어색한 작은 미소가 떠올라 있었다. 그녀는 그를 잡아 흔들어 자존심을 일깨워 주고 싶었다.

그들이 좌석에 앉자 그가 말했다. "내가 저 악단에서 연주했지."

그녀는 몰랐던 얘기를 들은 양 "그래?" 하고 대답하려고 했다. 그러다가 아차 싶어서 그를 안 지 서너 시간밖에 안 되었는데도 벌써 건조한 미소를 띠고 참는 듯한 냉소적인 말을 했다. "뭐, 그러지 말란 법이 어디 있어?"

또다시 그의 얼굴은 냉소와 감사의 안도가 뒤섞임으로써 일그러졌다. 곧 안타까움이 참을 수 없게 커져 그녀는 나가자고 제의했다. 자리는 반쯤 비어 있었다. 모두 클럽에서 춤추고 있었던 것이다. 아이로니컬하게도 그녀는 클럽에 가기를 갈망했다.

그가 얼른 말했다. "다른 사람들하고 춤추고 싶은 거지?"

"그러고 싶으면 난 가 버릴 수도 있었어."

그녀는 그렇게 말하고 의자에서 일어나 피곤해서 자고 싶다고 덧붙였다.

그녀는 집으로 가서 그날 저녁을 독서로 보냈다. 그리고 조마조마한 마음으로 자기가 너무나 재미없게 굴어서 다시는 그가 연락하지 않아 주기를 바랐다. 그녀는 이것을 스스로 믿게 되었기 때문에 다음 날 전화벨이 울리고 그가 그날 저녁 함께 지내자고 했을 때에는 정말 놀랐다. 그녀는 자기가 느낀 놀라움 때문에 동의했으나 허둥지둥 어쩔 줄 몰라 하는 태도였다. 그는 그녀를 보자마자 그 점을 불평했다.

"왜 그렇게 전화에서 쌀쌀했어?"

"난…… 그럴 마음은 아니었어." 그녀가 사과했다.

그들은 또 나이트클럽이 텅 비었을 때 그곳으로 갔다가 정상적인 순서를 뒤집어 나중에 영화를 보러 갔다. 그런 다음 그녀는 또 일찍 자고 싶다고 말했다. 이제 그녀는 어리둥절하다

못해 아무래도 좋은 무관심 상태에 있었고 감정은 혼란에 빠져 있었다. 번갈아서 그녀는 연민하고 증오하고 보호 본능을 느끼고 경멸했다. 한편 그녀의 상상력은 활발히 움직여 그를 박해받는 흥미로운 인물로 만들고 있었다. 그녀는 그가 지성적이라고 자신에게 말했으나 그것은 단순히 그녀가 가진 그의 이미지가 아리송하고 환상적인 특질을 가졌다는 뜻이었다. 그녀는 끈덕진 질문을 통해 그가 폴란드계 유대인이라는 것, 그의 부모가 금광열이 한창이던 때 남아프리카로 이민해 왔다는 것, 그의 아버지가 요하네스버그의 보석상이었다는 것을 알아냈다. 이 모든 것에는 낭만적인 맛이 있었기 때문에 그녀는 매력을 느껴 이야기를 계속 시키려 했으나 그는 마지못해 뻣뻣이 대답할 뿐이었다. 마침내 그는 전통적인 영국 식민지의 다른 주민과 마찬가지로 여기가 영국령이기 때문에 기회가 생기기 무섭게 온 것이라고 말함으로써 그녀의 상상의 불을 꺼버리고 말았다. 그는 현재 귀화한 상태였다. 마사는 코언네 아이들을 생각하며 그들과 이 남자의 차이를 의아해했다. 그러나 이제는 그녀의 감정이 너무 깊이 개입되어서 명확히 생각할 여유가 없었다. 그녀는 그가 너무 불쌍해서 그가 불쾌하고 비겁하다는 말을 할 수 없었다. 그를 위해 온 세상을 상대해서라도 싸울 각오였다……. 아니면 적어도 그녀의 세계라도 상대할 것이다.

그들이 사귄 지 사흘째 되던 날 저녁, 그녀가 맥그레이스에서 그와 앉아 있으려니까 누군가가 자기를 뚫어지게 보고 있는 게 틀림없다는 생각이 들었다. 몹시 고개를 돌리고 싶어졌기 때문이다. 그녀는 고개를 돌렸고, 그러자 스텔라와 앤드루와 도너번이 한구석에 저희끼리 앉아 그녀를 지목하여 웃고 있는 것이 보였다. 그녀는 손을 흔들며 웃어 보였다. 스텔라가 그녀와 이야기하고 싶다고 조르는 손짓을 했다. 마사는 이것이 그들 두 사람에 대한 초대라 생각하고 아돌프를 바라보았다. 그러나 그는 얼어붙은 송장 같은 미소를 띠며 그녀를 지켜보고 있었다.

"가 봐. 그녀가 너에게 이야기하고 싶어 해." 그가 말했다.

마사는 그의 말투에 얼굴이 빨개지며 대뜸 일어나 그쪽 테이블로 가서 스텔라 옆에 섰다.

도너번이 말문을 열었다. "넌 못된 애야. 넌 그저 덮어놓고 남과 달라지겠다는 거지? 그렇지, 매티?"

"뭐에 대해서?" 그녀는 차갑게 말하고 노골적으로 그를 외면하며 스텔라를 보았다. "무슨 일이야?"

"너는 돌리하고 여기 오면 안 돼." 스텔라가 특유의 여성적인 목소리로 분별 있게 말했다. 그것은 여느 때의 소리보다 몇 층 더 낮은 소리였다.

마사는 일부러 눈썹을 치켜세우며 앤드루를 보았다. 그러나 그는 외면했다. 민망해하는 것이 분명했다. "왜 안 돼?" 마사가 통명스럽게 물었다.

스텔라의 얼굴빛은 보통 때보다 붉었고 눈은 피하는 듯했다. 동시에 그녀는 동정적이고 독선적인 표정을 짓는 데 성공했다. 앤드루를 민망하게 만든 것이 바로 이 표정임을 마사는 알 수 있었다. "우리 말을 듣는 게 좋아." 스텔라가 부드럽게 말했다. "우린 너보다 나이 먹었으니까."

이것은 마사에게 치명적인 논법이었다. 그녀는 똑바로 스텔라를 쳐다보며 수치스러운 부정직함에 충격받았음을 분명히 했다. 스텔라는 책임 있고 여성다운 위엄을 유지하면서 눈은 괘씸하지만 즐거운 듯이 번득였다. 그래서 마사는 나도 이제 다 큰 애니까 내 몸은 건사할 수 있다고 짧게 말했다. 그녀는 형식적으로 작별 인사를 하고 아돌프에게 돌아가면서 자기가 받는 시선이 그토록 생생하게 비난하는 걸로 느껴지지 말았으면 하고 바랐다. 그녀는 자기가 아돌프의 피해 의식에 영향을 받는가 싶었다.

그녀는 관찰자들을 위해 다정하게 미소 지으며 그의 곁에 앉았다. 그러나 이 미소는 그가 이렇게 말하는 바람에 사라지고 말았다. "그래, 저들이 불쾌한 유대인 녀석하고 공석에 나오지 말라고 경고했구나."

"스텔라도 유대인이라는 걸 잊은 모양이지?"

"그래, 하지만 저 여자는 오랜 영국 가문 출신이야. 나처럼 동유럽에서 온 뜨내기가 아니란 말이야."

마사는 얼굴이 빨개지며 응시하다가 경멸하듯 웃었다. "정말 우습네." 그녀는 이 냉담한 경멸이 오로지 영국인다운 자기만족의 정점에서 이러한 차별을 내려다보기 때문에 가능한 것임을 깨닫지 못하고 말했다. 그녀는 웃다가 곧 자제했다. 그의 얼굴에 도저히 그녀로서 보아 넘길 수 없는 아픈 표정이 떠올랐기 때문이다. 그녀가 감싸듯 말했다. "모르는 척해. 자, 우리 여기서 나가자."

그는 그 특유의 순순한 태도로 곧 일어났다. 그들은 호텔을 나왔다. 이번에는 그녀도 일찍 자야겠다는 말을 하지 않았다. 대신 그가 잠시 드라이브를 하자고 제안하자 동의하며 스텔라와 도너번(웬일인지 그녀는 앤드루를 제외했다.)이 속물인 것에 대해 경멸의 말을 퍼부었다. 또 스포츠 클럽에 모이는 패거리는……. 그녀는 일순간의 광기처럼 고백의 미끄러운 내리막길을 마구 미끄러져 내리려는 찰나 멈칫했다. 그러나 자기가 느끼는 감정을 나타낼 만한 말을 알지 못했다. 그녀는 페리를 생각하고 있었다. "스포츠 클럽의 남자들은 불쾌해. 다 어린아이 같아. 그저 번들거리고……." 그녀의 목소리는 자신 없이 더듬거리다가 침묵으로 사라져 버렸다. 그녀는 얼굴이 빨개지는 것이 괴로워 날이 어두워서 보이지 않기를 바랐다. 아돌프는 그녀를 뚫어지게 지켜보고 있다가 잠시 후에 다 괜찮다고, 하지만 그녀는 어리다고 말함으로써 자신이 그녀를 너무나 잘 이해하고 있음을 보여 주었다. 이것은 견딜 수 없는 일이었다. 그녀는 자기가 어리지 않다고 항의하다가 실은 열여덟이니까 어리긴 어리구나 하고 생각하며 웃어 버렸다. 하지만 '어리다'라는 단어는 그녀에게 오직 도전적인 것, 하고 싶은 대로 하는 권리를 상기시켜 주는 것을 의미했을 뿐이다. 그의 빠른 눈치가 또 그녀를 놀라게 했다. 그가 고개를 끄덕이며 말했던 것이다. "하긴 자기가 뭐를 하고 있는지 안다면……." 이 말이 그녀를 제지시켰다. 그래서 그녀는 대답하지 않았다.

그는 어느 모퉁이에서 차를 돌려 시내로 되돌아가기 시작했다. 그녀는 자기가 왜 항상 긴요한 말을 해야 하는 상황에 빠져드는지 알 수 없었다. 그녀는 어쩔 줄 몰랐고 자포자기했다. 선택을 회피할 수 있도록 아돌프가 그녀를 자기 방으로 데려다주기를 반쯤 바라면서 그녀는 그를 바라보았다. 그 순간 또 하나의 감정 때문에, 그녀 앞에 나타나는 것이면 무엇이든 붙잡아야겠다는 무서운 필요성 때문에 그가 자기를 그의 방으로 데려가 주기를 바랐다. 그를 자기 방으로 청해 데리고 들어갈 생각은 전혀 떠오르지 않았다. 그런 생각은 상식 밖의 일이었기 때문이다.

얼마 후 밝은 불빛을 어두운 정원에 던지고 서 있는 어떤 큰 집 밖에서 그가 차를 세웠다. 그녀가 신호만 하면 당장에라도 반대 방향으로 갈 듯이 엔진을 보통 때보다 큰 소리로 툴툴거리게 놓아두고 브레이크로만 차를 세우는 그 특유의 동작이었다. "들어가겠어?" 그가 부드럽고 암시적인 소리로 제안했다. 말투가 거슬려 그녀는 주저했다. 그는 당장에 고쳐 말했다. "들어가자, 부디." 그녀는 이것이 그녀의 관대함을 시험하는 거라고 생각했다.

"물론이야." 그녀가 쾌활하게 말했다. 우쭐한 기분을 타고 그녀는 꽃밭 사이로 지나치게 큰 소리로 이야기하며 걸어갔고 그는 말없이 뒤따랐다. 측면으로 난 베란다가 있었다. 그가 문을 열고 정원을 향한 정면에 곡선 진 창문이 늘어선 큰 방으로 들어갔다. 이것이 그녀의 추억을 흔드는 듯했다. 그녀는 이마를 짚으며 가만히 서서 왜 향수가 그녀의 신경을 건드리는지 생각하며 그 곡선 진 창틀을 바라보았다. '뱃머리 같아.' 그녀는 막연히 생각했다. 그 순간 그녀는 그가 자기를 지켜보는 것을 의식하며 그가 찬양할 수 있도록 더욱 꿈꾸듯 골몰한 표정을 지었다.

그가 예의 불안한 웃음을 지으며 말했다. "그렇게 냉담한 얼굴 하지 마." 찔끔해서 그녀가 재빨리 웃는 낯으로 돌아보았을 때는 이미 미소가 그의 얼굴에서 사라진 뒤였다. 그는 어떤 비판의 말도 일순간 이상은 지탱하지 못했다. 핀잔맞을까 봐 순식간에 사라져 버리는 것이었다. 이런 생각에 그녀는 다시 그에 대한 연민으로 누그러졌다.

그는 침대 끝에 앉아 있었다. 그 검은 머리의 작은 사나이는 조심스러운 눈매와 신중하게 쳐든 머리를 가졌으며 팽팽한 사지에 무서운 힘이 엿보였다. 그녀는 안절부절못했다. 여느 때처럼 그는 그녀가 어떻게 나올지 지켜보고 있었다. 그녀가 아무 말도 없자 그는 마지못해 직접 말을 꺼내며 말끝을 엉거주춤한 중얼거림으로 흐려 버렸다. "마음이 변했나 보지?"

"무슨 마음이?" 그녀는 재빨리 아주 진지하게 물었다. 정말 같잖은 일이지만 그녀는 자신이 이곳에 온 이유를 자신에게 똑바로 용납하지 않았던 것이다.

그는 이제 냉소적일 수 있었다. 그래서 조금의 주저도 없이 말했다. "물론 안 그럴 줄 알았어."

그녀는 꼭 자기가 이해하지 못하는 어떤 물결에 쓸려 내려간다고 느끼면서도 무모하게 걸어가 그의 곁에 웃으며 섰다. 그는 반쯤 난폭하게 반쯤 의심하듯 그녀를 끌어당겨 침대 위에 가지런히 눕히고 그녀를 쳐다보고는 실험해 보듯이 키스했다. 또다시 그녀를 쳐다보고는 망설이다가 실례한다며 화장대

로 가더니 한 손으로 타이를 끄르며 또 한 손에 서랍에서 꺼
낸 무슨 뭉치를 들고 되돌아왔다. 그는 침대 가장자리에 앉아
구두를 벗어 나란히 놓은 다음 옷 단추를 끄르기 시작했다.
마사는 사지가 신경성 마비증에 걸린 듯이 누워 있으면서 외
면하고 싶은 충동을 억눌렀다. 그것은 그가 보기에는 몰라도
그녀에게는 얌전한 체하는 행동으로 보였기 때문이다. 이런
식의 조직적인 준비에는 어딘가 섬뜩한 데가 있었다. 수술 준
비를 하는 것 같다고 그녀는 저도 모르게 생각했다.

그러자 모든 것이 만족스럽게 정리되었는지 확인하고 아돌
프는 두 다리를 휙 돌려 그녀 위에 나란히 눕더니 섬세한 경
험을 이용하여 그녀와 성교를 시작했다. 그녀는 조금은 안심
하고 조금은 오싹함을 느끼면서 일어나고 있는 사실들이 마
음속의 상상력의 필요에 들어맞도록 배열하고 있었다. 그녀는
실망하지 않았다. 행위 자체는 그녀의 요구를 만족시키지 못
했다 할지라도 그 이상(理想), 그 행위, 그 아지랑이 같은 희망
은 그녀의 눈앞에 바르르 떨며 온전한 형태로 남아 있었기 때
문이다. 오랜 사랑의 낭만적 전통의 마지막 계승자인 마사는
모든 경험, 모든 사랑, 모든 아름다움의 정수가 돌연 전신을
흠뻑 적시며 배어드는 해오의 순간 속에서 작열하기만을 기
대했다. 그리고 이것이 그녀가 요구하는 바였기에, 남자가 누
구인가는 상관없는 듯했다. 그녀는 자각하지 못했으나 그녀
의 태도 밑바닥에는 이런 생각이 있었던 것이다. 그런 이유 때
문에 그녀는 실망하지 않았다고 쉽게 말할 수 있었고 모든 것
이 아직도 그녀를 기다린다고 말할 수 있었다. 후에 그녀는 사

랑하고 있는 여자처럼 온순하게 몸을 꼬부라뜨리며 그의 곁에 누워 있었다. 그녀의 마음은 이무기처럼 실망의 순간을 송두리째 집어삼켜 버렸기 때문에 희망의 아지랑이는 남자인 그와 다시 한번 미래 속에 합쳐질 수 있었다.

다음 순간 그는 스포츠 클럽에 그녀의 친구들이 알면 펄쩍 뛰겠다고 말했다.

"그야 뛰겠지." 마사는 관심도 없이 말했다. 스포츠 클럽 사람들, 스텔라, 도너번, 앤드루가 무한히 멀게 생각되었다. 정사는 그녀를 그들에게서 떼어 버렸고 그녀는 이제 이 남자에게 속해 있었다. 말없이 그녀는 매끈하고 피부가 검은 그의 육체를 바라보았다. 그는 뚱뚱하지도 통통하지도 않았으나 자그마한 골격에는 따뜻하고 검게 물들인 밀초 같은 살이 단단하고 고르게 붙어 있었다. 가슴에 짙은 털들이 반짝였다. 그녀는 최초의 저항감을 물리친 뒤 그것을 만지작거렸다…… 이 남자의 육체가 자기에게 당치 않다는 생각, 전혀 사랑하지 않는 남자와 첫 번째 정사를 했다는 생각이 그녀의 머리를 스쳐 갔다. 그녀는 곧 그것을 억눌렀다. 일어나 옷을 입으며 그녀는 마치 그의 처분대로 내맡기고 있다는 듯한 단순하고도 얌전한 태도를 유지하면서 서서히 다른 모든 감정을 쓸어 버리기 시작하려는 끈덕진 노여움을 무시했다.

그들은 클럽의 잭으로 갔다. 마사는 전에 그가 사람들이 들어오면 왜 언제나 서둘러 나갈까 생각했다. 그런데 지금 그는 남아 있으면서 춤마다 다 추어 가며 승리감이 역력한 불안한 미소를 짓고 있었다. 그것은 마사의 마음에 거슬렸다. 얼굴을 들어 작게 빛나는 그 미소를 볼 때마다 그녀는 분노를 집어삼켜야 했다. 그녀는 형편없이 춤추고 있었다. 도저히 그와는 춤을 출 수 없었던 것이다. 그러나 그녀는 그의 팔 안에 평온하게 안겨 영화나 잡지에서 보듯 바른 춤 자세로 그의 어깨에 손을 살짝 대고 있었다. 그는 그녀가 춤을 제대로 추는지 어쩌는지 전혀 무관심한 듯했다. 그녀가 그의 복잡한 스텝을 따르려다 발이 엉켜 비틀거리면 그는 재빨리 두 사람의 자세를 바로잡았고 그의 시선은 그녀의 머리 위로 다른 사람들의 얼굴을 두리번거렸다.

다섯 번쨌가 여섯 번째 춤이 끝났을 때 아직 자정 정도로 시간은 일렀지만 그녀는 그에게서 떨어져 나오며 성난 목소리로 집에 가고 싶다고 말했다. 그는 반대 한마디 없이 서둘러 그녀를 데려갔다. 그녀는 잠자리에 들면서 그가 자기를 사랑하며 지성적인 데다(이 두 가지는 필연적으로 관련 있었다.) 모든 면에서 스포츠 클럽 남자들보다 우수하다고 자신을 설득하려 했다. 그녀는 울고 싶다는 사실에 속상했다. 그녀는 분개하며 눈물을 집어삼켰다.

저녁마다 그들은 클럽의 잭으로 갔다. 사람이 브랜디와 돌아가는 음악의 안개 속에 멍청히 빠져 버리는 이 초라한 장소가 아돌프는 가장 편한 듯했기 때문이다. 스포어 부인은 다정하게 그의 응석을 받아 주었고 그가 두둑이 팁을 준 급사들은 달려와 그에게 인사하고 그가 원하는 것을 가져다주었다. 아돌프는 무척 손이 컸던 것이다. 도너번의 노골적인 인색에 익숙해 있던 마사는 융숭한 대접을 받는 것으로 느껴졌다. 그러나 얼마 안 가서 그녀는 자기 때문에 그렇게 많은 돈을 쓰면 안 된다며 반대하기 시작했다. 시의 상급 서기쯤 되는 그가 월급이 많을 리 없었다. 그런데도 그는 초콜릿 상자며 비단 양말로 그녀를 에워싸다시피 하며 그녀가 민망해하면 화를 냈다.

새해 첫날을 그들은 그의 방에서 침대에 누운 채 초콜릿을 먹으며 지냈다. 전날 저녁에 싸워서 그들은 말을 하지 않았다. 그가 그녀의 꽃무늬 무도회 의상을 평한 것이 그녀의 기대와 달랐기 때문이다. 그 옷이 초라하다는 것은 그녀도 알고 있었다. 그녀가 옷을 잘못 입었다고 그가 웃었으면 그녀도 훨씬 마음이 편했을 것이다. 그런데 그녀를 집에 바래다주었을 때 그는 옷을 더 꼭 맞게 하라며 그녀의 허리에 남아도는 천을 몇 줌이나 들어 올리고 자기가 말하려는 뜻을 보여 주었다. "나더러 창녀 꼴을 하라는 거야." 그녀가 화를 내자 그는 숙녀인 체한다고 맞받아쳤다. 그녀는 자기가 어떤 모양을 하기를 원하냐고 물어보았다. 그는 스텔라 매튜스를 넌지시 비쳤다. 그래서 그녀는 말했다. "그러면 그렇지." 그녀는 스텔라의 취향이 하급이라고 생각한다고는 미처 의식하지 않았으나 이제는 그것 때문에 싸울 만큼 강한 확신이 서 버렸다. 그들은 동침하지 않은 채 헤어졌다.

오늘 아침 그 생략은 대번에 보충되었다. 그는 소유욕으로 성화를 해 대는 기분이었고 그녀는 왜 그런지 알 수 없으나 막연히 미안한 느낌이 들었다. 성교 후에 그녀는 남부의 대도시에서 지냈던 소년 시절 이야기를 해 달라고 해 보았으나 그는 그저 짧막하게 대답할 뿐이었다. 긴 침묵이 흘렀다.

갑자기 그는 그녀가 도너번과 잤는지 물었다. 그녀는 웃으며 그러지 않았다는 것을 잘 알 텐데 그러냐고 말했다. 그랬더니 그는 그녀가 처녀가 아닌 줄로 생각했노라 짓궂게 말했다. 그녀는 맨 처음에 그가 몹시 아프게 했노라 비난하듯 말했다. 그는 또다시 잔인하게 그걸 내가 어떻게 아느냐고 말했다. 그녀는 너무 화가 나서 외면한 채 말이 없었다. 그는 잔인함과 경건함이 반반 섞인 투로 그녀를 놀리며 웃기기 시작했다. 그러다가 말을 멈춘 채 마치 그 물음을 온몸에서 짜내듯이 물었다. "말해 봐, 화 안 낼게. 도너번하고 정말 안 잤어?" 화가 나고 억울하다는 느낌이 뚜렷했으나 도너번과 잔다는 개념이 너무나 우스꽝스러워 그녀는 진심으로 웃음을 터뜨렸다. 그는 화내며 도너번은 마사가 좋아하는 타입이지만 자기는 그렇지 못하다고 했다. "네가 그렇게 말한다면야." 마사는 냉정하게 말했고, 달래어도 화난 기분에서 벗어나려고 하지 않았다.

그날 저녁 5시에 그가 저녁을 먹으러 나가자고 하자 그녀는 집에 가고 싶다며 기분 전환을 위해 일찍 자야 한다고 말했다. 그리고 어쨌든 이제 신년도 되었으니 강습소에서 공부해야 해서 그를 그렇게 자주 만나지는 못할 거라고 덧붙였다.

"옳지." 그가 이를 살짝 갈며 성나서 그녀를 노려보며 말했다. "오래 못 갈 줄 알았어."

"저녁 7시까지뿐인걸, 7시면 저녁마다 시간이 나." 그녀는 그의 눈에 번뜩이는 분노의 불꽃에 놀라 응낙하고 말았다.

그래서 저녁마다 7시에 그는 차 안에서 그녀를 기다렸다.

그녀는 남자가 참을성 있게 기다려 주는 것이 고마워 명랑한 기분으로 나왔다가도 그가 스카이 씨에 대해서 매력이 있는가, 그녀와 자려고 하지 않는가 캐기 시작하면 그만 고마움도 분노 속으로 사라지고 말았다.

그녀가 뾰루퉁하게 말없이 외면하면 그가 그날 저녁엔 무엇을 하고 싶냐고 물었다. 이 말은 언제나 그녀를 당황하게 했다. 그녀는 그들이 무엇을 할 것인지 일방적으로 통고하던 도너번을 아쉽게 떠올렸다. 그녀는 아돌프에게 아무래도 좋다고 대답하곤 했다. 언제나 미적거리느라 오랜 시간이 걸렸고 그것은 서로 무슨 일을 해도 상관없다고 상대에게 강조하는 동안 계속되는 하나의 갈등 같았다. 마침내 그녀는 먼저 했던 첫 번째의 의욕적인 제안에 허둥지둥 동의했다. 맥그레이스로 가서 술을 마실까? 나이트클럽에 갈까? 이러한 그의 태도, 자신을 그녀의 처분에 맡기려는 태도가 마치 모욕인 양 그녀에겐 거슬렸다. 영화관에서도 그녀는 영화에 열중하다가도 그가 자기를 주시하고 있는 듯한 불안한 느낌이 들어 돌아보면 영락없이 그가 좌석에 비스듬히 기대앉아 어깨를 스크린 쪽에 돌리고 싱글벙글 그녀를 지켜보고 있었다. "왜 영화를 안 봐? 마음에 안 들어?" 그녀가 상냥하게 물으면 그는 대답했다. "자기 보는 게 좋아." 그 말은 그녀에게 흐뭇했지만 또한 그녀를 당황하고 어쩔 줄 모르게 만들었다. 마치 마사 자신이 비위를 맞추어야 하는 뭐나 되는 것 같고 아돌프 자신은 하잘것없이 생각하는 것처럼 느껴졌기 때문이다.

사실 그들은 점점 더 같이 있기가 불편해졌는데, 정사 뒤에 그녀가 그의 곁에서 모두를 내맡긴 어린애처럼 누워 있는 순간은 예외였다. 그때면 그녀는 그를 사랑한다고 말했다. 그리고 나중에 기억하기조차 부끄러워지는 온갖 소리를 다 했다. 그녀에 대한 강력한 소유권을 분명 갖고 있는 따뜻한 그의 육체에 바짝 붙어 누워 있노라면 사이사이의 불편한 시간들을 초월하여 계속되었으면 하는 감정의 물결이 닥쳐왔다.

한번은 저도 모르게 그녀가 말했다.

"자기 아이를 갖고 싶어."

"그런 말 하지 않아도 돼." 그가 냉소적으로 말했다. 그 순간 진지했던 그녀는 마음이 상했다.

그는 기분 나쁜 웃음을 지으며 자기는 아이를 낳지 않을 거라고 말했다.

"왜?" 그녀는 물었고, 이제는 몹시 수치스러웠다. 아까 진실하게 말했던 감정을 그가 산산이 흩어 버렸기 때문이다.

그는 짧게 자기가 좋아하는 여자들은 결코 자기 같은 남자와 결혼하고 싶지 않을 거라고 말했다. 이 애처로운 말 때문에 그녀는 그를 위로하고 북돋워 주기 시작했다. 그러나 다음 날 그가 이렇게 말했다. "자기가 장차 어떻게 될지 궁금해. 10년 후 우리 둘 다 어디 있을지도 궁금하고." 이때만은 그의 어조가 상냥하고 다정해서 당장에 그녀는 심각한 상실감과 무상감에 가득 찼다.

"왜 우리가 결혼하면 안 돼?" 그녀는 물으면서 그 생각에 가슴이 철렁 내려앉았다.

그는 그녀를 보고 웃으며 아버지 같은 손길로 살며시 그녀의 머리를 뒤로 쓰다듬으며 그녀더러 돌았다고 말했다. 그러다가 잔인한 표정이 되돌아오더니 숨이 막히도록 그녀의 머리칼로 그녀의 목을 감싸 쥐며 그녀는 장차 어떤 근사한 도회지 남자와 결혼해서 아주 점잖아질 것이고 훌륭하고 잘 배운 아이를 다섯은 가질 거라고 말했다.

그녀는 그의 손에서 빠져나오며 그러느니 차라리 죽겠다고 했다. 그런 연상은 그녀를 펄펄 뛰게 했다. 그녀를 모욕하는 거나 다름없었다. 나중에 회상하며 그녀는 그 순간을 그들 연애의 진정한 종말로 점찍었다. 당장엔 그녀는 분노를 느꼈고 그 분노 밑으로 마치 속에서 무언가를 빼앗기는 듯한 상실의 두려움을 느꼈다.

이것은 그들이 처음으로 잔 지 열흘쯤 후의 일이었다.

이삼 일 후에(그날은 토요일이었다.) 그가 무엇을 하겠느냐고 물었을 때 그녀는 내가 결정하기 싫으니까 이번엔 자기가 하고 싶은 일을 했으면 좋겠다고 말했다.

"좋아." 그가 말했다. 그래서 그들은 그날 오후를 경마장에서 보냈다. 그것은 마사에게 전혀 새로운 것, 스포츠 클럽의 단골들과 영 다른 부류의 사람들을 보여 주었다.

진초록의 잔디가 술처럼 가장자리를 두르고, 잎이 무성한 나무들이 늘어선 방대한 타원형의 경마장은 도심에서 약간 떨어진 곳에 있었다. 클럽 건물 밖에는 영국 잡지에 나오는 사람들 같은 복장을 한 무리가 거닐고 있었다. 아돌프는 저명인사들을 가리켰다. 그들의 평범한 겉모습은 그때까지 유명한 사람이란 자신들이 자기에 대해 가진 생각을 반영하는 게 아니고, 남이 그들에 대해 가진 생각을 반영하는 것이라고 믿었던 마사를 당연히 실망시켰다. 아돌프를 가장 흥분시킨 것은 플레이어 씨라는 남자였다. 그의 이름은 진짜 권력에 보내는 경의라고도 할 수 있는 짓궂은 유머와 마지못한 존경이 섞인 투로 이 식민지 사람들 입에 올랐다. 플레이어 씨는 이곳의 누구보다 말을 잘 안다고 아돌프가 말했다.

아돌프는 그 유명인의 시선과 마주치기를 기다리며 서성거렸다. 마침내 마주치자 그는 넘치는 미소를 보냈고 대신 무관심한 고갯짓을 받았다. 플레이어 씨는 뚱뚱한 데다 얼굴이 뻘게서 마사는 그가 불쾌하다고 생각했다. 그러나 아돌프는 탄복한 듯이 그가 여자 보는 눈이 있으며 이 도시에서 정말 매력 있는 여자는 모두 조만간 손에 넣고 만다고 말했다. 그 얘기는 마사에게 믿을 수 없다는 표정을 짓게 했다. 그녀는 머리로는 여자들이 돈 때문에 남자와 잔다는 것을 알고 있었으나 자신이 그런 짓을 한다는 것은 상상할 수 없었고 그것은 다시 말해 그런 일을 못 믿는다는 거나 다름없었다. 그래서 그녀는 플레이어 씨가 친절하고 관대하고 아마도 지적인 사람이 틀림없을 거라고 생각했다. 안 그러면 그렇게 좋은 평판이 날 리가 없었기 때문이다.

플레이어 씨가 근처를 떠나가자 아돌프는 눈으로 쉴 새 없이 두리번거리며 군중을 누비고 다니기 시작했다. 그리고 그가 찾는 얼굴이 발견되면 몸이 굳어지면서 최고로 비굴한 미소를 꾸준히 입가에 띠며 그가 원하는 것을 얻을 때까지 기다렸다……. 그의 존재에 대한 소홀하고도 때로는 성가셔하는 인정의 눈초리, 그것을 그는 감지덕지하며 받았다. 그 때문에 마사는 기분이 상했고 몹시 불편해졌다. 그러나 첫 경마가 시작하자 마사는 아돌프가 딴사람이 되는 것을 보았다. 처음으로 그녀는 그가 지겨운 자의식의 짐을 던져 버리는 것을 보았다. 그는 난간 곁에 서서 그녀를 잊고 만사를 잊고 출발선에서 뒷발질하며 서성거리는, 땡볕에 반질거리는 말들에 빠져들었다. 그들이 물결처럼 움직이기 시작하자 그는 몸을 앞으로 내밀며 두 손으로 난간을 움켜잡고 눈으로 그들을 좇았다. 경마가 모두 끝났을 때 그는 몇 초 동안 꼼짝도 않고 씩씩거리다가 그녀를 돌아보고는 한숨과 더불어 말했다. "내게 돈만 있다면……"

그는 그녀를 마구간으로 데려갔다. 그는 모든 조수와 기수를 알고 있었으며 말들을 하나씩 이름으로 분간할 수 있었다. 그는 근 반 시간이나 크고 세찬 흑마 곁에 서서 안심시키듯 그것의 목에 손을 얹고 마사가 전에 들어 보지 못한 어조로 말을 건넸다. 그것은 마사를 깊이 감동시켰다. 이런 정열은 그녀가 존경할 만한 것이었다. 그녀는 '순전히 그녀와 함께 지내기' 위해 그가 규칙적인 경마장으로의 출입을 그토록 선선히 포기할 수 있었던 데 의아해하면서 새로운 정을 느꼈다. 그녀는 그가 자기에게 느끼는 감정이 어떤 것이건 간에 이 항구적인 감정에 비하면 아무것도 아님을 본능적으로 깨달으며 진정한 겸허를 느꼈다.

그러나 군중에게 돌아가자 그는 인정받으려고 끈질기게 높은 사람들을 쫓아다니는 게임을 다시 시작했고 그녀의 노여움이 되돌아왔다. 오후가 다 갈 무렵에 그는 그녀에게 지루했을 거라고 비꼬듯 말했다. 그녀는 재미있었다고 우겼지만 그것은 본심이 아니었다. 경마 자체는 그녀에게 지루했다. 어느 말이 첫째로 들어오건 그녀는 관심을 가질 수 없었다. 군중은 재미있었다. 여자들의 의복, 하지만 무엇보다도 당치 않은 이유로 아돌프의 행동이 재미있었다. 그는 본능적으로 이것을 알아차렸다. 그녀가 재차 순간마다 즐겼노라 확실히 말하자 그는 그녀가 경마에 대한 느낌이 전혀 없으면서 그러는 위선자라고 거칠게 말했다.

다른 차들과 함께 경마장을 떠나오면서 그는 맥그레이스 앞으로 차를 몰고 지나갔다. 그녀는 신경을 곤두세우며 그가 "너는 물론 죽어도 나와 함께 저기 들어가기 싫지? 경마장에서 돌아오는 멋쟁이 군중들로 꽉 차 있으니까."라고 말하는 소리를 기다렸다. 그가 기어코 그 말을 하자 그녀는 저도 모르게 성내며 그가 발길질당하기를 기다리는 개처럼 굴지만 않는다면 아무도 그를 개 취급 하지 않을 거라고 쏘아붙였다. 사실상 남들이 그를 싫어한다는 것을 그녀가 인정한 것은 이것이 처음이었다. 이 말이 튀어나오기가 무섭게 미안한 마음이 그녀를 압도했다.

"봐 봐." 그녀가 부드럽게 말했다. "예를 들어 코언 씨를 생각해 보란 말이야. 그이가 스포츠 클럽에 오더라도 아무도 '저 유대인 좀 봐!' 하고 생각하진 않는다고."

그가 긴장된 쓴웃음을 짓고 그녀의 시선을 피하면서 말했다. "어느 코언 씨 말이야? 그 법률가들은 그럴지 모르지. 하지만 도매상 하는 코언이라면 감히 그곳에 코도 못 내밀걸."

"그렇다면 그건 유대인이라는 것과 상관없는 거야." 그녀는 어떻든 분별을 유지하면서 고집했다. 그는 다시 웃을 뿐 너는 젖먹이라서 인생에 대해 아무것도 모른다고 했다. 이 말은 자연 그녀의 가장 아픈 곳을 찔러 그녀를 냉정하고 적대적으로 만들었다.

그녀는 앞장서서 맥그레이스의 라운지로 들어가 평상시대로 아는 사람에게 인사를 보냈으나 그들의 미소나 손짓이 이미 긍정적이 아님을 알아차렸다. 그것은 의심할 여지가 없었다. 스포츠 클럽 패거리는 예의상 논평을 피한다는 태도로 그녀를 지켜보기만 했다.

그녀는 테이블 하나를 골라 그가 그녀와 함께 앉기를 기다렸다. 그는 쭈뼛거리는 미소를 지으며 와서 앉았다. 그들은 말없이 보통 때보다 빨리 마셨다. 술잔이 비워지기가 무섭게 "이젠 나가고 싶겠지?" 하고 그가 말했을 때 그녀는 즉시 일어나 걸어 나왔다.

그가 그녀 뒤로 달려오며 말했다. "나랑 집으로 가지?" 그가 보통 때 망설이며 하는 제안보다는 적극적인 어투였으나 그녀는 얼른 편지 쓸 게 있어서 집에 가야 한다고 대답했다.

그가 이를 악물며 "지금, 나하고 집에 가자고." 고집했을 때 마사는 그렇게 험악하고 완강한 그를 본 일이 없었다.

전에 그는 절대 고집을 부리는 일이 없었다. 언제나 그녀가 결정하도록 맡겨 두었다. 이제 그녀는 굳어지며 반항했다. 그녀가 차갑게 말했다. "아니, 집에 갈래."

그가 그녀의 손목을 휘어잡고 말했다. "내가 원할 때는 안 오고 자기 좋을 때만 오는군."

이 말은 그녀에게 좀 억울하게 들렸다. 그녀는 아돌프와의 일을 사랑 뒤의 다정한 순간에 비추어서만 보았던 탓에 자신이 나긋하고 고분고분하다고만 생각했다. 그녀는 손목을 잡아당겨 지금까지 서 있던 차 곁에서 물러나며 집에까지 걸어가겠다고 했다. 그는 벌써 어쩔 줄 몰라 하며 사과하면서 허둥지둥 그녀를 쫓아왔다.

"자기가 지금 나보고 가자는 건 단순히…… 단순히 자기 자신에게 뭔가를 증명하고 싶어서란 말이야!" 그녀가 말했다. 그의 얼굴이 어두워졌으며 그러자 그녀는 이 구덩이에서 빠져나가는 것만이 다급해져서 등을 돌리며 말했다. "나 혼자 내버려 둬." 궁리 끝에 그녀는 어깨 너머로 말을 던졌다. "내일 만나."

이렇게 그녀는 큰길로 죽 걸어가다가 마침내 자기 뒤에 와서 서는 차 소리를 들었다. 그녀는 그가 쫓아오는 줄로 생각해 발걸음을 빨리했다. 그러나 도너번의 명랑하고 쨍쨍한 소리가 크게 울렸다. "매티, 어디 가?"

그녀는 도너번이라는 이름에 자신을 적응시키며 멈춰 섰다. 그가 말했다. "매티, 널 찾고 있었어. 자, 타라고."

그녀가 차에 타면서 물었다. "날 뭣 때문에 찾았어?"

"내가 찾는 게 아니야, 매티. 스텔라가 너한테 할 말이 있대. 난 절대 너를 너의 그 매혹적인 새 친구한테서 떼어 낼 수 없을 거라고 했지만 뜻밖에 너희가 사랑싸움하는 걸 보고 기회를 붙잡은 거라고."

"그런데 왜 그 애가 날 보자는 거지?" 마사는 부어터진 아이 같은 말투였고 도너번은 대답을 하지 않은 채 꾸준히 차를 몰았다.

어떤 차가 지나갔다. 그녀가 무심코 쳐다보니 아돌프였다. 도너번이 말했다. "네 숭배자의 소재를 알고 싶으면 어디 가서 찾아야 할지 알지?"

"무슨 소리야?" 그녀가 물었다.

그들은 교차로에 있었다. 그녀의 하숙집은 한쪽 길로 200미터쯤 내려가는 데 있었고 매튜스네 아파트는 두어 블록 더 가면 되었다. "네 매혹적인 숭배자가 여기서 널 기다려." 도너번이 길모퉁이의 잡초가 무성한 빈 터를 가리키며 말했다. "매티, 네가 네 순결한 잠자리에 들 때, 저 친구는 여기서 차에 앉아 네 방을 바라보며 그에 대한 너의 독점적인 관심을 확인하지…… 온 시내가 그것 때문에 웃어 대고 있는데도 말이야." 그가 잔인하게 말을 덧붙이며 그녀의 반응을 살피기 위해 힐끔 곁눈질했다.

그녀의 반응은 나빴다. 그녀는 얻어맞은 듯했다가 중얼거렸다. "난 그런 말 안 믿어."

그는 웃었다. "돌아다봐."

그녀는 보았다. 두 블록쯤 뒤로 아돌프의 차가 천천히 오고 있었다. 차만 보아도 그녀는 화가 났다. 그래서 부지중에 짐이라도 덜어 내듯 못 견디겠다는 시늉을 했다. 그러나 말로는 냉정하게 이렇게 말했다. "하지만 저건 아무런 증명도 안 돼."

그들은 아파트에 도착했다. 도너번은 서둘러 차를 세우고 뛰어내렸다. 그가 아돌프에게 손을 흔드는 것이 보였다. 차가 주춤하더니 옆 골목으로 들어갈 듯하다가 차체를 바로 하고 곧장 다가왔다. 도너번은 남자답고 단호한 모습으로 차를 마주 보고 몇 발짝 걸어가 다급하게 쳐든 손으로 차를 세워 안을 들여다보며 아돌프에게 이야기를 걸었다. 아돌프의 무방비한 미소가 마사의 눈에 흘끗 들어왔다.

도너번이 돌아오자 그녀가 물었다. "무슨 일이야?"

"상관 마. 매티, 넌 가서 스텔라와 얘기해. 그럼 알게 될 거야."

승강기를 타고 올라가며 그들은 서로의 눈을 피했다. 마사는 도너번을 증오하며 아돌프를 생각하고 있었다. 그녀는 그가 자신을 정탐한다는 것은 불가능하다고 혼잣말을 했으나 내부의 소리는 그러고도 남을 일이라고 응수하고 있었다……. 그녀가 아는 그와 잘 들어맞는 일로 생각되었던 것이다. 이런 새로운 생각과 싸우며 아파트로 들어선 그녀는 앤드루가 무척 어색해하면서 거북한 표정을 당장의 책임을 다하는 일로 감추려는 것을 보았다. 스텔라는 기다리는 행위 자체가 고문이라는 듯이 긴 의자에 앉아 있었다. 그녀는 벌떡 뛰어 일어나 마사에게 키스하러 왔다.

마사는 키스를 가만히 받으며 물었다. "무슨 문젠데?"

스텔라는 좀 참으라는 식으로 그녀의 어깨에 두른 팔에 가벼운 압력을 넣으며 그녀를 긴 의자로 데려갔다. 그런 다음 자기는 맞은편에 가서 앉으며 몸을 앞으로 숙였다. 그녀는 금색 반짝이가 달린 까만 약식 야회복을 입고 있었다. 마사는 눈으

로 그 옷이 너무 요란하다고 비판하면서 떨리는 마음으로 스
텔라의 말을 기다렸다. 그녀의 머리는 새로 빗어 조그만 머리
위에 매끈히 윤기 나게 놓여 있었다. 타원형 얼굴은 고르게
살굿빛으로 물들어 있었으며 두 눈은 흥분으로 반짝였다. 동
시에 그녀는 이 흥분을 억누르고 애원하는 여성다운 모습을
하려고 애썼다.

그녀는 마사가 듣기에 매우 부정직하고 불쾌한 소리로 나직
이 위엄 있게 말했다. "매티, 우린 너한테 말할 의무가 있다고
생각해……. 아니, 잠깐. 말하지 마." 마사의 눈썹이 저도 모르
게 "의무"라는 말에 치켜세워졌기 때문이다. "내 말 끝까지 들
어, 매티."

마사는 이쪽을 열심히 지켜보는 도너번을 보고, 앤드루를
보았다. 그의 얼굴을 보아하니 부인이 하는 말에 늘 놀라면서
도 결국 거기에 동의하고 말 얼굴이었다. 그는 호소해 오는 마
사의 눈길을 피했다.

스텔라는 자극제처럼 그 넘치는 상냥함을 보이며 계속했다.
"매티, 넌 아직 나이가 어려. 그런데 끔찍한 잘못을 저지른 거
야, 우리 말을 들었어야 하는 건데. 그 남자 소문이 나빠. 비도
덕적이고……."

이 말에 마사는 스텔라가 향수처럼 뿜어내는 성적 분위기
를 생각하며 부지중에 웃음을 터뜨렸다.

스텔라가 서둘러 말했다. "아니야, 마사. 웃으면 못써. 그 사
람 좋은 남자가 아니라니까. 아무 데서나 자랑삼아 공공연히
네 말을 하고 다녀."

이것은 또 하나의 충격이었다. 마사는 바로 말을 할 수 없었다. 내부의 소리는 단호하게 아니다, 그건 사실이 아니라고 말하고 있었으나 그가 그녀를 몰래 지켜본다면 자랑도 할 수 있을 거라는 생각에 그녀는 혼란에 빠졌다. 그녀는 이마를 짚고 앉아 스텔라의 의기양양한 얼굴을 혐오스럽게 바라보았다.

그들은 모두 그녀를 지켜보고 있었다. 자신도 놀랍게 겁을 먹으며 그녀는 입술이 떨려 옴을 느꼈다. 생각이 이리 비틀 저리 비틀 흔들렸다. 그 순간 스텔라는 숙련자답게 나사를 죄어 왔다. "온 장안에 네 얘길 하고 다녀, 매티." 마사는 울음을 터뜨렸다. 그녀가 주로 느낀 감정은 지금 당황하며 울고 있는 자신에 대한 분노였다. 눈물을 흘리며 그녀는 스텔라의 눈 속에 번뜩이는 잔인성을 보았다. 또 도너번이 싱긋이 웃는 것을 보았다. 그러나 그는 곧 엄숙한 표정으로 얼굴을 고쳤다. 앤드루를 보니 그는 몹시 거북해하고 있음을 알 수 있었다. 그는 일어서서 마사에게로 와 스텔라를 밀어내고 그녀를 두 팔로 감싸 안았다.

"자, 울지 마, 괜찮아." 그가 친절히 말하며 성난 얼굴로 아내를 보았다. 그녀는 생글생글 웃으며 마사의 얼굴을 지켜보면서 생각에 잠긴 듯 자기 머리를 쓰다듬고 서 있었다.

거의 즉시, 스텔라의 마음에 들기에는 너무 빨리 마사는 정신을 차리고 웃으려고 애쓰며 쾌활하게 손수건을 달라고 했다.

"너는 울면 안 될 아이야." 도너번이 자기 손수건을 건네주며 말했다. "스텔라라면 울 때 근사해 보이지만 말이야. 제발 그 콧등에 분칠 좀 해, 매티."

"그만해." 앤드루가 거슬린다는 듯이 말했다. "이제 이 일은 끝내는 거야, 알았지. 모두 술이나 해." 그는 가서 술을 따랐다.

스텔라가 다시 말을 이었다. "이제 우리가 가서 그 사람과 이야기할 텐데 너도 함께 가는 거야."

"무엇 때문에?" 마사가 시무룩이 반대했다. 그녀는 이미 모두 끝났다고 생각했던 것이다.

"그 남자가 너를 망치길 바라는 건 아니겠지. 그 사람 입을 막아야 해, 온 시내가 쑥덕거리고 있어." 스텔라가 분개하며 외쳤다.

"굳이 가서 그 친구를 봐야 할 이유를 모르겠군." 앤드루가 딱딱하게 말했다.

그러나 스텔라와 도너번은 벌써 일어나 기다리고 있었다. 앤드루도 무심코 따라 일어났다.

"가면 안 될 것 같아." 마사가 기운 없이 말했다. "그 사람 어차피 집에 없을 거야." 그녀가 희망을 걸며 말했다. 이 말을 하다가 그녀는 아차 하고 말을 멈추었다. 아까 도너번이 차에 앉은 그에게 말했을 때 집에 있도록 합의했다는 생각이 문득 떠올랐기 때문이다. 미처 짐작하지 못했던 신중한 준비와 의논과 모의가 있었다는 의식이 그녀의 말문을 막았다. 스텔라가 성급히 긴 의자에서 그녀를 잡아 일으키며 말했다. "아아, 어서, 매티. 그 사람이 기다려."

아돌프의 하숙방을 향해 몇 블록을 갈 동안 마사는 걱정스러운 생각에 빠진 가운데서도 스텔라가 젊은 아가씨는 쉽게 길을 잘못 들 수 있다고 신명 나게 떠드는 소리를 어렴풋이 들었다. 그것은 잡지에나 실리는 이야기같이 들렸다. 그녀는 이 것이 분명 연극이라 생각하며 스텔라를 믿을 수 없는 눈으로 바라보았다. 그러나 스텔라는 연극에 취해 있었다. 마사는 적어도 앤드루는 웃고 있으려니 생각하여 그쪽을 보았으나 그는 잠자코만 있었다. 아내의 독선이 그에게 옮았는지 그는 감상적으로 마사의 손을 눌러 잡으며 말했다. "거봐, 정말 역겨운 일이야, 안 그래?" 스텔라가 즉각 안도의 눈길을 그에게 보내며 "그럼, 마사가 크게 충격받았을 거야."라고 말했다. 마사는 그들이 말하는 것이 섹스임을 알아차렸다. 거북살스러운, 그러나 경멸의 웃음이 그녀의 얼굴에 떠올랐고 그녀는 자기가 웃을 수 있다는 게 죄짓는 것 같아 얼굴을 돌려 웃음을 감추었다. 지금 그녀는 여기 온 것을 통절히 후회하면서 아돌프가 이 바보 같은 장면을 피할 만큼의 분별력이 있기를 바랐다.

그러나 물론 그는 기다리고 있었다. 네 사람이 그 곡선 진 창문(자기가 그 창문에 이끌린 이유가 그것들이 자기 집을 연상시키기 때문이라는 사실이 처음으로 마사의 머릿속에 떠올랐다.)이 있는 큰 방에 들어갔을 때 아돌프는 방 한가운데 서서 그 추한 미소를 띠며 그들을 지켜보고 있었다. 그는 둥지에 갇힌 꼴이었다. 그는 성난 눈으로 마사를 힐끔 본 뒤 어쩔 줄 몰라 하며 스텔라를 응시했다. 마사는 눈으로 이 사람들 하는 소리 듣지 말라는 신호를 보내기까지 했다.

그러나 그는 스텔라에게서 눈을 떼지 못했다. 두 남자가 뒤에서 기다리고 서 있는 동안 그녀가 이 회견을 이끌었다.

스텔라가 그 여성다운 목소리로 말문을 열었다. "우리가 왜

왔는지 알지요?"

"글쎄, 모르겠는데요." 아돌프가 그 겁에 질린 미소를 지은 채 말했다.

스텔라는 그의 위선에 분이 터져 숨을 들이켰다. "당신하고 이야기 좀 하러 왔어요. 그러는 게 내 의무라 생각해서. 나도 유대인인데 나는……"

"스텔라!" 앤드루와 마사가 동시에 말렸다.

스텔라는 귀찮다는 듯이 그들에게 조용히 하라는 몸짓을 하며, 온화하게 웃고 있는 얼굴과 대조적으로 이상하리만치 동요되어 보이는 손으로 검은 실크 치마를 쓸어내리며 말을 이었다. "당신도 사람들이 뭐라고 하는지 잘 알겠지요? 그런데 왜 영국 아가씨를 유혹해서 불난 집에 부채질해요?"

"스텔라." 마사가 다시 말했으나 이미 누구도 그녀에게 관심을 두는 사람이 없었다.

아돌프는 겁에 질려 일그러진 미소를 지으며 입술을 움직거렸다. 마사는 생각했다. '왜 저 여자한테 대들지 못할까? 저렇게 기죽은 얼굴만 하고서.' 그녀는 이 장면과 자기 역할에 메스껍도록 화가 났다.

"당신도 스코틀랜드인과 결혼했잖소." 마침내 아돌프가 맥없이 말했다.

스텔라가 자세를 바로 하며 위엄 있게 말했다. "나는 그이와 결혼했지만 남의 입에 오르내리면서 우리 민족을 망신시키진 않았어요."

아돌프가 갑작스럽게 신경질적으로 낄낄거렸다. 얼굴은 거무뒤튀한 보랏빛이었고 눈이 노기에 찬 호소를 보내듯 자기 앞에 선 무리의 이 사람 저 사람을 차례로 둘러보았다. 그가 아무 말도 하지 않았으므로 스텔라는 그만 냉정을 잃고 말았다. 그녀의 육체는 속 시원히 한바탕 터져 나올 싸움에 대비하여 긴장했으나 끝내 소동이 일 것 같지는 않았다.

그녀는 목소리를 낮추며 분별 있게 다정한 소리를 냈다. "당신도 자기가 충격적인 행동을 한 건 알지요?"

잠시 침묵이 흘렀다. 그러다가 앤드루가 화난 듯이 말했다. "여보, 스텔라, 그만해 둬. 다 쓸데없는 소리야."

마침내 아돌프가 화를 터뜨리며 이를 갈듯 말했다. "그래, 이 문제가 당신과 무슨 상관 있는지 물어봅시다."

"그건 내가 유대인이기 때문이에요." 스텔라가 엄숙히 말했다. "내가 말할 권리가 있기 때문이라고요."

아돌프는 분노를 탕진한 듯이 보였다. 잠시 후에 스텔라가 조용히 일어서며 말했다. "그럼 당신 양심에 맡기겠어요."

그녀는 자기 양 떼를 몰아 문으로 걸어갔다. 우울한 초조의 빛을 띤 도너번이 맨 먼저 나갔다. 앤드루가 거북스럽게 아돌프에게 "그럼." 하고 뒤를 따랐다. 마사는 미안한 사과를 겸해 어깨 너머로 아돌프를 살짝 돌아다보았으나 그의 눈이 증오에 차 있는 것을 보고는 시선을 돌려 얼른 나와 버렸다.

아무도 말하지 않았다. 마음속으로 마사는 자기 감정을 나타낼 말들을 지어 보고 있었다. 그녀는 이것은 가장 정직하지 못하고 창피한 장면이라고 말하고 싶었다. 스텔라가 어째서 자기가 하겠다고 하던 말을 한마디도 하지 않았는지 비꼬아 묻고 싶었다. 스텔라의 흐뭇한 얼굴을 힐끔 보니 말문이 막혔고 일종의 피로감이 그녀를 휩싸 버렸다.

그들은 차로 가서 침묵 속에 시외를 향해 달렸다. 교차로에서 마사가 말했다. "나는 내려서 집으로 갈래."

"아니야, 매티." 스텔라가 어머니처럼 말했다. "우리 집에 가서 우리랑 맛있는 저녁 먹어."

"가게 둬." 도너번이 뜻밖에 말했다. 그의 목소리는 시무룩했으며 숱하고 검은 눈썹이 눈 위로 잔뜩 몰려 있었다. 찡그리고 있었던 것이다.

앤드루가 차를 세우자 마사는 내렸다. 스텔라가 차 밖으로 타이르듯 몸을 내밀며 말했다. "그럼 일찍 자, 매티. 걱정하지 말고. 넌 잠이 필요하니까. 이젠 다 끝났어. 아무 탈 없이."

마사는 스텔라가 고맙다는 말을 기다리고 있음을 깨달았다. 그러나 그 말은 목에 걸려 나오지 않았다. "안녕."이 그녀가 내뱉을 수 있는 전부였다. 그나마 그녀의 말소리는 냉랭하고 책망하듯이 들렸다. 그녀는 비겁했던 자신을 책망하고 있었던 것이다.

스텔라는 몸을 차 밖으로 더 내밀며 명랑하게 마사더러 자기네 아파트를 제 집처럼 생각하라며 다음 날 꼭 오라고 했다.

마사는 굳은 미소를 띠며 고개를 끄덕이고 집으로 갔다.

방에 돌아간 그녀는 자신이 너무나 창피스러워서 도저히 견딜 수 없었다. 그녀는 당장 아돌프의 방으로 달려가 미안하다고 하고 이 일은 자기와 상관없다는 것, 일이 이렇게 될 줄 몰랐다는 것을 말해야 한다고 혼자 펄펄 뛰었다. 그러나 마음

저 뒤에서는 이 일이 끝나 버린 것에 대한 깊은 감사의 정이 있었다. 다시 그를 볼 필요가 없는 게 다행임은 의심의 여지가 없었다. 그래서 잠시 후에 그녀는 그에게 편지를 쓰고 사과하리라는 생각으로 자기 양심을 달랬다. 지금 말고…… 내일, 나중에, 편지가 이미 그를 되돌아오게 할 힘을 갖지 못할 때에 쓰리라.

4부

그러나 그의 심층부에서 무엇인가가 외쳤다.
위대한 비극이여, 시작하라.
꼬리를 끄는 자비 속에서 아픔이여 덮치라.
슬픔이여, 나의 가슴 위로 쏟아져 내리라.
— 에드윈 뮤어

1

마사는 방에 혼자 있었다. 그녀는 노출된 느낌이 들어 남들을 견디지 못했다. 차라리 병이 나서 이삼 주일 사무실에 안 나갈 수 있었으면 했다. 얼마 안 있어 그녀는 병과 비슷한 막연하고도 나른한 아픔을 느꼈다. 어머니가 "몸조심하는 데 도움이 되도록" 보내 준 체온계가 있었다. 그녀는 열을 재 보았다. 정상보다 약간 높았다. 그녀는 열이 아침결엔 낮았다가도 오후면 올라갈 것으로 짐작하고 건 부인을 시켜 사무실에 전화를 걸어 몸이 불편하다고 했다.

오후에 그녀는 입에 체온계를 물고 문 옆에 서 있는 자신을 외부의 눈으로 보듯 하면서 동시에 침댓가에 약병을 수백 개씩 쌓아 올렸던 아버지를 상기했다……. 그녀의 마음속에선 언제나 근심에 싸여 내성적인 남자의 모습을 한 아버지가 울적하게 창가에 서 있으면서도 아무것도 보지 못한 채 한쪽 손목을 다른 손의 손가락 사이에 놓고 맥박을 재고 있었다. 그런 생각은 그녀를 겁나게 했다. 그녀는 체온계를 갑자기 뽑아 내고 망설이며 생각했다. '이걸 버려야지.' 그녀는 은빛 수은주를 보았다. 우선 보아 두기나 하자 해서였다. 다음 순간 체온계가 손에서 미끄러져 깨졌다. 그것이 떨어지기 전에 그녀는 37.8도를 가리키고 있음을 보았다. 좋다. 그녀는 열이 있으니까 떳떳했다. 침착하게 유리를 쓸어 내며 자신을 위로하듯이 다시는 체온계를 사지 않을 것이고 건강 때문에 법석을 떨지도 않을 거라고 다짐했다. 몸이 약간 불편하고 드러누울 수 있다는 것은 하나의 구원이었다.

그러나 그녀는 드러눕지 않았다. 대신 실내복을 입고 책들을 정리하며 며칠 동안 세상에서 물러앉을 준비를 했다.

며칠 동안만. 나중에 자기 인생의 그 시기를 돌이켜 볼 때 그녀가 느낀 것은 그때 실현했던 자신에 대한 동경 어린 선망이었다. 그녀는 자기가 잃어버린 능력, 시간을 최선으로 이용하는 능력을 아쉬워했다. 마치 시간이 사람이 채울 수도 있고 안 채울 수도 있는 일종의 유리 계량기처럼 생각되었다.

그녀는 몇 주일 전에 농장을 떠나왔다. 하지만 그렇게 말한다는 것은 무의미했다. 그 몇 주일이 무한한 듯이 느껴졌고 그런 식으로 시간(시간은 몇 초, 몇 시간, 며칠로 되어 있었다.)을 생각할 수는 없는 노릇이었다. 마치 그녀가 도시로 온 지 몇 년은 된 것 같았다. 아니, 그건 또 다른 시계에 의한 분류법이었다. 동화 속 왕자님의 키스처럼 속박으로부터 그녀를 해방시켜 준 조스의 중요한 편지를 받은 이래 그녀가 경험한 것은 전에 농장에서 지냈던 느리고 구획 지어진 세월과 전혀 달랐다.

그녀는 인생이 정확히 한계를 갖는 엄격한 자[尺] 같았던 농장의 시간을 상기했다. 사계절을 경계로 삼을 때 허튼수작은 용납되지 않았던 것이다. 때가 일월이니 농장에서는 우기 중간이겠다고 그녀는 혼자 생각했다. 우기 뒤엔 건기가 왔다. 그다음엔 다시 우기가 왔다. 그러나 돌이켜 생각해 볼 때 그것도 그리 단순하진 않았다. 초원의 화재기(火災期)라는 것은 어떻게 하고? 그것은 그 나름으로 하나의 기후를 형성했다. 지평선이 연기 속에 내려앉고 하늘 중간이 노랗게 불투명해지며 초원 일대가 새까만 황무지가 되는 것이었다. 그것은 1년 속에 삽입되는 자연스러운 잉여 계절이었다. 또 시월은 어떤가? 그 애매한 달, 긴장의 달, 견디기 어려운 달은? 그 달은 건기도 아니요, 우기도 아니었다. 지루하게 질질 끄는 순간마다 곧 쏟아져 내릴 듯한 구름이 쌓인 하늘을 바라보고 필연적으로 다가올 비를 생각하며 지내는 달을 어찌 건기라 할 수 있겠는가? 시월은 '건기 아니면 우기'로만 갈라 생각할 수 있는 기후에 변화를 주기 위해 주어진, 이를테면 공짜로 얻은 계절이었다. 비는 시월이 아니면 십일월에, 그리고 최악의 경우에는 십이월에 마침내 쏟아진다. '시월'이란 낱말은 해마다 어김없이 오는 무시무시한 긴장의 시기를 확정하는 데 다른 어떤 말보다 나았다. 사람들이 '시월'이라는 이름을 붙인, 준비와 고통스러운 기다림의 시기 없이 비가 쏟아질 수는 없었다. 그리고 '시월'이란 말은 마사에게(그녀의 생일은 그 달에 있었다.) 딴 세상의 그윽한 초원의 빛 같은 것을 가지고 있었다. 그것은 보기엔 사실적이나 실은 문학에서 오는 환상의 반짝임이었다. 해외 같으면 시월은 추위에 불타는 단풍의 마지막 불꽃에 이어 난로에 불을 지피는 점화의 의식이 뒤따르며 한 해가 마무리되는 달이기도 했다. 아니, 한 가지만을 의미하는 말들에 의지해 안전히 정박한다는 것, 이름들을 등대처럼 이용한다는 것은 쉽지 않았다. 이 말이라는 바위들은 위태롭게 물 위에 뜬 것처럼 이리저리 움직이기 때문이다.

그러나 지금은 일월이었다. 크리스마스는 지났다. 마사는 상당히 더러워진 레이스 커튼 뒤로 문간에 서서 길을 바라보았다. 날씨는 덥고 눅눅했다. 정원의 물웅덩이들은 마를 겨를이 없었다. 땅속에 스며들 겨를도 공중에 증발할 겨를도 없었다. 하늘은 물기로 젖어 있었다. 하루에도 몇 차례씩 구름은 절제 없이 도시 위를 휩싸 모든 것이 갑자기 억수로 쏟아지는 회색 비 때문에 몇 분 동안 진해졌다가 다시 태양이 노출되면 아스팔트는 젖은 열기를 뿜어내고 공원의 나무들은 피어오르는 증기의 물결 속에 몸을 떨었다. 일월, 도시의 일월이었다.

농장에서는 모든 것이 선명하고 진한 초록이었으며 대지는 윤기 나는 빨간색이었다. 제이컵의 고장에서부터 옥스퍼드 농장에 이르는 하늘은, 저 멀리 덤프리스 언덕으로부터 가없는 북녘에 걸쳐서 깊숙한 연하늘색의 방대한 강당 같았다. 구름은 주야로 선회, 전개, 전진하면서 우박을 뿌리고 비를 쏟고 마구 흔들리며 굴러가서는 천둥의 관현악을 울리는가 하면 번개는 먹구름 주변에서 춤추다가 산마루에서 파르르 떨기도 했다. 농장에서, 집들이 서 있는 언덕의 숲은 너무나 질고 습해서 그 사이로 걸어간다는 것은 빨간 진흙에 발목까지 빠지고 발걸음마다 비에 젖은 가지를 튕겨 영롱한 물바가지를 뒤집어씀을 의미했다. 농장에서는 가축들이 짧고 무성한 풀을 조마조마하게 서둘러 뜯어 먹었다. 풀이 잠깐 사이에 질긴 철사처럼 되어 버리는 것을 가축들은 잘 알고 있었기 때문이다. 이때는 불타는 듯한 건기의 긴 가뭄을 기억해 내려야 낼 수 없는 계절이었다. 초원은 사람들이 언덕 위 바위 등에서 줍는 시꺼멓고 바삭거리는 나뭇가지 같았다. 그것들은 보기에는 죽어서 썩어 가는 것 같지만 물에 일단 꽂아 놓으면 한 시간 뒤에는 죽은 가지에서 싱싱하고 또렷한 잎이 돋아났다. 일월이면 가뭄에 시달리고 불에 그슬린 초원도 밀림만큼 풍요하고 김이 무럭무럭 나면서 후끈거렸다. 나무들의 썩어 가는 몸통 속에서는 장구벌레가 작은 용들처럼 우글거렸다. 이 정력적인 생물들은 큰 잎의 팬 곳이나 소 발자국이 찍힌 곳이나 질척하게 엉겨 붙어 나지막이 군생하는 풀들 속에도 득실거렸다.

작년 일월, (케이프타운의 여대생일 수도 있는, 도회지의 배경 속에 있는 자신의 모습을 여전히 그려 보던) 마사의 눈은 어떤 나뭇가지에서 천천히 꼼지락거리고 있는 것에 사로잡혔다. 그녀는 이미 젖어 버린 머리 위로 스펀지처럼 그것을 튀기려던 찰나, 잎의 초록 바탕이 딴 모양을 취한 것처럼 길이가 15센티미터도 넘고 몸통이 팔목만 한 두 마리의 새파란 쐐기벌레가 있는 것을 보았다. 그들은 연초록이면서도 징그럽게 강렬한 초록이며 살처럼 매끈거렸다. 비단결 같은 표면은 이 맥박 치는 달의 맹렬함이 그 속에서 너무나 급속히 팽창하기 때문에(마사는 그 야들야들하고 팽팽한 표피 속에서 너울거리는 거의 액체와 같은 물질이 보이는 것 같았다.) 그들이 관례대로 막대기같이 메마른 껍질로 변해 나비나 나방이 되기도 전에 그 팽창하는 힘으로 탁 터질 것만 같았다. 그것들은 징그럽고 끔찍했다. 마사는 이 살찌고 반들거리는 것들이 가벼운 양치류 비슷한 잎 위에서 맹목적으로 소리 없이 꿈틀거리는 것을 보고 메스꺼워졌다. 초록색 피부에 여드름처럼 살짝 돋아난 두 개의 조그만 뿔로만 그것들의 머리를 분간할 수 있었다. 그것들은 징그러웠으나 그녀는 기분이 흐뭇하여 노래를 부르며 집으로 갔다.

"남들은 내가 집 생각이 난다고 상상하겠지!" 그녀가 혼자 냉담하게 말했다. 그녀가 농장에 돌아간다는 것은 최후에 할 일이었기 때문이다. 그렇지만 당장 도시와 직면할 수도 없을 것 같았다. 그녀는 지금 관례상 말라리아라고 할 수 있는 수상한 병으로 방에 갇혀 있었기 때문이다. '어때? 어려서도 말라리아를 앓았는걸.' 누구나 '병균이 일단 피 속에 들어가면……'이라는 것쯤은 알고 있었다. 우리가 일사병의 '기미'라고 하듯이 그녀는 말라리아의 '기미'가 있었다. 그러나 집 생각은 나지 않았다. 만사가 만족스러웠다. 그녀는 아돌프와의 경험은 그것대로 정당화할 수 있는 것이라고 자신에게 말했다. 1920년대 젊은 세대의 명예 회원이 되려면 딴 것은 모르되 적어도 경험을 가질 권리가 있다는 것쯤은 알아야 했다. 그녀가 아돌프와의 연애를 부끄러워하지 않은 것은 사실이었다. 부끄러운 것은, 혼자서 방에 있을 때 얼굴이 달아오르면서 알 수 없는 혐오와 외침을 터뜨릴 정도로 부끄러운 것은 스텔라와의 싸움이었다. 그녀는 절대 무슨 일이 있어도 다시는 매튜스네 아파트 근처에 가지 않으리라 혼자 다짐했다.

들어앉은 지 사흘 만에 그녀는 스텔라와 앤드루에게서 큼직하고 비싼 꽃다발과 사무실에 전화를 걸었더니 그녀가 아프다고 하더라는 사연의 명랑한 쪽지를 받았다. 마사는 이런 친절에 마음이 훈훈해졌으나 혈관을 통해 퍼지는 감사의 흥분이 느껴지자마자 그 전처럼 성내며 자신에게 말했다. "당치 않은 소리, 친절이 뭔데? 그녀는 그냥 쉽게 가려는 거야……."

그녀는 그래서는 안 될 줄 뻔히 알면서도 익살을 섞은 조그만 쪽지를 재스퍼 코언 씨에게 보냈다. 쪽지는 특혜를 청하는 것이었다. 그 이상 집에 있으려면 의사의 진단서가 필요했기 때문이다.

그러고 나서 그녀는 도시에 풀려난 젊은 여자가 하는 발견과는 엇갈리는 또 하나의 발견의 여정을 다시 계속했다. 책으로 되돌아간 것이다. 그녀는 천천히, 이렇다 할 이유도 없이, 한 작가가 어떤 다른 작가에 대해 언급했다거나 어떤 이름이 출판사의 춘계 간행물 목록에 올라 있었다거나 하는 정도의 분류법에 의해 이 책 저 책을 읽어 나갔다. 그녀는 커다란 나무의 가지를 타고 좀 더 어두운 다른 가지로 옮겨 가는 새 같았다. 그러나 나무는 줄기가 없는 듯 안개 속으로부터 솟아 있었다. 그녀는 마치 이것이 그녀가 발견한 하나의 과정이기 때문에 안내자는 있을 수 없다는 듯이 책을 읽었다. 새 책을 집어 들 때마다 그녀는 마치 책이 하나의 독립된 자급자족의 세계인 것처럼 작가의 이름을 가지고 판단했다. 그리고 읽어 나가면서 이것이 나와 무슨 관계가 있는가 자문했다. 대개의 책을 그녀는 타박했다. 받아들인 것이 있다면 본능적으로 받아들인 것이고 그녀의 마음속의 소리굽쇠나 지침과 맞아떨어지기 때문이었다. 판단의 기준은 초원에서 외로운 소녀 시절의 선물이던 경험이었다.(이것은 강도를 달리하는 여러 가지 경험의 혼합이었으나 그녀는 그것을 하나로 생각했다.) 고통스러우면서도 황홀한 무엇, 중심적이고 고정적이면서도 끊임없이 흐르고 있는 무엇에 대한 인식이 기준이 되었다. 그것은 따로 떨어진 것들이 서로 작용하여 좀 더 큰 하나가 되는 움직임에 대한 느낌이었다. 이것이 그녀의 마음을 끄는 것이었으며 그녀의 양심이기까지 했다. 그래서 이 책 또는 저 작가를 이건 사실이 아니다 하고 제쳐 놓을 때는 무지한 자의 확신만큼 단순하고도 완벽한 확신을 가지고 제쳐 놓는 것이었다. 그리하여 수많은 전 세대들을 살찌게 하고 받쳐 준(그녀가 알기로는 그랬다.) 작가들이나 철학가들도 그녀가 종교를 버렸을 때와 다름없이 쉽게 이건 안 되겠어, 내겐 안 맞아 하는 식으로 버림받았다.

그러는 동안에도 그녀는 계속 여기서 한 조각, 저기서 한 문장을 따오는 과정을 밟아 자기 마음속에서 그것들을 구축했다. 그것은 이제 시, 산문, 사실, 환상의 단편적인 조각들로 된 놀라운 구조물을 이루게 되었다. 그래서 무심코 쇼펜하우어나 니체를 읽었다고 할 적에 그녀가 뜻하는 것은 만들어 낸 불행의 확신이 깊어졌다는 것이다. 독서라는 것이 저자가 전달하고자 하는 바를 받아들이는 걸 의미한다면 그녀는 사실상 어느 쪽도, 아니 어느 저자의 책도 읽지 않은 셈이었다.

이 '며칠 동안'은 그녀의 일생에서 반복된 기간의 하나였고 그동안 그녀는 굶은 사람처럼 탐독하여 가장 짧은 시간에 참으로 놀라운 양의 대리 경험을 쌓아 올렸다. 일요일 저녁에 그녀는 쌓인 정력에 들떠 그 상태에서 빠져나왔다. 내일부터는 일하러 나가야 한다는 것을 깨달은 것이다. 강습소로 돌아가 공부하고 모든 결심을 실행에 옮겨 금년 말까지는 의젓이 사회생활에 발을 내딛어 자기가 가는 방향도 알아야 했다.

이 독서의 시기에 그녀가 얻은 두 작가는 휘트먼과 소로였다. 그녀는 어떤 사람들이 성경을 읽듯이 그들을 수년 동안이나 읽어 왔다. 자신이 보기에 잠과 죽음과 마음의 시인들에게 그녀는 매달렸다. 그러면서도 농장을 떠난 지 시간상 몇 주일밖에 안 되고 공간상 거의 떨어져 있다고도 하기 어려운(이 조그만 도시는 땅의 표면에 살짝 긁어 만든 것 같아서 눈을 들어 큰길의 저 끝만 바라보아도 초원이 보이고 잡초가 보돗가에 힘차게 자라나고 있었다.) 그녀에게 한참 동안은 어째서 이 시인들의 시를 마치 하나의 망명의 간증인 듯 읽는 것일까 하는 물음은 떠오르지 않았다.

사무실에 돌아가 보니 재스퍼 코언 씨는 그녀가 쉬는 동안에 갑자기 떠나가고 없었다. 그의 아들이 스페인에서 전사한 것이다. 그는 마드리드 근처에서 1년도 더 전에 총을 맞았다. 그것을 그의 친구가 영국에 살아 돌아오면서 그 아버지에게 알리기 위해 편지로 썼던 것이다.

사무실에서는 한 영웅의 죽음보다 새 제도에 더 관심을 보였다. 새로 책임을 맡은 맥스 코언 씨가 세 아가씨를 해고했기 때문이다. 그중 하나가 메이지였다. 맥스 코언 씨와 젊은 로빈슨 씨는 자기네가 얼마나 재스퍼 코언 씨의 정책에 찬동하지 않았는지 과시했다. 마사는 면접을 받으며 형식적인 건강(그녀는 무척 건강해 보였다.)의 안부 끝에 "우리"는 그녀가 강습소에 꾸준히 나가고 있는 것이 대견하다는 것, 왜냐하면 사무실은 이제 무자격 여사무원을 둘 수 없기 때문이라는 얘기를 들었다.

메이지는 해고 선고를 받고 소리 없이 어떤 보험회사에 벌써 직장을 구해 놓았다. 그녀는 크리스마스가 거의 자기를 죽이다시피 했기 때문에 나흘 동안 무단결근을 하고 사흘 동안 계속 잠만 잤다고 마사에게 이야기했다. 그녀는 꿈꾸는 표정으로 손톱을 갈고 매니큐어 칠을 하며 로빈슨 씨와 맥스 코언 씨 쪽으로 그 이상 상냥하고 착할 수 없는 미소를 보냈다. 그들은 그녀가 해고당한 것을 창피하게 여기는 눈치가 아니어서 더욱 기분 나빴다. 다른 두 아가씨도 이미 상처받은 자존심의 일시적 기분에서 나가 버리고 다른 곳에 고용되어 있었다.

"재스퍼 코언 씨가 돌아오면 두고 보라지. 그이들이 혼날 테니. 그게 노예 감독이지 뭐야." 메이지가 침착하게 말했다. 그러나 재스퍼 코언 씨는 몇 달 동안 돌아올 것 같지 않았다. 아들의 죽음에서 오는 충격 때문만이 아니었다. 소문에 따르면 그의 부인도 그와 이혼할 것이라고 했다. 부인은 에이브러햄이 죽은 것을 모두 남편 책임으로 생각했고 사무실의 사람들도 그녀에게 동의하는 눈치였다.

버스 부인은 애도 섞인 만족감을 맛보며 빨갱이와 섞이면 으레 그렇게 되는 법이라고 말했다. 그녀는 코언 씨가 에이브러햄이 그런 무리와 섞이게 용납한 것을 이해할 수 없다는 것이었다. 마사는 처음으로 사무실에서 정치적인 토론을 했다. 그녀는 반역자는 공화당원이 아니라 프랑코라고 지적하며 열을 올렸다. 《뉴스테이츠먼》에서 얻은 사실들로 그녀는 든든히 무장하고 있었다. 또 자기가 옳다는 확신 때문에 그녀의 무장은 더욱 단단했다. 하지만 변할 줄 모르는 만족감에 빠진 무지의 속 빈 시선을 대할 때 옳은들 무슨 소용이랴? 마사는 원래 이런 입씨름에 익숙지 않아서 버스 부인의 착 가라앉은 말에 놀랐다. "그야 뭐, 누구든 자기 생각을 가질 권리가 있는 거지." 마사는 그것이 생각의 문제가 아니라 사실의 문제라고 말했다. 버스 부인은 신랄하게 어쨌든 공산주의자들이 어떤 사람들인지는 누구나 다 안다고 말했다. 마사는 스페인 정부는 공산주의가 아니라 자유주의라고 말했다. 버스 부인은 잠시 멍하고 있다가 내 말이 바로 그 말이다, 정부가 자유주의인데 무엇 때문에 에이브러햄이 가서 그 정부와 싸워야 했느냐고 말했다. 그 바람에 마사도 혼란이 일어났다. 다음 순간 그녀는 이해력을 회복하며 버스 부인이 잘못 생각했다, 프랑코는 선출되지 않았다…… 하고 말했다. 버스 부인은 미심쩍게 상을 찡그리며 타자기 키에 손을 얹고 빨갛고 조그만 얼굴에 고집스러운 표정을 띤 채 그녀의 말을 들었다. 그녀는 고개를 한 번 뒤로 젖히면서 나는 나대로의 생각을 가질 권리가 있다며 아무튼 정치는 지겹다는 말을 덧붙이고 마사의 입을 막기 위해 타자를 드르륵거리기 시작했다. 마사는 버스 부인의 말이 앞뒤가 안 맞을 뿐 아니라 부인이 그것을 아무렇지도 않게 여기는 것에 화가 치밀었다.

일이 파한 뒤, 그녀는 강습소로 걸어갔다. 화는 여전히 풀리지 않았고 외아들이 죽은 데다 부인마저 그를 버리려고 하는 그 친절한 코언 씨 때문에 가슴이 아팠다. 그녀는 어디서 돈을 꾸어 가지고 케이프타운으로 가기로 마음먹었다. '조스와 이야기를 나눌 수만 있다면 그는 내게 어떻게 해야 할 것인가 금방 가르쳐 줄 수 있을 거야!' 마침내 그녀는 속기를 받아쓸 태세를 갖추고 스카이 씨가 면화 찌끼의 가격에 대해 긴 문장을 불러 줄 동안 집중해 보려고 애썼다. 그러나 일찌감치 그런 노력을 포기하고 강습소에서 나와 보니 도너번이 차를 타고 기다리고 있었다. 그는 무도회가 있으니까 스포츠 클럽으로 그녀를 데리고 가겠다고 친절하게 말했다. 마사는 춤출 기분이 안 난다며 그가 이것을 따돌리는 소리로 알아들어 주기를 은근히 바랐다. 그러나 천만에, 그는 오히려 안심했다는 눈치로 그렇다면 가서 남들 춤추는 것을 구경하자, 춤은 과대평가받은 오락이라 구경하는 것이 훨씬 낫다고 말했다. 마사는 자기가 우선 잠정적으로 용서받았음을 알았다. 그러나 그녀는 뉘우칠 기분이 아니었다.

저물어 가는 거리를 누비고 가며 그가 무심을 가장한 소리로 물었다. "그래 이제 너는 생의 신비를 다 알게 됐지, 이 못된 것아. 그러니 만족스럽겠구나."

마사는 그가 그 연애 사건에 대해 상세히 이야기하기를 바라는 것을 느꼈다. 그녀는 불쾌해서 시무룩한 소리로 스텔라는 창피한 행동을 했고 도너번은 위선자라고 대답했다. 그는 화를 낼 것 같더니 그러지 않기로 작정했는지 힐끔 쳐다본 끝에 웃으면서 너는 스텔라처럼 좋은 친구를 둘 자격이 없다고 말했다. 마사는 여기에 강력한 이의를 나타내는 침묵을 지키며 차창 밖을 내다보았다. 그녀는 스포츠 클럽으로 가는 데 동의하지 말 걸 그랬다고 생각했다. 그러나 거절한다는 것도 어딘가 유치한 일이었다.

그들은 서로 한마디도 하지 않은 채 클럽에 도착했다. 큰 방은 춤을 위해 치워져 있었으나 사람들은 모두 맥그레이스에서 저녁을 먹거나 바에 있었다. 도너번이 말했다. "칵테일 안주로 배를 채우는 게 좋겠어. 나중에 배고프면 샌드위치가 나올 테니까." 마사는 아무렇게나 동의했다. 그들은 베란다에서 브랜디를 마시며 울적한 침묵 속에 앉아 있었다.

곧 한 무리의 남자들이 바에서 나와 판에 박힌 감정을 나타내며 마사에게 인사하고 합석했다. 그녀는 자기가 타락은 했을망정 그들의 눈 밖에 나지 않았음을 느꼈다. 이 세계로부터 쫓겨난다는 일은 거의 있을 수 없었다. 그녀가 여기 있다는 것만으로도 충분히 뉘우침의 징조가 될 수 있었으므로 그녀의 구제는 그녀에게 달려 있었다. 그들 이야기에 귀를 기울인 그녀는 그들이 전쟁 이야기를 하고 있는 것에 놀랐다. 그것은 스페인 전쟁도, 중영 전쟁도, 무솔리니의 아비시니아[19] 침공

---

19) 에티오피아의 옛 이름.

도 아니었다. 이런 전쟁들은 이곳에서 존재한 적이 없었다. 그들은 진심으로 상황이 심상찮아 보인다고 말했다. 그들은 굳이 이 상황을 설명하지 않았다. 이 상황이 퀘스트 씨에게 뜻했을 바와 같은 것이었기 때문이다. 즉 머지않아 어떤 방식으로든 그들이 영국의 명예를 지킬 것이 기대되리라는 것이었다. 그들이 이 상황을 설명하기란 어려웠을 것이다. 그들은 신문 이외에는 아무것도 읽지 않았기 때문이고, 신문은 여전히 히틀러를 달래고 있는 한편 '러시아'라는 낱말은 당장에 싸워야 할 적이라기보다는(물론 언젠가는 그렇게 되겠지만) 악과 동의어였기 때문이다.

그러나 곧 그중 하나가 만일 전쟁이 일어나면 흑인과의 문제가 생길 거라고 말했다. 그의 목소리는 그런 일이 생기지 않기를 바라는 격렬하고도 강박적인 어투였다. 그녀는 언쟁을 바라듯이 어째서 원주민과 문제가 생겨야 하는지 모르겠다고 말했다. 청년들은 여자가 그 자리에 있는 것을 잊었기 때문에 무척 놀라며 돌아다보았다. 그들의 목소리는 감상적인 음조로 낮춰지면서 한결같이 만약 문제가 생기면 카피르인들에게 맹세코 본때를 보여 줄 테니까 마사가 걱정할 것은 조금도 없다고 강조했다.

마사는 물론 그녀가 걱정할 것은 하나도 없으나 그들이 걱정할 일은 있을 수도 있다고 냉정하게 말했다. 그러나 이 순간 도너번이 시계를 보며 일어서더니 마사에게 좋은 테이블을 차지하려거든 다 차기 전에 하나 잡는 게 좋을 거라고 말했다.

그녀가 그의 뒤를 따르고 남들도 자리를 잡자 도너번이 말했다. "너 참 기분이 안 좋구나, 매티."

그녀는 그렇다고 하며 에이브러햄 코언의 죽음 이야기를 했다. 왜 그런 이야기를 했던가? 도너번이 동정하기를 기대했던 것일까? 당연히 그는 "빨갱이와 섞이고 싶은 사람은……." 하고 심술궂게 대답했다. 버스 부인 때문에 화낼 기운도 탕진한 마사는 싹싹하게 너야 아는 게 하도 많으니까 더 할 말이 없다고 말했다.

도너번은 비꼬는 눈치를 못 알아차렸기 때문에 여기에 반응을 보이지 않았다. "전에도 말했지. 매티, 네가 나보다 나아질 수는 도저히 없다고. 이제 네가 또 어떤 매혹적인 유대인 남자한테 빠지지만 않는다면 우린 잘해 나갈 수 있을 거야."

이 말에 놀라 마사는 잠자코 있었다. 그가 전처럼 함께 지내자고 제안하고 있는 줄 그때까지 미처 몰랐던 것이다. 그녀는 기분이 으쓱해지는 한편 그를 경멸했다. 그래서 대답하지 않았다. 그들은 열려 있는 문틈으로 무도실을 들여다볼 수 있는 베란다의 어스름 속에 있었다. 그녀는 아는 사람들에게 인사를 받았으나 그것은 그녀가 아직도 심판받고 있음을 상기시키는 감시하는 듯한 무언의 인사였다. 늑대들이 여러 명 와서 그녀를 탐내다가 돌아갔으나 그들의 태도는 전과 같지 않았다. 그것은 기계적인 경의의 표현일 뿐이었다. 이미 그녀는 특별한 존재가 아니며 수년 동안 클럽에 드나들던 다른 여자들과 같은 취급을 받았다. 그녀는 밝은 꽃무늬 야회복을 입은 마니 밴렌즈버그가 베란다로 들어오자 이것을 완전히 깨달을 수 있었다. 그녀의 선반처럼 나온 젖가슴과 불뚝한 엉덩이는 반쯤 채운 곡식 자루가 헐겁게 부푼 꼴로 옷 속에 묻혀 있었다. 마니는 신음 소리와 휘파람의 합창에 대해서 선량하고 수줍은 미소를 지었다. 그녀는 새 아가씨요, 신입생이요, 마사의 자리를 차지한 여자였다. 이것은 그녀의 생김새나 인품과 아무 상관 없었다. 마사는 자기가 한때 그런 식의 아첨에 조금이라도 영향받은 것에 대한 수치심과 마니 밴렌즈버그 같은 아이에게 자리를 빼앗긴 노여움이 뒤섞인 감정으로 이 광경을 지켜보았다.

이런 느낌은 곧 죄책감과 더불어 사라지고 말았다. 마니가 마사만큼 스포츠 클럽의 분위기에 적응하기 어려움을 나타내는 어쩔 줄 모르는 낄낄 웃음을 지으며 그녀에게 와서 급히 말했기 때문이다. "매티, 너 여기 있었구나, 응? 남들이 네가 이따금 여기 온다고 하던데 지금까지 한 번도 못 봤네."

마사는 마니가 도시로 나와 반갑다며 재미 많이 보기를 바란다고 말했다. 퀘스트 부인은 편지로 밴렌즈버그 부부는 딸이 갑자기 의논도 없이 도시에 취직해 간 것을 노여워하며 이게 모두 마사의 나쁜 본을 따른 탓이라고 한다고 했다. 그래서 마사는 늙은 세대에 대항하여 공동전선을 펼 각오였다.

그러나 마니는 무심하게 자기는 재미를 많이 보고 있다며 이렇게 덧붙였다. "소식 들었어? 나 약혼했어."

"어머, 잘됐구나." 마사가 말하다가 얼른 덧붙였다. "기쁘다." 마니가 그녀의 열성 부족에 실망한 것을 보자 마사는 겨우 "누구랑?" 하고 물었다. 그녀는 저도 모르게 클럽을 둘러보며 마니에게 이끌릴 만한 남자를 집어내려고 했다.

"아니야, 매티. 난 고향 남자랑 결혼할 거야. 다음 주 교회에서 결혼할 거야."

마사는 그녀를 도너번에게 소개했다. 그는 공손했으나 냉담했다. 그래서 그녀는 도너번에게 등을 돌린 채 마니를 억지로 의자에 눌러앉히고 농장 이야기를 시작했다. 두 소녀는 한참 동안 "생각나……?" 하는 이야기를 하는 품이 마치 농장을 나온 지가 몇 주일이 아니라 몇 년은 되는 것 같았다. 그러나 그들이 실제로 하고 있는 얘기는 어린 시절 대화의 연속이었다. 마니는 자랑스럽게 자기가 남자를 얻었다고 말했으나 이런 성취가 마사의 예의 바른 무관심 밑에서 빛을 잃어 감을 보았다. 그러나 그들은 서로가 좋았다. 잡담을 할 동안 그들의 눈은 어떤 아쉬움을 나타냈다. 무엇에 대한 아쉬움일까? 그들이 친구가 못 되었던 일? 마니가 마침내 낄낄거리며 빌리가 안부를 전하더라며 이젠 자기 테이블로 돌아가야겠다고 서둘러 말했다. 그들은 충동적으로 손을 꼭 잡았다가 이 접촉이 무언가 잘못된 듯이 다시 놓았다. 마니는 늑대들의 주목에 응답하는 수줍음에 새빨개지면서 무도실을 건너갔다.

"이야기 들었어, 매티? 두 주일 전만 해도 앤디와 패트릭이 오직 마니에 대한 사랑 때문에 마룻바닥을 굴러다니면서 서로 물어뜯었다고." 도너번이 얕보듯 말했다.

"뭐?" 마사는 마니의 품위 없는 육체를 생각하며 저도 모르게 말했다.

"그래, 사실이야. 소문이 자자했어. 너희 아가씨들이 처음 도시로 나올 적에 일으키는 소동을 보라고. 그런데 넌 지금 지난 호(號)야. 그러니 젊은이에게 길을 비켜 줘야지."

마사는 웃을 수밖에 없었다. 그래서 잠시 동안 그들은 서로 가 좋아졌다. 그러나 그것도 오래가진 않았다.

12시에 악단이 멈추었다. 오늘은 특별 무도회가 아니었기 때문이다. 아돌프는 바이올린을 들고 반 시간 동안이나 연주 했다. 조그맣게 빛나는 미소가 증오처럼 그의 입술에 얼어붙 어 있는 한편 그의 눈은 춤추는 사람들 사이를 누비며 살폈 다. 그의 시선이 마사 쪽으로 왔을 때 그녀는 못 본 척했다. 그 녀는 죄책감을 느끼며 다음 날 사과의 편지를 쓰리라 생각했 다. 그가 마지막으로 고개를 가로젓고 무대에서 내려가자 음 악이 끊겼다. 사람들과 클럽의 잭으로 갈 생각이던 마사와 도 너번은 무도실에서 무리가 큰 원을 그리며 몰려드는 것을 보 았다.

"가자, 매티. 뭔지 보자." 도너번이 서둘러 말했다.

그들은 큰 원으로 뚫고 들어갔다. 모든 사람이 웃으면서 페 리가 자신의 십팔번(노래하는 미국 흑인 흉내)을 연출하는 것을 보고 있었다. 그는 가상의 밴조를 드르륵 켜면서 눈알을 굴 려 올리며 무릎을 획획 밖으로 꺾었다. 그것은 우습기는 했으 나 전에도 여러 번 했던 일이라 그것만으로는 충분치 않았다. 그래서 얼마 뒤 페리는 높게 떨리는 외침 소리를 내질렀다. 즉 시 사람들은 알아차렸다. 그는 이미 미국의 흑인이 아니라 아 프리카인이었던 것이다. 그러나 이것을 연출하기 위해서는 혼 자서는 안 되고 무리가 있어야 했고 대서양 저편에서 온 밴조 나 우울하고 서글픈 울부짖음 같은 것은 어울리지 않았다. 그래서 곧 한 무리의 늑대들이 페리의 선도에 따라 무릎을 꺾은 채 발을 구르며 구부린 팔을 쳐들고 원주민의 전쟁 춤을 흉내 냈다. "저놈을 잡아라, 줄루의 용사여. 저놈을 잡아라, 줄루의 추장이여……." 그들은 으르렁대며 노래했고 넓은 원을 그린 사람들은 구르는 발소리에 맞추어 손뼉을 쳤다.

흑인 급사들은 이 백인들의 원 밖에서 문이나 벽에 기대어 구경하고 있었으나 그들의 얼굴은 완전히 무표정했다. 얼마 안 가 이 새로운 오락도 시들해지고 노래와 발 구르는 소리는 사라지고 말았다. 지칠 줄 모르는 페리는 생각하듯 이맛살을 잡고 박자를 맞추어 가며 팔꿈치를 조금씩 바깥쪽으로 움직이고 번갈아 발꿈치를 뒤로 쳐들며 숨죽인 소리로 흥얼거렸다. "저놈을 잡아라. 부말라카,[20] 부말라카……." 그가 멈추더니 한 급사에게 소리쳤다. "어이, 실링!"

이렇게 지명받은 급사는 약간 허리를 펴고 도망치려는 듯 어깨 뒤를 찡그린 얼굴로 힐끔 보더니 마지못해 페리 쪽으로 걸어왔다.

"자, 춰. 어서, 추라고." 페리가 말했다.

급사는 망설였다. 그는 성가신 듯이 미소 짓고 있었다. 다음 순간 그는 고개를 가로저으며 사람 좋게 말했다. "안 돼요, 나리. 바에서 일해야죠."

"춰라, 춰라." 모든 사람이 다가서면서 독촉했다. 모두 기분 좋게 설득하는 투였다. 사람들은 원을 좁혔고 페리와 흑인은

---

20) 일반적인 밴조 연주 리듬 중 하나를 나타내는 의성어.

그 안에 서 있었다. 그들은 여섯 겹으로 둘러싸 서로의 어깨 너머로 기웃거렸다.

"전쟁 춤, 전쟁 춤을 춰, 어서." 페리가 으르렁대며 웅크리고 앉은 채 팔꿈치를 내밀며 돌아다녔다. 그의 말투는 아버지처럼 달래며 부추기는 투였다. 그는 일어나 급사의 한 팔을 잡아 빈 공간 한가운데로 끌어들이고 자기는 손뼉을 치며 뒤로 물러섰다.

"안 됩니다, 나리." 급사가 다시 말했다. 이제 그는 기분이 상했고 그것을 드러낼 생각이었다.

"어서 하라니까. 내가 화낼 거야, 경고해 두지만." 페리가 말했다.

그래서 급사는 마지못해 아무렇게나 팔을 움직이고 신명도 안 나게 발을 구르기 시작하여 몇 번 으르렁거리는 소리를 냈다. 이번에는 페리가 기분이 상해서 소리쳤다. "빨리해. 빌어먹을, 바보짓 말고." 그는 큼직한 몸집을 움직여 기본자세를 취하더니 집중적이고 감정적이고 몰아적인 춤 흉내를 연출하기 시작했다. 급사는 그동안 잠자코 보고만 있었다. 페리가 몸을 바로 하고 기다리자 그도 같은 동작을 해 보였다. 그것은 페리를 흉내 내는 것이 아니라 비웃는 몸짓이었다. 그는 되도록 빨리 이 짓을 해치우려는 것이었고 백인들 머리 위로 동료들이 지켜보고 서 있는 쪽에 걱정스러운 시선을 힐끔힐끔 보냈다. 페리가 다시 시범했다. 이번에 급사는 발로만 움직인 채 춤 시늉만 해 보였다. 어떤 여자가 바보 같은 소리로 높게 웃었다.

"어서 해, 빌어먹을." 페리가 인상을 쓰며 말했다. 그가 도대

체 알 수 없다는 듯이 급사를 노려보았으나 그는 페리의 시
선을 피하고 있었다. 그 순간 핏기가 페리의 얼굴로 치솟았다.
그가 중얼거렸다. "빌어먹을 검둥이 같으니……." 그는 완전히
울화통을 터뜨렸다.

급사는 경멸을 억제하듯 어깨를 으쓱하고는 백인들의 벽을
향해 걸어갔다. 벽이 본능적으로 갈라지며 그에게 길을 터 주
었다. 그는 천천히 걸어 문 가까이 다가서자 갑자기 달음박질
로 사라졌다. 겁을 먹었던 것이다.

"고정해." 한 여자아이가 달래듯 페리의 팔을 당기며 말했
다. "화내지 마. 그럴 가치가 없는 일이야, 얘."

페리는 씩씩거리며 서서 어리둥절하기까지 한 꼴이었다.
"그 녀석보고 춤추라고 했을 뿐인데. 그것뿐이었다고." 그가
이해와 지지를 구하듯 둘러보며 소란스럽게 말했다. 여자들에
게서 위로하는 중얼거림이 일었다. "내가 바란 건 그것뿐이야.
못된 카피르 놈이 그러면 그렇지. 춤을 추라니까 건방을 떨
어." 그는 문 쪽을 바라보았으나 급사는 한 사람도 보이지 않
았다. 모두 사라져 버린 것이다.

백인들은 공연히 심술이 나고 자신들이 불쌍한 느낌이 들
었다. 그들은 무리 지어 빠져나갔다. 마사는 도너번과 걸어갔
으나 그는 한마디도 하지 않았다. 차 있는 데로 가서야 그 특
유의 점잖게 무관심한 소리로 차게 말했다. "넌 그 카피르인을
불쌍하게 생각하겠지."

그 순간 마사는 말이 없었다. 그녀의 마음에 걸린 것은 그
가 그녀의 화를 돋울 의도인 양 말하는 태도였다. 아까의 장

면은 그녀를 무척 화나게 만들었다. 또한 보다 한심한 것은 그녀를 겁먹게도 했다는 것이다. 페리와 그의 친구들의 감상적인 불만이 소름 끼치는 것이었다고 그녀는 막연히 느꼈다. 그들은 정말로 자기들이 괄시받고 오해받는다고 느끼고 있었다. 그것은 광기와 같았다.

"천만에." 그녀가 싸우지 않을 생각으로 말했다. 그러나 이렇게 덧붙일 수밖에 없었다. "나는 우리 자신이 불쌍해, 정떨어져."

"그럴 줄 알았어." 도너번이 차게 말했다.

그들은 한참 동안 다시 입을 열지 않았다. 둘 다 할 말을 생각하고 있었던 것이다.

"넌 그 애보고 '그놈을 잡아라, 줄루의 용사여.' 하고 노래하라는 게 썩 근사한 일이라고 생각했겠지." 마사가 침묵을 지키다 못해 분개하며 말했다. 그리고 "그놈을 잡아라."라는 말의 용기를 가장한 말투를 서툴게 흉내 냈다.

그가 대뜸 말했다. "매티, 너 조심하지 않으면 검둥이 옹호자가 되겠다."

이 말에 그녀는 놀라며 웃었다. 그의 변함없이 섬뜩한 거짓스러운 말투 탓이었다. 이제 그녀는 우월한 위치에서 말을 계속했다. "어머나, 끔찍해라. 내가 그렇게 나쁜, 못된 아이라서. 그렇게 못된, 형편없는 생각을 갖다니 남들이 뭐라고 할까 생각 좀 해 봐!"

이제 그가 펄펄 뛰었다. 그녀가 그의 버릇을 참으로 고약하게 흉내 내면서 점잔 빼며 그 말을 했기 때문이다. 그녀가 그의 허영심을 건드렸기 때문에 이제는 그녀의 의견이나 그의 의견이 문제가 아니었다. 그들은 한두 블록을 말없이 갔다. 그동안 그녀는 벼락이 떨어지기를 기다렸다. 그쪽을 초조하게 돌아보면서 왜 그가 잠자코 있을까 생각했으나 그는 험상궂게 상을 찡그린 채 외면해 버렸다.

그러다가 그가 말했다. "매티, 우린 서로 전혀 맞지 않는 모양이야, 그렇지? 난 네가 말하는 유대인이나 검둥이를 받아들일 만큼 마음이 넓지 못해."

이제는 그녀가 펄쩍 뛰었다. "넌 도대체 무슨 마음이 있다고 으스댈 것도 없어." 이 말은 너무 유치해서 그녀는 할 수만 있다면 취소하고 침착하게 위엄 있는 다른 말로 바꾸고 싶었다. 그러나 이미 때는 늦었다.

차가 멈추기가 무섭게 그녀는 뛰어내려 그를 거들떠보지도 않고 자기 방으로 갔다. 그녀는 자신에게 펄펄 뛰도록 화가 났다. 아아, 상상 속에서 이런 격론을 벌일 때는 우리가 얼마나 참는단 말인가!

"좋아." 그녀는 맹렬한 흥분을 느끼며 마침내 말했다. "끝난 거야. 난 작별한 거야."

그 말은 스포츠 클럽을 비롯하여 그것과 관련 있는 모든 것과 작별이라는 뜻이었다.

2

마사는 또다시 며칠 동안 혼자였다. 그녀는 자신의 엄청난 당혹을 달래기 위해 아직 이월이라고 자신에게 타일렀다. 너무 불안해서 차마 잠을 잘 수 없었다. 한 시간쯤 살짝 존 뒤에 인생이 자기에게서 도망치는 듯, 자기가 긴급히 해야 할 일이 있는 듯 느끼며 깜짝 놀라 깨곤 했다. 그녀는 사무실 일에 뛰어들었다. 갑자기 일이 지루하지 않고 쉬운 듯이 생각되었다. 그녀는 온 정신을 집중하여 강습소에서 공부하여 스카이 씨의 표창을 받았다. 공부 뒤에 그녀는 누구와도 말하기를 피하며 공원을 질러 자기 방으로 걸어갔다. 가뭄이 계속되었다. 태양이 온종일 줄기차게 내리쬐고 하늘은 강렬한 푸른 빛을 띠고 먼지 냄새가 났다.(농장에서는 정글의 냄새와 젖은 열기가 사라지고 풀이 노랗게 변해 가고 있었다.) 그녀는 책을 읽으려 했으나 읽을 수가 없었다. 어둠이 도시 위로 깔릴 동안 그녀는 문간에 서서 귀를 기울였다. 밤이면 밤마다 공원을 건너 대여섯 블록 저편의 호텔이 있는 거리로부터 음악 소리가 들려왔다. 온 도시가 춤추고 있는 것이었다. 춤곡이 어두운 샘으로부터 벌컥이며 나오는 물처럼 온 도시 위로 흘러 음악이 아닌 소리와 섞여 들었고 그 소리는 큼직한 맥박의 격심한 고동처럼 신경을 울려왔다. 마사는 때 묻은 레이스 커튼 뒤에 조심스럽게 숨어 지나가는 차들을 지켜보며 아무도 멈추지 않기를 바라면서 문간에 서 있었다. 그녀는 향락의 격랑 속에 말려들기가 겁났다. '공부를 해야지…… 하지만 무엇을?' 그러면서 그녀는 파티에서 따돌림받은 외톨이처럼 느껴졌다. 그녀는 무언가 몹시 달콤한 것을 아쉬워하고 있었다.

그 며칠 동안에 그녀는 여러 번 효과도 없는 도피행을 시도했다. 몇 주일 전 칵테일파티에서 그녀는 어떤 큰 상점을 위해 진열장을 장식해 주는 여자를 만났다. 마사는 여느 때와 같이 기회만 주어진다면 못 할 일이 없다는 확신에 붕 떠서 이 젊은 여자를 찾아낸 끝에 시내에서 가장 큰 상점을 소유한 베이커 씨라는 사람에게 면접하러 가서 아직은 아니지만 장래성 있는 진열장 장식가로 자기소개를 했다. 베이커 씨는 실망하기는커녕 찬성하는 듯했다. 그러다가 돈이라는 불쾌한 문제에 접근하여 마사는 자기가 한 달에 5파운드의 금액으로 고용되리라는 것을 알았다. 베이커 씨는 부드럽게 그것은 그의 여직원들이 처음 고용될 때의 급료라고 말했다. 마사는 순진한 척하며 그것으로 어떻게 살 수 있느냐고 물었다. 그 신사는 그의 여직원들은 자기 집에서 살거나 그것이 불가능할 때는 잘 알려진 합숙소에서 살도록 주선해 준다고 대답했다. 마사는 이 합숙소가 자선기금으로 운영되며 베이커 씨는 시 의원이자 퍽 유력한 사람이라는 것을 알고 있었다. 그녀는 그가 그 같은 방법으로 싼 노동력을 구하고 있다는 것에 놀라고 충격을 느낄 만큼 나이가 어렸다. "착한 타입의"(이것은 '중류'라는 거북한 말을 위해 그가 특별히 사용하는 간접 표현이었다.) 젊고 매력적인 아가씨를 바야흐로 월 5파운드에 얻을 수 있다고 생각하던 베이커 씨는 보기에 순하고 고분고분하기만 하던 사람이 갑자기 분노 때문에 말도 제대로 안 나오는 듯 짧고 톡톡

끊어지는 성난 말로 당신은 염치를 알아야 한다고 말하자 놀랐다. 베이커 씨는 당장에 상황을 알아차리며 이런 인물을 잘 만 다루면 쓸모가 있다고 내심 생각했다. 그래서 노동력을 익숙히 다루는 사람의 온화하고 조리 있는 목소리로 그녀를 구슬리기 시작했다. 그는 그녀의 생각은 자랑할 만한 것이지만 잘못되었다고 말했다. 그의 판매원 아가씨들은 만족하고 행복하다는 것이었다. 그것도 몇 년씩 그와 함께 있다는 것이었다. 결국 사람이 사회의 봉사자가 되기 위해서 훈련을 받는다면 그 훈련을 위해 돈을 내야 마땅하다. 예를 들어 마사가 의사가 될 거라면 그 때문에 수천 파운드를 내야 할 터인데 그는 그녀에게 숙련된 일을 배우라고 오히려 돈을(살기에 충분하지 않다는 것은 인정하지만) 내지 않느냐는 것이었다. 물론 퀘스트 양은 그만한 양식이 있으니까……. 마사는 이런 매끄러운 말투에는 대항할 수 없었다. 그녀는 꺾이어 동의하는 대신 고집스러운 침묵에 잠기며 자신의 화를 표현할 적합한 말을 찾으려고 애썼다. 아니, 베이커 씨가 "불운한 아가씨들을 위해" 합숙소를 유지해 나갈 공금을 얻으려고 호소하는 정열적인 연설을 한 것이 바로 지난 주일 아니었던가. 그녀는 말을 할 수가 없어서 문을 쾅 닫으며 갑자기 나와 버렸다. 그리고 곧 자신의 무능에 대한 너무나 익숙한 분노 속에 빠져들었다.

그녀는 두 번째로 《잠베지아 뉴스》를 찾아갔다. 스퍼 씨는 그녀를 보고 반가워했다. 그녀는 몇 년 지기처럼 태연했다. 그러나 언제고 그녀는 감사의 마음으로 그의 서재에서 처음 들었던 말들을 기억할 터였다. "암, 읽어야지. 손에 들어오는 거면 뭐든지 읽어야 해. 처음으로 무얼 읽느냐는 것은 문제가 아니야. 나중에 식별하는 법도 배우게 되니까. 학교야 무슨 소용이 있나, 매티. 학교에선 아무것도 못 배워. 뭣이든 될 생각이라면 자신을 교육해야 해." 그러나 이 말은 어린아이에게 들려준 것이었고 그때의 다정한 존경심은 이제 완전히 사라졌다. 그러나 막연히 은혜를 입었다는 느낌에 마음이 눌렸다.

스퍼 씨는 그녀의 속기가 쓸 만하고 타자는 부정확하지만 빠르니까 물론 여성란 쪽의 일을 맡을 수 있다고 말했다. 그런데 그녀는 분개하여 잘 알아들을 수 없는 말로 자본주의 언론에 대해서 논하고 있었다.(어떻게 그렇게 된 건지는 그녀도 알 수 없었다.) 《잠베지아 뉴스》는 창피해요. 왜 유럽에서 일어나고 있는 사실을 싣지 않는 거지요?" 스퍼 씨는 좀 좋지 않은 기색으로 사실이란 언제나 생각하기 나름이라며 자제하면서 연장자의 푸근한 익살로 마사가 여성란을 맡으면 아무도 부패시키지 않을 거라고 말했다.

"여성란요!" 마사는 화가 나서 말했다.

나중에야 그가 다음처럼 물을 수도 있었다는 생각이 그녀에게 떠올랐다. "우리 신문을 그렇게 철저히 경멸하면서 왜 일자리를 달래러 오누?" 하지만 신문은 한 가지밖에 없었으므로 그녀가 기자가 되려면 그것을 이용할 도리밖에 없었다.

그녀는 집으로 돌아가 기자나 진열장 장식가로서의 자신을 그려 보았다. 또 부자 할머니의 운전사 자리에 지망했다가 어리다는 이유로 거절당하자 그것을 다행으로 여기기도 했다. 그녀는 스카이 씨처럼 영감 있는 속기사가 되리라 마음먹었다. 그리고 어린 세 아이를 데리고 바다 건너 영국으로 갈 어머니를 도와 달라는 광고에 응했다. 이 여자는 미신적인 중산층 여자였으며 마사는 본능적으로 그녀를 혐오했다. 그녀는 마사에게 아이들을 좋아하느냐고 물었다. 마사는 솔직히 좋아하지 않지만 영국으로 가기를 원한다고 말했다. 여자는 웃으면서 일순간의 망설임을 보였으나 남편의 시선이 지나치게 즐기는 눈치로 마사에게 못 박힌 것을 보자 망설임도 없어지고 말았다. 마사는 순진해서 서투른 대답을 했기 때문에 기회를 놓친 것이라고 생각했다. 그래서 속으로 좀 입을 단속하고 똑똑하게 행동해야겠다고 다짐했다.

그러나 그녀는 여전히 로빈슨 씨 사무실에서 일하고 있었다. 사실상 기자도 운전사도 속기사도 아니며 영국 항로에 나선 것도 아니었다.

그런 뒤 며칠 동안 그녀는 작가로서의 자신을 꿈꾸었다. 어디에도 매이지 않은 작가가 되리라. 그녀는 방바닥에 엎드려 시를 쓰고 사회를 독점하는 신문에 대한 글을 쓰고 젊은 아가씨에 대한 단편을 썼다. 이 단편은 「반역」이라고 이름 붙였다. 그녀는 이것들을 《잠베지아 뉴스》와 《뉴스테이츠먼》, 《옵서버》에 보내고 세 편이 모두 받아들여지리라 확신했다.

그녀는 어려서 그림에 재간이 있었던 것을 상기했다. 그래서 당장에 자기 방 문으로부터 공원의 전망을 스케치했다. 사실이지 그것은 전혀 나쁘지 않았다. 그러나 화가가 되는 데에 어려운 점은 기구를 갖추어야 하는 일이었다. 아마 연필과 공책이 이젤과 물감과 화판보다 자리를 덜 차지하고 또 훨씬 값

싸다는 이유만으로 희망에 찬 수많은 젊은 작가 지망생들이 생기는 것이리라.

그러니 마사도 작가가 될 터였다. 그것은 그녀에게 계시 같았다. 남들도 할 수 있다면 그녀라고 못 할 게 뭔가? 사람이 런던, 뉴욕, 요크셔의 마을 혹은 초원의 촌락에 살면서 자기가 전혀 특이하고 남다르다고 상상한다 하더라도(모험을 향한 맥박은 그토록 세차게 뛰는 것이다.) 별수 없이, 어쩔 수 없이 남과 똑같이 행동하게 된다는 것을 그녀가 어찌 알 수 있었겠는가? 아프리카 복판에 틀어박힌 조그만 이 도시에 사는 청년들 중에 적어도 백 명은 시와 논설과 단편으로 가득 찬 서랍을 가지고 있으며 그들도 작가가 되고 영광스러운 자유와 얽매임을 모르는 개성 속에 도피할 수 있으리라 확신하고 있는 줄 어찌 마사가 생각인들 해 보았겠는가. 그것도 로빈슨, 대니얼 앤드 코언의 동업 회사의 책상 뒤에서 평생을 보낼 수도 있다는 가능성을 차마 직시할 수 없어서 그런 줄을.

독점적 언론에 대한 논설은 거의 즉시 《잠베지아 뉴스》에서 되돌아왔다. 거절의 쪽지에 마사는 심히 낙심한 나머지 자유 기고가가 되리라는 생각을 아예 지워 버렸다.

그녀가 도피에 대한 갈망과 무언가 불가결하고도 중요한 일을 하고 싶은 갈망을 갖고 꿈꾸는 동안에도 또 하나의 비밀스러운 맥박이 고동치고 있었다. 그녀는 커튼 뒤에 서서 춤곡의 더딘 박자에 귀를 기울이며 오직 밤새 춤추고 또 추기를 원했다. 스포츠 클럽이 아니라 얼굴도 없고 몸도 없는 무도곡의 절묘한 화신으로 상상 속에서 그려 낸 젊은이 무리와 춤추고 싶었다.

그녀가 도너번과 싸운 지 열흘쯤 후에 페리가 사무실로 전화를 걸어 다음 날 저녁에 시간 있냐고 물었다. 영국에서 크리켓 선수 팀이 왔는데 거기 나가 대접하는 아가씨들 축에 끼지 않겠냐는 것이었다.

마사는 거절했다. 지금 그녀는 자신의 모순에 결정적으로 구역질이 났다. 달콤한 향락의 하룻밤을 당돌하게도 거절하고 있다는 회한과 거기에 대한 동경의 물결을 억누르며 자랑스럽게 수화기를 내려놓을 때 그녀는 이렇게 말했다. 당치 않은 소리. 그리고 자신에게 타일렀다. 그런 일은 향락이 아니라 지겨울 거라고. 그녀의 마음속에서 지울 수 없는 생각은 이제는 자리를 메우기 위해("아가씨들 축에" 끼우기 위해) 남이 허물없이 전화를 걸어 온다는 사실이었다.

그날 저녁 어머니에게서 편지가 왔다. 그녀는 그것을 조심스럽게 집어 들었다. 그녀는 집에서 온 편지는 첫 단락만 읽고 꾸깃꾸깃 뭉쳐 쓰레기통에 던져 버리는 버릇이 있었다.

사랑하는 딸아

오늘 네게서 편지가 왔을까 해서 6페니를 우체국으로 보냈더니 안 와 있더구나. 참으로 억울한 일이다. 일주일이나 너에게서 소식이 없으면 아빠가 너 때문에 얼마나 걱정하시는지 알잖니. 네 걱정 때문에 잠을 못 주무신단다. 게다가 애들을 이런 식으로 심부름 보내기가 어려워졌어. 대니얼이 도둑질한다고 내보낸 뒤로는 아이들이 셋밖에 없거든. 내 진주 브로치가 없어졌는데 나는 대니얼이 가져간 걸 안다. 물론 그 애는 아니라고 하지. 난 경관을 부르러 보냈어. 남들이 그 애에게 마땅한 은닉처를 마련해 주고 그 애의 오두막을 뒤졌지. 그걸 초가지붕 속에다 감췄을 거야. 그러니 내가 할 일이 많단다. 새로 온 요리사는 계란도 삶을 줄 몰라. 정말로 무식한 무리야. 그러니 네가 나더러 그냥 애를 심부름 보내게 하는 건 온당치 못해.

앤더슨 부인에게서 편지가 왔더라. 부인 말이 널 못 봤다더구나. 네가 생전 아무 말도 안 하기에 네 일이 궁금하다고 부인에게 편지를 썼거든. 그러니 네가 도너번과 싸웠으면 그 애 어머니에게 내가 오해받기 쉬우니 말해 주는 게 좋겠다. 부인은 네가 결혼할 것 같다며 반가워하던데. 물론 넌 아직 너무 어리지만 말이야. 하지만 그 앤 좋은 아이야. 누구나 알 수 있지. 게다가 또 돈 문제도 그렇지…….

마사는 그 편지를 버렸다. 그것은 열두 장이나 되었고 빅토리아시대 소설에서나 볼 수 있는 편지들처럼 지우고 또 지운 한가로운 편지였다. 그러나 구겨 뭉친 종이 공이 방을 건너 날아가 쓰레기통에 못 미처 떨어졌을 때 진한 잉크로 쓰인 추신이 그녀의 시선을 사로잡아 본의 아닌 호기심에서 그녀는 가서 그것을 주워 들었다.

오늘 아침에 브로치를 찾았다. 창고 밀가루 자루 속에 떨어졌더구나. 하지만 그 녀석은 어쨌든 도둑이야. 저는 안 그랬다지만 그 애가 은수저를 가져간 걸 나는 안다. 그 애들은 하나

같이 다 도둑이야. 그러니 너희 페이비언주의자들의 문제는 이론만 알았지 실제는 모른다는 점이야. 카피르인을 다루는 법을 알아야 해. 지난주 《잠베지아 뉴스》에 보니까 영국 페이비언주의자들이 국회에서 우리가 검둥이를 다루는 법에 대해 한탄했다는군! 그런 사람 몇만 여기 데려오면 좋겠다. 그러면 그네들도 검둥이들이 얼마나 지저분하고 더럽고 끔찍하고, 하나같이 도둑놈이고 거짓말쟁이고 요리도 못하는지 알 터이고 그러면 생각이 달라질 테니까!

이 편지가 마사에게 준 효과는 이치에 맞지 않는 것이었다. 반 시간쯤 맹렬한 분노와 새 둥지에 갇혔다는 느낌을 가진 뒤 그녀는 전화기로 가서 스포츠 클럽을 불러내어 페리를 청해 내일 크리켓 방문단을 대접하는 일을 기꺼이 돕겠다고 말한 것이다.

3

그러나 운동선수 방문객들은 그들을 위해 배치된 아가씨들을 별로 이용할 의사가 없는 듯이 보였다.

무도회는 맥그레이스에서 있었다. 큰 식당은 테이블들을 벽으로 밀어붙여 벌거숭이 마루판자를 구형으로 드러내었다. 때 묻은 갈색의 테이블 표면엔 젖은 유리잔에 찍힌 동그라미 자국들이 희미하게 나 있었다. 악사들은 단 위의 양치류와 화분에 든 나무 그늘에 자리 잡고 있었다. 이 방 테이블들은 대개 결혼한 젊은이들이 차지하고 크리켓 선수들은 스포츠 클럽의 남녀들과 어울려 라운지에 있는 벽과 벽 사이를 메울 만큼 긴 임시 테이블을 둘러싸고 있었다. 그러나 크리켓 선수들은 하나 둘씩 바 쪽으로 빠져 들어가 거기에 눌어붙었고 여자들도 통계 숫자의 압력에 착한 화초 놀음을 강요받은 것도 아닌지라 밤새 여자 없이 지낼 생각으로 왔던 그 지방 남자들 품으로 뿔뿔이 흩어져 갔다. 마사는 청을 받으면 춤을 추었다. 밤도 늦어서 테이블로 돌아와 보니 여자들이 다른 데에 흡수되어 버린 뒤여서 대여섯 명의 크리켓 선수들만 테이블에 앉아 있었다. 그들은 마시며 이야기하며 시계도 들여다보며 여자가 없는 것을 별로 개의치 않는 듯했다. 그중의 하나가 일어나 마사에게 춤을 청했다. 그녀는 이야기를 하려고 했으나 그게 어렵다는 것을 알아차렸다. 까다로운 그녀는 이름이 신문에 나는 게 다반사인 크리켓 팀, 영국의 우상이자 스포츠 클럽 패거리가 경의를 표하면서 이야기하는 크리켓 팀 사람들과 대화해 보고 그들이 중학생 같아서 정떨어졌다. 다시 말해서 그녀는 운동선수들이 지성적이지 않다는 게 놀라웠다. 마음 어디인가에 유명한 사람들은 필연적으로 모든 면에서 뛰어나야 한다는 생각이 있었던 것이다. 오늘 아침에도《잠베지아 뉴스》는 크리켓 팀 주장의 의견을 위해 세 칸이나 지면을 할애했다. 그가 국제 정세는 불확실하지만 각국 운동선수들이 정부의 개입 없이 정기적으로 함께 경기할 수 있다면 평화가 보장될 것이라고 말했다는 기사가 났다. 종일토록 사업가, 로터

리클럽²¹⁾ 회원, 관리들은 찬동을 표명하며 이 의견을 인용했고 그래, 그 친구 괜찮은 친구일 거라고 말했다.

마사는 같은 사람과 나중에도 춤을 추었으나 그도 그녀 못지않게 지루해하는 데 마음이 상했다. 아니, 그의 태도가 식민지 남자들과 너무 달라서 처음에는 그가 지루해하는 것으로 생각했던 것이다. 그녀는 상대가 관심을 기울여 감격하기를 기다리는 데에만 익숙해 있었으나 그쪽에서는 그녀가 그에게 아양을 떨어 주기를 바라는 눈치였다. 춤이 끝나자 그녀는 다시 춤추자는 청에 고개를 가로저으며 앉았다. 그리고 '수백만의 여자들'이 나를 부러워할 거라고 자신을 일깨웠으나 그런 생각으로도 기쁨을 찾을 수 없었다. 맥그레이스는 보기 흉한 곳이었고 악단도 형편없고 여느 때처럼 꾸준히 술을 마셨건만 그녀의 두뇌는 비판적으로 말똥거렸다. 집에 가서 잠자리에 들었으면 싶었다. 동시에 그녀는 자기가 명랑하게 재잘거리며 남아 있는 소수의 다른 아가씨들처럼 미소를 얼굴에 퍼뜨리고 있음을 의식했다. 그리고 "아이, 재미있어." 하는 소리가 저도 모르게 하품으로 끝맺어지자 그녀는 과민하게 정신을 가다듬으며 얼굴의 미소를 다시 고쳤다.

그곳에 마침 있었던 메이지가 특유의 나른한 목소리로 말했다. "아아, 우리 매티가 요새 밤 나들이가 잦았구나." 좌중을 즐겁게 하기 위해 던져진 이 말은 웃음으로 받아들여졌다. 그러는 한편 메이지는 그녀의 인기에 대해서 놀림을 받았다. 그

---

21) 사회봉사와 세계 평화를 목적으로 하는 전문 직업인들의 국제 사교 단체.

동안 그녀는 졸린 미소를 짓고 있다가 낮은 소리로 마사에게 말했다. "세상에 이 영국 남자들 죽여. 얼마나 거만한지 마치 우리를 크게 봐준다는 식이야." 다음 순간 그녀는 한 남자와 춤추기 위해 일어나 순종하고 복종하는 동작으로 그의 품에 쏙 안기면서 두 눈으로 조용한 경의를 표하듯 상대를 올려다보았다. 그것은 기꺼이 찬탄을 아끼지 않는 처녀의 모습 그대로였다.

바로 이때 마사는 상투적인 소리를 들었다. "안녕하세요, 예쁜 아가씨. 우리가 왜 진작 못 만났던가요?" 그녀는 두 눈에 응답의 미소를 띠어 보이며 일어나 춤을 추었다. 그녀는 이 남자가 클럽에서 이따금 보던 청년인 것을 알았다. 그의 이름은 더글러스 노웰이었으나 부득이하게 노올[22]이 되고 말았다. 그는 명랑하게 빙글거리는 중키의 청년이었다. 날씬하기보다는 통통하며 둥글고 살찐 얼굴에 연푸른 눈과 경기하다 사고로 찌부러지지만 않았으면 잘생겼을 코를 가졌다. 그는 허연 빛의 머리에 물을 발라서 우중충한 빛깔에 축축하게 뭉쳐 있도록 놔두었다. 그는 마사를 데리고 춤춘다기보다 방 안을 뛰어다녔으며 이따금 승리의 고함을 내질렀다. 그래서 마사는 자기도 모르게 그를 달래며 점잖은 행동을 하도록 타일렀다.

"당신은 누구예요?" 그녀가 마침내 관심을 보이며 물었다. 그는 말했다. "아마 궁금하겠지. 하지만 난 아가씨가 누군지 알아요."

---

22) know-all, 아는 체하는 사람이라는 뜻.

"그럼 나보다 유리한 입장이군요." 그녀는 그가 자기 이름을 대기를 바라면서 말했다. 그가 진작 그녀와 사귀려는 시도를 하지 않았던 것이 마음에 거슬렸는지도 몰랐다.

"아담이지요." 그가 의식적으로 밝은 표정으로 파란 눈을 반짝이며 말했다. 마사는 놀라서 그를 쳐다보았다. 늑대에게서 기대하기에는 너무 문학적인 말이었기 때문이다. 그녀가 알기로 그는 패거리 중에서도 고참이었고 빙키가 클럽을 시작할 때 도왔다고도 들었다.

"내가 이브가 될 수 없어 유감이군요. 벌써 내 이름을 안다니." 그녀는 자기도 모르게 본능적으로 말소리에서 모성적인 투를 떨쳐 버렸다.

"하지만 이브가 될 수 있어요. 당신은 이브야." 그는 그녀를 가까이 당기고 방 안을 마구 뛰어다니며 춤추면서 고함쳤다.

악단이 연주를 그쳤을 때 마사는 시간이 그토록 늦은 것에 놀랐다. 그녀는 재미있었다. 더글러스는 자신이 온 게 순전히 우연이라고 말했다. 최근에는 별로 나다니지 않아서였다. "그러니까 내가 재수가 좋은 거지. 당신이 이렇게 멋진인데." 그가 눈으로 압력을 발산하며 말했다.

"내가 뭐라고요?" 그녀가 놀라며 물었다.

"진짜 멋진이라고요." 그가 다시 말했는데 형용사를 명사로 사용하고 있었다. 그것은 말 하나하나를 고려하듯이 또박또박 말하는 그의 버릇처럼 그의 속어투성이 말씨에 묘하게 유식한 효과를 주는 꾀였다.

그녀는 왜 그가 나다니지 않으며 클럽에 통 나오지 않는지

412

물어보았다. 그는 시험공부를 하고 있는 데다 지금 금주 중이기 때문이라고 패거리의 규약대로 대답했다.

습관적으로 마사는 "그래야지. 그럼, 그래야죠." 하고 칭찬할 뻔했다. 그러나 대신 그녀는 무뚝뚝하게 물었다. "왜요? 술이 과한가요?"

그는 심각하게 자기가 이젠 럭비 하기엔 너무 늙었고 몸도 예전 같지 않아 무게를 줄여야 하는 데다 의사 말로는 궤양이 생겼기 때문이라고 대답했다. 하긴 클럽의 회원들은 대부분 위궤양을 감싸는 듯한 태도로 말했다. 아기를 보고 콧소리를 내는 어머니처럼 "아니, 그건 내 구미에 안 맞아, 그런 건 못 먹어." 하고 말하거나 "궤양 때문에 그렇게는 못 해."라고 말했다. 그들은 궤양이 있는 육체의 그 부분에게 보호하고 보살펴 줄 것을 약속이라도 한 듯이 말했다. 궤양이 자랑스러운 듯한 말투였다.

그녀가 까불며 말했다. "궤양은 분명 늑대의 직업병이죠."

"뭐라고요?" 그가 화를 낼 듯이 재빨리 되물었다. 그러다가 껄껄대며 눈에 미소를 띤 채 되풀이했다. "그래, 다, 당신은 진짜진짜 멋진 사람이에요." 그래서 마사는 이제 그의 말 더듬이 신경의 문제가 아니라 말씨의 계교임을 알아차렸다.

그러나 그녀는 그가 좋았고 그에 의해 마음이 훈훈해졌다. 그리고 다음 날 그와 차를 마실 것에 기대를 걸면서 집으로 갔다. "차를 마시는"것도 근사했다. 늑대하고는 차를 마시는 일이 없었던 것이다. 그것은 그들 생활 속에서 사회적인 자리를 차지하지 못한 식생활이었다. 더글러스는 이미 그녀에게 새롭고 희귀한 사람으로 비치기 시작했다. 그는 스포츠 클럽 회원들과 너무나 달랐다.

그래서 두 사람은 맥그레이스에서 딸기와 크림을 먹었고 그녀는 자기 몫을 지불하겠다고 고집했다. 그가 지나가는 말로 차를 유지할 수 없어서 팔았다고 했기 때문이다. 차도 유지할 수 없다는 것은 참으로 가난함을 고백하는 일이었다. 괜찮은 중고차라면 25파운드에 살 수 있었고 젊은 서기들도 거의 당연히 한 대씩은 가지고 있었기 때문이다. 마사는 이 명랑한 고백을 듣고 그를 동정하며 무슨 낭만적인 이유가 있을 것이라고 궁금히 여겼다. 왜냐하면 그는 자기 과에서 꽤 높은 자리에 있었고 관공서에서 그만한 지위라면 가난하지 않았기 때문이다. 그러나 이런 문제는 모두 그녀의 마음속에서 뒤죽박죽되어 버렸다. 언제나 그녀는 돈에 대해서는 모호했기 때문이다. 그녀가 느낀 것은 오직 동정 어린 찬탄의 감정이었다. 그래서 차를 마신 뒤 그가 늦도록 일할 작정이라며 함께 사무실까지 걸어가지 않겠냐고 물었을 때 그녀는 기꺼이 따라나섰다.

정부 청사의 큰 블록에 다다르자 그녀는 자연스럽게 그를 따라 들어갔다. 그의 사무실은 나무가 늘어선 큰길이 내려다보이는 크고 시원한 방이었다. 그녀는 계산기니 그 밖에 다른 회계용 기구들에 흥미를 가져 보려고 애쓰며 방 안을 돌아다녔다. 그녀는 언제나 자기가 아직도 산수라고 일컫는 것과 마주칠 적이면 본능적인 반감을 느꼈던 것이다. 사실 어찌나 오싹해졌던지 무례하지 않게 작별을 할까 생각하던 차에 책상 위에 놓인 잡지가 눈에 띄어서 그녀는 달려가 그것을 집어 들며 소리쳤다. "나한테 《뉴스테이츠먼》을 읽는다는 소리를 안 했잖아요!" 그녀는 아마 이렇게 말했을 수도 있었을 것이다. "어머, 우리는 같은 단체의 회원이네요!"

"아, 나도 그걸 읽어요. 차, 참 좋은 잡지지요." 그가 말했다.

그녀는 기쁨으로 눈을 크게 뜨고 그를 바라보며 무의식중에 건너가 그의 손을 잡기까지 했다. 그녀는 알아들을 수 없게 말했다. "정말, 얼마나 좋아요. 그러니까……." 갑자기 그녀는 자기가 이런 꼴로 행동하고 있음을 깨닫고 낯을 붉히며 그의 손을 떨어뜨리고 물러섰다. 그녀가 화내듯 말했다. "어쨌든 이렇게 누구를 만난다는 건 반가워요……. 클럽에서는 정말이지 모든 사람이 정신적으로 모자라거든요."

그는 이렇게 진지한 아첨의 말을 듣자 기쁨을 느끼며 웃었다. 두 사람은 서로의 의견을 시험하며 이야기하기 시작했다. 아니, 마사는 자기 의견을 도전의 표지처럼 던져 그가 그것을 집어 들기를 기다렸다. 그녀가 원주민들의 급료가 충격적이리만치 적다고 공격하면서 "카피르인의 버릇을 버려 놓으면 안 돼요. 그놈들은 친절이 뭔지 모르니까."라는 말이 그에게서 나오기를 기다리자 그는 대신에 "아, 그래요. 방침이 달라지면 나아질 거예요."라고 했고 그녀는 크게 감사의 한숨을 쉬며 마침내 고향에 돌아온 사람같이 침묵에 빠져들었다. 그녀에게는 두 사람의 우정이 이제 전혀 새로운 차원에 놓인 것으로 생각되었다. 그래서 그가 "자, 난 일 좀 해야지."라고 말하자 그녀는 그가 그들의 우정을 모욕이라도 한 듯이 펄쩍 뛰며 소리쳤다. "아아, 안 돼요. 나랑 내 방으로 같이 가야 해요. 영국에서 새로 온 책들이 있어요. 보내 달라고 전보 쳤거든요."

그래서 그는 놀랐다기보다 어리둥절해서 그녀를 따라나섰다. 마사가 별안간 전혀 다른 인간으로 변해 버렸기 때문이다. 누가 그녀에게 스포츠 클럽 분위기에서 지낸 몇 주일이 그녀의 행동거지를 바꿔 놓았다고 말했다면 그녀는 화냈을 것이다. 맥그레이스나 클럽의 무도회에서의 마사 퀘스트는 억지 미소를 띠고 권태에 빠져 시무룩이 독설이나 놀리는 젊은 여자이거나 높고 부자연스러운 웃음소리를 내며 재잘거리는 바보였다. 이제 그녀가 배운 그런 태도는 그녀에게서 떨어져 나갔고 그녀는 자연스러워질 수 있었다. 본연의 자신이 된 것이다.

방에서 그를 위해 차를 끓이고 주변에 새 책들을 늘어놓으며 마룻바닥에 앉은 '본연의 자신'은 완전히 어린아이 같았다. 머리카락이 공들인 느슨한 곱슬머리에서 흐트러져 내리면 얼른 밀어 올려졌고 눈은 빛나면서 기쁜 경이에 차 그에게 고정되었다. 그녀는 말을 빨리했다. 마치 통하는 상대를 발견한 놀라움이 너무나 멋져서 그것을 다시 확인하기 위해 아무리 서둘러도 부족한 듯했다. 그녀는 전적으로 신뢰하고 믿었다. 모든 것을 그에게 말하지 않는다는 것은 그들의 관계에 대한 배반일 터였다. 그녀는 그를 영원히 알고 있었던 것같이 느꼈다. 세상은 갑자기 아름다웠고 미래는 약속으로 가득했다.

그리고 그들이 이야기한 것은 미래에 대해서였다. 그도 그녀만큼이나 현재에 불만인 것을 그녀는 알아냈던 것이다. 그는 영국으로 가고 싶다고 말했다. 프랑스의 남부에서 살며 포도주 농사꾼이 될 계획이라고도 했다. 그거야말로 사는 것 같을 터였다. 싸게 살며 자유로울 수 있을 터였다. 그의 아버지도 농사꾼이었으니 그도 땅으로 돌아가기가 소원이라고 했다.

그녀는 그에게 이런 계획들을 좀 더 상세히 설명해 달라고 졸랐다. 그러나 그의 계획은 아직 막연했으므로 그녀가 그를 위해 계획을 세워 주었다. "약간의 돈, 그곳에 가기에 충분할 만큼의 돈을 벌어야 해요…… 50파운드면 충분하지. 프랑스에서의 생활비는 싸다고들 하니까. 그저 거기까지 가면 돼요. 그러면 삶은 시작되는 거예요."

그가 이제 가 봐야겠다고 한 것은 자정 때였다. 그나마 그는 내키지 않아 했다. 그는 마사에게 진지하고 책임감 있는 청년으로 보였다. 그 따뜻하고 찬동하는 듯한 파란 눈, 그의 말투에 엿보이는 주저하는 빛은 그가 하는 말 하나하나를 신중하고 사려 깊은 것으로 들리게 했다.

마사는 그가 어리석은 소년이 아니라 어쨌든 하나의 남자라고 자신에게 열심히 타일렀다. 게다가 그는 그토록 지성적이었다! 그녀는 그날 저녁 몇 주일 만에 처음으로 꿈도 안 꾸고 깊이 잠을 잤다. 그녀는 그것이 뭔지 알기만 한다면 그 일을 하고 있어야 할 텐데 하는 강박감으로 하룻밤에 대여섯 번씩 깜짝깜짝 놀라 깨는 일도 없었다. 그리고 달콤한 기대의 물결을 타고 깨어났으며 하루가 어떤 희망인 양 그녀에게 손짓했다. 그러나 그녀는 자신이 사랑하고 있다고는 말하지 않았다. 그것은 말할 것도 없이 그녀가 사회생활을 할 것이었기 때문이다. 게다가 "그가 어쨌든 하나의 남자"라고 말했을 때 그 "어쩄든"은 수사적인 것이 결코 아니었다. 그녀는 아직도 비판의 능력을 가지고 있었다. 며칠 동안 한가한 시간을 모두 함께 지낼 때 그녀는 의심스럽게 그를 몰래 살펴보았다. 둥글고 좁은 편인 이마가 거슬려 보였다……. 어딘가 열등하고 어딘가 평범한 기미가 거기에 있었다. 이마를 가로지른 얕고 기름기 없는 주름살이 그녀에게 좋지 않은 효과를 주었다. 그의 손은 크고 어색하며 시뻘건 데다 새까만 주근깨와 털에 덮여 있었다. 그녀는 그의 손으로부터 눈길을 돌려 그것을 보지 않았다. 늙은 얼굴에 잡힌 근심줄같이 그 뭐라 말할 수 없이 기분 나쁜 주름살이 있는 이마도 그녀는 보지 않았다. 그녀는 그의 눈, 찬동하는 듯한 따뜻하고 파란 눈을 보았다. 그녀는 이렇게 안온하고 따뜻한 정을 일찍이 다른 누구에게서 느껴 본 적이 없었다. 하고 싶은 말을 할 수 있었고 전적으로 찬동받고 있다는 느낌이 들어 그녀는 그 느낌 속에서 기뻐 부풀었다. 그녀의 태도에서는 반쯤 쭈뼛거리는 공격성이 사라졌다.

또 그는 너무나 현명했다! 그녀가 유모로 영국에 갈 뻔한 사연을 우스운 이야기처럼 하자 그는 심각하게 듣더니 영국에는 확실히 무엇을 하겠다는 일 없이 가면 안 된다고 했다. 그리고 운전사가 된다는 것은 그 직업에 장래성이 없기 때문에 분별없는 노릇이라고 했다. 자유로운 입장의 문필가 될 생각을 해 보았다는 그녀의 말에 그는 온갖 실질적인 반대 이론을 내세웠다. 그중에서도 가장 작은 것이 재질의 문제라는 것이었다. 그도 한때 같은 생각을 가졌으며 사실상 "모든 각도에서 그 문제를 고려해 보았다."라는 것이다. 그는 그녀가 옷장이

418

며 정원의 꽃들을 그린 스케치가 든 화판을 발견하고 아주 그 럴듯한 계획을 전개시켰다. 강습소에서 상업미술 과정을 배우면 마음 내키는 대로 이 나라 저 나라 다닐 준비가 될 것이라고 했다. 마사는 열광해서 이 말을 받아들였다. 그 생각은 이틀 밤 동안 완전히 그녀를 사로잡았다. 그러다가 늘 그러듯 그녀는 자신의 우유부단을 통절히 책망하기 시작했다. 2~3년 동안 진지하게 공부한다는 생각만 해도 슬며시 꾀가 났다. 그러나 무의식중에 그녀가 생각하고 있던 것은 그것이 무슨 소용일까 하는 것이었다, 그러니까 전쟁 때문이란 뜻이었다. "2년요?" 그녀는 피하듯 그를 바라보며 중얼거렸다. 절박한 의식이 어느 때보다도 강하게 그녀 안에 있었다. 부지중에 닥쳐오는 전쟁이 그녀의 정신에 벌어진 어두운 틈바구니처럼 그녀 앞에 벌어지고 있었다. 그래서 그가 "뭐, 2년쯤은 길지 않아요."라고 말했을 때 그녀는 갑자기 웃었다. 모성적인 투가 그녀의 목소리에 되돌아와서 두 사람은 거북하게 느꼈다. 그것은 그들 사이에서 나는 불협화음이었다. 그들은 학교에 다니는 두 아이들처럼 프랑스에서 포도를 재배하는 일, 미국으로 가는 일을 이야기하며 한꺼번에 대여섯 가지의 직업에 대해 희희낙락 계획을 세워 보았다.

그리고 이러한 상태는 오랜 시간으로 여겨질 동안 계속되었는데 실은 일주일을 과히 넘어선 것도 아니었다. 어느 날 저녁 영화를 보고 돌아오는 길에 그의 하숙방을 향해 무성한 나뭇잎의 긴 덮개 밑을 천천히 걸으며 그녀는 무슨 이유에선지 페리에 대해 이야기했다. 그가 '화가 잔뜩 나서' 그녀 방에서 뛰쳐나간 사연을 그녀는 웃으며 설명했다. 더글러스는 "당신은 진짜 멋진이야……"라며 그녀에게 키스했다. 이것은 로맨틱한 키스가 아니라 친밀하고 다정한 키스였다. 두 사람은 얼싸안 았고 그녀가 가장 의식한 것은 등에 둘러진 그의 팔의 따스함 이었다. 그러다가 그가 한숨과 더불어 뿌리치며 이마를 잡고 "내가 이래선 안 되지……." 하고 중얼거리는 바람에 그녀는 그 만 낙담했다. 그는 몇 발자국 걸었다. 그 어린 티 나는 얼굴은 심란해 보였고 눈은 어두웠다.

"왜 안 돼요?" 그녀가 웃으면서 그의 뒤를 쫓아 달려가며 물 었다. 그가 그녀에게 키스한 이상 어떤 의미에서 그녀를 요구 한 것이므로 그녀는 두 사람이 정사를 나누리라 느꼈기 때문 이다.

그가 거북해하는 표정이어서 그녀는 불안한 웃음을 웃었 다. 마음이 상했다.

"난…… 저…… 나는……." 그는 망설임 때문에 얼굴을 굳히 면서 외면했다. 다음 순간 그는 그녀 쪽으로 몸을 돌려 키스하 며 중얼거렸다. "에이, 될 대로 되라지. 몽땅 될 대로 돼라." 그 녀는 이 말도 거의 들리지 않았다. 그녀는 이제 마땅히 자기 차지가 된 것을 빼앗기지 않겠다는 맹렬한 결의에 사로잡혔 다. 그가 그녀에게 키스했으니 그것으로 충분했다.

그들은 서로 얽힌 채 더딘 발걸음으로 그의 방으로 갔다. 그는 스위치를 켜지 않았다. 그는 그녀를 침대로 데려갔고 두 사람은 그 위에 누웠다. 그는 딱딱하고 떨리는 손으로 그녀의 팔이며 가슴을 애무하고 키스하기 시작했다. 그녀는 몸을 내

맡길 차비가 되어 있었다. 그러나 그는 그녀가 얼마나 아름답 냐고 중얼거리며 키스를 계속할 뿐이었다. 다음으로 그는 그 녀의 치마를 무릎까지 밀어 올리고 다리를 쓰다듬으며 마구 떨려 슬프게 들리는 목소리로 그녀의 다리가 사랑스럽고 그 녀가 사랑스럽다고 여러 번 여러 번 되풀이했다. 그녀의 가물 거리던 정신이 되돌아왔다. 그녀는 의식 세계로 되돌아가도 록 강제당하고 있었다. 침대 위에 반쯤 노출된 채 누워 있는 자신의 꼴을 그녀는 보았다. 그리고 반은 분개하며 반은 지친 듯이 그의 요구대로 자신의 아름다움의 향연에 가담했다. 그 렇다. 그녀의 다리는 아름다웠다. 그렇다. 그녀는 기쁨과 더불 어 (마치 자신의 손이 그것들을 만들어 내듯이) 그녀의 팔이 아 름답다고 느꼈다. 그렇다. 하지만 내가 원하는 것은 이게 아닌 데…… 하고 그녀는 혼란 속에서 생각했다. 그녀는 그가 자기 만의 생각에 빠져 그녀를 숭앙하며 "당신을 봐요. 아름답지 않아요?" 하고 우기는 것이 저도 모르는 사이에 무척 화가 났 다. 다음 순간 그는 몸을 일으켜 커튼을 걷었다. 즉시로 바깥 거리의 나무들이 달빛 속에 가지들을 쳐들었다. 달빛과 노란 가로등 불빛이 비현실적인 마력의 홍수를 이루며 침대 위에 비쳤다. 그리고 이 이상한 광선 속에서 그녀의 구릿빛 다리, 헝클어진 치마, 맥없이 놓인 갈색 팔이 조각상의 것들처럼 누 워 있었다. 그는 그녀의 옷을 젖히고 젖가슴을 두 손으로 받 치고 귀엽다고 감탄사를 발하며 경건한 숭앙의 황홀경에 빠 져들었다. 이러한 의식이 계속될 동안 그녀는 그의 숭앙에 몸 을 내맡긴 채 거역하지 않았다. 그녀는 완전히 소외당하고 있었다. 그리고 마치 그의 눈으로 꿰뚫어 보듯이 자기 육체의 하나하나의 선과 굴곡을 의식했다. 몇 시간 동안을, 또는 그렇게 느껴지는 시간 동안을 그는 키스하고 숭앙하고 경건히 자기 몸을 그녀의 몸에 대었다가 물러났다. 그녀는 그가 시각적 정열에 그만 싫증나 그녀와 동떨어져 무겁고 차가운 하얀 물건처럼 느껴지는 그녀의 사지며 육체의 무게를 제발이지 잊게 해 주기를 기다렸다. 마침내 그녀는 적의에 찬 냉정한 마음으로 집에 가야겠다며 벌떡 일어나 앉아 침대에서 뛰어내렸다. 그가 그녀에게 다가와 여전히 열렬한 숭앙의 의식 속에 골몰한 채 단추 끼는 일을 도와주었다.

"요것들을 덮으니 얼마나 스, 슬퍼." 그가 그녀의 젖가슴 위로 옷을 여미며 말했다. 그래서 그녀는 마치 사람들이 시체를 매장하는 듯한 느낌이 들었다. 그리고 분개하며 생각했다. '요것들이라니…… 꼭 요것들이 나와 아무 상관 없는 것 같군!' 그런데도 거울 앞을 건너지를 때 습관적으로 거울을 들여다보며 탐나는 것에 대한 개념이 정한 규격대로의 선에 자기 몸의 선이 가까워지도록 몸을 바로 했다. 그녀는 어깨를 똑바로 하여 젖가슴이, 요것들이 볼록 나오게 했다. 그리고 퍽 답답하다는 동작을 하며 더글러스 곁에서 물러갔다. 그는 순순히 그녀의 뒤를 따랐다. 그러나 대문까지 나와 길로 걸어 내려가게 되었을 때 정과 비슷한 일종의 미안함 때문에 그녀는 구부러진 그의 두 팔 안으로 순순히 미끄러져 들어갔다.

달은 별들의 홍수 위로 높이 차갑게 떠 있고 나무들은 초록빛을 발하며 길은 하얀 모래처럼 빛났다. 갑자기 그녀는 그가 지금까지와 다르게 낄낄거리는 소리를 들었다. "난, 난 못, 못 걸어요." 그 소리는 충격을 받아 걱정스러운 듯이 들렸다. 그는 미안한 듯이 강한 눈초리를 그녀에게 주며 웃었다. "아무, 아무것도 아니야." 그가 여전히 암시적으로 웃으면서 말했다. "하지만 아까, 아까는 상, 상당히 힘들었어."

그녀는 그의 말을 이해하지 못하고 어리둥절해 그를 바라보았다. 지겹고 답답했다. 그녀의 육체는 아파하고 있었고 어깨도 아팠으며 가슴은 도도하고 냉각된 듯이 느껴졌다. 그러나 그녀는 그를 사랑할 수밖에 없었고 그는 그녀에 대한 소유권을 주장했다. 그런데도 그 순간 그녀는 몹시 그에게 화나 있어서 그쪽을 볼 수 없었다. 그녀는 페리를 상기했다. 그리고 남자들이 이러지 않았으면 하고 생각했다. 그녀가 바라는 것이 무엇인지는 분명히 알 수 없었다. 다만 아는 것은 육체도 정신도 아프다는 것과 그가 밉다는 것이었다. 그녀는 똑바로 앞을 보며 달빛으로 밝혀진 거리를 걸어 내려갔다.

그가 뜻밖에 더듬거림 없이 말했다. "내가 영국에 있는 어떤 여자와 약혼했다는 것을 당신에게 말해야겠어."

마사는 그를 뚫어지게 보았다. 그리고 어쩌면 저렇게 케케묵었을까 경멸하며 생각했다. 그가 더욱더 우습게 여겨졌다. 그녀는 마치 "그게 어쨌다는 거예요?" 하듯이 어깨를 으쓱했다. 영국에 있다는 여자는 아주 멀리 전혀 관계없는 것처럼 생각되었다. 동시에 그녀는 갑자기 비참하고 무력하고 불행하게 느껴졌다. 불행한 감정이 홍수처럼 그녀의 마음을 휩쓸었고 그것을 밖으로부터 보듯 지켜보던 그녀는 신경질적으로 혼잣

말을 했다. "이게 다 무슨 소용이야?"

그녀가 그에게 냉소적으로 말했다. "그러니까 지금 다 무사하게 됐다고 생각하는 거죠? 약혼자한테 거짓 없이 성실했다고 말할 수 있을 테니까."

그는 거북하게 웃으며 얼른 그녀의 팔을 자기 옆구리에 꼭 끼어 누르며 말했다. "아니…… 아니, 그런 생각이 아니고, 내가 지금까지 기다린 건 당신 쪽에서……."

"기다려요?" 그녀는 다시 어찌할 바를 몰랐다. 그래서 다시 어깨를 으쓱했다. 그녀가 혼잣말했다. "아아, 이런 사람 될 대로 되라지." 그것은 남자들은 몽땅 될 대로 되라는 뜻이었다.

두 사람이 그녀의 집에까지 왔을 때 그녀는 초조하게 작별 인사를 하고 들어가려고 돌아섰다. 그러나 그녀의 냉랭함이 마음에 걸려 그는 그녀를 일순 엉거주춤 안으며 멈춰 세웠다. 다음 순간 그는 다시 알아들을 수 없게 "에이, 될 대로 되라지." 하며 그녀와 함께 집 안으로 들어갔다.

그녀는 어이없어서 '설마하니 이 남자가 지금 내게 정사를 요구하는 것은 아니겠지?' 하고 생각했다. 그가 그런다는 것은 전혀 언어도단이며 모욕적으로까지 생각되었다. 그것을 위한 순간은 지나가 버렸던 것이다. 그러나 그는 그것을 요구했다. 그녀는 이번의 정사가 아주 다르다고, 아돌프와의 경우하고는 전혀 같지 않다고 생각했다. 그러고는 자신의 불성실한 생각을 눌러 버렸다. 정사 후에 그가 자랑스럽고 수줍은 웃음을 지으며 말했다. "당신은 내가 같이 잔 첫 여자야."

"뭐요?" 그녀는 화가 나서 소리쳤다. 펄펄 뛰게 분했다. 그러나 그것도 눌러 버렸다.

"하긴 케이프타운의 어떤 창녀가 있었지만 그때는 내가 취해서……."

여기서 문제는 창녀가 아니었다. "몇 살이에요?" 그녀가 퉁명스럽게 물었다.

"서른 살."

그녀는 말없이 이 말을 집어삼켰다. 충격을 받았던 것이다. 그러나 그녀에 대한 소유권의 주장이 그토록 강력했기에 충격을 받기가 그리 쉬운 일은 아니었다. 그녀는 그 소유권을 인정하며 그의 머리를 쓰다듬었다. 그리고 그가 몇 년 동안 스포츠 클럽 여자들과 어울려 다녔던 일을 불쾌하게 생각했다. 그것은 너무 불쾌한 일이어서 그녀는 즉시 그 사실을 잊어버렸다. 다음 순간 그녀 속의 어디엔가 숨어 있던 조소적이고 입이 험한 정령처럼 어떤 생각이 당돌하게 떠올랐다. 적합한 여자를 위해 신사답게 몸을 간직해 온 거로군. 얼마나 감동적이야! 정말 지긋지긋해! 그녀는 그렇게 당돌한 정령 위에 뚜껑을 덮어 버리려고 했으나 정령이 경건을 가장한 소리로 마누라를 위해 그의 몸을 깨끗이 간직하라고 비쭉거리듯 말한 다음에야 비로소 성공할 수 있었다. 그녀는 그쪽을 돌아보며 그의 머리와 머리칼을 정이 쏟아지듯 다정하게 쓰다듬기 시작했다.

잠시 후 그녀는 그에게 아돌프 이야기를 했다. 이 마당에 그것은 고백이 아니라 사실을 진술하는 것이었다. 그리고 더글러스가 자연적으로 하려고 했을 일이 가령 그녀를 용서하려는 일이었건 아니건 간에 그런 것은 한 옆으로 젖혀지고 말았다. 한 남자가 모든 일에 자유롭고 편견이 없으며, 상대 여자가 숫처녀가 아닌 것이 그 여자에겐 별로 중대하지 않다는 사실이 그와는 아무 상관 없는 게 당연지사라고 생각한다는 가정 아래 여자와 정사를 나눌 때 남자는 여자에게 순응할 수밖에 별 도리가 없기 때문이다. 더글러스는 그 진술을 말하는 쪽과 같은 심정으로 받아들였다. 얼마 후 그는 그녀를 위로해 주고 있었다. 마사는 침대에 일어나 앉아 고뇌로 가라앉은 목소리로 말했다. "내가 어떻게 그렇게 못되게 행동할 수 있었는지 이해가 안 가요. 생각만 해도 못 견디겠어요." 그는 그녀가 아돌프와 잔 사실이 아니라 다른 어떤 일을 수치스럽게 생각하고 있음을 알았다. 그는 그것이 무엇인지 분명히 알지 못한 채로 그녀를 위로했다. 마침내 그가 말했다. "나 스텔라라는 애를 알아. 좋은 애야. 착한 사람이고. 그러니까 악의는 없었을 거야." 마사는 대답하지 않은 채 그에게서 물러나 그 같은 인간은 비판할 값어치도 없다고 하는 냉혹한 마음의 영역으로 들어앉아 버렸다. 얼마 후 그는 그녀에게 키스하고 집으로 돌아갔다.

다음 날 아침 건 부인은 모나게 정중했으나 마사는 이미 건 부인에게는 관심도 없었다. 그녀는 몹시 마음이 울적했다.

그날 일이 끝난 뒤 더글러스는 그녀를 기다렸다가 의논해야 할 일이 있다며 즉시 자기 방으로 데려갔다. 그녀는 그의 방을 낮에 본 일이 없었다. 그것은 꽤 크고 덮개 천을 씌운 의자와 침대 겸 소파와 벌건 시멘트 바닥에 코코넛색 깔개가 있는 평범한 방이었다. 한쪽 벽에 붙은 책상이 하나 있고 그 위엔 사무실에서 가져온 대장이니 서류철이 쌓여 있었다. 그녀는 여기에 호감이 가서 그에 대한 경의가 곧 회복되었다. 그녀는 또다시 그를 존경할 수 있는 진지하고 착실한 남자로 생각하고 있었다.

그는 안절부절못하며 자기가 딱한 곤경에 빠져 있다고 말했다. 그는 방 안을 서성대며 잠시 창가에 서서 밖을 내다보다가 책상으로 돌아와 대장을 만지작거리고 자를 집어 들었다. 이런 일은 오래가지 못할 거라고 느껴졌다. 마사는 기어코 그가 영국에 있는 여자를 포기하겠다는 말을 하도록 만들겠다고 결심했던 것이다. 영국에 있는 여자에게 조금도 죄책감이 느껴지지 않는 것은 신기했다. 아니, 마사가 정당하고 저쪽 여자가 중간에 끼어든 여자였다. 누군가가 그 순간에 그녀에게 더글러스와 결혼하고 싶냐고 물었다면 그녀는 질색하며 차라리 죽어 버리겠다고 말했을 것이다. 그러나 그녀는 거기 조용히 앉아 고뇌에 싸인 얼굴과 생각에 잠긴 눈을 하며 동시에 온몸의 선 하나하나를 다하여 무언중에 굳은 결의를 표명하고 있었다.

더글러스 쪽은 걱정에 싸인 소년 같은 꼴이었다. 그는 낡은 플란넬 바지에다 소매를 걷어 올리고 목이 트인 하얀 셔츠를 입고 있었다. 그에겐 어딘가 싱싱한 청결함이 있었다. 마사는 벌써 모성 같은 감정을 느끼면서 앉아 있었다.

그는 깊이 생각에 골몰하며 고민하는 투로 이야기하기 시작했다. 그는 이를테면 마사를 수동적인 청중으로 삼고 자기 자신에게 이야기하며 문제를 제시하려고 했다. 그는 케이프타운에서 그 여자를 만났다고 했다. 그녀는 아주머니와 휴가를 보내러 그곳에 와 있었던 것이다. '식민지에 신랑감을 고르러 나온 거야.'라고 마사는 경멸에 차서 생각했다. 그는 여러 번 그녀를 데리고 나갔다고 했다. 그러다가 그의 휴가가 끝나고 그녀는 영국으로 그는 자기 고향으로 돌아갔다. 그리고 나중에 그는 영국으로 편지를 보내 그녀에게 결혼을 청했다는 것이다.

"편지를 쓰다니 우편으로 약혼한 거예요?" 마사가 어처구니없어하며 물었다.

"그래, 그래요. 그 앤 정말 멋진 사람이었어, 정말 사랑스러운 이였어." 그가 마사만큼 당혹한 표정을 하고 반쯤 더듬으며 말했다. "내가 그 애보고 그랬어." 그가 갑자기 단호해지며 조금도 주저하는 빛 없이 덧붙였다. "아직 우린 결혼할 수 없다고. 내가 감당할 수 없으니 2년이나 3년쯤 기다려야 한다고."

그녀는 잠자코 있었다. 다시금 그녀는 어째서 그가 그토록 가난한가 의아해했다. 그녀는 참견하고 싶지 않아 망설이며 물었다. "왜 당신은…… 내 말은 왜 결혼할 수가 없었어요?"

"그야 스포츠 클럽이 하도 비싸니까 그렇지. 클럽에 들면 별로 돈을 저축하지 못해."

"빚이 있어요?"

"아니. 난 빚, 빚은 안 졌어. 하지만 결혼한다면 여자한테 온전한 가정을 제공할 수 있어야 한다고 생각했거든." 이 마지막 말은 마치 무슨 인용구를 외우는 듯한 투였다.

그녀는 돈 문제를 물리쳐 버리면서 어깨를 으쓱했다. 일종의 모순이 있다고 느꼈지만 그 문제를 곰곰이 생각하고 있을 겨를이 없었다. '돈이 무슨 문젤까?' 그녀는 막연히 생각했다.

그는 어쩔 줄 몰라 하며 그녀에게 다가와 호소하듯 말했다. "나도 모, 모르겠어, 매티."

그녀는 그를 위로했다. 얼마 후 두 사람은 사랑을 나누었다. 육체적인 의미에서 그것은 큰 실수였으나 그렇기 때문에 그녀는 오히려 더 다정해졌다. 저녁이 다해 갈 무렵 두 사람은 결혼하기로 작정했다. 집에 다다르자 그녀는 성난 경멸심에 부풀어 침착하게 뒤쪽 베란다로 걸어 들어가 무언중에 비판적인 건 부인에게 자기가 결혼할 거라고 알리고는 홱 돌아서서 무슨 대답이 떨어지기 전에 나와 버렸다. 그런 다음 그녀는 앉아서 양친에게 "공무원으로 있는 남자"와 결혼할 생각이며 두 사람은 열흘 이내에 결혼할 터이니까 다음 주말에는 "선"을 보이기 위해 그를 농장에 데려갈 것이라고 편지를 썼다. "말할 것도 없이" 그들은 결혼 등록소에서 결혼할 것이라고도 썼다.

이튿날 아침 그녀는 겁에 질려 잠에서 깨어났다. 그녀는 자기가 미쳤다, 아니 미쳤다가 이제 제정신이 돌아왔다고 혼자 중얼거렸다. 그녀는 더글러스와 결혼하고 싶지 않았다. 아무하고도 전혀 결혼하고 싶지 않았다. 차갑게 비난하는 눈으로 그녀는 더글러스의 영상을 떠올리고 몸서리쳤다. 사무실에 가면 그에게 전화를 걸어 두 사람 모두 기막힌 잘못을 저질렀다고 말해야겠다고 그녀는 다짐했다. 침착함을 되찾은 그녀는 다시 홀가분한 마음으로 사무실에 나갔다. 이런 기분으로 사무실로 걸어 들어가는데 축하의 말이 그녀를 맞았다.

"어머, 어떻게 알았어요?" 그녀는 모든 사람들 얼굴에 씌어 있는 자발적인 기쁨의 표정에 응답하며 내부로부터 따뜻한 감정이 부풀어 오르는데도 시무룩하게 물었다.

메이지가 자기 사무실에서 버스 부인에게 전화로 알린 모양이었다.

"하지만 메이지가 어떻게 알았지?" 완전히 어리둥절해서 마사가 물었다.

"네…… 네 약혼자가 어젯밤 클럽에 와서 광고했대. 그 사람 다시 금주를 풀었대."

마사는 고개를 끄덕이며 시간을 벌기 위해 타자기의 덮개를 벗기기 시작했다. 더글러스가 그녀를 집으로 데려다준 것은 자정 때였다. 그런 다음에 클럽에 갔단 말인가? 그 정경을 너무나 잘 상상할 수 있었다. 메스껍고 불쾌한 흥분에 의해 더해진 혐오와 분노가 그녀의 신경을 쥐어뜯기 시작했다.

마사를 찾는 전화가 울렸다. 그것은 보고하려고 전화를 걸어온 메이지였다. 그녀는 말은 안 해도 재미있어하는 게 역력했다. "설마 더기가 낚이리라곤 상상도 못 했어……." '더기를 낚은 데 대해' 축하하고 나서 그녀는 계속하여 늑대들이 실제로 마을을 부수다시피 벌컥 뒤집어엎었다고 말했다. 그날 아침 세실 로즈의 조각상 머리 꼭대기에는 요강이 올라앉았고 가로등 기둥에는 뻘건 페인트가 뿌려져 있었다고 했다. 페리와 빙키와 더글러스는 4시에서 7시까지의 몇 시간을 감방은 그들의 지위에 어울리지 않으니 넘어가고 숙직 순경의 집무실에서 브랜디를 마시며 지냈다는 것이다. 그리고 각자 10실링씩 벌금을 물고 아마도 지금쯤은 돌아가 국사를 돌보고 있을 것이라고 했다.

"더글러스가 '그들'과 같이 있었어?" 마사가 어이없어하며 말했다.

"말하지 않아도 당연하지. 넌 더글러스가 한창 신날 때 모습을 못 봤구나."

마사가 수화기를 내려놓자 로빈슨 씨가 그녀에게 축하하려고 기다리고 있는 것이 보였다. 그다음은 맥스 코언 씨였다. 두 사람은 마치 새 회원을(그러나 무슨 모임?) 환영하듯 의미심장한 미소를 짓고 있었다. 그녀는 그것이 어떻든 신상을 위해서는 잘한 노릇이라는 뜻임을 이해했다. 모든 미소, 모든 몸짓, 목소리의 억양에서 그러한 뜻이 역력했다. 로빈슨 씨는 마사가 다음 몇 주일 동안 모든 사람 얼굴에서 보게 될 것이 뻔한 호기심과 궁금증과 열성에 찬 미소를 노상 짓고 있었다. 그는 말했다. "아가씨 신랑감이 방금 내게 전활 걸어왔더군. 어서 나가서 재미 봐요. 결혼은 한 번밖에 안 하는 거니까……. 한 번이길 바라." 그가 덧붙이며 여자들을 힐끗 보았고, 그녀들은 충실하게 웃어 주었다.

마사는 화장실에서 얼굴에 분을 칠하면서 신상을 위해 잘하고 있노라 생각해 보려고 했다. 그것은 그녀가 보기엔 이치에 닿지 않는 소리였다. 또 어떻게 되든 그것은 문제가 아니었다. 아래층에 내려가 보니 더글러스가 보도 위에 있었다. 그는 모습이 달라져 있었다. 마사는 첫눈에 정이 떨어졌지만 즉시 그런 생각을 지웠다. 그는 눈이 뻘겋게 충혈되고 통통한 뺨은 털수룩한 수염 자국으로 거무튀튀하고 옷은 꾸깃꾸깃했다.

"가자!" 그가 외쳤다. "우리, 큰 소리로 알리는 거야." 그는 보도에 선 채 와아 하고 소리쳤다. 사람들이 돌아다보고 웃었다. 시내의 모든 사람이 알고 있는 것 같았다. "난 여태 한잠도 안 잤어." 그가 의기양양하게 말했다. 그녀는 그의 얼굴에 보이는 자기만족의 표정에 칼날 같은 짜증을 느끼면서도 웃었다.

마사는 매튜스네 아파트로 자기가 끌려가고 있음을 깨달았다. 그녀는 항의하면서 꽁무니를 뺐다. 그러나 스텔라가 더글러스를 안 지 오래된 가까운 친구여서 아침 9시에 그에게 전화를 걸어 행복한 한 쌍의 약혼자를 점심에 초대한다고 한 모양이었다.

아파트에서 스텔라는 마사를 따뜻한 포옹으로 얼싸안았다. 그녀의 눈은 다정한 감정에 빛나며 눈물까지 글썽거렸다. "정말 반가워. 매티, 이젠 모든 일이 잘됐어. 그렇지?" 약간 잡아끌듯 포옹에 힘준 몸짓만이 아돌프와의 사건에 대한 유일한 일깨움이었다. 잡담이 오가는 중에 그 사건을 상기할 기회가 있을 듯한 순간에는 스텔라가 비밀스럽고 다정한 공모자의 미소를 마사에게 지어 보냈다. 마사는 그런 미소에 응답하지 않았다. 그러는 것만이 그녀가 자신에게 충실할 수 있는 유일한 길이었던 것이다.

두 사람은 마침내 술을 마셨다. 점심시간이 아직 멀었는데도 마사는 거나하게 취했다. 마음이 탁 풀리고 붕 뜬 기분이었다. 그들은 맥그레이스에서 오랜 시간을 들여 취기 어린 점심을 먹었다. 그들은 매순간 축하 인사를 하러 오는 사람들 때문에 이야기를 중단해야 했다. 점심이 끝나자 그들은 스포츠 클럽으로 갔다. 시간이 4시였기 때문에 사람들이 몰려오고 있었다. 클럽에서는 10여 명이나 되는 사람들이 마사와 더글러스에게 키스하고 악수하고 어깨를 쳤다. 그들은 "난 아무도 더기를 낚지 못할 거라고 장담했는데."라는 후렴 속에 샴페인으로 미역을 감다시피 했다.

빙키는 어리벙벙해하면서 화가 난다는 식으로 여러 번 마사와 춤추며 그녀보고 좋은 애라고 되풀이했다. 그러면서 아무래도 일이 심상치 않다고 내던지듯 말했다. 모든 사람이 결혼을 하니 자기도 곧 자기방어를 위해서라도 낚여 가야 할 테지만 매티가 대상에서 빠진 이상 그래 봤자 무슨 소용이냐는 것이었다. 그리고 큰 한숨을 쉬었다. 그것은 진정한 한숨이었다. 그는 클럽의 통솔력을 잃었고 그것을 의식했던 것이다.

그들 일당은 새벽 3시에 클럽의 잭으로 몰려갔다가 해 뜰 무렵 아파트로 돌아왔다. 마사와 더글러스는 긴 의자에 쓰러져 잤다. 그들이 깨었을 때 스텔라는 좀 때 묻은 보랏빛 비단 가운을 입고 매력적인 창녀 같은 꼴로 있었다. 검게 반짝이는 머릿단을 불량 여학생처럼 어깨 위로 떨어뜨리며 그녀는 찻잔을 들고 기다렸다가 암시적인 농담을 퍼부었다. 이 사랑하는 남녀는 꽤 떨어진 채 등과 등을 맞대고 잤기 때문이다.

더글러스는 스텔라에게 그녀가 음탕한 여자라고 했다. 그 말은 도너번의 말의 되풀이 같아 마사를 냉정한 생각에 잠기게 했다. 더글러스는 부엌으로 스텔라를 따라 들어가 함께 아침 식사를 만들며 지분거리다가 마침내 앤드루를 화나게 했다. 기적처럼 스텔라는 남에게 봉사하는 조용하고도 헌신적인 아내의 모습으로 돌변했다. 그녀는 간호사 옷처럼 단순한 하얀 리넨 옷을 입고 아침 식사 시중을 들었다. 그녀는 머리를 섬세한 머리통 둘레로 얌전히 친친 감고 있었다. 너무나 매력적이어서 그녀의 남편도 더글러스도 그녀에게서 시선을 돌릴 수 없었다. 마사는 우울증에 빠져 있느라 이런 눈치도 채지 못했다. 그러나 늦은 아침 뒤에 곧 그들은 다시 마시기 시작했고 마사는 다시 마음이 들떠 올랐다.

이런 식으로 그 주일도 지나갔다. 사무실에서 마사는 여왕 대접을 받았다. 그녀는 지각을 해도, 점심에 세 시간씩 나가 있어도, 아니면 전혀 출근하지 않아도 되었다. 네 사람은 함께 시간을 보냈다. 그들은 이 두 사람을 꽃밭 길로 이끌어 결혼까지 인도하는 데에는 자기가 적격자라고 무언중에 맡고 나선 스텔라의 태도를 자연스럽게 받아들였다. 그리고 마사는 이 모든 것에 완전히 휩쓸려 갔다. 이따금 냉정해지는 순간에 그녀는 지금이라도 결혼을 향한 이 치명적인 비탈길 위에서 자신을 제지해야 한다고 생각할 때가 있었다. 마음 뒤쪽 어딘가에 자기는 결코 결혼하지 않을 것이고 나중에라도 결심을 바꿀 시간이 있으리라는 믿음이 있었다. 그러다가도 만일 자기가 그런다면 어떻게 될까 생각하면 섬뜩했다. 마치 이 도시의 절반이 그들의 약혼을 축하하고 있는 듯했다. 더글러스가 얼마나 유명한지 그녀는 미처 깨닫지 못했던 것이다. 스포츠 클럽 사람들은 악의의 씨앗 이상의 무엇인가가 깃든 우정을 갖고 여봐란듯이 더글러스를 장가보내려는 것이었다. 늦대들은 그를 위해 향연을 베풀고 축배를 올렸다. 하룻밤에도 몇 차례씩 늑대 무리가 그에게 몰려와 항의 반 웃음 반으로 그를 공중에 던져 올렸다. 마사는 불안한 미소로 지켜보며 남들이 모두 재미있고 자연스럽게 생각하는 일을 이렇게 싫어하는 자기가 꽤나 괴팍한가 보다고 생각했다. 그러나 그녀가 불안한 것은 더글러스라는 사람에 대해서였다. 그녀가 결혼할 상대로 상상했던 조용하고 책임감 있고 진지한 청년은 적어도 지금은 어디론가 사라지고 없었다. 그는 익살을 부리며 마사를 동반하고 방에 들어설 때면 의식적으로 짙어지는 승리의 미소를 꾸준히 지었다. 그러다가 저녁이 깊어질 무렵엔 발을 구르며 "이 집을 부수자. 큰 소리 치자!"라면서 좌절당한 정력의 폭발 속에 알아들을 수 없는 신음 소리를 버럭버럭 내지르는 청년 무리 속에서 사라지기 일쑤였다. 마사는 남몰래 이 모든 일엔 어딘가 이상한 점이 있다고 생각했다. 이 공공연한 법석의 초점이 섹스라면,(의미심장한 미소, 농담 그리고 끊임없이 어떤 청년에 의해 더글러스가 한 옆으로 불려 가 놀림을 받은 끝에 그가 초조하면서도 자랑스럽게 미안한 눈초리를 마사에게 던지고 그 때문에 마사는 그를 미워하지 않으려고 애쓰게 되는 걸로 보아 섹스임은 분명했다.) 그렇다면 섹스, 그 중대한 문제는 이렇게 공표되는 가운데 어디론가 사라져 버리지 않았는가. 춤이 끝난 뒤 그들 한 쌍은 어지간히 취해 완전히 탈진한 상태로 매튜스네 아파트로 돌아갔다. 그럴 때면 익살스러운 승리감에 젖어 있는 더글러스가 너무 지겨워 그녀는 얼른 피곤하다고 말해 버렸다. 그러면 그는 섹스라는 것이 아무 의미도 없다는 듯이 곧장 곯아

떨어지고 마는 것이었다. 하지만 이것도 그들이 결혼하면 다 괜찮아질 것이었다. 결혼의 의식을 사회의 체면 때문에 일단 치러야 하는 하찮은 형식으로 여겼던 마사마저도 그것을 더글러스와 그녀를 안전하게 로맨틱한 사랑 속에 가둬 넣어 주는 문으로 생각한다는 것은 이상한 노릇이었다. 사실 밤마다 더글러스와 다리와 다리를 맞대고 자면서 그녀는 모순되고 삐딱하게도 그 하찮아야 할 결혼식을 어머니가 생각할 것 같은 방식으로 생각하고 있었다. 그녀는 자기가 웬일인지 혐오하게 된 도시 생활 위에 굳게 닫힌 문처럼 결혼을 생각했다. 도시 생활이 자기와 아무 상관 없어질 그 순간을 그녀는 고대하고 있었다.

그 주일의 금요일이 되자 마사는 지치고 신경이 곤두섰다. 그녀의 웃는 낯으로는 아무도 짐작 못 했으나 그녀는 또한 끊임없이 울적했다. 그날 저녁 더글러스가 스텔라를 만나러 가자고 말을 건넸을 때 마사는 반응이 없었고 차라리 자기 방에 남아 있겠다고 했다.

"가자. 결혼…… 결혼을 한 번, 한 번밖에 더 해?" 그가 달래듯 말하는 바람에 그들은 스텔라의 아파트로 가서 술을 마셨다. 그러나 스텔라가 춤추러 가자고 제의하자 마사는 피곤해서 자야겠다고 말했다.

"우우우, 못되고 못된 매티." 스텔라는 칠을 한 손가락으로 두 사람을 가리키고 자기도 연루자라는 듯이 호기심 어린 눈을 반짝이며 말했다.

더글러스가 싱글거리며 뽐내듯 말했다.

"우리…… 우리 좀 쉴래, 스텔라."

두 사람은 집으로 갔다. 더글러스가 어떤 책을 꺼내며 말했다. "이것만 있으면 잘못될 리 없겠지?" 그것은 밴더펠데의 결혼 생활에 대한 논문집이었다. 중산층의 젊은 부부 중에서 이 훌륭한 안내서 없이 결혼하는 이는 별로 없다고 할 수 있을 것이다. 더글러스도 결혼한 친구 집의 책상에서 이것을 보았기에 산 것이다.

지금 이 과학적이고도 현대적인 책은 마사에게 두 가지 효과를 가져왔다.(물론 그녀는 이미 그것을 읽었다.) 그것은 그녀에게 자신을 주었고 자기가 사랑에 경험 있는 여자로 느끼게 했다. 그러나 동시에 더글러스가 지금 이 책을 꺼내 놓는 데 대해 무어라고 할 수 없이 화가 났다. 꼭 무슨 요리책 같다고 자신에게 말하면서 계속 치미는 불쾌한 기분을 이지력으로 죽였다. 한편 더글러스의 눈 속에 깃든 번뜩임은 그녀를 흥분시켜 어떤 시도를……. 하지만 여기서 아까의 신경질 나는 그 소리가 "체위 C의 작은 장 (d)"라고 말했다. 그래서 다시금 그 시도는 부서지고 말았다. 마사는 고분고분 더글러스의 몸짓에(책은 선택된 처방의 대목에 펼쳐져 있었다.) 자신을 맞추어 가다가 갑자기 격분의 물결에 휩쓸리는 바람에 그만 피곤하고 지치고 이 모든 것에 신물 난다고 쏘아붙이고 말았다. 그리고 벌떡 일어나 앉아 울음을 터뜨렸다.

더글러스도 아연했다. 그러나 여자들이란…… 하는 생각이 그를 도와주었다. 그래서 친절히 왜 그러냐고 물으며 오빠처럼 그녀를 달래 주었다. "울지 마." 마사는 억제할 수 없이 마구

울어 대며 더글러스의 친절 때문에 그를 사랑했다. 얼마 후 그들은 처음으로 책의 도움 없이 두 사람 모두에게 만족스러운 정사를 가졌다.

그는 그녀가 자야 할 거라며 일찍 돌아갔다. 그는 스포츠 클럽엔 가지 않겠다고 약속했다. 그 까닭을 그는 이해할 수 없었으나 마사에게 그것은 웬일인지 매우 중요한 듯했기 때문이다. 마사는 처형 직전의 죄수 같은 느낌을 갖고 잠에서 깨어났다. 그래서 그에게 전화를 걸어 도저히 그와 결혼할 수 없다고 말하자고 다짐했다.

자리에서 일어나 보니 어머니에게서 편지가 와 있었다. 온갖 욕설이 장장 열 쪽이나 되었고 그 속에는 "너희 젊은이들", "젊은 세대", "자유사상가들", "페이비언적 감상주의자들"이라는 문구며 "비도덕적" 같은 말들이 문장마다 되풀이되었다. 마사는 첫 장을 읽다가 전화통으로 달려가 더글러스에게 당장 와 달라고 졸랐다. 그가 십오 분 내로 와 보니 마사는 꼼짝 못하고 히스테리 상태에 있었다. 그녀는 무섭도록 가라앉아 무척 냉소적이었으며 미덕이니 전통에 대한 경구를 총알처럼 쏘아 댔다. 그러다가 다시 울음을 터뜨리며 울음 반 웃음 반으로 말했다. "어떻게 부모가 그럴 수 있어? 어떻게 엄마가 그럴 수 있냐고. 마치 부모님은…… 마치, 마치 이래도 그만 저래도 그만이란 식이야. 그리고……."

더글러스는 그녀를 달랬으나 정사를 나누지는 않았다. '불쌍한 것, 지금은 그럴 때가 아니야.'라고 생각했기 때문이다. 마사는 침착함을 되찾았다. 이번에는 마사가 온 세상 사람 못지않게 그에게도 냉담한 듯이 보여서 더글러스가 불안해했다. 그러나 그는 태곳적부터의 공식, 일단 결혼하면 괜찮아진다는 공식을 사용하며 오늘이 농장에 가기로 했던 날임을 그녀에게 일깨웠다.

그녀는 그가 그런 일을 일깨워 줄 필요를 느낀 것이 못마땅한 듯했다. 그는 빙키에게서 빌리기로 한 차를 가지러 갔다. 짐을 챙기고 출발했을 때 마사는 가라앉아 말이 없었고 그는 쉽게 사랑할 수 있는 진지하고 분별 있는 청년으로 되돌아가고 있었다.

길은 들판으로 똑바로 뻗어 나갔다. 대리석 같은 아스팔트 갈림길이 햇빛을 눈부시게 반사하며 한 늪지를 끼고 오름새를 보이다가 늪지 곁으로 내려가 나지막한 담 같은 누르스름한 풀밭 사이를 지났다. 그것들의 뿌리는 지난해 자랐다가 말라붙은 풀 덩굴 속에 여전히 얽혀 뻗어 나가고 있었다. 초원의 불이 휩쓸다시피 새까맣게 그을린 땅을 남기고 간 지역(푹 젖도록 내린 비 뒤에도 그것은 타서 갈라져 있었다.)을 빼고 풀줄기는 물속에서 자라난 갈대처럼 깨끗이 반짝이며 솟아나고 있었다. 하늘은 망망대해처럼 깊고 푸르고 신선했으며 하얀 구름이 그 속에서 꾸준히 굽이쳐 가고 있었다. 뜨겁게 단 화강암들이 반짝반짝 조그맣게 엎드린 언덕이 이따금 보이는 초원은 풀로 두껍게 덮인 채 대담하게 솟아올라 하늘과 맞닿아 있었다. 이 땅과 하늘의 적나라한 포옹, 나뭇잎이나 대지로부터 물기를 빨아올리는 머리 위의 억세게 이글거리는 태양 때문에 눈으로 볼 수 있게 된 애무의 손처럼 피어오르는 열기의 반짝임, 탁 트인 하늘, 동그라미를 그리는 매(햇살이 날개 위로 번쩍 빛났다.)가 태양과 들 사이에 가만히 고정된 듯 보이도록 가없이 트인 시야. 대지의 추켜올린 가슴과 하늘의 깊고 푸른 따스함의 솔직한 포옹이야말로 아프리카에서 추방된 이들이 꿈에도 그리는 것들이다. 그들이 아무리 기억 속에서 몰아내려고 안간힘을 써도 그리워 못 견디는 것들인 것이다. 그렇지만 아프리카에 살면서도 도시의 생활을 선택한 탓으로 그런 것들을 그리워하게 되다니. 도시에 살면서 마사는 땅과 하늘의 그 무한한 교접을 잊고 있었다. 그녀는 북국에서 돌아온 사람처럼 그것을 맞이했다. 북국에서는 안개와 수증기와 오염의 장막이 대지를 뒤덮고, 흐릿하고 소리 없는 낙조가 마치 딴 세상에서 일어나는 일처럼 보인다. 하늘이 멀리 장막 뒤에서 내성적인 명상에 잠기고, 태양이 비추고 비는 내리지만 어딘가 맥 빠져 꿈결 같기만 하고, 땅 위의 사람들은 냉담한 상대방을 거들떠보지도 않은 채 그저 닥쳐오는 일을 받아들이기에 급급하다. 그리고 마사는 도시를 벗어나 경이에 찬 이방인처럼 초원에 들어섰던 것이다. 그녀가 벽돌과 콘크리트의 껍질과 표면에 싸여 여기로부터 격리되었던 것은 몇 주일간의 일이었다. 그런데 이것은 생판 모르는 나라 같았다.

그녀는 똑바른 길로 돌진해 갔다. 차의 외곽은 존재하지 않고 그저 움직임에 실려 가는 것 같았다. 태양은 광선의 허리와 가슴인 양 벌거숭이로 강렬히 머리 위에 떠 있으며 대지의 열기는 생장과 습기의 강렬하게 부풀어 오르는 냄새를 풍기며 태양을 마중하러 치솟았다. 차는 그녀의 몸뚱이를 공중으로 던지는 것 같았다. 휙휙 달려가는 다른 차들이 뜨거운 금속에 반사하는 일광으로 우주 여행자 같은 인사의 신호를 보내며 지나쳐 갔다. 앞으로 앞으로, 도시는 이미 저 멀리 뒤로 물러났으나 농장엔 아직도 다다르지 못했다. 이 두 개의 자석 사이에서 이뤄지는 자유롭고 무모한 질주는 파란 하늘을 덥혀 주었다. 언제나 도시 아니면 농장이어야 하니 얼마나 끔찍한가. 이 양자택일이 얼마나 끔찍해. 언제나 이것 아니면 저것이고 양자 사이에서 달리는 그 기막힌 동안은 그토록 짧고 그토록 안타깝게 제한되어 있으니…… 그들이 정거장에 도착하기 오래전에 흥분의 날개는 처지며 접히고 말았다. 마사는 양친을 만나기 위해 마음을 굳게 먹고 있었다. 싸워서 이겨야지. 그들은 쏜살같이 정거장을 지나갔다. 잠시 동안 그녀는 코언네 가게 위뿐만 아니라 다른 곳에도 "소크라테스"라고 쓰인 것을 보았다. 그 웨일스인은 가 버렸고 지금 그것은 소크라테스의 임페리얼 자동차 수리 공장이 되어 있었다. 철둑가의 웅덩이에는 물이 충충했다. 하늘이 물속에서 파랗게 아롱거리고 이 환상의 바다 위로 몇 마리의 살찐 흰 오리가 제각기 뒷전에 흙탕물을 일렁이면서 떠갔다.

차는 덜컹대며 농장 길로 굽어들었다. 이 길은 건기에는 온통 갈색 먼지구름이고 우기에는 걸쭉하고 진한 뻘건 진흙길이었다. 지금 잠깐 비가 안 올 동안에 진흙은 짐차가 지나간 곳이 깊이 팬 채 뾰족뾰족 어금니가 드러난 바큇자국으로 굳어 있었다. 빙키의 도회지용 차는 이제 신음하며 덜컹거리기 시작했다.

"이 길에서는 그렇게 빨리 못 가요." 마사가 말했다. 이것이 반 시간 동안 그녀가 한 첫마디였다. 그녀는 마음에 걸리는 듯 이 말을 보탰다. "아무래도 말해 둬야겠는데……." 그녀는 말을 중단했다. 부모에게 미안한 생각이 들어서였다. 더글러스가 부모의 가난함 때문에 충격받을 수도 있겠다는 생각이 마사의 뇌를 스쳤다. 이제 그녀는 그와 맺어졌고 그녀 자신은 누구의 가난에도 충격 따위는 받지 않을 것이었기 때문에 이것은 영 새롭고 당황스러운 미안함이었다. 그녀는 이 문제가 저절로 풀리게 버려둔 채 하려던 말을 끝맺었다. "우리 아버지 말이에요. 실은 부상을 입은 것도 아무것도 아니에요. 적어도 대단한 부상은 아니었어요. 그저 살짝 상처를 입은 것뿐이지. 그런데 전쟁에 사로잡혀 버린 것 같아요. 아버진 전쟁과 몸이 아프다는 일밖에 생각하지 않아요." 그녀가 대들듯이 말했다.

더글러스는 점잖은 청년답게 상냥하게 받아넘겼다. "그야 뭐. 내가 당신하고 결혼하지 당신 아버지하고 하나?"

그녀는 그의 손을 찾았다. 그 손을 잡으며 그녀는 포근한 안정감에 몸을 내맡겼다. 돌연 그들은 큰 들판으로 길이 접어드는 지점에 다다랐다. "야, 이건 정, 정말 뭐 같군." 더글러스가 속도를 늦추며 감탄했다. 늠름한 초록빛의 옥수수가 이룩한 따뜻한 초록의 바다가 황금 햇살을 반사하는 가운데 차가 설설 기듯 서행해 가는 지워질 듯한 오솔길에서는 뻘건 흙이 잠깐씩 보이곤 했다. 그러나 마사는 걱정스럽게 집 쪽만 바라보았다. 나무가 잎으로 무성한 지금, 집은 그 속에 납작이 엎드려 흐릿한 초가지붕의 경사만 보이고 있었다. 마사는 혼자서 '자, 시달린다고 항복하지 말아야지.' 하고 다짐하고 있었다. 마사가 이렇게 도전적인 기분으로 있는 동안에 두 사람은 집에 도착했다.

퀘스트 씨 부부는 집 밖에 서서 기다리고 있었다. 퀘스트 씨는 엷은 미소를 짓고 있었으며 퀘스트 부인의 미소는 불안한 환영의 표정이었다. 그것을 보는 순간 마사는 가슴이 내려앉았다. 어린 시절 내내 학교나 친구 집에 자러 갈 때면 어머니의 편지가 수통씩 그녀를 쫓아오곤 했다. 그것은 끔찍한 편지들이었다. 그래서 마사는 그것을 읽으며 "엄마가 미쳤어. 분명 미친 거야!"라고 외쳤다. 그리고 이런 편지를 쓰는 광인에게 끝까지 항거할 결심으로 돌아와 보면 불안한 미소를 짓고 있는 어머니, 지친 표정으로 불행해 보이는 파란 눈의 평범한 영국 부인을 발견할 뿐이었다. 지금도 그러했다. 차에서 내려서기도 전에 마사는 너무나 익숙한 무력감을 이미 느끼고 있었다. 더글러스가 "네가 과장했구나."라고 말하듯 그녀를 힐끔보았고 마사는 어깨를 으쓱하며 외면해 버렸다.

더글러스는 퀘스트 씨와 악수하며 그에게 존댓말을 썼다. 그가 퀘스트 부인의 손을 잡자 부인은 몸을 앞으로 굽히며 그의 뺨에 입을 맞췄다. 그녀는 지금 쭈뼛거리며 환영의 미소를 지어 보이고 있었다.

그녀가 유머를 섞으며 말했다. "자, 이제 너희 미친 젊은이들이 돌아왔으니 반갑구나."

마사는 여느 때처럼 망연자실한 채로 어머니의 키스를 받고 아버지로부터 유쾌한 인사말을 들었다. "그래, 어떠냐, 이 녀석?" 그러고 나서 아버지가 말했다. "좀 안됐다만 지금 뉴스 시간이라 내 잠깐 들어갔다 오마."

"어머, 참. 그렇지. 그걸 놓칠 수야 없지." 퀘스트 부인이 말했다.

그들은 거실로 들어가 라디오를 틀었다. 퀘스트 씨 부부는 의자에 앉아 몸을 앞으로 숙인 채 열심히 귀를 기울였다. 아나운서가 유럽을 더 이상 정복할 의사가 없다고 약속하는 히틀러의 말을 되풀이하고 있었다. 아나운서가 크리켓 이야기를 시작하자 퀘스트 부인은 라디오를 끄고 머지않아 전쟁이 시작될 것이라고 만족스러운 듯이 말했다. 퀘스트 씨는 체임벌린이 처칠 말을 안 들으면 영국은 또 준비가 미비해지겠지만 결국에는 영국이 이기게 마련이니까 그건 문제가 아니라고 말했다.

마사는 격렬한 논쟁을 벌일 참으로 입을 벌리려다가 더글러스가 공손하게 양친 두 사람에게 모두 동의하고 있는 것을 보았다. 그래서 맥이 빠진 그녀는 의자에 벌렁 기대어 퀘스트 씨가 더글러스에게 하는 설명에 귀를 기울였다. 그의 예언에 따르면 세계 종말의 대결전이 거의 목전에 이르렀고 예루살렘 주변에는 700만의 시체가 널릴 것이며(아마도 폭탄에 의해) 감람산은 두 쪽이 나고 신께서 나타나 믿는 자를 믿지 않는 자로부터 갈라놓으시리라는 것이었다. 여기서 목소리가 달라지면서 그는 못마땅한 눈초리를 마사 위에 고정시키고 더글러스는 모를지도 모르나 마사가 사회주의자일 뿐 아니라, 하긴 그거야 그 나이에 다 걸리다시피 하는 병이니까 대수로울 건 없지만, 무신론자이기도 하다고 말했다.

마사는 더글러스가 자신도 무신론자라고 말하리라 기대했으나 그는 다만 퀘스트 씨의 말이 매우 재미있다며 언제 책자라도 빌려 보겠노라 말할 뿐이었다.

그래서 마사는 속 편히 만사를 더글러스에게 맡겨 버리는 의존 상태에 들어가 버렸다. 그러나 그녀의 마음속 어디에선가는 아버지를 무슨 아이처럼 취급할 건 없지 않느냐는 항의의 소리가 일고 있었다. 그러다가도 그녀는 아버지가 사실 아이이며 더글러스가 옳다고 시인했다. 그런 생각을 하자니 서글퍼져서 그녀는 한심스럽게 아버지를 바라보았다. 아버지는 전보다 훨씬 더 제정신이 아닌 것 같았다. 더 마르고 머리가 왈칵 세어 가고 있었다. 잘생긴 검은 눈이 선반처럼 내민 곱슬곱슬한 흰 눈썹 밑으로 희미하게 성난 빛을 발했다. 설마 하고 마사는 의아해했다. 몇 주일 동안 저토록 변하실 수 있을까? 너무 가까이 살았기 때문에 아버지가 노인이 되어 가는 것을 느끼지 못했던 것일까? 아버지가 늙어 버렸다는 생각에 그녀의 마음이 아프게 조여들었다. 그녀가 혼잣말했다. "괜한 소리, 아버지 병은 다 상상에서 오는 거야. 어쨌든 사람들은 당뇨병이 있어도 오래오래 살 수 있어." 사실 아버지가 죽을 수도 있다는 생각을 견딜 수 없었기 때문에 그녀는 아버지가 전혀 병이 안 들었다고 자신에게 다짐했다. 그런데도 그녀는 아버지를 위로해 주고 싶었다. 그러나 그것은 불가능한 일이었다. 그녀의 정신의 절반은 일촉즉발로 터지게 마련인 싸움을 기다리며 대기 상태에 있었기 때문이다. 그녀는 조마조마한 마음으로 어머니를 지켜보았다. 그러나 곧 어머니는 가서 점심을 마련할 지시를 해야겠다, 새로 온 심부름꾼 녀석이 바보라 상도 제대로 못 보니 하나에서 열까지 내가 해야 한다고 말했다.

퀘스트 씨는 러시아가 굉장히 반기독교적이며 그렇기 때문에 양측을 재정리하기 전에는 전쟁이 일어날 수 없다는 긴 설명을 끝낸 뒤에 말했다. "그런데 내가 좀 하고 싶은 말이 있네." 그는 아내가 나간 쪽을 어깨 너머로 걱정스러운 듯이 보며 말했다. "난 네 어머니 앞에서 말하고 싶지 않았는데 말이다. 너희 어머니는…… 이런 일을 이해하지 못한다." 그는 말을 끊고 한참 마룻바닥을 응시했다. 그러고 나서 전혀 중단이 없었던 것처럼 말을 이었다. "너희 둘은 결혼하지 않으면 안 될 형편이기 때문에 결혼하는 건 아니겠지? 매티가 무슨 곤경에 빠져 있는 건 아니지?" 그는 잠자코 그들 남녀를 걱정스럽게 바라보았다. 그의 얼굴의 연약하고 흰 피부가 뻘겋게 달아오르고 있었다. 아버지가 늙어 보여. 마사는 아버지의 새로운 모습을 용감하게 직시하려 애쓰면서도 가슴 아프게 생각했다. 뭐니 뭐니 해도 그녀는 아버지를 언제나 젊은 남자로 생각해 왔던 것이다.

더글러스가 말했다. "아닙니다. 그런 일 없습니다."

퀘스트 씨는 못 믿겠다는 듯이 그를 응시했다. "그렇다면 왜 그리 서둘러 결혼하나? 사람들이 숙덕거리게끔."

"사람들요?" 마사가 이죽거리며 말했다.

"그래, 사람들 말이다." 아버지가 화내며 말했다. "하기야. 난 아무래도 상관없지. 너희 일이니까. 하지만 사람들이 하는 말은 너희가 생각하는 것보다 더 심각한 문제를 가져올 수 있다고." 그는 다시 사이를 두었다가 호소하듯 말했다. "매티야, 난 네가 결혼할 마음이 없는데 결혼하는 거라고 생각하고 싶지는 않다……. 물론 이건 자네보고 하는 말이 아니네, 더글러스." 더글러스가 잘 안다는 듯이 고개를 끄덕였다. "만일 너희에게 가족이 생길 거라면 손을 쓰자. 어머니는 모르는 걸로 하고." 그가 다시 한번 어깨 너머로 힐끔 보면서 적극적으로 말했다.

"가족"이라는 말이 마사에게 짜릿한 노여움을 주었다. 아버지가 마사의 얼굴에 시선을 주며 말했다. "아, 됐어, 그럼. 아무일 없다니 다행이구나." 다음 순간 그는 더글러스에게 전쟁 이야기를 시작했다. 마사는 아버지가 "아, 그게 바로 차마 입에 못 담을 대참사였지. 하지만 자네들은 생을 즐기느라고 너무 바빠서 그런 이야긴 듣고 싶지 않을 거야."라고 말하기를 신경을 곤두세워 가며 기다렸다.

더글러스는 퀘스트 씨가 이야기하는 것이면 무엇이든 흥미 있다고 정중하게 말했다. 퀘스트 씨의 얼굴이 밝아졌으나 다음 순간 그는 한숨지으며 말했다. "전쟁이 다시 일어날 것 같은데 난 참여하지 못해, 끼어 주지 않을 거야. 너무 늙어서."

마사는 견딜 수 없었다. 그래서 벌떡 일어나 나왔다.

어머니가 부엌에서 돌아오는 길이었다. 마사는 응당 있을 법한 꾸중에 대비했으나 어머니는 허둥지둥 지나치며 말할 뿐이었다. "아버지에게 주사를 놔 드려야겠다. 보약도 드려야겠고. 아아, 그런데 내가 그걸 어디다 뒀지?" 그러다가 주춤하더니 되돌아와 마사의 배를 내려다보며 재빨리 말했다. "너 설마…… 그런 일은 없겠지……?" 어머니의 눈은 은밀한 호기심에 빛났다.

마사가 쌀쌀하게 쏘아붙였다. "그래요, 나 임신하지 않았어요." 그것은 퀘스트 부인이 그러한 가능성의 원인에게 응당 돌려야 한다고 생각하는 만큼의 혐오를 곁들인 말이었다.

퀘스트 부인은 창피해하면서도 실망하는 눈치로 말했다. "아, 그렇다면 뭐, 내 말은 혹시나 임신했더라도 너희 아버지에게는 알리지 마라. 그 말을 들으면 돌아가실 거야." 그녀는 서둘러 가 버렸다.

점심때 퀘스트 부인은 두 사람이 동네 교회에서 결혼할 것이냐고 물었다. 마사는 열이 나서 자기네가 무신론자이니까 교회에서 결혼한다는 것은 위선밖에 되지 않을 거라고 말했다. 그녀는 언쟁을 기대하고 있었으나 퀘스트 부인은 더글러스를 힐끔 보고 한숨짓더니 얼굴을 떨어뜨리고 마침내 웅얼웅얼 말했다. "원, 저런. 그러는 건 좋지 않을 텐데."

그날 저녁 침실에 들자 마사는 침댓가에 앉아 부모가 그들의 결혼을 수락했을 뿐 아니라 아무래도 어머니가 그 문제의 총지휘권을 가질 모양이라고 생각했다. 사실상 그녀는 이미 이 문제가 자기보다 어머니에게 더 관련 깊은 듯이 느껴졌다. 문이 열리고 퀘스트 부인이 들어서며 월요일에는 마사와 함께 시내로 가서 혼숫감을 사야겠다고 말했다. 마사는 혼수 같은 것은 필요 없다고 단호히 말했다. 얼마 동안 옥신각신한 끝에 퀘스트 부인이 말했다. "좋아, 하지만 최소한 자리옷은 있어야지." 새빨개지는 어머니 얼굴에다 대고 마사가 쏘아붙였다. "자리옷은 뭐에다 쓰게요?"

"얘야, 그건 있어야지. 넌 그 사람을 잘 알지도 못하면서." 이 말을 하며 어머니는 다시 낯을 붉혔고 마사는 웃음을 터뜨렸다. 갑자기 성미를 누그러뜨리며 마사는 어머니에게 키스하고 자리옷을 기꺼이 갖겠다며 어머니가 그것을 깨우쳐 주어 고맙다고 했다.

그런데 퀘스트 부인이 망설이다가 다시 물었다. "그 사람이 어떤 약혼반지를 사 줄 거니?"

그러고 보니 마사도 더글러스도 약혼반지 같은 것은 생각해 본 일이 없었다. 그래서 마사가 말했다. "약혼반지는 필요 없어요. 어차피 그인 살 돈도 없어."

퀘스트 부인은 자기 손가락에서 다이아몬드 반지를 빼면서 송구한 듯 초조히 말했다. "얘, 순리대로 하자. 남들이 뭐라고 할지도 생각해야지. 날 봐서 이걸 끼어라. 그래야 남들도……. 마니는 참 예쁜 반질 꼈더라. 그런데……."

늘 느끼던 분노가 마사의 마음속으로 치밀어 오르다가 곧 일종의 무감각이 뒤따랐다. 그녀는 반지를 받아 약지에 끼었다. 그것은 훌륭한 반지로서, 형식적인 다이아몬드 다섯 개짜리 반지였으나 아름다움이라고는 조금도 없었다. 다섯 개의 비싼 다이아몬드를 여봐란듯이 한 줄로 전시해 놓은 반지였다. 마사는 그것이 불쾌했다. 게다가 차가운 금속이 사슬처럼 살을 파고들었다. 얼른 그것을 빼어 돌려주면서 그녀가 맥없이 웃으며 말했다. "아니, 전 반지를 원하지 않아요."

"얘, 제발 부탁이다. 매티야." 퀘스트 부인이 울다시피 말했다.

마사는 놀라 어머니를 보았다. 그리고 어깨를 움츠리며 다시 반지를 끼었다. 퀘스트 부인은 다시 그녀를 얼싸안았고 그녀의 얼굴에는 또다시 죄책감의 표정이 떠올랐다.

어머니가 나가자 마사는 반지를 빼어 화장대 위에 놓았다. 그녀는 지금 어찌할 바를 몰라 겁났다. 창밖의 밤이 생생하게 의식되었다. 방대하고 풍요한 밤은 나직한 초가지붕을 세차게 뚫고, 또는 무르디무른 토담을 뚫고 방 안으로까지 고동쳐 들어오는 것 같았다. 마치 초원에서 나는 자료와 자재로 만들어진 이 집 자체가 적으로 변한 느낌이었다. 초가지붕 속에 거미며 기어 다니는 개미며 풍뎅이며 오만 가지 자질구레한 생물들이 있음을 그녀는 알고 있었다. 언젠가는 뱀을 한 마리 잡은 일도 있었다. 뱀은 지붕을 이은 볏짚과 벽 사이에 똬리를 틀고 있었다. 진흙으로 다진 방바닥을 덮은 얇은 리놀륨이 갈라진 틈새로는 20년 전에 자른 나무에서 돋아나는 순이 광선을 찾아 병자같이 창백하게 고개를 쳐들려고 안간힘을 쓰고 있었다. 때로 나무순들이 리놀륨을 밀어젖히기 때문에 깎아서 빤빤하게 만들어야 했다. 이 방이 지긋지긋해서 마사는 창가로 갔다. 하얀 별빛이 총총했다. 옥수수 밭 위로 부연 광선이 홑이불처럼 덮여 있었다. 그녀는 더욱 겁이 났다. 부모 방으로 가는 문을 바라보았다. 문은 열려 있었다. 그 문은 기억할 수 있는 한 언제나 열려 있었다. 아버지가 "여보, 이제 그 문을 닫으면 안 되우? 애들도 다 커서 자다가 질식할 일도 없을 텐데."라며 늘 투덜거리던 것이 생각나 마사는 피식 웃음이 났다. 그러나 퀘스트 부인은 결코 그 문을 닫을 수 있는 것으로 생각하지 못했다. 끝 방으로 나 있는 또 한쪽 문도 늘 열린 채였다. 그 문은 닫으려야 닫을 수 없는 형편이었다. 문틀의 살이 불룩 튀어 올라 있었기 때문이다. 그러나 지금은 그 문도 육중한 자물쇠로 닫혀 있었다. 그것은 원주민 하인들이 못 들어가게 창고 문을 잠그는 데 쓰이는 자물쇠였다. 마사는 소리 없이 가서 그 문을 살펴보았다. 문틀의 살은 평평히 대패질을 해 놓았고 그 자리가 새 나무처럼 놀랍게 희어 보였다.

그녀는 정원으로 난 문으로 빠져나가 제라늄의 향기가 풍기는 찬란한 별빛의 홍수를 온몸으로 받았다. 그녀는 소녀 시절의 낯익은 풍경이 저 멀리 제이컵의 고장에 이르기까지 신비한 어둠에 묻혀 있는 모습을 보며 거기에서 불씨 같은 옛 모습을 찾아내려고 애썼다. 그러나 옛 모습은 가려진 채 아무것도 느낄 수 없었다. 거기에는 하나의 장애물이 있었으며 그 장애물은 바로 (그녀의 느낌으로는) 더글러스였다. 그를 생각하고 있을 때 소리가 나서 홱 돌아보니 그가 저 끝 침실로부터 웃으며 그녀에게 다가오고 있었다.

그가 한 팔로 그녀를 감싸 안으며 말했다. "당신, 부모님한테 그렇게 쏘아 대면 못써. 따지고 보면 우리가 이 문제를 별안간 덮어씌운 꼴이라고. 그런데도 그분들은 점잖게 받아 주셨잖아."

그녀는 동의하면서도 더글러스의 이 정도의 미약한 이의조차 어딘가 두 사람에 대한 배신인 듯한 느낌이 들었다.

"두고 봐." 더글러스가 위로하듯 말했다. "무, 무척 근사한 결혼식이 될 테니. 당신 마음에 들 거야."

그녀는 또다시 동의했다. 그들은 빙키의 아버지인 메이너드 씨의 주례로 결혼하기로 되어 있었다. 그는 두 사람에 대한 호의로 그들의 아파트에서 식을 올려 줄 터였다. 그 아파트는 두 사람을 위해 더글러스가 친구로부터 벌써 얻어 놓은 것이었다. 결혼식 후 그들은 스텔라와 앤드루를 동반하여 폭포로 신혼여행을 갈 터였다. 그녀는 이런 계획들에 거의 귀를 기울이지 않았다. 그런 형식들은 모두 중요하지 않았기 때문이다.

그가 말했다. "이 모두가 도무지 황당해서 더럭 겁이 나." 그녀도 한심한 듯 그렇다고 말했다. 전에는 초원에서 외로움을 느끼는 일이 없었건만 정말 황당하고 외롭게 느껴졌기 때문이다. 어깨 위에 주어지는 팔의 압력이 그녀에게 남자 방으로 함께 가자는 암시를 주고 있었다. 그녀는 그의 따뜻한 팔을 안내 삼아 기꺼이 따라갔다.

그녀가 정열적으로 말했다. "빨리 끝났으면 좋겠어." 그녀는 위험하진 않으나 기분 나쁜 수술에 대해서 말하는 듯한 말을 열심히 되풀이했다.

그러나 남동생이 쓰던 맨 끝 방으로 간 그녀는 자신을 비웃기 시작했다. 이 방은 이 집의 다른 부분과 단절된 것처럼 보였다. 희게 회칠한 벽, 조그만 창문으로 경사져 내려오는 반짝이는 초가지붕이 보이는 이 방은 작고 조용했다. 석유 등잔이 나직이 내는 소리가 마음을 가라앉혔다. 그녀는 나무에서 우는 부엉이 소리를 들으며 편안한 한숨을 내쉬었다.

더글러스는 든든한 벽과 같았다. 여자는 그에게 매달리고 그는 안심시키듯 침착한 가운데 두 사람의 정사는 넘쳐흐르다가 잠 속으로 사그라졌다. '사랑의 행위', 그 치명적이게도 노골적인 말에 의지에 의한 성취라는 뜻이 있다면 그날 밤은 전혀 행위가 아니었다. 그들의 소원과는 관계없이 영국의 청교도적인 전통을 이어받은 그들에게 섹스란 참아야 하는 것(인내심을 가지라고 딸들에게 속삭이며 타이르는 수많은 불감증 여자들의 말소리에서 들을 수 있듯이)이거나 아예 외면해야 하는 것, 아니면 대결해서 극복해야 하는 것이었기 때문이다. 적어도 두 세대에 걸쳐 반항아들은 섹스에 대한 책들을 짊어지고 자신들이 갖지 못하는 자신(自信)을 얻고자 싸웠던 것이다. 마사나 더글러스가 때와 방법에 구애받지 않고 내키는 대로 사랑을 나눈다는 것은 그것 자체가 엄연한 독립의 깃발이요, 구세대의 면전에서 흔들어 대는 붉은 반기였다.

아침에 마사가 먼저 깨어났다. 그녀는 더글러스의 잠든 육중한 몸뚱이에 기대어 포근히 몸을 말고 있었다. 전날의 긴장된 걱정거리에서 멀리 떠나 그녀는 자유롭게 두둥실 떠 있었다. 어머니가 결혼식 절차에 골몰하는 것을 재미있게 생각하며 누가 깨우쳐 주지 않으면 결혼식인지 아닌지 알아보지도 못할 아버지가 우습기도 했다. 그녀는 남자의 따뜻한 육체의 조용한 오르내림을 느껴 가며 가만히 누워 하인들이 밖에서 장작 패는 소리에 귀를 기울이며 창으로 새어 들어와 하얀 벽에 비치는 광선이 달아오르는 땅의 열을 받아 노래지는 모습을 지켜보았다. 다음 순간 노란 조각이 흔들리며 떨렸다. 태양이 바깥 나무의 높이만큼 뜬 것이다. 나뭇잎 무늬가 선명하고 밝은 오렌지빛 위로 서서히 검은 모습을 드러내며 한 줄기 바람이 방 안을 지나가듯 우수수 떨렸다.

더글러스가 부스럭거리며 정답게 그녀를 맞았다. "아, 매티." 다음 순간 그가 이쪽으로 돌아누웠고 그녀의 육체는 기대감에서 긴장하기 시작했다. "이번엔 이렇게 해 보자." 그가 단호히 말했다. 그녀는 집중하느라 굳어진 그의 얼굴을 일별하며 두 눈을 감고 그가 하고자 하는 일에 따를 태세를 갖추었다. 그녀는 참으로 분해하며 이 남자가 어째서 어젯밤의 일을 이런 식으로 망쳐야 하는 걸까 생각했다. 그녀의 주의력은 바짝 긴장해 있었으므로 그의 어떤 새로운 동작도 놓치지 않았다. 남자가 자기를 부족하게 생각할까? 그녀는 이번에도 언제나 그랬듯 싱겁게 일이 끝나 버린 다음 모두 잘된 거라고 그를 안심시켜 주어야 할까 봐 겁났던 것이다. 그녀는 무척 다정하고 따스하게 그의 머리를 쓰다듬으며 누워 있었다. 마음으로 어쨌건 어젯밤에는 근사했다고 생각하고 있었다. 그런데 어젯밤에 그녀는 어떤 일도 별로 의식하지 않았다. 실제로 그녀는 어젯밤의 수중 같은 어둠 속의 동작을 오늘 아침의 실패를 재는 하나의 보기로 삼고 있었다. 또한 그녀는 어머니에 대해 걱정스럽게 생각하고 있었다. 부모가 지금 같은 상태인 것이 이미 중대사가 아니라고도 재미있다고도 생각할 수 없었던 것이다. 근심스러웠다. 제 방으로 돌아간 그녀는 이제 신중하게 힐책하는 듯이 보이는 부모 방의 문을 바라보며 더글러스가 아침 식탁으로 갈 준비가 될 때를 기다렸다. 그의 뒷받침 없이는 부모를 만나지 않기 위해서였다.

밤새 어머니가 이 방을 들여다보았다는 것을 마사는 어머니의 호기심에 불타는 표정으로 짐작할 수 있었다. 하지만 딸이 처녀의 몸으로 제단 또는 결혼 신고소의 책상 앞으로 가주기를 간절히 바라는 인습적인 중산층 어머니로서 그건 당연한 일이 아니겠는가? 네모나게 굳어진 강경한 얼굴, 언제나 근심에 잠긴 눈썹 밑으로 찌푸려진 작고 푸른 두 눈이 이제 끊임없이 더글러스를 향했다. 퀘스트 부인은 딸의 남자에게서 눈을 뗄 수 없었던 것이다. 그녀는 원한에 사무치면서도 매달리는 소녀처럼 그에게 이야기했다. 눈초리는 끈덕지게 죄악감에 물들어 있으면서도 얼굴에 띤 미소에는 일종의 교태라고 할까, 매력이 있었다. 어머니는 속아서 무언가를 빼앗긴 사람 같다고 마사는 혼자 못마땅하게 생각했다. 어머니가 아침 식사가 끝나기가 무섭게 이 핑계 저 핑계를 대어 가며, 그러나 사실은 간밤에 있었던 일에 대해 이야기하고 싶은 강한 욕구를 충족시키기 위해 그녀에게 올 것이 뻔했다. 그 일을 생각만 해도 마사는 지치고 맥 빠지는 피곤함에 휩싸였다. 그래서 식탁에서 일어나자 그녀는 아버지에게 가서 붙어 앉았다. 마침내 퀘스트 부인은 더글러스를 데리고 나가 버렸다. 결혼에 대해 의논하는 게 좋을 거라는 어떤 암시에도 마사가 귀를 틀어막고 있었기 때문이다.

퀘스트 씨는 그의 접의자를 집 한 옆으로 가져가 기대앉으며 담배를 피워 물고 비탈진 초원 너머 제이컵의 고장 쪽을 바라보았다. 파란 산의 굵은 기복이 오늘 아침은 창공에 솟은 듯 보이고 엷은 구름 자국이 그 주변에 녹아들고 있었다. 마사는 수천 번이나 하던 일을 되풀이할 때와 같은 편한 마음으로 아버지 옆에 기대앉았다. 햇볕이 서서히 그녀의 몸으로 스며들었다. 얼굴을 감싼 머리칼이 뜨겁게 느껴졌고 그녀는 즐거운 한숨을 쉬며 이 생각 저 생각 떠오르는 가운데 이 아침을 보낼 참이었다. 어떻든 받아들여야 하는 귀찮은 행사인 결혼식이 아니라 결혼식 뒤의 일들을 이리저리 생각했다. 그들은 영국으로 가리라. 아니면 프랑스 남부로 가리라. 마사는 지중해를 꿈꾸었다. 한편 아버지는……. 그런데 오늘 아침 아버진 어떤 생각을 하고 있을까? 잠시 후 아버지는 "흠, 녀석아!"라는 서두의 말과 더불어 이야기하기 시작했다. 그녀는 한데 정신을 팔며 다만 아버지 머리에 떠오르는 굵직한 사건에만 주의를 기울였다. 아버지는 새로 일어날 전쟁에서 싸울 수 있을 그녀의 남동생(운 좋은 녀석)을 생각하고 있었다. 거기서부터 그는 참호 생활의 이야기로 옮겨 갔고 또 그가 다행히 근육의 상처를 입어 살아났던 파스샹달 대전투가 있기 몇 주일 전 이야기로 옮겨 갔다. 그의 부대원들은 아무도 살아남지 못하고 모두 전사했다는 것이다. 그리고 그는 국제 정세로 화제를 끌고 갔다.

마사는 새 담배에 불을 붙이고 태양에 그을린 다리의 갈색 빛을 더 진하게 하기 위해 치맛자락을 들어 올렸다. 그리고 갑자기 물었다. "더글러스가 마음에 드세요?" 그것은 어떤 지기에 대해서 이야기하는 것과 같은 투였다. 자신의 어조를 들으며 그녀는 미안한 느낌이 들었다. 그것은 "영국계 이스라엘인과 전쟁 운운하는 난센스"가 어떻고 하는 말 밑에 깔린 아버지에 대한 반갑지 않게 깊은 이해심 때문이었다. 이 이해심은 더글러스를 하나의 타인처럼 보이게 만들었으며 그 때문에 별 불신감 없이 두 사람은 그에 관해 이야기할 수 있었다.

"뭐라고?" 아버지는 훼방받은 것에 기분이 상해 물었다. 그러다가 정신을 차리며 덤덤히 대답했다. "아, 그래. 아주 괜찮아 보이더라." 잠시 사이를 두었다가 그가 말했다. "아까도 말했지만……."

몇 분이 지난 뒤 마사가 물었다. "아버지, 내가 결혼하는 게 기쁘세요?"

"뭐랬니?" 그는 그녀를 보고 상을 찡그렸다. 그러다가 그녀의 눈썹이 우습다는 듯이 쳐들린 것을 보고 그만 미안한 듯 말했다. "그래…… 아니야. 아 뭐, 너야 내 생각 같은 건 문제 삼지도 않잖니." 이것은 젊은 세대에 대한 못마땅함을 나타낸 말이었다. 그래서 마사는 키득키득 웃었다. 서서히 아버지도 웃기 시작했다.

"아무래도 아버진 내가 닷새 이내로 결혼한다는 사실을 이해하지도 못하신 것 같아요." 그녀가 책망하듯 말했다.

"그럼 나더러 어쩌란 말이냐? 내가 하고 싶은 말이 하나 있었다. 그게 뭐더라? 아 참. 너, 애는 낳지 마라…… 그건 내가 상관할 바가 못 되지만 내 생각은 그렇단 말이다. 하긴 아직 시간은 넉넉하니까."

"안 낳아요, 물론." 마사가 막연히 말했다. 그건 말할 나위도 없었다.

"물론 안 낳는다니?" 아버지는 못마땅한 듯이 말했다. "너희는 부모네보다 저희가 낫다고 생각하는 모양이구나. 우리도 너를 낳을 마음은 없었어. 의사가 우리는 어느 쪽도 그럴 형편이 못 된다고 했거든. 그런데 네가 어김없이 아홉 달 만에 나왔단 말이다. 하긴 우린 결혼식을 가질 예정도 없었어. 차마 입에 못 담을 대참사 때문에 둘 다 심한 신경쇠약에 걸려 있었으니까." 그는 이 말을 내뱉듯 했으나 정말로 어떤 감정 때문에 그런 것은 아니어서 그녀는 참을성 있게 미소 짓고 있었다. "그래서 우리는 필요도 없는 조심을 하고 있었던 셈이야. 너희 어머니가 그랬지. 어머니는 간호사니까 그런 건 전문이거든. 그러니까 내 생각엔 결혼하면 결과로 애가 생긴다는 걸 지적해 두는 게 좋을 것 같아서 말이야."

아주 어려서부터 마사는 부모가 전혀 자기를 원하지 않았다는 이야기, 부모가 대부와 대모 때문에 더욱더 신경쇠약에 걸렸다는 이야기, 그래서 지금은 신경이 아주 둔해져 버렸다는 이야기 등을 들어 왔다. 그러므로 그녀는 다만 오랫동안 애를 가질 의사는 없다고 가볍게 되풀이할 뿐이었다.

퀘스트 씨는 그렇다면 됐다고 안심한 듯이 말했다. 그리고 아버지로서의 의무를 다한지라 그들이 농장을 떠난 후 할 일에 대해 이야기하기 시작했다. 마사가 귀를 기울였다면 이번 계획이 그전 것보다 훨씬 이치에도 맞고 구체적임을 알았겠지만 그녀는 귀를 기울이지 않았다.

곧 햇볕이 너무 뜨거워져 그들은 차일 역할을 해 주는 골든 샤워 밑으로 의자를 옮겨 덤프리스 언덕을 내다보며 앉았다.

오늘은 언덕들이 낮고 선명해 보였다. 이쪽 언덕과 저쪽 능선 위로는 상식적인 공간의 법칙이 적용되지 않는 것처럼 11킬로미터 저편의 바위와 나무들이 뚜렷하게 보였다. 마사는 중간에 있는 경사진 저지대(거기에는 아프리칸더들이 살고 있었다.) 위로 몸만 굽히면 햇살을 받아 명상에 잠긴 듯한 언덕의 푸르스름한 윤곽을 쓸어 만질 수 있을 듯한 느낌이었다.

하인이 마님과 새 어르신은 채소밭으로 나가셨으니 아가씨와 큰 어르신만 먼저 드시라는 전갈과 함께 아침 차를 가지고 왔다.

"그 사람 굉장히 약게 굴더라." 퀘스트 씨가 반쯤 비꼬며 말했다. "아주 정중하단 말이야. 그래야 이 세상에서 잘 지낼 수 있지." 이 말은 지금까지 그가 한 말 중에서 의견이나 비평에 가장 가까웠다. 그래서 마사는 눈짓과 수동적인 침묵으로 아버지가 이야기를 계속하도록 종용했다. 그가 말했다. "섹스는 결혼에서 중요해. 너희 사이에선 그 문제가 괜찮기를 바란다. 너희 어머니는 물론…… 하지만……." 그는 죄책감에 사로잡힌 듯한 눈초리를 그녀에게 보내며 말을 끊었다. 마사는 왜 그런지 알 수 없었으나 승리감에 가득 찼다. "너희 세대는 모두(여느 때와 같은 못마땅함이 표면상 그의 말투에 엿보였다.) 그 문제를 수월하게 처리하겠지만 말이야. 내가 알기론 그렇지." 아버지가 그녀에게 던진 눈초리는 뜻하지 않게 심문의 눈초리가 되어 있었다. 그녀는 그 순간 얼마나 아버지와 이야기하고 싶었는지 모른다. 그녀는 몸을 앞으로 하며 무슨 말을 할 것인지 알지 못하면서도 막 얘기할 듯 입을 벌리기까지 했다. 그러나 그때 아버지가 얼른 말해 버렸다. "그래. 다 괜찮은 거지, 그렇지?" 그는 차를 더 달라고 그녀에게 잔을 건네주었다. 침묵이 흘렀고 그것은 깨지지 않은 채 연장되었다. 마사는 지금 자꾸 되풀이되는 "젊은이들", "젊은 세대"라는 말 때문에 억제당하고 있었다. 그녀는 이 문제를 덤덤히 다뤄야 할 의무를 같은 또래의 젊은이들에게 느끼고 있었다. 아버지는 퀘스트 부인을 만나기 전에 자기가 사랑했던 여자 이야기를 하기 시작했다. "아이고, 난 정말 사랑했단다." 그는 재미있어하는 티를 내려고 애쓰면서 동경 어린 투로 말했다. "오오, 정말 재미 봤지…… 하지만 그건 전쟁 전 내가 결혼하기 전이니까 넌 흥미도 없을 거야." 그는 말없이 덤프리스 언덕 위로 사색에 잠긴 미소를 보냈다. 그의 희어져 가는 눈썹이 짓궂게 비평을 즐기듯 치켜세워졌다. 그는 간간이 마사 쪽을 바라보다간 그런 눈초리가 말하고 싶지 않은 생각의 소산이라는 듯이 외면하곤 했다.

마사는 지금 속이 상하고 안절부절못했다. 더글러스가 어서 채소밭에서 돌아와 주기를 간절히 바랐다.

점심이 끝나자 그들이 마을로 돌아갈 시간이 되었다. 차가 달리는 동안 마사는 생각했다. '이제 마지막 장애물은 넘은 거야. 부모의 허락을 얻었으니까.' 그녀는 익살과 심술을 반반 섞어 가며 "부모의 허락"이란 말을 사용했다. 그토록 강력하게 형식을 거부해 오던 소녀로서는 너무나 모순되게도 마사는 집에서 지낸 주말 동안 무엇인가가 분명 잘못되었다고 느끼고 있었기 때문이다. 적어도(하고 그녀는 막연히 느꼈다.) 현실적으로 어떤 반대에 직면하여 싸워 종국에 아버지, 어머니의 눈물 어린 축복을 절정으로 승리자로 등장했어야 하지 않을까? 적어도 진정한 위기의 순간, 선택의 시점이 있어야 마땅하지 않은가? 만사가 분명하고 과거는 완성되어 그림자 속에 묻히고 미래가 뚜렷이 밝게 앞에 놓여 있는 그러한 최고의 전환점인 '순간들'을 언제나 기다리는 낭만적인 그녀의 성미라니. 지난 주말을 돌이켜보며 마사는 자기가 속았다고밖에 생각할 수 없었다. 어머니의 태도와 아버지의 태도는 똑같이 그릇되고 이상하게만 보였다.

그래서 여느 때처럼 그녀는 할 수 없다는 식으로 어깨를 으쓱하고 그 문제를 송두리째 잊어버리고 말았다. 문은 곧 그녀의 과거 위에 닫혀 버린 것이다. 도시 생활에서의 온갖 과오와 불행은 영원히 과거지사로 물러갈 터였다. 결혼식까지 닷새만 있으면 되었다. 그녀는 더글러스에게 어머니가 그와 어떤 계획을 세웠는가 물으면서 자신의 냉소적인 어조가 그의 화를 돋우기를 기대했으나 그는 눈치도 채지 못했다. 그는 모두 잘될 뿐 아니라 만족스럽게 될 것이라고 열심히 말했다. 그는 계속 여러 가지 문제를 자세히 이야기했다. 마사는 자기가 클럽의 주최로 결혼하지 않을 것을 알고는 적이 놀랐다. 막연하게나마 클럽의 늑대들과 아가씨들이 몽땅 참석하리라 생각하고 있었기 때문이다. 더글러스는 자기가 클럽의 고참 회원이 아니라는 듯이 이 일은 "조용히 치러야지. 그 미친 패거리가 와서 망치는 건 원하지 않아."라고 천연덕스레 말했다. 또 빙키가 시간과 장소를 안다면 진짜진짜 수라장을 만들어 버릴 거라고 자랑과 수치를 섞어 가며 덧붙였다. 메이너드 씨는 자기 아들에게까지도 모든 비밀을 지키겠다고 약속한 모양이었다.

늦은 저녁때 시내로 들어오자(그들은 오는 길에 더글러스의 친구인 어느 담배 재배자를 찾아보느라 지체했다.) 마사는 클럽 쪽을 우연히 바라보았다. 전깃불이 켜진 나무 밑에 한 무리의 사람들이 몰려 있는 것이 보였다. "그냥 지나쳐요." 그녀가 말한 대로 그들은 지나쳐 갔다. "대체 뭐 하는 거지?" 세 개의 짐 궤짝이 보도 위에 곤두세워져 있고 세 남자가 그 위에 서 있었다. "야외 집회인가?" 그녀가 말하자 더글러스가 비판적으로 말했다. "괴짜들의 모임이군." 그녀가 야외 집회를 하지 말란 법도 없지 않냐고 따지자 그는 상을 찡그리며 불안한 듯이 보였다.

그가 조금 떨어진 곳에 차를 세웠다. 두 사람은 창밖을 내다보았다. 달이 빛을 퍼붓고 있어서 잘 보였다. 군중은 모두 백인이었고 그 가장자리에 대여섯 명의 원주민들이 끼어들고 있었으나 그들은 말만 떨어지면 당장 물러갈 태세였다. 백인 순경들이 기다리며 서 있고 그들의 아연하면서도 호기심 어린 표정은 귀를 기울이고 선 대부분의 군중에게서도 볼 수 있었다. 통 위에 서서 이야기하는 사람은 키가 작고 건장한 체격에다 억센 구릿빛 머리를 가진 사나이였다. 군중의 머리 위로 에이레 말씨가 단편적으로 들려왔다. "인간성", "전쟁으로의 표류", "파쇼"라는 말을 들은 마사는 자기의 흥분을 더글러스와 나누려고 그쪽을 바라보았다. 그러나 그의 표정은 전혀 새로운 사태에 직면한 관리의 표정이었다. 옥외 집회는 흔히 있는 일이 아니며 여기에는 어딘가 불법적인 점이 있기 때문에 그는 그것을 마땅찮게 여겼다. 문제는 그렇게 단순했다. 마사는 찡그리고 좀 거만해 보이는 그의 얼굴을 보고 가슴이 철렁 내려앉았다. 다음 순간 그녀는 다시 돌아다보았다. 그것은 좀 아름다운 정경이었다. 나무들은 물속으로 비쳐 본 듯이 진한 초록으로 반짝이며 미풍 속에 흔들렸다. 머리 위에선 달빛을 받은 구름이 조용히 흘러가고 있었다. 달빛은 이야기하는 사람의 억센 구릿빛 머리 위에서도 빛났다. 그의 두 눈은 꾸준히 빛을 발했다. 마사는 그가 하는 소리가 잘 들리지 않았다. 그는 히틀러를 무찌르기 위해선 러시아와 동맹을 맺어야 한다고 이야기하고 있는 것 같았다. 청중의 얼굴은 보아 넘기고는 있어도 마땅찮게 생각되는 일을 당했을 때의 수동적이고도 조심스러운 대중의 얼굴이었다. 마사는 궤짝 위의 세 남자 뒤에 있는 그늘 속을 들여다보다가 조스와 솔리와 재스민 코언을 보았다. 그들은 마사가 학교 다과회에서 만난 일이 있는 사람들과 함께 있었다. 또 몸이 야위고 키가 크고 금발을 교사처럼 친친 땋아 머리에 감아올린 젊은 여자도 함께였다. 마사는 이 여자에게 맹렬한 질투심을 느끼는 자신을 인식했다. 그녀는 차에서 내려 코언네 아이들에게 가서 함께 있기를 갈망했다. 그렇게 하고 싶은 충동이 그녀의 마음속에서 부풀어 올랐지만 그렇게 하면 이미 세워진 모든 계획이 망가진다는 생각에서 어깨를 한 번 으쓱하는 동안에 그것은 사라졌다. 그녀는 그들이 자기를 보았을까 겁나 얼른 외면했다. 그들이 더글러스를 놓고 뭐라고 할까 봐 두려웠다. 그녀는 더글러스를 그들의 눈으로 너무나 잘 볼 수 있었던 것이다.

그녀는 더글러스가 냉혹한 적의의 눈으로 자신을 보고 있음을 깨달았다. "다 됐어?" 그는 마치 오직 그녀의 비위를 맞추기 위해서 지금까지 듣고 있었다는 듯이 묻더니 차의 시동을 걸었다.

"당신은 어쩌면 그렇게 고루할까!" 거리로 달려가며 마사가 씁쓰름하게 말했다.

"자기네들에게 주목을 끌려는 수작이야." 그는 무슨 까닭인지 눈을 부라리고 분노에 낯을 붉히며 말했다. 그녀는 그의 이런 모습을 본 일이 없었다.

그녀는 착 가라앉은 혐오를 느끼며 대중적인 모임의 근본이 자신에게 주목을 끌려는 데 있는 거라고 한마디했다.

그가 액셀러레이터를 너무 콱 밟는 바람에 차는 목이 메었는지 툴툴거리더니 서 버렸다. 차가 거리로 소리 없이 굴러 내려갈 동안 그는 시동을 거느라 애썼다. 발동이 걸리자 그는 마사를 돌아보며 성이 잔뜩 난 아이처럼 말했다. "당신 마음이 변했거든 지금 말해." 그녀가 뻔히 알면서도 물었다. "뭣에 대해서요?" 그의 얼굴은 점점 더 빨개져서 터질 듯이 보였다. 눈이 불타고 있었다. 그녀는 진정으로 이 사람이 왜 이렇게 격분하는지 알 수 없었다. 그녀는 자기 의견에 맞지 않는다고 남의 회합에 대해 화내야겠냐고 그에게 사리를 따졌다. 그는 씨근거리며 말이 없었다. 그녀의 놀라움은 더해 갔고 동시에 반감이 일었다. 성이 나서 퉁퉁 부어 시뻘건 목 뒤가 옷깃 위로 비어져 나온 그가 야비하고 추해 보였다. 그녀는 생각했다. '지금이라면 나를 해방시킬 수도 있어. 그와 꼭 결혼할 필요는 없어.' 그러나 동시에 자기가 어쩔 수 없이 그와 결혼하리라는 것도 잘 알고 있었다. 원하든 말든 그녀는 결혼을 향해 끌려가고 있었다. 그녀는 또한 마음속에서 이 남자와 결혼한 상태로 계속 있지는 않을 것이라고 조용히 말하는 소리를 들었다. 그러나 그 소리가 분명히 들려올 겨를도 없이 그가 돌아다보며 이번에는 화가 가라앉아 조용하고 상냥한 태도로 생각을 바꿀 마음이 없냐고 재차 물었다. 그녀는 그럴 마음 없다고 대답했다.

그들은 곧장 매튜스네 아파트로 갔다. 먹을 것과 무엇보다도 마실 것이 그들을 맞아 주었다.

다음 날 마사와 더글러스는 빙키와 그의 부하늘이 그들을 찾지 못하도록 새 아파트로 이사했다. 그리고 매튜스네가 필요한 물건을 날라다 주는 가운데 그곳에서 농성하는 사람들 같은 생활을 했다. 네 사람은 영원한 피크닉 같은 이 시간을 억센 흥분 상태에서 지냈다. 또 스텔라가 응당 자기의 특권이라고 여긴 커튼 다는 일, 가구를 배열하는 일도 해야 했다. 마사는 더글러스가 자기 마음이나 그녀의 마음에 드는 것이면 무엇이든 덮어놓고 사는 것을 보고 적이 놀랐다. 양탄자며 찬장이며 상품 궤짝을 실은 배달 차가 하루에도 몇 번씩 올라왔다. 그녀가 불안해서 "이봐요, 당신 돈 떨어졌다면서 이 물건을 다 살 건 없잖아요?" 하면 그는 결혼은 한 번밖에 못 하는 거라고 큰소리치는 것이었다. "그렇지만 돈이 부족하다면서요." 그래도 그녀는 불안하게 넌지시 말했다. 그의 경제 사정을 꼬치꼬치 캐는 것은 용서할 수 없는 간섭이라는 느낌을 떨칠 수 없었던 것이다. 그뿐만 아니라 마사가 월급만으로는 살 수 없어서 진 40파운드의 빚도 그는 갚아 주고 있었다. 그녀는 그것이 미안했다. 더글러스는 돈을 좀 저축해서 100파운드쯤 있고 보험도 든든히 들어 놓았기 때문에 그것을 담보로 돈을 꿀 수 있다고 말했다. 지금 그가 하는 말은 전에 그가 한 말과 앞뒤가 맞지 않았으나 마사는 여느 때처럼 어깨를 으쓱할 뿐이었다. 퀘스트가의 사람들이 돈에 대해서 갖는 태도는 도무지 실질적인 데가 없었던 것이다.

결혼 전날에 퀘스트 씨로부터 이런 편지가 왔다.

친애하는 더글러스

아내는 내가 자네의 경제적 형편을 알아봐야 한다고 하네. 나는 그것을 잊고 있었네. 그러나 아내는 상당히 정확한 정보를 알고 있는 모양이니 만사가 순조로울 것으로 믿네.(여기서 퀘스트 씨 속에 독이 든 샘처럼 언제나 숨어 있는 가시 같은 성깔이 말 속에 나타났다.) 어쨌든 명령대로 나는 자네가 우리 딸을 온전히 부양할 수 있는지 여부에 대해 형식적인 조사를 하고 있네. 이것을 자네는 분개해야 마땅할 걸세. 나는 한 번도 그 애를 온전히 부양해 주지 못한 터야. 아내는 장차 이 문제에 대해 자네와 이야기할 걸세. 내가 알기로는 우리 편에서 홑이불과 담요를 마련한다고 하나 랜드 은행에 진 빚을 갚을 때가 다가오니 자네가 아내의 불필요한 선심을 말려 줄 것을 믿네.

앨프레드 퀘스트

추신: 모든 일이 계획대로 진행되기 바라네. 결혼식 날까지는 시내로 들어가지 말라고 아내를 설득하는 중일세. 이 점은 자네도 찬성하리라 생각하네.

이 편지를 더글러스는 재미난다는 얼굴로 싱글싱글 웃어 가며 읽었다. 마사는 확신하지는 못하면서도 아버지의 설득이 정말 어머니가 시내로 오는 일을 막아 주기를 바랐다. 다음 순간 더글러스는 큰 소리 치고 병과 햄 덩어리와 달걀들이 널린 방 안을 뛰어다니며 승리의 춤을 추면서 말했다. "우린 이제 틀림없는 거지?"

그는 모든 일에 만족하고 있었다. 결혼식은 착착 진행되어 갔다. 계획은 결코 보기처럼 그렇게 엉성하지 않았다.

초대할 사람들은 모두 지금까지 그녀가 들어 보지도 못하던 그의 "옛 친구"들이었다. 예를 들면 그 존경받는 고관 메이너드 씨도 그랬다. 더글러스의 목소리는 그의 이름을 말할 때 흡족한 어조를 띠었다. 또 탤벗 부인도 있었다. 마사도 그녀가 돈이 무척 많고 점잖은 부인임을 알고 있었다. 부인은 더글러스를 어려서부터 알고 있는 모양이었다. 부인은 두 사람에게 두둑한 수표를 줄 터였다. 또 브로드쇼라고 하는 국회의원도 참석할 터였다. 그는 더글러스 아버지의 친구였다. 관청의 과장과 그의 부인은 나중에 샴페인을 마시러 들른다고 했다. 그날 오후 정부 청사에서 가든파티가 있을 예정이었으므로 비록 결혼식일지라도 과장 내외가 거기에 빠지리라고는 생각되지 않았다.

더글러스는 자신을 패거리의 하나라고 생각하지 않는 모양이었으나 늑대들도 장래가 촉망되는 자라나는 젊은이로 고려되고 있다는 인상을 마사는 받았다. 마사는 불안해졌으나 '괜찮아, 우린 어차피 여길 떠나 유럽으로 갈 테니까.'라는 생각으로 자신을 달랬다.

더글러스가 누구를 초대하고 싶냐고 물었을 때 그녀는 망연히 그를 바라보다가 아무래도 좋다고 대답했다. 그녀는 이모든 일이 전혀 중요하지 않으며 자기가 할 일은 오로지 이 지겨운 일을 되도록 빨리 끝내 버리는 것뿐이라고 여전히 느끼고 있었기 때문이다. 이 느낌은 끝까지 남아서 결혼식에 대해별로 할 말이 없었다. 아침 10시에 신부의 옷을 입히러 퀘스트 부인이 왔을 때 결혼식 손님들은 벌써 여럿이 침실 여기저기에, 더러는 침대 위나 화장대 위나, 아니면 마룻바닥에까지 앉아 있는데 마사는 침대에서 짐을 챙기려고 하고 있는 꼴을보고 부인은 말할 수 없이 열이 올랐다.

마사는 "행복감으로 제정신이 아니었다." 이것은 스텔라와퀘스트 부인이 무섭게 공손한 태도로 누가 뷔페를 마련할지에 대해 투쟁하면서 서로에게 한 말이었다. 두 여인은 첫눈에 서로를 혐오했으며 이 감정 때문에 오히려 종일토록 서로 떨어질 수 없었다. 마사와 더글러스는 그들 자신과 이렇게 인습적이지 않은 결혼식에 대해 농담을 해 가며 웃으면서 색종이구름 속에서 큰 잔으로 샴페인을 마시고 짐 싸는 일을 마치려고 했다. 점심시간엔 벌써 거나해진 스무 명쯤의 사람들이 비좁은 아파트에서 샌드위치와 술을 들며 우글거렸다. 퀘스트 씨는 체념했으면서도 좀 못마땅한 표정으로 한구석에 앉아 스텔라가 가까이 올 적마다 수작을 걸었으나 그나마 스텔라는 퀘스트 부인을 감시하느라 가까이 오는 일이 드물었다.

말하자면 결혼식의 절차는 아침 10시경에 시작한 셈이었다. 불쌍한 퀘스트 부인은 감정적으로 마사와 작별할 겨를도 없었다. 점심 조금 후에 메이너드 씨가 멋진 모습으로 당도했다. 그는 더글러스와 악수하며 그를 "자네"라고 부르며 마사에게도 친절하게 대했다. 그리고 나서 자기는 그날 오후 장래가 촉망되는 다른 네 쌍의 주례를 봐야 하니 얼른 식을 치러 주었으면 좋겠다, 그러지 않으면 일을 끝낼 수 없다고 말했다. 퀘스트 부인은 허둥지둥 마사를 데리고 들어가는 위치에 남편 등을 밀어 세웠다. 그녀는 이런 결혼식에서는 그것이 필요 없다는 것을 몰랐던 것이다.

마사가 아홉 가지나 되는 서류에 서명할 동안 감정의 흐름을 마지못해 중단시켜야 하는 긴 사이가 있었다. "그것도 모두 세 통씩이나!" 마사는 기가 막힌다는 듯이 소리쳤다. 어머니가 "쉬잇!" 했고 더글러스가 달래듯 말했다. "괜찮아, 매티. 어차피 할 건데 해치우는 게 좋을 거야." 그 서류들이 무엇인지 마사는 전혀 몰랐다.

퀘스트 씨는 자신의 존재가 필요하지 않음을 알고 물러나 스텔라 옆에 가 섰다. 그녀는 이제 퀘스트 씨를 매혹시키는 일에 전념할 수 있었고 그 일에 완전히 성공했다. 또한 오후의 그녀는 눈부시도록 매력적이었다. 그녀는 말쑥한 까만 옷에 화려한 녹색 깃털이 흐르듯 달린 모자를 쓰고 이 초라한 식민지 사람들의 회합에 국제적인 멋을 가미해 주고 있었다. 마사는 형편없는 옷을 입었고 자신도 그것을 알았으나 그런 일은 전혀 중요하지 않다고 생각했다.

퀘스트 부인은 마사의 왼쪽 어깨 뒤에 바짝 붙어 초조하게 기다리다가 반지를 끼어야 할 중대한 순간이 오자 마사의 팔꿈치를 잡아 팔을 앞으로 내밀었다. 그래서 마사가 돌아보며 화가 나 큰 소리로 속삭이는 것을 모두 볼 수 있었다. "누가 결혼하는 거예요? 엄마예요, 아니면 나예요?"

그런 다음 사람들은 눈물과 키스와 축하의 말과 알코올 속으로 흩어졌다. 마사 퀘스트는 이렇게 해서 결혼했다. 그것은 1939년 삼월 어느 따뜻한 목요일 오후 아프리카 대륙 중앙에 영국 식민지의 수도에서 있은 일이었다. 후일 그녀는 그때의 일을 별로 기억하지 못했다. 다만 미친 듯한 흥분과 그 밑에 사슬처럼 질질 끌리는 꾸준하게 비참한 느낌을 기억할 수 있었다. 그녀는 또한 (세월이 중요한 일과 중요하지 않은 일을 분류한 다음에) 누군가가 히틀러가 보헤미아와 모라비아를 점거했다고 말하고 다른 사람들이 모두 그럴 리 없다고 말한 것을 기억했다. 그녀는 '서둘러야지. 사태가 무섭게 긴박해. 잠시라도 낭비할 수 없어.'라는 느낌으로 그 소식을 들었다.

그녀와 더글러스가 스텔라와 앤드루하고 공동 신혼여행을 떠나려고 할 때(스텔라는 그럴싸한 신혼여행을 가져 보지 못했다고 누구에게나 말하고 있었다.) 퀘스트 부인이 메이너드 씨와 악수하며 서 있던 일도 마사는 기억했다. 어머니의 얼굴은 그때 소심하게 애교를 부리는 미소로 밝혀져 있었으며 그것은 그녀의 남자같이 무서운 얼굴과 야릇한 대조를 이루었다. 그럴 동안 메이너드 씨는 인생과 사람들을 너그럽게 보아 준다는 식으로 여느 때의 미소를 지어 보이고 있었다.

"딸을 이렇게 떳떳이 결혼시키는 것이 얼마나 마음 놓이는 일인지 제 말에 공감하실 거예요, 메이너드 선생님!"

메이너드 씨가 대답했다. "유감스럽게도 난 딸이 없지만 만일 있었다면 그 문제가 나의 가장 큰 관심사가 되었겠지요." 그가 시계를 보고 저도 모르게 상을 찡그리며 말했다. "실례해야겠습니다. 다음 행사에 늦었군요. 황금 같은 우리 청년들이 도무지 어떻게 돌아가는지 알 수 없어요. 이렇게 결혼식이 많은 해는 처음 봤습니다." 그는 서둘러 색종이 한 줌을 떠다가 차를 향해 던지고 길 바로 아래에 있는 지방법원으로 황급히 걸어 내려갔다.

반쯤 가다가 그는 신랑신부의 차가 쫓아오는 대여섯 대의 차를 피하여 샛길로 꼬부라져 나가려는 것을 보았다. "패거리가 냄새를 맡았군." 그는 빙키가 고함치느라 입을 벌리고 흥분에 눈을 이글거리며 맨 앞차에서 내려서는 것을 보았다. 신랑신부 차는 위태롭게 보도의 한 모퉁이를 건너지르며 달리다가 미끄러져 나갔다. 뒤따르던 차가 그것과 부딪쳤다. 브레이크를 끽 하고 밟는 소리, 유리가 깨지는 소리, 온갖 고함 소리와 비명 소리가 여기저기서 났다. 매튜스네 차는 비웃는 경적 소리를 울리며 차체를 좌우로 흔들면서 큰길의 남쪽으로 달려갔다.

메이너드 씨는 신중하게 사고 현장에서 시선을 돌렸다. 아무래도 법정에서 자기가 그 사건을 재판해야 할 것 같아서였다. 만일 법정까지 온다면 응당 자기가 말을 터였는데 그는 그들이 그런 일을 피할 만큼의 양식이 제발 있어 주기를 바랐다. 정말이지 자기 앞에 빙키가 나타난다면 참을 수 없는 일일 터였다. 무슨 혐의로? 그는 어깨 너머로 돌아다보았다. 서로 뒤얽힌 차들을 남자 여자 할 것 없이 사람들의 덩어리가 둘러싸고 있었다. 그들은 서로 말다툼을 하는 게 아니라 치인 것이 분명한 어떤 흑인을 내려다보고 서 있었다. "망할 녀석." 메이너드가 화를 내며 말했다. 자기 아들을 보고 하는 소리였다. 건물 뒤로부터 그는 조심스럽게 내다보았다. 아니다. 그 원주민은 일어서며 몸을 툭툭 털고 있었다. 지금 그 사나이 주변의 하늘로부터 은빛 비가 내리는 듯이 보였다. 늑대들이 그에게 돈을 한 줌씩 던지며 어깨를 치고 부러진 뼈가 없으니 안심하라고 하고 있었던 것이다. 그들은 벌써 매튜스의 차를 다시 추격하기 위해 망가지지 않은 차에 기어오르고 있었다.

메이너드 씨는 마음이 몹시 뒤흔들려 비참한 기분으로 걸어갔다. 완전히 무감각하고 무책임한 마음으로 이 사건을 모면할 수만 있다면 무슨 짓이든 하겠다고 생각하고 있었다……. 그의 생각은 유럽에서 일어나는 일 쪽으로 기울었다. 그의 견해는 옛날식으로 점잖은 의미에서 자유주의적이었다. 그는 전쟁이 일어나지 않기를 바랐으나 전쟁이 일어나리라는 것을 알고 있었다. 그 순간 그는 '불쌍한 애들, 즐길 수 있는 동안에 즐기라지.' 하고 생각하고 있는 자신을 의식했다. 그는 맹렬히 머리를 흔들었다. 이것은 전시에 우리 모두를 해치는 그 천한 감상주의라는 전염병의 첫 징조였다. 그는 그것을 인식하고는 머릿속으로부터 그런 생각을 지우며 좀 더 천천히 걸어갔다. 치러야 할 결혼식이 네 개 더 있었다. 그는 냉소적으로 혼자 생각했다. '그러니…… 얼마 안 있어 내가 담당해야 할 이혼이 네 건이란 말이로군. 방금 치른 것까지 합하면 다섯이지. 결혼은 서둘러 하고 후회는 느긋이 해라.' 그는 아내와 1년 이상 약혼했고 과거 15년 동안 그녀를 혐오해 왔음에도 이것이 그의 굳은 신조였다.

그는 생각했다. '그래. 더글러스도 드디어 결혼했군. 그건 올바른 방향으로의 제일보야. 빙키에겐 바랄 수도 없는 일이지.' 그는 외롭게 나이 먹어 가는 노인답게 손자 볼 일을 바라면서 생각하기 시작했다. 메이너드 씨 같은 사람에게는 빙키 같은 자식도 없는 것보다는 나았던 것이다.

탐험과 환멸, 이상의 모색

도리스 레싱(Doris Lessing)은 시대의 반역아이다. 그녀는 페르시아에서 태어나 아프리카의 로디지아(현재의 짐바브웨)에서 컸는데, 열네 살에 학교를 떠나 다시는 어떤 학교에도 다니지 않았다는 것부터가 그러려니와 작가로서 또는 인간으로서 기성의 가치, 제도, 체제, 이념에 대해 일관되게 철저히 비판적이었다.

『황금 노트북(The Golden Notebook)』에 붙인 작가의 서문에는 현대사회 제도 전반에 관한 그녀의 생각이 잘 나타나 있다. 그녀에 따르면 현대사회에서 사람은 어려서부터 성공이냐 실패냐를 비교하도록 훈련받는다. 이 비교의 사고방식은 소수의 승리자를 생산하며 그 소수의 승리자가 항상 서로 겨루고 경쟁하는 제도를 낳는다.

그리고 이러한 제도 속에서 인간은 자신의 판단력을 불신하기를 배운다. 아이들은 권위에 굴복할 것을 배우며 남의 의견과 남의 말을 듣고 싶어 하며 그것을 인용하고 빌려 오기에 능숙해지도록 훈련받는다. 물론 현대사회는 아이들에게 그들이 자유로운 인간이자 민주 시민이며 자유로운 의지와 지성을 갖고 자유로운 나라에서 살며 무엇이든 자기 의사에 따라 결정할 수 있다고 가르친다. 그러나 동시에 그는 현대의 사상과 제도와 관습의 포로인 것이다. 딱한 것은 그가 자신이 포로임을 의식하지 못하고 있다는 점이다. 그는 자신이 제도에 의해 만들어진 인간임을 알지 못하며 자신이 선택하는 길이 현대 문명에 의해 미리 결정지어진 몇 가지 길 중의 하나임을 인식하지 못한다.

이러한 사실을 인식하는 사람들은 더 이상 사회의 틀 속에 자신을 맞춰 넣기를 거부하고 본연의 자아를 찾을 수 있는 곳을 향해 떠나간다.

레싱의 이러한 생각은 『황금 노트북』뿐 아니라 그녀의 작품 전체를 지배하고 있는 듯하다. 또 그녀는 자신의 경험이나 감정을 연출하는 주인공들로서 여자를 내세운다는 점에서 다분히 자서전적인 색채가 농후한 소설들을 써냈다. 그녀의 생각에 현대의 지적 또는 도의적 풍토를 그려 내고자 하는 시도에서 여자의 시점을 사용하는 것은 남자의 시점을 사용하는 것과 똑같이 타당한 일이었다.

사람들은 어떤 작가가 작품을 써낼 때 그것이 어떤 유파에 속하는 작품이라든가, 어떤 사상 체계의 지배를 받는 작품이라든가 하는 말을 성급히 하는 버릇이 있다. 이것은 레싱의 경우도 예외가 아니어서 그녀는 일찍부터 여권 운동가 또는 좌경 작가, 인종 평등주의자라는 명칭으로 불려 왔다. 그러나 이러한 명칭을 붙이는 것은 조지프 콘래드를 해양 작가라는 카테고리에 넣어 버리고 그의 다른 특징을 무시해 버리는 것만큼이나 무의미하고 무모한 일이다.

레싱은 틀림없이 작품 속에서 인종 문제, 공산주의, 여성 문제 등을 다루지만 기존 제도의 비판 세력으로 나타난 이러한 사상에 대해서도 전적으로 빠져들기를 거부하고 그 모순과 단점을 날카로운 눈으로 하나도 놓치지 않고 관찰한다. 사실 레싱의 이러한 태도는 투철한 작가 정신의 소산이다. 제아무리 새롭고 좋아 보이는 것도 일단 의문을 던지지 않고 지나치는 것이 없는 것이다. 이러할 때 낡은 것을 대체하기 위해 생겨난 새로운 사상 체계, 가치 등은 반드시 장점과 더불어 모순과 단점을 드러낸다. 레싱은 낡은 것에 대해 들이댔던 비판의 눈을 새로운 것에도 들이대기를 결코 잊지 않는다. 그러므로 그녀의 주인공들은 낡은 껍질을 깨고 새로운 것을 추구해 나가는 가운데 끊임없이 환멸을 경험한다.

어쩌면 환멸의 반복은 레싱의 작품 세계에서 가장 기본적인 경험 방식인지도 모른다. 그녀의 작품은 한 인간의 성장 과정을 그리는 것이 많으며 그 성장 과정은 새로운 것의 시도와 거기에서 오는 실패 내지는 환멸의 반복으로 형성되기 때문이다.

『마사 퀘스트(Martha Quest)』도 마사의 환멸의 교육을 내용으로 하는 작품이라고 할 수 있다. 그녀의 이름 퀘스트는 영어로 탐색이란 뜻이 있으며 이것은 명백히 의도적으로 그녀의 인생 탐험을 의미하는 것으로 보아도 무방할 것이다. 그러나 1952년에 출판된 이 작품은 독립된 하나의 작품이라기보다 『폭력의 아이들(Children of Violence)』이라는 총괄적 제목으로 불리는 5부작 중의 첫째 권이다. 나머지 네 작품은 『어울리는 결혼(A Proper Marriage)』(1954), 『폭풍의 여파(A Ripple from the Storm)』(1958), 『육지에 갇혀서(Landlocked)』(1965), 『네 개의 문이 있는 도시(The Four Gated City)』(1969)이다. 이 다섯 작품은 마사 퀘스트의 탐험과 환멸과 실험과 도전과 이상의 모색을 그 내용으로 한다.

다섯 작품 중 첫째 권인 『마사 퀘스트』는 마사의 소녀 시절과 이른 결혼으로 끝나는 사춘기에 해당되는 시기를 그린 것이다. 때는 1차 세계 대전이 끝나고 스페인내란이 일어나던 1930년대이며 이야기의 무대는 레싱이 25년을 살았던 아프리카의 영국 식민지에 있는 마을과 거기서 가까운 도시이다. 처음 등장할 때 마사는 15세이다.

부모와 농장에 살던 시절의 마사에게는 아버지와 어머니가 이 세상의 모든 반가치, 즉 모순과 위선과 무능과 나태와 편의주의와 편견과 인습을 대표하는 듯하다. 부모의 구태의연하고 현상유지에만 급급한 태도는 무수한 미생물이 갉아 먹는 소리가 들려오도록 속이 썩은 집 기둥이며 달걀로 땜질한 구멍 난 자동차 라디에이터의 사례가 상징적으로 나타낸다. 마사는 이러한 부모에 대해서 가혹하리만치 비판적이다. 부모의 인격,

사고방식, 생활 태도, 가치관에 대해서뿐만 아니라 그들의 결혼에 대해서까지도 비판한다.

마사는 현재의 환경에 대해 폐소공포증 비슷한 답답함을 느끼며 "기관차 바퀴 밑에 손발이 묶여 있다거나 유사(流砂) 속에 허리까지 묻혀서 버둥거리거나" 하는 악몽을 꾸곤 한다.

마사의 유일한 도피구는 조스 코언이라는 유대인 소년이 빌려주는 책에서 발견된다. 마사가 책을 많이 읽고 문학가가 되기를 원한다는 점에서 그녀는 다른 성장 소설의 주인공들과 같다. 조스가 빌려주는 책들은 마사의 직접적인 생활권이 못 미치는 지식을 제공해 주는 공급원이며 조스라는 소년 자신은 마사에게 일종의 정신적 영도자 역할을 한다. 조스는 유대인이기 때문에 마사의 부모에게서 차별대우를 받는다. 그러나 조스의 지적인 우월성과 넓은 시야와 지식, 기본적인 선의를 마사는 끝내 무시하지 못한다.

1부에서 마사의 행동은 한마디로 부모가 만들어 놓은 틀을 깨뜨리고 나오려는 노력이라고 할 수 있다. 부모는 마사가 열다섯 살인데도 열세 살로 보려고 들며 마사가 성장해 가고 있다는 사실에 완강히 눈을 감는다. 이때 사회학과 성의학과 심리학 책을 빌려주는 조스 코언은 부모에 대한 반항의 무기를 공급해 주는 거나 다름없었다.

그러나 마사가 제아무리 자기를 둘러싼 껍질을 깨려고 몸부림칠지라도 그녀 자신도 환경의 산물임을 면치 못한다. 그녀는 이 소설의 처음부터 끝까지 인습과 전통에 지배당하는 자기와 거기에서 벗어나려고 애쓰는 자기 사이를 오간다. 조스에 대한 태도만 해도 그 예외는 아니다. 이 식민지에 정착한 영국인들은 그리스인이나 유대인들을 열등한 인종으로 생각했고 마사는 부모의 그러한 생각에 무감각할 수 없었다. 거기에 크게 반발하면서도 마사는 한때 조스와의 왕래를 끊어 버린다. 그리고 인종차별에 대한 반감이 강하게 고개를 들 때 다시 조스와 만나게 된다.

1부에서는 전통에 지배받는 자아와 그것을 벗어나려는 자아의 갈등을 축으로 하여 마사의 관심사가 되는 문제들이 소개된다. 그 문제들은 부모를 통해서 본 부부 관계, 이웃이나 원주민들과의 관계에서 발생하는 인종 문제, 남자 친구들에게 느끼기 시작한 성의 각성, 사춘기의 고민을 토대로 한 인간 심리의 문제, 식민국과 피식민국 또는 침략국과 피침략국의 정치 문제, 차별 대우 받는 여성의 문제 등이다. 그리고 이 모든 문제들은 2부, 3부, 4부로 옮겨 가면서 차츰 그 깊이와 무게를 더해 간다. 그것은 마치 제임스 조이스의 『젊은 예술가의 초상 (A Portrait of the Artist as a Young Man)』에서 주인공 스티븐의 의식 세계가 부(部)를 거듭할수록 그 범위를 넓혀 가고 깊이를 더해 가는 것과 같다.

작가는 3인칭의 주인공 마사의 시점을 중심으로 이야기를 진행하지만 이따금 마사까지도 객관적으로 관찰하기를 잊지 않는다. 이러한 객관적인 작가의 눈은 마사가 부모를 떠나 독립적인 생활로 들어간 뒤 이상적인 생활을 모색하며 시행착오를 거듭하는 과정에서 더욱 두드러진다.

2부에서 마사는 조스의 삼촌이 경영하는 법률 사무소에서 일하게 된다. 마사 자신은 이 새로운 환경에도 여전히 비판적인 눈을 던지지만 작가는 그러한 마사를 또한 비판적으로 보기를 잊지 않는다. 우선 마사는 일꾼으로서 미숙하며 이념이나 가치관, 행동 기준에 있어서 매우 흔들리기 쉬운 상태이다. 여기서 흔들림도 어떤 의미에서는 인습이 만들어 낸 마사와 인습을 벗어나려는 마사의 갈등에서 오는 것이다. 예를 들어 사무실에 나가기 시작한 첫날 흑인 사환 소년이 선불을 요구하는 조그만 사건이 발생한다. 사무실의 선배인 버스 부인은 저 검둥이가 한 달에 5파운드나 받으면서 분수를 모른다고 비난한다. 마사는 이중의 충격을 받는다. 하나는 버스 부인의 인종적 편견에서 오는 충격이고 또 하나는 흑인 소년과 자기와의 차이가 한 달에 7파운드 10실링이라는 액수(매우 적어 보이는 액수)로 계산될 수 있다는 사실에서 오는 충격이다. 이것은 인종차별을 열렬히 반대하는 마사로서는 매우 아이러니컬한 일이기도 하려니와 여기까지 미치는 레싱의 시각은 매우 냉철하다고 하겠다.

부모와 농장과 어린 시절의 구속을 벗어나 도시로 탈출한 마사는 그녀를 묶으려는 보수 세력에서 완전히 해방된 것이 아니다. 마치 어머니를 대신한 인물 같은 하숙집 주인인 건 부인, 그녀 앞에 나타난 도너번 앤더슨은 각기 보수적 인습의 한 면을 대표하는 인물들이며 이들이 마사에게 일종의 견제력으로서 작용한다. 마사는 건 부인에 대해서는 처음부터 비판적이나 도너번의 접근에 대해서는 반드시 부정적 태도만 보이지 않는다. 그것은 그녀가 도너번에게 새로운 인간관계를 기대한 까닭이기도 하나 그보다도 그가 일견 그녀가 모르는 세계, 특히 섹스의 세계에 익숙한 듯이 보이기 때문이었다. 그녀는 처음부터 도너번이 애인인 양 생각한다. 그러나 그에게는 남자로서의 능력도 기백도 생명력도 지성도 없음이 차차 드러난다. 있는 것은 감각적인 의상에 대한 기호와 안일한 생활 태도와 인습을 대표하는 듯한 집단에 적응하는 능력뿐인 것이다.

어머니의 지배하에 있는 도너번은 마사에게 곧 환멸을 주며 조스나 스페인내란에 자진해 나가는 재스퍼 코언의 아들 같은 청년들에 비하면 무기력한 인습의 일부에 불과하다. 마사가 일시라도 그와 가까워진 것은 그녀의 마음속에 있는 보수성이 호응한 것으로 보인다.

조스는 마사에게 자신의 사촌인 재스민을 소개한다. 재스민을 통해 마사는 공산주의자 모임에 나가기 시작한다. 정치 문제가 그녀의 생활권 속에 들어오기 시작한 것이다. 공산주의에 관해서 레싱은 다음과 같이 말한다. "마르크시즘은 도처에서 여러 가지 이념들에게 빠르고 강렬한 자극을 주어 온 결과 한때는 하나의 돌출구였던 것이 이제는 일상적인 생각의 일부로 흡수되어 버렸다. 그렇게 완벽하게 흡수되어 버린 것은 힘으로서는 종말인 것이다. 그러나 그것은 확실히 지배 사상이었고 내가 쓰고자 하는 소설에서는 중심이 되어야 했다."

『마사 퀘스트』에서는 공산주의가 큰 부분을 차지하지 않는다. 그 문제가 보다 집중적으로 다뤄지는 것은 5부작 중에서 2권인 『어울리는 결혼』과 3권인 『폭풍의 여파』에서이며 마사는 실제로 공산당에 가입하여 당원으로서 활동한다. 1권에서 마사는 아직 입당까지는 하지 않으며 다만 좌익 독서 클럽에 나가기 시작한다. 그러나 좌익 독서 클럽의 사람들에게서도 마사는 심각한 실망을 맛본다. 마사가 1권에서 경험하는 환멸은 2권과 3권에서 더욱 심각해진다. 그녀의 의식 세계가 권을 거듭하면서 확대되어 가며 그에 따라서 경험의 폭과 깊이가 더해 가기 때문에 환멸의 정도도 한층 더해지는 것이다.

레싱은 현대사회에서 산다는 것은 "기성 문명이 만들어 낸 사고방식에 자기 자신을 뜯어 맞추는 과정을 사는 것이며 현재 통용하는 편견과 전통이 선택한 편견을 혼합해서 구비하는 것"이라고 말했다. 그녀는 적응주의를 철저히 배격하고 개성적인 삶과 사상의 추구를 찬양했다. 현대의 고질병이라고도 할 수 있는 이 적응주의를 실제로 구현하고 있는 것은 빙키가 우두머리인 스포츠 클럽의 회원들이다. 그들은 언제나 집단으로 행동하며 전혀 개인적인 생활이나 사색을 할 줄 모르는 듯하다. 레싱은 그들의 이름을 굳이 밝히지 않고 "늑대들"이라고 통칭한다. 그들은 무슨 일을 하든지 집단적인 규칙을 따라 하는 버릇이 있다. 여자를 대할 때 하는 말이며 몸짓이며 표정도 어떤 규칙을 따르는 듯하며 개인이 이 집단의 규칙에서 벗어나 행동하는 것은 그들에게 위험을 의미했다.

3부에서 마사는 도너번의 소개로 이러한 집단이 모여드는 스포츠 클럽에 드나들게 된다. 도너번은 이 집단의 한 멤버이다. 그러나 스포츠 클럽의 무도회에 나가기 시작한 마사는 여기에 모여드는 늑대들과 여자들의 적응주의에 혐오를 느낀다. 마사의 반발은 도너번이 디자인하고 만들어 입혀 준 야회복자락을 걷어 올린 채 진흙탕으로 저벅저벅 걸어 들어가는 행동으로 집약된다.

마사는 스포츠 클럽에서 스텔라와 앤드루를 만난다. 스텔라는 유대인이며 비유대인인 앤드루와 결혼할 때 앤드루 아버지의 맹렬한 반대에 봉착한 경험을 가진 여자이다. 그러나 그녀는 스포츠 클럽의 패거리와 곧잘 어울리며 그들과의 접촉에서 아무런 저항도 느끼지 않는 듯한 여자이기도 하다. 그녀는 마사의 어머니나 하숙집 주인을 대신하여 마사의 후견인 역할을 자진해서 맡고 나서는 동시에 마사의 개성적 성장을 가로막는 세력의 하나로 보인다.

스텔라의 역할은 마사와 유대인 약사인 아돌프의 정사에 개입함으로써 분명해진다. 마사가 아돌프에게 처녀성을 바치게 되는 경위는 매우 아이로니컬하다. 그녀는 아돌프를 사랑하지 않으며 좋아하지도 않는다. 다만 그가 유대인이라는 이유로 남들에게 냉대받는 것이 안쓰러워 상냥한 태도를 보였다가 그러한 상황으로 끌려 들어간 것이다. 마사는 인도적으로 아돌프와의 관계를 저절로 끝날 때까지 지속해야 한다고 생각하지만 감정적으로는 스텔라 내외의 개입으로 아돌프를 만나지 않게 된 것을 다행스럽게 여긴다. 작가의 눈은 이념적으로 옳은 일과 개인의 감정 사이의 간격을 정확하게 파악하고 있다.

4부는 심하게 앓는 마사의 묘사로 시작된다. 이 병은 마치 지금까지 생활에서의 또 하나의 탈피 과정처럼 보인다. 앓은 뒤 마사는 새로운 생활의 방향을 모색한다. 도너번과도 만나

지 않으며 새로운 직업을 구하려고 애쓴다. 베이커 씨의 사무
실에 찾아가 보지만 그가 교활하게 싼 급료로 직원을 부리고
있음을 알고 뛰쳐나온다. 또한 《잠베지아 뉴스》 신문사에 찾
아가나 여성란을 맡으라는 편집인의 말에 반발하여 다니던
법률 사무소에서 일을 계속한다.

그녀는 자기가 가질 수 있는 새로운 직업을 이것저것 꼽아
보다가 작가가 될 것을 생각한다. 이러한 생각은 갑자기 떠오
른 것이 아니며 처음 등장할 때부터 그녀는 문학에 젖어 있고
인생 제반 문제와 자기 자신을 '문학의 입장에서' 보는 습관이
있었다. 그뿐만 아니라 그녀가 언어에 예민한 감각을 가지고
있다는 것은 아버지가 되풀이하는 전쟁 경험담 속에 나오는
낱말, 예를 들어 "무인지경", "조명탄" 같은 말이 마치 시의 이
미저리처럼 그녀의 상상력에 작용하는 것을 보아도 알 수 있
다. 이러한 창작의 욕망 저편에는 그녀의 모든 소원을 종합한
듯한 이상의 도시, "네 개의 문이 있는 도시"가 있는 것이다.
실제로 『폭력의 아이들』 5부작은 『네 개의 문이 있는 도시』로
끝나지만 이 일종의 이상향은 일찍부터 1권 1부에서 마사가
마음속에 그리고 있다. 그 모습은 마사의 의식 세계가 확대됨
에 따라 그 범위와 의미가 커지면서 5권에 이른다.

열다섯 살 때의 "네 개의 문이 있는 도시"는 이렇게 묘사된
다. "거친 관목 숲과 주저앉은 듯한 나무 위로 하얗게 빛나며
떠오른 것은 하나의 우아한 도시였다. 그것은 정방형으로 세
워져 경사지고, 꽃밭이 경계를 이룬 테라스들을 따라 기둥이
늘어서 있었다. 거기엔 물이 철철 넘치는 분수가 있고 플루트

소리가 들리며 위엄 있고 아름다운 시민들이 흑인, 백인, 황인 모두 어울려 움직였다." 1년 후 이 도시의 모습은 마사의 머릿속에서 도시 계획도를 그릴 수 있을 만큼 상세한 세부를 갖추게 되나 그녀의 부모, 밴렌즈버그 부처 그리고 사실상 이 지역의 대부분의 사람들은 그들의 옹졸한 생각과 부족한 이해력 때문에 이 황금의 도시에서 영원히 제외당한다. 이 어리고 소박한 그림에서 알 수 있듯이 이상의 도시에서 인간관계는 인종차별이 없으며 인간적인 이해와 사랑이 근본을 이룬다.

레싱의 냉철한 작가적 안목은 이러한 이상향의 실재를 당연히 부정한다. 그러나 한편 그녀의 작가적 상상력은 그러한 이상향에 대한 동경을 포기하지 않는다. 온갖 실망과 좌절과 환멸을 거듭하면서도 레싱의 주인공들은 여전히 저 멀리 있다고 믿어지는 "도시"를 향해 가는 노력을 중단하지 않는다.

마사는 4부에서 더글러스라는 남자와 결혼한다. 마사의 결혼식은 마사가 상상했던 것과 딴판으로 매우 전통적으로 부모의 배석 아래 빙키의 아버지인 메이너드 판사의 집전으로 거행된다. 그녀의 일생을 지배하는 듯한 전통과 반역의 반복은 결혼이란 결말에서도 명백하여 마사는 그녀의 마음속에서 자기가 그와 결혼한 상태로 오래 있지 않으리라 조용히 말하는 소리를 듣는다.

앞에서도 말했듯이 마사의 탐색과 탐험은 여기서 끝나는 것이 아니라 이제부터 시작이며 『폭력의 아이들』에서뿐만 아니라 다른 작품들로 계속 연장되어 간다.

레싱을 현존하는 영국 작가들 중에서 중요한 존재로 만드는 것은 타협을 모르는 작가 정신과 냉철한 비판안과 인간 심리의 구석까지 샅샅이 파고드는 관찰력과 이 모든 것을 여실히 표현해 내는 그녀의 표현력과 기법이다.

그녀는 1954년 이래 수십 개에 달하는 세계 각국의 문학상을 받는 동안 여러 차례 노벨 문학상 수상자 후보로 거론되었으며, 드디어 2007년에 수상자로 지명되었다. 그녀의 거물다운 작가적 가치를 증명해 주는 일이라 하겠다.

2007년 초겨울

나영균

작가 연보

1919년　지금의 이란에 있는 커만샤에서 태어났다.

1925년　아프리카 남로디지아(지금의 짐바브웨)로 가족이 이주
　　　　했다.

1938년　솔즈베리에서 전화 교환수로 일했다.

1939년　프랭크 위즈덤과 결혼했다.

1942년　공산당에 참여했다.

1943년　두 아이를 낳은 뒤 첫 남편과 이혼했다.

1945년　독일 피난민이며 동료 마르크스주의자였던 고트프리
　　　　트 안톤 레싱과 재혼했다.
　　　　아들 피터를 낳았다.

1949년　이혼한 뒤 영국으로 떠났다.

1950년　소설 『풀잎은 노래한다』 출판.

1951년	단편집 『이곳은 늙은 추장의 나라였다』 출판.
1952년	5부작 『폭력의 아이들』의 1권인 『마사 퀘스트』 출판.
1953년	단편집 『다섯』 출판.
1954년	『폭력의 아이들』의 2권인 『어울리는 결혼』 출판.
	단편집 『다섯』으로 서머싯 몸 상을 수상했다.
1956년	소설 『순수로의 피정』 출판.
1957년	단편집 『사랑하는 습관』 출판.
	자서전 『집으로 돌아감』 출판.
1958년	『폭력의 아이들』의 3권인 『폭풍의 여파』 출판.
	희곡 『그들 각자의 황야』 출판.
1959년	시집 『14편의 시』 출판.
1960년	자서전 『영국식 따르기』 출판.
1962년	소설 『황금 노트북』 출판.
	희곡 『호랑이가 있는 연극』 출판.
1963년	단편집 『한 남자와 두 여자』 출판.
1964년	단편집 『아프리카 이야기』 출판.
1965년	『폭력의 아이들』의 4권인 『육지에 갇혀서』 출판.
1967년	자서전 『특별히 고양이들에 대하여』 출판.
1969년	『폭력의 아이들』의 5권인 『네 개의 문이 있는 도시』 출판.
1971년	소설 『지옥으로의 하강에 대한 요약 보고서』 출판.
1972년	단편집 『잭 올크니의 유혹』 출판.
1973년	소설 『어둠이 오기 전의 여름』 출판.
1975년	소설 『생존자의 회고록』 출판.

1976년   메디치 상을 수상했다.

1978년   단편집『이야기들』출판.

1979년   5부작『아르고스의 카노프스』의 1권인『5번 식민지 유
         성 시카스타에 대하여』출판.

1980년   『아르고스의 카노프스』의 2권인『3, 4, 5구역 사이의
         결혼』출판.

1981년   『아르고스의 카노프스』의 3권인『시리안의 실험』출판.

1982년   『아르고스의 카노프스』의 4권인『8번 유성의 대표자
         만들기』출판.
         오스트리아 정부가 주관하는 유럽문학상을 수상했다.

1983년   『아르고스의 카노프스』의 5권인『볼얀 제국의 감상적
         인 조원에 관한 서류들』출판.

1984년   소설『제인 소머스의 일기』출판.

1985년   소설『선한 테러리스트』출판.

1987년   에세이집『우리가 갇혀 살기로 선택한 감옥들』,『바람
         이 날려 버린 우리의 말』출판.

1988년   소설『다섯째 아이』출판.

1990년   『영국식 따르기』가 연극으로 공연되었다.

1992년   단편 연작집『런던 스케치』출판.

1999년   소설『마라와 댄』출판.

2000년   소설『세상 속의 벤』출판.

2001년   소설『가장 달콤한 꿈』출판.

2002년   단편집『고양이에 대하여』출판.

2003년   단편집『할머니들』출판.

2004년　에세이집『시간이 깨문다』출판.

2006년　소설『장군 댄과 마라의 딸, 그리오와 백구에 대한 이
　　　　야기』출판.

2007년　소설『클레프트』출판.
　　　　노벨 문학상을 수상했다.

2013년　향년 94세로 별세했다.

세계문학전집 **162**

마사 퀘스트

1판 1쇄 펴냄 2007년 12월 10일
1판 19쇄 펴냄 2022년 4월 11일

지은이 도리스 레싱
옮긴이 나영균
발행인 박근섭, 박상준
펴낸곳 (주)민음사

출판등록 1966. 5. 19. (제 16-490호)
서울특별시 강남구 도산대로1길 62(신사동) 강남출판문화센터 5층 (우편번호 06027)
대표전화 02-515-2000 팩시밀리 02-515-2007
www.minumsa.com

한국어 판 © (주)민음사, 2007. Printed in Seoul, Korea

ISBN 978-89-374-6162-0 04800
ISBN 978-89-374-6000-5 (세트)

민음사 세계문학전집

세계문학전집 목록

세계문학전집은 계속 간행됩니다.